DAS BUCH

Reaper will sich seine Gefühle für Anya nicht eingestehen. Trotzdem sitzt er seit vier Wochen in der Bar, in der sie arbeitet, und lässt sie nicht aus den Augen. Ihr Lachen, ihre Augen und ihr wunderschöner Körper haben ihn vom ersten Augenblick an in ihren Bann gezogen. Doch die Schatten seiner Kindheit, die er in einer »Schule« in Russland verbrachte, wo er zum gefühllosen Killer ausgebildet wurde, hindern ihn daran, Anya alles zu geben, was sie in einer Beziehung mit ihm braucht. Aber Reaper kann Anya, die Gefühle, die sie in ihm weckt, und die heftige Leidenschaft zwischen ihnen nicht mehr loslassen. Anya hilft ihm, so gut sie kann, doch auch sie hat ihre Grenzen. Und als Reaper einen folgenschweren Fehler begeht, ist sie kurz davor, ihn für immer zu verlassen. Die einzige Möglichkeit, die Reaper nun noch hat, um seine große, lebensentscheidende Liebe nicht zu verlieren, ist, Anya alles über die Gräuel seiner Vergangenheit zu erzählen.

DIE AUTORIN

Christine Feehan wurde in Kalifornien geboren, wo sie heute noch mit ihrem Mann und ihren Kindern lebt. Sie begann bereits in jungen Jahren zu schreiben und hat seit 1999 mehr als sechzig erfolgreiche Romane veröffentlicht, die in den USA mit mehreren Literaturpreisen ausgezeichnet wurden und alle auf die *New-York-Times*-Bestsellerliste gekommen sind. Auch in Deutschland ist sie mit den *Drake-Schwestern*, der *Sea-Haven-Saga*, der *Schattengänger-Serie* und der *Leopardenmenschen-Saga* äußerst erfolgreich.

Mehr Informationen über die Autorin und ihre Bücher finden sich im Anschluss an diesen Roman und auf ihrer Website *www.christinefeehan.com*.

# CHRISTINE FEEHAN

# HIGHWAY TO LOVE

Roman

Aus dem Amerikanischen
von Angela Schumitz

WILHELM HEYNE VERLAG
MÜNCHEN

Die Originalausgabe JUDGMENT ROAD erschien 2018 bei Jove,
Penguin Random House LLC, New York

Verlagsgruppe Random House FSC® N001967

Vollständige deutsche Erstausgabe 10/2019
Copyright © 2018 by Christine Feehan
Copyright © 2019 der deutschsprachigen Ausgabe
by Wilhelm Heyne Verlag, München
in der Verlagsgruppe Random House GmbH,
Neumarkter Str. 28, 81673 München
Veröffentlicht in Zusammenarbeit mit
The Berkley Publishing Group,
an Imprint of Penguin Publishing Group,
a Division of Penguin Random House LLC
Alle Rechte sind vorbehalten. Printed in Germany
Redaktion: Birgit Groll
Umschlaggestaltung: © Nele Schütz Design, München
unter Verwendung von © Shutterstock (Tono Balaguer,
Maciej Bledowski, EsanindyStudio, Volodymyr Tverdokhlib)
Satz: KompetenzCenter, Mönchengladbach
Druck und Bindung: GGP Media GmbH, Pößneck
ISBN: 978-3-453-42317-6

www.heyne.de

*Für meinen geliebten wilden Enkel Mason Stottsberry.*
*Ich bin mir sicher, dass du mit einer Harley durch den*
*Himmel düst, den längsten Kometenschweif surfst*
*und den Engeln das Tanzen beibringst.*
*Du wirst immer in unseren Herzen sein.*
*Wie versprochen widme ich dir dieses Buch!*

# 1. Kapitel

Der Wind blies landeinwärts, als die drei Harleys die letzten scharfen Kurven nahmen, bevor sie auf dem Highway 1 entlang der Küste auf eine Gerade einbogen. Es war schon ziemlich spät, was Savva ›Reaper‹ Pajari sehr wohl wusste. Gleich nach ihrer Ankunft in Caspar würde er sich beim Zar, dem Präsidenten seines Clubs, melden müssen. Doch im Grunde spielte die Uhrzeit keine Rolle. Sollte der Zar bereits in seinem Haus in Sea Haven bei seiner Frau im Bett liegen, würde Reaper eben dorthin fahren, aufs Dach klettern und durchs Schlafzimmerfenster einsteigen. Das wäre nicht das erste Mal.

Reaper lebte für zwei Dinge: Motorradfahren und Kampf. Er musste immer wieder die Kraft und die Muskeln seines Gegners spüren – Fäuste, die auf die Eisschicht einschlugen, die all seine Gefühle überlagerte. Er lebte für den Kick, den die explosive Mischung von Gewalt und süßem Schmerz in ihm hervorrief. So ging das schon seit seinem fünften Lebensjahr. Jetzt musste er bei der idiotischen Richtung, die sein Club eingeschlagen hatte, irgendwie fit bleiben.

Er bretterte über den Highway, rechts und links von seinen Brüdern flankiert. Männer, die er seit über dreißig Jahren kannte. Männer, auf die er sich verlassen konnte. Männer, die er als seine Familie bezeichnete. Er starrte aufs Meer. Wellen versprühten ihre Gischt, rollten über Steine, schmetterten gegen Klippen. Manchmal fühlte er sich wie diese ramponierten Felsen. Die Zeit rieb auch ihn nach und nach auf.

Seine Seele war schon lange verschwunden, sein Körper von oben bis unten mit Narben übersät. Auf dem letzten Trip war eine neue dazugekommen. Außerdem würde Ink ihm drei neue Totenschädel tätowieren müssen, neben all den anderen, die zwischen den Wurzeln des Baumes auf seinem Rücken ruhten.

Viktor Prakenskij, der Mann, den sie ›Zar‹ nannten, war der beste Mann, den er je getroffen hatte. Reapers Job war es, sich vor ihn zu stellen. Diese Aufgabe hatte er sich schon als kleiner Junge aufgetragen, und inzwischen konnte er sich gar kein anderes Leben mehr vorstellen. Allerdings stand er jetzt auch vor all seinen Brüdern und Schwestern – im Torpedo-Ink-Club. Er war stolz auf seine Colors. Er würde für diese Clubfarben sterben. Nach wie vor war ihm jede Mission zuwider, bei der er sie ablegen musste.

Sie bogen vom Highway auf die Caspar Road ab, die zu dem Ort Caspar führte, wo sie ihre Basis errichtet hatten. Sie hatten ihr Lager um das alte Zahlmeistergebäude der Holzfällerfirma herum aufgeschlagen. In den letzten Monaten hatten sie das Gebäude renoviert und in ihr Clubhaus verwandelt. Nun gab es dort diverse Schlafzimmer, eine Bar, ihren Versammlungsraum – die sogenannte Chapel – und eine Küche. Die Bäder wurden von den Bewohnern der am nächsten liegenden Schlafzimmer geteilt. Der Zar hatte außerdem darauf bestanden, dass jeder sich ein Haus in der Nähe kaufte. Er wollte, dass sie sich in diesem Ort ein Zuhause schufen.

Reaper war es völlig egal, wo er schlief. Solange er seinen Club und seinen Präsidenten verteidigen konnte, ging es ihm gut. Doch jetzt brauchte er dringend ein Bett. Er war seit achtundvierzig Stunden auf den Beinen. Die Wunde an seiner Seite hatte er selbst geflickt, allerdings hundsmiserabel. Zum Desinfizieren hatte ein Schuss Whiskey herhalten müssen. Das Ding hatte höllisch gebrannt und tat es immer noch.

Sie fuhren auf das Anwesen ein. Storm und Keys parkten ihre Bikes, während er seine prüfenden Blicke rundum schweifen ließ. Der Zar war entweder zuhause oder in der Bar. Reaper hoffte, dass er ihn in der Bar finden würde, wo er auf einen Bericht wartete. Es wäre ihm nicht recht gewesen, wenn er Blythe, die Frau des Zaren, und ihre vier Adoptivkinder hätte stören müssen. Reaper ließ den Motor laufen und wartete darauf, dass die anderen sich zu ihm umdrehten.

»Ich werde dem Zar noch Bericht erstatten«, verkündete er, auch wenn das nicht nötig gewesen wäre; aber die anderen sahen ihn so an, als ob sie diese Ankündigung erwarteten. Reaper waren Formalitäten, die anderen so wichtig zu sein schienen, im Grunde lästig. Ihm war es auch egal, ob die Leute ihn mochten. Eigentlich war es ihm sogar lieber, wenn sie sich von ihm fernhielten. Nur bei seinen Brüdern war das nicht so. Sie verstanden ihn und brachten deutlich zum Ausdruck, dass sie wenigstens ab und zu ein paar Worte von ihm hören wollten.

»Das kann ich auch machen«, schlug Keys vor. »Du könntest ein bisschen Ruhe gebrauchen.«

Reaper schüttelte den Kopf. »Ich kann sowieso nicht gleich einschlafen, und ich muss nachsehen, wie es ihm geht. Ihr kennt mich ja.«

»Sollen wir dich begleiten?«, fragte Storm.

Er schüttelte den Kopf. »Nicht nötig. Savage wird bei ihm sein, vielleicht auch noch ein paar andere. Geht schlafen. Wir haben es alle verdient.« Savin ›Savage‹ Pajari war sein leiblicher Bruder. Wie Reaper war er Sergeant at Arms, also für die Sicherheit der Clubmitglieder und vor allem die des Zaren verantwortlich. Ob es ihrem Boss gefiel oder nicht, die beiden teilten es sich auf, ihn rund um die Uhr zu beschützen. »Ich hab dem Zar schon vor gut einer Stunde gesimst, dass wir kommen.«

Er war sich sicher, dass der Zar daraufhin in die Bar gefahren war, damit Reaper nicht bei ihm zuhause aufkreuzte. Und so hatte er es schließlich auch haben wollen. Dabei ging es ihm allerdings vor allem um die neue Barfrau. Reaper konnte es nicht leiden, wenn etwas von der Norm abwich. So etwas machte ihn misstrauisch. Und diese Frau wich definitiv von der Norm ab. Code fand bei jedem dunkle Stellen, wenn er danach suchte, doch von ihr hatte er nirgends auch nur die kleinste Spur davon aufgetrieben. Sie arbeitete schwarz, sie trug Designerjeans, fuhr jedoch die letzte Schrottkarre, die vor Rost kaum noch zusammenhielt. Das verdammte Teil stieß schwarzen Rauch aus, wann immer sie es anließ.

Torpedo Ink hatte eine Kfz-Werkstatt eröffnet. Brachte sie ihren Karren etwa dorthin, um ihn richten zu lassen? Von wegen. Jede Nacht fuhr sie davon in dem Glauben, dass niemand wusste, wohin. Und das war die Krux an der Geschichte. Sie fuhr Richtung Fort Bragg, bog auf den Highway 20 ein und dann bei der Egg Taking Station, einem Erholungsgelände mit Campingmöglichkeiten im Jackson Demonstration Forest, wieder davon ab. Warum arbeitete eine Klassefrau wie sie hinter der Bar in einem Bikerclub, fuhr einen heruntergekommenen Honda Civic, der bestimmt älter war als sie selbst, und nächtigte in ihrem Wagen auf einem Freizeitgelände? Reaper war das ein Rätsel. Er hasste Rätsel, und Anya Rafferty war in seinen Augen nicht nur ein Rätsel, sondern ein Riesenproblem.

Reaper hatte sie einen guten Monat lang beobachtet. Fünf Wochen und drei Tage, um genau zu sein. Dabei hatte er festgestellt, dass sie in ihrem Job richtig gut war. Sie hörte den Leuten zu, erinnerte sich an ihre Namen und an ihre Lieblingsgetränke. Sie flirtete gerade so viel, dass sie ein gutes Trinkgeld bekam, aber nicht so viel, dass die Leute sich wegen ihr in die

Haare gerieten. Sie war den Kellnerinnen gegenüber sehr großzügig und teilte ihr Trinkgeld mit ihnen, was sie nicht hätte
tun müssen. Sie war vorsichtig und zurückhaltend, vermittelte
den Leuten jedoch den Eindruck, dass sie sehr offen war. Und
sie war freundlich zu Leuten, denen es nicht so gut ging.

Reaper hatte mitbekommen, wie sie einem Penner eine
Decke aus ihrem Auto geschenkt hatte, und zweimal hatte sie
ihm auch Kaffee und etwas zu essen gebracht. Zweimal hatte
sie Geld ausgegeben, das sie mit Sicherheit nicht im Überfluss
hatte, um jemanden, der kein Dach über dem Kopf hatte, mit
Essen und mit Schuhen zu versorgen. Sie schien sich Obdachlosen irgendwie verbunden zu fühlen. Reaper war sich sicher,
dass sie sie alle namentlich kannte. Samstags arbeitete sie vor-
mittags ehrenamtlich in einer Suppenküche, obwohl sie in der
Nacht davor bestimmt nicht viel geschlafen hatte.

Mit den Bikern hatte sie keine Probleme, auch wenn es auf
der Hand lag, dass sie nicht aus deren Welt stammte und keine
Ahnung hatte, wie es im Bikeruniversum zuging. Sie war ein
Fremdkörper. Sie hielt sich an den Zar und stellte ihm gelegentlich ein paar Fragen. Bei Reaper hatte sie das noch kein einziges Mal getan, aber manchmal schickte sie ein schüchternes
Lächeln in seine Richtung, was er nicht erwiderte. In den fünf
Wochen, seit sie da war, hatte er mehr Zeit in dieser Bar verbracht, als jemals in irgendeiner anderen Kneipe.

Reaper sah zur Bar hoch. Aus den Fenstern drang Licht in
die Dunkelheit. Sein Herz schlug schneller, sein Schwanz zuckte in seiner Hose. Das war absolut inakzeptabel, und deshalb
musste die Frau weg.

Jeder in ihrem Club hatte gelernt, sich und seinen Körper
unter jeglichen Umständen zu kontrollieren. Sie waren geschlagen worden, man hatte sie hungern lassen, man hatte sie
gefoltert und unsägliche Dinge mit ihnen angestellt, um sie in
disziplinierte Tötungsmaschinen zu verwandeln. Reaper konnte

sein Gefühlsleben getrost als reduziert bezeichnen, und gegen weibliche Reize war er normalerweise immun. Die Weiber, die sich bei wilden Festen jedem an den Hals warfen, bedeuteten ihm nichts. Rein gar nichts. Oft lief er durch einen Raum halb oder völlig nackter Frauen, ohne dass sein Körper die leiseste Regung zeigte.

Nicht so bei Anya Rafferty, dem Klang ihrer Stimme, ihrem verdammten Lachen, ganz zu schweigen von ihrer Mähne, die ihr Gesicht wie eine dunkle Wolke umrahmte – ein wahrer Wasserfall. Diese Haare hätten locker für zwei Frauen gereicht. Reaper stellte fest, dass er oft an ihre Haare dachte, wenn er eigentlich an den Zar und dessen Sicherheit hätte denken sollen. Er war dafür zuständig, dass seinem Präsidenten nichts passierte. Und auch ihm selbst nicht. Nein, er wollte sich nicht von seinem Schwanz beherrschen lassen. Dieser Teil seines Körpers würde nie die Kontrolle über ihn erlangen. Er vertraute niemandem und erst recht keiner Frau, die es schaffte, dass sein Körper bis in die Haarwurzeln schmerzte.

Seufzend wandte er seine Maschine Richtung Bar. Er hatte dem Zar gesagt, dass Anya gehen müsse. Seinen Präsidenten zu beschützen war seine oberste Priorität, und wenn sie nicht etwas mitteilsamer wurde, musste sie weg. Das redete er sich jedenfalls ein, auch wenn er wusste, dass es nicht stimmte. Er hasste es, wenn jemand Quatsch redete, und am meisten hasste er es, wenn er versuchte, sich selbst irgendeinen Blödsinn weiszumachen. Er konnte noch so viele Gründe finden – die Wahrheit war, dass die Barfrau ihn aus der Ruhe brachte. Sie ging ihm unter die Haut.

Nachdem er seine Maschine geparkt hatte, zwang Reaper sich dazu, sich aufzurichten – beide Füße fest auf den Boden aufzusetzen. Er war so lange auf seinem Bike gesessen, dass er nicht sicher war, ob seine Beine ihn trugen. Er legte seinen Helm auf den Sitz der Harley und blickte über den Parkplatz.

Innerhalb von Sekunden nahm er jedes Detail der Autos und Motorräder auf, die hier parkten. Er erkannte mehrere. Zwei Prospects hingen herum und bewachten die Bikes. Er grüßte die beiden Probemitglieder nicht, auch wenn er sie eingehend musterte. Dann holte er die kleine Ledertasche aus einem der Geheimfächer an seinem Bike und machte sich auf den Weg zur Bar, wobei er seine Blicke nach wie vor über den Parkplatz schweifen ließ.

Was er nicht sah, war die alte Rostlaube der Barfrau. An den Eingangsstufen blieb er kurz stehen und atmete tief durch. Er wusste nicht, ob die Abwesenheit dieses Wagens ihn freute oder ob seine Gedanken in eine Richtung abschweiften, die er nicht näher erforschen wollte. Sie war weg. Der Zar hatte getan, worum er ihn gebeten hatte. Die Frau war nicht mehr da. Das sollte ihn eigentlich freuen. Aber er freute sich nicht – er wusste gar nicht, wie das ging. Er hatte es vergessen. Nun, vielleicht war er wenigstens erleichtert. Blöd war nur, dass er jetzt zu dem Zeltplatz fahren musste, um sich zu vergewissern, dass es ihr gut ging. Mist. Leise schimpfend erklomm er die Stufen. Sein Bauch brannte bei jedem Schritt wie Feuer, aber das war nicht halb so schlimm wie der Schmerz in seiner Brust.

Musik schallte ihm entgegen, ein lauter, hämmernder Rhythmus, der das Pochen in seinem Kopf verstärkte. Er ignorierte es und riss die Tür auf. Laute Stimmen und Gelächter mischten sich in das Klirren von Gläsern. Komisch, nachdem sich herumgesprochen hatte, dass es in Caspar eine Biker-Bar gab, war hier fast jeden Abend die Hölle los.

Er trat neben die Tür und sah sich gründlich um, wobei er jede Jacke oder Kutte bemerkte, die mit Patches versehen war. Es waren überwiegend kleinere Clubs oder Wochenendbiker im Raum. Ein paar Straßenkämpfer, drei Möchtegern-Rowdys, denen der Sinn nach Frauen und höchstwahrscheinlich einem Kampf stand. Fünf harte Kerle in einer Ecke mit Demon-

Patches. Sie bemerkten ihn, sobald er den Raum betrat. Alle fünf trugen verdeckt Waffen. Sie tranken nicht, oder zumindest nicht so viel, dass man hätte sagen können, dass sie hier waren, um sich zu amüsieren. Ein kurzer Selbstcheck: Ja, er konnte sich, falls nötig, zügig bewegen. Er hatte nichts gegen einen guten Kampf einzuwenden, und höchstwahrscheinlich würde er sich gleich über einen freuen. Sein Blick ruhte ziemlich lange auf den Demons, bevor er sich gestattete, die Bar abzusuchen.

Eine Waffe hatte er im Kreuz in seinem Gürtel stecken. Eine weitere befand sich in seinem Stiefel, neben einem Messer. Eine dritte, am leichtesten zugänglich, ruhte in seiner Jacke. Ein Griff quer über den Oberkörper, und schon war er bereit. Allerdings benutzte er beim Töten selten einen Revolver oder ein Messer. Er bevorzugte lautlose Methoden, doch gelegentlich waren Waffen hilfreich, und er konnte mit allen professionell umgehen.

Er wusste, dass er eigentlich die Barfrau Anya suchte. Er liebte diesen verdammten Namen, der so gut zu ihrem Gesicht passte. Und zu ihrer Stimme. War ihre Rostlaube liegen geblieben und sie war hierher getrampt? Er konnte sie nirgends entdecken, und er ärgerte sich maßlos, dass er überhaupt nach ihr Ausschau hielt. Am schlimmsten war der Druck in seiner Brust, der sich stetig vergrößerte.

Preacher, der heute hinter der Bar stand, wirkte ziemlich geschafft. Er schickte Reaper einen Blick über das Meer der Gäste, grinste kurz zur Begrüßung und suchte ihn nach Verletzungen ab. Einen Moment lang blieb sein Blick an Reapers Oberkörper auf der Höhe seiner Verletzung hängen, dann wanderte er wieder hoch zu seinem Gesicht. Reaper gab ihm mit einem Nicken zu verstehen, dass es ihm gut ging. Preacher nickte zurück, dann deutete er mit dem Kinn auf den Raum hinter der Bar.

Links von der Bar gab es eine Tür zum hinteren Bereich, doch Reaper durchquerte den Raum und öffnete die Klappe im Tresen, weil man durch die Bar ebenfalls nach hinten gelangte. Er durchquerte den langen Flur, der direkt ins Büro führte.

Die Bürotür war geschlossen, was auf ein Treffen hinwies. Bei geschlossener Tür hielten sich Bedienungen oder Leute, die nicht zum Club gehörten, fern. Reaper öffnete seine Jacke und trat in der Hoffnung ein, dass Savage ihm nicht eine Kugel in den Kopf jagte, sobald er die Schwelle überschritt. Savage konnte ziemlich unberechenbar sein. Wie Preacher scannte auch sein Bruder ihn mit einem raschen Blick. Der Zar erhob sich und tat das Gleiche, wobei er das Gesicht verzog, als er das Blut bemerkte. Mist, er hatte völlig vergessen, dass sein Shirt blutbesudelt war. Es war nicht nur sein Blut. Savages Blick wanderte wieder zu seinem Gesicht.

»Alles in Ordnung«, sagte Reaper, um Fragen vorzubeugen.

Code war zusammen mit dem Zar über die Abrechnung gebeugt gewesen. Das war ein Witz. Der Zar hasste Zahlen und tat meist nur so, als ob er Code aufmerksam zuhörte. Zwei weitere Clubmitglieder, Absinth und Ice, Storms Zwillingsbruder, saßen am Tisch. Alle starrten ihn und sein blutiges Shirt an. Es musste einen Grund geben, dass sich so viele so spät um diesen Tisch versammelt hatten.

»Was ist passiert?«, knurrte der Zar, bevor ein anderer etwas sagen konnte.

Reaper warf die Ledertasche auf den Tisch. »Die Arschlöcher haben uns ziemlich spät gerufen. Welcher Idiot verzieht sich irgendwohin, nur weil er sich vor Spielschulden drücken will, und lässt seine Frau und sein Kind zurück, was deren sicheren Tod bedeutet? Angeblich ist der Kerl doch der großkotzige Präsident eines Clubs, und jetzt versteckt er sich in einem dunklen Loch, umgeben von seinen Brüdern, und lässt

Frau und Kind schutzlos zurück.« Reaper klang zutiefst angewidert, denn so etwas konnte er wirklich nicht nachvollziehen. Wer konnte nach so einer Tat noch in den Spiegel schauen? Wie konnten seine Brüder noch zu ihm aufschauen? »Am liebsten hätte ich ihm die Kehle durchgeschnitten.« Er starrte seinen Präsidenten wütend an. »Schick mich nie mehr auf so eine Mission. Beim nächsten Mal würde ich mich nicht mehr so zurückhalten können.«

Der Zar musterte ihn eingehend, doch Reapers Miene blieb ausdruckslos. Sein Präsident schüttelte den Kopf. »Erzähl mir erst mal, wie das ganze Blut auf dein Shirt gekommen ist. Ist es deines oder das eines anderen? Sag mir bitte, dass es nicht das Blut unseres Kunden ist.«

Reaper zuckte die Schultern. Tja, zum Teil stammte es tatsächlich von diesem feigen Kerl. Er hatte bekommen, was er verdiente. Der Club nannte sich ›Mayhem‹ – Verwüstung. Lächerlich. Ein schlechter Witz. Seiner Meinung nach hatte dieser Arsch von Präsident den Tod verdient. Trotzdem hatte er sich beherrscht. »Vielleicht habe ich mich nicht ganz klar ausgedrückt. Dieser Feigling hat Spielschulden gemacht, und statt sie zu begleichen, hat er seine Jungs aufgefordert, ihn in Sicherheit zu bringen, als die Schlägertypen aufgekreuzt sind, um ihm das Geld abzuknöpfen. Er hat zwei Staaten durchquert, und erst dann ist ihm eingefallen, dass er ja eine Frau und eine Tochter hat.«

»Und er hat uns beauftragt, sie in Sicherheit zu bringen«, erinnerte der Zar ihn milde.

»Nachdem er seinen erbärmlichen Arsch gerettet hat. Zwei Tage später. Zwei verdammte Tage später. Er hat seine Frau nicht mal gewarnt. Als wir dort aufgekreuzt sind, waren die verdammten Geldeintreiber schon da. Geld oder Leben.« Er langte sich an die frische Wunde in seiner Seite. Sie brannte nach wie vor höllisch. »Sie hatten beschlossen, sich erst mal ein bisschen mit ihnen zu vergnügen, bevor sie sie erdolchten. Das Mädchen ist vierzehn!«

»Dann bist du also zwischen das Mädchen und das Messer getreten«, stellte der Zar fest.

Reaper blieb ihm eine Antwort schuldig. Was hätte er schon sagen sollen? Hätte er zuschauen sollen, wie so ein Arschloch eine Vierzehnjährige und ihre Mutter umbrachte? Nein, dafür brauchte er sich wahrhaftig nicht zu entschuldigen.

»Wie groß ist deine Wunde?«, fragte Code.

»Was spielt das denn für eine verdammte Rolle?«

»Da hat aber jemand schlechte Laune«, bemerkte Code. »Fünf Stiche? Mehr?«

»Sechs. Ich brauche keinen Arzt. Hab mich selber drum gekümmert.«

Spottgelächter wurde laut. Reaper zeigte seinen Brüdern den Stinkefinger.

»Das will ich sehen«, sagte Ice. »Wenn es so ähnlich aussieht wie beim letzten Mal, als du dich selbst genäht hast, wirst du bald wie Frankenstein ausschauen.«

»Tut er doch eh schon«, witzelte Code.

Reaper sah Savage an. Er hatte das Gesicht nicht verzogen, und sein Blick wirkte leicht besorgt, aber er blieb stumm.

»Nimmst du ein Antibiotikum?«, fragte der Zar.

»Ich hol mir morgen eines beim Doc.«

»Sag mir, was wirklich passiert ist, Reaper, denn sonst muss ich mir ernsthaft Sorgen um dich machen. Du hättest diese Idioten in wenigen Sekunden töten können. Was zum Teufel hast du gemacht, dass du dir eine Wunde eingefangen hast, die du mit sechs Stichen nähen musstest?«

»Ich bin mit meinem Bericht fertig«, erklärte Reaper verstockt.

»Wir sind fertig, wenn ich das sage.« Die Stimme des Präsidenten war so leise geworden, dass es im ganzen Raum mucksmäuschenstill wurde. So leise, dass Reaper gewarnt war, dass der Zar ihn nicht um etwas gebeten hatte.

Er schüttelte den Kopf. Wenn der Zar so klang, dann erwartete er eine Antwort. »Ich wollte nicht, dass das Mädchen sieht, wie ich ihn töte. Ich lenkte seine Messerhand dorthin, wo ich wusste, dass sie nicht viel Schaden anrichten konnte. Die Kleine ist ein Mongo, die war völlig durchgedreht. Ihr Vater hat sie und ihre Mutter in diese Situation gebracht. Das hat mich echt wütend gemacht. Ich wollte nicht, dass die Kleine noch mehr leiden musste.«

Der Zar seufzte. »Reaper, sie ist die Tochter des Präsidenten einer Biker-Gang. Der Mayhem-Club ist nicht so groß wie die Diamondbacks, aber er ist gewalttätig. Sie hat bestimmt schon das eine oder andere in dieser Richtung mitbekommen.«

»Sie ist total ausgeflippt«, wiederholte Reaper. »Ich hab ihr gesagt, dass sie die Augen zumachen und sich umdrehen soll, und dann hab ich den Mistkerl getötet. Danach hab ich ihr die Augen zugehalten und sie fortgeschafft.«

»Du solltest bei solchen Sachen nicht dein Leben aufs Spiel setzen«, zischte der Zar erbost und knallte die Faust auf den Tisch.

Reaper beugte sich vor und sah ihm in die Augen. »Ich setze mein Leben seit meinem fünften Lebensjahr aufs Spiel. Seitdem habe ich genügend Leute umgebracht. Mit einer Messerwunde werde ich spielend fertig.«

»Es geht aber darum, dass du es nicht hättest tun müssen«, fauchte der Zar.

»Es war mein Auftrag. Ich muss die Entscheidungen treffen. Es wird dich freuen zu hören, dass ich ihren Vater nicht umgebracht habe, als wir die beiden zu ihm gebracht haben. Unsere Gage hat er bereitwillig gezahlt, aber seine Spielschulden wollte er nicht begleichen. Er hat seine Frau und seine Tochter in Lebensgefahr gebracht. Was für ein Kerl tut so etwas?«

»Der Club hat uns dafür bezahlt, dass wir sie da rausholen und zu ihm bringen. Seine Spielschulden sind nicht unser Problem.«

»Wenn die Geldeintreiber ihn erwischen, wird er uns sofort verraten. Das hatte er ohnehin vor. Ich habe die zwei Killer umgebracht. Aber wer sie geschickt hat, wird sich bestimmt dafür rächen wollen.«

»Ihr habt doch Masken und Handschuhe getragen«, erwiderte der Zar. »Er hat eure Gesichter also gar nicht gesehen.«

»Nein, aber der feine Mr. Mayhem-Präsident hat einen Tracker zu dem Geld gelegt«, erklärte Reaper. »Er wollte uns verpfeifen, um seine Schulden loszuwerden. Er wird den Link ins Internet stellen, aber mehr hat er nicht.« Er grinste. »Ich hab das Clubmitglied, das uns verfolgt hat, umgelegt und ihm den Sensor ins Maul gestopft.«

»Code hat gesagt, dass du ihn per SMS beauftragt hast, unsere Online-Operation zu schließen. Das hat er getan. Wir machen sie später wieder auf.«

»Nur damit du Bescheid weißt – ich habe diesen erbärmlichen Feigling von Präsidenten nach Strich und Faden verprügelt. Keine Ahnung, ob er das überlebt hat. Falls doch, dann mit bleibenden Schäden. Er wollte uns verraten, der Sender hat das Fass zum Überlaufen gebracht. Am liebsten hätte ich ihm an Ort und Stelle ein Messer in den Hals gerammt.«

Der Zar schüttelte den Kopf und schob Code die Tasche mit dem Geld zu. »Zahl das auf unser Konto ein. Wir stehen ganz gut da. Wir haben die meisten Betriebe eröffnet und arbeiten noch an einigen der Häuser. Reaper, wirst du denn je in deines einziehen?«

Reaper zuckte die Schultern. Er hatte keine Ahnung, was zum Teufel er mit einem Haus anfangen sollte. Der Zar hatte darauf bestanden, dass sie alle ein richtiges Haus bekamen. Seines lag am Rand der zerklüfteten Küste. Es gab eine Treppe hinunter zur Bucht und eine Anbindung zu zwei Straßen, die um Caspar herumführten und einen Zugang zu alten Holzfällerwegen boten. Es war ihm sehr recht, dass er gegebenenfalls problemlos würde fliehen können.

»Bald«, erwiderte er nur. Er brauchte eigentlich bloß ein Bett, und das hatte er auch hier auf dem Gelände. Er brauchte kein eigenes Haus. Keines, das auf Schritt und Tritt hallte, weil er es nur äußerst karg möbliert hatte. Eigentlich stand bisher nur ein Bett darin. Vielleicht hatte er Glück, und das Ganze rutschte demnächst ins Meer, dann musste er sich nicht mehr damit herumschlagen.

Er wechselte das Thema. »Draußen sitzen ein paar Schlägertypen an einem Tisch. Die sehen aus, als warteten sie auf jemanden. Haben sie mit dir ein Treffen vereinbart, Zar?«

Der Zar nickte bedächtig. »Sie wollten warten, bis du da bist. Code hat ein paar Dinge über sie herausgefunden. Sie kommen aus dem Norden. Ihr Club heißt ›Demons‹. Sie sind nicht sehr groß, haben aber einen gewissen Ruf. Sie wollen mit unserer Hilfe ihr Einzugsgebiet erweitern.«

»Vermutlich geht es um Drogen«, erklärte Ice. »Wir machen diese Scheiße nicht mehr. Wir sind rehabilitiert.«

Die anderen lachten. »Ja. Drogen bringen wir nicht mehr unters Volk, aber wir bringen Leute um, wenn es sein muss«, bemerkte Absinth.

»Außerdem lungern noch ein paar harte Burschen herum, die sich offenbar für ziemlich cool halten«, fuhr Reaper fort. »Mit denen könnten wir Ärger bekommen. Sie saufen wie die Löcher und grölen herum. Sie haben mich nicht mal bemerkt, als ich hereinkam, im Gegensatz zu den anderen – den Demons. Wir sind als Club noch nicht sehr bekannt und in dieser Gegend nicht mal der größte. Warum wollen die was von uns?«

Der Zar zuckte die Schultern. »Das wissen wir erst, wenn sie mit uns geredet haben.«

»Haben sie gesagt, dass sie durch Codes Website auf uns gestoßen sind?«

Der Zar schüttelte den Kopf. »Nicht, dass ich wüsste. Ich glaube, die interessiert vor allem unsere Lage – hier direkt an der Küste.« Er musterte Reaper noch einmal eingehend. »Ich würde mich in deinem Zustand nicht gerne mit jemandem treffen wollen, der was von uns will.«

Reaper verzog sich in den hinteren Raumbereich, der von der Deckenlampe nicht mehr ausgeleuchtet wurde. Er war müde. Erschöpft. Doch er wusste, dass er nicht gleich einschlafen würde, wenn er jetzt ins Bett ging. Falls doch, dann würde er Albträume kriegen. Sie plagten ihn in letzter Zeit ziemlich oft, doch er hatte keinem, nicht einmal Savage, etwas davon gesagt.

»Schaffst du das jetzt noch?«, fragte der Zar. »Wir können ihnen sagen, dass sie ein andermal kommen sollen.«

»Ich habe dir doch gesagt, dass man erst mal Nachforschungen anstellen und sich vergewissern sollte, dass sie sauber sind. Wir, vor allem du, haben viele Feinde. Es gefällt mir nicht, wenn du so im Vordergrund stehst.« Reaper stützte sich mit dem Rücken an der Wand ab und vergewisserte sich, dass er die Tür genau im Blick hatte. Savage befand sich auf der anderen Seite des Raumes. Die fünf Demons würden von ihnen eingekeilt sein.

»Wenn es nach dir ginge, würdest du eine Mauer um mich herum errichten«, stellte der Zar fest.

»Du hast Blythe und die Kids«, gab Reaper zu bedenken. »Und außerdem bist du der Kopf unserer Truppe.«

Die Züge des Präsidenten wurden weicher. »Ich habe euch alle. Ich mache mir keine Sorgen, weil ich meine Brüder bei mir habe.« Ohne Reaper aus den Augen zu lassen, fuhr er fort: »Ice, hol sie rein. Sie sollen nacheinander eintreten. Du bleibst hinter ihnen. Absinth, du durchsuchst sie und sagst ihnen, dass sie ihre Waffen abgeben sollen.«

Reaper war froh, dass der Zar kein Risiko eingehen wollte. Absinth konnte die Leute mit seiner Stimme beeinflussen. Er konnte einschmeichelnd und sanft klingen, und sobald er den Demons den als Vorschlag verkleideten Befehl in den Kopf gesetzt hatte, würden sie ohne zu zögern ihre Waffen abgeben. Wenn es zu einer Schießerei kommen würde, dann nicht auf dem heimatlichen Terrain der Torpedo Inks.

»Bleibt im linken Bereich des Raumes.« Reaper war ganz bei der Sache. »Savage und ich werden sie wenn nötig im Kreuzfeuer haben, in das keiner von euch geraten will. Wir teilen uns mit, welche wir übernehmen. Ihr tut einfach so, als sei alles in bester Ordnung.« Er war gut darin, einen Mord zu planen. Das hatte er schon Hunderte von Malen getan. Der Zar war ebenso geschickt, vermutlich hatte Reaper es von ihm gelernt, denn der Zar war der Älteste von ihnen. Er hatte sie lebendig aus der Hölle ihrer Kindheit und Jugend herausgeholt.

Der Zar nickte, und Ice verschwand. Die Tür ließ er offen stehen. Reaper lehnte sich entspannt an die Wand. Das war seine Welt, eine Welt, die er ganz genau kannte, und eine Frau wie Anya Rafferty mit ihren langen dunklen Haaren und ihrer mitfühlenden Seele gehörte nicht in diese Welt. Seufzend gestand er sich ein, dass sie sich schon wieder in seine Gedanken eingeschlichen hatte.

Er hätte ihr bis zu dem Ort, an dem sie übernachtete, folgen sollen. Das Gelände war ziemlich weitläufig, wenn er sich recht erinnerte. Dort war ihr Club einmal in einen Schusswechsel verwickelt worden. Ein Massaker. Es gab dort genügend Stellen, an denen sich Verbrecher verstecken konnten. Das hieß, dass Anya nicht so sicher war, wie er es gern gehabt hätte. Er zwang sich, nicht weiter in diese Richtung zu denken. Schließlich wäre jede Frau, die dort allein kampierte, gefährdet gewesen.

Plötzlich richtete er sich auf. Vielleicht kampierte sie dort gar nicht allein? Vielleicht zusammen mit einem Mann? Vielleicht unterstützte sie irgendeinen faulen Loser, der keine Lust hatte zu arbeiten oder sich um seine Frau zu kümmern? Verdammt, er hätte ihr doch bis zu ihrem Lager folgen sollen! Jetzt stand sein Kopf kurz davor zu explodieren und war überhaupt nicht dort, wo er sein sollte. Genau das hatte er befürchtet. Die Frau stiftete nichts als Chaos in seinem Inneren, und er sollte heilfroh sein, dass der Zar sie weggeschickt hatte. Trotzdem musste er sich vergewissern, dass es ihr gut ging – genauso, wie er es bei jeder anderen Frau getan hätte, redete er sich ein.

Seine Alarmglocken für Schwachsinn fingen an zu schrillen, doch er ignorierte sie, denn der erste Mann trat ein. Das war wohl ihr Sergeant at Arms, ihr Vollstrecker, der härteste dieser fünf Kerle. Er erforschte sein Gesicht, während Absinth seine Waffen entgegennahm. Ja, der hatte es in sich. Was tat so ein Bursche in einem kleinen Club? Die Demons hatten wohl mit mehr aufzuwarten, als Code bisher herausgefunden hatte. Der Vollstrecker überreichte wortlos seine Waffen, während er den Raum überflog und wahrnahm, wie sie hier verteilt waren. Dabei wurde ihm wohl auch klar, dass er weder Reaper noch Savage deutlich sehen konnte.

Die beiden verstanden es, ihr Bild verschwimmen zu lassen. Das war nützlich, wenn man andere jagte. Sie hatten schon als Kleinkinder damit angefangen, diese Fertigkeit zu üben, und sie im Lauf der Jahre nahezu perfektioniert. Es hatte viel mit der Wahl des passenden Standortes zu tun und damit, dass man sich bedeckt und vollkommen reglos hielt, sodass die Blicke der anderen gar nicht erst in die fragliche Richtung schweiften.

Die Demons kamen, wie der Zar befohlen hatte, einer nach dem anderen herein. Ice bildete die Nachhut und schloss die Tür. Reaper beobachtete jeden Einzelnen scharf und fand heraus, welcher von ihnen am ehesten Ärger machen würde: Ein

Mann, der sich als Tether vorstellte. Er war der Jüngste, der es kaum erwarten konnte, sich zu bewähren. Razor, der als Erster hereingekommen war, war, wie Reaper gleich vermutet hatte, wohl der Gefährlichste. Er würde auch als Erster unschädlich gemacht werden müssen.

»Ich bin Hammer«, sagte ein anderer. »Der Präsident der Demons.« Sein Patch bestätigte dies.

»Zar.« Ihr Präsident schüttelte dem anderen die Hand und deutete auf die Stühle um den ovalen Tisch.

Razor zögerte, denn ihm war klar, dass sie, vor allem ohne ihre Waffen, im Sitzen besonders gefährdet waren. Absinth hatte jeden Mann gründlich durchsucht, nachdem alle seinem leisen, geflüsterten Befehl gefolgt waren, ihre Waffen abzugeben. Da der Zar mit im Raum war, war er besonders gründlich. Sie alle schützten ihren Präsidenten. Dem war das manchmal gar nicht so recht, aber das war den anderen egal. Er musste unter allen Umständen am stärksten gesichert werden. Falls die Sache ausuferte, würde es Codes Aufgabe sein, den Zar mit seinem eigenen Körper zu beschützen, während Reaper, Savage, Ice und Absinth die Demons töteten.

Leises Frauenlachen wehte durch den Flur, und Reaper wäre beinahe zusammengezuckt. Beinahe. Leise fluchend schaffte er es, sich so weit zu beherrschen, dass er sich nicht bewegte. Dieses Lachen klang ganz nach der Barfrau. Er musste jetzt unbedingt bei der Sache bleiben und sich nicht über eine Frau Gedanken machen, die vielleicht sogar beauftragt worden war, den Zar zu töten. Na ja, um ehrlich zu sein, glaubte er das keine Sekunde. Aber er würde später noch einmal darüber nachdenken müssen und auch darüber, dass draußen drei harte Kerle saßen, die auf Weiber scharf waren. Im Moment musste er sich ausschließlich Schritt für Schritt überlegen, wie er die Demons eliminieren und seinen Präsidenten beschützen würde.

Razor musste als Erster unschädlich gemacht werden. Reaper

wollte ihm einen Kopfschuss verpassen. Zwei Kugeln, um auf Nummer sicher zu gehen, auch wenn er sein Ziel nie verfehlte. Der Präsident würde der Zweite sein, obwohl auch Code und Absinth sich um ihn kümmern würden. Savage würde die zwei übernehmen, die links und rechts neben ihrem Präsidenten saßen und ihn beschützten. Die beiden hießen Weed und Shaft. Auf ihren Patches stand ihr Road-Name sowie ihr Rang. Es war ungewöhnlich, dass ein Präsident, ein Vollstrecker, ein Sekretär und ein Road Captain gemeinsam auf einem Treffen auftauchten. Es musste also um etwas Größeres gehen.

»Was kann ich für euch tun?«, fragte der Zar.

Einen Moment lang war es still, während Hammer versuchte, ihn einzuschätzen. Razor fühlte sich bei dem Arrangement sichtlich unwohl, hielt jedoch die Klappe. Sein Blick schweifte rastlos durch den Raum auf der Suche nach etwas, was seinen Boss bedrohen könnte.

»Ich komme gleich zur Sache«, sagte Hammer schließlich. »Ich habe viel Gutes über euren Club gehört. Ihr seid nicht groß, aber ihr erledigt, was erledigt werden muss. Wir haben ein kleines Problem. Auch unser Club ist nicht groß – drei Chapter. Gutes Gebiet. Wir halten es so sauber wie möglich. Legen uns nicht mit den Leuten dort an. Ich habe gehört, dass es hier bei euch auch ganz gut läuft.«

Der Zar zuckte die Schultern, blieb jedoch stumm. Sein Blick fixierte das Gesicht seines Gesprächspartners.

Reaper hatte diesen Blick tausend Mal gesehen. Er hatte ihn in der Schule in Russland gelernt, in der eiskalte Kriminelle das Sagen hatten, und wenn man am Leben bleiben wollte, dann machte man keine Fehler, etwa, zur falschen Zeit zu zucken.

»Wir haben eine Route, die von unserem Territorium hierherführt. Dann hört sie abrupt auf und fängt auf dieser Seite von Santa Barbara wieder an.«

Der Zar schüttelte den Kopf. »Das ist das Territorium der

Diamondbacks. Wenn ihr etwas durch ihr Territorium schaffen wollt, dann müsst ihr euch an sie wenden und ihnen eine Gebühr bezahlen, und sie werden den Transport übernehmen.«

Hammer schüttelte hastig den Kopf. »Die schlucken jede Pipeline und nutzen sie für ihre eigenen Zwecke. Ein Club wie unserer ist für sie nur ein Spielball. Der Anteil, den sie dafür haben wollen, ist so hoch, dass wir uns das einfach nicht leisten können.«

»Wenn sie euch erwischen, werden sie euch den Krieg erklären und euch auslöschen. Sie haben mehr Chapter als jeder andere Club weltweit. Sie halten zusammen wie Pech und Schwefel, und schon allein aus Respekt bemühen wir uns, ihnen nicht auf die Füße zu treten, indem wir etwa eine Pipeline schaffen, ohne ihnen einen Anteil zu geben.«

Hammer und Shaft, sein Sekretär, tauschten Blicke aus, die Reaper ziemlich verzweifelt vorkamen.

»Worum handelt es sich denn?«, fragte der Zar.

»Um Falschgeld.«

Dass Hammer ihnen das unverblümt gesagt hatte, wies ebenfalls darauf hin, dass sie verzweifelt waren.

Der Zar beugte sich zu ihm vor. »Ich mag es nicht, wenn mir jemand nicht die ganze Wahrheit sagt. Ich stehe kurz davor, dir eine Kugel in den Kopf zu jagen. Was wollt ihr hier wirklich? Meine Lady wartet auf mich, und ich lasse sie nicht gern warten. Niemals! Also, vergeudet nicht meine verdammte Zeit!«

Statt besorgt zu wirken oder vielleicht sogar erschrocken, wirkte Hammer erleichtert. Er atmete tief durch und rückte mit der Wahrheit heraus. »Mein Club schaut schwach aus, aber das sind wir nicht. Wir haben uns mit einem Club eingelassen, der ein Casino betreibt. Wir helfen ihnen, das Geld zu waschen. Vor Kurzem haben sie von unserem Falschgeldgeschäft Wind bekommen. Wir halten den Ball flach, verteilen nur ab und zu ein paar Scheine auf unserer Ostroute. Sie wollen das Geschäft vergrößern.«

»Wie haben sie von diesem Geschäft erfahren?«, fragte der Zar, der wie immer gleich auf den wichtigsten Punkt zu sprechen kam.

»Einer unserer Prospects hat sich im Glücksspiel versucht und dabei hoch verschuldet. Statt sich an den Club zu wenden, hat er seine Spielschulden mit Information beglichen.« Hammer klang betont neutral.

»Wo steckt er jetzt?«, fragte der Zar, und seine Stimme senkte sich eine Oktave.

Allein sein Tonfall machte alle im Raum nervös. Obgleich Reaper das schon sehr oft erlebt hatte, war er jedes Mal aufs Neue beeindruckt.

»Er hat es nicht überlebt«, erwiderte Hammer.

»Ist sonst noch jemand in eurem Club so redselig?«

»Den Männern in diesem Raum vertraue ich selbstverständlich. Das Gleiche gilt für die Leute in meinem Chapter. Die anderen Chapter tragen unsere Farben, und ich kämpfe für sie und mit ihnen, aber ich kenne sie nicht so gut wie meine Brüder.«

Das war eine ehrliche Antwort. Keiner konnte jeden Mann in jedem Chapter kennen.

»Sind sie alle im Falschgeldgeschäft tätig?«

Hammer nickte. »In der Verteilung. Wir haben die Druckplatten. Die sind ausgezeichnet. Ich habe einen guten Mann, der weiß, was er tut. Wir gehen auf Nummer sicher und werden nicht gierig. Wir sorgen für einen reibungslosen Ablauf und dafür, dass man die Blüten nicht zu uns zurückverfolgen kann. Der andere Club will das Geschäft aber unbedingt ausweiten.«

»Wie groß ist er denn?«, wollte der Zar wissen.

»Das ist das Problem. Sie agieren wie Geister. Und sie nennen sich ›Ghosts‹.«

In dem Moment rührte sich Reaper, was er sonst nie tat. Die Leute wurden auf ihn aufmerksam, der Vollstrecker der Demons wäre beinahe aufgesprungen. Reaper ignorierte ihn. »Kann ich kurz mal mit dir reden, Zar?«

Auch das passierte sonst nie. Die Clubmitglieder überließen dem Zar stets die Gesprächsführung und redeten anschließend darüber.

Dessen Miene verriet nichts, als er aufstand und mit dem Kinn auf die einzige andere Tür im Raum deutete. Reaper wartete, bis er den Raum durchquert hatte, dann trat er hinter ihn, sodass sich sein Körper zwischen seinem Präsidenten und den Demons befand.

Der Zar schloss die Tür hinter ihnen und drehte sich mit erhobenen Brauen besorgt zu Reaper um.

»Diese Mistkerle, die hinter der Frau und dem Kind des Mayhem-Präsidenten her waren, waren Ghosts. Sie trugen keine Farben, aber sie bezeichneten sich als Geister. Das waren die letzten Worte aus dem Mund dieses Bastards, bevor ich ihn erledigt habe. Er sagte was in der Art von ›ich würde seine Freunde nie kommen sehen, weil sie Geister seien‹.«

»Glaubst du, die Demons stellen uns eine Falle?«, fragte der Zar.

Reaper liebte seinen Bruder. Der Zar glaubte an ihn und an seine Fähigkeit, nicht nur ihn, sondern auch seine Familie und die anderen zu beschützen. Er glaubte an Reapers Instinkte, an sein Bauchgefühl. Im Moment sagte ihm sein Bauchgefühl, dass die Demons Ärger mit diesem neuen Ghost-Club hatten.

Reaper schüttelte den Kopf. »Ich habe ein ungutes Gefühl. Sie wollen es nicht zeigen, aber sie haben Angst. Sie haben uns immer noch nicht alles erzählt.«

Der Zar klopfte ihm auf die Schulter. »Glaub keine Sekunde lang, dass ich dich nicht brauche, Reaper. Du und ich, wir haben uns immer aufeinander verlassen. Wir haben in der

Hölle gehaust. Das tun wir jetzt nicht mehr, und nun bestimmen wir, wo's langgeht. Das ist neu. Lass dich davon nicht verwirren.«

Reaper wusste, dass er sein Leben aufs Spiel gesetzt hatte. Auch der Zar wusste das. Als sein Bruder ihm jetzt in die Augen sah, nickte er nur kurz. Er wollte nicht darüber reden. Es war die verdammte Frau. Die Barfrau. Ihre Haare. Ihr Lachen. Ihre verdammte Haut, die so weich wirkte, dass er tatsächlich versucht gewesen war, sie zu berühren. Aber er berührte niemanden, es sei denn, er wollte ihn umbringen. Keiner berührte ihn, es sei denn, er wollte sterben, und das tat er dann auch. Nur seine Brüder durften ihn berühren, und es hatte lange gedauert, bis er gelernt hatte, es zu ertragen.

»Lass mir den Vortritt«, bat er den Zar. »Halte dich hinter mir. Ich bring dich zu deinem Platz, und dann bring ich mich wieder in Stellung. Verhör ihn erst, wenn ich meinen Platz eingenommen habe.«

Der Zar widersprach ihm nicht, was er sonst gerne tat, wenn es um seine Sicherheit ging. Er hasste es, wenn die anderen ihr Leben für ihn riskierten, aber bei Reaper war jeder Widerspruch zwecklos.

Reaper begleitete ihn zum Tisch, ohne dass es besonders auffiel. Er näherte sich dem Tisch ganz beiläufig, beugte sich sogar vor, um ein paar Erdnüsse aus der Dose zu fischen, die in der Mitte stand. Anschließend schlenderte er zur Wand zurück.

Der Zar wartete, bis Reaper nur noch eine verschwommene Silhouette war. »Dieser Club, den du als ›Ghosts‹ bezeichnest – ist das ein richtiger Motorradclub? Tragen sie Colors?«

Der Präsident der Demons nickte. »Sie haben uns ganz offiziell ihre Aufwartung gemacht. Wir haben keine Ahnung, wie viele es sind. Ihre Basis ist droben an der Grenze zu Oregon. Wir wissen nicht viel von ihnen.« Er rieb sich das Kinn. »Das ist meine Schuld. Ich hätte mich eingehender nach ihnen erkundigen müssen, aber zu der Zeit war meine Lady …« Er schüttelte den Kopf. »Keine Entschuldigungen. Was geschehen ist, ist geschehen. Ich muss meine Ware durch dieses Territorium bringen können. Ihr müsst das für uns übernehmen.«

»Du hast noch nicht gesagt, warum. Wie haben sie euch dazu gebracht, euch an uns zu wenden? Haben sie von uns gesprochen?«

Hammer schüttelte abermals den Kopf. »Nein. Ich weiß nicht, ob sie euch überhaupt auf dem Radar haben. Ich glaube, sie wollen sich in den Diamondback-Club einklinken. Bei einem so großen Club gibt es bestimmt ein paar Spieler. Du und ich, wir wissen beide, dass die Diamondbacks uns schlucken werden, wenn die einen Krieg mit ihnen anfangen.«

»Trotzdem – warum sagst du ihnen nicht einfach, sie sollen sich zum Teufel scheren? Du weißt weder, wie groß sie sind, noch wer sie genau sind. Warum bringt ihr sie nicht einfach um die Ecke?«, fragte der Zar mit milder Stimme.

»Sie haben meine Frau.« Hammer stellte diese Information in die Mitte des Raumes, und die Spannung erhöhte sich sofort um tausend Prozent. Man bekam fast keine Luft mehr.

Der Zar suchte Reapers Blick. Wer zum Teufel trug den Krieg auf dem Rücken von Frauen und Kindern aus? Wer hatte den Nerv, die Frau des Präsidenten der Demons zu entführen und sie festzuhalten, bis der Club tat, was man von ihm wollte?

»Wie lange ist sie schon in ihrer Gewalt?«, fragte der Zar plötzlich ganz geschäftsmäßig. Sein mildes Interesse hatte sich in totale Konzentration verwandelt.

Reaper liebte diesen Mann und seine Denke. Der Zar nahm jedes Detail wahr, absorbierte es, kam auf Ideen und ordnete sie strikt nach Pro und Contra, bis er genau wusste, was zu tun war.

»Sie haben sie vor zwei Nächten verschleppt und mir eine

Woche Bedenkzeit gegeben. Ich bin erst mal zu euch gekommen. Ihre Gesundheit ...« Er schüttelte den Kopf. »Sie hatte Krebs. Vor Kurzem hat sie ihre letzte Chemo gehabt. Ihr Immunsystem ist am Boden. Sie ist erst sechsundzwanzig. Jung. Verflucht, ich weiß nicht, wo sie steckt, aber sie ist wirklich eine ganz Feine. Sie wird sich zusammenreißen, und sie weiß, dass ich sie da rausholen werde. Ich brauche nur ein bisschen Zeit, um sie aufzustöbern.«

»Diese Leute spielen nicht fair«, sagte der Zar. »Es ist nicht das erste Mal, dass sie die nächsten Angehörigen gegen jemanden verwenden. Vor Kurzem erst hatten sie vor, die Ehefrau und Tochter eines Mannes umzubringen. Ich glaube nicht, dass du sehr viel Zeit hast.«

»Willst du mir helfen?«

## 2. Kapitel

Der Blick des Torpedo-Ink-Präsidenten glitt über seine Brüder. Ice war der Erste. Er klopfte einen leisen Rhythmus auf den Tisch. Savage klopfte an die Wand, einen kurzen Dreivierteltakt. Die anderen folgten, bis nur noch Reaper übrig blieb. Der Zar wartete geduldig, während Reaper die Folgen abwägte. Er wollte auf jeden Fall die Ghosts aufspüren, sie vernichten und die Frau befreien. Aber wenn sie das zusammen mit den Demons taten, war ihr Club und vor allem ihr Präsident exponiert. In der Welt der Gesetzlosen würde ihr Ruf wachsen. Das brauchten sie nicht wirklich.

Reaper überlegte so gründlich, wie er es in jeder anderen Situation getan hätte. Endlich gab auch er mit einem kurzen Eins-Zwei-Drei-Klopfen sein Einverständnis. Der Zar nickte.

»Eure Pipeline geht mir am Arsch vorbei«, erklärte er Hammer. »Aber bei deiner Frau ist das etwas anderes. Keiner vergreift sich an unseren Familien. Ich brauche sämtliche Informationen, die du über die Ghosts hast. Unser Mann wird gleich heute Abend Nachforschungen anstellen. Wenn sie ein offizieller Club sind, bekommen wir auf der Stelle alle nötigen Informationen. Du solltest sie noch ein bisschen hinhalten und in dem Glauben wiegen, dass du dir das Geschäft noch überlegst. Sag ihnen einfach, dass du einen Termin mit einem Präsidenten vereinbart hast, um ihm eine Partnerschaft bei eurem Falschgeldgeschäft schmackhaft zu machen. Sie werden davon ausgehen, dass es sich um den Präsidenten der Diamondbacks handelt. Ich kümmere mich um die Diamondbacks, falls es da Probleme gibt. Sie schulden mir noch den einen oder anderen Gefallen.«

Reaper hatte zwei der schlimmsten Feinde der Diamondbacks beseitigt, um den Frieden zwischen den beiden Clubs zu erkaufen. Deshalb fand er, dass der eine oder andere Gefallen ruhig auch ein etwas größerer sein konnte. Der Ruf von Torpedo Ink war schneller gewachsen, als ihnen lieb war. Das hatte dafür gesorgt, dass die Diamondbacks sie ein paarmal besucht hatten. Die Lage war angespannt gewesen, doch der Zar hatte sie wie üblich entschärft. Sie vermieden jegliche Konkurrenz mit den Diamondbacks, was ihrem Club überaus recht war, auch wenn die anderen das nicht wussten.

Leises Lachen wehte durch den Spalt unter der Tür in den Raum. Das Geräusch umfing Reaper. Er sah seine Brüder an, doch die schienen nichts zu bemerken. Der Zar stellte Hammer noch etliche Fragen, dann schüttelte er ihm die Hand. Hammer erhob sich zusammen mit seinen Männern, und an der Tür gab Absinth jedem seine Waffe zurück. Er wusste noch ganz genau, welche Waffe wem gehörte.

»Wir holen sie zurück«, versicherte der Zar.

Hammer nickte düster. »Mit diesen Burschen ist nicht zu spaßen.«

Der Zar lächelte, doch in diesem Lächeln lag keine Belustigung. Er sah aus wie das Raubtier, das er war. All sein Charme war verflogen. »Mit uns auch nicht«, stellte er grimmig fest.

Sobald die Demons verschwunden waren, wandte sich der Zar an seine Brüder. »Code, setz dich gleich heute Nacht an den Computer. Wir sind alle müde, aber uns läuft die Zeit davon. Reaper, du schläfst dich erst mal aus, selbst wenn du dafür was einnehmen musst. Du siehst echt geschafft aus, und ich werde dich bei dieser Sache brauchen. Vermutlich dich und Savage.«

Reaper schüttelte den Kopf. »Einer von uns bleibt bei dir.«

»Jedes Mitglied dieses Clubs ist zum Killer ausgebildet worden, Reaper. Alle können mich beschützen.«

»Was passiert, wenn die Ghosts von dir und Blythe Wind bekommen? Den Mädchen, die bereits durch die Hölle gegangen sind? Kenny, bei dem es genauso ist? Ich kann dieses Risiko nicht eingehen. Deine Familie ist auch unsere Familie und steht unter unserem Schutz. Wir …«

»Okay, okay, aber jetzt hau dich erst mal aufs Ohr. Verschwinde.«

Das tat Reaper nur allzu gerne. Er musste noch einiges erledigen, etwa zum Zeltplatz düsen und schauen, ob Anya dort war. Mittlerweile hatte er sich eingeredet, dass dieses Lachen von einer anderen Frau gestammt hatte. Trotzdem hielt er nach ihr Ausschau, sobald er den Flur betrat. In der Mitte des Flurs blieb er abrupt stehen. Von dort aus hatte er nämlich einen Blick auf die Bar.

Sein Herz machte einen Satz. Sie war da. Was zum Teufel? Er setzte für den Club immer wieder sein Leben aufs Spiel und hatte den Zar nur um eines gebeten. Nur um einen einzigen Gefallen!

Sie warf einen Blick über die Schulter und lächelte ihn an. Sein Herz geriet ins Stolpern. Fing an, wie verrückt zu hämmern. Er ignorierte sie. Zwang sich mit aller Macht dazu, nicht ihre Haarpracht zu bewundern. Haare, die ihr selbst in einem Pferdeschwanz fast bis zum Hintern reichten.

Er weigerte sich zu bemerken, wie perfekt ihre Titten waren. Unter dem engen T-Shirt zeichneten sich deutlich ihre üppigen Formen ab. Das Shirt hatte sie in den Hosenbund gestopft. Das betonte, dass sie nicht nur mit fantastischen Brüsten, sondern auch mit ebenso fantastischen Hüften gesegnet war. Ein Biker-Traum. Aber Reaper wollte auf keinen Fall wahrnehmen, wie ihre ausgebleichte Jeans ihren Hintern liebevoll einfasste, und auch nicht, wie ihre Hüften beim Laufen hin und her schaukelten. Und noch weniger wollte er sich eingestehen, dass er unendlich viele schmutzige Fantasien über ihren Hintern und ihre Titten und ihre Haare hatte. Wenn er jemals von einem anderen erfuhr, dass der dieselben Fantasien bezüglich dieser Frau hatte, würde er ihn umlegen.

Er drehte sich um, kehrte zum Sitzungssaal zurück und riss die Tür auf. »Was. Zum. Teufel«, fauchte er den Zar an. »Was zum Teufel hat sie hier noch zu suchen? Ich hab dir doch gesagt, dass du diese Schlampe rauswerfen sollst. Sie gehört nicht hierher, das weißt du ganz genau. Womöglich ist sie eine Schnüfflerin, die auf uns angesetzt wurde. Oder aber eine reiche Tussi, die in den Sumpf abgestiegen ist, weil sie es gern mal mit einem Biker treiben möchte. Egal, wer oder was sie ist, sie ist ein Problem.«

Er wollte nichts fühlen. Er wollte nicht, dass sein Schwanz steinhart wurde, dass ihm die wirrsten Gedanken durch den Kopf schossen, dass sein Herz stolperte, als würde es gleich aufhören zu schlagen. So etwas passierte ihm nicht. Niemals. Solche Dinge hatte er schon als Teenager abgelegt, und er hatte mehr Frauen in seinem Leben gehabt, als er je gewollt hatte. Vor allem in seinen Zwanzigern, als er Aufträge für den Mann erledigen musste, der ihn schon als Kleinkind eingesperrt hatte. Er hatte Männer und Frauen töten müssen, um seinen Brüdern und Schwestern beim Überleben zu helfen. In jenen Jahren hatte er unendlich viel Sex gehabt, und nichts daran war gut gewesen. Er hatte gelernt, seinen Körper zu beherrschen. Er hatte kein Herz, keine Seele. Er konnte es nicht brauchen, dass eine Frau ihm derart unter die Haut ging. Er stand kurz davor, panisch zu werden, und ein panischer Reaper war nicht gut. Das konnte die Leute um ihn herum das Leben kosten.

Der Blick des Zaren schoss an ihm vorbei, und er stand langsam auf. Es wies auf das Ausmaß des Chaos hin, das diese

Frau in Reaper verursachte, dass er überhaupt nicht bemerkt hatte, dass sie direkt hinter ihm stand. Normalerweise entging ihm nichts. Das Leben ihres Präsidenten hing davon ab, dass Reaper stets wusste, was um ihn herum vorging. Nun drehte er sich um und starrte sie an.

Ihre Schönheit raubte ihm den Atem. Sie war nicht nur schön, sondern auch wahnsinnig sexy. Schon allein ihre dunkle, wellige Haarpracht. Diese Fülle. Ein Mann würde töten, um dieses Haar auf seinem Körper zu fühlen, zu spüren, wie es seinen Schwanz und seine Oberschenkel streifte, bevor sie ihn in den Mund nahm.

Ihre Augen waren groß und dunkelgrün wie leuchtende Smaragde. Er hatte die wildesten Fantasien von diesen Augen gehabt und wie sie ihn anstarren würden, wenn die Frau in seinen Armen zum Höhepunkt kam. Im Moment funkelten sie ihn jedoch zornig an, zwei vor Wut sprühende Edelsteine.

Reaper brachte kein Wort heraus. Er sprach kaum mit Männern außerhalb seines Clubs und erst recht nicht mit Frauen. Vor allem nicht mit ihr. Sie war alles, was er nicht war. Eine elegante, stilvolle Sexpuppe, die so aussah, als gehörte sie in ein Penthouse und nicht in eine Biker-Bar.

»Ich habe dir nichts getan«, zischte sie. »Rein gar nichts. Ich arbeite hart, und ich brauche diesen Job.« Als er weiter stumm blieb, wuchs die Wut in ihrem Blick und sie rückte ihm von Verzweiflung getrieben näher. Denn auch Verzweiflung lag in ihrem Blick. »Sag was! Du hockst Nacht für Nacht rum und starrst mich an wie ein hässliches Insekt, das du am liebsten zertreten würdest. Und jetzt versuchst du auch noch, mir meinen Job abspenstig zu machen.«

Reaper blieb stumm. Dem Zar war klar, was er wollte. Er hatte es ihm deutlich zu verstehen gegeben.

Plötzlich gab sie ihm einen Schubs. Sie stemmte die Hände auf seine Brust und schubste ihn kräftig. Er rührte sich nicht, doch seine Finger schlossen sich wie Schraubzwingen um ihre Handgelenke, sodass ihre Handflächen an seiner Brust kleben blieben. Seine Brüder standen auf, denn sie wussten, dass niemand es überlebte, wenn er die Hände auf Reapers Brust legte. Doch bei ihr hatte er es zugelassen. Er hätte sie aufhalten können, schnell, wie er war. Auch das wussten seine Brüder.

Tränen schimmerten in ihren Augen, und in ihm zerriss etwas. Er hatte gedacht, dass es die Besessenheit beenden würde, wenn er sich von ihr berühren ließ. Ja, es war die schiere Besessenheit, er fand kein besseres Wort dafür, dass er über einen Monat in der Bar herumgehockt war, kein Wort gesagt hatte, sie nur angestarrt hatte. Ständig darum bemüht, seinen eigensinnigen Schwanz zu bändigen. Er hatte elend versagt.

Nun merkte er, dass es ein schwerer Fehler gewesen war, sich von ihr berühren zu lassen. Jetzt spürte er ihre Handflächen und die Hitze, die sie in ihm hervorrief. Es war, als würde sie sich durch sein Hemd hindurch einen Weg zu seiner Haut brennen. Dann durch seine Haut zu den Knochen. Er nahm ihren Geruch wahr. Ein leichter Duft – nach Grapefruit? Oder nach Mandarinen? Egal, was es war, es drang direkt durch seine Poren. Dieser Duft wirkte wie ein Aphrodisiakum; sein Körper reagierte prompt, und er wurde so hart, dass es wehtat. Sie musste eine Hexe sein oder eine Frau, die ebenso trainiert worden war wie er, und zwar darin, Männer zu verhexen und dann zu töten.

Er hätte sie wegschubsen müssen. Er hätte sie nicht festhalten und an seinen Körper pressen dürfen, sodass sie den stählernen Schaft in seiner Jeans spürte. Er starrte ihr in die Augen, in diese funkelnden grünen Edelsteine. Langsam wich ihre Wut der Angst. Gut, dass sie Angst hatte. Er hatte keine Ahnung, was er mit ihr anstellen sollte. Er wusste, dass keiner ihn aufhalten würde, wenn er sie in den Nebenraum zerrte und seinen Schwanz in sie rammte. Ihren Körper einforderte. Wie kam er bloß auf solche Gedanken? Seine Brüder würden ihn vielleicht aufhalten, wenn er sie umbrachte. Aber auch nur vielleicht.

Seine Brüder wussten, dass keiner ihn anfassen durfte. Außerdem wussten sie, dass er die Frau daran hätte hindern können, wenn er es gewollt hätte. Das hatte er nicht getan, und nun standen sie herum, beobachteten ihn und fragten sich, was er da eigentlich trieb. Genau diese Frage stellte er sich allerdings auch.

»Anya, du legst deine Hände nicht auf das Bike eines Mannes«, sagte er leise. »Und du solltest sie wahrhaftig nicht unaufgefordert auf einen Mann wie mich legen. Hast du das kapiert?«

Ihre Zungenspitze glitt über ihre Oberlippe, dann biss sie auf ihre pralle Unterlippe und nickte. Reaper musste ein gieriges Stöhnen unterdrücken. Als er ihr ins Gesicht sah, in diese großen Augen – Augen, in die ein Mann den Rest seines Lebens starren könnte –, wusste er, dass er nie mit ihr hätte reden dürfen. Nie ihren Namen sagen dürfen, noch dazu vor allen anderen. Sie kannten ihn viel zu gut, und sie wussten, dass alles, was er gerade tat, völlig untypisch für ihn war.

Er wollte sie nicht loslassen, aber wenn er sie so nah bei sich spürte, geriet sein Hirn in einen Wahn, einen Strudel des Tötens oder des Getötetwerdens. Es war gefährlich. Sie war bei ihm nicht sicher. Deshalb ließ er sie abrupt los und gestand sich ein, dass er ihre Handgelenke nicht so heftig hätte umklammern dürfen. Sie würde vermutlich blaue Flecken bekommen. Er verpasste Frauen keine blauen Flecken. Er war komplett neben der Spur. Er musste sich von Anya Rafferty fernhalten.

Sie schluckte und fragte seinen Präsidenten, wobei sie immer noch Reaper in die Augen schaute: »Hab ich den Job noch, Zar?«

Reaper merkte, dass sie den Atem anhielt. Er tat es ebenfalls. Er wusste nicht, welche Antwort er bevorzugt hätte.

Der Zar blickte auf Reaper. »Es liegt bei dir, Bruder. Wenn du willst, dass sie geht, dann geht sie.«

Mist. Mist. Mist. Sie stand einfach nur da, sah ihn an, in ihren Augen schimmerten Tränen, die Wimpern wurden feucht. Er atmete tief durch. Es gab keine Rettung für sie. »Es ist mir scheißegal«, log er.

»Dann mach dich wieder an die Arbeit, Anya«, befahl der Zar, wobei er Reaper ansah, nicht die Barfrau.

Erleichterung zeigte sich in ihrem Blick, in ihrem Gesicht, ihrem Körper. Kurz senkte sie den Kopf und atmete tief ein, dann straffte sie die Schultern, reckte das Kinn vor und bedachte Reaper mit einem abweisenden Blick. »Danke, Zar. Ich wollte dir eigentlich nur sagen, dass die Bestellung noch aussteht. Heute ist nichts gekommen. Ich habe alles durchsucht. Entweder hat es sich jemand unter den Nagel gerissen, oder die Burschen haben geschwindelt und es noch gar nicht losgeschickt.«

»Wer hat denn die Bestellung unterschrieben?«

»Preacher, glaube ich. Er war gestern Abend da und heute Abend auch. Er hat festgestellt, dass wir Nachschub brauchen, und mich gebeten, es selbst noch mal zu überprüfen. Das habe ich getan, und er hatte recht.«

»Wir kümmern uns darum«, sagte der Zar und blickte über die Schulter auf Ice. Ice nickte. Niemand haute sie übers Ohr. Wenn diese Firma sie beschiss, würde es ihnen noch sehr leidtun.

Anya drehte sich um und kehrte zur Bar zurück. Reapers Blick klebte auf ihrem Hintern. Bei ihrem Hüftschwung lief ihm das Wasser im Mund zusammen.

Der Zar stupste ihn an. »Geh heim.«

»Du hast sie nicht rausgeschmissen.« Er gaffte sie immer

noch an. Ihr langer dicker Pferdeschwanz rief nach ihm. Er wollte all die seidige Pracht um sein Handgelenk wickeln und ihren Kopf damit an sämtliche Stellen lenken, wo er ihn haben wollte. Sein Schwanz war so verdammt hart, dass er keinen Schritt gehen konnte.

»Es sprach mehr dafür, sie hierzubehalten, als sie zu feuern.«

»Ich habe dich nie um was gebeten, Zar. Kein einziges Mal. Das war das erste Mal. Warum hast du mir den Gefallen nicht getan?«

»Du hattest die Chance, sie loszuwerden. Du hast sie ausgeschlagen.«

»Du wusstest ganz genau, dass ich sie hier nicht mehr sehen wollte. Warum ist sie immer noch da?«

»Du bist einen guten Monat jeden Abend in der Bar gehockt, Reaper. Du bist ihr jede Nacht nach Hause gefolgt. Du willst, dass sie verschwindet. Warum stört sie dich denn so?«

»Darum geht es doch gar nicht.« Sie war jetzt hinter der Bar und beugte sich zu einem Gast vor. Lachte ihr typisches Lachen, schenkte es einem dieser Kerle, die sich so aufspielten. Der Bursche starrte lüstern in ihren Ausschnitt. Reapers Kopf stand kurz davor zu platzen. »Sie ist nicht die, die sie vorgibt zu sein. Von ihr könnte Gefahr für dich ausgehen.« Schon, während er das sagte, wusste er, dass es Blödsinn war. Dass es nicht wahr war.

»Ich glaube, sie ist eher eine Gefahr für dich«, meinte der Zar.

Reaper riss seinen Blick von Anya los und sah auf den Mann, den er von klein auf respektiert hatte. Der Zar grinste. Reaper schüttelte den Kopf. »Ist dir je in den Sinn gekommen, dass ich eine Gefahr für sie bin? Du kennst mich. Du weißt, was ich tue. Teufel noch mal, du hast mich losgeschickt, um meinen ersten Mord zu begehen. Ich töte Menschen.«

»Menschen, die anderen Menschen wehtun, Reaper. Das ist

etwas anderes. Du tötest doch nicht willkürlich. Wir sind keine Mörder mehr. Dazu sind wir ausgebildet worden, das war unser Job. Wir taten, was wir tun mussten, um zu überleben. Unser Überleben haben wir dir zu verdanken. Achtzehn Kinder von knapp dreihundert. Diese achtzehn leben wegen der Dinge, die du für uns getan hast. Du bist nicht so, wie du denkst.«

»Doch. Du siehst es nur nicht, weil du glaubst, dass du mir etwas schuldig bist.«

»Glaubst du das wirklich? Ich hätte sie gehen lassen, wenn das der einzige Grund gewesen wäre. Denk darüber nach, Reaper. Leg dich ins Bett und schlaf, aber davor zeig Alena oder Lana noch die Verwüstung auf deinen Rippen. Morgen solltest du zum Doktor gehen.«

Reaper stolzierte zur Bar. Teufel noch mal. Jetzt ins Bett? Auf gar keinen Fall. Dort draußen gierten drei Idioten nach der Barfrau. Er würde es nicht zulassen, dass sie ihr wehtaten, und sie würde nicht mit einem von ihnen heimfahren – auch wenn sie so etwas noch nie getan hatte. Die zwei Kellnerinnen taten das recht oft, Anya jedoch nie. Aber heute würde sie die Kneipe zuschließen. Das hieß, dass sie allein in der Bar war und jeder ihr im Dunkeln auflauern konnte.

Also setzte er sich im hinteren Teil der Bar an einen Tisch. Es war düster dort, die Musik dröhnte und ging ihm wahnsinnig auf die Nerven. Mit dem Rücken zur Wand hatte er sie gut im Blick. Sie war wunderschön. Er lehnte den Kopf an die Wand und starrte sie an. Es war ihm egal, wenn jemand das bemerkte. Er war viel zu müde, um sich darüber den Kopf zu zerbrechen. Sie hypnotisierte ihn. Wie sie sich bewegte, wie sie mit den Gästen redete – so unbeschwert. Diese Gabe besaß er nicht und würde sie nie besitzen.

Betina, eine der Kellnerinnen, tauchte vor ihm auf. »Reaper, du bist wieder da. Schön, dich zu sehen.« Sie beugte sich vor, bis ihre Brüste fast aus ihrem Ausschnitt kullerten. Das Shirt war viel zu knapp, der rote Spitzen-BH schimmerte durch den schwarzen Stoff.

»Kaffee.« Nur ein Wort, und selbst das schenkte er ihr nur ungern. Er starrte weiter auf die Barfrau. Sie bemerkte Betina an seinem Tisch und schenkte bereits eine Tasse Kaffee für ihn ein. Aus welchem Grund auch immer verzog sie das Gesicht ein klein wenig, als sie sah, wie Betina ihm mehr oder weniger ihre Titten ins Gesicht schob. Er wollte die Frau wegstoßen, aber dazu hätte er sie anfassen müssen.

»Kann ich heute Nacht was für dich tun? Wenn ja, lass es mich wissen, ich würde es echt gern tun.« Sie lächelte ihr Raubtierlächeln.

Plötzlich war Anya da. Betina richtete sich sofort auf, starrte Anya böse an und stolzierte davon. Auch Anya wandte sich ab. Sie sagte kein Wort und sah ihn nicht an. Er wusste nicht, was sein Körper tun würde, bevor sein Hirn sich einschaltete. Er packte sie am Handgelenk.

Sie stand da und atmete tief durch. Er wartete. Endlich wandte sie sich ihm zu, biss sich nervös auf die Lippen. Er drehte ihr Handgelenk behutsam um und fuhr mit der Daumenkuppe über die zarte Haut. Es zeigten sich bereits die ersten Spuren. Seine Fingerabdrücke. Auf ihrer Haut. Ein Teil von ihm. Eigentlich hätte er sich jetzt wie das letzte Arschloch vorkommen müssen, weil er sie so grob angefasst hatte. Er war stark. Er bereitete seinen Körper jeden Tag auf den Krieg vor, aber er misshandelte keine Frauen.

Doch er liebte seine Fingerabdrücke auf ihrem Handgelenk. Mit beiden Daumen fuhr er darüber und wünschte, sie wären Tattoos. »Wenn dir die Typen an der Bar Ärger machen, schaust du zu mir rüber. Verstanden?« Das war ein Befehl, keine Bitte. Die drei wurden immer betrunkener, und sie waren auf Krawall aus. Außerdem waren sie scharf auf Anya. Sie nickte, und er ließ ihre Hände los. Sie kehrte zur Bar zurück.

Betina lehnte an der Bar und besorgte Getränke für einen der Tische. Sie hatte sich mit Absicht zwischen die drei Unruhestifter gequetscht. Einer kniff sie in den Hintern und machte obszöne Geräusche. Er streckte die Zunge raus und zeigte, was er damit gern tun würde. Sie warf den Kopf zurück und lachte, dann stieß sie ihn mit ihrem Hintern an, und als sie mit dem Tablett davonmarschierte, streiften ihre Titten seinen Arm.

Es gab hier einen Rausschmeißer, Fatei. Er war in Russland mit Gavril, dem Bruder des Zaren, in die Schule gegangen und nun einer der neuen Prospects. Fatei mischte sich erst ein, wenn eine der Kellnerinnen ihm ein Zeichen gab. Auch jetzt hielt er sich zurück. Reaper trank einen Schluck Kaffee. Er war frisch gebrüht und heiß, genau das, was er jetzt brauchte. Er streckte die Beine aus, um die Wunde in seiner Seite zu entlasten – und auch den Schmerz in seiner Jeans.

Er hätte nicht mit Anya reden sollen. Er hätte es nicht zulassen dürfen, dass sie ihn anfasste. Noch immer spürte er ihre Handflächen, als hätten sie sich durch sein T-Shirt gebrannt und ihm ein Brandmal verpasst, das bis zu den Knochen reichte. Verflucht. Er berührte seine Brust. Er hätte seine Jacke nicht öffnen sollen, bevor er in die Bar kam, aber wenn er von einem Ausflug zurückkehrte, machte ihm die Hitze immer schwer zu schaffen. Also hatte er getan, was er immer tat. Und jetzt trug er ihr Brandmal.

Er wollte sie. Er grübelte darüber nach. Es war kein Auftrag, eine Frau zu verführen, es ging nicht um die Schule, die von Pädophilen und Irren geleitet worden war, von verrückten Verbrechern, die ihn gezwungen hatten, jede nur vorstellbare sexuelle Handlung zu vollziehen. Es war nichts Geplantes. Zum ersten Mal in seinem Leben hatte sein Körper eine Wahl getroffen. Die Wahl war auf sie gefallen, auf Anya Rafferty.

Sie hätte gehen sollen, solange sie konnte. Der Zar hätte sie aus der Gefahrenzone herausbringen sollen. Reaper hatte versucht, sie zu retten. Jetzt war es zu spät, weil er von ihr besessen war. Er wünschte, es wäre Betina. Betina hätte er benutzen und fallenlassen können. So etwas war ganz nach ihrem Geschmack. Aber Anya war reserviert, sie war schwer zu fassen. Sie ermutigte ihre Gäste nicht, sie zu begrapschen, und wollte es auch nicht. Sie war unerreichbar.

Er nahm einen weiteren Schluck Kaffee. Gut, dass er so spät angekommen war, denn bald würde die Bar schließen. Er war müde, brauchte dringend ein bisschen Schlaf. Er wollte sich nur noch vergewissern, dass Anya in Sicherheit war, und dann wollte er sich aufs Ohr hauen und so lange schlafen, wie es sein Körper zuließ.

Seine Gedanken begannen herumzuschwirren, doch wie stets führten sie ihn an keinen schönen Ort. Er hatte nicht viel Schönes gesehen. Seine Eltern waren ermordet worden, als er vier war, und er war mit seinem jüngeren Bruder und zwei älteren Schwestern in eine Internatsschule verschleppt worden, auf der aus ihnen nützliche Werkzeuge für ihre Regierung gemacht werden sollten. Doch es zeigte sich bald, dass Sorbacov, der Mann, auf dessen Kappe die Ermordungen gingen, die Schüler für seine eigene kranke Lust benutzte.

Reaper riss sich von diesen Gedanken los. Er wollte sich nicht mehr damit befassen. Russland war weit weg. Sorbacov war tot und konnte sie nicht mehr zwingen, für ihn zu töten. Die Überlebenden hatten zusammengehalten und einen Club gegründet. Sie waren in die USA gekommen und hatten in dem kleinen Ort Caspar ein Zuhause gefunden. Es war die Idee des Zaren gewesen. Seine Frau lebte an der Küste, und er war zu ihr gefahren und hatte Anspruch auf sie erhoben. Nun sorgte er für sie und für jeden Jugendlichen im näheren Umkreis, der Hilfe brauchte. Wo der Zar hinging, folgten ihm die anderen.

»Schätzchen, ich brauch noch einen Drink. Komm her, ich fühl mich vernachlässigt.«

Reaper kniff die Augen zusammen, als einer der drei Männer lautstark nach Anya rief. Sie bediente gerade einen anderen Gast am Ende der Bar. Preacher war schon heimgegangen und hatte es ihr überlassen, die Bar zu schließen. Die meisten Biker hatten sich verzogen, nur wenige hielten bis zum bitteren Ende durch. Reaper gefiel es nicht, dass die drei Schlägertypen noch da waren. Entweder wollten sie die Kellnerinnen abschleppen, oder sie warteten darauf, dass sie Anya alleine erwischen konnten. Sie lächelte freundlich. »Bin gleich da.« Dann wandte sie sich wieder ihrem Gast zu, schenkte auch ihm ein Lächeln. Weiße Zähne, ein rosafarbener Lippenstift, der den hübschen Schwung ihres Mundes betonte. Reaper konnte sich nicht entscheiden, ob ihm ihre Ober- oder Unterlippe besser gefiel. Es reichte, dass er ihren Mund liebte. Doch es gefiel ihm nicht, dass sie diesen Biker anlächelte.

Langsam zog er die Beine unter dem Tisch hervor, damit er sich schnell bewegen konnte, wenn der Kerl unverschämt wurde. Er warf einen Blick auf Fatei. Der Prospect war auf der Hut, er hatte die drei bereits als Unruhestifter ausgemacht. Gerade war die letzte Runde angekündigt worden, es ging also in Ordnung, noch einen Drink zu bestellen. Fast alle, die jetzt noch da waren, bestellten etwas.

Ein alter Mann saß auf einem Hocker am anderen Ende der Bar. Bannister war Stammgast. Er hatte lange graue Haare und einen grau gesprenkelten Bart. Seine alte Kutte hatte schon bessere Zeiten gesehen, doch der Mann war offenkundig ein Unabhängiger und hielt sich schon sehr lange in der Welt der Biker auf. Er war höflich und zurückhaltend. Offenbar war es ihm ganz recht, wenn man ihn in Ruhe ließ. Nun leerte er sein Glas, ging jedoch noch nicht. Er drehte sich zu den drei Schlägertypen um und wartete.

Anya lächelte sie an, die Hände auf die Bar gestützt. Sie beugte sich nicht vor. »Was kann ich euch bringen? In zehn Minuten schließen wir, das ist eure letzte Chance.«

»Wir warten auf dich, Baby«, sagte einer. »Ich heiße Deke, und das da sind Trident und Skid.«

Sie lächelte kurz, dann fragte sie ein weiteres Mal: »Getränke?«

»Noch 'nen Kurzen.«

Sie nickte und wandte sich ab. Einer von ihnen streckte die Hand aus und wollte ihren Pferdeschwanz packen. Doch sie war weg, bevor ihm das gelang, und seine Hand griff ins Leere. Fatei trat an die Bar, und zu Reapers Überraschung kam auch der alte Mann näher. Wenn Anya Gefahr witterte, musste sie nur die Stimme heben und nach Hilfe rufen oder den kleinen Alarmknopf hinter der Bar drücken, und sofort würden die Mitglieder von Torpedo Ink aus dem Versammlungsraum strömen und jede Bedrohung unschädlich machen. Sie arbeitete für sie, und deshalb stand sie auch unter ihrem Schutz. Nur vor ihm war sie nicht geschützt, doch er war da und wartete darauf, jeden umzulegen, der so aussah, als könnte er ihr etwas antun.

Deke starrte auf den alten Mann zu seiner Linken und richtete sich lachend auf. Er war groß und war vermutlich noch nicht sehr oft von jemandem herausgefordert worden. »Hast du ein Problem mit mir, Alter?«, fragte er kampflustig.

Anya wirbelte herum, knallte die Gläser unnötig laut auf den Tresen und füllte sie. »Hier bitte. Wir wollen hier keinen Ärger, Deke. Bannister ist ein Stammgast.«

Sie legte die Hand auf die Schulter des Älteren. Reaper hasste es. Warum musste sie die Leute mitfühlend berühren? So etwas würde er nie verstehen. Doch er hatte sie lange genug beobachtet, um zu wissen, dass es ein Teil ihrer Maske war, die sie brauchte. Wenn sie mit ihm zusammen war, würde sie keine anderen Männer mehr anfassen. Nie mehr! Er würde lernen müssen, sie oft zu berühren. Ihr Bedürfnis nach Nähe zu stillen.

Was zum Teufel spukte ihm da durch den Kopf? Wenn sie mit ihm zusammen war? Er war komplett verrückt. Daran war sie schuld. Sie machte ihn so verrückt, dass er keinen klaren Gedanken mehr fassen konnte. Er war doch nicht auf der Suche nach einer Beziehung. Solche Dinge waren nicht von langer Dauer. Bestimmt nicht bei einem Mann wie ihm. Er war hart wie Stein. Ein Killer. Ein narbenübersäter, müder Mann, der anderen Schmerzen zufügen musste, damit sie ihm Schmerzen zufügten. Was für einen Platz konnte ein Mann wie er einer Frau in seinem Leben einräumen?

»Möchtest du gern einen Kaffee, Bannister?« Anya lachte leise über den Gesichtsausdruck des alten Mannes. »Schau mich nicht so an. Ich vergifte dich schon nicht.«

Deke kippte missmutig seinen Schnaps. »Gehen wir«, knurrte er die anderen an und sah sich um. Er spuckte vor Fateis Füßen aus, trat seinen Hocker um und rempelte Bannister mit der Schulter an.

»Abschaum«, stellte Bannister an Anya gewandt fest. »Das werden sie ihr Leben lang sein. Solche Kerle rotten sich immer zusammen. Gibt es jemanden, der dafür sorgt, dass du heute Nacht sicher bist? Es hat mir nicht gefallen, wie diese Typen dich angestarrt haben.«

Reaper rutschte auf seinem Stuhl herum, so heftig, dass die Dielenbretter knarzten. Bannister wirbelte herum, doch dann beruhigte er sich wieder, als er Reaper und die Torpedo Ink-Colors erkannte. Er nickte erleichtert. »Gut, du hast jemanden.«

Er machte sich auf den Weg zum Ausgang. Reaper gab Fatei ein Zeichen, dass er ihn begleiten sollte. Vielleicht hatten es die drei Schlägertypen nicht nur auf Anya abgesehen. Sie waren so besoffen, dass sie sich vielleicht sogar mit einem alten Mann anlegen würden.

»Alles klar bei dir?«, fragte Fatei. »Ich habe gesehen, dass die anderen zum Hinterausgang raus sind.«

Anya nickte, denn sie dachte, der Prospect redete mit ihr. »Bei mir passt alles, Fatei. Danke.« Sie warf einen Blick unter ihren langen Wimpern hindurch auf Reaper. »Du musst nicht länger bleiben. Ich sperre zu. Der Zar und die anderen haben die Hintertür bestimmt schon verriegelt.«

Als Antwort machte es sich Reaper wieder auf seinem Stuhl bequem und hob seine Kaffeetasse. Er brauchte Koffein, um wach zu bleiben. Anya kam mit der Kanne zu ihm und schenkte ihm ein. Das war seine dritte Tasse, mehr, als er normalerweise trank.

Betina und Heidi, die andere Kellnerin, sammelten die leeren Gläser ein, stellten sie in die Spülmaschine und wischten die Tische ab bis auf den, an dem Reaper saß. Niemand näherte sich ohne Grund seinem Tisch.

Er beobachtete Anya auf dem Weg zurück zur Bar. Schon allein ihr Gang faszinierte ihn. Ihre engen Jeans umfassten ihren prallen Hintern. Seine Handteller juckten. Seine Brust brannte. Ja, sie hatte ihn versengt, die kleine Hexe.

Sie war groß, ihre Beine waren unendlich lang. Beine, die sich mühelos um ihn schlingen könnten, wenn er sie hochheben und seinen Schwanz in sie stoßen würde. Es gefiel ihm, wenn sie am Ende des Abends allein in der Bar waren. Sie arbeitete, er gab sich seinen Fantasien hin. Das war zwar nicht fair, aber wenn er ihr seine Hilfe angeboten hätte, hätte sie sie ausgeschlagen. Ein paarmal war er aufgestanden und hatte die Stühle für sie auf die Tische gestellt, doch das war ihr nicht recht gewesen. Dennoch wollte er das auch heute Nacht tun, obwohl es bestimmt höllisch wehtun würde, wenn er den linken Arm hob.

»Warum magst du mich nicht?«

Ihre Stimme überraschte ihn. Schockierte ihn. Normalerweise sprach sie nicht mit ihm und er nicht mit ihr, das war ein ungeschriebenes Gesetz zwischen ihnen. Soeben hatte sie dieses Gesetz gebrochen. Sie sah ihn nicht an, arbeitete hinter der Bar, putzte, zählte das Geld in der Kasse. Sie nahm nie auch nur einen einzigen Dime davon an sich. Das wusste er, weil er Code gebeten hatte nachzurechnen. Alles, was mit Zahlen zu tun hatte, entging Code niemals.

»Reaper, du wolltest mich rausschmeißen lassen. Ich brauche diesen Job. Was habe ich dir eigentlich getan, dass du versuchst, mich feuern zu lassen? Ich kann es mir nicht leisten, diesen Job zu verlieren!«

An dieser Stelle hob sie den Kopf und sah ihm in die Augen.

»Du hast den Job doch noch.« Das war offenkundig. Der Zar hatte aus welchem Grund auch immer Anya unterstützt, nicht ihn. So etwas passierte normalerweise nie. Er wollte nicht zu viel darüber nachdenken, was der Zar ihm damit zu verstehen geben wollte, dass er Anya behalten hatte. Es spielte keine Rolle, dass der Zar ihm die Entscheidung zugeschoben und er sich davor gedrückt hatte. Der Zar wusste, dass Reaper diese Frau nicht mehr hier sehen wollte.

Sie schnaubte verärgert. »Das war keine Antwort auf meine Frage.«

»Lass es gut sein.« Das war kein Vorschlag.

Sie wirkte gekränkt. Mist. Er hasste es, wenn sie so aussah und er wusste, dass er daran schuld war. Sie wandte sich von ihm ab und fuhr damit fort, die Bar zu schließen. Diesmal ließ sie ihn sogar die Stühle auf die Tische stellen, damit sie den Boden wischen konnte. Er musste demnächst mal mit dem Zar reden, dass es nicht okay war, wenn die Kellnerinnen verschwanden, bevor die Kneipe sauber war. Anya oder wer auch immer sonst den Laden zusperrte, sollte nicht die ganze Putzerei übernehmen.

Um drei war Anya fertig. Das war ihre übliche Zeit. Sie

achtete penibel darauf, dass alles für die nächste Schicht vorbereitet war, bevor sie das Licht löschte, zu Mantel und Schlüsselbund griff und ging. Reaper tat, was er üblicherweise tat. Er ging durch den Hinterausgang und um die Seite des Gebäudes herum, um im Schatten auf sie zu warten.

Anya dachte bestimmt, dass er weg war. Dass er auf sein Motorrad gestiegen und weggebraust war, wie er es jede Nacht zu tun schien. Er aber erforschte den Parkplatz gründlich. Heute stand ihr Wagen nicht da. Er blieb im Schatten stehen, verschränkte die Arme und wartete ab, was sie tat.

Anya warf einen Blick auf sein Bike. Die anderen Motorräder ihres Clubs waren verschwunden. Aber am Ende der Zufahrt standen noch drei weitere Motorräder, wie Reaper bemerkt hatte.

Sie zog ihren Mantel an, erbebte ein wenig, warf einen weiteren Blick auf sein Bike und sah sich nach ihm um. Als sie ihn nirgends entdeckte, machte sie sich auf den Weg zum Highway, und zwar nicht auf der Zufahrt, sondern auf dem schmalen Trampelpfad durch die Wiesen, die zu verschiedenen Nachbargrundstücken gehörten.

»Hey, Moment mal, Süße«, erklang Dekes Stimme. »Wo willst du hin?«

Anya wirbelte herum. Offenbar überlegte sie, ob sie zur Bar zurückrennen sollte. Das würde sie nie schaffen. Deke und die anderen hatten sich an strategisch günstigen Plätzen aufgestellt.

»Ich geh nach Hause.«

»Feier doch noch ein bisschen mit uns.« Deke rückte näher.

Einer seiner Begleiter, Skid, tauchte hinter ihr auf, Trident kam von links. Deke war ihr am nächsten – nur noch einen knappen Meter von ihr entfernt.

Reaper trat aus den Schatten. »Bist du so weit, Baby?«, rief er, ohne den Blick von dem Mann abzuwenden, von dem im

Moment die größte Gefahr ausging. Die anderen zwei würden den Biker-Regeln folgen und ihren Bruder unterstützen. »Beeil dich. Die Nacht ist kurz.«

Reaper rechnete ihr hoch an, dass sie nicht zögerte. Sie machte kehrt und wollte zu ihm, doch Deke trat ihr in den Weg und packte sie am Arm. »Die geht mit dir nirgendwohin!«, knurrte er. »Ich hab die kleine Schlampe den ganzen Abend beobachtet. Sie geilt die Männer auf, und dann ...« Er schrie laut auf, als das Messer sich in seine Schulter bohrte. Es war so wuchtig geschleudert worden, dass es bis zum Heft in sein Fleisch drang.

»Verflucht noch mal, komm her, Anya«, befahl Reaper.

Sie rannte um Deke herum, ohne weiter auf seine Freunde zu achten, die sich um ihn scharten, und versteckte sich hinter Reaper.

»Du bist tot! Du bist ein toter Mann!«, kreischte Deke.

»Ruf den Zar an. Sag ihm, dass er drei Leichen verschwinden lassen muss. Er wird jemanden vorbeischicken. Deke ist ein mieser kleiner Scheißer. Ich hätte ihm das Messer in die Kehle schleudern können, aber dafür war ich zu nett. Das hab ich für dich getan, Anya. Vergiss nicht, dass ich nett war.« Reaper klang ruhig, leise, beiläufig, auch wenn er an den passenden Stellen abfällig schnaubte.

»Der Zar muss nicht benachrichtigt werden.« Savage, sein leiblicher Bruder, glitt aus den dunkleren Schatten. »Ich kümmere mich darum. Du bringst Anya weg. Sie braucht das hier nicht zu sehen.«

»Verschwinde, Reaper.« Auch Ice trat hinter dem Gebäude hervor, zusammen mit seinem Bruder Storm. »Preacher liegt mit einem Scharfschützengewehr auf dem Dach. Er hat uns gesagt, dass Anya mit diesen Arschlöchern Ärger haben würde.«

Deke hatte zu fluchen aufgehört. Zusammen mit seinen Kumpeln wollte er sich zu ihren Bikes verdrücken. Als sie sich von Reaper abwandten, liefen sie mehr oder weniger zwei weiteren Clubmitgliedern, Master und Keys, in die Arme.

Master schüttelte fast bekümmert den Kopf. »Unsere Barfrau steht unter unserem Schutz. Habt ihr echt geglaubt, dass ihr sie mit euren dreckigen Flossen begrapschen könnt?«

»Sie hat mich die ganze Nacht angemacht«, versuchte Deke, sich zu verteidigen.

»Stimmt das, Reaper?«, fragte Ice. »Bist du in der Bar gesessen und hast deine Lady mit diesem hübschen Deke flirten lassen?«

»Wenn sie das getan hätte«, sagte Reaper, ohne zu widersprechen, dass Anya seine Lady war, »dann hätte ich ihn an Ort und Stelle umgelegt.« Seine Stimme klang immer noch leise, doch Anya zog scharf den Atem ein. Er nahm sich vor, daran zu denken, dass sie die Regeln der Welt von Torpedo Ink nicht kannte. Sie wusste nichts von der Gewalt, mit der sie aufgewachsen waren, und auch nichts von den Mordaufträgen, die sie für ihre Regierung hatten erledigen müssen.

»Bring sie von hier weg«, wiederholte Savage.

Anya schüttelte den Kopf, als Reaper sich an sie wandte. Es gefiel ihm nicht, dass die anderen die Drecksarbeit für ihn erledigten, aber Anya sollte das, was hier gleich passieren würde, wirklich nicht mitansehen müssen. »Lass uns gehen«, sagte er ruppig. Er wollte nicht ruppig sein, aber er hatte keine Ahnung, wie man mit einer Frau wie Anya redete; denn sie spielte in einer derart anderen Liga, dass er nicht wusste, wie er die Kluft zwischen ihnen überwinden sollte.

Sie schüttelte abermals den Kopf. »Was werden sie mit ihnen machen?«

»Lass uns gehen«, wiederholte er nur, doch diesmal packte er sie mit einem festen Griff am Oberarm. »Das geht uns jetzt nichts mehr an.«

»Ich will nicht, dass sie wegen mir sterben, Reaper«, flüsterte sie, doch sie ließ sich von ihm zu seinem Bike zerren. »Echt jetzt. Nicht wegen mir.«

»Wenn es dazu kommt, dann wegen ihrer Absichten und nicht, weil du etwas getan hast.« Er reichte ihr seinen Helm, ein winziges Ding, das er nur trug, weil es gesetzlich vorgeschrieben war, nicht, weil es ihm wichtig war, dass sein Kopf bei einem Unfall geschützt war. »Zieh ihn an.« Zum ersten Mal in seinem Leben wünschte er sich einen richtigen Helm, der ihren Kopf im Fall eines Falles geschützt hätte. Er setzte sich auf sein Bike und sah sie erwartungsvoll an.

»Ich kann trampen.«

Das ärgerte ihn, und er machte keinen Hehl daraus. »Verflucht noch mal, steig endlich auf!« Er starrte sie böse an.

Sie biss sich auf die Lippe. »Mein Auto hat schlappgemacht.« Sie warf einen Blick über die Schulter. Seine drei Brüder hatten die Männer umzingelt, es waren gedämpfte Stimmen vernehmbar.

Savages Stimme wehte zu ihnen herüber. »Nimm das Messer meines Bruders an dich, Ice.«

Ja, so waren seine Brüder. Sie kümmerten sich um alles. Sie passten auf ihn auf, selbst wenn er derjenige war, der eigentlich auf sie aufpassen sollte. Einen Moment lang stieg Zufriedenheit in ihm auf, ja sogar Zuneigung. Manchmal wusste er, wie sich das anfühlte, doch meistens spürte er nichts, oder er konnte das Gefühl nicht benennen, wenn er denn eines hatte.

»Anya, schau mich an, nicht die. Die Sache ist für dich erledigt. Du hast die drei Arschlöcher nicht mehr gesehen, nachdem sie die Kneipe verlassen haben. Ist das klar? Du hast beschlossen, weiter für uns zu arbeiten. Das heißt, dass du dich auch an unsere Regeln halten musst. Steig jetzt auf!«

Er wartete. Zögernd setzte sie sich auf den Sozius. Oh Gott! Er spürte die Hitze ihres Körpers. Er griff nach hinten, packte ihre Hände und zog sie näher. Sie umfasste seine Taille und verschränkte die Hände vor seinem Bauch. So flogen sie über die Straße.

Er war noch nie mit einer Frau auf dem Bike gesessen. Nicht einmal mit Lana oder Alena, den beiden weiblichen Clubmitgliedern. Er konnte kaum glauben, wie sich das anfühlte. Ihre Körper verschmolzen und zusammen mit der Harley bewegten sie sich wie eine Einheit. Mann. Frau. Maschine. Anya hatte vielleicht Angst vor ihm, aber auf dem Bike vertraute sie ihm völlig und lehnte sich im Einklang mit ihm in die Kurven. Ihre Brüste pressten sich an seinen Rücken, ihre Hände lagen so nah bei seinem Schwanz, dass er die davon ausgehende Hitze spürte. Noch nie war die Vibration des starken Motors so erotisch gewesen wie jetzt.

# 3. Kapitel

Egg Taking Station«, brüllte sie ihm ins Ohr. Der Wind zerrte an ihren Haaren und peitschte ihr ins Gesicht. Er fühlte sich reinigend an. Es war ein berauschendes Gefühl. Sie fühlte sich so lebendig wie noch nie. Sie war noch nie auf einem Motorrad gesessen, doch jetzt kam es ihr vor, als wäre sie dafür wie geschaffen.

Sie schloss die Augen und presste die Wange an Reapers Rücken. Auf seine Colors. Nicht in ihren kühnsten Träumen wäre sie auf die Idee gekommen, dass sie einmal mit ihm auf seiner Harley durch die Gegend rasen würde. Vom ersten Moment an, als er die Bar betreten hatte, nachdem der Zar sie als Barfrau eingestellt hatte, hatte er ihr den Atem geraubt. Die Anziehungskraft war so stark gewesen, dass sie kaum hatte arbeiten können. Er hatte sich immer irgendwo im hinteren Bereich der Bar niedergelassen und war dort den ganzen Abend sitzen geblieben. Er hatte immer nur Kaffee getrunken, keinen Alkohol, und hatte sie beobachtet.

Nach einer Weile war sie sich vorgekommen wie ein Mäuschen, das von einer großen Katze belauert wurde. Sein Blick war nicht freundlich gewesen. Reaper hatte nichts Freundliches an sich, rein gar nichts. Seine Augen wirkten tot. Wenn er sie ansah, hatte sie das Gefühl, dass er sie ausweiden könnte, ohne mit der Wimper zu zucken. Seine Augen waren finstere Höhlen, gerahmt von dunklen, dichten Wimpern. Warum hatte sie seine Wimpern bemerkt, als er so abwesend gewirkt hatte, das kantige Gesicht wie aus Stein gemeißelt?

Narben zeichneten sein Gesicht. Die dunklen Stoppeln auf seiner linken Gesichtshälfte wurden vom Augenwinkel bis zum Kinn zerschnitten, als hätte jemand mit dem Messer eine geschwungene Linie auf sein Gesicht gezogen. Eine weitere Narbe folgte seinem kantigen Kinn. Auf seiner rechten Gesichtshälfte befand sich seltsamerweise eine Art Tic-Tac-Toe-Spielfeld, auf dem drei X diagonal verliefen. Es war keine Tätowierung, die Linien waren Narben.

Anya war groß, jedoch nicht so groß wie er. Seine Schultern waren breit, seine Brust muskelbepackt, genau wie seine Arme. Dazu eine schmale Taille, relativ schmale Hüften und starke Oberschenkel. Sie hatte ihn so oft gemustert, dass sie ihn mühelos zeichnen konnte. Sie zeichnete liebend gern, und sie hatte schon einen ganzen Skizzenblock mit Zeichnungen von Reaper gefüllt.

In der Bar hielten sich jeden Abend Biker auf. Sie fühlte sich zu ihnen nicht besonders hingezogen, denn das Biker-Universum war nicht ihre Welt. Sie hatte sich fest vorgenommen, etwas aus sich zu machen, und bislang war ihr das auch gelungen, und zwar aus ureigener Kraft. Sie hatte sich ihren Platz auf dieser Welt mit aller Macht erkämpft. Für ein Mädchen aus einem Obdachlosenheim hatte sie sich recht ordentlich geschlagen. Sie war nie regelmäßig zur Schule gegangen, hatte aber trotzdem auf Umwegen den Highschool-Abschluss geschafft. Sie hatte hart gearbeitet und ein bisschen Geld gespart, um eine Ausbildung zur Bartenderin zu machen. In diesem Bereich wollte sie zu den Besten gehören, und sie war auf einem guten Weg dorthin. Sie hatte dem Zar zwar nichts davon gezeigt, doch sie beherrschte jeden Kniff, den die Besten beherrschten. Je besser sie wurde, desto großzügiger fielen die Trinkgelder aus.

Sie atmete tief durch und sah sich um. Das Meer glitt so

rasch an ihnen vorüber, dass sie es nur ganz verschwommen wahrnahm. Sie war müde, und es war ein langer Fußmarsch zu ihrem Wagen. Davor graute ihr ziemlich. Nachts waren wilde Tiere unterwegs, manchmal sogar Pumas und Bären, vermutlich auch Kojoten. Nein, darauf freute sie sich wahrhaftig nicht, doch sie hatte diesen Weg schon ein paarmal zurücklegen müssen.

Am Highway 20 bogen sie auf eine kleinere Straße ab. Er legte eine behandschuhte Hand auf ihre Hände und presste sie gegen seinen Bauch. Sie hatte ihren Körper noch nie so deutlich gespürt. Das Motorrad vibrierte zwischen ihren Schenkeln, ihr Unterleib war an sein Hinterteil gepresst, ihre Brüste schmerzten, ihre Nippel brannten, weil sie sich bei jeder Neigung des Bikes an ihm rieben.

Mit Reaper Motorrad zu fahren genoss sie auf ungeahnte Weise, auch wenn sie zugeben musste, dass es masochistisch war, sich zu ihm hingezogen zu fühlen. Ja, vielleicht sogar verrückt. Die meisten anderen Clubmitglieder waren nett zu ihr, zwar etwas distanziert, doch freundlich. Alle Clubmitglieder sahen gut aus, doch Reaper war wahnsinnig sexy. Von ihm ging eine rohe Kraft aus. Er war beängstigend, er wirkte gefährlich. Vermutlich leistete er gefährliche Arbeit für den Club, auch wenn sie gar nicht so genau wissen wollte, was er eigentlich tat.

Als sie Reaper angestupst hatte, waren alle Clubmitglieder besorgt aufgesprungen. Sie hatten um sie gebangt. Ihr war sofort klar geworden, dass sie Reaper nicht hätte berühren sollen. Dann hatte er ihre Hände festgehalten, und das hatte ihr Angst gemacht. Und bevor der Zar ihr sagte, dass sie ihren Job behalten konnte, hatte sie bemerkt, dass die Clubmitglieder hinter Reapers Rücken seltsame Blicke wechselten. In diesen Blicken hatte erst Sorge gelegen, dann Wissen, ja, vielleicht sogar eine gewisse Belustigung. Das hatte sie nicht so recht deuten können.

Reaper bog auf den Feldweg ein, der zum Zeltplatz führte.

Sie hielt sich an seiner Jacke fest und streckte sich, bis ihr Mund sein Ohr berührte. »Von hier aus kann ich laufen.« Woher wusste er, wo ihr Wagen stand? Sie hatte niemandem erzählt, dass sie hier kampierte, weil sie sich dafür schämte.

Er hatte sie nicht gefragt, wo ihr Auto stand. Er hatte sie überhaupt nichts gefragt. Sie erstarrte, denn plötzlich wurde ihr überaus klar, dass sie mit dem beängstigendsten Mitglied von Torpedo Ink alleine war. Sie wusste nichts von ihm, abgesehen davon, dass er Kaffee trank und sie nicht mochte. Ihr Herz geriet ins Stolpern, dann begann es zu rasen. Wie töricht sie gewesen war! Sie war vorhin so besorgt um Deke und seine Kumpel gewesen, dass sie überhaupt nicht an ihre eigene Sicherheit gedacht hatte. Das war total naiv gewesen und sah ihr überhaupt nicht ähnlich.

Denn normalerweise überließ sie nichts dem Zufall. Sie hatte ihr ganzes Leben geplant, und als es ihr um die Ohren geflogen war, hatte sie sogar ihre Flucht sorgfältig geplant. Ihr momentaner Blackout musste an Reaper liegen. Es gab keinen Grund, sich derart zu ihm hingezogen zu fühlen, doch sie hatte noch nie jemanden so begehrt wie diesen Mann. Sie träumte von ihm, manchmal sogar tagsüber.

Das Biker-Leben war nichts für sie, und sie wusste, dass auch Reaper nichts für sie war. Dennoch wünschte sie sich, dass sie wenigstens eine Nacht scharfen Sex mit ihm haben könnte. Die Art von Sex, über den Frauen lasen und von dem sie träumten, den sie in Wirklichkeit jedoch nie hatten. Reaper war so wild, so ungestüm. Sie war sich sicher, dass er auch im Bett so sein würde. Nur ein einziges Mal wollte sie diese Art von animalischem, erotischem Sex erleben. Sie wusste nicht, was er tun würde, wenn ihm klar wurde, dass sie in ihrem Wagen übernachtete. Im besten Fall würde er ihr Vorhaltungen machen und verschwinden.

Allerdings neigte Reaper nicht dazu, jemandem Vorhaltungen zu machen. In dem Monat, den sie ihn kannte, hatte er kein einziges Wort bis auf ›Kaffee‹ geäußert. Nun hatte er in dieser einen Nacht zwar seinen Rekord gebrochen, doch das meiste, was er gesagt hatte, war nicht nett gewesen. Ihm lag offenbar wirklich nichts an ihr, doch die Finger, die ihre Hand bedeckten, trieben sie in den Wahnsinn. Er streichelte ständig ihren Handrücken. Sie wusste nicht, was das sollte, doch es schickte winzige Stromstöße durch ihren Körper, bis sie völlig verkrampft war.

Sie deutete nach rechts, und er bog vom Hauptweg ab zu der Stelle, an der ihr rostiges, heruntergekommenes Auto unter den Bäumen stand. Sobald sie wusste, dass nichts mehr zu machen war, hatte sie den Wagen stehen lassen, sich an den Highway gestellt und war getrampt. Trotzdem war sie zu spät in die Arbeit gekommen. Preacher hatte die Brauen gerunzelt, denn er hatte alle Hände voll zu tun gehabt, aber er hatte kein Wort darüber verlauten lassen, dass sie so spät kam.

Sie musste ihre Hand auf Reapers Schulter legen, um vom Motorrad abzusteigen. Dabei merkte er sicher, dass sie zitterte. Sie hoffte, dass er es auf die kalte Nachtluft schieben würde. Sie nahm den Helm ab, während er den Motor abstellte. Stille senkte sich über den Wald. Er sah sich langsam um, blieb jedoch auf seinem Bike sitzen. Sie hoffte, das bedeutete, dass er gleich fahren würde.

»Danke für die Fahrt. Mein Wagen hat mich heute Morgen im Stich gelassen. Das macht er manchmal. Ich komme aber trotzdem rechtzeitig in die Arbeit«, beeilte sie sich, ihm zu versichern.

»Warum hast du nicht angerufen? Wir hätten einen Abschleppwagen vorbeischicken können.«

Sie biss sich auf die Lippe. Einen Abschleppwagen konnte sie sich nicht leisten, doch das wollte sie ihm nicht sagen.

»Anya, lass uns ein paar Dinge klären.« Er schwang ein Bein

über den Sattel, blieb jedoch darauf sitzen. Er sah träge aus – furchterregend. Denn eigentlich hatte Reaper nichts Träges an sich. Was ihr umso mehr Angst machte.

Sie nickte nur stumm, um ihm zu zeigen, dass sie zuhörte. Sie wusste, dass es normalerweise nichts Gutes bedeutete, wenn jemand sagte, dass es einiges zu klären gebe. Zwischen ihren Beinen pochte etwas, was nicht hätte pochen sollen. Reaper war daran schuld, selbst wenn sie Angst vor ihm hatte. Sie war sich überaus bewusst, dass sie mitten im Wald völlig allein mit ihm war.

»Wenn ich dir eine Frage stelle, will ich eine Antwort. Ist das klar?«

Sie spürte Ärger in sich aufsteigen. Auch sie konnte aufbrausen. Doch sie schluckte ihren Zorn hinunter, obwohl sie Reaper am liebsten gesagt hätte, dass er sich zum Teufel scheren solle. Sie war ihrem Plan gefolgt und war damit bisher auch gut vorangekommen, doch das hatte sie nur geschafft, weil sie in wichtigen Momenten ihr Temperament gezügelt hatte. Nun nickte sie abermals stumm, weil sie ihrer Stimme nicht über den Weg traute.

»Also, wir hätten dir einen Abschleppwagen schicken können.«

Er sah ihr in die Augen. Sicher bemerkte er, dass sie rot geworden war. Sicher war ihm klar, dass sie wütend war, weil es ihr nicht gefiel, dass er ihr etwas vorschrieb. Doch er mochte sie ohnehin nicht, also war es auch völlig egal, wenn er auf sie herabsah, weil sie kein Zuhause und kein Geld hatte. Trotzig reckte sie das Kinn. »So etwas kann ich mir nicht leisten. Wenn ich es könnte, würde ich nicht hier draußen in meinem Wagen kampieren. Nachts ist es hier nämlich eiskalt.« Warum sie ihm das sagte, wusste sie nicht. Vielleicht deshalb, weil sie sauer auf ihn war, weil er hier so lässig und überlegen auf seinem Bike hockte.

Oh Gott. Er war der schärfste Typ, den sie je gesehen hatte. Warum begehrte sie ausgerechnet den einen Mann, der noch etliche Probleme mehr zu haben schien als sie selbst? Doch sie verzehrte sich nach ihm. Nur eine einzige Nacht der schieren Wonne! Diese Hände. Er war so stark. Er wusste, was er tat. Jedes Mal, wenn sein Blick ihren Körper streifte, fühlte es sich wie eine Berührung an. Siedend heiß. Lange spürbar. Er war ein Mistkerl. Bestimmt wusste er ganz genau, wie er auf sie wirkte.

»Du haust in dieser Rostlaube?«

Sie nickte. »Ich bin müde. Danke, dass du mich hergebracht hast, und danke, dass du mich vor Deke gerettet hast, obwohl ich nicht weiß, ob es gerechtfertigt war, ein Messer auf ihn zu werfen.«

»Da habe ich mich zurückgehalten, und zwar dir zuliebe. Hol was du brauchst aus deinem Karren und setz dich wieder auf mein Bike. Keine Widerrede. Ich fahr dich zum Clubhaus zurück.«

Eine Dusche. Ein warmes Bett. Das wäre himmlisch. Normalerweise wusch sie sich in der Arbeit kurz auf der Toilette; denn auf dem Zeltplatz gab es keine vernünftigen sanitären Anlagen. Eine Sekunde lang war sie sehr versucht, seinen Vorschlag anzunehmen, doch sie wollte sich nicht auf andere verlassen. Sie musste sich allein aus allen Notlagen befreien.

Anya rang sich ein Lächeln ab. »Danke für das Angebot, aber ich kann nicht mitkommen. Ich schwöre, dass ich morgen nicht zu spät in die Arbeit komme.«

Er sprang von seinem Bike. Er war ein großer Mann. Eine Wand strammer Muskeln trat auf sie zu, und zwar schnell. Sie stolperte rückwärts, rang um ihr Gleichgewicht, bekam kaum noch Luft. Die nackte Angst kroch ihr über den Rücken. Sie hob eine Hand, um ihn abzuwehren. Als ob sie das geschafft hätte.

»Verflucht«, murmelte er. »Ich beauftrage Lana oder Alena, deine Klamotten zu holen.« Er packte ihre ausgestreckte Hand, zog sie zu sich und warf sie sich über die Schulter.

Sie schrie überrascht auf und versetzte ihm einen Schlag in die Seite. Er zuckte zusammen, und sein Atem entwich ihm in einem Zischen. Seine Hand landete mit voller Wucht auf ihrem Hintern. Zornig schlug sie ihn noch einmal. Er schlug sie abermals auf den Hintern, und zwar genau auf dieselbe Stelle. Feuer schoss durch ihren Körper, breitete sich aus. Sie wusste nicht, ob es der Schmerz war oder ihre Wut, oder ob er so sexy war, dass alles, was er tat, Feuer durch ihren Körper zucken und die Stelle zwischen ihren Beinen heftig pochen ließ.

Halblaut fluchend setzte er sie neben dem Bike ab. Er war aschfahl. Sie warf einen kurzen Blick auf seinen Oberkörper. Sie hatte ihn zwar geschlagen, aber dieser Mann war der Vollstrecker des Clubs. Sie wusste nicht sehr viel, doch sie wusste, dass der Sergeant at Arms den Club beschützte. Er sollte imstande sein, einen Schlag einzustecken, ohne zusammenzucken.

»Hock dich auf das verdammte Bike.«

»Hör auf zu fluchen.«

»Das sind nur Worte. Die haben nichts zu bedeuten.«

»Dann sollte es dir nicht schwerfallen, damit aufzuhören.«

»Anya«, knurrte er mit zusammengebissenen Zähnen. »Meine Geduld geht zur Neige. Ich bin seit achtundvierzig Stunden auf den Beinen, und mir reicht's jetzt mit der Höflichkeit. Ich hab damit ohnehin nicht viel am Hut. Und jetzt setz dich aufs Bike.«

»Mach deine Jacke auf.«

Seine Augen waren wunderschön. So intensiv, selbst wenn sein Blick verhangen war. Schockierend blau. Eiskalt. Im Moment bohrten sich diese Augen in sie, und sie konnte nichts gegen das Beben tun, das durch ihren Körper lief. Doch sie wollte jetzt nicht klein beigeben, egal, wie groß ihre Angst war. Er war verletzt. Dessen war sie sich jetzt ziemlich sicher. Und es war bestimmt keine kleine Verletzung. Er sah aus, als könnte er sie töten, wenn sie ihm weiterhin trotzte, doch das war ihr egal. Sie seufzte.

»Ich komme mit, wenn du deine Jacke aufmachst.«

»Du kommst mit, weil ich es dir sage, verdammt noch mal!«, schnaubte er.

Sie ignorierte sein Macho-Gehabe. »Wenn überhaupt, dann freiwillig.«

Er musterte ihr Gesicht eine scheinbare Ewigkeit. Dann senkte sich sein Blick, schweifte zu ihren Brüsten, ihrem Oberkörper, ihrem Bauch, zu der Stelle zwischen ihren Beinen, verweilte dort so lange, dass sie sich zusammenreißen musste, um sich nicht vor Verlangen zu winden. Sie wollte ihm keinesfalls verraten, dass sie schon ganz feucht war und ihre Klitoris heftig pochte, weil er der schärfste Typ aller Zeiten war. Nein, er war ein Ungeheuer. Und jedes Mal, wenn er den Mund aufmachte, wirkte er weniger sexy. Zumindest redete sie sich das ein.

Sein Blick kehrte zu ihrem Gesicht zurück. Eine Hand legte sich auf den Reißverschluss seiner Jacke. Sie hatte gewonnen! Sie war sturer gewesen als er. Na gut, er hatte nachgegeben. Sie ging davon aus, dass er normalerweise nie nachgab, und er war mit Sicherheit kein Mann, der sich von einer Frau etwas vorschreiben ließ. Was also hatte das zu bedeuten?

Als sie das Blut entdeckte, stockte ihr der Atem. Es gab altes, getrocknetes Blut, aber auch frisches, das langsam in sein Shirt sickerte. »Oh mein Gott! Es tut mir schrecklich leid. Ich hätte nicht nach dir geschlagen, wenn ich das gewusst hätte.« Sie hatte ihn zweimal geschlagen. Auf dieselbe Stelle. Heftig.

Mit ausdruckslosem Gesicht zog er den Reißverschluss wieder zu. »Setz dich aufs Bike.« Er schwang ein Bein über den Sattel. »Und zwar sofort, verflucht noch mal!«

Das war's dann wohl mit den Zugeständnissen. Sie setzte sich hinter ihn und vergaß alles, was sie am nächsten Tag vielleicht brauchte. Sie dachte nur noch an die Wunde, die sich unter seinem Shirt befinden musste. Aus Angst, ihm erneut wehzutun, legte sie die Arme sehr vorsichtig um seine Taille. Doch er packte sie an den Handgelenken und zog sie so eng zu sich, dass sowohl ihre Brüste an seinen Rücken als auch die pochende Stelle zwischen ihren Beinen an ihn gequetscht wurden. Spürte er das? Es war so stark. Intensiv. Als er den Motor startete und dieser zu dröhnen und unter ihr zu vibrieren begann, hatte sie Angst, dass sie auf der Stelle kommen würde.

Es war eine fantastische Erfahrung, mit Reaper Motorrad zu fahren.

Sie presste das Gesicht an seinen Rücken und ließ ihren Fantasien freien Lauf. Was für ein Mann. Beinhart. Beschützend gegenüber den Mitgliedern seines Clubs, vor allem dem Zar gegenüber. Das sah man auf den ersten Blick. Sie hatte nie ein Zuhause gehabt. Nie einen Schutz. Nie jemanden, auf den sie sich verlassen konnte. Die Clubmitglieder verhielten sich Außenstehenden gegenüber definitiv zurückhaltend, doch untereinander rissen sie oft Witze und neckten sich, und alle Männer passten auf die zwei Frauen, Alena und Lana, auf.

Sie stellte sich vor, wie es wäre, unter Reapers Schutz zu stehen, nur für eine Nacht. Wie es wäre, seinen Körper auf ihrem zu spüren. Wie fantastisch der Sex sein würde, egal, wie herrisch Reaper war, und sei es nur für eine einzige Nacht. Denn sie war nicht die Art von Frau, die in seine Welt gehörte. Das hatte sie sich immer wieder zu bedenken gegeben, wenn sie ihn in der Bar heimlich gemustert hatte.

Der Zar und die anderen Mitglieder des Clubs behandelten sie gut, doch die meisten Biker, die in die Bar kamen, versuchten sie zu begrapschen. Bedachten sie mit allen möglichen

Bezeichnungen, die sie ankotzten. ›Geile Braut‹, hatte Deke sie genannt. Und das gehörte noch zu den weniger beleidigenden Begriffen. Betina hatte es mal mit einem Biker draußen am Picknicktisch getrieben, und sie hatte auch mal die Hand eines Bikers unter ihren sehr kurzen Rock wandern lassen. Wenn Anya sich nicht irrte, hatte der Kerl sie direkt in der Bar zum Orgasmus gebracht. Später hatte sie ihm dann draußen einen geblasen, wie Anya bemerkt hatte, als sie nur kurz ein bisschen frische Luft hatte schnappen wollen.

Die andere Bedienung, Heidi, war genauso drauf. Beide Frauen trugen stets äußerst enge Tops und extrem kurze Röcke. Sie bekamen reichlich Trinkgeld und wussten, wie sie mit den Gästen umspringen mussten. Anya kapierte nicht, warum die meisten Biker mit ihr flirteten, obwohl die anderen zwei Frauen so leicht zu haben waren, und warum sie genauso viel Trinkgeld bekam und manchmal sogar noch mehr. Sie kam mit den beiden Bedienungen einigermaßen gut aus, solange sie nicht … Sie zwang sich dazu, ehrlich zu sein. Sie hatte es gehasst, als Betina sich an diesem Abend in den Kopf gesetzt hatte, mit Reaper zu flirten. Das hatte sie bislang noch nie getan. In ihr stiegen Mordgelüste auf, als sie sich vorstellte, dass eine der beiden versuchen könnte, Reaper abzuschleppen.

Er mochte sie nicht. Das musste sie sich immer wieder sagen. Er hatte sie um ihren Job bringen wollen. Beinahe wäre ihm das auch gelungen. Sie hatte keine Ahnung, warum der Zar sie behalten hatte, obwohl sie sich ausgerechnet an diesem Abend verspätet hatte. Sie wusste, dass es ihn einiges gekostet hatte, sich gegen Reapers Wunsch, sie zu feuern, zu stellen.

Schließlich schloss sie die Augen und gab sich ganz dem Gefühl hin, mit Reaper Motorrad zu fahren. Es war wundervoll. Sie liebte es, wie sie sich in die Kurven legten, ihre Körper in perfektem Einklang. Keine Sekunde befürchtete sie, dass er die Kontrolle über sein Bike verlieren könnte. Vermutlich verlor er in keiner Situation die Kontrolle. Aber sie hätte es gerne mal versucht, ihn ...

Diesen Gedanken verfolgte sie jedoch nicht weiter. Ihr fiel ein, wie müde sie war. Ihre Füße schmerzten. In den letzten Nächten hatte sie nicht viel Schlaf bekommen. Vermutlich hätte sie ihre zusätzlichen Decken nicht verschenken sollen, aber mit dem alten Schlafsack, den sie in einem Secondhand-Shop ergattert hatte, war ihr nicht so kalt wie einigen der Männer und Frauen, die auf der Straße übernachteten. Trotzdem hatte sie jetzt das Gefühl, dass ihr nie mehr richtig warm werden würde.

Viel zu rasch landeten sie wieder auf dem Parkplatz des Torpedo Ink-Anwesens, das der Club in eine richtige Festung verwandelt hatte. Ein hoher Maschendrahtzaun umgab das ganze Gelände. Das Gebäude selbst war nur etwas renoviert worden, wie sie dem Klatsch entnommen hatte, der in Sea Haven im Umlauf war. Und davon gab es eine ganze Menge, vor allem im Supermarkt. Manchmal fuhr sie nur deshalb dorthin, um die Einheimischen zu belauschen, die sich über den Club das Maul zerrissen.

Als sie abstieg, fühlte sie sich ein bisschen wackelig auf den Beinen. Reaper parkte das Bike neben einer Reihe anderer Motorräder. Sie musterte ihn verunsichert, weil sie nicht wusste, was jetzt kam. Sie sah, dass er erschöpft war, und sie erinnerte sich an das Blut auf seinem Shirt. Heute Nacht würde er sie mit Sicherheit nicht aufs Bett werfen und es mit ihr treiben. Doch trotz seiner Erschöpfung sah er immer noch unglaublich sexy aus. Animalisch. Roh. Brachial. Hitze breitete sich in ihr aus, ließ sich vor allem zwischen ihren Beinen nieder, wo es immer noch pochte.

Was war bloß mit ihr los? Sie wollte es schmutzig und wild, hemmungslos. Sie wollte ihn mit Haut und Haar. Diese Erfahrung würde sie den Rest ihres Lebens hüten wie einen Schatz.

Eine fantastische Nacht mit einem Mann, der genau wusste, was er tat. Sie würde nicht ewig in dieser Bar arbeiten. Im Grunde passte sie nicht hierher, und sie suchte auch gar nichts Dauerhaftes. Nur eine einzige Nacht, mehr wollte sie gar nicht haben.

Langsam glitt ihre Zunge über ihre Unterlippe. Sie dachte daran, wie es wäre, ihn zu schmecken. Wie würde er sich anfühlen? Bestimmt köstlich. Prall und dick. Bestimmt würde er himmlisch schmecken. Ihre Brüste schmerzten, die Nippel brannten. Zum Glück trug sie eine Jacke.

»Ich würde mir gern mal die Wunde an deiner Seite anschauen.«

»Bist du eine Krankenschwester?«

Warum musste er den Mund aufmachen? Warum konnte eine Frau nicht einfach Fantasien über den scharfen Körper haben, den sie lüstern anstarrte, ohne dass der Kerl diese gleich wieder ruinierte, indem er etwas sagte? Sie seufzte. »Nein. Ich dachte nur, dass ich dir vielleicht ein bisschen helfen könnte, nachdem du dir die Zeit genommen hast, mich heimzufahren und dann wieder herzufahren und überhaupt.« Ach, zum Teufel mit ihm. Dann musste er mit seiner Wunde eben allein klarkommen.

Sie verstummte und wartete, während er an seinem Bike herumfummelte und schließlich auf das Haus deutete. Sie atmete tief durch. Er mochte sie nicht. Er würde nicht mit ihr schlafen, und selbst wenn er es täte, dann wäre es einfach nur das, was sie wollte – eine berauschende Nacht voller Sex und Sünde, an die sie sich den Rest ihres Lebens erinnern würde.

Die Hintertür des Clubhauses führte in einen großen Raum mit einer geschwungenen Bar, Tischen und Stühlen, ein paar Sofas und Sesseln. Er führte sie durch den Raum in einen Flur, von dem eine Reihe von Türen abgingen. »Das Bad ist hier rechts. Das benutzt im Moment niemand. Ein paar Brüder übernachten heute hier. Vielleicht wandern sie nackt durch die Gegend. Das ist ganz normal.« Er stieß eine Tür auf. »Du kannst hier schlafen. Das Bett ist frisch bezogen.«

Sie hatte von wilden Partys gehört. Sie kannte ein paar Frauen, die hier schon mal eingeladen gewesen waren. Manchmal kamen Frauen in die Bar und behaupteten, sie wollten Betina oder Heidi sprechen, doch in Wahrheit versuchten sie, einen Typen abzuschleppen. Anya musterte das Bett. War es wirklich sauber? Sie wollte nicht in einem Bett schlafen, das nicht frisch bezogen war.

Reaper blieb stehen, als sie langsam an ihm vorbeiglitt. Sein breiter Körper füllte fast den Türrahmen aus, sodass ihr Körper ihn einfach streifen musste. Ihr Herz schlug schneller, wie es das immer tat, wenn ihr Körper sich so nah bei seinem befand. Er war diese Nacht schon zu heftig stimuliert worden. Hätte sie doch wenigstens ihren Vibrator eingepackt, als sie davongerannt war. Doch damals hatte sie nicht die Zeit gehabt, an solche Dinge zu denken.

»Reaper«, sagte sie leise, als er sich zum Gehen anschickte.

Er drehte sich noch einmal um und sah sie abwartend an.

»Danke. Es war ziemlich kalt im Auto. Ich bin dir echt dankbar für deine Hilfe, aber ich will euch nicht zur Last fallen.«

»Gib mir deinen Autoschlüssel.« Er streckte die Hand aus.

Sie runzelte die Stirn, grub jedoch tatsächlich in ihrer Tasche nach dem Schlüssel. Normalerweise war sie nicht so fügsam, doch seine Stimme hatte etwas Hypnotisches an sich, so grimmig sie auch klang. Manchmal wirkte sie richtig eingerostet, so, als ob er nur selten von ihr Gebrauch machte. Wenn man von den Nächten, die er in der Bar verbrachte, ausging, traf diese Vermutung wahrscheinlich zu. Schon allein die Tatsache, dass er mit ihr redete, weckte in ihr das Gefühl, dass sie für ihn etwas Besonderes war – auch wenn sie wusste, dass das nicht stimmte und er sie eigentlich nicht mochte. Sie gab ihm den Wagenschlüssel.

Er ging und zog die Tür hinter sich zu. Nicht sehr heftig, doch fest. Vermutlich hätte er die Tür verriegelt, wenn er auf ihrer Seite gestanden hätte. »Ich wünsch dir auch eine gute Nacht«, sagte sie laut, nur um ihn zu ärgern.

Es kam keine Antwort. Sie hörte nicht einmal, wie er den Flur hinabging. Sie musterte den kleinen Raum: ein schmaler Einbauschrank, ein Nachtkästchen mit einer Lampe, ein einladend wirkendes Doppelbett. Noch war sie nicht so weit, sich hinzulegen. Sie setzte sich nicht einmal aufs Bett, denn sie war so müde, dass sie sofort eingeschlafen wäre. Doch davor wollte sie noch duschen. Mal richtig duschen. Es war ihr egal, dass sie keine sauberen Kleider hatte. Wenn die Männer im Clubhaus nackt herumspazieren konnten, dann konnte sie sich ja mit einem Handtuch bedecken – vorausgesetzt, es gab hier eines.

Im Bad stellte sie verblüfft fest, dass es sogar eine Wanne gab. Unter dem Waschbecken entdeckte sie in einem Schränkchen Badesalze, und zwar nicht die üblichen billigen Marken, mit denen sie gerechnet hätte, sondern alle möglichen angenehm duftenden Zusätze. Sie drehte das heiße Wasser auf. Durchs Fenster krochen schon die ersten Lichtstrahlen des frühen Morgens. Sie fielen auf einen Ganzkörperspiegel, der an der Tür hing.

Das musste das Bad einer Frau sein. Reaper hatte gesagt, dass es momentan nicht benutzt wurde. Hieß das, dass die Frauen diesen Raum benutzten, wenn hier Partys gefeiert wurden? Hatten die Clubmitglieder in ihrem Schlafzimmer Sex mit den Frauen und benutzten dann dieses Bad? Sie untersuchte es ausgiebig. Die apricotfarbenen Handtücher waren weich und flauschig. Sie passten zu dem apricotfarbenem Muster des Duschvorhangs.

Es gab zwei weibliche Clubmitglieder. Vielleicht war das ja

ihr Bad, und sie schlief heute Nacht in einem ihrer Zimmer. Erleichtert seufzend zog sie sich aus, stellte sich unter die Dusche und ließ sich von dem warmen Wasser berieseln. Sie fand ein hochwertiges Shampoo und benutzte es schamlos zwei Mal. Falls nötig, wollte sie es gern ersetzen.

Dann rieb sie sich Conditioner in die Haare. Als sie sie spülte, fühlten sie sich zum ersten Mal seit etlichen Wochen richtig gut an. Sie hatte sie immer im Waschbecken gewaschen, doch sie hatte so viele Haare, dass sie nie das Gefühl gehabt hatte, sie richtig sauber zu bekommen. Und sich nur mit einem Waschlappen zu waschen war auch nicht sehr befriedigend. Das hier war himmlisch. Das reine Paradies.

Nachdem sie ihre Haare ausgewrungen hatte, durchsuchte sie die verschiedenen Schubladen und fand mehrere Haargummis und Haarklammern. Sie steckte sich die Haare auf dem Kopf fest und glitt in die Wanne. Was für ein köstliches Gefühl – die reine Wonne. Sie schloss die Augen, legte den Kopf zurück und entspannte sich.

Das Wasser war schon ziemlich kalt, als sie mit einem Ruck aufwachte. Reaper war über die Wanne gebeugt und zog den Stöpsel heraus. Beinahe hätte sie gekreischt wie ein Schulmädchen, doch sie schaffte es, sich zurückzuhalten.

»Raus aus der Wanne«, knurrte er. »Das Wasser ist viel zu kalt.« Er klang verärgert.

»Ich bin nackt. Du solltest nicht hier sein.« Hatte sie die Tür nicht zugesperrt? Sie konnte sich nicht daran erinnern.

»Nichts, was ich nicht schon mal gesehen hätte.« Er trat einen Schritt zurück und hielt ihr ein Handtuch hin.

Das erstickte jede Hoffnung im Keim, dass er sich zu ihr hingezogen fühlen könnte. Dennoch verweilte sein Blick auf ihren Brüsten. Ach, zum Teufel mit ihm, sie würde ihm eine gute Vorstellung liefern, wenn er darauf Lust hatte, obwohl sie es kaum glauben konnte, wenn sie seine versteinerte Miene betrachtete. Sie stand auf und versuchte krampfhaft, nicht zu erröten, auch wenn ihr ganzer Körper am liebsten knallrot angelaufen wäre.

Sie wusste, dass sie einen schönen Busen hatte. Straffe, üppige Rundungen. Ihr Oberkörper war schmal, ihre Taille ebenso, die Hüften jedoch eher großzügig. Diese Maße erschwerten es ihr, Jeans zu finden, die richtig gut saßen. Ja, sie hatte richtig breite Hüften. Genau die starrte er nun an. Sie widerstand dem Drang, ihm den Rücken zuzukehren, denn dann hätte er ihr ebenso großzügiges Hinterteil gesehen.

Als sie ihm das Handtuch abnahm, ging die Tür auf. Reaper stellte sich sofort vor sie. »Was zum Teufel soll das, Savage? Du kannst hier nicht einfach reinkommen, wenn eine Frau badet. Blythe hat dir die Regeln doch erklärt.«

Savage zuckte die Schultern. Er war eine jüngere Version von Reaper, ebenso gestählt, ebenso vernarbt wie er, die blauen Augen ebenso tot. »Dir gehen diese Scheißregeln doch genauso am Arsch vorbei wie mir.«

»Das mag schon sein, aber es ist das erste Mal, dass Anya hier die Nacht verbringt.«

»Den Morgen«, verbesserte Savage ihn. Nach einem kurzen Blick auf sie wandte er sich wieder seinem Bruder zu. »Ich wollte mir mal deine Stiche anschauen. Der Doc hat mir ein Antibiotikum für dich gegeben.«

Anya blieb stocksteif stehen, das Handtuch an ihre Brüste gepresst. Sie wagte nicht, sich zu bewegen, weil sie Savage nicht in all ihrer Pracht entgegentreten wollte. Bei dem Mann ihrer Träume war das natürlich etwas anderes, auch wenn er sie offenkundig nur als Last betrachtete.

Stiche? War eine Wundnaht aufgeplatzt, als sie ihn geschlagen hatte? Oh mein Gott. Er hatte sie sich einfach über die Schulter geworfen. Warum hatte sie ihn dafür geschlagen? Tiefe Reue machte sich in ihr breit. Er mochte grob sein, er mochte sie nicht mögen, aber immerhin hatte er sie vor Deke gerettet.

»Stiche? Reaper, es tut mir so leid …«

»Vergiss es.« Er klang so schroff, dass sie den Mund hielt. »Warte draußen auf mich«, befahl er seinem Bruder.

Savage nickte und schlenderte wortlos hinaus. Sie schloss die Augen und schüttelte den Kopf. Sie hatte in Obdachlosenheimen gelebt, an Orten, wo es wenig Rückzugsmöglichkeiten gab, aber Männer, die einfach in ein Bad platzen? Sie hatte die Tür zugesperrt. So etwas hätte sie nie vergessen. Ihre Augen wurden schmal. »Reaper, diese Tür war verschlossen.«

»Das Schloss taugt nicht viel. Ich hab ein paar Flaschen Wasser auf dein Nachtkästchen gestellt. Dann hab ich darauf gewartet, dass du endlich aus dem Bad kommst, aber als du das nicht getan hast, wusste ich, dass du eingeschlafen warst. Es war zu leise im Bad.«

»Trotzdem hättest du nicht reinkommen sollen.«

Er wirkte gänzlich ungerührt und zutiefst gelangweilt. »Geh ins Bett. Ich hab die Jalousie runtergelassen, die hält das Licht ab. Alena und Lana sind beim Klamotten-Einkaufen.« Er stolzierte hinaus und ließ sie stehen, das Handtuch an die Brust gedrückt, ein wenig atemlos, die Augen vor Erstaunen weit aufgerissen.

Er war trotz verschlossener Tür ins Bad gekommen, hatte den Stöpsel gezogen und ihr ein Handtuch gereicht, und als sein Bruder hereinkam, hatte er sich vor sie gestellt. Er hatte ihr Wasser besorgt und ihr Zimmer verdunkelt. Sie wusste, dass er noch müder war als sie selbst, aber er hatte auf sie gewartet und dann geschaut, wo sie blieb. Sie schlang das Handtuch um sich und machte sich auf den Weg in das ihr zugewiesene Zimmer.

Auf dem Gang kam ihr ein splitterfasernackter Mann entgegen. Er blickte hoch, sah sie, machte keine Anstalten, seine

Blöße zu bedecken und nickte ihr nur kurz zu, bevor er in einem Zimmer verschwand. Ach du meine Güte. Das war Ice gewesen. Er war … sehr beeindruckend. Sie würde ihn von nun an mit gänzlich anderen Augen sehen. Puh – der war vielleicht gebaut. Doch darüber wollte sie jetzt wahrhaftig nicht weiter nachdenken. Nicht, nachdem Reaper sie so in Aufruhr versetzt hatte und sie nichts und niemanden hatte, der ihr bei ihrem Frust helfen konnte.

Am Fußende des Bettes lagen zwei Extra-Decken. Sie warf sich mit dem Gesicht nach unten aufs Bett und war zutiefst dankbar für alles – das Bad, den Raum, das gemütliche Bett, die neue Zahnbürste, die sie in einer Schublade gefunden hatte, noch originalverpackt. Es war ihr egal, wenn Reaper hereinplatzte oder nackte Männer mit geilen Körpern durch den Flur liefen – das hier war der beste Ort, an dem sie sich je aufgehalten hatte. Um Welten besser als ihr Auto.

Sie deckte sich zu und schlief ein, auch wenn von draußen mehrere Stimmen zu hören waren.

»Was hast du mit dieser Frau vor?«, wollte Savage wissen.

Reaper hatte keine Ahnung. Er war in das Bad gegangen, weil er gewusst hatte, dass sie eingedöst war. Ihm war natürlich auch klar gewesen, dass sie nackt sein würde. Doch die Vorstellung, dass sie im kalten Wasser herumlag, war ihm unerträglich gewesen. Er presste die Finger auf die Augen.

»Sie haust in ihrem Wagen. Der ist nicht angesprungen. Die Frau sollte nicht mutterseelenallein dort draußen übernachten. Früher oder später wird ihr Glück sie im Stich lassen.«

»Du hast dich von ihr berühren lassen, Reaper. Seit sie hier ist, bist du nicht mehr der Alte.«

Was sollte er dazu sagen? Es stimmte, aber er konnte nichts darauf erwidern, weil er es nicht einmal sich selbst erklären konnte. Deshalb wechselte er lieber das Thema. »Hast du diese

Arschlöcher verschwinden lassen? Die Idioten, die versucht haben, über sie herzufallen?«

Savage zuckte die Schultern. »Du hast einen von ihnen mit deinem Messer verletzt. Früher oder später hätte er den Mund aufgemacht. Sie mussten verschwinden. Ungefähr fünfzehn Meilen von hier habe ich ihre Bikes ins Meer geworfen. Die Leichen werden nicht gefunden werden.«

»Hast du es dem Zar schon gesagt?«

Savage nickte. »Bin noch bei ihm vorbeigefahren. Hab ihn und Blythe beim Vögeln erwischt.« Er grinste schief. Blythe gehörte nun schon so sehr zu ihrer Familie, dass sich keiner mehr ein Leben ohne sie vorstellen konnte. »Hab durchs Fenster mit ihm geredet. Sie hat mir gesagt, dass sie mich erschießen würde, wenn ich nicht abhaue. Ich hab ihr gesagt, dass sie einfach weitermachen soll, während ich dem Zar das Minimum erzählt hab. Ich hab unseren Code benutzt, damit Blythe gut schlafen kann. Keine Ahnung, ob er alles mitbekommen hat, weil Blythe meinem Rat gefolgt ist und er ein bisschen abgelenkt war.«

Reaper zog sein Shirt aus. »Tut höllisch weh«, gestand er seinem Bruder.

»Die Frau verwandelt dich in einen Jammerlappen«, erwiderte Savage, doch er untersuchte die Wunde sehr behutsam. »Du brauchst ein Antibiotikum, Bruder. Ein paar Stiche sind aufgegangen. Ich werde dich noch mal zusammenflicken müssen.«

»Die Frau kann ganz schön fest zuschlagen.« Zum ersten Mal seit Langem verzog sich Reapers Mund ein wenig. Es war kein richtiges Lächeln, aber auf alle Fälle ein Anflug davon. »Sie kann ziemlich jähzornig sein, doch sie versucht, sich zu zügeln.«

»Warum hat sie dich geschlagen?« Savage behielt die Wunde im Blick. Er hatte bereits Nadel und Faden sowie eine antibiotische Salbe hergerichtet und außerdem noch ein lokales Betäubungsmittel, falls das nötig war.

»Ich hab ihr zweimal auf den Hintern gehauen. Dafür hat sie sich gerächt. Ich hatte sie mir über die Schulter geworfen.«

»Wusste sie, dass du verletzt warst?« Savages Stimme klang gefährlich milde.

Reaper verzog das Gesicht. »Nein. Leg deinen Raubtierton ab. Sie steht unter meinem Schutz.«

»Und du stehst unter meinem.«

»Verflucht, Savage, das ist mein Ernst. Ich habe sie gezwungen hierherzukommen.«

»Sie soll dich nicht anfassen.«

»Das habe ich zugelassen, und das weißt du ganz genau.« Normalerweise ließ er niemanden an sich heran, doch Anya befand sich so weit außerhalb des Normalen, dass er einfach nicht wusste, was er tun sollte. Er konnte kaum noch atmen, wenn er sie sah. Wie ein Neandertaler wollte er sie sich über die Schulter werfen und sie vögeln, bis sie nicht mehr laufen konnte. Bis keiner von ihnen mehr stehen konnte. Alle möglichen Dinge wollte er mit ihr anstellen, aber sie zu verletzen gehörte nicht dazu. »Sie steht unter meinem Schutz«, wiederholte er. »Und das heißt, dass sie auch unter deinem steht.«

Das war eine Kampfansage, eine Warnung. Vielleicht auch eine Bitte. Diesem Szenario waren beide nicht gewachsen. Savage nickte und fuhr mit seiner Arbeit fort. »Wir halten es so, wie du wünschst, Reaper. Vielleicht solltest du sie zu Blythe bringen.«

Die Lady des Zaren konnte alles tun, alles richten, sie bei allem beraten. Für die Clubmitglieder war sie eine wahre Heilige. Nie protestierte sie, wenn sie alle zum Frühstück, zum Lunch oder zum Abendessen aufkreuzten. Sie überließ ihnen die vier Kids, wenn der Zar sie mal zu einem Ausflug nur zu zweit entführte. Nur zu zweit war allerdings nicht ganz richtig, denn er war immer von Leibwächtern umgeben. Beim Sex wurde sie gern laut und so war es schon öfter vorgekommen, dass die Leibwächter mit gezückten Waffen zu ihnen gerannt waren und sie beim heftigen Liebesspiel erwischt hatten. Blythe sah nicht auf sie herab, und es war ihr auch nicht peinlich, wenn sie mit ihnen gesehen wurde.

Die Clubmitglieder waren in Russland in einem von Gewalt geprägten Internat aufgewachsen. Ihre Eltern hatten als Staatsfeinde gegolten und waren eliminiert worden. Niemand hatte die Kinder aus dieser Hölle gerettet. Die meiste Zeit hatten sie in einem Kellerloch gehaust, wo sie nichts zum Anziehen und nur wenig zu essen bekommen hatten. Nacktheit störte sie daher nicht. Manchmal fiel es ihnen schwer, sich in Häusern aufzuhalten. Kein noch so abartiger sexueller Akt war ihnen fremd. Ihre Lehrer hatten sie gezwungen, es vor den Augen aller anderen miteinander zu treiben. Es war so an der Tagesordnung gewesen, dass sie sich nichts mehr dabei gedacht hatten. Nun versuchten sie sich, so gut es ging, in die Gesellschaft zu integrieren, doch sie taten sich schwer damit, gewisse gesellschaftliche Regeln zu verstehen und zu befolgen. Leute von außerhalb runzelten oft die Stirn bei einigem, was ihnen ganz normal vorkam.

»Anya wird nichts in meinem Leben verändern«, behauptete Reaper nun und wollte es nur zu gern glauben. Doch das stimmte nicht, denn jetzt waren die Albträume zurückgekehrt. Er hatte Angst, ins Bett zu gehen. Angst davor einzuschlafen. Angst, sie zu berühren. Sie brachte ihn dazu, sich Dinge zu wünschen, von denen er wusste, dass er sie nicht haben konnte. Es war viel zu gefährlich. Er sah seinen Bruder an. »Du weißt, dass das gefährlich ist.«

Savage zuckte die Schultern. »Mir passiert dabei nichts.«

»Du bist eine männliche Hure.«

»Es nimmt den verdammten Druck. Du solltest es versuchen.« Savage verteilte antibiotische Salbe rund um die Wunde. »Nimm diese Pillen.«

»Ja, ja.« Er schluckte zwei vor seinem Bruder, damit der endlich Ruhe gab. »Ich hau mich jetzt erst mal aufs Ohr.« Am liebsten hätte er sich zu ihr ins Bett gelegt. Sie berührt. Die Finger in sie geschoben. Seine Zunge. Sie geschmeckt. Sie als die Seine gezeichnet. Und das war erst der Anfang. Er hatte so viel mit Anya Rafferty vor, dass er das alles gar nicht in einer Nacht tun konnte.

»Denk drüber nach, Reaper. Wenn du sie ordentlich vögelst, hört es ein paar Minuten lang auf. Manchmal sogar für eine Stunde. Wenn du Glück hast und es bis zur Erschöpfung mit ihr treibst, auch ein bisschen länger.«

Reaper entfernte sich von ihm. Er musste sich auf jeden einzelnen Schritt konzentrieren, weil seine Jeans so eng war und sein Schwanz so prall, dass er höllisch schmerzte. Anya war in Lanas früherem Zimmer untergebracht. Lana übernachtete kaum noch hier. Er hatte ihr gesimst und sie gefragt. Natürlich hatte sie zugestimmt. So war Lana – beinhart, wenn es sein musste, aber innerlich so weich, dass sie einem das Herz stehlen konnte – wenn man denn eines hatte.

Einen Moment lang blieb er vor der Tür zu Anyas Zimmer stehen und dachte über sie nach. Es gefiel ihm, dass sie so groß war und so lange Beine hatte. Es gefiel ihm auch, dass er noch größer war und sie mit ihren wunderschönen grünen Augen zu ihm aufschauen musste. Seine Wunde schmerzte. Sein Schwanz zuckte. Verlangte nach Aufmerksamkeit. Er sollte sich kalt duschen oder dieses Problem anderweitig lösen, doch das tat er nicht. Er legte die Hand an den Türknauf. Die Tür war wieder verschlossen.

Diese Frau kapierte es einfach nicht. Sie verriegelten hier nie die Tür. Er und seine Brüder und Schwestern waren so lange eingesperrt gewesen, dass sie Schlösser hassten. Mühelos öffnete er das Schloss und trat ein. Sie lag im Bett und schlief. Er hatte zahllose nackte Frauen gesehen, Frauen, die vorsätzlich versucht hatten, ihn zu erregen, während er gezwungen worden war, seinen Körper so weit zu kontrollieren, dass er diesen Verlockungen widerstand. Oft waren die Rollen umgekehrt gewesen, und er hatte eine Frau erregen und sie ihm widerstehen müssen. Seit seiner Teenagerzeit gewannen die Frauen keine einzige Schlacht mehr. Er hatte seinen Körper unter Kontrolle. Bis jetzt. Bis Anya aufgetaucht war.

Allein schon ihr Anblick! Die Decke verhüllte ihren runden, festen Hintern nur zum Teil. Auch ihr Rücken und ihre linke Brust waren teilweise entblößt. Sein Schwanz begann zu tropfen. Halblaut fluchend öffnete er seine Jeans, umfasste sein Glied und beäugte sie. Er wollte ihren Rücken und ihren Hintern mit seinem Sperma bemalen, aber jetzt war nicht der richtige Zeitpunkt dafür. Seine Wunde brannte, und er war so müde, dass er im Stehen hätte einschlafen können.

Er bückte sich, hob ihre Kleider auf und verließ den Raum. Mit einer Hand drückte er die Klamotten an seine Brust, mit der anderen rieb er seinen Schwanz. Jeder Schritt tat höllisch weh.

## 4. Kapitel

Anya erwachte leise stöhnend, drehte sich auf den Rücken und legte einen Arm zum Schutz gegen das Licht vor die Augen. Als sie ins Bett gegangen war, war die Jalousie unten gewesen. Also hätte der Raum dunkel sein müssen. Das war nicht gut. Jemand war in ihrem Zimmer gewesen. Sie zog die Decke bis ans Kinn, fasste sich ein Herz und schlug die Augen ganz auf.

»Endlich«, erklang eine muntere Frauenstimme. »Wir dachten schon, du würdest nie mehr aufwachen.«

Wer war ›wir‹? Langsam richtete Anya sich auf und sah sich um. Sie hatte fünf Zuschauer – zwei Frauen, drei Männer. Die drei Männer erkannte sie sofort. Es waren Clubmitglieder, die immer wieder in der Bar aufkreuzten. Storm und Ice häufig, und Preacher arbeitete an hektischen Abenden mit ihr hinter der Bar. Jetzt hatte sie ihnen gerade ihre Brüste gezeigt.

Die zwei Frauen hatte sie noch nicht kennengelernt, obwohl sie wusste, wer sie waren. Eine musste Lana Popov sein, Preachers leibliche Schwester. Er hielt große Stücke auf sie. Mit ihren kohlschwarzen, glänzenden Haaren, die um ihr Gesicht tanzten, als wären sie vom Wind getragen, war sie wunderschön. Sie hatte eine Superfigur und war sogar noch etwas größer als Anya, vielleicht sogar fast so groß wie Reaper.

Alena war die Schwester von Ice und Storm. Sie war etwas kleiner; Anya schätzte sie auf einssiebzig. Sie hatte eine wilde, platinblonde Mähne, und ihre Augen waren ebenso auffallend blau wie die ihrer Brüder. Anya kam sich neben diesen schillernden Frauen richtig schäbig vor. Beide hatten lange, perfekt gestylte Fingernägel. Beide trugen eng anliegende Jeans und Harley-Tank-Tops, in denen sie zwar als Biker-Bräute zu erkennen waren, doch trotzdem elegant wirkten. Anya hätte diesen Look nicht in tausend Jahren hinbekommen.

»Blythe möchte dich kennenlernen«, verkündete Alena. Lana lächelte, Alena tat das nicht. Sie taxierte Anya unverhohlen misstrauisch.

Anya sah sich suchend nach ihren Anziehsachen um. Sie war sich sicher, dass sie sie auf den Stuhl neben das Bett gelegt hatte, doch nun waren sie nicht mehr da. »Guten Morgen.« Mehr fiel ihr im Moment nicht ein. Sie fühlte sich hilflos und wünschte, Reaper wäre da. Immerhin kannte sie ihn so gut, dass sie wusste, dass er sie loswerden wollte, aber zu galant war, um sie mit einem kaputten Auto allein auf dem Zeltplatz zurückzulassen. Sie hatte keinen blassen Schimmer, was diese Leute hier von ihr wollten.

»Wir haben dir ein paar Klamotten gebracht«, verkündete Lana und deutete auf die Jeans, das Top und die spitzenbesetzte Unterwäsche auf ihrem Schoß. Allerdings machte sie keine Anstalten, Anya die Sachen zu reichen.

»Ich habe die Tür zugesperrt. Wie seid ihr hereingekommen?«

»Sie war nicht zugesperrt«, sagte Ice. Auf sein Gesicht waren drei Tränen tätowiert, die an seinem linken Auge hinunter kullerten. Seine Augen waren so blau, dass Anya geglaubt hätte, er würde Kontaktlinsen tragen, wenn nicht sein Zwillingsbruder und seine Schwester die gleichen Augen gehabt hätten.

Sie glaubte ihm, aber das hieß wohl, dass Reaper sich abermals an dem Schloss zu schaffen gemacht hatte. Das würde er büßen müssen! »Was wollt ihr von mir?«

»Wir würden gern wissen, was zwischen dir und Reaper läuft«, sagte Alena.

Anya streifte sich die widerspenstigen Haare aus dem Gesicht. Sie hatte sie nicht geföhnt, und nun fielen sie in dichten Wellen um ihren Körper und reichten bis auf die Bettdecke hinunter. Sie umklammerte die Decke noch fester und atmete tief durch. Die anderen starrten sie an, offenbar war die Frage ernst gemeint. Ihre Mienen waren nicht zu enträtseln, doch Anya rechnete mit dem Schlimmsten. Wenn sie ihnen eine falsche Antwort gab, brachten sie sie womöglich um und verscharrten ihre Leiche irgendwo.

Was hatte sie sich nur dabei gedacht, sich ausgerechnet in einer Biker-Bar zu verstecken? Nun, an so einem Ort würde man vermutlich nie nach ihr suchen – zumindest hatte sie sich das gedacht. »Nichts. Nichts läuft zwischen uns. Ice, du hast doch gehört, was er gesagt hat. Er will, dass ich gehe.«

»Wenn er das wollte, dann wärst du längst weg«, sagte Storm. »Also, was zum Teufel geht da zwischen euch ab?«

Er war doch dabei gewesen, als Reaper vom Zar verlangt hatte, sie rauszuwerfen. Anya war völlig verzweifelt. Sie brauchte diesen Job. Sie war wieder einmal obdachlos, sie hauste in ihrem Wagen und bangte permanent um ihr Leben. Denn das schien nicht sicher zu sein, weder in der Bar noch auf dem Zeltplatz. Reapers Erwiderung bei dem Gespräch mit dem Zar – ›Ist mir scheißegal‹ – bedeutete doch nichts anderes, als dass er wollte, dass sie verschwand, und dass er erwartet hatte, dass der Zar sie feuerte.

Sie holte tief Luft. Ihre Hände zitterten. »Ich sage euch doch, zwischen uns läuft nichts. Er hat mich zu meinem Wagen gefahren, der zufällig gerade hinüber ist, und ...«

»Und den er zufällig zur Werkstatt hat abschleppen lassen, damit Transporter und Mechaniker ihn reparieren«, fiel Storm ihr ins Wort.

Was sollte sie dazu sagen? Dass Reaper freundlich war? »Er fand es nicht gut, dass ich auf dem Zeltplatz übernachten wollte, und er hat darauf bestanden, dass ich hier übernachte. Das war sehr nett von ihm. Er war einfach nur nett.« Das klang sogar in ihren Ohren ziemlich lahm, aber etwas Besseres fiel ihr nicht ein.

»Quatsch«, fauchte Alena. »Reaper ist nicht nett.«

»Vielleicht sagst du uns endlich mal die Wahrheit«, beharrte Storm.

»Der schneidet dir deine Eier ab, wenn du noch mal so mit ihr redest.« Savages breite Schultern füllten den Türrahmen aus. »Dieser Ton ist völlig unangebracht. Gebt ihr die Sachen und lasst sie in Ruhe.«

Die Welt war verrückt geworden. In diesem Club waren alle verrückt geworden. Jetzt kam Savage zu ihrer Rettung? Er hatte noch nie auch nur ein Wort an sie gerichtet, und jetzt sprang er plötzlich für sie in die Bresche? Anya verstand gar nichts mehr.

»Schon gut«, murmelte sie. Was sollte sie tun? Sie wollte diese Männer und Frauen nicht zum Feind haben. »Sie haben Reapers Freundlichkeit einfach falsch verstanden.«

»Vielleicht hast du das ja getan«, bemerkte Alena und stand auf. »Ich hoffe, dir gefallen die Klamotten. Wir haben uns nach Kräften mit Reapers seltsamen Maßangaben herumgeschlagen. Daher konnten wir deine Größen nur raten.« Sie stolzierte hinaus wie eine Königin. Wie eine Biker-Königin.

Anya beobachtete sie ganz genau. Die Frau hinkte ein wenig, konnte es aber gut verbergen. Ihre Brüder folgten ihr, nachdem sie ihr kurz zugewunken hatten.

»Tut mir leid, dass wir so unangemeldet bei dir reingeplatzt sind«, sagte Lana. »Ich könnte jetzt schwindeln und behaupten, dass wir das nicht wollten, aber was soll's – du weißt bestimmt, dass das gelogen wäre. Wir wollten die geheimnisvolle Frau kennenlernen, die Reaper den Kopf verdreht hat. Zieh dein Ding durch, Frau, aber tu ihm nicht weh. Wenn du diesem Mann wehtust, wird dir jemand die Kehle durchschneiden.«

Anya fuhr sich mit den Fingern über den Hals. »Keine Sorge. Deine kleine Warnung reicht mir, um mich von ihm fernzuhalten. Meine Kehle ist mir sehr lieb.« Zum Teufel mit Reaper. Zum Teufel mit Lana. Zum Teufel mit dem Bikerclub. Sie wollte so rasch wie möglich verschwinden. Sobald ihr Wagen wieder lief, war sie weg. Auf und davon. Endgültig. Sie hatte die Nase voll von Biker-Bars und von blöden Biker-Regeln, die sie nicht verstand. Und sie wollte auch nicht ständig in Angst leben.

Sie gehörte nicht hierher. Sie gehörte nirgendwohin und zu niemandem. Sie passte nicht einmal in die Biker-Welt. Was sagte das über sie aus? Sie presste die Decke an die Lippen, um sie am Zittern zu hindern. »Ich würde mich jetzt gern anziehen.« Ihre Worte klangen gedämpft. Sie fühlte sich verletzlich und bedeutungslos. So hatte sie sich in ihrer Kindheit und Jugend in Obdachlosenheimen viel zu oft gefühlt. Sie wollte sich jetzt nicht alles wegnehmen lassen, woran sie so hart gearbeitet hatte. Sie wollte sich nicht wie Müll fühlen, den jemand auf die Straße geworfen hatte. Zum Teufel mit diesen Leuten!

Lana erhob sich anmutig und geschmeidig wie eine Katze und legte die Kleidung behutsam aufs Fußende des Bettes. Savage trat zur Seite, damit Lana und Preacher den Raum verlassen konnten. Er blieb stehen und musterte Anyas Gesicht. »Geht es dir gut?«

»Ja, hervorragend, danke. Keine Sorge.« Sie hoffte, dass ihre Stimme nicht bebte. Wann ging er denn endlich, damit sie sich anziehen, kurz ins Bad gehen und dann verschwinden konnte? Sie wollte zur Werkstatt laufen und ihren Wagen begutachten. Im Auto hatte sie ein bisschen Geld versteckt. Sie hatte jeden

Penny gespart, den sie erübrigen konnte, für den Fall, dass sie wieder fliehen musste. In Fort Bragg gab es einen Gebrauchtwagenhändler. Vielleicht konnte sie ihren Wagen dort loswerden.

»Du laberst nur Scheiße«, stellte Savage fest. »Reaper wird auf dich aufpassen.« Er wartete. Sie blieb stumm. Offenbar wollte sie, dass er ging, und das tat er dann auch.

Sobald er weg war, schlüpfte sie in die Spitzenunterwäsche. Weder Slip noch BH trugen viel dazu bei, ihre Blöße zu bedecken. Die Jeans passte wie angegossen. Sie hatte noch nie eine so gut sitzende Jeans besessen. Aber das Shirt war unmöglich. Es war viel zu klein. Es spannte über ihren Brüsten und an sämtlichen anderen Rundungen, und im Ausschnitt waren ihre Brustansätze sowie die Spitzenborte des BHs zu sehen, ähnlich wie bei Betina. Hatten Alena und Lana dieses Teil absichtlich so knapp ausgewählt? Vermutlich hatten sie damit etwas sagen wollen. Anya wusste, dass die beiden einen Unterschied machten zwischen den Frauen, die sie respektierten, und denen, bei denen sie das nicht taten.

Sie sah nach, ob im Schrank etwas Passendes zu finden war. Der Schrank war leer. Sie sank aufs Bett und ließ den Kopf hängen. Sie wollte nicht weinen. Sie hatte als Kind, als sie nie gewusst hatte, wo die nächste Mahlzeit herkommen würde, genug geweint.

»Anya?« Die Stimme klang sanft. Wie Reaper ihren Namen aussprach, klang beinahe unheimlich. »Baby, weinst du etwa?«

Sie schüttelte den Kopf, ohne den Blick zu heben.

»Savage hat gesagt, dass die Mädchen nicht nett zu dir waren. Was haben sie gesagt?«

»Ich will einfach nur weg. Ich würde gern zu meinem Auto.« Sie nahm all ihren Mut zusammen und sah ihn an. Sobald sie das tat, verkrampfte sich ihr Herz. Die Nacht hatte seine Attraktivität mitnichten geschmälert. Er sah immer noch verdammt scharf aus. Immer noch beängstigend. Immer noch vernarbt und tätowiert.

»Dann komm, gehen wir.« Er trat einen Schritt zurück.

»Ich muss erst noch ins Bad.« Sie wollte nicht, dass er die Spuren der Tränen in ihrem Gesicht sah. Sie hasste es, wenn sie weinte. Hasste diese Schwäche. Am meisten hasste sie es, dass Lana und Alena sie dazu gebracht hatten zu weinen. Frauen sollten zusammenhalten und nicht dafür sorgen, dass sich eine ausgeschlossen fühlte. Hässlich. Unerwünscht.

Er nickte zustimmend und blieb, wo er war. Sie spürte seinen Blick auf ihrem Hintern, als sie zum Bad eilte. Am liebsten hätte sie dieses elende Top ausgezogen und weggeworfen. Vielleicht war es besser, nur im BH rumzulaufen, als zu versuchen, Betina zu übertrumpfen. Mit so einem Top würde sich Betina in der Bar der Männer gar nicht mehr erwehren können.

Sie wusch sich das Gesicht und versuchte, ihre wilde Mähne zu bändigen. Zurück in ihrem Zimmer verkündete sie: »Ich muss unbedingt ein anderes Top auftreiben. Das hier ist zu knapp.«

»Ach ja?« Reaper lehnte lässig am Türrahmen. »Ich finde, du siehst super aus. Allerdings würde ich dir in diesem Outfit wohl die Hälfte der männlichen Bevölkerung vom Hals halten müssen.«

War das ein Kompliment? Er klang aufrichtig. Sie wagte einen kurzen Blick auf ihn. In seiner Miene und auch in seinem Blick lag keine Spur von Humor. Sie schluckte. »Ich kann das nicht tragen. Ich brauche ein anderes Shirt, eines, das nicht ganz so knapp ist. Ich sehe ja wie Betina aus.«

»Du siehst überhaupt nicht wie Betina aus.«

»Hast du denn kein altes Shirt, das ich tragen könnte?«, fragte sie verzweifelt. Sie wollte nicht mehr weinen, aber sie musste sich unbedingt umziehen und zu ihrem Auto gelangen. Sie hielt den Kopf gesenkt, damit sie ihn nicht anschauen musste.

»Anya.«

Mehr sagte er nicht. Nur ihren Namen, sonst nichts. Doch aus seinem Mund klang ihr Name wie eine Liebkosung, wie eine sanfte Berührung von Samt auf ihrer Haut. Seine Finger fuhren den Spuren der Tränen in ihrem Gesicht nach. Sie hätte wissen müssen, dass er sie nicht so einfach davonkommen lassen würde. Die Stille zog sich hin. Sie konnte nicht den ganzen Tag lang ihre Schuhe anstarren. Nachdem sie tief eingeatmet hatte – seinen Geruch eingeatmet hatte –, richtete sie sich langsam auf und zwang sich, ihn anzuschauen.

»Wenn du dieses Top nicht tragen willst, hol ich dir ein Flanellhemd, in dem du dich verstecken kannst, auch wenn eine solche Schönheit wie du sich nicht verstecken sollte.«

Ihr Herz zog sich zusammen, und zwischen ihren Beinen fing es an zu kribbeln. Er bedachte sie ganz beiläufig mit Komplimenten, die offenkundig keine leeren Floskeln waren, sondern seine aufrichtige Meinung zum Ausdruck brachten.

Sie nickte. »Danke. Und dann schau ich mal nach meinem Auto. Ich kann zur Werkstatt laufen, der Weg ist ja nicht weit.«

Sein bohrender Blick war entnervend. Endlich seufzte er, schüttelte den Kopf und verließ den Raum. Als sie ihm nicht folgte, blieb er stehen und rief ihr über die Schulter zu: »Kommst du?«

Sie wollte sein Hemd, also musste sie wohl oder übel mit ihm gehen, obwohl es nicht gut war, mit Reaper zusammen zu sein. Sie beäugte ihn immer wieder misstrauisch, als sie ihm zu seinem Zimmer folgte. Vor der offenen Tür blieb sie stehen und spähte hinein. Dieser Raum war ähnlich wie der, in dem sie übernachtet hatte, aber sehr viel unordentlicher. Er sah aus wie ein Raum, dessen Bewohner aus dem Koffer lebte, oder in seinem Fall aus einer Reisetasche. Er durchwühlte die Tasche und warf ihr schließlich ein Hemd zu.

Ihr Herz geriet ins Stolpern. Sie konnte nichts anderes tun, als ihn anzustarren. Von ihm gingen so viele unterschiedliche Botschaften aus, dass ihr ganz schwindelig wurde. Aber vielleicht kam es auch daher, weil sie hungrig war; denn in letzter Zeit hatte sie nicht sehr viel gegessen.

Reaper marschierte zu ihr, nahm ihr das Hemd ab und hielt es so, dass sie hineinschlüpfen konnte. Er stand nah bei ihr. Viel zu nah. Sie inhalierte seinen Geruch gierig mit jedem Atemzug. Zweimal versuchte sie, etwas zu sagen, aber es gelang ihr nicht. Sie konnte weder den Blick heben noch ihm ins Gesicht sehen, also starrte sie einfach nur vor sich hin. Doch auch dieser Anblick war verlockend: Ein enges T-Shirt spannte sich über all seine köstlichen Muskeln, die sie am liebsten mit der Zunge nachgefahren wäre.

Er begann, ihr das Hemd zuzuknöpfen. Einen Knopf nach dem anderen. Langsam. Dabei glitten seine Fingerknöchel über ihre Brüste und jagten sengende Hitze durch ihre Adern. Feuchte Hitze sammelte sich in ihrem Slip. Eine weitere Berührung, und sie konnte kaum noch atmen. Eine dritte schürte das Verlangen in ihr so sehr, dass sie befürchtete, spontan in Flammen aufzugehen. Sie atmete flach in dem Versuch, sich zu fangen.

Er umfasste sanft ihr Kinn und hob ihren Kopf an. Sie senkte rasch die Wimpern, um ihre Augen zu verhüllen.

»Du wolltest bleiben. Du rennst jetzt doch nicht weg, nur weil es ein bisschen rau wird?«

»Das tue ich nicht.« Auch wenn sie genau das vorgehabt hatte.

»Lüg mich nicht an. Ich fahr jetzt mit dir zu einem späten Frühstück oder einem frühen Lunch und nicht zu deinem Auto.«

»Reaper.«

»Dieses Gespräch ist beendet.« Er nahm sie an der Hand und zog sie mit sich, als er durch den Flur zum Gemeinschaftszimmer marschierte.

»Nur weil du sagst, dass es beendet ist, muss es das noch lange nicht sein«, protestierte sie und redete sich ein, dass sie jetzt nur mit ihm kam, weil er größer und stärker war, und nicht, weil er sie wahnsinnig scharf machte und sie ihn mit jedem Atemzug, den sie tat, begehrte.

Er bedachte sie mit einem Blick, der sie normalerweise in die Flucht getrieben hätte. Doch sie befand sich nun mal in der Höhle des Löwen, und zu fliehen schien unmöglich. Also folgte sie ihm weiter. Lana und Alena saßen an der Bar. Beide drehten sich um, als sie hereinkamen. Ihr Lächeln verblasste, als sie Reapers Gesicht sahen.

»Ich bin über euch beide alles andere als glücklich«, knurrte er, als er an ihnen vorbeimarschierte.

»Reaper«, fing Lana an, doch er zog Anya stumm aus der Tür.

Immerhin war sie nicht die Einzige, mit der er nicht mehr reden wollte. Anya wusste, dass Lana und Alena den Clubmitgliedern sehr wichtig waren. Sie hatte gehört, wie die Männer über die beiden redeten. Immer waren darin Respekt und Zuneigung zum Ausdruck gekommen.

Reaper marschierte zu seinem Bike und reichte ihr seinen Helm. Dann schwang er sich auf die große Maschine.

»Willst du mir wenigstens sagen, wie es deiner Wunde heute Morgen geht?«, fragte Anya. Er lief eigentlich so lässig wie immer. Na ja, ›laufen‹ traf es nicht so ganz; er schlich wie eine Raubkatze. Mein Gott, war dieser Typ heiß. Nichts hatte sich über Nacht geändert.

»Nein. Steig auf.«

Seufzend setzte sie sich hinter ihn. Als sie sich noch einmal zum Clubhaus umsah, bemerkte sie, dass Lana und Alena an die Tür gekommen waren, und hinter ihnen drängten sich weitere Clubmitglieder. Alle starrten sie an, beobachteten sie. Unfreiwillig drückte sie sich enger an Reaper. Er tat, was er immer zu tun schien – er griff nach hinten und drückte ihre Hände um seine Taille. Sie beschloss, die Zuschauer zu ignorieren, und rückte ihm so nah, bis sie ihn am ganzen Körper spürte. Die Harley erwachte dröhnend zum Leben, und dann glitten sie mit dem Wind dahin. Sie liebte es, mit ihm Motorrad zu fahren.

Auf dem Highway 1 bogen sie nach Süden Richtung Sea Haven ab. Der Wind zupfte an ihrem Gesicht und ihren Haaren. Sie hatte einen Großteil ihrer Mähne unter den Helm geschoben. Bald bogen sie auf eine kleinere Straße ein, die nach Osten führte. Plötzlich überkam sie ein ungutes Gefühl. Sie hatte gedacht, dass sie zu einem Restaurant unterwegs waren, doch so viel sie wusste, war das hier Privatgelände.

Er fuhr durch zwei Tore und setzte die Fahrt auf einem schmalen Weg fort, der durch das Anwesen führte. Vor ihnen ragte ein Haus auf. Er fuhr direkt vor das Haus und blieb stehen. Sie blieb sitzen. Er stellte den Motor ab, doch sie rührte sich nicht vom Fleck.

»Wo sind wir?« Sie schaffte es nicht, den Argwohn aus ihrer Stimme zu halten.

Bevor er ihr antworten konnte, stürmte ein kleines Mädchen aus der Haustür. Sie war nicht älter als fünf oder sechs Jahre. »Onkel Reaper! Ich hab gar nicht gewusst, dass du kommst.« Sie hüpfte die Eingangsstufen herab und hopste wie ein Kaninchen um das Motorrad. Plötzlich schien sie Anya zu bemerken. Sie blieb stehen. Neugierde trat auf ihr zartes Gesicht. »Wer bist du?« Die Haare der Kleinen waren feuerrot, die Nase zierten ein paar kleine Sommersprossen, die Anya entzückend fand.

»Emily, das hier ist meine Freundin Anya. Ich möchte, dass du sehr nett zu ihr bist und ihr euer Haus zeigst. Sie hat ein paar raue Tage hinter sich. Kann ich mich auf dich verlassen?«

Anyas Kinnlade klappte nach unten. Sein Verhalten war völlig anders, als er mit dem Kind sprach, und seine kantigen

Gesichtszüge wurden weicher. Er lächelte zwar nicht, doch sein Mund wirkte nicht mehr so hart, und seine Stimme klang sanft. Richtig süß.

Emily musterte Anya ausgiebig, dann nickte sie ernst. »Sie ist echt hübsch.«

»Super Teint«, gab Reaper zu.

Anyas Mund ging gar nicht mehr zu, auch wenn sie Angst hatte, dass ihr eine Mücke in den Mund fliegen würde. Dieser Mann verblüffte sie total. Sie hätte nie geglaubt, dass Reaper so unkompliziert und weich sein konnte. Und dass er ihre Haut kommentierte, kam ihr ebenso unfassbar vor. Super Teint? Glaubte er das wirklich? Er bot ihr seinen Arm, als sie sich anschickte, vom Motorrad zu klettern. Es kam ihr seltsam vor, die Finger um seinen Bizeps zu schließen, als sie sich vom Sitz schwang. Als sie den Blick hob, entdeckte sie den Zar und eine Frau auf der Veranda. Der Zar hatte einen Arm besitzergreifend um die Taille der Frau geschlungen.

»Reaper, Anya.« Der Zar grinste seinen Freund an.

Reaper zeigte ihm den Stinkefinger. »Wir haben Lust auf ein Frühstück oder einen frühen Lunch, Blythe. Kommen wir zu spät?«

Blythe schenkte ihm ein freundliches Lächeln, dann schweifte ihr Blick über Anya. »Du kommst hier nie zu spät, wenn du was zu essen brauchst, Reaper. Das weißt du doch. Kommt rein.«

Emily griff ein bisschen schüchtern nach Anyas Hand. Diese Geste trug dazu bei, dass ihr die Kleine immer liebenswerter erschien.

»Blythe ist eine gute Köchin«, gestand Emily leise flüsternd. »Alle essen gern hier, vor allem Ice und Storm. Die hören nie zu futtern auf.«

Der Zar lachte, und Blythe tat es ihm gleich. Anya bemerkte, dass Reaper noch immer kein Lächeln zustande brachte.

»Sollten wir heute Nachmittag mit allen rechnen?«, fragte Blythe.

Reaper zuckte die Schultern. »Vermutlich. Sie führen sich alle widerlich auf, sogar Alena und Lana. Ich dachte, auf die könnte ich mich verlassen.« Er trat zurück, damit Emily Anya die Stufen hoch führen konnte.

Bei dem kurzen mitfühlenden Blick, mit dem Blythe Anya bedachte, wurde es dieser leichter ums Herz. Diese Frau wirkte ausgesprochen freundlich. Das Haus sah wunderschön aus, mit vielen großen, offenen Räumen. Sie bemerkte, dass Reaper an der Tür kurz zögerte, bevor er hineinging. Sie wusste nicht, warum ihr das einen Stich ins Herz versetzte.

»Ungewöhnliche Umstände, Reaper«, bemerkte der Zar. »Sie werden es schon kapieren.«

Anya hatte keine Ahnung, wovon die zwei sprachen. Die Hälfte der Zeit schienen sich die Clubmitglieder in einer Art Geheimsprache zu unterhalten.

»Wie wär's, wenn du den Grill anwerfen würdest, mein Schatz?«, schlug Blythe ihrem Mann vor. »Wir können was Einfaches machen, Hamburger und Gemüseburger zum Beispiel. Damit kann man eine große Gruppe leichter satt bekommen.«

»Eine große Gruppe?«, fragte Anya beklommen nach.

Reaper warf einen Blick über die Schulter auf sie. »Emily wird dir erst mal alles zeigen und schon dafür sorgen, dass niemand was Gemeines zu dir sagt.«

»War jemand gemein zu ihr?«, fragte Blythe und blickte besorgt zu ihrem Mann.

Sofort schlang er den Arm um ihre Schultern und küsste sie. Und es war kein kleines Küsschen auf die Wange, sondern ein ausgewachsener, ausgiebiger, fetter Kuss auf den Mund. Anya wandte verlegen den Blick ab. Es war glasklar, dass der Präsident von Torpedo Ink die Frau, die seinen Ring am Finger trug, abgöttisch liebte.

»Eigentlich wollte ich gar nicht länger bleiben«, sagte Anya; denn wenn sie nicht endlich den Mund aufmachte und für sich selbst sprach, würde sie wohl immer tiefer in eine Welt verstrickt werden, die sie nicht verstand und nicht wollte – und von der sie offenkundig abgelehnt wurde.

Reaper erstarrte. Er drehte sich um, und seine Motorradstiefel waren überraschend leise, als er den Raum mit großen Schritten zu ihr durchmaß. Er legte beide Hände um ihre Taille, lief einfach weiter und drängte sie an die Wand, bis sein Körper eine Mauer vor ihr bildete. Sie erwartete, dass Blythe etwas sagen würde, doch der Zar hatte seine Frau und Emily bereits aus dem Raum verscheucht, sodass sie allein waren.

Sie starrte in Reapers undurchdringliches Gesicht, das so ausdruckslos wirkte, dass es auch aus Stein hätte sein können. Er strahlte wieder etwas Furchteinflößendes aus, was völlig verschwunden gewesen war, als die kleine Emily über die Stufen gehüpft und auf ihn zugestürmt war.

»Du gehst nicht weg. Wir haben darüber gesprochen, die Sache ist gegessen.«

Ihr Atem ging zischend, während sie versuchte, sich zu beherrschen. »Das kann man wohl kaum als Gespräch bezeichnen, wenn einer etwas bestimmt und der andere nichts dazu zu sagen hat.«

»Mehr ist dazu nicht zu sagen. Sei aufgeschlossen und genieße es. Blythe und ihre Kinder sind etwas ganz Besonderes. Gib ihnen eine Chance.«

Na toll. Wenn sie jetzt nicht bliebe, würde sie voreingenommen wirken. Na ja, in gewisser Weise war sie das tatsächlich. Nachdem sie Betina und Heidi und dann Lana und Alena kennengelernt hatte, war sie nicht mehr daran interessiert gewesen, weitere Frauen im Club kennenzulernen. Doch wenn sie blieb, dann sah das so aus, als würde sie ihm nachgeben. Und sie hatte das Gefühl, dass er die ganze Hand nehmen würde, wenn sie ihm nur den kleinen Finger gab.

Er langte nach ihren Haaren, vergrub die Finger tief darin und zog sanft an einer Strähne. »Sie haben dich verletzt, oder?«

Sie presste die Lippen fest zusammen. Sie war keine Petze, die ihren Daddy anflehte, es zu richten, wenn jemand sie verletzt hatte. Diese Möglichkeit hatte sie nie gehabt. Niemand hatte sie je beschützt. Niemand hatte je etwas für sie gerichtet. Es hatte auch niemanden je gekümmert, ob sie verletzt war oder nicht.

Sein Körper war warm. Zu groß. Zu nah. Er hatte geduscht, und der schwache Geruch, den sie mit ihm verband, stieg ihr in die Nase. Mann. Motorrad. Natur. Sie atmete tief ein, und ihre Brüste streiften seinen Oberkörper.

»Bleib, Anya. Du hast einen Job. Ich habe ein Haus, in dem du wohnen kannst. Das verdammte Ding ist ein Mühlstein um meinen Hals. Ein großes Haus direkt an der Steilküste. Im Moment steht es leer. Du könntest mir helfen, den elenden Kasten einzurichten. Ich weiß nicht, was ich damit anfangen soll.«

Sie sah ihn verständnislos an. »Du hast ein Haus? Ein eigenes Haus?«

Er nickte stumm und spielte weiter mit ihren Haaren.

»Dir gehört ein Haus, aber du wohnst nicht darin?«

»Da steht nichts drin bis auf ein Bett im Schlafzimmer. Aber ich habe dort noch nie geschlafen. Wenn ich ein paar Stunden in dem Haus bin, muss ich raus, weil ich keine Luft mehr bekomme. Der Zar hat darauf bestanden, dass wir alle ein Haus bekommen, doch für mich ist es ein Monster, das darauf lauert, mich aufzufressen.«

Puh. Was sollte man dazu sagen? Sie verspürte das seltsame Bedürfnis, ihn zu umarmen und an sich zu drücken. Bei dieser merkwürdigen Beschreibung seines Zuhauses war viel mehr von ihm zu ihr durchgedrungen, als er mit Worten ausgedrückt hatte. Ihr Körper brannte schon wieder vor Verlangen, doch mehr Sorgen machte ihr ihr Herz. Reaper war ein seltsamer Mann, gewalttätig, undurchdringlich, schroff, einsam, wahnsinnig sexy, plötzlich überaus freundlich, und dann plötzlich so ... verletzlich. Vielleicht konnte sie seiner Sexy-Seite standhalten, vielleicht auch seiner freundlichen, aber das hier – nein. Einem solch starken Mann, der ihr etwas gab, das er bestimmt keinem anderen gab, vor allem nicht seinen Clubbrüdern? Nein, dem konnte sie nicht widerstehen.

»Ich bin keine besonders gute Innenarchitektin«, schwindelte sie. In Wahrheit hatte sie fürs Einrichten eine gute Hand. Sie hatte sich immer ein eigenes Zuhause gewünscht. Ihr Leben lang hatte sie davon geträumt, einmal ein richtiges Zuhause zu haben, eine Familie, einen Mann, den sie verwöhnen konnte. Sie hatte Kochen gelernt, auch wenn sie immer nur für sich allein kochte. Sie konnte die besten Desserts zubereiten und köstliches Brot backen. Jede Wohnung, in der sie gewohnt hatte, hatte sie versucht, so hübsch wie möglich einzurichten und tipptopp instand zu halten, weil ihr das wichtig war. Sie hatte sogar Gartenbücher gelesen, weil sie eines Tages unbedingt einen eigenen Garten haben wollte.

»Du bist bestimmt besser darin als ich.« Er trat einen Schritt zurück und nahm einen Großteil der Hitze mit sich. »Bleib in der Nähe von Blythe, wenn die anderen ankommen.«

Sie runzelte die Stirn. »Glaubst du, die anderen kommen?« Meinte er damit Lana und Alena? Hoffentlich nicht. Lieber wären ihr noch Betina und Heidi gewesen. Immerhin gaben die nicht vor, irgendetwas anderes zu sein als das, was sie waren. Sie hatte nichts gegen die beiden, auch wenn sie nicht so leben wollte wie sie. Sie konnte nachvollziehen, dass man Teil einer Gemeinschaft sein wollte, und beide Frauen waren wild entschlossen, ein Teil des Clubs zu sein, soweit ihnen das möglich war. Anya hätte ihnen gern gesagt, dass sie die Sache falsch angingen, aber was verstand sie schon davon?

Vermutlich hatte sie Lana und Alena auf ein Podest gestellt. Die beiden wurden von den Männern im Club fast wie Heilige verehrt. Jedes Clubmitglied, das sie kennengelernt hatte, redete über die zwei Frauen, als wären sie das Rückgrat des Clubs. Natürlich war der Zar das eigentliche Rückgrat, aber die beiden wurden von den Männern von Torpedo Ink definitiv geliebt.

Reaper griff nach ihrem Handgelenk. Seine langen Finger legten sich wie ein Armband darum. Diesmal war er sehr behutsam, als er sie in die Küche zurückführte. Der Zar lehnte an der Küchentheke und beobachtete Blythe, die Tomaten in Scheiben schnitt. Sie warf gerade den Kopf zurück und lachte mit funkelnden Augen. Auf der Theke saß Emily. Der Zar hatte den Arm um ihre Taille geschlungen. Es war eine ganz normale Szene, doch Anya musste schlucken. Der Zar hatte eine Familie, die er liebte. Diese Seite hatte sie an ihm noch nie gesehen, und sie ging ihr sehr nah.

Der Zar drehte den Kopf, als sie hereinkamen. Sein Blick senkte sich auf Reapers Finger, die ihr Handgelenk umschlossen. »Kannst du mir ein bisschen helfen? Ich habe gedacht, wir werfen den großen Grill an.«

Reaper nickte. »Ich höre die fetten Böcke schon anrollen.«

Ach ja? Anya hatte nichts gehört. Meinte er damit die Motorräder oder die Männer, weil sie so viel aßen? Sie wusste es nicht, und eigentlich war es ihr auch egal. Sie würde sich an seine Anweisung halten und in Blythes Nähe bleiben. Hoffentlich überstand sie den Lunch dann heil. Am Nachmittag wollte sie zu ihrem Wagen und herausfinden, wie viel die Reparatur kostete.

Ice und Storm schlenderten herein. Sie senkte den Blick und versuchte, nicht an den nackten Ice zu denken. Er hatte einen guten Körper. Einen fantastischen Körper. Sie hatte zwar nicht so genau hinschauen wollen, aber wie konnte man so etwas übersehen? Er winkte ihr zu, dann beugte er sich vor und küsste Blythe auf die Schläfe. »Hast du einen Kaffee für mich, Babe? Ich brauche dringend ein bisschen Koffein.« Er hob Emily von der Theke und wirbelte sie herum. »Hey, Süße. Wo bleiben meine Küsse?« Sie wand sich, bis er sie absetzte, und hopste dann ein paar Schritte weg von ihm.

»Du bekommst keine Küsse, Onkel Ice«, kreischte sie und ihre braunen Augen funkelten schelmisch. »Die bekommt alle Onkel Storm.« Und schon rannte sie quer durch die Küche direkt in Storms ausgebreiteten Arme.

Storm tat, als würde er rückwärts stolpern und geradewegs gegen Savage stoßen, der sich vorbeugte und Emily auf die Stirn küsste. »Das nennt man ›sich einen Kuss stehlen‹, Emily«, sagte er. »Nur damit du's weißt.«

»Ihr geht mir hier im Weg um«, verkündete Blythe. »Entweder ihr macht euch nützlich, oder ihr geht raus zu Viktor und Reaper.« Sie deutete mit dem Messer auf die Tür zum Hinterhof.

Die Zwillinge hoben die Hände hoch zum Zeichen, dass sie sich ergaben. Anya merkte, dass sie Emily an die gut aussehenden Biker verloren hatte, aber das konnte sie der Kleinen nicht verübeln. Sie ertappte Savage dabei, dass er sie beobachtete, als sie an die Theke trat und sich ein Messer und eine Tomate holte.

»Wie schlimm ist er verletzt?«, fragte sie Savage mit gesenktem Kopf, auch wenn sie damit rechnete, dass sie keine Antwort bekommen würde.

»Er wird schon wieder. Das ist nicht seine erste Verletzung, und es wird auch nicht seine letzte sein.«

Sie nickte und tat so, als müsse sie sich sehr auf die Tomate konzentrieren. »Danke, Savage.«

Es fühlte sich komisch an, mit ihm zu reden. Savage machte ebenso wie Reaper kaum den Mund auf. Auf alle Fälle nicht ihr gegenüber. Sie gehörte nicht zum Club und würde es nie tun. Sie war die Barkeeperin, sonst nichts. Trotzdem schienen die Männer sie zu beschützen.

»Reaper wurde verletzt?«, fragte Blythe und legte ihr Messer weg.

Savage warf ihr einen kurzen Blick zu. »Nicht weiter schlimm, Babe. Es geht ihm gut. Machst du deinen Kartoffelsalat?«

»Ich dachte eher an Nudelsalat«, sagte Blythe. »Der geht schneller.«

»Kartoffeln«, beschloss Savage. »Oder beides.«

Blythe lachte und deutete mit der Messerspitze auf ihn. »Raus mit dir!«

Als er verschwunden war, holte sie einen Sack Kartoffeln. »Sie essen für ihr Leben gern. Ich muss ständig eine Riesenmenge Lebensmittel vorrätig haben.«

Anya machte sich daran, die Tomaten, Gurken und Zwiebeln für die Burger klein zu schneiden. »Ich kann mir gar nicht vorstellen, wie viele Lebensmittel du brauchst, wenn sie alle hier essen. Kochst du immer für sie?«

Blythe wusch die Kartoffeln. »Ziemlich häufig, aber alle leisten einen Beitrag. Das hier ist eine kleine Spontan-Party dir zu Ehren.«

Anyas Herz machte einen kleinen Satz. »Wie bitte?« Sie drehte sich um, als zwei weitere Clubmitglieder hereinkamen, Absinth und Preacher. Sie winkten ihr zu, sahen sich vielsagend grinsend an und beeilten sich, Blythe einen Kuss zu geben. »Brauchst du noch was? Sollen wir noch kurz zum Supermarkt fahren?«

»Wir haben alles, was wir brauchen. Die anderen sind hinten im Hof.« Blythe wartete, bis die zwei hinausgegangen waren. »Es kommt nicht alle Tage vor, dass Reaper eine Frau unter seinen Schutz stellt. Eigentlich nie.«

»Ich kapiere es nicht.« Und sie kapierte es wirklich nicht, denn häufig verstand sie weder die Begriffe, die die Biker benutzten, noch konnte sie der Logik ihrer Beschlüsse folgen.

»Mach dir keine Sorgen, Anya. Wenn Reaper sagt, dass du beschützt bist, dann wird der ganze Club dich beschützen. So machen sie das mit Lana und Alena und auch mit meinen drei Mädchen und Kenny. Und jetzt bist du dazugekommen.«

Anya schüttelte den Kopf, während sie damit fortfuhr, Essiggurken klein zu hacken. »Du hast da etwas missverstanden. Er mag mich nicht mal. Er wollte, dass ich rausgeworfen werde. Ich glaube, er hat ein schlechtes Gewissen bekommen, als er herausfand, dass ich …« Sie biss sich auf die Lippe. Grundgütiger! Wollte sie Blythe wirklich gestehen, dass sie obdachlos war und in ihrem Wagen übernachtete? Wollte sie, dass die Frau so auf sie herabsah, wie es Lana und Alena ganz offenkundig taten? Ach, was soll's. »Ich kampiere auf dem Gelände der Egg Taking Station in meinem Auto.«

Blythe zog scharf den Atem ein. »Das ist nicht besonders sicher.«

Keys, Master, Transporter und Mechaniker kamen herein, begleitet von Fatei, dem Prospect. Die vier Clubmitglieder küssten Blythe, nickten Anya zu und musterten sie eingehend, bis Blythe lachte und einen Kochlöffel nach ihnen warf. Schließlich verdrückten sie sich, nur Fatei blieb und sah sich um. »Ich würde dir gern zur Hand gehen. Was kann ich tun?«

»Du weißt ja, wo die Pappteller und Servietten sind, Fatei«, sagte Blythe. »Bringst du die Sachen raus? Vielleicht können die anderen dir helfen, die Tische in die Sonne zu stellen.«

Er nickte und ging, sodass Anya und Blythe wieder allein waren. Anya wünschte sich, sie könnte so unbefangen mit den Männern umgehen wie Blythe. Hinter der Bar war sie in ihrem

Element, aber hier fühlte sie sich ständig beobachtet. »Warum benehmen sich alle so seltsam mir gegenüber? Sie starren mich an.«

»Du trägst Reapers Hemd.«

So, wie Blythe das gesagt hatte, wusste Anya sofort, dass sie einen falschen Eindruck gewonnen hatte. Wahrscheinlich hatten das auch alle anderen getan. »Nein, nein, das verstehst du völlig falsch. Es ist nicht so, wie du denkst. Lana und Alena haben mir ein paar Klamotten besorgt, weil ich nicht die Zeit hatte, meine aus dem Auto zu holen. Das Top war ...« Jetzt klang sie wieder wie eine Petze. »Es hat einfach nicht gepasst, und deshalb habe ich Reaper um ein Hemd gebeten, das ich darüber anziehen konnte.« Sie merkte, dass sie errötete, doch sie konnte es nicht verhindern. Sie musste einfach unwillkürlich daran denken, wie sich Reapers Knöchel angefühlt hatten, als er ihr das Hemd zugeknöpft und dabei über ihre Brüste gestreift war.

Blythe setzte einen Topf Kartoffeln auf, dann wandte sie sich wieder Anya zu. »Lass mich mal sehen.«

»Es ist echt ziemlich hässlich.« Sie öffnete das Hemd, um Blythe das viel zu enge Top zu zeigen, aus dessen Ausschnitt ihre Brüste quollen.

Blythe musterte sie, dann wandte sie sich der Türe zu. Lana und Alena standen auf der Schwelle und waren zu Salzsäulen erstarrt. Steele, der Vize, stand hinter ihnen. Die zwei Frauen wirkten beschämt. Steele schob sie zur Seite und trat zu Anya und Blythe. Anya knöpfte mit knallrotem Kopf Reapers Hemd zu und wünschte sich, der Boden würde sich auftun und sie verschlucken.

»Wir sind uns noch nicht offiziell vorgestellt worden«, sagte Steele und reichte ihr die Hand. »Du bist Anya.«

Sie nickte. »Die Bartenderin«, erinnerte sie ihn. Sie benutzte diesen offiziellen Titel jetzt, um sich von Reaper zu distanzieren.

Sie alle hier hatten einen völlig falschen Eindruck. Das war ihr gar nicht recht, denn später, wenn ihnen wieder einfiel, dass Reaper sie gefeuert haben wollte, würde es umso schwieriger werden. Reaper wollte, dass sie verschwand. Er war jetzt nur wegen ihrer Notlage freundlich zu ihr, aber das änderte nichts daran, dass er sie nicht mochte.

Daran hielt sie fest. Bewahrte diesen Gedanken und legte ihn im Geiste als Rüstung um sich. Es war ihr einziger Schutz gegen das, was sie für ihn empfand. Sie musste einen gewissen Abstand zu Reaper wahren. Sie durfte nicht sehen, wie verletzlich er sein konnte. Sie durfte nicht erkennen, dass ihn etwas, was in seiner Vergangenheit passiert war, traumatisiert hatte. Sie wollte nicht sehen, dass die Brüder in seinem Club sich um ihn Sorgen machten und sich vielleicht ein wenig zu sehr wünschten, dass seine Freundlichkeit ihr gegenüber etwas anderes bedeutete.

Sie schüttelte Steele lächelnd die Hand und machte sich wieder an ihre Arbeit, während Blythe Eier für den Kartoffelsalat aus dem Kühlschrank holte.

»Anya.« Alena machte als Erste den Mund auf. »Es war gemein von uns, dir dieses viel zu kleine Top zu geben. Es tut mir echt leid. Wir haben dir ein paar andere Tops mitgebracht, die dir besser passen müssten. Probier sie doch mal an.«

Anya musterte die beiden. Die Reue in ihren Mienen schien nicht gespielt. »Was habe ich falsch gemacht?« Sie legte das Messer weg. »Ihr wisst doch bestimmt, dass ich über euren Club und die Art, wie ihr lebt, überhaupt nichts weiß. Ich habe einen Job gebraucht. Ich bin eine gute Bartenderin, ja sogar eine sehr gute. Der Club hat eine gebraucht, also hatten wir alle was davon. Ich versuche ja, eure Regeln zu begreifen, aber ich scheine allen auf die Nerven zu gehen. Euch. Reaper. Also sagt mir doch einfach, was ich falsch mache.«

Die zwei Frauen tauschten einen verwirrten Blick aus. »Wie

kommst du darauf, dass du Reaper auf die Nerven gehst?«, fragte Lana. Sie trat um die Kücheninsel herum, um den Brokkoli in Empfang zu nehmen, den Blythe hoch hielt.

»Er wollte, dass ich gefeuert werde. Er hat mich als Miststück bezeichnet und den Zar gebeten, mich zu feuern. Ich verhalte mich aber keinem gegenüber wie ein Miststück. Ich fordere Betina und Heidi nicht mal dazu auf, die Bar nach Feierabend zu putzen, vor allem dann nicht, wenn sie noch eine Verabredung haben.« Anya war echt verwirrt. »Heute wurde mir ziemlich klargemacht, dass mich hier niemand haben will. Ich will weg, und Reaper lässt mich nicht gehen. Er will nicht mal mit mir darüber reden.«

Dieser ganze Haufen war doch komplett durchgeknallt. Anya fiel es nicht schwer, Lana und Alena die Stirn zu bieten. Schon allein ihr Anblick regte sie auf. Auch wenn sie in Obdachlosenheimen aufgewachsen war, hatte sie ihren Stolz, sodass sie ihnen lieber die Meinung geigte, als einen wohltätigen Akt von ihnen zu akzeptieren.

»Was zum Teufel geht hier ab?«, wollte Reaper wissen, und alle Frauen zuckten zusammen. Obwohl seine Stimme leise war, klang sie extrem beängstigend.

# 5. Kapitel

Reaper, nicht fluchen«, mahnte Blythe ihn milde.

»Nichts geht hier ab«, versicherte ihm Lana rasch. »Wir Mädels quatschen einfach nur ein bisschen.«

Reaper marschierte quer durch den Raum. Anya stockte der Atem, ein Schauer der Angst kroch ihr über den Rücken. Der Mann sah gefährlich aus. Tödlich. Seine blauen Augen maßen ihr Gesicht. Er würdigte niemand anderen eines Blickes, sondern packte sie am Hemd, das er ihr geliehen hatte, und zog sie zu sich. Eine Hand glitt unter ihre Haarmähne und legte sich besitzergreifend um ihren Nacken.

»Anya?« Er fuhr mit dem Daumen über ihre Wange.

Das fühlte sich süß an. Fürsorglich. Sie senkte verlegen den Blick, denn sie war sich sicher, dass alle sehen konnten, wie ihre Nippel sich aufrichteten und gegen den fast nicht vorhandenen BH drückten. Ihr Slip wurde feucht, ihre Klitoris zuckte. Wie schaffte er das nur? Wie kam es, dass seine Stimme wie Samt klang und über ihre Haut kroch wie eine echte Berührung? Rau und gleichzeitig unendlich weich. Ihre Stimme versagte. Sie konnte ihm nur in seine blauen Augen starren und darin untergehen.

»Wir können gehen.«

Nein, mit ihm ging sie nirgendwo hin, so verführerisch dieser Gedanke auch war. Auf gar keinen Fall. Womöglich würde sie sich dann einfach auf ihn stürzen. Sie schaffte es, den Kopf zu schütteln, doch sie konnte den Blick nicht von seinen intensiv blauen Augen abwenden. Sie wollte ihm sagen, dass er nicht vor ihr sicher war und sich lieber auf sein Bike setzen und davonrasen sollte. Aber das konnte sie natürlich nicht in Anwesenheit der anderen Frauen tun.

»Bist du dir sicher?«

Sie nickte. Wie blöd sie doch war, dass sie jetzt kein Wort herausbrachte. Himmel noch mal, sie war eine Barfrau. Eine verdammt gute Barfrau, die sich auf ihre Fähigkeit verlassen konnte, mit jedem irgendwas Belangloses zu plaudern, aber bei Reaper war sie verloren. Sie konnte keinen klaren Gedanken fassen. Er schaffte es, dass sie nur noch aus Lust bestand, Lust und purem Verlangen. Ihr Hirn setzte einfach aus. Es hieß ja immer, dass so etwas auf Männer zutraf. Nun, sie war der lebende Beweis, dass das auch Frauen passieren konnte.

»Na gut. Hol mich, wenn du mich brauchst.«

Anya nickte abermals. Seine Finger schlossen sich kurz fester um ihren Nacken, und dann war er verschwunden, so rasch und leise, wie er hereingekommen war. Und sie stand da wie eine Idiotin und starrte ihm nach. Was war mit diesem Mann los? Einen Monat lang Schweigen, und jetzt das. Sie würde nie aus ihm schlau werden, nicht in tausend Jahren. Das ganze Verhalten dieser Biker war ihr einfach ein Buch mit sieben Siegeln.

Blythe räusperte sich. »Nun, Anya, du hast uns gerade erzählt, dass Reaper dich nicht mag. Dass er dich rauswerfen lassen wollte. Vielleicht erzählst du uns noch ein bisschen mehr. Zwischen seinem Versuch, dich loszuwerden, und seinem Auftritt jetzt eben scheint ja eine gewisse Lücke zu klaffen.«

Anya schaute von Blythe auf Lana und Alena. Alle drei starrten sie mit demselben schockierten Blick an. »Er benimmt sich einfach seltsam«, sagte sie. »Es hat gestern Nacht angefangen, als er mich zu dem Zeltplatz gefahren hat, wo ich übernachte. Mein Auto wollte nicht mehr anspringen. Es war kalt, und er hatte Mitleid mit mir.«

Lana stupste Alena an. »Ausgerechnet Reaper, der für sein Mitleid ja so was von bekannt ist.«

»Ich kapier das alles nicht, und deshalb kann ich es euch auch nicht erklären«, fuhr Anya fort. »Er hat mich zum Clubhaus zurückgefahren und mich dort schlafen lassen.« Als Blythe die Brauen hochzog, stellte sie rasch klar: »Allein. Wir haben nicht …« Ihre Hände flatterten hilflos. Sie konnte Reapers Verhalten einfach nicht erklären. »Es fing damit an, dass er über einen Monat lang jede Nacht in der Bar saß, ohne ein einziges Wort mit mir zu reden. Dann wollte er mich rauswerfen lassen, und jetzt hat er mich hierhergebracht.«

»Er ist über einen Monat lang jede Nacht in der Bar gesessen?«, fragte Alena staunend. »Hat Preacher dir das erzählt, Lana?«

Lana schüttelte den Kopf. »Der würde einen Bruder nicht verraten.«

Anya legte die Hand auf den Mund. »Hätte ich euch das nicht sagen sollen? Warum nicht? Ich gehöre echt nicht hierher. Ich verstehe nur Bahnhof.« Noch nie war sie so frustriert gewesen. Normalerweise war es wahrhaftig nicht so, dass sie sich tagaus, tagein verzweifelt nach Sex sehnte. Doch seit sie Reaper kennengelernt hatte, war sie ständig angespannt, fühlte sich unausgeglichen und frustriert. Das war mit der Zeit immer schlimmer geworden. Dazu kam noch die Tatsache, dass sie die hier herrschenden Regeln einfach nicht durchblickte. Im Moment hätte sie am liebsten laut geschrien.

»Nudelsalat«, verkündete Blythe. »Ihr wisst ja, wie man den macht. An die Arbeit! Ich mache Kartoffelsalat, und Anya bereitet alles für die Burger vor.«

»Keine Sorge, du kannst uns ruhig sagen, dass Reaper in der Bar herumgehockt ist, Anya«, versicherte Alena ihr. »Preacher hat das wegen dieses albernen Brüderschaftskodex nicht getan, der uns beide manchmal in den Wahnsinn treibt. Wir sind mit ihnen aufgewachsen, wir gehören zu ihrer Brüderschaft, aber weil wir Frauen sind, behandeln sie uns anders.«

»Sie passen auf euch auf«, stellte Blythe klar.

»Was ziemlich idiotisch ist, findest du nicht auch?«, fragte Lana.

»Ich finde es süß«, erwiderte Blythe.

»Woher kommst du, Anya?«, wollte Alena wissen.

Mit dieser Frage hätte Anya rechnen sollen. Sie dachte über ihre Antwort nach, denn sie musste vorsichtig sein. »Zuletzt aus San Francisco. Ich bin ziemlich oft umgezogen.«

»Woher stammst du ursprünglich?«, beharrte Lana. »Wir stammen aus Russland. Alle Clubmitglieder sind in Russland geboren, und wir sind dort alle in eine bestimmte Schule gegangen.«

Keiner von ihnen hatte einen ausgeprägten Akzent, doch Anya bezweifelte Lanas Aussage nicht. Warum hätte sie auch lügen sollen? »Ich bin in L.A. zur Welt gekommen. Ich glaube nicht, dass ich in einem Obdachlosenheim geboren wurde, aber ich kann mich an nichts anderes erinnern. Meine Mutter zog mit mir von Heim zu Heim. Ich kann mich nur daran erinnern, auf der Straße gelebt zu haben.« Sie zwang sich zu einem möglichst neutralen Tonfall. Wenn die anderen sie deshalb verachteten, sollten sie sich zum Teufel scheren. In ihrer Stimme schwang keinerlei Scham mit, und ihr ging es auch nicht darum, bemitleidet zu werden. Sie brauchte kein Mitleid.

»Lebt deine Mutter noch?«, fragte Blythe.

»Nein.« Jetzt fiel es ihr schwerer, cool zu bleiben. »Als sie starb, war ich ungefähr fünfzehn. Überdosis. Es hat mich gewundert, dass sie überhaupt so lange durchgehalten hat.« Trotz allem hatte sie ihre Mutter geliebt, und wenn ihrer Mutter wieder eingefallen war, dass sie ein Kind hatte, dann war das Leben für sie beide ganz gut gewesen, selbst in den Heimen.

»Wie bist du Bartenderin geworden?«, fragte Alena.

»Ich hab mal einen Bartender im Fernsehen gesehen, der für seine Tricks berühmt war«, gab Anya zu. »Es hat mich wirklich fasziniert, wie er da mit allen möglichen Sachen jongliert hat. Das war das Coolste, was ich je gesehen hatte. Ich war mir sicher, dass man gutes Geld verdienen konnte, wenn man so gut war wie er. Die Bartender-Ausbildung war nicht so teuer wie ein College, und Barkeeper finden fast überall einen Job. Es erschien mir also sehr lohnend. Und mein super Gedächtnis hat natürlich geholfen.«

»Kannst du denn ein paar Tricks?«, fragte Lana.

Anya nickte. »Na klar. Das ist ja das Witzige dabei. Meine Gäste bekommen was Besonderes und sind ganz begeistert. Ich bekomme mehr Trinkgeld, und es kommt überall gut an. So ganz einfach ist es allerdings nicht, und ich muss regelmäßig üben. Außerdem habe ich gemerkt, dass weniger manchmal mehr ist.«

»Preacher hat gar nicht erwähnt, dass du Tricks drauf hast«, beschwerte sich Lana.

»Er weiß nichts davon. Solche Tricks macht man nur in bestimmten Bars. Bei den Bikern würden sie vermutlich nicht so gut ankommen. Es könnte der Eindruck entstehen, dass ich damit angeben will.«

»Kannst du mir welche beibringen?«, fragte Lana.

»Und mir auch?«, fügte Alena hinzu.

»Na klar, wenn ich lang genug hier bin. Mein Wagen ist im Moment in der Werkstatt und wird dort hoffentlich repariert.«

»Moment mal.« Blythe runzelte die Stirn. »Du willst nicht hierbleiben?«

»Wie gesagt – ich gehöre nicht zu den Lieblingspersonen von Mr. Unbeständig, auch wenn das heute vielleicht etwas anders aussieht. Ich kann es mir einfach nicht leisten, ohne Job dazustehen, wenn er das nächste Mal beschließt, mich loszuwerden. Ich muss planen können. Ohne Plan bin ich aufgeschmissen.«

Die drei Frauen wechselten einen langen Blick, den Anya beflissen übersah. Zwei Männer traten an die Tür. Einer war von oben bis unten tätowiert. Anya kannte ihn, auch wenn er sich nur selten in der Bar blicken ließ. Es war Ink. Der andere hieß Maestro. Er beherrschte mehrere Instrumente. Ab und zu spielten er und ein paar andere Clubmitglieder in der Bar auf. Er war richtig gut.

»Sind alle im Hinterhof?«

»Nein, Ink«, erwiderte Lana spitz. »Ganz offenkundig sind nicht alle im Hinterhof, denn wir sind hier in der Küche. Vier Frauen. Du weißt schon, weibliche Wesen.«

Ink grinste. »Ist mal wieder die kritische Zeit im Monat, Babe? Mein herzliches Beileid.«

Er duckte sich, als sie eine Packung Nudeln nach ihm warf, und verschwand lachend zu den anderen. Maestro verdrehte die Augen und folgte ihm.

»Idiot«, knurrte Lana halblaut. »Ich werde mich ein Weilchen in einen anderen Staat verdrücken. Ich brauche ein bisschen Abstand von den Kerlen.«

»Ich komme mit«, bot Alena an.

»Oh nein, ihr lasst mich nicht allein mit diesem ungehobelten Haufen«, sagte Blythe. »Ihr zwei habt sie immerhin halbwegs im Griff. Wenn ihr nicht da seid, um sie in ihre Schranken zu verweisen, flippen sie wieder völlig aus. Haltet bitte durch und helft mir.«

Lana und Alena fingen an zu lachen. »Wenn du glaubst, dass wir dir helfen können, den Kerlen Manieren beizubringen, tust du mir leid. Wir wissen es doch auch nicht besser.«

Anya hätte den drei Frauen den ganzen Tag lang zuhören

können. Eine solche Kameradschaft hatte sie noch nie erlebt. Sie lachten zusammen, sie teilten eine Vergangenheit, sie hatten eine Zukunft. Schon allein, wie diese Frauen miteinander redeten, zeigte ihr, dass sie immer Freundinnen sein würden. So etwas hätte sie auch gern gehabt. Sie sehnte sich danach, zu einer Gruppe zu gehören. Sie wollte Freunde, ein Zuhause und vor allem eine Familie. Wie schwer es war, solche Dinge zu bekommen, hätte sie sich früher nie gedacht.

Aber sie hatte auch nicht damit gerechnet, dass es ausgerechnet in einem Bikerclub um so etwas wie eine Familie ging. Sie hatte auf der Straße gelebt und alle möglichen Leute kennengelernt, die meist genau wie sie einfach nur ums Überleben kämpften. Viele waren von zuhause weggelaufen und schafften es nicht mehr, zu ihren Familien zurückzukehren, selbst wenn sie es gern getan hätten. Sie hatte Eltern dabei beobachtet, wie sie sich um ihre Kinder kümmerten, sie zur Schule brachten und sie zum Abschied umarmten, und hatte sich immer danach gesehnt, so etwas auch in ihrem Leben zu haben. Sie hätte nie gedacht, dass ein Mann wie der Zar, der so distanziert und kalt wirkte, so etwas auch für seine Kinder tun würde – und dass seine Brüder für ihn einspringen würden, wenn er es nicht konnte.

Nachdenklich sah sie aus dem Fenster und beobachtete die Zwillinge, die mit der kleinen Emily Fangen spielten und sie dann auf die Schultern setzten und in den Kreis der Männer brachten. Dort begrüßten sie alle und neckten sie liebevoll. Schließlich wandte sich Anya wieder Blythe zu. »Preacher hat erwähnt, dass du vier Kinder hast.« Sie beneidete sie. Sie wollte für ihre Kinder auch so ein Zuhause haben. Keine Obdachlosenheime. Sie konnte sich nicht vorstellen, dass diese Männer die kleine Emily im Stich lassen würden, wenn dem Zar oder Blythe etwas zustieß.

»Ja, drei Mädchen und einen Jungen«, sagte Blythe. »Die

drei Mädchen sind Schwestern. Darby ist die Älteste, sie versteht sich prächtig mit ihren Schwestern. Allerdings streiten sie und Kenny viel. Ich glaube, sie streiten darum, wer der King ist.« Sie lachte leise, offenbar fand sie diese Streitigkeiten nicht nervig, sondern lustig.

»Wir haben Kenny zu Blythe gebracht«, gestand Alena.

»Er war ziemlich schräg drauf, aber Blythe hat ihn sofort aufgenommen. Sie hat bei ihm ein wahres Wunder vollbracht.«

Anya hatte keine Ahnung, wovon sie redeten, aber sie wollte gern mehr erfahren. Offenbar war Blythe nicht die leibliche Mutter der vier Kinder, aber als sie den Zar mit Emily beobachtet und die Liebe in Blythes Stimme gehört hatte, war ihr klar geworden, dass die beiden diese Kinder genauso liebten wie leibliche Eltern.

»Darby drängt ihn ständig dazu, mehr für die Schule zu tun. Im Moment sind die beiden bei Airiana. Sie wohnt in der Nähe. Dort gehen sie auch zur Schule. Zoe ist momentan auch dort.« Blythe runzelte die Stirn. »Unsere Zoe hat immer noch Albträume. Wir haben ihr eine Therapeutin besorgt, aber bislang …« Sie schüttelte den Kopf. »Ich glaube, es tut ihr gut, mit Airianas Kindern zusammen zu sein. Manchmal reden sie miteinander darüber, was ihnen zugestoßen ist. Darby meint, dass es der kleinen Zoe ein wenig hilft.« Sie sah Anya in die Augen. »Sie waren alle Opfer von Menschenhändlern. Airianas Kinder bis auf ihr Baby und bis auf Emily.« Tränen traten ihr in die Augen.

»Blythe.« Alenas Stimme klang leise, zärtlich, fürsorglich. Solche Töne hörte Anya zum ersten Mal bei ihr. »Ich habe sie damals gesehen und sehe sie jetzt. Du hast bei ihnen wahre Wunder bewirkt. Sie sind wahnsinnig froh, dass sie hier leben können, und was am wichtigsten ist: Sie fühlen sich sicher.«

Anyas Herz krampfte sich zusammen. Sicherheit. Auch das hätte sie nie mit einem Bikerclub in Verbindung gebracht.

Vielleicht war das nicht in allen Clubs so, aber hier kümmerten sich alle umeinander und um ihre Kinder.

Blythes Blick schweifte aus dem Fenster zu ihrem Mann. »Danke, Alena. Manchmal hören wir sie in der Nacht wimmern, manchmal verstecken sie sich in einem Schrank, wenn diese grässliche Angst sie überkommt. In solchen Momenten fühlt es sich immer an, als würden wir gegen eine schreckliche Strömung anschwimmen.« Sie legte beklommen die Hand an den Hals. »Viktor ist wirklich erstaunlich mit ihnen. Er ist so stark und so ruhig. Ich bin in solchen Momenten eher schwach und weine mit ihnen.«

Alena legte den Kochlöffel weg, mit dem sie gerade die Nudeln umgerührt hatte, und umarmte Blythe. »Du hast dich um mich gekümmert, als ich es nötig hatte, Blythe, und deshalb kann ich dir versichern, dass du unser Herz, unser Zentrum, unsere Seele bist. Von uns allen und von diesen Kindern.«

Anya musste die Tränen zurückblinzeln. Nie im Leben hätte sie gedacht, dass Alena so liebevoll sein konnte. Das schwere Schicksal der Kinder brach ihr das Herz. Sie hatte traumatisierte Kinder in den Obdachlosenheimen erlebt. Hier gab es Menschen – nicht nur einzelne, sondern offenbar viele –, die sich um solche Kinder wirklich kümmerten.

Plötzlich drehte sich der Zar um und sah Blythe durchs Fenster an. Als er merkte, dass Alena den Arm um ihre Taille geschlungen hatte, sprintete er sofort quer über die Wiese zum Haus. Er schien nur Augen für Blythe zu haben, obwohl Anya den Eindruck hatte, dass er auch seine ganze Umgebung wahrnahm. Sobald er sich in Bewegung gesetzt hatte, wurde die ganze Gruppe wachsam. Reaper und Savage rannten ihm nach, als müssten sie ihm den Rücken freihalten.

Als Anya ihre Gesichter musterte – stählern, die Augen kalt wie Eis, tiefe Furchen, die sich durch ihre harten Züge gruben –, wurde ihr klar, dass sie nun die andere Seite von ihnen sah. Das

Bild eines Messers, das sich tief in Dekes Fleisch grub, flackerte vor ihr auf. Reaper, der völlig cool wirkte, Savage, der meinte, er würde sich um alles kümmern. Sie wich zur Seite, als der Zar hereinstürmte.

Er eilte direkt zu seiner Frau, schloss sie in die Arme und murmelte ein paar beruhigende Worte. Blythe musste lachen, obwohl Anya sehen konnte, dass sie geweint hatte. Reaper kam als Nächster herein, Savage war nirgends zu sehen. Reaper scannte mit geübtem Blick den Raum, dann musterte er das Paar und schließlich Anya.

Sie hasste es, dass ihr Körper diesen durchdringenden Blick bis ins Innerste zu spüren schien. Hitze ballte sich zusammen, floss ihr durch die Adern. Es war wie ein Flächenbrand, der sich träge in ihrem ganzen Körper ausbreitete. Sie presste die Hand auf den Bauch, wo sich ein Riesenknoten gebildet hatte. Diese unberechenbare Seite an Reaper war wirklich nervig. In der einen Minute stieß er sie weg, in der nächsten zog er sie wieder zu sich heran.

Er sah sie stumm an, und sie hatte das Gefühl, dass er wusste, dass sie versuchte, ihm zu entkommen; dass sie sich einredete, dass sie fliehen sollte, solange sie konnte. Denn sie wusste, dass eine Beziehung mit Reaper unmöglich war. Er war nicht der Typ für eine Beziehung, und das würde er auch nie sein. Selbst wenn er seine liebevolle Seite an den Tag legen würde, würde er trotzdem sämtliche Aspekte ihrer Beziehung kontrollieren wollen. Er würde auf jeden Fall dominieren wollen. Doch sie war keine Frau, die sich unterbuttern ließ, selbst wenn sie irgendwie zueinander finden würden.

Der Zar küsste und neckte Blythe ziemlich lange, bis sie wieder lächelte. Anya konnte nicht umhin zu bemerken, dass seine Hände über Blythes Körper glitten, unter ihr Oberteil, über ihren Hintern. Alle anderen schienen das überhaupt nicht zu bemerken. Anya wand sich ein wenig, denn Reaper beobachtete die ganze Zeit nur sie, und ihr wurde immer heißer. So heiß, dass sie befürchtete, sie würde gleich explodieren.

Endlich ließ der Zar von Blythe ab. Er grinste und wirkte auf einmal so jugendlich, wie ihn Anya noch nie erlebt hatte. »Soll ich Fatei reinschicken, damit er euch mit den Burgern hilft?«

»Eigentlich wäre das dein Job«, erwiderte Blythe.

»Babe.«

Lana stemmte die Hand auf die Hüfte. »Sag Ink, dass er die Burger machen soll. Er rührt keinen Finger, steht die ganze Zeit nur dumm rum und versucht, cool zu sein.«

»Bist du immer noch sauer auf den armen Kerl?«, fragte der Zar.

»Von wegen armer Kerl«, fauchte Lana. »Wenn er je wieder versucht, mich zu bevormunden, schneide ich ihm die Kehle durch.«

Anya wich einen Schritt zurück. Das hier war nicht der richtige Ort für sie. Sie war ein friedfertiger Mensch. Sie konnte zwar aufbrausend sein, aber normalerweise schlug sie nicht mit roher Gewalt auf jemanden ein, wie sie das bei Reaper getan hatte. Und das nicht nur einmal. Nein, ein solches Verhalten war für sie inakzeptabel. Und diese Leute hier dachten sich nichts dabei, wenn sie Kehlen aufschlitzten und Messer warfen.

»Anya wird mir helfen, mein Haus einzurichten«, verkündete Reaper plötzlich unvermittelt.

Sie sah ihn an. Seine Augen waren so blau wie noch nie. Es war ein durchdringendes, schneidendes Blau, bei dem ihr der Atem stockte, denn er schien direkt in sie hineinzusehen und jeden ihrer Gedanken zu lesen. Sie war sich ziemlich sicher, dass er diese Ankündigung vorsätzlich in aller Öffentlichkeit gemacht hatte, damit sie keinen Rückzieher machen konnte. Er wusste, dass sie daran gedacht hatte wegzulaufen. Offenbar hatte sie kein Pokerface.

Im Raum war es so still geworden, dass sie am liebsten laut geschrien hätte, um diese Stille zu zerstören. Doch stattdessen kehrte sie stumm zu ihrer Aufgabe zurück, den Rest Pickles zu zerkleinern. Die Zwiebeln warteten noch auf sie. Vielleicht konnte sie die anderen aus dem Raum vertreiben, indem sie Zwiebeln schnitt.

»Hast du vor, dort zu wohnen?«, fragte der Zar Reaper.

Anyas Blick wanderte zu Reaper zurück. Er nickte bedächtig. »Anya braucht eine Unterkunft, und ich habe ein Haus, das eingerichtet werden muss. Sie hat sich bereit erklärt, mir zu helfen.«

Hatte sie das? Wenn er sie so ansah, konnte sie keinen klaren Gedanken fassen. Dann wollte sie einfach nur in seine blauen Augen eintauchen – um im nächsten Moment wegzurennen, und zwar so schnell und so weit wie möglich. Sie wollte mit ihm Sex haben, ausschließlich Sex. Sie konnte nicht so leben wie er, und er würde sein Leben nicht ändern, schon gar nicht für eine Frau.

Ihr war klar, dass Frauen in Bikerclubs erst an zweiter Stelle kamen. Sie hatte ihr Leben lang diese Position innegehabt, doch bei dem Mann, den sie liebte, würde sie das nicht hinnehmen. Sie würde den Mann, den sie liebte, immer als Nummer eins sehen, und umgekehrt sollte es genauso sein. Für Reaper jedoch würden all diese Männer und Frauen vor seiner Frau rangieren.

»Wie schön«, sagte Alena. »Sag mir Bescheid, wenn du Hilfe brauchst, Anya. Ich helfe dir wirklich gern. Wenn du dich mit Inneneinrichtung auskennst, könntest du vielleicht auch mir mit Rat und Tat zur Seite stehen. Ich arbeite nämlich gerade an meinem Restaurant und bräuchte noch ein paar Ideen für die Einrichtung. Ich habe davon keine Ahnung. Lana und ich kommen einfach nicht weiter.«

»Ihr wollt ein Restaurant eröffnen?«, fragte Anya. Sie hatte das Gebäude gesehen, das vor Kurzem fertiggestellt worden war. Es gab eine Menge Fenster, und innen war es noch völlig leer.

»Ich koche liebend gern. Ich dachte, es wäre lustig, einen Ort zu haben, wo ich kochen kann und wo meine Kochkünste auch noch von anderen Leuten gewürdigt werden als nur von meinen Monsterbrüdern. Die stürzen sich nämlich begeistert auf alles, was man ihnen vorsetzt, ganz egal, was.«

Anya merkte, wie viel Alena das Restaurant bedeutete.

»Momentan stagniert das Projekt, weil die Innenausstattung meine Aufgabe ist und ich keine Ahnung habe, was ich möchte«, fuhr Alena fort. »Ice und Storm haben mir gesagt, ich solle jemanden damit beauftragen. Aber dann ist es nicht mehr mein Werk. Ich habe gehofft, dass ich ein paar Anregungen bekomme, wenn ich mit anderen darüber rede, aber bislang hat mir das leider nicht viel geholfen. Das Haus steht einfach nur rum, nachdem es den Club viel Geld gekostet hat.«

»Babe, hör auf, dir Vorwürfe zu machen«, bat der Zar. »Das Geld gehört uns allen. Wir stehen zur Zeit sehr gut da, also mach dir keine Sorgen, wie lange es mit deinem Restaurant dauert. Es ist dein Projekt. Mach es einfach so, wie du denkst.«

»Danke.« Alena rang sich ein kleines Lächeln ab.

»Es kann sicher nicht schaden, wenn Anya es sich mal anschaut«, bot Reaper an.

Sie hätte es gern selbst angeboten, weil sie gespürt hatte, wie sehr es Alena bedrückte. Doch nun, nachdem Reaper es angeboten hatte, hätte sie ihm am liebsten eine Tomate an den Kopf geworfen. Sie wollte definitiv weg von hier. Sie gehörte nicht in diese Welt, egal, wie sehr ihr manche Aspekte gefielen.

»Würdest du das für mich tun, Anya?«, fragte Alena.

Anya war sich nicht sicher, ob Alena sie auf diese Weise für das viel zu knappe Top entschädigen wollte. Doch jetzt hatte sie keine Wahl. »Selbstverständlich«, erwiderte sie. »Ich schau es mir gern mal an. Ich habe schon ein paarmal durch die Fenster gespäht, weil ich das Haus so cool finde.«

Das Fundament war aus dem Hügel gegraben worden, und das Haus lag so hoch, dass man im vorderen Bereich einen herrlichen Blick aufs offene Meer hatte. Der Hügel dahinter war terrassiert und frisch bepflanzt worden. Ein wilder Garten, den man von den hinteren Fenstern aus sehen konnte, wuchs dort heran. Dieses Haus wirkte wie ein geheimer Ort, auf den man zufällig gestoßen war und den man gern mit Freunden, einem besonderen Menschen oder Verwandten besuchen würde.

Die Clubmitglieder kauften nach Möglichkeit vor Ort ein und stellten auch Einheimische an. Momentan standen sie mit Inez im Lebensmittelladen von Sea Haven im Gespräch, ob sie nicht eine Filiale in Caspar eröffnen wolle. In dem kleinen Ort betrieb der Club bereits die Werkstatt und einen Tattoo-Laden, die sich beide schon einen Namen gemacht hatten. Die Bar lief hervorragend, freitags und samstags gab es Live-Musik. Maestro, Keys, Player und Master hatten eine Band gegründet. Sie hätten gern noch einen Sänger eingestellt, hatten bislang jedoch noch nicht den Richtigen gefunden. Dank Alena würden sie also bald auch ein Restaurant haben.

Reaper und der Zar verließen die Küche, und die Frauen machten sich wieder an ihre Salate. Die Kartoffeln und die hart gekochten Eier kühlten gerade ab. Blythe hackte Dillgürkchen und schwarze Oliven für den Salat. Lana und Alena bereiteten den Rest der Zutaten für den Nudelsalat vor, während die Nudeln abkühlten. Anya schnitt Zwiebeln in Ringe.

»Ich kann auch die Burger machen«, bot sie an.

»Das sollen die Männer tun«, beschied Blythe. »Viktor weiß, dass wir hier in der Küche Helfer brauchen, wenn wir für die ganze Truppe eine große Mahlzeit zubereiten sollen. Es schadet keinem Mann, wenn er lernt, auch beim Kochen hinzulangen. Viktor hat mir von Anfang an geholfen. Früher oder später werden diese Männer Frauen finden, mit denen sie ihr Leben verbringen wollen. Wenn sie bis dahin nicht wenigstens teilweise zivilisiert sind, flattern mir Klagen ins Haus.«

Anya sah verwirrt hoch. »Ich verpasse anscheinend immer mal wieder einen Teil des Gesprächs. Warum sollte sich jemand bei dir beschweren, wenn die Männer sich nicht anständig aufführen?«

Lana lachte. »Sie ist unsere Wendy. Du weißt schon, die Wendy aus *Peter Pan*. Alena hat mal in einem Artikel gelesen, dass manche Männer – so wie Peter Pan – nie erwachsen werden wollen. Deshalb braucht jeder Peter Pan eine Wendy, die bereit ist, sich mit verlorenen Jungs zu umgeben. Blythe ist unsere Wendy. Der Zar ist allerdings kein Peter Pan, er ist definitiv erwachsen.«

»Das würde ich abstreiten, wenn er anwesend wäre«, bemerkte Blythe lächelnd.

»Aber wir anderen sind ihre verlorenen Jungs, auch Alena und ich. Wir alle kommen mit unseren Problemen zu ihr. Außerdem sammelt sie weiter verlorene Kinder ein.«

»Das stimmt nicht so ganz, ihr bringt sie mir«, korrigierte Blythe.

»Aber du nimmst sie auf«, stellte Alena fest und blies Blythe ein Küsschen zu. »Ich war völlig kaputt, als ich bei Blythe und dem Zar einziehen musste«, erklärte sie Anya. »Ich war total am Ende und glaubte nicht, dass ich das überleben würde. Ich wusste nicht mal, ob ich es überhaupt wollte. Aber Blythe hat mich mit ihrem Zauber kuriert. Ich kann sie wärmstens empfehlen.«

Blythe musste mit den Tränen kämpfen. »Ich liebe dich, du kleines Mädchen. Aber jetzt reicht es mir mit dieser Gefühlsduselei. Sehen wir zu, dass wir diese Mahlzeit auf den Tisch bringen, sonst gibt's einen Aufstand.«

Anya fühlte sich in der Runde der Frauen sicher, doch jetzt zögerte sie. Sie wollte nicht nach draußen zu den Clubmitgliedern. Die meisten kannte sie zwar vom Sehen, aber sie redeten kaum mit ihr. Reaper war im Moment sehr freundlich, doch das hieß nicht, dass das so weitergehen würde. Sie wusste einfach nicht, was sie mit ihm anfangen sollte.

Vielleicht wusste er auch nicht, was er mit ihr anfangen sollte, doch offenbar kümmerte der Club sich um Streuner aller Art. Höchstwahrscheinlich sah er auch in ihr eine Streunerin – abgesehen davon, dass er sie begehrte. Das merkte sie, wenn er sie betrachtete und wenn sich sein Schwanz schamlos in seiner Hose versteifte. Er machte keinerlei Anstalten, es vor ihr zu verheimlichen. Sie wünschte, sie könnte so sein wie der Zar und Blythe, die gar nicht erst versuchten, ihre Gefühle füreinander zu verbergen.

»Anya.« Alena hielt ihr eine Tüte hin. »Probier es mal mit einem dieser Tops. Ich glaube, die werden dir besser passen. Du kannst sie alle behalten. Es sind unsere Lieblingsmarken.«

Anya nahm die Tüte und murmelte einen leisen Dank. Blythe deutete auf eine Tür, die in ein geräumiges Bad führte, in dem es zart nach Lavendel duftete. Anya stellte fest, dass es ihr schwerfiel, Reapers Hemd auszuziehen. Es hüllte ihren Körper in seine Wärme ein und roch auch schwach nach ihm. Sie musste es ihm unbedingt zurückgeben, denn je länger sie es trug, desto stärker wurde ihr Gefühl, dass sie zu ihm gehörte. Nachdem sie das viel zu knappe Top ausgezogen hatte, musterte sie die drei anderen Shirts. Zwei stammten aus der Produktion von Harley Davidson, das dritte von einer Marke, die sie nicht kannte.

Sie biss sich auf die Lippe, als sie in das Dritte schlüpfte. Es war schwarz und passte wie angegossen, war aber ziemlich gewagt. Die Schultern blieben frei, es hatte lange Ärmel, und an der Vorderseite gab es drei Schlitze im Destroyed-Stil: den größten über ihren Brüsten, einen kleineren über den oberen Rundungen, und einen noch kleineren, der jedoch den Blick auf ihren Busen freigab. Dazu gab es einen schwarzen BH. Na ja, in diesem Look würde sie definitiv zu den anderen passen. Das Top wirkte sexy, aber nicht nuttig. Sie würde Reapers Aufmerksamkeit erregen, aber sie würde nicht das Gefühl haben, dass sie allen ihre Brüste unter die Nase hielt.

Sie musterte sich im Spiegel. Definitiv sexy. Was wollte sie damit bezwecken? Reaper begeistern? Der war wirklich eine Nummer zu groß für sie. Sie wollte das Top gerade wieder ausziehen, als die Tür aufging und er hereinmarschierte. Erschrocken wirbelte sie herum. Warum war sie eigentlich erschrocken? Er hatte es ja schon einmal getan, und Lana und Alena taten es auch. Die Clubmitglieder hielten nichts von verschlossenen Türen.

»Äh – ich ziehe mich gerade um.«

»Ich dachte, vielleicht versteckst du dich.« Er starrte sie an, dann trat er ein und zog die Tür hinter sich zu.

Ihr Herz spielte verrückt, sie bekam kaum noch Luft. Er füllte den ganzen Raum aus, der wirklich nicht klein war. Sie wich zurück und stieß ans Waschbecken. »Ich verstecke mich nicht.« Ihre Stimme war nur noch ein Flüstern.

Er trat näher. Sehr nah. Sein Blick glitt über das Top. »Lass das an.« So leise er das gesagt hatte, klang es doch deutlich wie ein Befehl. Sein Finger glitt über ihre nackte Haut und fuhr ihren Brustansatz nach.

»Es ist ein bisschen gewagt.«

Er sagte nichts, doch er sah ihr tief in die Augen, und seine Fingerkuppe glitt zu dem zweiten Schlitz und verbreitete dort ihre Hitze. Flammen tanzten über ihre Haut. Sie rang nach Luft. Er berührte sie mit einem Finger. Einem einzigen. Und mit diesem einen Finger nahm er sie in Besitz. Seine Intensität jagte ihr Angst ein, und gleichzeitig war die Versuchung, mit dem Teufel zu tanzen, so stark, dass sie nicht widerstehen konnte.

Sein Finger glitt zu dem dritten Schlitz. Ohne den Blick von ihr abzuwenden, traf er ihn auf Anhieb, als hätte er sich genau eingeprägt, wo er ihre nackte Haut berühren konnte. Sein Finger glitt über ihre Brüste, erst auf der einen, dann auf der anderen Seite. Ihr Herz hämmerte wie wild. Sie musste ausatmen, und von da an konnte sie nur noch ächzen.

Ihr Unterleib pochte. Alles zog sich zusammen, sie wurde feuchter und feuchter. Sie schleckte sich die Lippen und versuchte, einen Gedanken über das brutale Pulsieren in ihrem Körper hinweg zu fassen.

»Das da«, wiederholte er und machte es zu einem Erlass.

Oh mein Gott. Niemand würde sie vor diesem Unheil bewahren können. Sie nickte, obwohl sie nicht wusste, ob sie es schaffen würde, sich in einem solch aufreizenden Oberteil allen Clubmitgliedern zu zeigen. Lana und Alena trugen solche Tops total selbstverständlich, aber sie war nicht Lana und auch nicht Alena.

Seine Hand legte sich um ihren Nacken, und er neigte den Kopf. Sie spürte seinen Atem und schloss die Augen. Sein Mund legte sich auf ihre Lippen. Sie schmeckte Bier, sie schmeckte Mann. Und dann war sie ihm verfallen, einfach nur, weil er da war. Reaper. Ein alles fordernder Mund. Glühend heiß. Kein Zögern. Nicht grob, wie sie erwartet hatte, auch nicht behutsam, sondern sie völlig beherrschend. Sie dorthin führend, wo er sie haben wollte. Er wollte sie besitzen, sie als die Seine markieren, dafür sorgen, dass kein anderer sie je würde befriedigen können. All dies schaffte er mit seinem Mund und seiner Zunge, die ihre umspielte.

Mit einer Hand hatte er ihren Nacken umfasst, mit der anderen ihren Hals. Sein Daumen streichelte zärtlich über ihre weiche Haut, ihr Puls hämmerte auf seinen Handteller ein. Sein Körper berührte sie nicht, doch sie spürte seine Hitze wie die eines Schmelzofens. Sie hätte sich nicht bewegen können, selbst, wenn sie es gewollt hätte; denn sein Mund und sein Kuss machten sie zu seiner Gefangenen. Sie hätte nie gedacht, dass jemand so küssen konnte oder dass ein Kuss eine Frau dazu bringen konnte, sich einem Mann völlig auszuliefern.

Als er von ihr abließ, war sie komplett verstört. Ihr Herz hämmerte immer noch wie wild. Sie wusste, dass sie verloren war, dass er sie erobern konnte und es auch tun würde. Mit aller Macht versuchte sie, daran zu denken, dass sie nicht in seine Welt gehörte und dass Männer wie Reaper nicht bei einer Frau blieben. Dass ihre Persönlichkeit sich niemals mit seiner verweben würde. Sex war in Ordnung, sich zu verlieben war es definitiv nicht.

»Komm mit raus.« Seine Stimme klang rau.

Es fiel ihr schwer, ihre Stimme wiederzufinden. Seine Hand lag immer noch auf ihrem Nacken, die andere spielte mit ihren Haaren, die blauen Augen hafteten nach wie vor auf ihrem Gesicht. »Äh – Reaper, du bist gerade wieder einfach so hereinspaziert. Das hier ist ein Bad. Ich hätte auch auf dem Klo sitzen können.« Das war ihr zwar peinlich, aber es musste gesagt werden, selbst nach dem geilsten Kuss der Welt. Vielleicht ließ dieser Hinweis die Hitze in ihnen beiden etwas abkühlen.

Er zuckte die Schultern. »Alle sitzen mal auf dem Klo, Anya. Das ist kein Problem.« Er drehte sich um und riss die Tür auf.

Sie griff zu seinem Hemd, eine Sicherheitsmaßnahme für den Fall, dass die anderen sie anstarrten und sie es nicht ertragen konnte. Er nahm ihr das Hemd ab und warf es auf die Theke, als sie die Küche durchquerten.

»Vielleicht brauche ich das noch. Es wird dort draußen schnell kühl.«

Reaper nahm sie wortlos an der Hand und zog daran, bis sie

ihm folgte. Die anderen drehten sich zu ihr um. Sie hätte es wissen sollen. Sie reckte das Kinn vor und konzentrierte sich auf Blythe. Wenn Blythe mit diesem Haufen von Bikern zurechtkam, dann schaffte sie das auch.

»Lana hat mir gesagt, dass du ein paar Bartender-Tricks kennst«, sagte Preacher und reichte ihr ein Bier.

Sie nahm die kalte Flasche und nickte. »Das ist einfach nur eine lustige kleine Kunst, mit der ich mir meinen Weg durch die Bars hin zum großen Geld gebahnt habe.« Sobald sie das gesagt hatte, wusste sie, dass sie zu viel offenbart hatte. Viel zu viel. Was war nur mit ihr los? Vielleicht waren diese Männer hier Kriminelle. Na ja, sie war sich ziemlich sicher, dass sie das waren, aber sie durfte ihnen nicht sagen, wovor sie weglief. So gut kannte sie sie nicht. Keinen von ihnen, nicht einmal Reaper. Sie war nur so weit gekommen, weil sie sich stets bedeckt gehalten hatte.

»Und was machst du dann im tiefen Sumpf einer Biker-Bar?«, fragte der Zar und stützte die Ellbogen auf Blythes Gartenstuhl.

Sie trat einen Schritt von Reaper weg, doch er schlang einen Arm um ihren Oberkörper direkt unter ihren Brüsten, zog sie zu sich zurück und hielt sie fest. Besitzergreifend fest. Beinahe hätte sie ihre Bierflasche fallen gelassen. Die anderen tauschten Blicke aus, die sie nicht recht deuten konnte. Was bildete sie sich eigentlich ein? Nur weil sie ihn im letzten Monat nicht mit einer Frau gesehen hatte, hieß das noch lange nicht, dass er nicht ein lokaler Weiberheld war. Sie hatte die anderen, vor allem seinen Bruder, mit Frauen gesehen. Wie war sie bloß darauf gekommen, dass er nicht ständig irgendwelchen Weibern nachlief?

Ein Monat, in dem sie ihn beobachtet hatte, besagte rein gar nichts. Er war aalglatt, viel zu verführerisch. Sein Mund war das reine Feuer. Warum hatte sie sich eingebildet, sie sei etwas

Besonderes für ihn? Wie war sie bloß darauf gekommen? Erst in der vergangenen Nacht hatte er keinen Hehl daraus gemacht, dass er sie nicht mochte. Er hatte sie als Miststück bezeichnet und versucht, sie feuern zu lassen. Jetzt war er plötzlich auf sie scharf. Aber es ging ihm rein um Sex. Sie musste ihr Herz unbedingt fest vor ihm verschließen.

»Du musst mir keine Antwort geben«, versicherte der Zar ihr. »Du schuldest mir keine Erklärung.«

Hatte er bemerkt, wie panisch sie war? Nein, vermutlich nicht. Ihre Antwort hatte einfach nur zu lange auf sich warten lassen. Sie zuckte die Schultern und versuchte, so locker zu sein wie alle anderen. »Ich wollte mich verändern. Städte werden öde. Ich musste wieder mal richtig tief Luft holen.« Das klang doch gut. Es erklärte zwar nicht ihren heruntergekommenen Honda oder den Zeltplatz, aber der Zar hatte ja gerade gesagt, dass es ihm egal war, wenn sie sich nicht weiter erklären wollte.

Reaper legte den Mund an ihr Ohr, als der Zar sich aufrichtete, um die Burger zu wenden. »Bleib lieber bei der Wahrheit oder sag einfach gar nichts. Das ist besser als eine Lüge.«

Sie erstarrte und versuchte, sich ihm zu entziehen, doch sein Arm war zu stark. Er nahm einen Schluck Bier und ignorierte ihre Anspannung.

»Setz dich doch zu mir«, sagte Blythe und klopfte auf den Stuhl, der neben ihr stand.

»Sie steht hier ganz gut«, sagte Reaper.

Anya drehte den Kopf, legte einen Arm um seinen Nacken und berührte mit den Lippen sein Ohr. »Sie kann für sich selbst reden«, zischte sie und biss ihm ins Ohrläppchen.

Er zuckte nicht zusammen, sondern packte mit seiner freien Hand ihre Haare, zerrte ihren Kopf zurück und eroberte ihren Mund. Dieser Kuss war anders. Von Sanftheit keine Spur. Sein Mund war grob, hart, feucht. Feuer strömte durch ihre Kehle.

Nein, nicht nur Feuer, die reinste Lava. Es fühlte sich an, als würde ein Vulkan in ihr ausbrechen und der heiße Lavastrom jeden Nerv in ihrem Leib erfassen.

Ihre Ohren dröhnten, in ihre Klitoris strömte das Blut. Seine Hände glitten über ihre nackte Haut, und sie konnte es kaum erwarten, seine nackte Haut ebenso zu berühren. Sie begehrte ihn so sehr, dass sie keinen klaren Gedanken mehr fassen konnte.

Reaper drängte sie nach hinten, und die Stimmen verblassten. Irgendwann stellte sie fest, dass sie an der seitlichen Hauswand gelandet waren. Er umfasste ihre Brüste, sein Daumen glitt über ihre Nippel, Flammen züngelten darüber. Sein Mund verschlang sie. Sie stöhnte vor Verlangen, und plötzlich war sein Mund wieder auf ihr und es fühlte sich an, als würde die ganze Welt in die Luft fliegen. Hinter ihren Augenlidern explodierte ein Feuerwerk. Seine Zunge und seine Zähne machten immer weiter. Eine Hand machte sich am Reißverschluss ihrer Jeans zu schaffen und glitt hinein.

Durch das laute Dröhnen in ihren Ohren, ihren hämmernden Herzschlag, drängte sich ganz schwach ein kindliches Lachen. Sofort packte sie ihn am Handgelenk.

»Wir müssen aufhören«, ächzte sie atemlos.

Er hob den Kopf und sah ihr in die Augen. »Nur, wenn du das wirklich willst.« Seine Hand glitt tiefer in ihre Jeans, ein Finger drängte sich in sie hinein. »Du bist heiß und feucht, Anya. Sag mir, dass du mich nicht begehrst, dann hör ich sofort auf.«

Sie sah sich um. Die anderen waren weit weg, sie waren durch dichtes Buschwerk geschützt. Dennoch wollte sie nicht riskieren, dass Emily sie ertappte. Es war ihr schon peinlich genug, dass sie so weit gegangen war, obwohl sie wusste, dass sie nicht alleine waren. Aber mit einem Kind in der Nähe wollte sie einfach nicht weitermachen.

»Emily.«

Sofort zog er die Hand aus ihrer Jeans. Er schleckte seine Finger ab. »Wir hauen ab.«

Oh Gott. Ja. Sie war bereit, mit ihm zu gehen, egal, wohin.

# 6. Kapitel

Anya holte sich in der Küche rasch noch Reapers Hemd unter dem Vorwand, dass sie es brauchte, um auf dem Motorrad nicht zu frieren. Keiner der beiden sagte ein Wort, als sie nach draußen eilten, doch noch bevor sie aufs Motorrad steigen konnte, packte er sie am Hemd und küsste sie ein weiteres Mal. Ein weiterer hitziger Kuss, der ihre Eingeweide zum Schmelzen brachte und den sie mindestens genauso feurig erwiderte. Sie hatte nicht gewusst, dass sie so küssen konnte, ja, dass irgendwer so küssen konnte.

Schließlich schwang sie sich hinter ihn auf das Motorrad und umfasste seine Taille. Sie düsten los. Die imposante Maschine vibrierte wie ein Monster zwischen ihren Beinen. Sobald sie auf dem Highway 1 gelandet waren, legte sich eine seiner Hände auf ihre Hände, bedeckte beide, drückte sie fest an seinen Bauch. Von der Fahrt zurück zum Clubanwesen bekam sie kaum etwas mit. Dunkle, animalische Begierde umhüllte sie wie ein Nebel, Blut pochte in ihrer Klitoris und rauschte in ihren Ohren. Auf dem Parkplatz zerrte er sie vom Bike und zog ihr auf dem Weg zum Haus das Flanellhemd aus. Als sie in den Gemeinschaftsraum kamen, hatte er ihr auch das neue Top abgestreift. Sie bemerkte die zwei neuen Clubanwärter, die an einem der Tische saßen, kaum, doch Reaper knurrte ihnen etwas zu. Dann warf er sie sich über die Schulter und marschierte in das Zimmer, in dem sie übernachtet hatte.

Dort angekommen trat er die Tür zu, legte sie auf dem Bett ab und warf das Hemd in eine Ecke. Dann zog er ihr die Schuhe aus. Sie bekam kaum noch Luft vor Verlangen. Sein Gesicht war dunkel, gezeichnet von harschen Linien der reinen Fleischeslust. Sie hatte ihn noch nie so gesehen – so völlig unbeherrscht.

In einer einzigen flüssigen Bewegung streiften seine starken Hände ihr die Jeans und den Slip ab, sodass sie bis auf ihren BH nackt war. Er kniete sich ans Fußende des Bettes und zog sie an den Knöcheln zu sich. Er spreizte ihre Schenkel, warf sich ihre Beine auf die Schultern, und dann senkte sich sein Mund auf sie, genau auf die Stelle, wo sie sich am heftigsten nach ihm verzehrte.

Ein jäher Orgasmus erschütterte ihren Körper. Sie bäumte sich auf, und die Welt zersprang um sie herum in tausend Stücke. Er hörte nicht auf, er schien nicht einmal bemerkt zu haben, dass sie gekommen war. Er verschlang sie, übernahm ihren Körper so komplett, dass sie sich hilflos fühlte gegen den Angriff seines Mundes, seiner Zähne und seiner Zunge. Er wusste genau, was er tat, und hörte nicht auf, bis ihr Kopf das Denken einstellte. Sie war nur noch ein wildes, unbeherrschtes Geschöpf, das den Kopf hin- und her warf und sich ihm entgegenbäumte.

Auch beim dritten Orgasmus erbebte ihr ganzer Körper, doch ihre Hände vergruben sich in seinen Haaren und versuchten, seinen Kopf wegzuziehen. »Du musst aufhören.« Sie hatte Angst, den Verstand vollends zu verlieren, wenn er so weitermachte. Einen klaren, vernünftigen Gedanken konnte sie schon lange nicht mehr fassen. Sie konnte nur noch fühlen, und ihr Körper kam seiner ungestümen Zunge nicht mehr hinterher.

Er hob den Kopf, als ob er etwas witterte, was ihn stören könnte. Seine blauen Augen, die jetzt ganz dunkel und wild wirkten, jagten ihr Angst ein. Ihre Säfte hatten sich auf seinem Gesicht verteilt, was die sinnliche, schamlose Lust, die sich so tief in seine Linien eingegraben hatte, verstärkte. »Dein Körper gehört mir. Alles von dir. Du nimmst, was ich dir gebe.«

Nein, das konnte sie nicht. Anya schüttelte den Kopf, doch sein Mund presste sich bereits wieder auf sie, und wieder übernahm er die Kontrolle über ihren Körper und ihren Kopf. Jedes seiner Worte hallte in ihr nach, bis sie laut aufschrie, als seine Zähne ihren Kitzler bearbeiteten und sie zum nächsten Höhepunkt trieben.

Er richtete sich auf. Sein Blick versenkte sich in ihre Augen, als er sich über sie beugte, ihren BH packte und ihn ihr einfach vom Körper riss. Ohne den Blick von ihr zu wenden, begann er langsam, seine Jacke auszuziehen.

»Du musst kapieren, was hier abgeht. Du bist in meiner Welt. Das heißt, dass du nach unseren Regeln lebst. Das ist beschlossene Sache, du jammerst nicht rum und machst mir keine Probleme. Wenn ich sage, dass es vorbei ist, dann ist es vorbei. Hast du das kapiert? Du musst mir sagen, dass du das verstanden hast.«

Oh ja, das hatte sie verstanden. Nun hatte sie den wilden, animalischen Sex, den sie sich mit ihm erträumt hatte, auch wenn es mitten am Tag passierte, nicht nachts, wie sie es sich vorgestellt hatte, aber das machte keinen Unterschied. Es war perfekt. Sie hatte sich so danach verzehrt. All die Nächte, in denen sie ihn beobachtet und sich überlegt hatte, wie es wohl sein würde. Und es war noch um Welten besser, als sie es sich vorgestellt hatte. Viel besser, aber auch beängstigender. Würde sie es schaffen, mit Reapers sexuellen Bedürfnissen Schritt zu halten?

»Ich habe es verstanden. Kein Jammern, versprochen.«

Sie konnte den Blick nicht von ihm abwenden, als er sich auszog. Sie fühlte sich verletzlich, ausgeliefert, ihr Körper bebte noch vom letzten Orgasmus, aber auch in Erwartung auf das, was noch kommen würde. Sein Körper war hart wie Stahl, doch mit zahllosen Narben übersät. Und daneben Tätowierungen, die sich über seine Brust und seine Arme wanden. Es waren schöne Tattoos, die von großem Können zeugten. Sie wollte sie erforschen, seine Haut schmecken, mit der Zunge über seine Muskeln und auch seinen beeindruckenden, wunderschönen Schwanz fahren.

Er zog seine Stiefel nicht aus, und die Jeans streifte er nur bis zu den Knöcheln. Er packte sie an den Fußgelenken, drehte sie um und zerrte ihre Hüften hoch, bis sie sich nur noch auf Hände und Knie stützen konnte. Dann drang er in sie ein, bahnte sich erbarmungslos seinen Weg durch enge Muskeln. Das Gefühl, von ihm erfüllt zu sein, ging Anya durch Mark und Bein. Sie wurde gedehnt, sie brannte, es war das Fantastischste, was sie je erlebt hatte. Ihr Herz hämmerte, ihre Brüste zuckten bei jedem harten Stoß.

Er war nicht sanft. Weder seine Hände noch seine Finger, die sich in ihre Hüften gruben, jede Bewegung kontrollierten und sie abwechselnd zu ihm hin und wieder von ihm weg stießen. Er schraubte sich immer tiefer in sie hinein. Wieder und immer wieder. Schließlich konnten ihre Hände sie nicht mehr tragen, und sie sank auf die Ellbogen, doch er ließ ihre Hüften nicht los und sein Schwanz war ein erbarmungsloser Kolben, dessen fordernde Stöße sie um den Verstand brachten.

Das Feuer versengte sie. Jeder Stoß traf einen Punkt tief in ihr, der Wellen der Lust ausschickte. Sein Schwanz beherrschte sie, schickte Feuer, das durch jede ihrer Zellen tobte. Er war heiß, unglaublich heiß. Sein Herzschlag donnerte durch sie hindurch, während sein Körper in ihr wütete.

Es war unmöglich, sich zu beherrschen, als ein Tsunami der Lust sie erfasste und auch ihn mit sich riss. Sein Schwanz schwoll an, dehnte sie aus, brannte seinen Namen tief in ihr ein, während sie laut aufschrie und ihr Orgasmus ihn aussog und er sich in heißem Pulsen in ihr entlud.

Dann lag sie da, den Kopf auf dem Laken, die Augen geschlossen, die Fäuste geballt, das Herz rasend. Das war der irrste, perfekteste Sturm der Lust gewesen. Sie konnte sich nicht mehr rühren. Sie hatte gehört, dass Sex so fantastisch sein konnte, dass man sich nicht mehr rühren konnte, doch das war ihr bislang noch nie geschehen. Noch nie hatte jemand die Kontrolle über ihren Körper so komplett übernommen.

Reaper lag eine ganze Weile auf ihr und wartete, bis sich sein Atem beruhigt hatte. Seine Hände umfassten noch immer ihre Hüften, sein Schwanz zuckte bei den kleinen Nachbeben, die sie erschauern ließen. Schließlich zog er sich zurück, richtete sich auf und zog seine Jeans hoch. Sie hörte, wie er den Reißverschluss zuzog. Langsam drehte sie sich um und machte die Augen auf. Sie sah seinen Rücken, das Tattoo, das ihn völlig bedeckte, der beängstigende Baum mit den vielen Ästen, den Krähen und den Totenschädeln, die dem glichen, der auch auf seiner Kutte aufgestickt war. Er griff zu seiner Jacke und verließ wortlos den Raum.

Anya lag auf dem Bett. Allein. Er hatte sie nicht einmal angeschaut. Kein einziger Blick. Sie zog das Kissen zu sich heran und drückte es an sich. Sie wusste, worauf sie sich eingelassen hatte. Er hatte es ihr gesagt, und sie hatte genug vom Leben in diesem Club gesehen. Von den Frauen, die um die Aufmerksamkeit der Clubmitglieder buhlten. Soeben war sie zu einer dieser Frauen geworden. Er hatte es ihr deutlich zu verstehen gegeben. Kein Jammern, hatte er gesagt. Sie hatte sich damit einverstanden erklärt.

Sie starrte an die Decke. Ja, sie hatte diese Art von Sex gewollt. Würde sie es noch einmal tun wollen? Unbedingt. Es war wahnsinnig gut gewesen. Sie hatte perfekten, wilden, primitiven, animalischen Sex haben wollen, und den hatte sie wahrhaftig bekommen, und dazu eine Million überwältigender Orgasmen. Er war wirklich großzügig gewesen. Sie war ein großes Mädchen und beschloss, jetzt keine Träne darüber zu vergießen, dass er so abrupt verschwunden war.

Reaper war kein netter Mann. Auch das hatte sie gewusst. Er war nicht der Typ, der seine Frauen mit Blümchen und Pralinen verwöhnte. Das hatte er ihr klipp und klar zu verstehen gegeben. Sie hatte gesagt, dass sie das kapiert hatte. Sie musste sich jetzt damit abfinden, dass es eine einmalige Geschichte gewesen war. Egal, wie toll der Sex gewesen war, für ihn war es wahrscheinlich jedes Mal so. Und für sie … Sie zog das Kissen über ihren Kopf. Für sie war es der beste Sex ihres Lebens gewesen. Sie war lichterloh in Flammen aufgegangen. Es war der heißeste Sex aller Zeiten gewesen, frei und wild. Zum Teufel noch mal, sie wollte jetzt wirklich nicht herumjammern.

Sie war sich nicht sicher, ob sie je wieder würde laufen können. Jeder Schritt würde sie an ihn erinnern. Sie hatte das Gefühl, dass er seinen Namen tief in sie hineingeschrieben hatte. Bei dem Gedanken stockte ihr der Atem. Hatte er ein Kondom benutzt?

Oh mein Gott! »Sag mir, dass du ein Kondom benutzt hast«, flüsterte sie ins Universum hinaus und versuchte krampfhaft, sich daran zu erinnern, ob sie gehört hatte, wie eine Plastikhülle aufgerissen wurde. Doch ihr Blut hatte so laut in ihren Ohren gehämmert, dass sie kaum irgendetwas von der Welt um sie herum vernommen hatte.

Nein. Sie hatte ihn ohne Barriere gespürt. Sein sengend heißer Schwanz, der sie völlig erfüllt, geweitet und wund gescheuert hatte. Stöhnend warf sie das Kissen an die Wand. Mittlerweile sickerte sein Sperma aus ihr heraus und benetzte ihre Oberschenkel. Mein Gott, wie konnte sie nur so verantwortungslos sein.

»Verflucht!«, schrie sie, drehte sich um und vergrub das

Gesicht in den Laken. Doch sie entkam ihrer Beschämung nicht. Sie war zu verrückt, zu gierig, zu geil auf seinen Schwanz gewesen, um an Verhütung zu denken. Um an Anstand und irgendwelche Spielregeln zu denken. Sie hatte sich aufgeführt wie die vielen Frauen, die in der Bar herumhingen und sich schamlos den Männern anboten.

Als er sie durch den Gemeinschaftsraum getragen hatte, hatte sie nur ihren BH und ihre Jeans angehabt. Er hatte etwas zu jemandem gesagt, also hatte dieser Jemand sie auch in diesem Zustand gesehen. Ob wohl morgen Abend alle denken würden, dass sie eine leichte Beute war? Bislang hatte keiner versucht, sie anzumachen. Nicht, dass sie besonders prüde gewesen wäre; in manchen Obdachlosenasylen, in denen sie gewohnt hatte, hatte es kaum eine Privatsphäre gegeben. Aber sie wollte nicht, dass ein anderes Clubmitglied auf den Gedanken kam, dass sie quasi vogelfrei war.

Sie setzte sich auf und stöhnte, als ihr Körper protestierte. War er etwa zu dem Grillfest zurückgekehrt? Sprachen in diesem Moment alle über sie? Sie konnte es ihnen nicht verübeln, wenn dem tatsächlich so war. Aber sie wollte jetzt nicht hier herumhängen und darauf warten, dass einer der anderen hereinmarschierte, weil er mit ihr vögeln wollte.

Sie langte nach ihrem BH und stellte fest, dass er zerrissen war. Seufzend sah sie sich nach ihrem Top um. Er hatte es ihr irgendwo ausgezogen. Wo war das gewesen? Sie konnte sich nicht mehr daran erinnern. Abermals stöhnend vergrub sie das Gesicht in den Händen.

»Du bist ein großes Mädchen, Anya«, ermahnte sie sich schließlich streng. »Du hast genau gewusst, worauf du dich einlässt, noch bevor er es dir klipp und klar gesagt hat. Also Schluss jetzt mit dem Jammern. Du wolltest doch, dass jede Minute dieses Zusammenseins absolut unvergesslich wird.« Und so war es auch, es hatte sich tief und für alle Zeiten in ihren ganzen Körper eingebrannt. Wahrscheinlich würde sie einen spontanen Orgasmus bekommen, wenn sie sich diese Erinnerung wachrief. »Okay, jetzt denk mal scharf nach!«, flüsterte sie laut, weil sie dafür sorgen wollte, dass ihr Verstand weiterarbeitete, während ihr Körper sich noch in einer Art Schmelzzustand befand. Sie entdeckte sein Flanellhemd, das zerknüllt in einer Ecke lag. Langsam, sehr langsam stand sie auf.

Sie wollte an dieser Erinnerung festhalten, und zwar nicht, weil sie sich bei Reaper wie etwas Besonderes vorgekommen war – eher im Gegenteil –, sondern weil sie wusste, dass sie nie mehr so guten Sex haben würde. Niemals. Sie schlüpfte in das Hemd. Es reichte ihr bis zu den Oberschenkeln, und sie wollte ihre Jeans erst anziehen, wenn sie sich gewaschen hatte. Wenn sie ihn abgewaschen hatte. Aus sich herausgewaschen hatte. Einen Moment lang presste sie die Oberschenkel zusammen und spannte die Muskeln in ihrem Inneren an, als ob sie ihn so in sich behalten könnte.

»Was denkst du da?«, fragte sie sich laut. So etwas war gefährlich. Es würde zu Tränen führen, und sie hatte versprochen, nicht zu jammern. Vielleicht hatte Reaper mit ihr aus anderen Beweggründen Sex haben wollen als sie, aber Sex hatten sie beide haben wollen.

Sie säuberte sich, putzte sich die Zähne und zog sich an. Sie wollte jetzt endlich wissen, wie es um ihren Wagen bestellt war, wollte sich aus dem Geheimversteck ein bisschen Geld holen und dann irgendwo einen anständigen BH besorgen. Auf der Rückbank, direkt neben den zwei Skizzenblöcken, die gefüllt waren mit Zeichnungen von Reaper, lagen auch ein paar saubere T-Shirts und eine Reserve-Jeans. Der Geruch der Laken stieg ihr in die Nase. Es roch nach Sex und nach ihnen. Nach Reaper und Anya. Sollten doch die Clubmitglieder die Wäsche wechseln, die hatten in solchen Dingen weit mehr Erfahrung als sie.

Zum Glück war der Gemeinschaftsraum leer. Sie entdeckte ihr Top auf der Bar. Offenbar hatte es jemand aufgehoben und so hingelegt, dass jeder es sehen konnte. Sie ließ es liegen. Es wussten ohnehin alle Bescheid. Wenn sie mit Sex und allem anderen, was sie taten, so locker umgehen konnten, dann konnte sie das auch.

Blinzelnd trat Anya in den hellen Sonnenschein hinaus. Die zwei Anwärter, die sich vorhin im Gemeinschaftsraum aufgehalten hatten, richteten sich auf, doch sie lächelte ihnen nur stumm zu und lief weiter. Hoffentlich würde sie, wenn sie den beiden das nächste Mal begegnete, hinter der Bar stehen und arbeiten. Dort war sie sicher. An ihrem Platz hinter der Bar konnte sie nichts erschüttern.

Sie lief schneller. Sie wollte ihr Geld holen und hoffentlich auch ihr Auto und dann losdüsen. Zum Glück hatte sie an diesem Abend frei. Im Grunde hatte sie sich vorhin bei Blythe und dem Zar von Reaper nur küssen lassen, weil sie auf fantastischen Sex in dieser Nacht gehofft hatte. Na ja, wenn sie sich selbst gegenüber ehrlich war, musste sie zugeben, dass sie, sobald sich seine Lippen auf die ihren gesenkt hatten, nur noch daran gedacht hatte, so schnell wie möglich in ein Schlafzimmer zu gelangen. Doch eigentlich hatte sie gar nichts mehr gedacht, sie hatte nur noch gefühlt, und das Gefühl war spektakulär gewesen.

Sie musste zu einer Apotheke, und zwar schnell. Was zum Teufel war nur mit ihr los, dass sie so blöd gewesen war, ungeschützten Sex mit einem Biker zu haben? Er hatte ganz offenkundig eine Menge sexueller Erfahrungen. Damals, als sie Hals über Kopf geflüchtet war, hatte sie alles zurückgelassen, auch ihre Anti-Baby-Pillen. Normalerweise hatte sie nie ungeschützten Sex. Niemals. Die Pille zur Schwangerschaftsverhütung, und ein Kondom, um doppelt sicherzugehen und auch gegen Geschlechtskrankheiten geschützt zu sein.

Sie kramte einen Haargummi aus ihrer Jeanstasche und band sich einen Pferdeschwanz. Sobald sie vom Bike abgestiegen waren, hatte er ihre Haare gelöst. Er schien ihren Körper zu mögen – bis er damit fertig war. Doch sie hatte ja keine Beziehung gewollt, genauso wenig wie er. Nun wollte sie ihm nicht etwas vorwerfen, auf das sie sich mehr oder weniger stumm geeinigt hatten.

An der Werkstatt hing ein Schild: »Bin gleich zurück.« Auch das hatte sie mittlerweile gemerkt: Die Biker tauchten auf, wann immer sie wollten. Sie lebten ihr Leben abseits gesellschaftlicher Regeln, auch wenn sie eine ganze Menge Clubregeln zu haben schienen. Ihr Wagen stand drinnen und schaute erbärmlich aus. Sie holte den Reserveschlüssel aus der Ersatzradmulde und versuchte ihr Glück. Nein, er sprang nicht an. Seufzend nahm sie sich ein bisschen Geld, das für Wasser und Essen und hoffentlich einen gebrauchten Schlafsack reichen würde. In Fort Bragg gab es mehrere Secondhandläden.

Bis zum Highway war es nicht weit, und dort streckte sie den Daumen raus. Und sie hatte Glück. Am Steuer des großen schwarzen Pick-ups, der bald darauf holpernd zum Stehen kam, saß Leslee. Leslee arbeitete als Physiotherapeutin in einem Hotel. Sie hatten sich auf dem Gelände der Egg Taking Station kennengelernt, auf dem Leslee ihre Hunde ausführte. Dort waren sie sich mehrmals begegnet, und die Frau war immer sehr freundlich gewesen, obwohl sie Anya wiederholt gewarnt hatte, dass es in dieser Gegend ziemlich gefährlich war.

Anya kannte sie nicht richtig gut, aber Leslee war die einzige Person, die sie halbwegs als Freundin bezeichnen konnte. Sie hatte Anya mehrmals gefragt, ob sie etwas brauchte, und ihr angeboten, ihr Sachen aus dem Ort mitzubringen, als sie herausfand, dass Anya auf dem Zeltplatz kampierte. Nun lächelte Anya sie an und war heilfroh, auf eine Bekannte gestoßen zu sein.

»Hey, Süße, wo ist denn dein Auto?«, begrüßte Leslee sie und lenkte den Truck zurück auf den Highway. »Es wundert mich, dass ich dich hier sehe.«

»Es leidet an Altersschwäche und hat mich im Stich gelassen«, gab Anya zu. »Ich habe es abschleppen lassen müssen und hoffe, dass sie es in der Werkstatt ohne allzu großen Aufwand richten können.«

Leslee musterte sie prüfend. »Geht es dir gut?«

Anya machte den Mund auf, doch dann schloss sie ihn wieder, um über die Antwort nachzudenken. Ging es ihr gut? Sie wusste es nicht. Sie hatte ein bisschen Geld gespart, mit dem sie zu einem anderen Kaff gelangen konnte. Wenn sie weiter hinter der Bar arbeitete – vorausgesetzt, dass Reaper sie nicht doch noch feuern ließ, nachdem er bekommen hatte, was er wollte –, würde sie bald so viel haben, dass sie sich ein Zimmer oder ein Appartement leisten konnte, sofern sie so etwas zur Miete fand.

»Ja«, beschloss sie. Es ging ihr gut. Sie hatte eine Perspektive, weil sie sich die Zeit genommen hatte zu planen. »Mein Auto ist mir wichtig. Es fällt mir schwer, herumzuhängen und zu warten, bis ich weiß, ob es repariert werden kann oder nicht. Ich brauche ein paar Dinge, einen BH zum Beispiel.« Sie versuchte, nicht zu erröten. »Und einen Schlafsack. Ohne Schlafsack wird es ziemlich kalt werden.«

»Du willst unter freiem Himmel kampieren?« Leslee bedachte sie mit einem kurzen Blick. »Anya, du bist eine alleinstehende Frau. Ich laufe dort mit meinem Mann und vier Hunden rum. Du hast bislang großes Glück gehabt, dass du nicht irgendwelchen Drogendealern oder sonst einem Verrückten in die Quere gekommen bist.«

Leslee erzählte ihr nichts, was sie nicht schon selber wusste. Sie versuchte, sich auf dem Gelände so unauffällig wie nur möglich zu verhalten, und aß sogar immer nur etwas Kaltes, um mit einer Kochstelle keine Aufmerksamkeit zu erregen.

»Ich habe noch nicht genug Geld gespart, um mir ein Zimmer leisten zu können, aber bald ist es so weit.« Sie hatte all ihren Lohn gespart, sodass sie ein gewisses Startkapital hatte, falls sie irgendwo neu anfangen musste. Eine richtige Wohnung zu mieten war schon allein wegen all dem Papierkram unmöglich, aber ein Zimmer zur Untermiete könnte mittlerweile machbar sein. Trotzdem wollte sie dafür sorgen, dass sie immer genug Geld hatte, um sofort abhauen zu können.

»Im Ernst – es gefällt mir nicht, dass du dich dort draußen allein rumtreibst. Mein Haus ist nicht sehr groß, aber du könntest auf der Couch schlafen, oder wir richten dir einen Schlafplatz auf der Veranda her, da hättest du vielleicht mehr Privatsphäre.«

Anyas Herz verkrampfte sich. Nur wenige Menschen hätten ihr so ein Angebot gemacht, doch Leslee hatte ihr schon auf dem Zeltplatz gestanden, dass ihr Haus winzig war. Sie schüttelte den Kopf. »Danke, Leslee, es macht mir wirklich nichts aus, dort draußen zu kampieren. Ich passe schon ziemlich lange allein auf mich auf. Ich brauche nur ein paar Vorräte.«

»Ich habe ein bisschen Zeit«, sagte Leslee. »Ich fahre dich zu einem Secondhandladen und danach raus zur Station.«


Reaper wich vom Bett zurück und zog die Hose hoch. Er konnte den Blick nicht von Anyas Körper wenden. Was zum Teufel war da gerade passiert? Alles, was er war, alles, woran er glaubte, war innerhalb einer Sekunde verschwunden. Daran war sie schuld. Er konnte nicht mehr denken, konnte nicht mehr atmen. Er konnte sie nur noch anstarren, und sein Verstand war so wirr, dass er gar nicht mehr wusste, wer er war. Wütend zerrte er den Lederriemen durch die Gürtelschnalle. Wie gern hätte er sie noch einmal berührt. Sein Körper wollte seinem Befehl, von ihr zu weichen, nicht folgen. Er gehorchte ihm nicht mehr. Unsanft landete er auf dem Boden der Realität. Er hatte die Kontrolle verloren. Totalausfall. Alles hätte ihr passieren können, wirklich alles. Was zum Teufel war mit ihm los?

Er wich weiter zurück. In seinen Ohren erklang ein seltsames Dröhnen, er bekam kaum noch Luft, seine Sicht war verschwommen. Was war da gerade passiert? Er verlor nie die Kontrolle. Niemals. Ein Mann wie er konnte sich das nicht leisten. Sein Körper hatte völlig eigenmächtig gehandelt. Er hatte seinem Schwanz nicht gesagt, was er tun sollte. Er hatte nicht Schritt für Schritt eine Verführung geplant, abgestimmt auf die Frau und was er von ihr wusste. Das war alles völlig natürlich passiert. Wie war es dazu gekommen?

Er machte auf dem Absatz kehrt und marschierte aus dem Zimmer. Sein Herz hämmerte wie wild. Der Druck in seiner Brust quetschte ihm das Herz zusammen. Er trat in den Gemeinschaftsraum. Beide Anwärter drehten sich zu ihm um. Aus den Augenwinkeln erblickte er Anyas Top auf dem Boden. Er hob es auf, ließ den Stoff zärtlich durch die Finger gleiten und wünschte sich, er wäre bei ihr und würde sie in den Armen halten.

»Passt auf sie auf, aber haltet euch von ihr fern. Sie soll euch nicht sehen. Wenn ihr etwas zustößt, seid ihr tot.« Er faltete das Top, legte es auf die Bar und stolzierte hinaus.

Es war ihm ernst, und das wussten sie auch. Immerhin hatte er für Anyas Schutz gesorgt. Die Prospects wussten, dass sie ihn ernst nehmen mussten. Und sie waren keine Nieten. Beide hatten eine der Schulen in Russland besucht. Natürlich waren diese Schulen Reapers Meinung nach nur was für Schwächlinge. Dennoch waren die beiden auf den Tod gefährlich, und das bedeutete, dass Anya sicher war, solange er noch darum ringen musste, einen klaren Kopf zu bekommen.

Er hatte keine Schutzmaßnahmen ergriffen. Er hatte nicht mal daran gedacht. Er hatte nicht damit gerechnet, dass er so geil sein würde, bis er nicht mehr denken konnte und sein Körper ihr gehörte, nicht ihm. Was, wenn er sie getötet hätte? Scheiße, Scheiße, Scheiße. Er hätte sie töten können. Er war über sie hergefallen wie ein verrückter Stier, ein roter Schleier hatte sein Denken vernebelt. Er hatte nicht mehr denken, nur noch spüren können.

Er hatte keine Ahnung, wie viele Frauen er schon gehabt hatte, aber so etwas war ihm noch nie passiert. Verstört schwang er sich auf sein Bike und düste los. Er brauchte den Wind in seinem Gesicht und den Teufel im Rücken. Er hätte sie töten können, weil er so verdammt egoistisch gewesen war, dass er die Folgen nicht bedacht hatte. Dass er so unbeherrscht sein könnte, wäre ihm nie in den Sinn gekommen; auch nicht, dass sein Körper plötzlich einen eigenen Willen haben würde. Sie war so scharf gewesen. So heiß! So eng. Das samtene Gewebe, das ihn umfangen hatte, hatte ihm so viel Lust bereitet, dass es an Schmerz grenzte. Er hatte gar nicht aufhören wollen.

Alles an Anya erregte ihn. Ihr Lachen. Ihr Lächeln. Ihr Gesicht. Ihre Augen. Ihre absolut perfekten Titten. Und er hatte nicht einmal die Zeit gehabt zu erforschen, was er mit ihnen tun konnte. Wie diese Frau küsste. Wie Feuer. Wie sie sich ihm völlig hingegeben hatte. Sie hatte nicht einmal protestiert, als er grob wie ein Tier über sie hergefallen war, wie ein wildes Tier, das verrückt geworden war. Es hatte sich fantastisch angefühlt. Perfekt.

Sie war so verdammt schön. Wie schön sie gewesen war auf Knien und Ellbogen, den Kopf ans Laken gepresst, ihre langen, wundervollen Haare um sich herum gefächert, und ... Er verbot sich, weiter an sie zu denken. Das konnte nur zu einer Katastrophe führen.

Er hob das Gesicht dem Wind entgegen, versuchte, dem Beben seines Körpers Einhalt zu gebieten. Anya. Sie hatte sich ihm hingegeben und getan, was er ihr gesagt hatte. Das war der

Schlüssel. Wenn sie genau das tat, was er ihr sagte, konnte ihr nichts passieren.

»Scheiße!«, schrie er laut und hasste sich selbst. Hasste das, was er war. Warum lenkte er seine Maschine nicht einfach über die Felsen und setzte dem Ganzen ein Ende? Dann konnte ihr auch nichts mehr passieren. Sie würde frei sein und konnte sich einen guten Mann suchen. Einen anständigen Mann.

Er sah auf die Straße. Jetzt kam eine lange Kurve, auf ihrer anderen Seite breitete sich das weite Meer aus. Es glitzerte wie Glas in der Sonne. Es war Zeit. Er hatte immer gewusst, dass er das eines Tages tun musste. Er war für Savage am Leben geblieben, und natürlich für den Zar. Ihr Präsident hatte sie alle an einen guten Ort geführt. Der Club brauchte ihn nicht mehr so sehr. Seine Brüder auch nicht. Und Anya musste gerettet werden, denn solange er lebte, war sie rettungslos verloren. Das hatte er gewusst, sobald er sie zum ersten Mal gesehen hatte.

In dem Moment, als er in die wundervolle lange Kurve fuhr, die er verlängern wollte, nahmen ihn zwei Harleys in ihre Mitte. Ice und Storm. Sie bewegten sich völlig im Einklang mit ihm, fuhren in Formation wie so oft, lehnten sich gemeinsam in die Kurve, ritten den Wind. Sie sagten nichts und sahen ihn nicht an. Sie sorgten einfach nur dafür, dass sein Bike auf der Straße blieb. Heute würde er nicht fliegen, nicht hinaus über das Meer donnern. Nicht in all dem Blau verschwinden.

Er wusste, wohin er jetzt fahren musste. Zu Marc Centerfield, bei dem die Untergrundkämpfe stattfanden. Centerfield hatte öfter umziehen müssen, doch als Savage und Reaper angetreten waren und gewonnen hatten, wollte er, dass sie öfter mitmachten, und schickte Reaper immer die neueste Adresse. Nun fuhr Reaper zur nächstgelegenen Kampfarena am Rand von San Francisco.

Auf der langen Fahrt hätte er wieder einen klaren Kopf bekommen sollen, doch dem war nicht so. Er hatte es so vermasselt, dass er noch nicht einmal ganz verstand, was passiert war. Er hatte nicht mal einen Gummi benutzt, hatte also so gründlich die Kontrolle über sich verloren, dass er Anya nicht einmal auf diese Weise geschützt hatte.

Es war nicht schwierig, gleich einen Kampf zu bekommen, und er wollte einen nach dem anderen durchstehen, bis er geschlagen war. Ice und Storm hinderten ihn nicht daran. Sie bewahrten seine Kutte für ihn auf, als er in den Ring trat.

Der süße Schmerz, als Fäuste auf sein Fleisch einschlugen, schoss durch seinen Körper und klärte seinen Kopf. Jetzt ging es nur noch ums Überleben. Seine Brüder zerrten ihn von jedem gefallenen Kämpfer, ein ums andere Mal. Er hörte die Rufe, das Brüllen nicht. Er hörte nichts. Er spürte auch nichts mehr. Weder die Fäuste, die ihn trafen, noch den Schmerz, der durch seinen Körper schoss. Er reagierte nicht, er kontrollierte das Geschehen, wie er alles kontrollierte. Wie es ihm beigebracht worden war.

Ice zog ihn von dem fünften Mann weg und schob ihn Richtung Storm. »Wir hauen ab«, informierte er Centerfield. »Gib Storm den Gewinn.«

»Ich bin noch nicht fertig«, protestierte Reaper.

»Halt's Maul«, knurrte Ice. »Du bist fertig.« Er schob Reaper vom Ring weg Richtung Ausgang.

Reaper fügte sich, weil Ice sein Bruder war und weil Ice nur sehr selten so mit ihm sprach. Als Centerfield ihn fragte, wann er denn wieder mal vorbeikäme, sagte er nichts. Er ließ sich von Ice die Wunden säubern. Sein Körper hatte in seinem Leben schon viel mehr Schläge eingesteckt, als diese Kämpfer ihm je hätten zufügen können. Es war ein Leichtes gewesen, sie k.o. zu schlagen. Das Schwere daran war gewesen, sie nicht zu töten; seine Schläge so zu kontrollieren, dass er ihnen nicht das Gehirn zu Brei schlug, und sie nicht dafür zu bestrafen, dass sie ihn nicht so schlugen, wie er es gebraucht hätte.

»Du schaust scheußlich aus. Ich habe dem Zar gesimst, dass wir in drei Stunden bei ihm sind und er dafür sorgen soll, dass die Kids weg sind oder schon im Bett liegen.«

Reaper nickte stumm. Was sollte er schon sagen? Dass es ihm am liebsten gewesen wäre, wenn ihn seine Gegner getötet hätten, damit Anya in Sicherheit war? Es lief alles darauf hinaus.

Auch die drei Stunden auf dem Motorrad zurück halfen nicht, das Chaos in seinem Kopf zu beseitigen. Eine Minute war er entschlossen, Anya nie wiederzusehen; sie wegzuschicken, damit sie sicher war. Und dann dachte er daran, dass er dann nie mehr ihr Lachen hören würde, nie mehr zusehen würde, wie sich ihr Gesicht aufhellte, sie nie mehr berühren würde. Und dass er dann nie mehr das haben würde, was er zum ersten Mal in seinem Leben gehabt hatte; und diese Vorstellung war ihm unerträglich. Die Lust, von der er gar nicht gewusst hatte, dass es sie gab. Die absolute Gewissheit, dass sein Körper die Wahl getroffen hatte. Dass er Anya gewählt hatte.

Der Zar stand an der Einfahrt und wartete auf sie. Er rauchte eine Zigarette, was bei ihm nur sehr selten vorkam. Schon allein dies sagte Reaper, dass der Zar nicht glücklich war, dass er wieder zu Centerfield gefahren und an den Kämpfen teilgenommen hatte. Reaper trat zu ihm. Er stand einfach nur da und wusste nicht, was er sagen sollte. Ice und Storm hatten sich zurückgezogen, damit sich die beiden ungestört unterhalten konnten, doch Savage war da und begutachtete den Schaden ebenso wie der Zar. Reaper hatte ein blaues Auge, sein Kinn schmerzte und war bestimmt geschwollen. Es gab nicht viele Stellen an seinem Körper, die nichts abbekommen hatten. Die Knöchel hatten seine Brüder mit einer Eispackung versorgt, bevor sie losgefahren waren, doch sie sahen immer noch verheerend aus.

»Du musst für mich dafür sorgen, dass Anya nichts passiert«, befahl er Savage. »Ich habe zwei Prospects auf sie angesetzt. Trotzdem musst du dich vergewissern, dass es ihr gut geht.«

Savage nickte und legte ihm kurz die Hand auf die Schulter, bevor er ihn mit dem Zar allein ließ. Der Zar hatte ihm schon geholfen, als Reaper als Vierjähriger zu ihm in die Dunkelheit geworfen worden war – verprügelt, unterernährt, von kranken Perversen missbraucht. Der Zar hatte ihm in all dem Wahnsinn Hoffnung verliehen und dafür gekämpft, dass noch ein Rest Menschlichkeit in ihm verblieben war.

»Erzähl mal.«

Reaper wünschte, er könnte wieder auf etwas einschlagen. Es zertrümmern. Seinen Körper an den Felsen zerschmettern lassen, wie es die Wellen taten. »Ich hatte überhaupt keine Kontrolle mehr. Mein Hirn hat sich einfach ausgeschaltet. Ich habe nicht daran gedacht, sie zu schützen, egal, in welcher Hinsicht. Schon als ich sie in der Bar beobachtet habe, wusste ich, dass sie mich um den Verstand bringen könnte, aber ich dachte nicht, dass das je passieren würde.« Wieder musste er an ihren herrlichen Körper denken.

»Was ist passiert?«

Reaper begann, auf und ab zu laufen. Abermals tauchte ihr Bild vor ihm auf. »Wenn sie in meiner Nähe ist, kann ich mich nicht zurückhalten. Ich dachte, dass ich total diszipliniert wäre, aber bei ihr habe ich keinerlei Selbstkontrolle. Null. Nada. Ich hätte ihr wehtun können. Ich hätte sie töten können. Sie könnte in diesem Moment mit aufgeschlitzter Kehle auf dem Bett liegen.«

Er zählte seine Herzschläge, während er auf das Urteil seines Gegenübers wartete. Darauf wartete, dass sein Bruder ihm sagte, er sei ein Psychopath und dass jetzt die Zeit gekommen sei, dass er sich eine Kugel in den Kopf jagte. Als der Zar nichts sagte, wirbelte er herum und starrte ihn böse an.

»Verflucht noch mal, Zar, du weißt, was ich getan habe. Du weißt, dass ich Helena getötet habe. Ich hab ihr die Kehle durchgeschnitten, als sie mir einen geblasen hat.« Er suchte nach etwas, auf das er eindreschen konnte. Als er nichts fand, kniete er sich hin und trieb seine Faust in die Erde.

»Helena war eine kranke, perverse Frau, der es Spaß machte, Kinder zu quälen.«

»Darum geht es nicht, und das weißt du ganz genau.« Reaper ließ seinen schmerzenden Kopf auf die Hände sinken. »Ich sage meinem Körper, was er tun soll, und das tut er dann auch. Ich kontrolliere alles. Es ist gefährlich für alle, wenn ich diese Kontrolle verliere. Heute Abend habe ich es zugelassen, dass Ice und Storm mich von diesen Weicheiern wegzogen. Ich hätte sie töten können, aber ich habe meine Schläge kontrolliert. Ich habe die Kontrolle behalten.«

»Anya lebt.«

Reaper nickte. »Aber das hat sie nicht mir zu verdanken. Ich habe sie geküsst, und plötzlich ist etwas in mir …« Er schüttelte den Kopf und schlug mit der Faust auf sein Bein, in dem Versuch, seine Gedanken zu ordnen. Wie sollte er etwas erklären, was er selbst nicht verstand?

»Ich bin verrückt geworden. Ich habe Dinge gefühlt, die ich noch nie gefühlt habe. Sie hat etwas in mir geöffnet, und ich war völlig verrückt nach ihr. Ich musste sie unbedingt haben. Am liebsten hätte ich sie direkt hier an deiner Hausmauer genommen. Seit ich zum ersten Mal ihr Lachen gehört habe, konnte ich meinen Schwanz nicht mehr kontrollieren. Ich habe sie lächeln sehen, ich habe gesehen, wie sie einem Obdachlosen ihre Decke geschenkt hat. Danach konnte ich nicht mehr aufhören, an sie zu denken. Und wenn ich an sie dachte, dann wurde mein verdammter Schwanz hart wie Stahl. Wenn ich sie sah, war es genauso. Ich habe gewichst mit ihrem Bild vor Augen. Das hat mir keine Erleichterung verschafft. In der

Dusche habe ich dasselbe getan – hat aber auch nicht geholfen. Ich bin die ganze verdammte Zeit mit einem Riesenständer herumgelaufen.«

Der Zar setzte sich ihm gegenüber auf die Wiese. »Das hast du ganz gut beschrieben, Reaper. So etwas passiert, wenn man die richtige Frau trifft.«

»So etwas passiert mir nicht. Das ist viel zu gefährlich. Ich bin so, wie ich bin. Sie haben einen Killer aus mir gemacht. Natürlich kämpfe ich dagegen an und kontrolliere es, aber in erster Linie bin ich immer noch ein Killer.«

»Das sind wir alle. Dazu haben sie uns gemacht, aber wir entfernen uns nun von diesem Leben.«

»Nein, du entfernst dich davon. Ich stecke immer noch mitten drin, und das weißt du ganz genau. Ich werde da nie rauskommen. Und Anya würde einen verdammten Killer in ihrem Bett haben – falls sie das nächste Mal, wenn ich sie zu fassen bekomme, überlebt. Du musst sie beschützen. Du musst sie von hier wegbringen, sie in Sicherheit bringen, an einen Ort, an dem ich sie nicht finden kann. Denn das eine schwöre ich dir: Ich würde nach ihr suchen. Ich bin süchtig nach ihr. Früher oder später würde ich nach ihr suchen. Entweder das, oder ich würde mir eine Kugel in den Kopf jagen.«

Er wollte so vieles sagen – Dinge über sich, denen er sich einfach nicht stellen konnte, Dinge, derer er sich schämte und von denen er nicht wollte, dass sie der einzige Mensch, zu dem er aufblickte, wusste. Er schämte sich in Grund und Boden. Er wusste nur eines: solange er lebte, war Anya nicht sicher.

»Immer mit der Ruhe, Reaper. Eins nach dem anderen. Anya ist sicher. Sie lebt. Die Jungs passen auf sie auf, solange du dich darum bemühst, einen klaren Kopf zu bekommen. Du hattest Sex mit ihr, und sie lebt noch.«

Sex? Reaper war sich nicht sicher, ob er das so nennen würde. Er hatte Sex mit Zielpersonen gehabt. Er hatte sie studiert, sie

›zufällig‹ getroffen, sie verführt und getötet. Er war ein Agent für Sorbacov und seine Regierung gewesen. Manchmal waren die Frauen Killer gewesen, die nicht auf normale Weise beseitigt werden konnten. Manchmal waren es Frauen gewesen, die es auf Regierungsbeamte oder hochrangige Wissenschaftler abgesehen hatten. Immer hatte es einen triftigen Grund für die Zielscheibe auf ihrem Rücken gegeben, auch wenn das nicht den Tötungsmodus erforderlich gemacht hätte, den Sorbacov angeordnet hatte. Das hatte einzig und allein seinem eigenen Vergnügen gedient. Er hatte es geliebt zuzuschauen. Es hatte ihn erregt. Er war ein kranker Mann gewesen. Der Zar wusste, dass Reaper gezwungen worden war, jede Frau, die Sorbacov tot sehen wollte, zu töten. Aber er wusste nicht, wie pervers diese Morde gewesen waren.

Bei Anya war Reaper er selbst gewesen. Es hatte nichts mit seiner Ausbildung zu tun gehabt und auch nichts mit einem verkommenen Typen wie Sorbacov. Es waren ganz einfach nur Reaper und Anya gewesen. Also hatte er eigentlich keinen Sex mit ihr gehabt. Er wusste nur nicht, wie er es sonst nennen sollte.

»Es ist ganz natürlich, dass man die Frau begehrt, in die man sich verliebt hat, Reaper. Himmel noch mal, ich kann nicht an Blythe denken, ohne sie zu begehren. Mit vier Kindern im Haus ziehe ich sie immer noch in irgendeine dunkle Ecke, ins Bad oder in einen Schrank. Oder wir schleichen uns raus aufs Dach. Ich kann nicht aufhören, und das will ich auch gar nicht. So soll es sein. Das, was sie mit uns angestellt haben und was sie uns beigebracht haben, ist widernatürlich. Wenn du deine Frau begehrst, Reaper, dann ist das etwas ganz Natürliches und insofern gut.«

Reaper schüttelte den Kopf. Verzweiflung machte sich in ihm breit. Seine Brust schmerzte. Sein Magen war so verkrampft, dass er nicht wusste, ob er aufstehen konnte, selbst wenn seine Beine ihn getragen hätten. Er konnte dem Zar nicht die ganze Wahrheit sagen, ohne dessen Respekt zu verlieren.

»War es denn nicht gut?«

Sein Kopf schnellte hoch. »Gut? Scheiße, Mann! Ich hab so was noch nie gefühlt. Niemals. Eben deshalb ist sie ja nicht sicher vor mir. Ich würde die Frau finden, egal, wo sie sich versteckt, und deshalb musst du sie beschützen. Der Club muss sie beschützen.«

»Hast du denn auch nur einen kurzen Moment daran gedacht, sie zu töten? Nur einmal? Vorher, währenddessen oder danach?«

»Hörst du mir nicht zu?«, zischte Reaper. Am liebsten hätte er seinem Bruder die Faust ins Gesicht geschlagen, auch wenn er wusste, dass er sich eigentlich selbst schlagen wollte. »Ich habe an gar nichts gedacht! Nicht ans Töten, nicht ans Beschützen. Ich hab nicht mal einen verdammten Gummi benutzt. Ich wollte nur noch in sie rein. Wollte dort leben. Denken gab's nicht, Bruder. Noch nie in meinem Leben habe ich so etwas gefühlt.«

»Du hörst *mir* nicht zu, Reaper. Du bist dir so sicher, dass etwas Schreckliches passieren wird, dass du dir gar nicht anschauen willst, was passiert ist. Du hast auf natürliche Weise Sex mit einer Frau deiner Wahl gehabt. Du hast nicht daran gedacht, sie zu töten. Du hast keine Verführung vorgetäuscht. Ihr zwei habt es krachen lassen. Du hast kein Messer rausgezogen und ihr die Kehle aufgeschlitzt. Du hast ihr keine Waffe an den Kopf gedrückt. Du hast sie nicht gewürgt. Ihr habt einen wilden Ritt hingelegt, und ihr habt es beide überlebt.«

Reaper atmete tief durch. Die Luft war salzig. Langsam spürte er seine Verletzungen von den Kämpfen. Sein Körper wurde steif. Er schmerzte, aber es war ein guter Schmerz, einer, der ihm vertraut war. Das Dröhnen in seinen Ohren hatte so weit nachgelassen, dass er dem Zar zuhören konnte. Es half, dass er schon von klein auf auf ihn gehört hatte.

Der Zar war sehr direkt. Er beschönigte nichts. Wenn er geglaubt hätte, dass Reaper anderen gefährlich werden könnte, hätte er höchstwahrscheinlich selbst den Abzug gedrückt. Natürlich kannte er nicht die ganze Geschichte, und Reaper konnte sich nicht durchringen, sie ihm zu erzählen. Sie hatten gemeinsam viel Beschämendes durchgemacht, aber manche Dinge waren so schrecklich, dass er sie einfach nicht mit anderen teilen konnte, selbst mit dem Zar nicht.

Er streckte die Finger aus. Seine Knöchel protestierten. Der Schmerz erdete ihn. Schmerzen konnte er ertragen, und er konnte sie austeilen. Das war etwas, was er verstand. Das wilde, unkontrollierbare Feuer, das er mit Anya geteilt hatte, war etwas Neues für ihn gewesen. Etwas, was ihm Furcht einflößte. Er glaubte, dass er Sex verstand. Immerhin war er sehr erfahren darin. Das waren sie alle. Ihnen war jede noch so abartige sexuelle Spielart beigebracht worden; sie waren gezwungen worden zu lernen, gut darin zu sein und so diszipliniert, dass sie, falls nötig, der Lust widerstehen konnten. Nie war ihnen beigebracht worden, wie es sein würde, wenn der Körper auf natürliche Weise reagierte.

»Und was jetzt?«

»Jetzt erforschst du die Beziehung mit ihr, Reaper. Das habe auch ich tun müssen, und das werden alle Brüder tun müssen, wenn die Zeit gekommen ist.«

Beziehung? Wovon zum Teufel redete der Zar? Reaper dachte nur daran, wieder in diese Frau einzudringen, ohne sie zu verletzen. Er dachte nicht an eine Beziehung. Was bedeutete dieses Wort überhaupt? Nein, er wollte es beim Sex belassen, zu mehr war er nicht fähig. Er war so kaputt, dass ihn keiner reparieren konnte, und eine Frau blieb nicht bei so einem

Mann. Das schaffte keine Frau geschweige denn eine wie Anya.

»Und was ist, wenn …« Er brachte es nicht über sich zu sagen, ›wenn ich sie töte‹, weil der Gedanke so schrecklich war, dass er es nicht wagte, ihn noch einmal laut zu äußern. »Ich bin kein guter Mann.«

»Das bin ich auch nicht, und trotzdem habe ich Blythe, und sie ist eine gute Frau. Ich schätze mich glücklich.«

Blythe war wundervoll, aber das wollte Reaper jetzt nicht laut sagen. »Ich brauche jetzt erst mal ein heißes Bad, bevor ich so steif bin, dass ich nicht mehr Motorrad fahren kann. Im Moment werde ich dir nicht viel nützen, wenn Code uns die Informationen über die Ghosts gibt.«

»Na, dann mal los. Ich habe eine Frau, die auf mich wartet.« Der Zar stand auf und hielt Reaper die Hand hin, um ihm beim Aufstehen zu helfen. »Geh es langsam an und schau, wo es dich hinführt.«

Reaper nickte. Er konnte nichts versprechen, er musste erst mal nachdenken.

## 7. Kapitel

Anya hörte die Harley lange, bevor sie bei ihr ankam. Sie hatte sich zwischen ein paar Felsen in ihren Schlafsack gekuschelt. Dank Leslee hatte sie auch eine Isomatte, doch trotzdem war ihr kalt. Sie richtete sich auf, und ihr Herzschlag fing an zu galoppieren. Das Geräusch von Reapers Maschine würde sie immer und überall erkennen.

Sie wusste nicht, wie sie ihre Gefühle deuten sollte. Sobald sie das Motorrad hörte und vermutete, dass er sie holen wollte, spielte ihr tückischer Körper verrückt. Dass Reaper sie wie eine Hure behandelt und dann wortlos verlassen hatte, war ihrem Körper offenbar völlig egal. Sie erinnerte sich noch immer an jede einzelne Berührung seines Mundes, seiner Hände und seines Schwanzes. Darüber hinaus hatten sich seine Küsse so angefühlt, als würde er einen Besitzanspruch auf sie erheben. Ihr damit sagen wollen, dass sie ihm etwas bedeutete. Doch das war ja wohl nicht der Fall.

Anya hatte diese Küsse wieder und wieder durchgespielt. Genauso wie die Tatsache, dass er sie wortlos verlassen hatte. Sie sagte sich immer wieder, dass sie ja erwachsen war und genau gewusst hatte, worauf sie sich einließ. Sie dachte, dass sie damit zurechtkommen würde und ihm am folgenden Abend, wenn sie wieder in der Bar arbeitete, gelassen gegenübertreten könnte. Hinter der Bar war sie professionell. Vielleicht schaffte sie es sogar, ihn teilnahmslos dabei zu beobachten, wie er eine andere Frau anbaggerte. Vielleicht. Entweder sie schaffte es, oder sie ging – was er ja gewollt hatte.

Nun griff sie nach ihrem BH. Sie hatte sich in seinem Flanellhemd zum Schlafen gelegt. Verdammt. Wenn er das sah, dachte er womöglich, dass sie versuchte, sich an ihn zu klammern.

Er fuhr auf direktem Weg, wie von einem Peilsender gelenkt, zu ihrem kleinen Nest. Woher wusste er, wo sie war? Das Gelände der Egg Taking Station war riesig, und es gab zahlreiche Plätze, an denen man kampieren konnte. Außerdem war es stockfinster. Es gab hier kein Licht außer dem Mond, doch der hatte sich hinter Wolken versteckt. Hinter dunklen Wolken. Kein gutes Omen.

Sie schälte sich aus dem Schlafsack, setzte sich auf einen Stein, zog ihre Schuhe an und sah ihm dabei zu, wie er sein Bike parkte. Er stieg nicht ab und stellte den Motor auch nicht aus. Er saß einfach nur darauf und wartete. Sie steckte den Rest ihrer Kleider in den Schlafsack und rollte ihn eng auf.

»Woher hast du gewusst, wo ich bin?«

Er gab ihr keine Antwort, langte nur hinter sich und zog eine Jacke aus einem Gepäckfach. Sie steckte den Schlafsack in den Stauraum, zog die Jacke an und setzte den Helm auf, den er ihr reichte. Schließlich kletterte sie auf den Rücksitz und schlang die Arme um ihn. Als sie spürte, wie er zusammenzuckte, löste sie ihren Griff und klammerte sich mit den Fingern seitlich an seine Jacke.

Wie üblich packte er ihre Hände und legte sie um seine Taille. Sie wusste nicht, warum sie das zuließ oder warum sie überhaupt wortlos auf sein Bike gestiegen war. Als der Pick-up, der in der Nähe ihres Schlafplatzes geparkt hatte, ihnen folgte, wurde ihr klar, woher er gewusst hatte, wo sie steckte: Er hatte jemanden beauftragt, sie zu beschatten.

Anya presste das Gesicht an seinen Rücken. Sie wusste

nicht, ob sie sich darüber freuen oder ärgern sollte. Natürlich hätte sie allen Grund gehabt, sich zu ärgern. Es fühlte sich einfach ungut an zu wissen, dass jemand ihr nachspioniert hatte. Andererseits hätte sie sich auch freuen können, dass ihm so viel an ihr lag, dass er jemanden beauftragt hatte, auf sie aufzupassen. Hieß das, dass er einen guten Grund gehabt hatte, sie wortlos zu verlassen? Vermutlich nicht. Zu sagen: »Tschüss und bis später« wäre wahrhaftig nicht schwer gewesen. Nein, Reaper machte nur seinen Job, er kümmerte sich um die Leute, die für den Club arbeiteten. Abgesehen davon war er ein Mistkerl, der eine Frau vögelte und dann wortlos verschwand.

Sie fuhren direkt zum Clubanwesen. Der Truck parkte etwas entfernt von ihnen. Zwei Männer stiegen aus, und in dem Licht, das aus dem Wagen fiel, erkannte sie die zwei Prospects, die am Morgen im Gemeinschaftsraum gesessen hatten. War es wirklich erst an diesem Morgen gewesen?

Reaper wirkte etwas steif, als er vom Bike abstieg. Als ob er Schmerzen hätte. Sie verzog das Gesicht. »Alles in Ordnung? Hattest du einen Unfall?«

Er deutete auf das Haus und zog seine Handschuhe aus. »Rein.«

Sie überlegte, ob sie ihm den Helm auf den Kopf dreschen sollte, doch dann legte sie ihn auf dem Bike ab. Mit hoch erhobenem Kopf lief sie vor ihm her und kam sich vor wie ein aufsässiges junges Mädchen, dessen Vater sie aus einer wilden Party herausgeholt hatte. Dass mehrere Clubmitglieder in der Bar saßen und sie anstarrten, als sie hereinkam, machte die Sache nicht besser. Einige lächelten, Preacher begrüßte sie. Sie nickte ihm zu, doch Reaper legte eine Hand auf ihr Kreuz, und zwar auf ihre nackte Haut unter der Jacke und unter dem Flanellhemd, und schob sie in den Flur.

Seine Hand fühlte sich so heiß an, dass es ihr vorkam, als würde sie sich einen Weg durch ihre Haut bis auf die Knochen brennen. Es fühlte sich an, als hätte er ein uraltes Recht, seine nackte Hand auf ihre nackte Haut zu legen. Es erschütterte sie, wie allein diese Berührung Hitzewellen durch ihren ganzen Körper schickte. Sie versuchte, nicht zu intensiv darüber nachzudenken, was da eigentlich zwischen ihnen ablief.

Sie begehrte ihn. Das war ihr völlig klar. Sie wusste nur nicht, ob ihr Herz das verkraften konnte. Er lenkte sie zu dem Zimmer, in dem sie geschlafen hatte, und griff um sie herum, um die Tür zu öffnen. Sie drehte sich um und sah ihn an. Sie konnte es sich einfach nicht leisten, dass seine Hand ein Loch in ihren Rücken brannte, bis hin zu ihrem Herzen, und dass ihr Herz nun ebenfalls zu schmelzen begann.

Als er das Licht anmachte, erschrak sie zutiefst. »Reaper! Oh mein Gott. Was ist passiert? Hattest du einen Unfall?«

»Nein. Einen Kampf. Ein paar Kämpfe.« Sein Blick fixierte sie. »Was zum Teufel hast du wieder dort draußen gemacht? Bist du etwa lebensmüde?«

Sie wich zurück, bis ihre Kniekehlen an die Bettkante stießen. »Du hast nicht mehr mit mir geredet, und deshalb dachte ich, dass wir miteinander fertig sind. Ich kann ja wohl schlecht hier wohnen, nur weil wir ...« Sie fuchtelte in der Luft herum, weil sie nicht wusste, was zwischen ihnen gelaufen war. Wilder Sex? Der beste Sex aller Zeiten? Wie nannten das die Bikerbienen? Sie hatten gevögelt, und danach war es vorbei gewesen. Das hatte er ihr sehr deutlich zu verstehen gegeben.

»Ich hab dir doch gesagt, dass ich dir sage, wann wir fertig sind. Hast du mir nicht zugehört?«

Sie blieb stumm, denn sie wusste nicht, was sie mit dieser Aussage anfangen sollte.

»Hast du heute Abend was gegessen?«

»Haben deine Kumpel dir denn nicht alles berichtet?«

»Babe, ich hab einen langen anstrengenden Tag hinter mir. Hast du Hunger?«

Sie schüttelte den Kopf.

»Gut, zieh dich aus.«

»Wie bitte?«

»Zieh deine Klamotten aus.«

»Einfach so? Ich bin mir nicht sicher, ob du dazu in der Lage bist, und wenn wir nicht noch ein bisschen reden, weiß ich nicht, ob es für mich passt.«

»Ich kann dich nicht küssen, weil meine Lippen aufgeplatzt sind. Ich kann kaum denken, weil mir alles wehtut. Du solltest nicht so verdammt schön sein, wenn du nicht willst, dass ich hart wie Stahl werde, sobald ich dich anschaue.«

Sie schnürte ihre Schuhe auf und beäugte ihn von unten. Er stand an der Tür und sah verheerend aus mit seinen Beulen und Verletzungen, aber die Umrisse seines prallen Schwanzes zeichneten sich deutlich unter seiner Jeans ab. Selbst übel zugerichtet sah er gut aus. Allerdings machte er keine Anstalten, sich auszuziehen.

Nachdem sie sich Schuhe und Socken ausgezogen hatte, schälte sie sich aus seinem Hemd. Ihr neuer BH war nicht so hübsch wie der mit den Spitzen, den er zerrissen hatte, oder der schwarze, den sie unter dem T-Shirt getragen hatte, das nun auf dem Nachtkästchen lag, aber sie hatte sich keinen schöneren leisten können. Da sie nicht riskieren wollte, dass er auch diesen BH zerriss, zog sie ihn ebenfalls aus.

Sie hatte ausladende Brüste, das war kaum zu übersehen. Genau wie ihre Hüften. Nachdem sie den BH auf sein Flanellhemd gelegt hatte, drehte sie sich zögernd zu ihm um.

»Mach weiter.« Er hatte seine Jeans geöffnet und die Hand um seinen Schwanz gelegt. Ihr stockte der Atem. Er sah wahnsinnig sexy aus, wie er so in seiner Motorradkluft dastand und langsam seinen Schwanz streichelte.

»Verflucht, du bist so verdammt schön, dass es wehtut.« Er klang, als ob das sein Ernst wäre; so, als ob er sie voller Ehrfurcht betrachtete. Eine frische Welle heißer Flüssigkeit sickerte in ihren Slip. Sie streifte Jeans und Slip ab. Nun war sie völlig nackt, doch er war immer noch vollständig bekleidet. Nur sein riesiger Schwanz ragte aus seiner Rüstung. Sie fühlte sich sehr verletzlich.

Sie rechnete damit, dass er sie auffordern würde, ihm einen zu blasen, doch das tat er nicht. Er deutete aufs Bett. »Beug dich übers Bett.«

Sie konnte es nicht fassen, dass ihr Herz wie wild zu pochen begann und ihr Körper wieder zu schmelzen anfing. Er hatte sie noch nicht einmal geküsst und sie auch nicht berührt. Trotzdem begehrte sie ihn rasend. Was war nur los mit ihr?

»Bist du dir sicher, dass du es nicht im Liegen machen willst? Ich könnte auf dir reiten«, bot sie ihm an.

»Mein Körper tut zu weh. Geh rüber zum Bett. Ich sag es dir nicht noch mal.«

Sie bedachte ihn mit einem schrägen Blick, tat jedoch, wie er befohlen hatte, auch wenn sie sich damit Zeit ließ. Er packte sie am Nacken und presste ihr Gesicht auf die Matratze. Eine Hand glitt zwischen ihre Beine. »Verflucht, Anya, du bist ja schon bereit für mich.«

Er schob ihre Beine mit einem Stiefel auseinander. Ein Finger drang in sie ein. »Ich kann dich heute nicht schlecken. Hätte zwar große Lust darauf, aber mein Mund ist verwüstet.«

Es war ihr egal, obwohl sein Mund ihr multiple Orgasmen geschenkt hatte. Das Einzige, was sie jetzt wollte, war, ihn in sich zu spüren. Tief in ihr. Sie bäumte sich ihm entgegen. »Beeil dich.«

»Du bildest dir immer ein, dass du mir sagen kannst, was ich zu tun habe. Vergiss es!«

Er beugte sich über sie, sein Mund presste sich auf ihren Nacken. Er flüsterte irgendetwas, dann spürte sie seine Zähne, die an ihr knabberten und weitere Wellen flüssiger Hitze durch ihren Körper schickten. Ihr Herz begann zu stolpern.

Er küsste sich einen Weg über ihre Wirbelsäule nach unten, seine Zähne waren sanft, seine Zunge schnellte immer wieder vor und schickte kleine Stromstöße direkt in ihre Klitoris. Wie war das möglich? Eine Hand fuhr langsam über ihren Rücken und ihr Hinterteil, als wollte er sich ihre Formen genau einprägen.

»Ich liebe deine Haut, Anya. Ich liebe es, wie sie sich anfühlt.«

Abrupt richtete er sich auf und drang in sie ein. Ohne Vorwarnung bahnte er sich seinen Weg durch ihre engen Muskeln und begrub seinen Schwanz tief in ihr. Ihr war, als würde ein Blitz sie durchfahren. Seine Finger gruben sich in ihre Hüften, und jedes Mal, wenn er tief in sie eindrang, zog er sie näher zu sich heran. Wieder und immer wieder. Flammen stiegen in ihr auf. Sie kam viel zu schnell. Der Orgasmus überwältigte sie, bevor sie Zeit hatte, Luft zu holen. Sie schrie laut auf, auch wenn sie versuchte, leise zu sein, weil sie wusste, dass sie in dem großen Haus nicht alleine waren.

Er hielt nicht inne und gab ihr auch keine Gelegenheit, sich zu erholen. Er stieß weiter und weiter in sie und brachte sie zu einem weiteren Höhepunkt. Beim zweiten oder dritten Mal hätte sie nicht mehr sagen können, ob es ein einziger permanenter Orgasmus war, doch sie war völlig atemlos und brachte nur noch ein flehendes Stöhnen zustande. Worum sie flehte, wusste sie nicht. All das Feuer, das in ihr und über sie hinweg brannte, war einfach zu viel. Sie konnte nicht mehr denken, nur noch fühlen. Und sie fühlte, dass sich etwas völlig Unkontrollierbares in ihr aufbaute, weshalb sie versuchte, sich seinem Griff zu entwinden, weil sie befürchtete, verrückt zu werden.

Er packte sie fester. »Lass los. Lass für mich los.«

Sie hätte alles getan, worum er sie bat. Also gab sie sich ihm völlig hin. Die Woge der Lust brach über ihr zusammen, riss sie mit sich, riss ihn mit. Er stöhnte laut auf. Irgendwie klang dieser animalische Laut wie ihr Namen. Dann brach er auf ihr zusammen, und sie spürte seinen Puls in seinem Schwanz, der noch in ihr steckte.

Sie schloss die Augen und presste die Stirn auf die Matratze. Abermals hatten sie kein Kondom benutzt. Mist! Was hatte dieser Mann an sich, dass sie alles um sich herum vergaß? Sie nahm sich fest vor, sich ab sofort selbst um Verhütung zu kümmern.

Er glitt aus ihr heraus, und sie hörte, wie er den Reißverschluss zuzog. Sie drehte sich um. »Du schläfst hier«, befahl er. »Morgen zeig ich dir das Haus.«

Sie zwang sich, ihn nicht zu fragen, ob er denn nicht hier bei ihr schlafen wollte. Offenkundig hatte er das nicht vor, denn er stand schon wieder an der Tür und beobachtete sie. In seinem Blick lag etwas, was sie nicht deuten konnte, doch es beunruhigte sie. Dieser Mann war zu kompliziert für sie. Zu beängstigend. Zu sexy. Von allem zu viel.

»Ich muss wissen, wie teuer es wird, mein Auto zu richten.« Dagegen konnte er ja wohl nichts haben.

»Du bleibst hier, das hab ich dir doch schon gesagt. Du hast dich auf mich eingelassen. Ich habe dir die Chance gegeben wegzugehen, und du hast sie ausgeschlagen. Jetzt bleibst du hier, bis es zu Ende ist.«

Seufzend richtete sie sich auf. Sie fühlte sich schrecklich verletzlich und ausgeliefert. Sein Sperma rann über ihre Oberschenkel. »Ich verstehe dich nicht.«

»Was gibt es da zu verstehen? Ich mag es nicht, wenn du dich in Gefahr begibst und auf diesem Zeltplatz übernachtest. Du bist wehrlos. Du bist eine alleinstehende Frau. Das fordert Ärger heraus.«

Leslee hatte etwas ganz Ähnliches gesagt, doch aus ihrem Mund hatte die Warnung sehr viel freundlicher geklungen. »Ich habe noch nicht genug Geld für eine Wohnung gespart.«

»Ich habe mich klar genug ausgedrückt.«

»Wenn du dich deutlich ausgedrückt hättest, Reaper, dann wäre ich nicht gegangen. Ich will jetzt nicht auf den Zeltplatz zurück, aber ich brauche trotzdem mein Auto. Ich nehme zur Zeit keine Pille. Ich muss sie mir besorgen, und dann dauert es einen Monat, bis wir sicher sind. Kondome wären auch nicht schlecht. Vielleicht solltest du dir welche zulegen. Du ziehst dich nie aus, also stopf dir die Dinger in die Taschen, dann sind wir auf der sicheren Seite.«

»Dein Auto ist eine Scheißkarre, Anya. Die hält nur noch mit Klebeband zusammen. Für diesen Schrotthaufen gibt es keine Hoffnung.«

Über diese passende Beschreibung unwillkürlich grinsend langte sie nach seinem Flanellhemd.

Seine blauen Augen brannten sich in sie ein. »Ich mag es nicht, wenn du bedeckt bist.«

»Du bist auch bedeckt.«

»Aber ich bin nicht halb so schön wie du.«

Solche Worte aus seinem Mund? Das klang komplett untypisch für ihn. »Da muss ich dir widersprechen. Ich finde deinen Körper wunderschön.« Er war zwar mit Narben und Tätowierungen übersät, doch sie war hin und weg von ihm.

»Im Moment kann man das echt nicht behaupten. Musst du aufs Klo?«

Sie nickte. Er drückte sich an die Tür und legte eine Hand auf den Türknauf, als ob er vor ihr davonrennen wollte. Seine Knöchel waren aufgeschrammt und geschwollen. Ein Auge war fast komplett zugeschwollen. Sie stand auf und sah sich nach ihrem Slip um. Er öffnete die Tür. »Was machst du da?«

»Ich kann doch nicht nackt aufs Klo.«

»Warum nicht?« Er klang verwirrt.

»Es könnte mich jemand sehen, wie ich da halb nackt herumlaufe.«

Er zuckte die Schultern. »So was haben wir alle schon gesehen. Hier laufen alle nackt rum. Keiner denkt sich was dabei.«

Sie warf einen Blick auf den Flur. Sein Hemd reichte bis über ihren Po, das musste reichen. Sie hielt es sich an der Vorderseite zu. »Macht es dir wirklich nichts aus?«

»Nein.«

»Warum nicht?«

»Wir sind so aufgewachsen. Ich mag keine Schlösser. Ich mag auch keine Wände. Du bist meine Frau, also werden sie dich respektieren. Und sie werden dich auch beschützen.« Er lief weiter. »Macht es dir was aus?«

Tat es das? Eigentlich sollte es ihr etwas ausmachen. Irgendwie bedeutete es doch, dass er sie nicht achtete, wenn es ihn nicht störte, dass andere Männer ihren nackten Körper sahen. Allerdings hätte sie sich beinahe von ihm in aller Öffentlichkeit, lediglich durch ein paar Büsche geschützt, vögeln lassen, wenn nicht ein Kind in der Nähe gewesen wäre. Was hatte das zu bedeuten? Hatte es sie gestört, dass sie Ice nackt gesehen hatte? Eigentlich nicht. Er hatte sie nicht lüstern beäugt, er hatte keine obszönen Gesten gemacht, sein nackter Körper hatte nichts Sexuelles ausgestrahlt.

»Ich weiß es nicht«, erwiderte sie aufrichtig. Dann blieb sie plötzlich stehen, und ihr Herz begann heftig zu pochen. »Teilt ihr euch die Frauen?«

Auch er blieb stehen und betrachtete ihre aufgewühlte Miene. Er war so nah, dass sie die Hitze seines Körpers spürte. »Jeder Mann, der dich berührt, selbst wenn es einer meiner Brüder ist – vor allem einer meiner Brüder, die wissen, was ich dir gegenüber empfinde –, muss damit rechnen, dass ich ihn umbringe.« Er streichelte ihr übers Gesicht, dann trat er zur Seite, damit sie alleine aufs Klo gehen konnte.

Anya schloss die Tür und lehnte sich dagegen. Oh Gott. Er war wundervoll und schrecklich zugleich. Die Clubmitglieder waren zusammen aufgewachsen? Dazu erzogen worden, Sex vor anderen zu haben? Völlig cool damit umzugehen? Und gleichzeitig behauptete er, dass er jeden umbringen würde, der es wagte, sie zu berühren?

Was hatte das alles zu bedeuten? Dieser Mann war ihr ein Rätsel, ja, er trieb sie in den Wahnsinn. Doch jetzt brauchte sie erst mal eine kleine Pause. Sie nahm sich Zeit beim Zähneputzen und Waschen. Erst spritzte sie sich genüsslich heißes Wasser ins Gesicht, dann wusch sie sich zwischen den Beinen und zuckte ein bisschen zusammen. Wenn er nicht draußen gewartet hätte, hätte sie jetzt ein Bad genommen. Aber wer weiß, wer dann hereinspaziert wäre.

Als sie fertig war und in den Flur hinaustrat, war er verschwunden. Sie seufzte. Das war's dann wohl mit der tollen gemeinsamen Nacht. Sie würde ein Bad nehmen.

Er hatte es getan. Reaper lief durch den Flur in den Gemeinschaftsraum. Er hatte ein zweites Mal mit Anya gevögelt. Wieder war ein Feuerwerk in ihm explodiert, doch er hatte keine Sekunde lang den Drang verspürt, sie zu töten. Wie abgefuckt war es, sich darüber Sorgen zu machen? Und sich jetzt zu freuen, dass er die Frau, die ihm etwas bedeutete, nicht töten wollte?

Er hatte dafür gesorgt, dass sie ihn nicht berühren konnte, doch er nahm sich vor, ein wenig zu experimentieren. Herauszufinden, wie weit er gehen und Berührung zulassen konnte. Er wollte sie von vorne nehmen. Ihre Titten waren göttlich. Jedes Mal, wenn er sie betrachtete, lief ihm das Wasser im Mund zusammen. Er stellte sich oft vor, wie es wäre, wenn sie seinen Schwanz in den Mund nahm, obwohl er wusste, dass eben diese Fantasien wieder Albträume in ihm ausgelöst hatten.

Angefangen hatte alles damit, dass er sie in der Bar lachen gehört hatte. Davor hatte er sich selten in der Bar aufgehalten, er war immer durch die Hintertür direkt in den Versammlungsraum gegangen. Doch dieses Lachen hatte alles verändert. Er war neugierig geworden auf das Gesicht, das zu dem Lachen gehörte. Als er von hinten in die Bar gekommen war, hatte sie ihm den Rücken zugekehrt, und er hatte ihren Hintern gemustert. Sie hatte einen tollen Hintern, und plötzlich hatte er sich zum ersten Mal vorgestellt, was ein Mann mit dem Hintern einer Frau anfangen konnte.

Und dann hatte er sie von vorn gesehen. Ihre perfekten, üppigen Brüste waren ihm als Erstes aufgefallen. Als Nächstes war sein Blick zu ihrem Mund gewandert, ihrem gesamten Gesicht. Weiche Haut, große Augen, ein sinnlicher Blick, ein Mund, der für die Sünde geschaffen war. In all den Jahren hatte er seinen Gedanken nie erlaubt, in diese Richtung abzuschweifen, nicht nach dem, was er getan hatte, doch seine Gedanken waren ihm davongelaufen. Und sobald er angefangen hatte, in diese Richtung zu denken, konnte er nicht mehr damit aufhören. Das hatte zu den Albträumen geführt und auch dazu, dass er über einen Monat in der Bar gehockt und sie beobachtet hatte. Ihrer Stimme gelauscht hatte. Ihr jede Nacht zum Zeltplatz gefolgt war, nur um sich zu vergewissern, dass es ihr gut ging.

Er gesellte sich zu den anderen, die gerade auf dem Weg in ihre Chapel waren – den kleinen Raum, in dem sie über alle Belange rund um den Club sprachen und darüber abstimmten. Der Zar musterte ihn stumm. Savage schien sauer auf ihn zu sein. Wenn er kämpfte, hielt Savage ihm immer den Rücken frei, und umgekehrt war es genauso. Er hatte zum ersten Mal ohne seinen leiblichen Bruder geboxt.

»Ich habe mich mal mit diesen Ghosts beschäftigt, von denen uns die Demons erzählt haben«, begann Code. »Ich kenne eine sehr tüchtige Hackerin. Die habe ich kontaktiert, weil ich herausfinden wollte, ob sie schon mal was von ihnen gehört hat. Sie hat gemeint, dass ihr etwas über jemanden zu Ohren gekommen ist, der einen Haufen Kohle für Informationen über die Clubs bezahlt und nach Schwachstellen und Leuten mit einem Hang zum Spielen sucht. Nach jemandem, der in der Lage ist, sich in die finanziellen Belange verschiedener Clubs einzuhacken. Auch bei ihr wurde angefragt, ob sie bereit wäre, für diese Leute zu arbeiten.«

»Ist deine Freundin darauf eingegangen?«, fragte der Zar.

Code schüttelte den Kopf. »Sie hat ihnen gesagt, dass sie keinen Auftrag annimmt, der mit Clubs zu tun hat. Weil sie auf solche Probleme nicht scharf ist. Allerdings hat sie versucht, die Quelle aufzuspüren. Offenbar stammt der Ghost-Club aus San Francisco. Ursprünglich war es kein Bikerclub, sondern ein Nachtclub. Früher mal eine Mondscheinkneipe, und später ein ganz normaler kleiner Nachtclub, angesiedelt in einem ziemlich großen Gebäude. Der Rest des Hauses ist angeblich an verschiedene Unternehmen vermietet. Es gibt Verbindungen zur Glücksspielszene in Nevada.«

»Reden wir von der Mafia?«

»Von entfernten Cousins. Ich glaube nicht, dass sie direkte Verbindungen haben. Allem Anschein nach haben sich zwei Brüder mit ein paar Freunden zusammengetan und ein kleines Unternehmen im Keller des Ghost-Clubs gegründet. Sie halten es wirklich sehr klein, damit die Cops ihnen nicht auf die Spur kommen. In den Spielbereich kommt man nur mit Beziehungen.«

»Und du vermutest, dass es sich um die Ghosts handelt, die Hammers Frau gekidnappt haben?«, fragte der Zar.

»Im Moment würde ich sagen, zu achtzig Prozent. Jedenfalls sollten wir uns dort mal umschauen«, erwiderte Code. »Außerdem setzen sie den Diamondbacks heftig zu. Meine Bekannte Cat hat ihre Firewall gehackt – na ja, sie und ich haben das gemeinsam getan –, und herausgefunden, dass sie Daten über die meisten Präsidenten und sämtliche hochrangigen Mitglieder der Diamondback-Chapter an der nordkalifornischen Küste gesammelt haben. Sie suchen nach einer Schwachstelle, und die haben sie offenbar gefunden, obwohl ich noch nicht so weit in ihre Daten eingedrungen bin, um mir hundert Prozent sicher zu sein. Sie brauchen das passende Mitglied und den passenden Präsidenten – jemanden, der seine Frau sehr liebt.«

»Können wir das beweisen?«

Code nickte. »Kein Problem. Ich muss nur noch ein bisschen tiefer graben.«

»Bevor wir in diese Richtung weiterarbeiten, müssen wir Hammer seine Frau zurückbringen. Und den Ghosts, die das überleben, hetzen wir die Diamondbacks auf den Hals. Es kann nicht schaden, dem großen Club in der Nachbarschaft ein wenig Respekt zu zollen. Steele, stellst du ein Team zusammen und schaust dich ein bisschen um? Du hast vierundzwanzig Stunden Zeit. Unser Zeitplan ist ziemlich straff. Diesen Kerlen ist es ernst. Dass du möglichst unauffällig vorgehen solltest, muss ich dir wohl gar nicht erst sagen. Vermeide direkten Kontakt. Sie dürfen nicht wissen, dass sie beobachtet werden, sonst bringen sie die Frau womöglich um.«

»Kein Problem«, erwiderte Steele. »Wir finden heraus, wie viele es sind und hoffentlich auch, wo sie die Frau festhalten.«

»Sonst noch was?«

Alle schüttelten den Kopf und erhoben sich. Reaper marschierte nach draußen, Savage folgte ihm.

»Mach das nicht noch mal, Bro«, sagte Savage leise.

Reaper nickte.

Savage erwiderte sein Nicken. »Ich hau mich jetzt aufs Ohr. Ich bin seit vierundzwanzig Stunden auf den Beinen und ziemlich fertig.«

»Danke, dass du meine Schicht übernommen hast.«

»Heute Nacht passen Absinth und Transporter auf ihn auf«,

erklärte Savage. »Ich habe kein gutes Gefühl bei diesem Ghost-Club. Keine Ahnung, warum, aber mir schwant Übles.«

Das hörte Reaper nicht gern, denn Savages Vorahnungen bewahrheiteten sich häufig. »Wir passen gut auf den Zar auf.«

Savage runzelte die Stirn. »Keine Ahnung, ob ihm Ärger ins Haus steht.«

»Etwa Blythe?«, fragte Reaper besorgt.

Savage zuckte die Schultern. »Das weiß ich noch nicht. Kommst du mit Anya klar?«

»Ich versuch's. Ich habe keine Ahnung, wie ich damit umgehen soll. Ich versuche, für ihre Sicherheit zu sorgen, will sie aber auf keinen Fall aufgeben.«

»Dann tu es auch nicht. Bleib mit ihr zusammen. Der Club gibt dir Rückendeckung, ich tue es auch.«

Reaper nickte, doch sein Magen verkrampfte sich. Anya hatte einen viel besseren Mann verdient. Wenn er auch nur eine Faser Anstand im Leib gehabt hätte, hätte er sie möglichst schnell verscheucht. Stattdessen versuchte er, sie noch tiefer in die Sache hineinzuziehen. Nachdenklich lief er durch den Gang. Unter der Tür zu ihrem Zimmer drang kein Lichtschein nach draußen. Er drehte den Türknauf um und bemerkte, dass sie nicht abgeschlossen hatte. Sie lernte dazu.

Er hatte die Jalousie nicht heruntergezogen, und sie hatte es auch nicht getan. Mondlicht fiel ins Zimmer. Anya lag auf dem Bauch, der Schein beleuchtete ihren Rücken und die Kurve ihres Hinterns. Reaper sank auf einen Stuhl und zog sich die Stiefel aus. Als Nächstes kam sein Hemd, dann die Jeans. Jeder Muskel schmerzte höllisch. Er streckte die Beine aus und lehnte sich zurück, ohne den Blick von Anya zu nehmen. Sie war fantastisch gebaut.

»Hör auf, meinen Hintern anzustarren.«

Sie klang schläfrig und ein bisschen belustigt. Eine Versuchung, der er nie hatte widerstehen können, nicht einmal jetzt, wo er so müde war, dass er kaum den Kopf hochhalten konnte, überkam ihn. Sein Körper wollte sich nicht bewegen, doch sein Schwanz wurde trotzdem härter als Titan. Er lehnte den Kopf an die Wand und umschloss seinen Schaft mit der Faust. Nach all den Jahren der totalen Kontrolle fing er an, es zu mögen, dass sein Schwanz ein Eigenleben entwickelte, wann immer er in ihrer Nähe war oder auch nur an sie dachte.

»Ich kann nichts dafür. Ich liebe deinen Hintern. Mir fällt alles Mögliche dazu ein.«

Sie drehte den Kopf, um ihn anzuschauen. Er saß im Dunkeln, doch der Mond warf genügend Licht in den Raum, sodass sie vermutlich die Faust um seinen Schwanz sehen konnte.

»Hast du ständig einen Steifen?«

»Offenbar nur in deiner Nähe.«

»Hm. Na, dann leg dich doch zu mir.«

Sein Herz geriet ins Stolpern, dann fing es an zu rasen. Diesen Schritt wagte er noch nicht. Er musste aufpassen. Noch hatte er es nicht zugelassen, dass sie ihn mit den Händen berührte. Er hatte seine Reaktion das erste Mal, als sie versucht hatte, ihn an der Schwelle des Versammlungsraums wegzustoßen, getestet. Es war ein Wunder, dass er es hatte zulassen können, ihre Hände auf seiner Brust liegen zu lassen, ohne sofort gewaltsam darauf zu reagieren. Nun wollte er es nicht übertreiben. Ein kleiner Schritt nach dem anderen.

»Schlaf jetzt. Ich sitze gern hier und schau dich an.«

»Du holst dir einen runter.«

»Stimmt.«

»Du holst dir einen runter, während du meinen Hintern betrachtest.«

»Richtig.«

Sie lächelte, hob jedoch nicht den Kopf. »Das ist doch die reine Verschwendung.«

»So sehe ich das nicht. Ich genieße den Augenblick. Wenn

ich soweit bin, werde ich auf deinen Rücken und deinen hübschen kleinen Arsch abspritzen. Dann werde ich dir das Zeug einmassieren, und du kannst mich den ganzen morgigen Tag auf deiner Haut tragen. Wenn ich in der Bar sitze und dir bei der Arbeit zuschaue und all die Kerle beobachte, die dich lüstern beäugen, dann werde ich wissen, dass du mich auf deiner Haut trägst.«

Sie faltete die Arme unter dem Kopf. Er konnte die Konturen ihrer Brust sehen, die seitliche Schwellung. »Ich habe gerade gebadet.«

»Das ist gut. Du wirst nicht duschen müssen. Ich werde den ganzen Tag an dir haften. Ich werde etwas auf deinen Rücken und deinen Arsch schreiben, das auch dort bleiben wird.«

»Du bist ein bisschen pervers.«

»Merkst du das erst jetzt?«

Sie musste lachen. Es war ein leises, melodisches Lachen, das sich wie die kühle Berührung eines Fingers auf seiner Haut anfühlte. »Was willst du denn auf meinen Hintern schreiben?«

»Darüber habe ich lange nachgedacht.« Ihr Blick hing an seiner Faust, die langsam auf seinem Schwanz auf und ab fuhr. Dieser Blick geilte ihn noch mehr auf. Er spürte, wie es in seinen Eiern zu brennen begann. Es baute sich diesmal sehr langsam auf. »Reapers Frau – das werde ich direkt auf deinen süßen kleinen Arsch schreiben.«

»Ich habe keine Ahnung, wie du es schaffst, so gut wie alles geil klingen zu lassen, doch es gelingt dir hervorragend.«

»Mach die Beine breit.« Sie gehorchte langsam, sein Schwanz zuckte heftig, ein paar Tropfen sammelten sich auf der Spitze. Er verschmierte die Flüssigkeit mit dem Daumen. »Leg ein Kissen unter deinen Bauch.« Es dauerte drei träge Pump-Bewegungen, bis sie sich ein Kissen unter den Bauch geschoben hatte. In dieser Stellung hatte er einen guten Blick auf sie. Sie war wunderschön, und feucht. »Schieb die Hand zwischen deine Beine und hol dir einen runter. Ich will dich dabei beobachten.«

Sein Mund wurde trocken, als ihre Gesäßmuskeln sich anspannten und eine Hand zwischen ihre Beine glitt. Er hörte sie leise keuchen. Gierig beobachtete er, wie ihre Finger in ihr verschwanden, um ihre Klitoris kreisten, wieder verschwanden. Er pumpte schneller, sein Griff wurde fester. Sie war unglaublich sexy.

Sein Atem ging stoßweise, auch ihrer wurde schneller. Er machte Stoßbewegungen mit den Hüften, was den Druck in seinen Eiern verstärkte. Ihre Hüften bäumten sich auf. Er pumpte weiter, bis die Lust hinter seinen Augen explodierte und er wusste, dass er gleich kommen würde. Langsam stand er auf, nahm behutsam die paar Schritte bis zu ihrem Bett. Sie hatte den Kopf so gedreht, dass sie all seine Bewegungen sehen konnte.

Er beobachtete ihren Gesichtsausdruck – eine Frau in den Fängen der Leidenschaft. Das Gesicht hochrot, die Augen halb geschlossen, die Lippen geöffnet, keuchend.

»Bist du nah dran, Babe?« Er hoffte es, und sie sah ganz danach aus. »Ich komme gleich.«

Sie nickte stumm, denn die Wellen der Lust, die über ihr zusammenschlugen, machten es ihr unmöglich zu sprechen. Sein Höhepunkt fühlte sich an wie aufsteigende Lava. Lange Schnüre glühend heißer Flüssigkeit landeten auf ihrem Kreuz und ihrem Hinterteil. Weiße Peitschenschnüre, die ihren Körper einforderten. Doch das reichte ihm nicht, er wollte alles, nicht nur ihren Körper, sondern auch ihr Herz. Und ihre Seele. Er wollte ihre Seele, weil er sich verflucht sicher war, dass sie seine längst erobert hatte, irgendwann in dem langen Monat, während er sie beobachtet hatte.

»Rühr dich nicht«, befahl er und langte nach der Hand, die in ihr gewesen war. Er saugte an einem Finger nach dem anderen, schleckte sie ab, nahm sich, was ihm gehörte. Er war süchtig nach ihrem Geschmack. Sie blieb still liegen, wie er es befohlen hatte, und beobachtete ihn mit sinnlich getrübten Augen.

Mit dem Handteller verstrich er die weißen Fäden über ihrem Rücken und ihrem Hintern, verrieb sie mit zärtlichen Fingern wie eine Lotion. Dann schrieb er mit einem Finger das, was er am liebsten auf ihren Rücken tätowiert hätte: Reapers Frau. »Eines Tages werde ich Ink sagen, dass er meine Fingerabdrücke wie eine Kette um deine Handgelenke tätowieren soll und das hier auf deinen Rücken, wo ich es sehen kann, wenn ich dich ficke.«

Ihre Augenlider flatterten. »Glaubst du denn, dass du das öfter tun wirst?«

Er mochte den belustigten Ton in ihrer Stimme. Er hatte immer hingehorcht, wenn sie hinter der Bar stand. Sie brachte Freude in eine Welt, die öde und hässlich sein konnte. Er sah sie immer von einem Lichtschein umgeben, Licht, das aus ihr herauszuströmen schien.

»Ich weiß es.« Er fuhr ihr mit einem Finger über die Lippen, bis sie sie öffnete und daran saugte. Sein Schwanz begann schon wieder zu zucken. Verflucht, diese Frau würde ihn irgendwann mal umbringen, wenn sie ihn immer wieder in Versuchung führte.

Sie lächelte. Ihre langen Wimpern verhüllten den Ausdruck in ihren Augen. »Ich würde gern was über den Zustand deines Körpers sagen, über all die Blutergüsse, aber du willst mir ja nicht verraten, auf welche Weise du sie dir zugezogen hast.«

»Ich hab es dir doch schon gesagt, ich habe gekämpft.«

»Da gibt es doch bestimmt noch mehr darüber zu berichten.«

Wenn ihre Stimme nicht so milde, ja beiläufig geklungen hätte, hätte er abrupt den Raum verlassen. Er hatte ihr erzählt, was er zu sagen bereit war, und damit war das Gespräch für ihn beendet. Aber er merkte, dass sie nicht aufdringlich sein wollte.

Er wanderte mit dem Finger zu ihrem Kinn, ihrer Schulter, unter ihren Arm, damit er die sanfte Schwellung ihrer Brust nachfahren konnte, die auf dem Laken ruhte. »Du wirst so schlafen, okay? Lass mich in deine Haut eindringen, damit du mich morgen den ganzen Tag in dir trägst.«

»War das dein Ernst?«

Wieder färbte ein kleines Lächeln ihre Stimme. Er merkte, dass er schwach wurde, und dieses Gefühl behagte ihm nicht. Sie ging ihm zu nah. Sie kroch in Orte, wo er sie nicht haben wollte. Orte, wo sie vielleicht Dinge sah, die lieber ruhen sollten.

»Ja, das war mein Ernst.« Auch das mit den Tätowierungen war sein Ernst gewesen, und auch, dass er diese Frau behalten wollte. Dieser Gedanke brachte ihn dazu, sich abrupt von ihr abzuwenden und seine Klamotten aufzuklauben. Als er sich nach unten beugte, um seine Jeans und sein Shirt sowie seine sorgfältig gefaltete Kutte aufzuheben, tat ihm sein ganzer Körper weh. Er musste sich noch mal ein langes, heißes Bad gönnen. Er machte die Tür auf, dann drehte er sich um und holte seine Schuhe.

»Kommst du nicht ins Bett?«

Er gab ihr keine Antwort, denn er fand, dass das offenkundig war. Auch wenn er sich nichts sehnlicher gewünscht hätte, als neben ihr zu liegen, sie die ganze Nacht in den Armen zu halten, sie im Schlaf zu beobachten. Aber er wollte nichts riskieren. Er war ohnehin schon viel zu selbstsüchtig gewesen. »Gibst du mir, was ich haben möchte?« Diese Frage umfasste weit mehr als die Aufforderung, sein Sperma nicht abzuwaschen. Er wollte wissen, ob sie ihn so nehmen konnte, wie er war. Ob sie es wenigstens versuchen wollte.

Sie sah ihn an, wie er so dastand mit seinen Klamotten in

der einen und den Stiefeln in der anderen Hand. Sie hob den Kopf nicht und drehte sich auch nicht um. Doch sie stand auch nicht auf und stürmte ins Bad, um seine Spuren auf ihrem Körper zu beseitigen.

Er hielt den Atem an. Er konnte ihr nicht viel geben. Er wusste nicht, wie lange er noch leben oder welche Fehler er noch begehen würde – und es würden zahlreiche sein. Aber er musste unbedingt herausfinden, was sie miteinander haben konnten und was nicht. Er verlangte ein Wunder und bot ihr im Gegenzug sehr wenig an. Trotzdem wollte er dieses Wunder. Er brauchte es dringend. So stand er auf der Schwelle, nackt und sorglos, ob ihn jemand so sehen würde. Wissend, dass er noch in anderer Hinsicht nackt und verletzlich war, dass er sich so entblößt hatte, dass nur sie ihn sehen konnte mit ihren funkelnden grünen Augen.

»Was tun wir hier, Reaper?« Die Frage war ein Flüstern.

Sein Herz schnürte sich zusammen. »Ich hab dir gesagt, dass ich es dir sage, wenn wir fertig sind. Wir sind noch nicht fertig. Bis dahin bleiben wir zusammen.«

Er merkte, dass sie gepresst einatmete. Enttäuscht war. Er wusste, dass ihr seine Antwort nicht gefallen hatte, aber mehr konnte er ihr einfach nicht geben. Leere Versprechen? Er war ein verfluchter Killer, und sie steckte schuldlos in seiner Falle fest. Wenn es nicht unbedingt sein musste, wollte er sie nicht belügen.

Sie fuhr sich mit der Zunge über die Lippen. »Wenn eine andere Frau ins Spiel kommt, bin ich weg, Reaper.«

Er konnte sich nicht vorstellen, dass er nach so langer Zeit plötzlich auch an anderen Frauen Gefallen finden würde. »Ich frag dich noch einmal: Wirst du mir geben, was ich haben will?«

Die grünen Augen wanderten nachdenklich über sein Gesicht. Offenbar entdeckte sie dabei etwas, was ihr gefiel, denn plötzlich schenkte sie ihm ein kleines Lächeln, bei dem ihm die Knie schwach wurden. »Mal sehen.« Ihre Wimpern senkten sich. »Gute Nacht, Reaper. Kipp ein bisschen Bittersalz in richtig heißes Badewasser. Das wird dir guttun. Und egal, wo du schläfst – du solltest es lieber alleine tun.«

Er blieb an der offenen Tür stehen, bis ihr Atem langsam und gleichmäßig ging. Erst dann gönnte er sich ein ausgiebiges, heißes Bad.

# 8. Kapitel

Reaper saß auf seinem Stammplatz im hinteren Bereich der Bar, die Beine weit von sich gestreckt, den Hals einer Bierflasche zwischen den Fingern. Gedankenverloren drehte er die Flasche hin und her. Er hatte an diesem Tag viel zu tun gehabt und sich deshalb nicht bei Anya gemeldet. Sie beherrschte ohnehin seine Gedanken, seinen Verstand, seinen Körper. Er wollte nicht, dass sie wusste, was er an diesem Tag getan hatte. Sie hatte aber ebenfalls nichts von sich hören lassen. Er hatte tausendmal auf sein Handy gestarrt, bis die anderen ihn damit aufgezogen und ihn einen Pantoffelhelden genannt hatten.

Einen Großteil des Tages hatte er damit zugebracht, ein paar Stühle und Küchenutensilien für das Haus zu besorgen. Ice und Storm hatten ihm geholfen, doch er war sich sicher, dass der Zar sie beauftragt hatte, darauf zu achten, dass er keinen Unsinn anstellte, zum Beispiel über die Felsen ins Meer zu rasen oder mit einem Dutzend Männer zu kämpfen. Für diesen kleinen Fehltritt büßte er mit einem wunden, steifen Körper.

Anya machte ihn wahnsinnig. Ein paarmal schenkte sie ihm ihr fröhliches Lächeln, das einen Mann in die Knie zwingen konnte und seinen Schwanz anschwellen ließ. Aber mehr gab sie ihm nicht. Was für ein Idiot er doch war. Er hätte sie über den Tresen zerren und vor allen anderen küssen müssen, damit jeder harte Biker, der durch die Tür kam, wusste, wem diese

Frau gehörte. Wenn es hier noch ein bisschen voller wurde, würde er das vielleicht noch tun.

»Du siehst gut aus heute Abend«, begrüßte ihn Betina und baute sich so auf, dass er die Bar nicht mehr sehen konnte. »Ich mach gleich Pause. Wir könnten rausgehen.«

Er hob seinen Blick. »Sehe ich aus, als würde ich gern mit dir rausgehen?«

»Es ist auch hier drinnen dunkel genug. Ich könnte mich um das dort für dich kümmern.« Sie deutete unter den Tisch.

Er erstarrte, und der Dämon in ihm erwachte. Dunkelheit wallte in ihm hoch, drohte, ihn zu verschlucken. Er hob einen Finger und bewegte ihn seitwärts, um ihr zu verstehen zu geben, dass sie aus seinem Blickfeld verschwinden sollte. Etwas in seinem Gesicht musste ihr verraten haben, dass sie in Gefahr schwebte, denn sie trat einen Schritt zur Seite, und er konnte endlich wieder Anya sehen. Seine Sonne, die dort drüben für ihn schien. Bannister, der ältere Biker, sagte gerade etwas zu ihr, und sie warf den Kopf zurück und lachte. Der Klang ihres Lachens war wie eine Melodie, deren Töne sich einen Weg durch seine schwarze Wut, sein Bedürfnis zu töten, bahnten.

Plötzlich hob Anya den Blick, sah ihm in die Augen und schickte ihm ihr kleines schiefes Lächeln. Das rätselhafte Lächeln, das ihm alles und gleichzeitig nichts sagte. Sein Körper entspannte sich langsam. Er atmete das Bedürfnis nach Rache weg.

Sein Schwanz musste monströs aussehen. Jedenfalls fühlte er sich so an. Anya war daran schuld, auch wenn sie es gar nicht darauf anlegte. Sie die halbe Nacht zu beobachten und sich zu überlegen, ob sie ihn noch auf ihrer Haut trug, machte ihn wahnsinnig. Dieses kleine schiefe Lächeln verriet nichts, doch es sah so aus, als hätte sie ein Geheimnis. Ein hübsches kleines Geheimnis. Schon allein das Wissen darum ließ seinen Schwanz noch steifer werden.

»Ich will deine Hilfe nicht, Betina.« Er war schroff, doch vielleicht brachte sie das dazu, endlich auf ihn zu hören. Nichts, was er bislang getan hatte, hatte dies bewirkt. Sie wollte damit angeben, dass sie ihn gevögelt hatte. Selbst der Zar stand auf ihrer Liste. Sie hatte ihren Präsidenten heftig angemacht, bis er ihr eindeutig zu verstehen gegeben hatte, dass sie ihn in Ruhe lassen sollte.

Betina wurde blass, und in ihren Augen flackerte Angst auf. Reaper wusste, dass er ein Signal ausgesandt hatte, vor dem andere ihn oft gewarnt hatten. Er konnte nicht anders. Manchmal entkam der Teufel, und dann war niemand sicher. Er brachte sich wieder unter Kontrolle und nahm einen tiefen Schluck Bier, ohne Anya aus den Augen zu lassen.

Anya öffnete ein Bier, trat hinter der Bar hervor und bahnte sich einen Weg durch die Menge zu ihm. Es gefiel ihm nicht, wenn sie sich in aller Öffentlichkeit bewegte. Immer wieder bildete sich ein Biker ein, dass er sie begrapschen könnte. Doch sie glitt mit geübter Leichtigkeit an allen vorbei, stellte die Flasche vor ihm ab und beugte sich nach unten. »Soll ich Betina in deinem Namen einen Arschtritt verpassen?«, flüsterte sie ihm ins Ohr. »Ich kann dich beschützen, wenn du es brauchst, Honey.«

Ihre Lippen streiften sein Ohrläppchen. Sie waren weich wie Blütenblätter. Ein kleines Lachen begleitete ihre Frage, doch er wusste, dass es ihr ernst damit war. Sie konnte Betina dazu bringen zu kündigen. Er packte sie an ihrem Tanktop und zog sie zu sich herab. Seine Hand fuhr durch ihr Haar, und dann eroberte er ihren Mund. Er liebte ihren Mund. Sobald seine Zunge in diesen heißen Hafen glitt, brach Feuer aus und entflammte sie beide. Beinahe hätte er sie auf den Tisch gezogen, doch er schaffte es, sich so weit zu beherrschen, dass er sie einfach nur festhielt, während er sie ausgiebig küsste.

Als er endlich von ihr abließ, hob sie den Kopf und lächelte ihn an. »Ich glaube, damit hast du es geschafft, Honey«, flüsterte sie. »Ich bin mir ziemlich sicher, dass alle deine Botschaft laut und deutlich verstanden haben.«

»Hast du getan, worum ich dich gebeten habe? Trägst du mich auf deiner Haut?« Seine Hand glitt über ihren Rücken zu ihrem Hintern. Sein Daumen streichelte zärtlich über die unsichtbaren Worte, die sie zu seinem Eigentum machten.

Sie hob die Schultern. »Vielleicht.«

Dann ließ sie ihn stehen und lief zurück durch all die Gäste, den Kopf hoch erhoben wie eine Königin. Er rückte seinen Schwanz zurecht. Es war ihm egal, wie viele Augenzeugen mitbekommen hatten, was diese Frau mit ihm anstellte, aber zwei Bier konnte er an diesem Abend wirklich nicht trinken. Vielleicht musste er noch mal los. Steele und die anderen waren auf dem Heimweg. Sobald sie eintrafen, wollten sich alle noch einmal zusammensetzen.

Hammers Frau blieb nicht mehr viel Zeit, und keiner wusste, was diese Männer ihr antaten. Die Ghosts, die Reaper getötet hatte, waren kranke Arschlöcher gewesen. Keine Frau sollte länger in ihrer Gewalt sein, geschweige denn eine, die Krebs gehabt hatte. Reaper schob das Bier weg, obwohl seine Frau es ihm gebracht hatte.

Seine Frau. Es gefiel ihm, sie so zu sehen. Es gefiel ihm, dass Anya ihm gehörte. Es gefiel ihm allmählich sogar, dass sein Körper in Eigenregie auf sie reagierte. Aber vielleicht gewöhnte er sich ja auch an seinen ständigen Erregungszustand. Er wandte den Blick von ihr ab und begann mit einer Bestandsaufnahme des Raumes.

Die Bar war fast so voll wie an den Wochenenden. Ein kleiner Motorradclub, der zu den Redwoods unterwegs war, hatte in Sea Haven haltgemacht, und etliche weitere kleine Clubs hatten sich ihm angeschlossen. Sie hatten sich in der Bar umgeschaut, und offenbar gefiel es ihnen hier. Maestro machte donnerstags manchmal Musik und trat auch freitags und samstags auf, wenn er Lust dazu hatte. Obwohl er seine Auftritte selten ankündigte, kamen einige seiner lokalen Fans gern am Donnerstag in die Bar, um zu sehen, ob er spielte.

Reaper musterte jede Person, ob Mann oder Frau, sehr genau. Das machte er immer, wenn er da war. Er schätzte alle Gäste nach der Bedrohung ein, die sie für den Zar und nun auch für Anya darstellen könnten. Neben den Bikern, die als solche sofort zu erkennen waren, gab es drei Fremde, die am Ecktisch ihm gegenüber saßen und nicht recht hierher zu passen schienen. Sie blieben unter sich und tranken nur so viel, dass Betina immer wieder mal bei ihnen vorbeischaute und mit ihnen flirtete. Ihr Tisch lag nicht so im Dunklen wie Reapers Tisch, aber sie hatten ihn trotzdem sorgfältig gewählt.

Er behielt sie im Auge. Meistens steckten sie die Köpfe zusammen und redeten im Flüsterton, doch Reaper fiel auf, dass sie Betina ein großzügiges Trinkgeld gaben. Einer legte die Hand auf ihren Oberschenkel und fing an, sie zu streicheln. Sie lehnte sich an ihn wie eine Katze, legte eine Hand auf seine Schulter und ließ es zu, dass seine Hand ein wenig höher glitt. Zweimal warf sie einen Blick auf Reaper, um zu sehen, ob er sie beobachtete – oder vielleicht auch, weil sie gerade über ihn redete.

Er hatte die Beine weit ausgebreitet und spähte unter halb geschlossenen Lidern auf das Dreiergespann, sodass sie nicht sehen konnten, dass sie beobachtet wurden. Betina war eigentlich nicht so dumm, dass sie sich über den Club das Maul zerriss. Sie spielte zwar gern irgendwelche Spielchen, aber Verrat war nicht ihr Ding. Zumindest hatte Reaper bislang nichts entdeckt, was in diese Richtung gelaufen wäre.

Er warf einen kurzen Blick auf die Kamera im Raum und klopfte dann auf den Tisch. Drei, zwei, drei. Das tat er zwei Mal, als würde er zu Maestros Musik den Takt schlagen. Er mochte keine Rätsel, und diese Männer waren ihm rätselhaft. Code hatte einen Zugang zu Datenbanken, für die so manche Regierungsbehörde viel gegeben hätte. Er würde die Identität dieser Männer rasch herausfinden.

Er schob die Hüften ein wenig nach vorn, um seinen Brustkorb zu entlasten. Es war idiotisch von ihm gewesen, sich ausgerechnet jetzt, wo sie versuchten, Hammers Frau zu befreien, auf Boxkämpfe einzulassen. Sein Körper sollte stets fit sein. Das war er nun wahrhaftig nicht. Im Ring war die Wunde an seiner Seite wieder aufgeplatzt. Er hatte sich nicht die Mühe gemacht, sie ein weiteres Mal zu flicken, sondern sie bloß verbunden. Normalerweise heilten Wunden bei ihm rasch, das war ein Vorteil. Das und die Tatsache, dass sein Körper Schläge gut wegstecken konnte. Er hatte von klein auf Verletzungen durch Fäuste, Baseballschläger, Peitschen und Messer ertragen müssen. Das hieß jedoch nicht, dass ihm jetzt nichts wehtat. Nein, er hätte seinem Bedürfnis, Schmerzen auszuteilen und einzustecken, nicht nachgeben dürfen.

Betina trat zu ihm, um die leere Flasche zu holen. Diesmal machte sie nicht den Fehler, sich zwischen ihn und Anya zu stellen. »Ich hab nicht gewusst, dass du mit Anya zusammen bist, Reaper. Ich möchte mich bei dir entschuldigen, und ich werde mich auch bei ihr entschuldigen. Sie ist meine Freundin.« Ihre Stimme war leise, der Blick gesenkt. Sie legte eine neue Serviette auf den Tisch und ging.

Reaper wunderte sich nicht, dass Betina Anya als Freundin bezeichnet hatte. Anya schienen alle zu mögen. Er warf einen Blick auf die Serviette. *Sie stellen Fragen über den Club. Ich hab ihnen meine Standardantwort – ›geht mich nichts an‹ – gegeben. Aber sie sind hartnäckig. Was soll ich tun?*, stand darauf.

Er wollte nicht, dass sie etwas tat, bis er wusste, mit wem sie es zu tun hatten. Betina fickte gerne Biker. Sie mochte die Partys und das Leben, doch sie mochte auch den Schutz, den sie ihr gewährten. Sie hatte nichts dagegen, von Männern begrapscht zu werden, und sie liebte großzügige Trinkgelder, doch dafür würde sie den Club nicht verraten.

Sie drehte ihre Runden um die Tische. Er gab ein Zeichen Richtung Bar, dass er einen Kaffee haben wollte, und deutete mit dem Kopf auf Betina. Anya kapierte die Botschaft sofort. Auch das liebte er an seiner Frau. Sie wusste zwar nicht viel über die Welt der Biker, doch sie lernte rasch. Meistens kapierte sie es beim ersten Mal.

Sie rief Betina zu sich, schob ihr einen Becher dampfenden Kaffee zu und deutete auf Reaper. Betina zögerte und flüsterte ihr etwas zu. Anya nickte und lächelte die Kellnerin an. Es war ihr strahlendes Lächeln, bei dem sich sofort wieder Lust in seinem Körper regte. Offenbar hatte sie Betina soeben verziehen, dass die versucht hatte, sich an ihren Mann ranzumachen. Anya war nicht nachtragend. Diese Eigenschaft brauchte sie im Zusammenhang mit ihm dringend, denn bei ihm war praktisch vorprogrammiert, dass er eine Menge vermasselte.

Betina stellte den Becher vor ihm ab. »Sonst noch was, Reaper?«

Er wusste, ohne auf sie schauen zu müssen, dass die drei Männer sie beobachteten. »Rein gar nichts. Kaffee passt.«

Sie nickte. Sie wusste nun, dass sie sich von diesen drei Typen fernhalten musste. Ihnen nichts geben durfte, auch nicht versuchen sollte, ihre Gespräche zu belauschen. Er wollte nicht, dass sie ein Risiko einging. Die drei Männer waren fotografiert worden, und Code arbeitete bereits daran, sie zu identifizieren. Er hätte sie nicht mal in die Schublade ›Biker‹ gesteckt, aber das hieß nichts. Sie blieben für sich und mischten sich nicht unter die anderen Gäste, aber das taten sie vielleicht absichtlich nicht.

Er klopfte wieder auf den Tisch, diesmal einen anderen Takt. Seine Brüder und Schwestern hatten diese Klopfgeräusche schon als Kinder unter der Anleitung von Code perfektioniert. Code war ein Zahlengenie, das hatte der Zar gleich, nachdem er zu ihnen gestoßen war, entdeckt. Er war ein kleiner, schmächtiger Junge gewesen, und seine Haare waren fast kerzengerade vom Kopf abgestanden, aber er war ein Genie. Reaper gab Code nun zu verstehen, dass die anderen dafür sorgen sollten, dass der Zar nicht in Erscheinung trat und ständig bewacht wurde. Zwei sollten gleich zu ihm nach Hause düsen, um für die Sicherheit von Blythe und den Kindern zu sorgen.

Alena kam herein, wie sie über die Klopfsignale verabredet hatten. Alena war eine Herzensbrecherin, eine Sirene, die es wie in der Mythologie verstand, mit ihrem verführerischen Ruf die Leute ins Verderben zu locken. Bei jedem Schritt in ihrem Bleistiftrock und ihrem engen Mieder strahlte sie sündigen Sex aus. An ihren Ohren baumelten Ringe, und ihre vollen Lippen wurden von knallrotem Lippenstift akzentuiert.

Sämtliche Männer in der Bar drehten sich zu ihr um und starrten sie an. Sie sah aus wie eine wahre Sexgöttin. Kaum ein Mann konnte ihrem Zauber widerstehen. Schon allein ihre Stimme versicherte ihr die Aufmerksamkeit der männlichen Bewunderer. Daneben besaß sie noch das Talent, alles, was sie wollte, unbemerkt aus den Taschen ihres Gegenübers verschwinden zu lassen – Geldbörsen, Stifte, Zettel, Ausweispapiere. Nicht ein einziges Mal war sie dabei ertappt worden, nicht einmal als Kind, als sie diese Gabe perfektioniert hatte.

»Alena.« Ein Mann erhob sich und trat ihr in den Weg. Er grinste glücklich wie ein Kind im Spielzeugladen. »Ich habe gehofft, dich mal wiederzusehen.«

Sie blieb stehen. In ihren High Heels war sie fast so groß wie der Kerl, der ihr den Weg versperrte. Sie war schon fast bei dem Tisch mit den drei Männern, die Reapers Aufmerksamkeit auf sich gezogen hatten.

»Kennen wir uns?« Alena vergaß nie einen Namen oder ein

Gesicht. Sie wusste genau, wer er war, doch sie legte eine Menge Hochmut in ihre Stimme. Der Bursche musste sich vorkommen wie ein Käfer, den sie gleich zertreten würde.

»Bronson. Wir haben uns etwa vor einem Jahr im State Park getroffen. Ich bin dort Ranger. Du warst unterwegs nach Caspar.«

»Ach ja. Natürlich.« Sie tat, als würde sie sich krampfhaft bemühen, sich an ihn zu erinnern. »Wie geht es dir?«

»Ich komme ziemlich oft hierher, weil ich dich unbedingt wiedersehen wollte. Aber ich hab dich bislang nie erwischt. Darf ich dich zu einem Drink einladen?«

Sie fuhr ihm mit einem blutroten Fingernagel über den Kragen. »Sehr lieb von dir, Bronson. Jetzt erinnere ich mich auch an dich. Du hattest eine flotte Uniform an, stimmt's? Wolltest du uns damals nicht aus dem Park werfen?«

Er riss den Mund auf, um ihr zu widersprechen, und schüttelte gleichzeitig heftig den Kopf. Sie presste einen Finger auf seinen Mund. »Das mit dem Drink machen wir vielleicht ein andermal. Ich muss auf meinen Bruder warten.« Sie glitt an ihm vorbei und machte sich auf den Weg zu einem leeren Tisch neben den drei Fremden. Der Ranger starrte ihr nach und fixierte gebannt ihre schwingenden Hüften.

Reaper staunte stets, wie Alena allein durch ihre Präsenz einen ganzen Raum beherrschen konnte. Sie hinterließ immer einen schwachen Parfümduft, dem die Männer am liebsten gefolgt wären. Auch die drei hatten sich ihr sofort zugewandt. Sie hätten taub und blind sein müssen, um sie nicht zu bemerken. Bannister, der auf seinem Hocker am Ende der Bar saß, drehte sich ebenfalls um, damit er Alena beobachten konnte.

Langsam sank Alena auf einen Stuhl, von dem aus sie das Trio direkt im Blick hatte, und schlug die Beine übereinander. Dabei rutschte ihr enger Rock so hoch, dass ihr schwarzseidener Strumpfgürtel sichtbar wurde. Sie warf einen Blick auf die

Uhr, seufzte, lehnte sich zurück und spielte mit den Haaren. Als sie kurz hochschaute, ertappte sie den Fremden ihr gegenüber beim Gaffen und schenkte ihm ein schwaches Lächeln.

Reaper beobachtete genau, mit welchem Zauber Alena sich den Burschen angelte. Dem Mann verschlug es den Atem, als Alena ihn anlächelte. Er fuhr sich über seine kurzen Stoppelhaare und tat dann so, als müsste er sich seine Krawatte zurechtrücken. Diese Geste war verräterisch. Sie sagte Reaper, dass der Mann sich eher in einem Anzug zuhause fühlte als in einer lässigen Jeans und einem T-Shirt. Kein Wunder, dass die drei Kerle hier so fehl am Platze wirkten. Alena brauchte sicher nicht mehr lang, bis sie die drei dazu gebracht hatte, ihr aus der Hand zu fressen.

Reaper schlürfte seinen Kaffee und musterte den Park-Ranger. Der ließ Alena nicht aus den Augen. Sie konnten es sich nicht leisten, dass dieser Bursche ihren Plan durchkreuzte. Er hob seinen Kaffeebecher, um Betina auf sich aufmerksam zu machen. Sofort verließ sie den Tisch in der Nähe der Bühne, an dem sie gerade Bestellungen aufgenommen hatte, und eilte zu ihm.

Sie schenkte ihm Kaffee nach. »Sonst noch was?«

Reaper deutete mit dem Kinn auf den Ranger. »Danke, Kaffee reicht mir.« Er schob ihr ein Trinkgeld zu. Sie schüttelte kurz den Kopf, nahm es jedoch an, als er eine Braue hochzog und abermals mit dem Kinn auf den Ranger deutete.

Lächelnd machte sich Betina auf den Weg und rückte Bronson auf die Pelle. Sie beugte sich so weit über den Tisch, dass er einen direkten Blick auf ihren Busen erhaschte. Ihr roter Push-up lugte aus ihrem tiefen Ausschnitt. Sogar ein Nippel war teilweise zu sehen. Sie lächelte Bronson breit an. »Hallo, Hübscher, ich hab dich schon öfter hier gesehen, aber nie in meinem Abteil. Ich heiße Betina. Wie heißt du?« Sie streichelte mit einem Finger über seinen Arm.

Der Ranger hustete. Sie drückte sich noch enger an ihn und tätschelte ihm den Rücken, wobei sie ein Bein zwischen seine Beine schob und ihr straffer Oberschenkel an seinen Schwanz geriet. »Alles in Ordnung?«, gurrte sie. »Vielleicht kann ich dir ein bisschen helfen. Ich hab gleich eine Pause. Möchtest du mit mir rausgehen und einen Ort finden, wo wir … reden können?«

Sie drückte seine Rechte auf ihre Hüften. Ihr Top war so kurz, dass er nackte Haut spüren konnte. »Bitte?«, feuerte sie ihn mit unschuldig aufgerissenen Augen an. »Hier in der Arbeit treffe ich nie anständige Kerle. Die wollen immer nur das Eine.« Mit einem Blick über die Schulter gab sie ihrer Kollegin Heidi zu verstehen, dass sie kurz mal verschwinden wollte.

Reaper hätte fast gegrinst, als der Ranger aufstand und Betina wie ein junger Hund ins Freie folgte. Nun hatte Alena wieder freie Bahn und konnte dafür sorgen, dass die drei Fremden sich ausschließlich mit ihr beschäftigten. Reaper hörte sie leise seufzen, während sie die Beine ausstreckte und leicht spreizte, dann wieder verschränkte. Dabei klopfte sie ungeduldig mit dem Finger auf den Tisch und wiegte sich ein wenig im Takt zur Musik.

»Sag bloß nicht, dass jemand so dumm ist, dich zu versetzen.« Der Busche mit der Stoppelfrisur trat an ihren Tisch. Alenas rastlose Finger klopften weiter. Diesmal gab sie Maestro zu verstehen, dass er ein langsames Lied anstimmen sollte.

»Mein Bruder kommt immer zu spät«, erwiderte sie und legte ein gewisses Interesse in ihren Blick, als ob sie diesen Mann zum ersten Mal bemerkte. »Hi. Ich heiße Alena.«

»Ich bin Tom. Tom Randal. Kann ich dir einen Drink spendieren?«

»Tanzt du gern?«

»Nur auf langsame Musik.«

Sie erhob sich geschmeidig und sah ihm lächelnd tief in die

Augen. »Tom, ich glaube, jetzt kommt gleich was Langsames.« Sie nahm ihn an der Hand und ließ sich von ihm auf die Tanzfläche führen. Kurz vor dem Rand der niedrigen Bühne drehte sie sich um, schlang die Arme um seinen Nacken und presste sich eng an ihn. Er legte die Hände um ihre Taille, und sie begannen, sich langsam zu wiegen. Die beiden waren sich so nah, dass Alena jede Beule in Toms Taschen spüren konnte und ganz genau wusste, wo sich seine Brieftasche befand.

Reaper ließ Alena nicht aus den Augen, genau wie Master, der den Bass spielte. Gelegentlich beugte er sich nach unten, spielte nur noch mit einer Hand und fummelte an seinem Verstärker herum, der direkt an der Kante stand. Alenas Hand glitt an Toms Körper hinab, während sie ihm das Gesicht zuwandte, leise mit ihm redete und den Zauber ihrer Stimme wirken ließ. Ihre Finger fanden seine Brieftasche, die sie Master unbemerkt überreichen konnte. Er winkte Mechaniker zu, der rasch zum Verstärker eilte, die Brieftasche in Empfang nahm und damit verschwand.

Dieser Trick ging reibungslos vonstatten. Sie hatten ihn Hunderte Male angewandt. Die Brieftasche wurde an Code weitergereicht, der die Ausweispapiere kopierte und Mechaniker die Brieftasche innerhalb weniger Minuten zurückgab. Alena lachte gerade über etwas, was Tom von sich gegeben hatte, als Master ihr die Brieftasche übergab. Alena stellte sich auf Zehenspitzen und flüsterte Tom etwas ins Ohr, während ihre Hand wieder zärtlich über seinen Rücken zu seinen Hüften fuhr, und die Brieftasche in seine Hosentasche zurückwanderte.

Alena hatte zweimal darauf hingewiesen, dass Tom sie über den Club ausfragte. Oder zumindest über den Präsidenten des Clubs. Diese Information hatte sie mit ihrem Geheimcode übermittelt, indem sie den entsprechenden Rhythmus ganz offen auf Toms Schulter klopfte.

Tom war hin und weg von Alena. Er konnte den Blick kaum von ihr abwenden. Als die Band wieder etwas Temperament-volleres spielte, führte er sie zu ihrem Tisch zurück, wobei er ihre Hand nicht losließ. »Setz dich doch zu uns«, forderte er sie auf.

Alena nickte, ohne zu zögern. »Storm verspätet sich ständig.«

»Storm?«, fragte Tom.

»Mein Bruder. Er ist ziemlich temperamentvoll und kann einen echten Sturm verursachen, wenn er sich ärgert.« Sie lachte leise. »Stell mich doch deinen Freunden vor.« Ihre Stimme hatte sich eine Oktave gesenkt und übte damit den Zauber aus, der ihr sehr oft verschaffte, was sie haben wollte.

»Steve und Mike Burrows«, erklärte Tom. »Alena.«

»Seid ihr auf der Durchreise?«, fragte sie und setzte sich anmutig.

»Wir bleiben ein paar Tage«, antwortete Steve. »Wir angeln gern im Meer und fahren dafür gelegentlich nach Fort Bragg. In dieser Bar sind wir zum ersten Mal. Jemand hat uns gesagt, dass wir donnerstags mal reinschauen sollten, um die Band zu hören.«

»Sie sind echt gut, findet ihr nicht auch?« Alena rutschte ein wenig auf ihrem Stuhl herum, gerade so viel, dass der Blick der Männer auf sie geheftet blieb. Währenddessen klopfte sie scheinbar im Takt mit der Musik unablässig auf den Tisch und übermittelte Code die Namen der anderen beiden über die Kamera.

»Ich kann es kaum glauben, dass die Burschen in so einer kleinen Bar auftreten. Wenn sie bekannter wären, würden sie bestimmt eine Menge Leute anziehen«, meinte Mike.

»Sie treten nicht regelmäßig auf«, sagte Alena, legte das Kinn auf ihre aufgestützte Hand und starrte Tom in die Augen. »Wie lange wollt ihr denn bleiben?«

»Noch ein paar Tage«, erwiderte Tom rasch.

»Wem gehört eigentlich die Bar?« Steve sah sich in dem Raum um. »Mit so etwas haben wir wirklich nicht gerechnet. Uns wurde gesagt, es sei eine Biker-Bar. Ich dachte da mehr an Raufereien und zerbrochene Bierflaschen.«

»Die Bar gehört dem Torpedo-Ink-Club. Mein Bruder ist Mitglied in diesem Club.«

»Ist er der Präsident?«, wollte Mike wissen.

Sie schüttelte den Kopf. Reaper erkannte sofort, was sie ihm damit zu verstehen geben wollte. Ihr gefiel die Richtung nicht, in die dieses Gespräch ging. Sie fuhr sich mit den Fingern durch die Haare. Das war das Zeichen für Storm, in Erscheinung zu treten. Er kam innerhalb weniger Minuten durch den Haupteingang herein, und zwar in seinen Farben, wie sie auch Reaper und die Bandmitglieder trugen.

Alena erhob sich sofort. »Ich geh jetzt mal lieber«, sagte sie verschwörerisch lächelnd, als hätte sie Angst vor dem, was ihr Bruder mit ihr anstellen könnte – oder mit den drei Männern an diesem Tisch –, wenn er sie bei ihnen ertappte. Bevor Tom oder die anderen protestieren konnten, eilte sie zu Storm, der sie am Arm packte und ins Freie zerrte.

Reaper gab Fatei mit erhobenem Daumen zu verstehen, dass er Betina Bescheid geben sollte, dass die Luft rein war und sie weiterarbeiten konnte. Sie hatten alle ihre Jobs erledigt. Sie waren aufeinander eingespielt wie eine wunderbar funktionierende, geölte Maschine. Als Reaper den Blick hob, bemerkte er, dass Anya die drei Männer musterte, dann aber rasch wegschaute.

Plötzlich überkam Reaper ein gewisses Unbehagen. Seine Frau war intelligent. Ihr fielen Dinge auf, und sie hatte ein fantastisches Gedächtnis. Sie erinnerte sich an den Namen eines jeden Gastes und seiner Bekannten. Sie erinnerte sich an die Getränke, die die Leute bevorzugt tranken. Wenn sie ein paar Gesprächsfetzen, die sie belauscht hatte, zusammensetzte, konnte sie bestimmt so manches Rätsel lösen. Er nahm sich vor, die anderen zu warnen, dass sie in ihrer Anwesenheit vorsichtig sein mussten.

Er wollte nämlich nicht, das Anya etwas von der Arbeit, die der Club erledigte, mitbekam. Sie wusste bestimmt schon, dass er kein Waisenknabe war, denn sie hatte gesehen, wie er das Messer auf Deke geworfen hatte. Aber sie wusste nicht, dass sie für ihre Regierung Auftragsmorde erledigt hatten und dass sie Pädophile jagten oder Jobs als Kuriere übernahmen, um Leute durch eine Gefahrenzone zu begleiten.

Er hatte sie vor den drei Fremden geküsst, vor Männern, die Fragen zu ihrem Club und ihrem Präsidenten gestellt hatten. Er hatte sie geküsst, weil er damit in aller Öffentlichkeit seinen Anspruch auf sie hatte erheben wollen, aber das war selbstsüchtig gewesen. Es wäre besser gewesen, wenn er sie ignoriert hätte. Sie hätte sich nach ihm gerichtet. In der Arbeit war sie immer professionell, und sie war sich noch nicht sicher, wie ernst ihre Beziehung war. Es war ein Fehler gewesen zu zeigen, dass sie zu ihm gehörte.

Langsam stand er auf. Zum ersten Mal lenkte er die Aufmerksamkeit auf sich. Selbst nachdem Betina ihm Kaffee gebracht und er Anya geküsst hatte, war er wieder völlig mit dem Hintergrund verschmolzen. Er wurde nur bemerkt, wenn er das wollte. Nun marschierte er durch die Bar und durch den Flur, also nicht durch die Tür hinter der Bar, in ihren Versammlungsraum. Maestro, Player, Keys und Master legten ihre Instrumente weg und gingen durch die Klapptür im Tresen in den hinteren Bereich.

Im Spiegel über seinem Kopf bemerkte Reaper, dass die drei Fremden sehr wachsam wurden. Er gab Fatei mit einem Nicken zu verstehen, dass der sie beobachten sollte. Gavril und Casimir Prakenskij, zwei Brüder des Zaren, traten in den Flur, um die Tür zum Versammlungsraum zu bewachen. Reaper hatte im Lauf des vergangenen Jahres erkannt, dass Gavril tatsächlich dessen Beschreibung entsprach und ein knochenharter Bursche war.

Casimir hatte sich den Respekt des Clubs verdient, als er sie alle zusammen mit seiner Frau von Sorbacov und seinem mörderischen Sohn befreit hatte. Das Paar hatte die beiden Sorbacovs getötet, sodass sich die Überlebenden der vier Internatsschulen nicht mehr verstecken mussten. Beide Männer waren mittlerweile in den Club aufgenommen worden, doch als neueste Mitglieder schoben sie noch sehr häufig Wache.

Reaper zog sich in den Hintergrund zurück, Savage setzte sich ganz vorne hin. Die restlichen Clubmitglieder, auch Alena und Lana, versammelten sich um den großen Tisch. »Lass mal als Erstes hören, was du über den Ghost-Club herausgefunden hast, Code«, forderte der Zar ihn auf.

»Wir sind auf ein wahres Schlangennest gestoßen. Sie haben alle möglichen großen und kleinen Clubs im Visier und machen ganz schön viel Krawall. Wir sind ihnen so nah gekommen, dass wir erfahren haben, dass sie es auf die Diamondbacks abgesehen haben und damit rechnen, sie bald zu erwischen. Irgendein Fiesling, dessen Namen ich noch nicht herausbekommen habe, verrät seinen Club, indem er die Frau des Präsidenten der Gruppe in Mendocino im Austausch für seine Schulden anbietet. Sie glauben, dass sie groß genug geworden sind, es mit den Diamondbacks aufzunehmen, und wollen mit dem Mendocino-Chapter anfangen.«

Der Zar schüttelte den Kopf. »Sind die wahnsinnig? Die Diamondbacks werden sie in der Luft zerreißen.«

»Die Ghosts sind größer, als ich anfangs dachte. Sie haben Mitglieder in diversen Staaten, und keiner weiß, wer sie sind.«

»Irgendjemand muss es doch wissen.«

»Ihre Computer sind wie Festungen. Besser als die der Regierung. Ich konnte ihre Firewall nur mithilfe von Cat überwinden. Im Moment untersuche ich die Server, und ich werde dir bald ein paar detaillierte Daten geben können«, sagte Code.

Reaper war stets beeindruckt, was Code mit Computern anstellen konnte.

»In ihre E-Mails bin ich schon reingekommen. Ihr Code dafür war leichter zu knacken als ihre Firewall. Es gab eine ziemliche Aufregung wegen der drei Männer, die bei einem vereitelten Anschlag auf die Frau des Mayhem-Präsidenten getötet wurden.« Er grinste Reaper anerkennend zu.

Steele nickte. »Wir haben das Gleiche gehört. Sie glauben, dass Mayhem-Mitglieder die Frau und die Tochter ihres Präsidenten gerettet haben. Wir scheinen nicht auf ihrem Schirm zu sein – zumindest nicht als Personen, die ihren miesen Plan vereitelt haben.«

»Wie seid ihr so nah an sie rangekommen?«, fragte Preacher.

»Master hat uns ein paar Wanzen gegeben, und damit haben wir Gespräche der Ghosts in ihren Kellerräumen abhören können. Im Untergeschoss ist das Spielcasino, und darunter ihre Büroräume. Es gibt auch einen Fluchttunnel.«

»Schön, Master«, lobte ihn Preacher. »Ich hab gewusst, dass deine technischen Spielereien mal nützlich sein würden.«

Master zeigte ihm den Stinkefinger. Er fuhr auf alles Technische ab. Er und Mechaniker konnten stundenlang an neuen Geräten herumbasteln und versuchen, die Teile immer kleiner zu machen.

»Und was ist mit Hammers Frau?«, kam der Zar auf den Punkt.

Das Lächeln auf den Gesichtern der anderen verblasste. »Sie ist dort. Sie halten sie im Keller fest, in der Nähe des Tunnels. Es geht ihr wohl nicht sehr gut. Ich denke, wir sollten sie möglichst rasch befreien«, erklärte Steele.

»Kommen wir an die Lagepläne des Clubs, des Casinos und der Büroräume?«, fragte der Zar.

»Absinth hat sich schon in der Baubehörde umgeschaut. Dort gibt es nur einen Plan vom Club. Wenn es weitere Pläne gegeben hat, dann sind sie jetzt nicht mehr da«, stellte Steele fest.

Der Zar seufzte. »Es ist verdammt schwer, da blind reinzustürmen.«

»Wir haben noch etwas Wichtiges herausgefunden«, bemerkte Absinth. »Im Ghost-Club arbeiten nur Bartender, die wirklich was draufhaben. Sie müssen gut sein, echt gut.«

Reaper spannte seine Muskeln an. Alena und Lana hatten ihnen gesagt, dass Anya Bartender-Tricks kannte und sich damit in die oberste Liga hochgearbeitet hatte. Keiner sah ihn an, doch er spürte, wie die Anspannung im Raum wuchs.

»Hat jemand daran gedacht, sich zu erkundigen, was ein Barkeeper im Ghost-Club verdient?«, fragte der Zar.

»Dieser Club gehört zu denen mit den besten Verdienstmöglichkeiten der ganzen Stadt«, gab Steele zu. »Wir haben nicht gefragt, ob sie einen Bartender vermissen, aber …«

»Lasst es bleiben.« Reaper schlug mit der Faust auf die Wand.

Der Zar seufzte. »Das können wir nicht, Reaper, und das weißt du ganz genau. Wir können keine Möglichkeit ausschließen. Wir müssen uns alles anschauen, egal, wie weit hergeholt es wirkt. Es ist ein Riesenzufall, dass Anya bei uns völlig abgebrannt, aber in Designerjeans aufgekreuzt ist. Sie wird schwarz bezahlt, weil sie in irgendeiner Notlage steckt. Außerdem sieht sie fantastisch aus, hat tonnenweise Erfahrung und wird uns garantiert ein paar Gäste mehr bescheren. Natürlich stellen wir sie ein, wir wären ja blöd, wenn wir das nicht täten. Wir müssen die Möglichkeit in Betracht ziehen, dass die Ghosts Bartender in Biker-Bars schicken, damit diese Informationen über die Clubmitglieder einholen. Das wäre ein brillanter Schachzug.«

Der Druck in Reapers Brust wuchs ins Unermessliche. Sein

Herz zog sich zusammen. Anya eine Spionin? Sie hatte ein gutes Gedächtnis. Sie konnte rasch eins und eins zusammenzählen. Erst vor wenigen Momenten war ihm das durch den Kopf gegangen.

Der Zar sah ihn an. »Ein Bartender bekommt alle möglichen Leidensgeschichten zu hören. Wenn jemand ein Zocker ist, wird eine Barfrau das rasch herausfinden.«

Reaper schüttelte den Kopf. »Das ist doch völlig verrückt.«

»Wir reden hier ja nur von Möglichkeiten«, schaltete sich Absinth ein.

»Nein, das tust du nicht. Du weißt verdammt gut, dass es für dich mehr ist als nur eine Möglichkeit.«

»Das habe ich nicht gesagt, aber wir müssen der Sache nachgehen.«

»Du meinst, man sollte sie verhören.« Reaper richtete sich auf und sah Absinth voller Wut an. »Wenn du ihr auf die Pelle rückst, bring ich dich um. Hast du das kapiert, Bruder? Ich werde dich töten.«

»Ich verhöre sie nicht«, erwiderte Absinth. »Und zwar nicht, weil du mir drohst, du Blödmann, sondern weil ich sie mag. Sie ist ein guter Mensch. Ich glaube nicht, dass sie mit diesem Mist was zu tun hat. Sie ist keine Frau, die so eine Schweinerei zulassen würde.«

»Reaper«, sagte der Zar mit milder Stimme, »halt's Maul und komm auf den Teppich. Ich sage, was wir tun, nicht Absinth. Wenn ich ihm sage, dass er sie befragen soll, dann wird er das tun.« Er sah Absinth nicht an. »So läuft das bei uns. Wir sind ein Team, und ihr seid beide ein Teil dieses Teams. Reaper, du bist noch nicht mal richtig mit ihr zusammen und bist schon bereit, dich gegen deinen Bruder zu stellen? So geht das nicht! Mein Gott, solchen Mist kann ich nicht brauchen, wenn wir ein echtes Problem haben.«

Reaper atmete tief durch. Er hasste es, dass der Zar recht

hatte. Warum war sein erster Gedanke gewesen, Anya zu beschützen und nicht seinen Club? Seine Brüder? So etwas war noch nie vorgekommen. Er verlor den Verstand wegen dieser Frau. Erst sein Schwanz, jetzt seine Brüder. Er verlor die Kontrolle. Vielleicht war sie ja wirklich ein Spitzel. In dem Fall würde er sie eigenhändig umbringen. Sein Magen schnürte sich zusammen, sein Herz zuckte schmerzlich. »Ich reiße mich zusammen.«

Der Zar nickte. »Keiner in unserem Club ist spielsüchtig. Selbst wenn sie hier wäre, um uns auszuspionieren, hätte sie nicht viel zu erzählen.«

»Sie war bei dir zuhause, Zar«, gab Master zu bedenken. »Sie hat Blythe und Emily getroffen. Sie hat gesehen, wie du zu den beiden stehst. Wie wir alle zu ihnen stehen.«

»Aber sie hat mich niemals über irgendjemanden von uns ausgehorcht«, erklärte Preacher. »Ich arbeite ständig mit ihr zusammen.«

Reaper seufzte. Das waren seine Brüder und Schwestern. »Nein, aber sie ist superschlau. Sie erkennt Zusammenhänge sehr rasch.« Er hatte das Gefühl, dass er wenigstens dies zugeben sollte.

»Vielleicht«, sagte Lana. »Aber ich habe sie im Haus von Blythe und dem Zar beobachtet. Sie war nicht auf irgendwelche Informationen aus. Es ging ihr nur um Reaper, und sie war in unserer Anwesenheit ziemlich nervös. Ich bin mir ziemlich sicher, dass sie vor etwas davonrennt, aber ich glaube nicht, dass sie uns ausspioniert. Wenn das der Fall wäre, hätte sie doch sicher gefragt, ob sie auf unserem Gelände übernachten könnte, statt in ihrem Auto zu kampieren. Über der Bar gibt es etliche Appartements. Sie hat auch nicht gefragt, ob sie dort bleiben könnte. Das wären doch die besten Chancen für eine Spionin.«

Reaper warf ihr einen dankbaren Blick zu.

Der Zar lehnte sich zurück und überdachte die Folgen – den Schaden, den Anya anrichten konnte, falls sie eine Spionin war. Schließlich schlug er mit der Faust auf den Tisch. »Verflucht! Verdammter Mist!«

Reaper sah schwarz. Er würde Anya verlieren, egal, was geschah. Wenn sie sie nicht verhörten, würde es immer Clubmitglieder geben – ihn selbst eingeschlossen –, die sich ihr gegenüber so verhalten würden, als könnte sie eine Spionin sein. Wenn sie sie verhörten, würde sie ihm das nie verzeihen, und das würde er sogar verstehen. Er erkannte, dass kein Weg daran vorbeiführte, sie zu verhören. Es stand einfach zu viel auf dem Spiel.

»Wann?«, fragte er tonlos.

»Heute Nacht nach der Arbeit. Es ist besser, wenn wir es gleich hinter uns bringen, Reaper.« Der Zar klang müde. Er betrachtete seinen ältesten Freund, den Mann, dem sie alle ihr Leben verdankten. Er hatte sein Seelenheil für sie geopfert, und das vergalten sie ihm nun, indem sie seine Frau bezichtigten, eine Spionin zu sein.

Die Luft war zum Schneiden. Sie spürten es alle. Jeder Einzelne. Reaper gab sich einen Stoß und rückte von der Wand ab.

»Ich bin bald wieder da. Keiner fasst sie an, solange ich nicht da bin«, befahl er.

»Reaper …«, fing der Zar an.

Reaper schüttelte den Kopf. Er wollte es nicht hören. Vielleicht war es doch nicht die Erlösung gewesen, der er sich so nahe gefühlt hatte. Nein, denn für ihn gab es keine Erlösung. Aber Anya hatte sich so angefühlt. Um das Überleben seiner Brüder und Schwestern zu ermöglichen, hatte er alles geopfert, was er gewesen war, alles, was er hätte sein können. Anya war seine Belohnung dafür gewesen. Seine einzige Chance. Danach würde er nichts mehr haben, und er war nicht der Einzige, der das wusste.

Er hielt den Blick gesenkt. In dem Moment hasste er sie alle. Er hasste die unauflösliche Verbindung mit ihnen. Stählerne Fesseln, die in der Hölle geschmiedet worden waren. Er verließ das Haus durch den Hintereingang, damit er Anya nicht anschauen musste. Er wollte sie nicht sehen, er wollte nicht, dass sie ihn mit ihren grünen Augen anblickte und ihm ihr Lächeln schenkte, das ihm den Atem und den Verstand raubte. Er würde für sie zur Hölle fahren, aber er konnte das Kommende nicht verhindern.

Er marschierte zu seinem Bike. Er brauchte den Wind. Der würde ihn zwar nicht von seinen Sünden reinigen, und er würde auch nicht das Bevorstehende verhindern, aber Reaper musste einen klaren Kopf bekommen; denn wenn sie verhört wurde und er glaubte, dass sie unschuldig war, dann würde er das Verhör sofort beenden. Doch wenn sie tatsächlich eine Feindin war, dann würde ihr Tod so rasch und schmerzlos eintreten, dass sie ihn gar nicht kommen sehen würde.

Sein Blick trübte sich, und er stolperte, doch dann fasste er sich wieder und lief weiter. Ice gesellte sich zu ihm, und Storm schloss auf der anderen Seite zu ihm auf. Er sah sie nicht an, doch er schüttelte den Kopf. In seiner Kehle steckte ein Kloß, der so groß war, dass er kaum Luft bekam, und hinter seinen Augen brannte es höllisch.

»Ich will allein sein.«

»Vergiss es, Bruder«, sagte Ice leise. »Wir begleiten dich.« Beide schwangen sich auf ihre Harleys.

Hinter ihm wurde ein Motor nach dem anderen gestartet. Seine Brüder umgaben ihn. Er konnte sie immer noch nicht anschauen. Er zog Handschuhe und Helm an, dann sank er auf den vertrauten Ledersitz und startete den Motor. Sie waren in voller Stärke da, auch der Zar war dabei.

Reaper brauste vom Parkplatz, ohne auf Geschwindigkeitsbegrenzungen zu achten oder darauf, dass Tränen seine Sicht verschleierten. Er flog über den Highway, raste durch die Kurven, versuchte, vor sich selbst davonzufahren. Vor seinem Leben. Vor dem Verrat, den er Anya gleich antun musste. Er war von ihrer Unschuld überzeugt, doch an den belastenden Indizien war nicht zu rütteln. Es hätte keinen schlechteren Zeitpunkt für sie geben können, in der Bar aufzukreuzen.

Ihr Lachen hallte durch seinen Kopf, und er gab noch etwas mehr Gas und versuchte, auch ihrem Lachen zu entkommen. Sie hatte ihn erwischt und war ihm unter die Haut gegangen. Er hatte sie zweimal ohne jegliche Zärtlichkeit gevögelt und sie danach allein gelassen. Er hatte seinen Namen auf sie geschrieben und sie aufgefordert, ihn auf ihrem Leib zu tragen. Er hatte das Gefühl, dass sie das für ihn getan hatte. Er hatte viel von ihr genommen und ihr nichts zurückgegeben, und jetzt stand er kurz davor, sie zu zerstören. Verflucht!

Anya war zerbrechlicher, als er sich eingestehen wollte. Manchmal sah er das in ihren Augen – eine Verletzlichkeit, die ihm sagte, dass sie es nicht leicht gehabt hatte, auch wenn ihr Leben vermutlich nicht so schlimm gewesen war wie das seine oder das seiner Clubmitglieder. Er hatte sich nie nach ihrem Leben erkundigt. Er war viel zu beschäftigt gewesen mit seinen Gefühlen und damit zu reagieren.

Er fuhr zu dem Punkt hoch über dem Meer, wo er oft hinfuhr, um auf die Weiten des Ozeans zu starren. Er hielt an, ohne auf die Maschinen zu achten, die hinter ihm hielten. Er konnte nicht hinübersehen, ohne dass in ihm das Bedürfnis aufstieg … Nein, diesen Gedanken wollte er nicht weiter verfolgen. Jetzt mit jemandem zu kämpfen kam nicht infrage, und es würde nichts daran ändern, dass er Anya verraten musste. Oder sie, falls nötig, töten musste. Denn diese Aufgabe war immer ihm zugefallen. Letztlich war er ein Killer, sonst nichts.

## 9. Kapitel

In dem Moment, als Anya die Bar absperrte, sich umdrehte und Reaper erblickte, der direkt hinter ihr stand, wusste sie definitiv, dass etwas faul war. Zuerst lächelte sie ihn an und freute sich, dass er auf sie gewartet hatte, obwohl es schon auf drei Uhr zuging. Preacher hatte Heidi und Betina zwei Stunden vorher gesagt, dass sie sich verziehen sollten. Anya war es zwar gewöhnt, die allerletzten Aufgaben des Tages alleine zu erledigen, doch eine gute Stunde hatten ihr die beiden immer beim Aufräumen geholfen. Warum sie nun zwei Stunden lang allein hatte putzen müssen, hatte sie sich nicht erklären können.

Schon, als Reaper zusammen mit Preacher und den anderen Bandmitgliedern im Hinterzimmer verschwunden war, hatte sie eine ungute Vorahnung beschlichen. Sie blieben dort stundenlang, bis Preacher auftauchte, die Kellnerinnen wegschickte und brummte, dass sie alleine schließen solle. Im ersten Moment hatte sie gedacht, dass er sie auf die Probe stellen wollte; sehen wollte, ob sie wirklich alleine klarkam. Aber das wollte ihr nicht recht einleuchten; schließlich hatte sie von Anfang an alleine die letzten Aufgaben erledigt – den Kassensturz, den Boden wischen, die Türen zusperren.

Reapers Anblick bestätigte nun ihren Verdacht. Mit seinen Narben, den grauen Strähnen in seinen langen Haaren und seinem grau gesprenkelten Dreitagebart hatte er immer ein wenig Furcht einflößend gewirkt, und in seiner Miene hatte sich nie viel gespiegelt. Doch jetzt waren seine Augen anders. Bisher, ja sogar noch vor wenigen Stunden, hatte unter all dem Eis immer ein bisschen Wärme gelegen. Jetzt lag nichts in seinem Blick. Nicht einmal Eis. Gar nichts. Er hatte die ausdruckslosen Augen eines Killers. Distanz lag darin. Tod. Zum ersten Mal hatte sie wirklich Angst vor ihm.

Sie erbebte und rieb sich die Arme. Er trat zurück und gab ihr zu verstehen, dass sie vor ihm die Stufen hinuntergehen solle. Auf dem dunklen Parkplatz konnte sie mehrere Torpedo-Ink-Mitglieder ausmachen. Alle trugen ihre Abzeichen. Sie hatten sich in einem seltsamen Muster auf dem Platz verteilt, fast so, als wollten sie jeden Fluchtweg abschneiden. Anya zögerte, doch Reaper bedrängte sie von hinten, auch wenn er sie nicht berührte.

»Reaper?« Er blieb stumm, und ihre Angst wuchs. »Was ist hier los?« Eisige Finger krochen über ihren Rücken, Gänsehaut bildete sich auf ihren Armen.

»Geh weiter. Wir fahren nach Hause.«

Zögernd nahm sie die Stufen und versuchte, das Gefühl drohenden Unheils in sich zu unterdrücken. Dem Leben in Obdachlosenheimen und auf der Straße verdankte sie einen ausgeprägten Selbsterhaltungstrieb. Jetzt schrillten sämtliche ihrer inneren Alarmanlagen.

Reaper schwang sich auf seine Harley. Sie wollte sich hinter ihn setzen, doch dann zögerte sie und warf einen Blick auf die schweigenden Männer. »Sag mir, was los ist.«

»Steig auf.«

Sie schüttelte den Kopf. »Reaper, du machst mir Angst.« Sie deutete auf die anderen. »Und die machen mir auch Angst. Ich setz mich nicht auf dein Motorrad, wenn du mir nicht sagst, wohin wir fahren.«

»Zum Clubhaus. Ich bring dich zum Clubhaus. Also steig jetzt auf, Anya.«

»Bin ich dort in Sicherheit?«

»Was ist das denn für eine verdammte Frage? Hast du was zu verbergen?«

»Haben wir das nicht alle?«

Er ließ nicht locker. »Etwas, was dem Club schaden könnte?«, fragte er zurück.

Sie verzog das Gesicht. »Natürlich nicht.«

»Dann kann dir nichts passieren.«

Sie musterte sein Gesicht. Nicht die Spur von Wärme war darin zu erkennen. Seine Miene war leer. Sie setzte sich hinter ihn, doch sie lehnte sich nicht an ihn. Wenn das Bike sich in die Kurve legte, klammerte sie sich an seinen Hüften fest. Ihr fiel auf, dass er nicht ihre Hände gepackt und um seine Taille geführt hatte. Konnte sie ihm glauben, dass sie in Sicherheit war? Die anderen bildeten eine Formation um sie herum. Sie sah sie nicht an und versuchte krampfhaft, sich zu erinnern, was an diesem Abend vorgefallen war und zu dieser Wendung geführt hatte.

Sie hatte mit dem Club nichts zu tun. Sie hielt sich absichtlich aus sämtlichen Clubaktivitäten heraus. Dass sie Ärger am Hals hatte, war offenkundig; denn sonst hätte sie nicht in ihrem Auto übernachtet und darauf bestanden, schwarz zu arbeiten. Aber das wussten alle, und sie hatten sich darauf eingelassen. Was, zum Teufel, war jetzt los?

Sie stieg ab, bevor Reaper den Motor abschaltete. Ihre Knie zitterten, als sie die vielen Harleys sah, die hier parkten. Alle waren da. Es musste um etwas Wichtiges gehen.

Reapers Finger legten sich um ihren Nacken, und er schob sie in den Gemeinschaftsraum. Sie rechnete damit, dass er sie durch den Gang zu den Schlafzimmern bringen wollte, doch stattdessen führte sein Weg hinter die Bar zu einer der beiden Türen dort. Die Tür, die er nahm, öffnete sich zu einer schmalen Kellertreppe. Ihr wurde immer banger zumute.

»Reaper?« Sie brauchte einen Trost. Seine Hand fühlte sich warm an in ihrem Nacken, die Finger gruben sich in ihre Haut.

»Dir wird nichts passieren, Anya. Der Club hat ein paar Fragen an dich. Beantworte sie ehrlich, dann wird alles gut.«

Sie verspannte sich und wurde langsamer, doch er schob sie unerbittlich weiter. Am unteren Ende gab es einen schmalen Flur. Er öffnete eine Tür, und sie betrat den großen Raum, weil ihr nichts anderes übrig blieb. Er schloss die Tür hinter ihnen. Die Clubmitglieder hatten sich um einen Tisch versammelt. Vollzählig, selbst Lana und Alena. Auf ihren Gesichtern spiegelten sich unterschiedliche Gefühle.

Lana wirkte aufgewühlt, Alena ausdruckslos. Preacher wich Anyas Blick aus. Sie wandte sich an Reaper, den Mann, von dem sie dachte, dass er für sie einstehen würde. »Was soll das?«

»Wir haben ein paar Fragen«, bemerkte der Zar. Er klang nicht unfreundlich. »Würdest du dich bitte dort drüben hinsetzen, Anya?« Er deutete auf ein Podest, das mit einer Stufe zu erklimmen war. Auf dem Podest standen zwei Stühle.

Anya zuckte die Schultern und sah wieder hilfesuchend zu Reaper. Er packte sie am Nacken und sah ihr in die Augen. »Du gibst auf alle Fragen eine ehrliche Antwort. Hast du mich verstanden? Versuch nicht, ihm irgendeinen Blödsinn zu erzählen. Bring's einfach hinter dich und sag die Wahrheit. Dann wird alles gut.«

»Was geht hier ab? Was soll das Ganze?«

Reaper blieb ihr die Antwort schuldig. Er nahm sie am Arm und führte sie zu dem Podest. Dann war sie auf sich allein gestellt. Sie war ihr Leben lang allein gewesen. Komme, was wolle, sie würde es durchstehen, und dann würde sie abhauen. Reaper stand auf der Seite der anderen, nicht auf ihrer, das hatte er ihr nun klar und deutlich zu verstehen gegeben.

Sie sank auf den Stuhl, auf den der Zar gedeutet hatte, und Absinth setzte sich neben sie.

»Er muss dein Handgelenk halten, Anya«, sagte der Zar. »Und dann beantwortest du einfach seine Fragen.«

Sie hielt Absinth das Handgelenk hin. Sie wollte es hinter sich bringen. Ihr Herz schlug wie wild, aber sie hatte Angst und konnte es nicht beruhigen. Den Teil von ihr, der durch Reaper maßlos verletzt worden war, blendete sie aus. Was hatte sie sich denn eingebildet? Er hatte sie gevögelt, und dann hatte er sie allein gelassen. Das war ihr Schicksal – sie würde immer allein sein.

»Wie heißt du wirklich, Anya?«, fragte Absinth.

Seine Stimme schlich sich in ihren Kopf und schlug auf ihr Gehirn ein. Es war, als würden Fäuste gewaltsam Einlass zu ihren Gedanken verlangen. Dabei war die Stimme nicht einmal laut, eher das Gegenteil. Sie klang leise, sogar sanft. Sie war immens trügerisch, sie tat ihr weh. Beinahe hätte sie ihr Handgelenk weggezogen, weil sie wusste, dass er ihren Puls fühlte. Doch er tat nicht nur das. Er wollte die Wahrheit.

»Anya …« Sie zögerte. »Ich habe meinen Namen verändert, weil es gefährlich ist, wenn ich meinen echten Namen benutze.« Das war die reine Wahrheit.

»Ich muss deinen wirklichen Namen wissen«, beharrte Absinth.

Anya sah sich im Raum um. Das waren die Menschen, bei denen sie sich überlegt hatte, ob sie sie als Familie annehmen könnte. Sie hatten sich gegen sie verschworen. Reaper stand im Schatten, nicht weit weg von ihr, doch so weit entfernt, dass sie wusste, dass sie ihn für immer verloren hatte. Sie konnte sein Gesicht nicht sehen, doch er stand auf der Seite seines Clubs, nicht auf ihrer.

Ihr Kopf pochte. Hämmerte. Es war, als würden Fäuste sich einen Weg durch ihr Gehirn schlagen. »Hör auf. Du tust mir weh«, zischte sie. »Du musst aufhören.« Sie wusste nicht, was er tat, aber sie wusste, dass es Absinth war. Seine Stimme.

»Beantworte meine Frage.« Sein Ton veränderte sich nicht, doch das Hämmern in ihrem Kopf wurde schlimmer.

Sie entriss sich seinem Griff und stand auf. »Fick dich. Ich lasse es nicht zu, dass du mir das antust.«

Absinth bewegte sich nicht. Reaper bewegte sich. Reaper drückte sie auf den Stuhl zurück und fesselte ihre Hände und Füße an den Stuhl. Erst jetzt bemerkte sie, dass der Stuhl am Boden festgeschraubt war. Sie wehrte sich nicht, denn sie wusste, wie stark Reaper war. Aber sie hatte nicht gewusst, wie weit sein Verrat reichen würde.

Absinth fragte sie zehn Minuten lang nach ihrem Namen, und Anya gab ihm keine Antwort, weil sie abgrundtief verletzt war. Aber auch unendlich wütend. Sie wusste nicht, warum die Kerle unbedingt ihren richtigen Namen hören wollten, aber sie dachte sich, dass man ihnen vielleicht eine Belohnung für sie angeboten hatte. Als sie merkte, dass ihr vor Kopfschmerzen nichts anderes mehr übrig blieb, als ihren wahren Namen zu verraten, konnte sie kaum noch reden.

»Anya Mulligan.«

Absinth überprüfte sachte ihren Puls, dann nickte er. »Warum wolltest du uns deinen richtigen Namen nicht nennen?«

»Weil jemand hinter mir her ist und mich umbringen will. Und ich bin nicht so blöd, Spuren zu hinterlassen«, fauchte sie. Jetzt hatten sie ihren Namen, alles andere war egal.

»Wie bist du auf unsere Bar gekommen? Wo hast du von uns gehört?«

»Ich hatte Hunger und bin in Sea Haven in den Supermarkt gegangen. Am Schwarzen Brett habe ich die Stellenanzeige entdeckt, und dann habe ich mit der Besitzerin des Ladens, Inez, gesprochen, und die hat gemeint, dass ihr echt nette Jungs seid. Genau das hat sie gesagt. Ihr könnt sie ruhig fragen.«

»Wo hast du vorher gearbeitet?«

»In San Francisco.«

»Wo in San Francisco? In welcher Bar?«

Oh Gott, wie sehr sie es hasste, dass ihr jedes Geheimnis gewaltsam entrungen wurde. Das Hämmern in ihrem Kopf hielt an. Als sie stumm blieb, fragte er sie noch einmal, doch diesmal klang seine Stimme etwas anders. Nun waren es nicht nur Fäuste, die auf ihr Gehirn einzuschlagen schienen, sondern es fühlte sich auch noch wie ein Messer an, das in ihren Kopf eindrang und die Barrieren beseitigte, damit Absinth an die gewünschte Information kam.

Ihr Magen schnürte sich zusammen. Ihr wurde speiübel. Sie versuchte, tief zu atmen. »Es gibt dort einen Club namens Ghost-Club. Dort habe ich an der Bar gearbeitet.« Es spielte keine Rolle mehr, ob sie wussten, wo sie gearbeitet hatte. Sie hatten ihren Namen und konnten sie ausliefern.

»Arbeitest du immer noch für sie?«

Ihr Kopf drohte zu zerspringen. Sie konnte kaum noch etwas sehen, weiße Punkte tanzten in ihrem Blickfeld. »Hör damit auf!« Tränen traten ihr in die Augen, egal, wie sehr sie versuchte, sie zurückzuhalten. Ihr Magen verkrampfte sich immer weiter aus Protest gegen die Schmerzen. Sie wandte sich Reaper zu. »Du lässt es zu, dass er mir das antut. Du lässt es zu, dass er mich foltert. Das werde ich dir nie verzeihen. Keinem von euch!«

Er trat zu ihr und kniete sich vor sie. »Anya.« Ihr Name. So zärtlich. Waren das Tränen auf seinem Gesicht? Sie konnte es nicht sagen, weil sie alles nur noch verschwommen sah. »Beantworte die Fragen, Baby. Beantworte sie einfach.«

Wie war sie nur darauf gekommen, dass sie ihm wichtig war? Ihm waren nur ihre Antworten wichtig. Jemand schluchzte. Es klang wie Lana, aber vielleicht war sie es auch selber. Ihre Schmerzen waren so groß, dass sie sich nicht mehr konzentrieren konnte. Was hatte Absinth sie gefragt? Sie musste es einfach hinter sich bringen. Selbst wenn sie sie töteten, wäre das besser als diese grausame Folter.

»Was hast du mich gefragt?«

»Arbeitest du immer noch für die Besitzer des Ghost-Clubs? Haben sie dich hergeschickt, damit du uns ausspionierst? Den Zar ausspionierst?«

Ein weiteres Mal durchschnitt die Stimme ihr Gehirn, so schmerzhaft, dass ihr Magen sich umdrehte und sie sich übergab. Ihr Mageninhalt landete auf ihrem Schoß und auf Reaper, auf seinen widerlichen Colors, die so viel mehr für ihn bedeuteten, als eine Frau es je tun würde.

Jemand drückte ein kaltes Tuch auf ihren Mund, auf ihr Gesicht. Sie nahm alles nur noch ganz verschwommen wahr, und es war ihr egal, wer die Person mit dem Tuch war. Sobald sie wieder reden konnte, antwortete sie. »Nein. Natürlich nicht. Ich bin getürmt. Sie wollen mich umbringen.«

»Sie sagt die Wahrheit«, erklärte Absinth. »Niemand könnte jetzt noch lügen. Sie arbeitet nicht für die.«

»Ich schaffe sie jetzt weg«, sagte Reaper.

»Bring es zu Ende«, sagte der Zar. »Wir müssen alles wissen.«

»Warum wollen sie dich töten?«, fragte Absinth.

Sie spürte, dass sich Hände an ihren Fesseln zu schaffen machten, doch sie war so weit weg, dass sie nicht mehr wissen wollte, wessen Hände es waren. »Ich habe auf dem Boden des Weinkellers Baupläne gefunden, für Gänge unter dem Club. Ich habe mich hingekniet und die Pläne betrachtet, weil ich sie interessant fand. Zwei Männer kamen rein, um Wein zu holen. Sie lachten und redeten von einem großen Erfolg – davon, dass sie die Frau irgendeines großen Zampanos in ihrer Gewalt hatten und ihn damit erpressten. Ich dachte, dass sie mich nicht gesehen hatten, doch als ich zur Bar hoch wollte, kam einer der beiden mir entgegen. Ich bin sofort abgehauen. Nachdem ich beschlossen hatte, dass ich mich wohl besser endgültig verdrücken sollte, bin ich in meine Wohnung zurück, und dort lag meine Zimmergenossin auf dem Boden. Tot. Sie hatten schreckliche Dinge mit ihr angestellt. Vermutlich hatten sie gedacht, sie hätten mich erwischt. Deshalb bin ich davongelaufen.«

Ihr Magen verkrampfte sich aufs Neue. Ihre Augen fühlten sich an, als bluteten sie. Tränen strömten ihr über die Wangen. »Ich dachte, ich hätte eine Familie gefunden. Ich dachte, ich hätte einen Mann. Oh mein Gott, wie konnte ich nur so blöd sein? Ihr seid nicht nett, keiner von euch ist nett. Ihr seid keinen Deut besser als diese Verbrecher.«

»Sie ist fertig.« Reaper hob sie hoch und drückte sie an sich.

Sie versuchte, ihn wegzustoßen. »Lass mich in Ruhe. Willst du die Wahrheit hören? Ich habe dir nie was vorgemacht, du aber schon. Du hast mich gefickt, und dann bist du weg, du mieses Schwein. Dir hat das alles gar nichts bedeutet.« Sie holte aus und schlug ihm auf die Brust. Sie hatte nicht viel Schwung nehmen können, und sie war schrecklich schwach. Ihre Faust prallte an ihm ab. Er zuckte nicht einmal zusammen und setzte seinen Weg fort.

»Es tut mir leid, Reaper. Ich habe wirklich versucht, so behutsam wie möglich vorzugehen«, bemerkte Absinth. »Aber es ist schwer, das Ganze zu kontrollieren, wenn jemand so viel Widerstand leistet. Natürlich hat sie das nur getan, um sich zu schützen, und nicht, weil sie uns ausspioniert hat.« Er klang niedergeschlagen.

Anya war völlig erledigt. Sie wollte sich aus Reapers Armen befreien, doch sie war total ausgelaugt. Ihre Umgebung verschwamm vor ihren Augen. Sie war von oben bis unten mit Erbrochenem besudelt, aber wenigstens war er das auch. Sie hoffte, dass sie seine Colors ruiniert hatte. Sie hasste den Anblick seiner Abzeichen.

Reaper trug sie hoch und ins Bad. »Ich mach dich sauber, Anya«, erklärte er.

Da sie kaum stehen konnte, setzte er sie auf dem Boden ab. Dann riss er sich Jacke und Hemd vom Leib und streifte ihr das Shirt ab. Er entledigte sich seiner Stiefel und seiner Jeans, dann kamen ihre Schuhe und ihre Hose dran. Sie ließ alles widerstandslos über sich ergehen. Sie merkte kaum, was er tat, und es war ihr gleichgültig. Ihr Kopf schmerzte immer noch höllisch. Sie hielt die Augen geschlossen, weil sich alles zu drehen begann, wenn sie sie öffnete.

Wasser prasselte auf sie herab, heiß und reinigend. Reaper hatte sie an die Wand der Dusche gelehnt, doch ihre Beine wollten sie nicht tragen, und sie begann, an der Wand nach unten zu rutschen. Hände griffen nach ihr, hielten sie fest. Wasser strömte über ihren Körper, wusch den Geruch nach Erbrochenem von ihrer Haut. Sie wehrte sich gegen die Hände, wollte sich umdrehen, wollte, dass er von ihr abließ.

»Schafft ihn mir vom Leib«, flüsterte sie verzweifelt. »Ich will nicht, dass er mich berührt.« Sie schlang die Arme um sich und stand kurz davor, das Bewusstsein zu verlieren.

Reaper fing sie gerade noch rechtzeitig auf und trat mit ihr auf den Armen aus der Dusche. Savage legte ein Handtuch um ihn, Lana eins um Anya. Dann trug Reaper Anya ins Schlafzimmer. Ihm war klar, dass alle Freundlichkeit dieser Welt das, was sie Anya angetan hatten, nicht ungeschehen machen konnte. Anya hatte recht gehabt mit ihrer Einschätzung von ihm und dem Club. Sie beschützten einander, doch sie hatte nicht dazugehört. Selbst für ihn nicht.

Anya lag völlig passiv in seinen Armen. Sie wehrte sich zwar nicht gegen ihn, doch sie wandte ihr Gesicht von ihm ab. Ihre Worte hallten in seinem Kopf nach. *Schafft ihn mir vom Leib. Ich will nicht, dass er mich berührt.*

Sie würde weggehen, und er würde die einzige Frau verlieren, die ihn je hätte retten können. Die es vielleicht geschafft hätte, mit einem kaputten, gebrochenen Mann zusammenzuleben. Er kannte nur den Club. Bisher hatte sein einziger Lebensinhalt darin bestanden, die Clubmitglieder zu beschützen. Er hatte getan, was er immer tat, und hatte zugesehen, wie sie eine unschuldige Frau folterten. Sie würde keine bleibenden Schäden davontragen, auch wenn die Kopfschmerzen noch ein paar Tage anhalten konnten; doch dann würde es ihr wieder gut gehen. Allerdings ohne ihn.

»Reaper? Sieh zu, dass du ihr die hier einwerfen kannst.« Steele drückte ihm vier Pillen in die Hand. Er kannte sich in der Heilkunst aus, und zwar besser als die meisten ausgebildeten Ärzte. Sobald erkannt worden war, dass er eine besondere Begabung dafür hatte, war diese gefördert worden. Er war jeden Tag zu vier der begnadetsten Ärzte des Landes gebracht worden, um von ihnen zu lernen. Steele hatte die verschiedensten Bücher erstaunlich schnell gelesen und merkte sich alles Wissen, das er einmal aufgenommen hatte. Schon im Alter von sechzehn Jahren hatte man ihm Patienten anvertraut, und er hatte weiter bei den vier Männern gelernt, die ihn täglich zu sich riefen und abends in die Schule zurückbrachten.

Reaper legte die Tabletten auf das Nachtkästchen. Er trocknete Anya behutsam ab, während Lana die Jalousien herunterließ, damit es im Zimmer auch morgens noch dunkel blieb. Er setzte sich aufs Bett, streckte die Beine aus, lehnte sich an das Kopfteil, zog Anya zu sich heran, sodass ihr Körper zwischen seinen Beinen ruhte, und richtete sie ein wenig auf.

»Du musst die hier nehmen.« Er drückte die Tabletten an ihre Lippen.

Sie stieß seine Hand weg. »Ich will nichts von dir. Geh weg.«

»Das tu ich nicht. Nimm die Pillen. Sie werden dir helfen.«

Sie gab ihren Widerstand auf und schluckte die Pillen, gefolgt von einem Schluck Wasser aus der Flasche, die er ihr an die Lippen hielt. Er ließ sie aufs Bett sinken, legte jedoch ihren Kopf auf seinen Schoß und streichelte die dunklen Locken, die der geflochtenen Krone entwichen waren, die sie heute in der Arbeit getragen hatte. Er entfernte die Nadeln aus der dichten Masse und löste den Zopf in der Hoffnung, dass ihre Kopfschmerzen dadurch gelindert würden.

»Ich weiß, dass du wütend auf mich bist, und du hast jedes Recht dazu. Ich hätte dir die Fragen selber stellen sollen.«

Sie blieb stumm. Ihre Augen waren geschlossen, aber ihrem Atem entnahm er, dass sie nicht schlief. Ihr Gesicht war schmerzverzerrt, und sie schaukelte ihren Körper hin und her, wohl um die Qual in ihrem Kopf zu erleichtern.

»Hättest du mir die Wahrheit gesagt, wenn ich dich gefragt hätte?« Er wollte unbedingt wissen, ob sie Absinths Verhörmethoden hätten vermeiden können. Absinth hätte die Rasiermessertechnik auch nicht eingesetzt, wenn sie ihm gleich ihren richtigen Namen genannt hätte. Dann wäre er viel sanfter fortgefahren, so, wie er es normalerweise tat, wenn der Club Informationen brauchte.

Anya reagierte nicht sofort, doch ihre Wimpern flatterten, und schließlich schüttelte sie den Kopf ein wenig. Ihre Faust krallte sich in die Bettdecke und dann presste sie sie an ihren Mund.

»Die Besitzer des Ghost-Clubs haben es auf die Familien von Clubpräsidenten abgesehen. Sie spionieren die Clubmitglieder aus, um etwas in Erfahrung zu bringen, was sie gegen sie verwenden können. Normalerweise erpressen sie sie mit Spielschulden.«

»Ich will nichts davon hören.«

»Anya, sie entführen die Ehefrau oder die Tochter eines Präsidenten. Wenn sie kein Lösegeld bekommen, dann töten sie die Frauen qualvoll durch zahllose kleine Schnitte. Vermutlich haben sie das auch mit deiner Mitbewohnerin getan.«

Sie zuckte zusammen und zog sich die Decke über die Augen. »Lass mich damit in Ruhe.«

»In der Nacht, in der ich zurückgekommen bin und wollte, dass der Zar dich rauswirft, habe ich eine Frau und ihre Tochter gerettet. Die Killer waren bereits bei ihnen, und ich habe sie aufgehalten. Mit einem Messer. Jetzt haben sie eine andere Frau in ihrer Gewalt. Diese Frau hat gerade eine Chemo durchlaufen. Wir müssen diese Mörderbande stoppen.«

»Und du hast gedacht, dass ich ihnen helfe. Ihr habt alle gedacht, dass ich diesen grässlichen Kerlen helfe, Frauen zu zerstückeln. Bitte geh weg. Ich hau morgen früh ab.« Ihre Stimme klang gedämpft und so, als ob sie wieder weinte. Er spürte ihren Atem auf seinen Oberschenkeln, und er spürte auch ihre Tränen. Er konnte es kaum aushalten. Er selbst hätte diese Schmerzen verdient, nicht sie.

»Ich gehe nirgendwohin, Anya. Finde dich damit ab und spar dir die Kraft, gegen mich anzukämpfen.« Er massierte behutsam ihre Kopfhaut.

Dann sagte er nichts mehr und hoffte, dass sie einschlief. Doch das tat sie nicht, und er auch nicht. Er starrte die Wand an, und seine Finger fuhren sanft durch ihre Haare. Vielleicht brauchte er diese Berührung mehr als sie; jedenfalls konnte er nicht damit aufhören. Sie musste es unbedingt durch diese Nacht schaffen, und durch den nächsten Tag. Sie hatte ihm vorgeworfen, dass er und sein Club genauso übel waren wie diejenigen, die sich unschuldige Frauen krallten. Stimmte das? Bei ihm wohl schon. Er hatte einen kaltblütigen Killer aus sich machen lassen, damit die anderen überleben und eines Tages vielleicht sogar in Freiheit leben konnten.

»Wir wurden als kleine Kinder in Russland verschleppt, und unsere Eltern wurden ermordet, weil sie sich gegen einen Burschen namens Sorbacov gestellt hatten. In der Öffentlichkeit gab er sich als freundlicher Mann, der mit Frau und Kindern eine richtige Vorzeigefamilie bildete. Doch er hatte bestimmte Neigungen, die er natürlich nicht öffentlich auslebte. Er stand auf sehr junge Knaben, auf Folter und auf Snuff-Videos. Es erregte ihn, wenn junge Mädchen gefoltert und beim Sex getötet wurden. In den vier Internatsschulen, die er gegründet hatte, umgab er sich mit Gleichgesinnten, mit abartigen Perversen, denen es Spaß machte, andere leiden zu sehen.«

Er verstummte und starrte wieder auf die Wand, doch alles, was er sah, war Anyas Gesicht, als sie neben Absinth auf diesem Podest saß. Kreidebleich, das Kinn trotzig vorgereckt. Sein Herz war ins Stolpern geraten, sein Magen hatte sich verkrampft. Beinahe hätte er sich zusammen mit ihr übergeben. Er hatte sie das alleine durchstehen lassen. Er hätte sie in den Armen halten müssen. Er hätte bei ihr sitzen, ihre Hand nehmen, mit ihr in Verbindung treten müssen. Er hätte versuchen sollen, ihr klarzumachen, dass die Wahrheit für den Club unabdingbar war; denn sie konnten sich keinen Spion in ihren Reihen leisten.

»Ich war vier, als ich dorthin verschleppt wurde, Savage war zwei. Wir hatten zwei ältere Schwestern. Wir stammten aus einer wohlhabenden Familie, und es war entsetzlich für uns, mitansehen zu müssen, wie unsere Eltern vor unseren Augen ermordet wurden. Anschließend wurden wir an einen Ort mit dicken Wänden, wenigen Fenstern und einem Verlies im Untergeschoss gebracht. Im Lauf der Jahre wurden fast dreihundert Kinder in diese Schule verschleppt. Zweihundertsiebenundachtzig, um genau zu sein. Achtzehn haben überlebt.«

Ihre Hand bewegte sich auf seinem Oberschenkel. Ihre Finger streiften ihn nur ganz sachte, doch sie schien ihm zuzuhören. Er wusste nicht, warum er ihr das alles erzählte, und er hatte seine Geschichte noch nie einem anderen Menschen anvertraut. Er war von Dämonen beherrscht, die er in sich gefunden und vorsätzlich genährt hatte. Er hatte die düstere Seite in sich wachsen lassen, weil er sie gebraucht hatte, ohne dass er damals hatte ahnen können, was die Folgen sein würden.

Reaper hob eine ihrer Fäuste, öffnete sie behutsam und presste einen Kuss auf die Handfläche. »Du hast dich gewundert, dass wir uns nichts dabei denken, nackt herumzulaufen. Sie haben uns keine Kleidung tragen lassen. Wir hatten nicht einmal ein Bad. Oft mussten wir zuschauen, wenn sie andere quälten. Sie haben uns beigebracht, unsere Körper zu beherrschen, indem sie uns zwangen, Sex erst mit älteren Männern und Frauen und dann mit jüngeren zu haben. Wenn wir es nicht schafften, uns zu kontrollieren, wurden wir grün und blau geschlagen. Wenn einer unserer Partner es nicht schaffte, uns zu erregen, wurde der grün und blau geschlagen.«

Er presste ihre Hand an den Mund und knabberte mit den Zähnen sachte an den Fingerkuppen. »Meine Schwestern wurden brutal ermordet, als sie versuchten, Sorbacov und seine Freunde davon abzuhalten, Savage und mich in die Räume zu zerren, in denen sie die Folter und Vergewaltigung von Kindern filmten. Ihre Leichen wurden zwei Tage lang auf dem Boden unseres Verlieses liegen gelassen, bis wir blutig und traumatisiert dorthin zurückkehrten. Du kannst dir wohl denken, wie schrecklich es für uns war, unsere ermordeten Schwestern zu sehen. Wenn der Zar nicht gewesen wäre, hätten wir beide den Verstand verloren.«

Ganz sicher war er sich allerdings nicht, ob er an jenem Tag nicht doch den Verstand verloren hatte. Er erinnerte sich noch deutlich an sein Leid und die Erniedrigung. Er erinnerte sich an Wut und an Schuldgefühle, weil er es nicht hatte verhindern können, dass sein kleiner Bruder gequält wurde, und damals war er erst vier gewesen. Doch zu jener Zeit war er sich auch der Dunkelheit in seinem Inneren bewusst geworden. Er hatte sie als Kraftort in sich entdeckt und wachsen lassen. Ein Ort, wohin er sich wenden konnte, um zu tun, was auch immer notwendig war, um Männern wie Sorbacov das Handwerk zu legen.

»Ich weiß nicht, warum ich dir das erzähle. Ich habe es noch nie jemandem erzählt. Ich tue es nicht, damit du verstehst, was wir zu unserem Schutz getan haben. Es geht mir eher darum, dass du mehr über mich erfährst. Ich wollte, dass du rausgeworfen wirst, weil ich dich vor mir beschützen wollte. Ich habe nie eine normale, ganz spontane Erektion gehabt. Ich habe meinen Schwanz immer ganz bewusst steif werden lassen, um mit Sex einen Job zu erledigen. Ich habe noch nie solche Gefühle zu einer Frau empfunden wie zu dir. Mit dir zusammen konnte ich kaum noch einen klaren Gedanken fassen. Die Luft zum Atmen war mir weniger wichtig, als das Bedürfnis, in dir zu sein. Davor ging es immer nur um irgendeine geplante Verführung. Als wir vor ein paar Jahren freikamen, wollte ich meinem Körper nicht mehr befehlen, jemanden zu begehren. Nicht einmal um eines Orgasmus willen.«

Er sah auf ihr Gesicht herab. Ihre Augen waren jetzt offen, und ihre langen Wimpern flatterten. Sie streiften seinen Oberschenkel. Ein Blick wie ein Kuss. Dennoch wirkte er forschend, so, als ob sie sehen wollte, ob er die Wahrheit sagte. Er streifte ihr die dunkle Mähne aus dem Gesicht. Seine Finger konnten sehr sanft sein, auch wenn sonst nichts Sanftes an ihm war.

»Ich habe dich in der Bar arbeiten sehen. Ich habe dein Lachen gehört. Ich musste dich ständig anschauen. Du bist so verdammt schön, Anya, und das gilt nicht nur für deinen Körper. Ich habe versucht, dich zu retten. Als ich gemerkt habe, dass ich mich nicht von dir fernhalten konnte, und mir klar wurde, dass mein Schwanz so gierig auf dich ist, dass er keine Ruhe mehr geben wollte, egal, wie sehr ich ihm das befahl, wollte ich, dass du verschwindest. Ich habe dich haben wollen. Ich habe noch nie etwas für mich haben wollen, bis ich dich gesehen habe.«

Den Rest konnte er ihr nicht sagen. Wie sehr er den Club liebte. Dass der Club sein Leben war, der beste Teil von ihm.

Der einzige gute Teil an ihm. Im Moment wollte er seine Colors nicht mehr anschauen, die Abzeichen, auf die er so stolz gewesen war. Alles, was er liebte, alle Menschen, die er liebte, hatten ihn um die eine Person gebracht, die ihm wirklich wichtig war. Die er brauchte. Er hätte sogar versucht, sich zu verändern, damit eine Beziehung mit ihr möglich wäre. Er hatte gehofft, dass er durch sie zu einem besseren Menschen werden könnte. Er hatte sich eingeredet, dass er einen Weg finden könnte, sich weiterzuentwickeln und zu wachsen, und dass sie bei ihm bleiben und Geduld zeigen würde, wenn er Fehler machte.

»Letztendlich haben es nicht sie verbockt, sondern ich«, dachte er laut. Sein Club hatte ihn zu nichts gezwungen. Er hatte sich freiwillig auf die Seite seiner Brüder und Schwestern gestellt. Er hätte auch beschließen können, zu Anya zu stehen. Er hätte es tun müssen. Doch da war der Zar. Er war sein Schatten gewesen, sein Schwert, schon seit er mit fünf seinen ersten Mord begangen hatte. Er wusste nicht, wie er sich anders verhalten sollte. »Du hast recht, Anya«, gab er nun zu. »Ich hätte für dich Partei ergreifen müssen. Ich wusste, dass du keine Spionin bist, aber sie wussten es nicht, und ich wollte unbedingt, dass sie dich so sehen, wie ich dich sehe.«

Er streichelte immer noch ihren Kopf in der Hoffnung, dass ihr das beim Einschlafen helfen würde. Die Finger seiner anderen Hand waren immer noch mit ihren verschränkt, weil er nicht bereit war, sie gehen zu lassen. Er hatte nur die Zeit, bis sie wieder auf den Beinen war, um sich etwas einfallen zu lassen, was sie zum Bleiben bewegen könnte. Tausend Gedanken rasten ihm durch den Kopf. Normalerweise war er extrem schweigsam und teilte sich anderen nicht mit. Jetzt war es, als wäre eine Schleuse geöffnet worden, und er wollte ihr unbedingt erklären, wer er war. Er wollte unbedingt, dass sie einen Blick in sein Inneres warf, all die Schichten seiner Dunkelheit durchdrang und den Teil von ihm fand, den sie berührt hatte.

Den Teil, der sie brauchte, damit sie ihn rettete. Er wollte, dass sie etwas Gutes in ihm sah, weil er selbst es nicht hervorbringen konnte und es endgültig verloren gehen würde, wenn sie nicht da war, um es zum Vorschein zu locken.

Die Tür ging auf, Lana stand an der Schwelle. »Schläft sie?«

Er schüttelte den Kopf. »Sie schlummert. Die Pillen fangen an zu wirken.«

Lana setzte sich ans Fußende und tastete nach Anyas Köchel unter der Decke, als ob auch sie eine Verbindung zu ihr herstellen wollte. »Ich mag sie, Reaper. Ich mag sie sehr. Als du sie in mein Zimmer gebracht hast, war ich zuerst stocksauer. Ich dachte, sie wäre wie die anderen Frauen, und ich wollte keine von denen in meinem Zimmer haben. Doch dann hab ich erkannt, dass sie dir etwas bedeutet, und habe sie mir genauer angeschaut, so wie ich das bei Blythe getan habe, und gemerkt, dass sie eine ganz besondere Frau ist.«

Reaper nickte. »Ganz deiner Meinung, Lana.«

»Ich hätte stärker für sie kämpfen müssen. Ich habe zwar ein paar Einwände vorgebracht, aber ich habe nicht darauf beharrt. Ich hätte es wirklich tun müssen; denn in dem Moment, in dem ich mir die Zeit nahm, sie kennenzulernen, wurde mir klar, dass sie nicht fähig war, uns zu verraten. Jetzt habe ich das Gefühl, dass ich euch beide verraten habe. Du hast für sie gekämpft, aber du hättest jemanden gebraucht, der dich unterstützt, und das habe ich nicht getan. Es tut mir wahnsinnig leid.«

Reaper seufzte. »Letztlich geht es um den Zar und Blythe. Die Ghosts haben es auf die Frauen und Töchter von Clubpräsidenten abgesehen. Das heißt, dass sie hinter Blythe her sein werden. In erster Linie müssen wir sie beschützen. So sehr ich dieses Verhör und alle gehasst habe, weil sie darauf bestanden haben, es durchzuziehen, so wusste ich doch, dass es notwendig war. Doch ich hätte sie wenigstens selbst befragen müssen.«

»Sie hätte dir nichts gesagt. Sie war viel zu verängstigt.«
Seufzend massierte Lana Anyas Knöchel. »Manchmal hasse ich
uns, Reaper. Ich hasse es, dass wir nie andere sein können als
die, zu denen Sorbacov uns gemacht hat.«

Er nickte. »Ich weiß, was du meinst.«

»Sie haben uns nur zwei Dinge beigebracht, Reaper: Auf
jede erdenkliche Weise Sex zu haben und auf jede erdenkliche
Weise zu töten. Beziehungen haben sie ausgelassen. Liebe
haben sie ausgelassen. Sie haben all die Dinge ausgelassen, die
andere Menschen kennen. Blythe hätte uns nie die Entscheidung fällen lassen, Anya auf diese Weise zu verhören. Sie hätte
es uns verboten.«

Reaper schüttelte den Kopf. »Der Zar hätte sich nichts von
ihr sagen lassen.« Er blickte an Lana vorbei zu der Schwelle, auf
der plötzlich der Zar mit seinen breiten Schultern die Tür-
öffnung ausfüllte. Reapers Magen schnürte sich zu. Tief in ihm
brodelte die Wut. Er unterdrückte sie, weil ihm klar war, dass
Anya jetzt wahrlich keine lauten Stimmen und Gefühle der
Wut um sich herum brauchte.

Lana warf einen Blick zur Tür und entdeckte ihren Präsidenten. »Ich bleibe heute Nacht und morgen in der Nähe, für
den Fall, dass sie mich braucht. Sag mir Bescheid, wenn dir
etwas einfällt, was ich tun kann.« Sie stand auf und berührte
Anya sachte. »Die Dinge, die sie über dich gesagt hat, stimmen
nicht, Reaper.«

Reaper sah ihr stumm nach, wie sie sich zurückzog. Irgendwie half es ihm, dass er nicht der Einzige war, der die Sache
bereute.

Der Zar trat ein und stellte sich ans Bett.

Reaper schüttelte den Kopf. »Im Moment will ich dich nicht
sehen«, knurrte er. »Geh heim zu deiner Frau und lass mich
mit meiner allein.«

»Reaper, du weißt, dass Absinth unter den gegebenen Umständen so behutsam wie möglich vorgegangen ist. Wenn sie sich ihm nicht so entschlossen widersetzt hätte …«

»Quatsch. Sie wollte sich nur selbst schützen. Meine Frau leidet. Und das nur, weil du wissen wolltest, ob deine in Sicherheit ist. Hau ab. Ich habe jetzt keine Lust, weiter darüber zu reden.« Reaper lehnte sich ans Kopfteil des Bettes und schloss die Augen. Er wollte den Mann, den er fast sein ganzes Leben lang beschützt hatte, nicht sehen. Er war wütend, allerdings weniger auf den Zar als auf sich selbst. Wütend über die Entscheidungen, die er getroffen hatte und immer wieder treffen würde.

»Ich werde mit ihr reden.«

»Du hast doch gehört, was sie gesagt hat. Was sie über uns und vor allem über mich denkt. Sie hat mich auf ihrer Haut getragen, wie ich ihr gesagt hatte, und ich habe es ihr damit vergolten, dass ich Absinth ihren Verstand verwüsten ließ.«

»Reaper …«

Reaper schüttelte den Kopf. »Geh jetzt, Zar.« Plötzlich war er unendlich müde. »Heute Nacht gibt es nichts mehr zu bereden. Morgen vielleicht, aber nicht heute. Heute Nacht werde ich sie festhalten und darauf achten, dass die Dämonen sie nicht verfolgen. Nichts soll sie mehr verletzen. So viel kannst du mir ja wohl zugestehen – eine verdammte Nacht bei ihr, bevor sie endgültig aus meinem Leben verschwindet.«

»Ich lasse dir jetzt den Raum, den du brauchst. Nimm dir ein bisschen Zeit mit ihr, aber wir müssen noch über die drei Kerle, die heute Abend in der Bar gehockt sind, reden. Glaub mir, es tut mir echt leid, wie diese Sache gelaufen ist.«

Reaper war davon überzeugt, dass es allen leidtat. Aber das änderte nichts an dem, was sie Anya angetan hatten. Er wartete, bis der Zar gegangen war, dann wandte er sich wieder an Anya.

»Bist du wach?« Ihr Atem ging nicht regelmäßig.

Sie nickte. Ihre Haare glitten über seine Oberschenkel, schlangen sich um seinen Schwanz. Es fühlte sich richtig an, einfach so dazusitzen und ihren Kopf auf seinem Schoß ruhen zu lassen. Es fühlte sich tröstlich an, friedlich. Er stellte sich vor, dass Männer und Frauen, die sich nahestanden, so etwas taten, wenn sie eine schwere Zeit hinter sich hatten und beide litten – einfach nur dasitzen und den Geruch des anderen einatmen.

»Lässt dein Kopfweh nach?«

»Starke Pillen.« Die leisen, an seinem nackten Oberschenkel geflüsterten Worte fühlten sich wie eine Liebkosung an. Er schloss die Augen, um das Gefühl zu genießen und sich davon trösten zu lassen.

Die Pillen waren stark. Steele hatte bestimmt welche ausgesucht, die alle Schmerzen so gut wie nur irgend möglich unterdrückten. Verrat und eine tiefe Verletzung würden sie allerdings nicht ungeschehen machen.

»Ich habe sie gemocht. Preacher. Lana, meine ich. Ich habe sie echt gern gehabt.«

Ihm wurde schwer ums Herz. In ihrer Stimme schwangen wieder Tränen mit. »Baby, sie mögen dich auch. Niemand wollte dich verletzen, ich am allerwenigsten.«

»Ich habe gedacht, dass sie meine Freunde werden könnten, vielleicht sogar meine Familie.«

»Das waren sie, und das sind sie immer noch. In Familien wird aber auch gestritten, Anya, und Familien stehen gemeinsam schwere Zeiten durch.« Er wollte hoffen. Wollte ein verdammtes Wunder. War das zu viel verlangt? Hasste ihn das Universum so sehr, dass es ihm nicht das einzig Gute gönnte, das ihm je in seinem Leben begegnet war?

»Ich weiß nicht, was Familien so tun«, flüsterte sie. »Ich hatte nie eine.«

Das brachte ihn schier um. Er streifte ihr wieder die Haare

aus dem Gesicht. Sie hielt still, aus Angst, dass der Schmerz wiederkehrte, wenn sie den Kopf bewegte. Er blieb ebenso reglos sitzen, um ihr nicht neue Schmerzen zuzufügen, wenn er die Beine bewegte.

»Ist Absinth eine Art menschlicher Lügendetektor?«

Sie sprachen mit Außenseitern nie über ihre übernatürlichen Gaben. War sie eine Außenseiterin? Für ihn nicht, aber tief verwurzelt in ihm war seine Gewohnheit, die anderen zu beschützen. »Etwas in der Art«, antwortete er vage. Absinths Gabe war allerdings ohnehin nicht zu erklären. Hunderte von Stunden hatte er geübt, bis er mit seiner Stimme in den Kopf von anderen eindringen konnte. Blutend und mit tränenüberströmtem Gesicht hatte er auf dem Boden des Verlieses gekauert und geübt, um vielleicht beim nächsten Mal die verrückten Pädophilen, die in der Schule arbeiteten, daran zu hindern, ihm und den anderen wehzutun.

»Ist mein Auto repariert?«

»Es ist eine Scheißkarre, Baby. Das hab ich dir doch schon gesagt. Die Jungs sind echt gut, aber Wunder können sie nicht bewirken.« Sein Herz begann zu hämmern. Sie wollte dieses Auto, damit sie aus seinem Leben verschwinden konnte.

»Haben sie den Motor wieder zum Laufen gebracht?«

Er war froh, ihr die Wahrheit sagen zu können. »Noch nicht. Sie versuchen es. Rollschuhe wären vermutlich sicherer.« Er hoffte auf ein kleines Lächeln, doch das bekam er nicht. Das einzige Zeichen, dass sie sich ihm nicht komplett entzog, war, dass sie ihn immer noch ihre Hand halten ließ. Entweder sie war zu geschafft, um das zu bemerken, oder aber es ging ihr wie ihm und sie war noch nicht völlig bereit, das aufzugeben, was sie angefangen hatten.

»Ich kann nicht Rollschuh fahren.«

»Hast du das nie gelernt?«

»Nein. Dafür hatten wir keine Zeit. Wir sind immer schon

in der Früh aus dem Obdachlosenheim losgezogen und haben uns auf der Straße was zu Essen organisiert.« Plötzlich bewegte sich ihr Kopf, er rieb sich an ihm wie eine Katze. Es war nur eine winzige Bewegung, doch für ihn war es eine Liebkosung, wie es ihre Lippen waren, die an seiner Haut flüsterten. »Na ja, Mom hat Drogen organisiert, ich Essen«, stellte sie klar. »Als sie mich bekommen hat, war sie gerade mal sechzehn. Ihre Eltern haben sie rausgeworfen, und sie blieb auf der Straße. Und ich bei ihr.«

»Oh Gott, Baby«, flüsterte er.

»Mir ging es aber nicht so schlecht wie dir. Meine Mom hat mich beschützt. Das habe ich damals zwar nicht kapiert, aber um die Kerle von mir fernzuhalten, ist sie mit ihnen losgezogen«, gestand sie ihm flüsternd in der Dunkelheit, so, wie er ihr so manches gestanden hatte. »Ich wünschte, ich hätte gewusst, was sie für mich getan hat, als sie noch lebte.«

»Sie wollte dich das nicht wissen lassen.« Er hatte Savage auch nie wissen lassen wollen, welche Brutalitäten er ausgehalten hatte, um die schlimmsten Verbrecher von seinem kleinen Bruder fernzuhalten. Das Problem war nur, dass Savage genau dasselbe getan hatte in dem Glauben, dass er damit Reaper vor diesen Verbrechern schützte.

»Ich wollte nicht, dass es vorbei ist«, flüsterte sie, und neue Tränen fielen auf seinen Oberschenkel. Er wusste nicht, ob sich das auf den Tod ihrer Mutter bezog oder auf sie beide.

»Ich will nicht, dass es vorbei ist«, erwiderte er, und vielleicht traten ihm in dem Moment ebenfalls Tränen in die Augen. Er wusste, dass er sie beide gemeint hatte.

## 10. Kapitel

Anya hatte wahnsinnige Kopfschmerzen und sah verschwommene, schattenhafte Gestalten von Männern und Frauen, die kleine Jungs umzingelten und sie packen wollten. Anya konnte sie nicht aufhalten. Sie versuchte, gegen die Monster anzukämpfen, versuchte es mit Flehen, tat, was ihre Mutter getan hatte und bot ihren Körper für die Kinder an. Nichts hielt die Ungeheuer davon ab, sich die entsetzten Kinder zu grapschen.

Sie schrie und schrie und schrie.

»Alles ist gut, meine Schöne. Ich bin hier. Ich gehe nicht weg. Ich habe ja dich.« Die Stimme streichelte ihre Haut wie Samt und linderte ihre Kopfschmerzen. »So ist es gut. Anya, komm zu mir zurück. Mach die Augen auf.«

Es dauerte eine ganze Weile, bis sie merkte, dass Arme sie umfingen und jemand mit einem kühlen Tuch ihre Stirn sanft abtupfte. Sie hatte schon viele Albträume gehabt, doch noch nie war sie in den Armen eines anderen erwacht, der ihr sagte, dass alles gut werden würde. Ihre Mutter hatte ihr nie erlaubt, sich nachts an sie zu kuscheln. Sie war mit anderen Dingen beschäftigt gewesen.

Anya atmete tief ein und merkte, dass es Reapers Geruch war, der an ihre Nase drang. Er war immer noch da und hielt sie fest. Sie erbebte. Die letzten Reste ihres Albtraums wollten nicht verschwinden, doch seine körperliche Hitze umfasste sie, seine Arme fühlten sich stark an und sie spürte seinen steten Herzschlag.

»Baby«, flüsterte er und drückte zarte Küsse auf ihre Schläfen. »Wach auf. Du hattest einen Albtraum.« Er streifte ihr die Haare aus dem Gesicht, die sich für sie anfühlten wie Spinnweben. »Ich hätte dir nichts von der Schule erzählen sollen. Es gibt sie nicht mehr. Sie ist geschlossen worden, und die Lehrer sind tot.«

Es kostete sie große Kraft, die Lider zu heben und in das Gesicht ihres gefallenen Engels zu schauen. Oh Gott, er war so schön. Ein wunderschöner, gequälter Mann, gestählt im Höllenfeuer, vergewaltigt von Bestien. Sie berührte eine Narbe auf seinem Gesicht. Das hatte sie schon im ersten Moment, als sie ihn gesehen hatte, tun wollen, doch Reaper war keiner, den man einfach so berührte. Sie rechnete damit, dass er sie abwehren würde, doch er ließ sie gewähren. Seine Augen brannten sich in ihre, und wo vorher Ferne und Kälte gelegen hatten, lag jetzt etwas anderes. Etwas, das ihr Angst machte, weil es zu spät dafür war.

»Das kannst du nicht wissen.«

»Was kann ich nicht wissen, meine Schöne?« Er drehte den Kopf und schnappte nach ihrem Finger.

Ihr Herz machte einen kleinen Satz. Sein Mund war heiß, seine Zunge glitt über ihren Finger und versengte ihn. Sie war schwach, dass sie ihn das tun ließ. Sie halten ließ. Ihn bei ihr bleiben ließ in einem Moment, in dem sie so verwundbar war. Trotzdem entzog sie sich ihm nicht, weil er ihr nun alles gab, was sie brauchte. Wie beim Sex würde sie nehmen, was sie konnte, bevor sie sich dazu durchringen würde, ihn zu verlassen.

»Du kannst doch gar nicht wissen, ob diese schrecklichen Menschen tot sind. Du warst doch nur ein kleiner Junge.«

Seine Augen veränderten sich, verdunkelten sich, wurden

leer. »Ich habe sie getötet. Einen nach dem anderen. Ich bin durch die Luftschächte geklettert. Manchmal habe ich auch gewartet, bis sie mich fast tot geschlagen hatten und von meinen Fesseln befreiten. Dann habe ich es getan.« Er rieb sich über das Handgelenk und den Unterarm.

Ihr Blick fiel auf die Narben dort, die bezeugten, dass er die Wahrheit sagte. »Du warst ein Kind. Wie hast du es geschafft, erwachsene Männer umzubringen?«

»Und Frauen«, fügte er hinzu. »Manche Frauen waren besonders schlimm.«

Sein Körper erbebte. Sie wollte ihn festhalten, ihn trösten, ihn von dem schrecklichen Albtraum, den er erlebt hatte, erlösen.

Er fuhr ihr durch die Haare. »Ich habe sie alle umgebracht, Anya. Den Ersten habe ich mit fünf Jahren getötet. Er hatte Savage gequält und brachte ihn völlig entstellt in das Verlies zurück. In dem Moment beschlossen der Zar und ich, dass es reichte. Wir mussten einen Weg finden, uns zu wehren, sonst hätten sie uns alle getötet. Das ist der Mann, mit dem du zusammen bist. Der Mann, von dem ich mich unbedingt entfernen will, damit du nicht mit ihm im Bett liegen musst. Aber er ist der größte Teil von mir.«

Er sah ihr in die Augen. Sie erkannte, dass er mit Ablehnung und Verurteilung rechnete. Kein Wunder, dass ihr Engel vom Himmel gefallen war. Unvorstellbar, was dieser kleine Junge durchgemacht hatte und was er hatte tun müssen, damit er dieser Hölle entkam. Er war tatsächlich im Höllenfeuer geschmiedet worden. Und was war mit den anderen? Sie wollte kein Mitleid mit ihnen empfinden, aber was war ihnen angetan worden? Was hatte ein Gefängnis, das vorgab, eine Schule zu sein, bevölkert mit Kinderschändern, die vorgaben, Lehrer zu sein, ihnen allen angetan? Klar war, dass sie nur durch engsten Zusammenhalt überlebt hatten.

»Als ich dich zum ersten Mal sah, Reaper, fand ich dich wunderschön. Du bist mir vorgekommen wie ein gefallener Engel. So sehe ich dich noch heute. Ich denke, dass du ein ganz erstaunlicher Mann bist, wenn du all die Dinge getan hast, die du in deinem Leben tun musstest. Dieses Martyrium so weit zu überwinden, dass du überhaupt funktionieren kannst.«

Zum ersten Mal in seinem Leben wurde sein Gesicht weicher. Seine harten Gesichtszüge, seine tiefen Furchen und Narben wirkten auf einmal abgemildert. »Ich werde immer verdammt sein, Baby. Für mich gibt es nichts anderes.«

Tränen brannten in ihren Augen, weil dieser Engel sie nicht erkannt hatte. Er hatte nicht tief genug in sie geblickt und die Frau entdeckt, die bereit gewesen wäre, mit ihm die Hölle zu durchqueren. »Ich weiß.« Warum hatte er noch nie so mit ihr geredet? Vielleicht hätte sie wirklich den Mut aufgebracht und versucht, für eine Beziehung mit ihm zu kämpfen. Warum hatte er sie nach dem Sex nicht eine Weile in den Armen gehalten? Das hätte sie vielleicht so gestärkt, dass sie seinen Verrat hätte verwinden können.

»Mein Kopf tut weh. Er tut so weh, dass ich kaum denken kann.«

»Du musst nicht so viel denken. Im Moment geht es einfach nur um uns zwei, Anya. Die Welt kann sich ruhig weiterdrehen, aber jetzt, hier im Dunkeln, geht es nur um uns.«

»Versuchst du, mich zum Bleiben zu bewegen?«

»Ja.« Seine Antwort war klipp und klar, auch seine Miene ließ keine Zweifel aufkommen. Sie schüttelte den Kopf, obwohl die Schmerzen sofort wieder aufflammten. »Das kann ich nicht. Ich brauche einen Mann, dessen oberste Loyalität mir gilt. Ich will, dass er mich und unsere Kinder beschützt. Bei dir wird der Club immer an erster Stelle stehen. Das kann ich sogar verstehen, aber ich kann nicht damit leben. Ich möchte eine Familie, Reaper. Du hast schon eine. Du hast Brüder und

Schwestern, die dich lieben und zu dir stehen, wie sie es mir gegenüber nie tun könnten. Ich bin echt froh, dass du sie hast, aber ich brauche auch jemanden, der zu mir steht.«

»Sie würden dich akzeptieren und ebenso loyal zu dir sein, Baby. Aber du musst verstehen, wie wir sind. Der Zar hat uns zusammengeschmiedet. Er hat sich den Plan ausgedacht, der uns aus der Hölle befreit hat. Er spornte uns immer an, uns noch schwerer ins Zeug zu legen und unsere Gaben zu trainieren, damit jeder zu unserem Kampf ums Überleben seinen Beitrag leisten konnte. Wir sind zueinander absolut loyal, das stimmt. Aber die anderen werden dir gegenüber ebenso loyal sein, wenn du bei uns bleibst. Ganz bestimmt.«

Er hatte das bisher nicht getan. Er hatte sich für den Club entschieden und gegen sie. »Vermutlich wird ihre Loyalität nur so lange währen, bis sie wieder mal glauben, dass von mir eine Bedrohung ausgehen könnte.« Vielleicht konnte sie ihm vergeben, aber nicht den anderen. Sie würde nie absolut sicher sein, dass sie sie akzeptierten, und nach dem, was sie getan hatten, würde sie selbst die anderen nicht mehr akzeptieren können. Doch sie musste den rechten Zeitpunkt abwarten, sich gefügsam geben und ihr Temperament zügeln, bis sie nicht mehr so verwundbar war.

»Baby, ich weiß, dass es schwer ist, uns zu verstehen. Unser oberstes Gebot war stets, uns gegenseitig zu beschützen. Etwas anderes kennen wir nicht. Es war nicht richtig, wie wir bei dir vorgegangen sind, aber so sind wir erzogen worden. Nur so haben wir überlebt.«

»Mein Kopf tut weh, Reaper, und es wird wieder schlimmer.« Sie wollte nicht hören, dass seine Familie sie akzeptieren und zu ihr stehen würde; denn sie wusste, dass das nicht stimmte, selbst wenn er es nicht wusste. Sie hatten eine unauflösbare Verbindung, und das verstand sie sogar. Sie waren gemeinsam aufgewachsen, hatten gemeinsam gelitten, jeder kannte die schlimmsten Geheimnisse des anderen. Natürlich waren sie loyal zueinander. Aber es war ein exklusiver Club, in dem kein anderer jemals aufrichtig willkommen sein würde.

»Ich weiß, dass dein Kopf wehtut, Baby. Ich hab Steele schon gesimst. Er wird dir gleich noch ein paar Schmerztabletten bringen. Wenn du was gegessen hast, kannst du wieder ein bisschen schlafen.«

»Wie spät ist es?«

»So gegen zehn. Alena hat gesimst, dass sie uns ein Frühstück macht. Musst du aufs Klo?«

»Dringend.« Sie war sich nur nicht sicher, ob sie das Licht im Flur ertragen konnte. Ihr Kopf fühlte sich an, als hätte jemand mit einem Baseballschläger darauf eingedroschen, aber nicht nur äußerlich, sondern vor allem im Inneren. Oder als hätte jemand eine Schutzschicht, die um ihr Gehirn lag, mit einem scharfen Messer entfernt.

Reaper stand sofort auf und hob sie hoch. Wie gern sie in seinen Armen lag! Er war extrem stark und vermittelte ihr das Gefühl, dass er sie beschützte. Doch sie wusste jetzt, dass das nur eine Illusion war.

»Erinnerst du dich, dass Lana gestern Nacht vorbeigekommen ist? Oder warst du noch zu benommen?«

Er öffnete die Tür, und das Licht drang wie eine Rakete durch ihren Kopf. Sie schrie laut auf, kniff die Augen fest zu und vergrub den Kopf an seinem Brustkorb.

»Erinnerst du dich an sie?«, fragte er nach.

Sie wollte sich nicht an Lana erinnern, und auch nicht an ihre Stimme. Den Kummer, die Reue, die sie darin gehört hatte. Sie wusste, dass das nicht gespielt gewesen war. Lana hatte gesagt, dass sie sie mochte. Dass sie stärker für sie hätte eintreten müssen. Sie hatte gesagt, dass Reaper das getan hatte, und dass sie ihn hätte unterstützen sollen. Doch Anya musste sich an die Tatsache halten, dass die Menschen, von denen sie gedacht hatte, sie wären ihre Freunde, sich gegen sie gestellt hatten. Nicht einmal Reaper hatte ihr geholfen. Er hatte sich nicht vor sie gestellt und sie beschützt. Er hatte sich für den Zar und Blythe entschieden, nicht für sie.

Die blassen Wände im Bad reflektierten das Licht. Vor Anyas Augen tanzten bleiche Punkte. Als Reaper sie absetzte, musste sie sich am Waschbecken festhalten, um nicht umzukippen. »Ich muss hier drin alleine sein, Reaper. Wenn du hier bist, kann ich nicht.«

»Ich bin sofort wieder da, solltest du Hilfe brauchen«, warnte er sie. »Sperr die Tür nicht zu.«

Sie wusste, dass es ohnehin sinnlos war, die Türe zuzusperren, also ließ sie es bleiben. Als Reaper den Raum zögernd verließ, konnte sie endlich wieder tief Luft holen. Sie hatte gar nicht gemerkt, dass sie die ganze Zeit flach geatmet hatte, um seinen Geruch nicht in sich eindringen zu lassen.

Nachdem sie sich erleichtert hatte, starrte sie sich im Spiegel an. Ihr Aussehen übertraf all ihre Befürchtungen. Sie sah furchtbar aus. Dunkle Ringe umrahmten ihre Augen. Ihre dichte Mähne neigte sowieso dazu, im Lauf des Tages komplett zu verfilzen. Da sie sie am Abend nicht gebändigt hatte, wirkten ihre Haare nun vollkommen außer Rand und Band. Ihre Bürste lag zwar neben dem Waschbecken, doch sie brachte nicht die Energie auf, nach ihr zu greifen.

Wie kam es nur, dass sie so rasch so tief abgestürzt war? Wie sollte sie es schaffen, ihren Traum hinter sich zu lassen und einfach weiterzuleben? Sie hatte ihr Leben lang darum gekämpft, von der Straße wegzukommen. Doch wenn das Leben sie immer wieder herunterzog und sie wissen ließ, dass sie nie von der Straße wegkommen würde, dann gehörte sie eben dorthin. Sie war der Müll, den andere wegwarfen.

»Anya?« Reaper stieß die Tür auf. »Baby, was ist denn los? Du weinst ja!« Er nahm sie in die Arme.

Weinte sie? Das hatte sie gar nicht gemerkt. Sie hatte nur gemerkt, dass ihr Bild im Spiegel zusehends verschwamm, doch eigentlich konnte sie sich selbst gar nicht mehr sehen. Ihre Realität hatte sich verzerrt, vermutlich konnte sie sich deshalb nicht mehr klar sehen. Stumm drückte sie das Gesicht an seinen Brustkorb und ließ den Tränen freien Lauf.

»Reaper, schaff sie ins Bett!«

Steeles Stimme drang durch ihre Schluchzer. Sie klammerte sich fester an Reapers Nacken. Wie diese Menschen mit Nacktheit umgingen, trieb sie in den Wahnsinn. Reaper geriet nicht aus dem Tritt und brachte sie zurück in das dunkle Schlafzimmer. Vor dem Bett stützte er sich auf einem Knie ab und legte sie sanft auf die Matratze. Rasch zog sie sich die Decke bis ans Kinn.

»Setz dich hin, Baby. Nur ganz kurz. Du musst diese Pillen nehmen. Sie werden gegen deine Kopfschmerzen helfen. Erinnerst du dich noch an gestern Nacht? Sie haben deine Schmerzen betäubt.«

Mit gesenktem Blick warf sie die Pillen ein. Ihr war klar, dass Steele noch auf der Schwelle stand und sie beobachtete. Am liebsten hätte sie sich die Decke über den Kopf gezogen. Sie erinnerte sich daran, dass sie ihn in der vergangenen Nacht angeschaut hatte. Sie hatte alle angeschaut und gehofft, Mitleid in ihren Gesichtern zu entdecken. Doch die waren ebenso ausdruckslos gewesen wie Reapers Gesicht. Nur Lana hatte Betroffenheit gezeigt.

»Reaper, in einer Stunde haben wir ein Treffen.«

»Trefft euch ohne mich. Ich bleibe bei Anya.«

Ihr Herz schlug schneller. Hoffnung keimte in ihr auf, doch sie unterdrückte sie rasch. Warum nahmen Frauen Männer, die ihnen Gewalt angetan hatten, wieder auf, wenn diese ihnen einen Knochen zuwarfen? Männer konnten Herzen brechen, Frauen betrügen, grässliche Dinge tun, doch bei der geringsten netten Geste waren die Frauen bereit, ihnen alles zu verzeihen. Wie konnte sie bei Reapers kleiner Bemerkung nur Hoffnung schöpfen, dass sie ihm etwas bedeutete? Vielleicht war das ja wirklich so, aber es hatte nicht gereicht. Gegen seinen Club hatte sie einfach keine Chance.

»Es ist wichtig.«

»Ich weiß, dass wir einen Plan schmieden müssen, wie wir Hammers Frau befreien können. Der Zar und du entwickelt den Plan. Wenn ich losziehen muss, werde ich das tun, aber im Moment ist mir Anya wichtiger.«

»Uns geht es genauso«, sagte Steele. »Aber wir haben da ein Problem.«

Anyas Herz machte einen Satz. Steele redete von ihr. Sie war das Problem. Bei dem Treffen ging es um sie. Sie zerknüllte das Laken in ihrer Hand, ballte die Faust. Entsetzen stieg in ihr auf. So ein Verhör würde sie nicht noch einmal durchstehen können. Sie musste unbedingt fliehen.

»Bin ich eine Gefangene?«, fragte sie mit gepresster Stimme.

Reaper wirbelte zu ihr herum. »Natürlich nicht.« Seine Bestürzung wirkte nicht gespielt.

»Dann will ich jetzt gehen. Wo sind meine Anziehsachen?«

Reaper tauschte einen Blick mit Steele. »Beruhige dich, Baby. In deinem Zustand kannst du nirgendwohin gehen, und wo willst du überhaupt hin? Lana und Blythe sind in Blythes Haus beschäftigt. Sobald dein Kopfweh weg ist, bringe ich dich dorthin.«

Ihr Blick streifte Steele. »Ich bin nicht blöd. Es ist etwas los, bei dem ich eine Rolle spiele. Ich werde nicht zulassen, dass ihr mir noch einmal so etwas antut.« Sie klang schwach und zittrig, doch sie hoffte, dass trotzdem klar wurde, wie entschlossen sie war. Etwas in ihr drängte sie, einfach den Mund zu halten und so zu tun, als wäre alles in bester Ordnung. Wenn die anderen sich dann in falscher Sicherheit wogen, konnte sie auf und davon. Aber ihr Entsetzen war so groß, dass sie niemandem etwas vormachen konnte.

»Anya, schau mich an.« Reaper winkelte ein Bein auf dem Bett ab und beugte sich zu ihr, sodass sie gezwungen war, ihm in die Augen zu schauen. »Ich beschütze dich. Das verspreche ich dir hoch und heilig. Frag die anderen – ich habe noch nie ein Versprechen gebrochen. Niemand wird dich je wieder anfassen. Keiner meiner Brüder oder Schwestern und auch kein Außenstehender. Hast du das verstanden?«

Sie suchte seinen Blick. Erforschte sein Gesicht. Die wunderbaren, durch zahlreiche Narben entstellten Züge. Welch ein prachtvoller Mann, doch so gebrochen und beschädigt. Konnte sie ihm glauben? Würde er ihr wirklich geben, was er versprochen hatte? Sie sah nichts als Aufrichtigkeit in seinem Gesicht und hörte sie auch in seiner Stimme.

Ließ es sie schwach erscheinen, wenn sie etwas so Unverzeihliches verzeihen wollte? Konnte sie das denn überhaupt? Welches Leben würde sie führen, wenn sie ihm tatsächlich verzieh? Ein Leben mit dem Club? Sie wollte Reaper glauben, und vielleicht fing sie sogar an, das zu tun, doch sie wusste, dass sie einfach nicht in diese Welt passte. Sie musste den richtigen Zeitpunkt abwarten, stärker werden, ein paar Kleidungsstücke besorgen … Sehr langsam nickte sie.

»Dann entspann dich. Ich werde in Erfahrung bringen, worum es bei diesem Treffen geht, und dir dann sagen, wie wir das Problem lösen wollen – falls du das möchtest. Aber überleg dir gut, ob du das wirklich wissen willst. Manchmal ist die Wahrheit schwer zu verkraften«, warnte er.

Sie stellte fest, dass ihr Atem leichter ging. Bedächtig nickte sie und sah an ihm vorbei auf Steele. Der Mann war jung, jünger als Reaper. Trotzdem war er der Vizepräsident. Sie hatte das Gefühl, dass sie wusste, warum Reaper so hieß, aber Steele? Wie war er zu seinem Namen gekommen?

»Anya«, sagte Steele, »ich hoffe, dir geht es besser.«

Sie wandte den Blick ab. Er war dabei gewesen. Sie waren alle dabei gewesen. Jetzt wollte er genau wie Reaper, dass sie die Sache vergaß. Ihre Schmerzen mochten nachlassen, doch die Tatsache, dass ihr etwas Schreckliches angetan worden war, und zwar von allen gemeinsam – dass sie alle dabeigestanden und zugesehen hatten –, war etwas, worüber sie nie hinwegkommen würde.

»Ich habe mich wie ein Insekt gefühlt, das mit einer Stecknadel an die Wand genagelt wurde, während ihr alle zugesehen habt, wie ich gefoltert wurde. Ich hatte den Eindruck, dass es euch völlig egal gewesen wäre, wenn ich daran zugrunde gegangen wäre. Ihr wärt alle nur dagesessen und hättet es teilnahmslos beobachtet. Also, nein – es geht mir nicht besser.« Sie konnte gemein sein, und aus purem Selbsterhaltungstrieb heraus machte sie jetzt keinen Hehl daraus.

»Ich kann mir gut vorstellen, dass es sich für dich so angefühlt hat«, erwiderte Steele. »Es tut mir leid, dass es dir noch so schlecht geht. Aber keiner hat sich bei dem, was passiert ist, wohlgefühlt. Wir alle wollten, dass es aufhört, und wir alle wünschen uns im Nachhinein, dass es nie passiert wäre. Ich weiß, dass dir das nicht viel hilft, aber es ist die pure Wahrheit.«

Als Steele gegangen war, sank Reaper neben ihr aufs Bett. »Hat es sich wirklich so angefühlt?«

»Ja.« Sie wollte ihn nicht verschonen. Seine Narben, die er mit diversen Tattoos bedeckt hatte, sagten ihr, dass er selber gefoltert worden war. Vielleicht war das, was Absinth ihr angetan hatte, für die Clubmitglieder keine Folter, sondern nur ein Mittel zum Zweck, doch es zeigte ihr überdeutlich, dass diese Menschen sie nicht in ihrem Kreis aufgenommen hatten.

»Ich will, dass du nicht vergisst, was ich gesagt habe, Reaper. Es war mein voller Ernst. Du und die anderen, ihr tut mir so etwas nie wieder an! Ich werde es nicht zulassen.«

»Ich verstehe dich ja, Anya.« Er fuhr mit den Fingern durch ihre Haare. »Und du vergiss bitte nicht, was ich dir gesagt habe, dann wird alles wieder gut zwischen uns.«

Das würde es nie werden. Nie mehr. Die Wirkung der Pillen machte sich bemerkbar, und am liebsten wollte sie auf der Stelle weglaufen. Doch Reaper hatte recht gehabt – sie wusste wirklich nicht, wohin. Ihr Wagen hatte schon bessere Zeiten gesehen und zu guter Letzt beschlossen, den Geist aufzugeben. Bei diesem Gedanken erbebte sie und rieb sich die Unterarme. Und letztlich waren die Mitglieder des Ghost- Clubs auf andere Weise noch weitaus beängstigender als die Leute hier.

»Haben die Männer des Ghost-Clubs wirklich gerade eine Frau in ihrer Gewalt?«

Sein Blick wurde wachsam. Es war seltsam, wie rasch sich sein Auftreten ändern konnte und plötzlich wieder ganz geschäftsmäßig wurde. »Warum fragst du das?«

»Ich habe über mein Auto nachgedacht und bin dabei auf den Club gekommen, in dem ich gearbeitet habe, und was diese Männer meiner Mitbewohnerin angetan haben. Sie haben sie nicht gleich getötet. Sie haben ihr zahllose Wunden zugefügt, bevor sie sie endlich sterben ließen. Irgendwann haben sie sicher gemerkt, dass nicht ich es war, aber sie haben einfach weitergemacht.«

»Du hast doch für sie gearbeitet. Warum haben sie es nicht gleich gemerkt?«

Sie schüttelte den Kopf. »Diese Männer waren nie im Club. Ich hatte sie noch nie gesehen.«

»Moment mal.« Reaper rieb sich das Kinn. »Jetzt bin ich verwirrt. Du hast diese Männer erkannt, aber sie waren nie in der Bar, in der du gearbeitet hast?«

Sie schüttelte abermals den Kopf. »Nein, so viel ich weiß, waren sie nie im Club. Aber ich habe sie gesehen, als ich heimkam. Die Männer traten aus dem Fahrstuhl, und ich wusste, dass sie etwas mit dem Club zu tun hatten; denn sie trugen goldene Manschettenknöpfe in der Form von kleinen Geistern. Als ich diese Manschettenknöpfe beim Clubmanager sah, fand ich sie echt cool. Ich habe ihm gegenüber sogar irgendwas in der Richtung geäußert.«

Reaper ärgerte sich über sich selbst. Das war ihm völlig entgangen. Die zwei Männer, die die Frau und die Tochter des Mayhem-Präsidenten hatten killen wollen, hatten Anzüge getragen. Auf Manschettenknöpfe hatte er nicht geachtet. Anya war aufmerksamer gewesen. »Glaubst du, dass sie eine Art Todesschwadron haben?« Das war nicht nur möglich, sondern sogar sehr wahrscheinlich. Solche Männer würden auch in einer Bar keine Jeans und T-Shirts tragen. Sein Herz begann zu rasen. »Die drei Männer, bei denen Alena gestern Abend kurz gesessen ist – hast du die schon mal gesehen?«

Sie richtete sich auf, und ihre Augen weiteten sich. So war seine Frau – sie war einfach clever und erkannte die größeren Zusammenhänge ungemein schnell. »Diese Männer – das Treffen, an dem du teilnehmen sollst ... Vielleicht waren die wegen mir hier.«

»Selbst wenn sie dich aufgestöbert haben, werden sie dich nie erwischen. Du bist hier sicher. Jeder wird für dich kämpfen, auch Lana und Alena. Der ganze Club.«

»Und wer wird mich außerhalb des Clubgeländes vor ihnen beschützen?«

Ihre Stimme brach ihm das Herz. »Ich. Ich werde dich immer beschützen. Darauf kannst du dich verlassen.«

Sie ließ die Decke los, die sie noch immer bis ans Kinn gezogen hatte. Nun glitt sie an ihrer weichen Haut herab und bauschte sich um ihre Taille. Ihre wundervollen Brüste waren entblößt. Reaper hatte noch keine Gelegenheit gehabt, sie zu berühren und zu genießen. Als er sie jetzt so dasitzen sah, konnte er der Versuchung nicht widerstehen, obwohl ihm gerade die hässliche Möglichkeit durch den Kopf schoss, dass es diese Männer tatsächlich auf Anya abgesehen hatten und nicht auf den Zar und Blythe.

Er musste einen Weg finden, sie zum Bleiben zu bewegen. Doch er war nicht besonders wortgewandt. Er wusste nicht, was Männer in einer Beziehung sagten. Er wusste nur, dass ihr Körper den seinen begehrte. Er konnte es in ihren Augen sehen und an dem feinen Zittern ablesen, das durch ihren Körper lief.

Er umfasste ihre Brüste und streichelte die Nippel behutsam mit den Daumen. »Manchmal verschlägt es mir den Atem, wenn ich dich sehe, Anya.« Er sagte ihr die Wahrheit. Normalerweise hätte er den Mund nicht aufbekommen.

Ihr Atem stockte. Sie hätte ihn aufhalten können, aber sie tat es nicht. Sie biss sich auf die Unterlippe, protestierte jedoch nicht.

Reaper schlang einen Arm um ihren Nacken und senkte den Kopf. Er nahm sich viel Zeit. Gab ihr ausreichend Gelegenheit, Nein zu sagen. Doch sie blieb stumm. Seine Lippen wanderten über die obere Kurve ihrer Brust. Wie weich ihre Haut war. Er spürte, wie sein Schwanz pulsierte. Doch er wollte nicht, dass sie ihn berührte. Noch nicht. Nicht, solange er nicht wusste, dass sie in Sicherheit war. Aber er konnte der Versuchung, sie zu schmecken, nicht widerstehen.

Er knabberte an ihrer Haut, spürte ihren Körper in seinen Armen erbeben. Seine Zunge schnellte über ihren Nippel. Sie atmete zitternd aus. Sein Mund legte sich auf ihre Brust, und er fing an, daran zu saugen, erst sachte, dann immer heftiger. Mit seiner Zunge umtanzte er ihre Brust und brachte schließlich zärtliche kleine Bisse ins Spiel. Sie schlang die Arme um seinen Nacken, drückte ihn an sich, strich durch seine Haare, während ihr Körper sich ihm entgegenbäumte. Ein kleiner Schrei entfuhr ihrer Kehle.

Sie war sinnlich, empfänglich. Ihr Körper gehörte wirklich ihm. Und umgekehrt war es genauso, seiner gehörte ihr. So würde es immer sein. Er hatte noch nie so auf eine Frau reagiert. Seine Lippen wanderten höher, er küsste sich einen Weg über ihren Hals. Seine Zunge wirbelte über ihre Halsschlagader, bevor er das Feuer zu ihren Lippen brachte.

Er küsste sie mit allem, was er war. Mann. Bestie. Killer. Biker. Ihr Mann. Jede Zelle seines Körpers gehörte ihr. Sie hatte ihn gezeichnet, und zusammen mit den Farben, die er auf seinem Rücken trug, wollte er ihr Zeichen direkt über seinem Herzen tragen. Ihren Namen, quer über sein Herz tätowiert. Feuer raste seine Wirbelsäule hinunter, Flammen machten sich in seinen Leisten breit, loderten hoch. Brennende Speere bohrten sich durch seine Haut, eine wahre Feuersbrunst erfasste sein Geschlecht. Er hatte kaum angefangen, sie zu küssen, und sie hatte ein Inferno in ihm entzündet – das übertraf alles, was er je empfunden hatte.

Ein leises Klopfen ließ ihn den Kopf heben. Wütend starrte er auf seinen Bruder. »Bin im Moment ziemlich beschäftigt«, fauchte er und fing wieder an, mit dem Daumen über ihren Nippel zu fahren. Ihr üppiger Körper, ihre fantastischen Titten, die mit einem perfekten Hintern konkurrierten, waren das Einzige, was in diesem Moment für ihn existierte. Er hatte jetzt wahrhaftig keine Zeit, sich mit irgendeinem Mist auseinanderzusetzen, mit dem sein Bruder ankommen wollte.

Savage nickte. »Das sehe ich. Trotzdem hat mich Alena vorgeschickt. Sie wollte wissen, ob Anya Tee oder Kaffee haben will. Ich bin nur der Bote, also bring mich bitte nicht um.«

Reaper starrte ihn immer noch böse an. Anyas Finger glitten langsam aus seinen Haaren, als wollte sie nicht, dass man sie dort sah. Sie erwischte den Rand der Decke und zog sie sich über die Brust. Reaper wollte ihre Brüste aber nicht bedeckt sehen. Anya verspannte sich zusehends, obwohl sie nun komplett in die Decke gehüllt war. Er wusste, dass sie mit Nacktheit nicht so umgehen konnte wie der Club, doch die Anspannung, die sie erbeben ließ, hatte nichts mit Nacktheit zu tun, sondern vielmehr mit Savage, der sich nicht von der Stelle rühren wollte. Sie tat so, als fände sie den Rand der Decke wahnsinnig interessant, und weigerte sich, seinen Bruder anzuschauen.

»Schlechtes Timing«, bemerkte Reaper missmutig.

Savage zuckte die Schultern. »Ich glaube, wenn du in ihrer Nähe bist, gibt's so etwas wie gutes Timing nicht. Tee oder Kaffee, Anya?«

»Kaffee. Schwarz.« Sie rutschte ein wenig zur Seite, sodass sie sich hinter Reapers Körper verstecken konnte.

Reaper gefiel das. Es gefiel ihm, dass sie ihn als Schutzwall benutzte, aber es gefiel ihm nicht, dass sie glaubte, sie bräuchte diesen Schutz, nur weil Savage im Raum war.

Ihre Stimme klang höflich, angenehm, sehr leise. »Würdest du mir bitte das Flanellhemd holen? Ich habe es irgendwo abgelegt.«

Es gefiel ihm, dass sie sein Hemd haben wollte und dass etwas, was ihm gehörte, sie umfangen würde. Er angelte das Hemd und reichte es ihr. Sie ließ die Decke fallen, um in das Hemd zu schlüpfen. Er nahm ihre Hände. »Knöpf es nicht zu, Baby. Schlag einfach die Ränder übereinander.« Er schlüpfte zu ihr unter die Decke. Ihre Schultern berührten sich.

Sie zögerte kurz, dann ließ sie die Hände sinken. »Reaper, zwischen uns läuft nichts mehr.«

Oh doch, das würde es sehr wohl. Er musste sich nur noch überlegen, wie er das am besten bewerkstelligen konnte. »Ich weiß nicht recht, was du damit meinst, Babe. Wir werden uns nicht streiten, falls du das damit gemeint hast. Ich habe vor, dir alles zu geben, was du je wolltest. Also wird es keinen Grund geben, dass wir uns streiten.«

Er glitt mit der Hand unter das Hemd und streichelte ihre Brust. »Ich kann mich nicht entscheiden, was mir besser gefällt – deine Titten oder dein Arsch. Du bist so hinreißend, dass du es mir echt schwer machst.«

Sie schüttelte den Kopf und wurde ein bisschen rot. Sie bot sich seiner Hand an, und er streichelte ihren Nippel mit sämtlichen Fingern. Sanft. Kaum spürbar. Seine Berührung war nur ein leises Flüstern. Er musterte ihr Gesicht. Oh Gott, wie sehr er sie begehrte. Doch er begehrte nicht nur ihren Körper. Nein, er wollte neben ihr aufwachen und neben ihr einschlafen. Er wollte ihr Lachen den ganzen Tag lang hören.

»Ich werde dem Zar sagen, dass er sich seinen Job sonst wohin stecken kann.«

»Das ist völlig okay. Du musst nicht arbeiten. Ich habe genug Geld für uns beide. In meinem Haus wird es eine Menge Arbeit geben.« Er verstand sie absichtlich falsch. »Es braucht deinen Touch.«

Mit Daumen und Zeigefinger streichelte er ihren Nippel, dann zog er plötzlich leicht daran. Sie keuchte auf, und er zog ein bisschen fester, zwickte sie. Ihr Körper erbebte vor Verlangen. Seine Finger verlegten sich wieder aufs Streicheln. »Ich will meinen Mund auf dich legen. So einschlafen, aufwachen und dich schlecken. Du schmeckst köstlich, Anya.«

»Reaper, ich kann nicht hierbleiben. Nicht nach dem, was gestern Nacht passiert ist. Ich habe ja verstanden, dass ihr das alle für nötig gehalten habt, aber es ist doch so, dass ich immer erst an zweiter Stelle stehen werde, bei allen. Glaubst du denn nicht, dass auch ich gern bei dir bleiben würde? Das will ich nämlich sehr gern, so sehr wie du, vielleicht sogar noch mehr. Aber egal, wie sehr du meinen Körper begehrst, ich fürchte, du hast keine Ahnung, was es heißt, in einer Beziehung zu leben. Ich habe mir eingeredet, dass eine Nacht mit dir genug wäre und ich dann einfach weggehen könnte. Das hätte ich nach unserer ersten Nacht vielleicht sogar tun können, aber im Grunde habe ich mir etwas vorgemacht. Ich bin auf dem besten Weg, mich in dich zu verlieben, und du ziehst mich immer weiter in dieses Gefühl rein.«

Noch nie hatte er sich über etwas so sehr gefreut. »Warum glaubst du denn, dass es mir nicht genauso geht? Abgesehen davon, was gestern Nacht passiert ist …«

»Ach ja?« Sie schob seine Hand weg, richtete sich ein wenig auf und starrte ihn böse an.

Sie merkte nicht, dass dabei das Hemd aufging und eine Brust entblößte. Dieser Anblick zusammen mit ihren widerspenstigen Haaren, ihrem Mund, der ihm so nah war, und ihren grünen Augen, die ihn anfunkelten, schickte eine weitere Hitzewelle durch seinen Schwanz. Sie erregte ihn, ohne dass sie das überhaupt wollte.

»Klär mich mal auf.« Reden war nicht seine Stärke, Action schon. Er wollte Action.

»Du bist einfach gegangen, weißt du das noch? Wortlos gegangen. Glaubst du, das hat in mir das Gefühl geweckt, dass dir etwas an mir liegt? Und dann hast du es noch einmal getan. Du hast mich ins Bad gebracht, und dann bist du verschwunden. Und dann noch einmal, nachdem du dir über mir einen runtergeholt hast.«

»Dafür gibt es eine Erklärung.«

»Na, dann klär du mich mal auf«, wiederholte sie seine Worte sarkastisch.

Er wandte den Blick ab. »Anya, manchmal hat ein Mann eine Vergangenheit. Und da gibt es dann Dinge, die er vor der Frau, die ihm wichtig ist, nicht offenbaren will. Das ist so ein Ding. Ich arbeite daran. Und ich arbeite daran, es dir eines Tages vielleicht sogar zu erzählen. Aber du musst mit mir Geduld haben. Ich habe nie gedacht, dass ich dir je erzählen würde, was ich dir letzte Nacht erzählt habe.«

»Ist das denn schlimmer als das, was du mir in der letzten Nacht erzählt hast?«

Ihre Stimme ließ etwas in ihm schmelzen, beruhigte ihn, tröstete ihn. Sie bedrängte ihn nicht. Sie verlangte nichts. Sie legte nur eine Hand auf seinen nackten Oberschenkel und massierte ihn sanft.

»Schlimmer. Viel schlimmer.«

»Okay, mein Lieber, dann vergessen wir das einstweilen.«

»Wirst du mir je sagen, ob du mich den ganzen Tag auf deiner Haut getragen hast?«

»Nein.« Sie lehnte den Kopf an die Kopfstütze.

»Nein?« Das würde er schon noch aus ihr herauskitzeln, aber jetzt wohl nicht. »Da kommt Alena.« Der Duft des Essens eilte ihr voraus. »Sie ist die beste Köchin aller Zeiten.« Weil er wusste, dass ihr das wichtig war, zog er das Hemd über ihrer Brust zu, was ihm zwar den köstlichen Anblick verwehrte, jedoch einen dankbaren Blick unter gesenkten Wimpern einbrachte.

Alena trat mit einem großen Tablett ins Zimmer, Savage folgte ihr mit zwei Kaffeebechern. »Können deine Augen ein schwaches Licht ertragen, Anya?«, fragte Reaper, während Alena das Tablett abstellte.

Anya nickte. »Ich glaube schon. Die Schmerztabletten wirken ganz gut.«

Sie klang immer noch gekränkt, doch ihr Zorn war verflogen. Reaper wäre es andersherum lieber gewesen. Außerdem vermied sie es, Savage oder Alena anzuschauen, und ihr Körper war wieder völlig verspannt. Er legte eine Hand auf ihren Oberschenkel, um ihr zu helfen, ihre Angst zu überwinden, doch sie entzog sich ihm.

Alena reichte beiden ein kleineres Tablett, dann servierte sie ihre berühmten Eggs Benedict auf Toast. Sie setzte sich ihnen gegenüber neben die Tür.

»Anya, ich hätte letzte Nacht Reaper unterstützen und protestieren sollen, auch wenn ich wusste, wie wichtig die Sache war. Wir dürfen den Zar oder Blythe nicht verlieren. Du hast keine Ahnung, was er für uns getan hat, wie oft und wovor er uns gerettet hat, aber trotzdem hätte ich Reaper unterstützen sollen. Blythe versucht schon seit geraumer Zeit, uns zu besseren Menschen zu machen.« Sie zögerte. »Wir haben nicht wie andere Menschen gelernt, wie man …« Sie fand nicht die passenden Worte und verstummte frustriert.

»Danke«, sagte Anya leise und sehr höflich. »Ich weiß es zu schätzen, was du mir zu sagen versuchst.«

Reaper runzelte die Stirn. Es gefiel ihm nicht, dass sie Alena immer noch nicht anschaute, aber er konnte jetzt nichts dagegen tun, ohne die Aufmerksamkeit aller darauf zu lenken.

»Wir wollen nicht, dass du weggehst«, platzte Alena heraus. »Keiner von uns. Niemand im ganzen Club. Du bedeutest Reaper wirklich viel, und deshalb bist du für uns wie ein Familienmitglied. Ich wollte dir nur noch rasch sagen, dass Blythe unterwegs zu dir ist. Reaper, du solltest was essen, dich anziehen und zu dem Treffen gehen. Blythe wird bei Anya bleiben.«

»Blythe?« Reapers Herz machte einen kleinen Freudensprung. Blythe konnte zaubern. Vielleicht konnte sie die Sache einrenken, da alle anderen keinen Schimmer hatten, wie sie das bewerkstelligen sollten. Doch eingerenkt werden musste sie unbedingt. Was hatte er nicht alles versucht! Anya war zwar höflich, vermied es aber nach wie vor, die anderen anzuschauen.

»Ja«, bestätigte Alena, und ihre Erleichterung war deutlich hörbar. »Blythe.«

»Diese Eier schmecken verdammt gut, Alena.«

»Ganz meiner Meinung«, fügte Anya mit derselben höflichen Stimme hinzu. »Und auch der Kaffee ist ganz ausgezeichnet.«

»Kaffee ist eigentlich nicht meine Spezialität. Ich habe zum

Zar gesagt, dass wir ein kleines Café brauchen könnten. Seine älteste Tochter Darby könnte darin arbeiten. Sie erklärt immer wieder, dass sie gern einen Job hätte. Blythe und der Zar hätten sie gern in ihrer Nähe. Wenn sie hier arbeiten würde, könnten wir sie alle im Auge behalten, und sie wäre in Sicherheit«, sagte Alena.

»Ich hatte nicht die Gelegenheit, sie kennenzulernen«, sagte Anya.

»Sie ist eine ganz Nette«, sagte Alena.

»Ziemlich wild«, fügte Savage hinzu. »Wir zerren sie immer von irgendwelchen Partys weg und bringen sie dann heim.«

»Sie ist ein Teenager«, protestierte Alena. »Und Teenager feiern eben gern.«

Savage blieb stumm, weil vom Flur ein Frauenlachen vernehmbar war. Reaper ließ seinen halb aufgegessenen Teller fallen, sprang hoch und schlüpfte hastig in seine Jeans. Anya knöpfte das Flanellhemd zu. Als Reaper sich der Tür zuwandte, hatte Anya einen guten Blick auf das Tattoo auf seinem Rücken. Es war das Gleiche wie auf seiner Jacke. Der Baum, die Krähen und die Totenschädel. Eines Tages wollte sie ihn nach der Bedeutung fragen, doch jetzt war nicht der passende Zeitpunkt dafür. Er hatte bestimmt bemerkt, wie sie es vermieden hatte, Savage und seine Colors anzuschauen.

Der Zar trat mit Blythe ein. »Ich habe meine Frau mitgebracht, damit sie sich um deine kümmert, Reaper«, verkündete er. »Sie wird bei Anya blieben, während wir reden. Es ist wichtig, sonst würde ich ihn dir nicht entreißen, Anya.« Er trat ans Bett. »Wie geht es dir heute Morgen?«

Als sich der Zar ihr näherte, wich Anya zurück. Ihr Körper erbebte vor Anspannung. Reaper nahm ihre Hand, legte sie sich auf den Oberschenkel und positionierte seinen Körper vor sie. Er wusste zwar, dass sein Boss ihr nie etwas zuleide tun würde, doch er war immer noch sauer auf ihn, und Anyas

negative Reaktion schürte seine Verbitterung. Der Zar bedeutete ihm alles, er war ihm Vater, Bruder, Mentor und sein bester
Freund. Zum ersten Mal hatten sie sich über etwas gestritten,
was nichts mit dessen Sicherheit zu tun gehabt hatte. Blythe
war unversehrt. Der Zar hatte nicht mitansehen müssen, wie
seine Brüder und Schwestern seine Frau aufgerieben hatten.

»Danke, es geht mir besser«, murmelte Anya mit gepresster
Stimme. Sie vermied es, den Zar und seine Kutte anzuschauen.

Ja, seine Frau mochte seinen Club und ihre Farben wirklich
nicht. Das letzte Mal, als er einen Blick auf seine Jacke geworfen hatte – seine Colors bedeuteten ihm alles auf dieser Welt –,
war sie auf dem Boden im Bad gelegen, bedeckt mit Erbrochenem. Mist. Er führte Anyas Hand zum Mund und küsste ihre
Knöchel. »Ich bin gleich wieder da. Viel Spaß mit Blythe. Ruh
dich ein bisschen aus. Zieh die Jalousien nicht hoch, Blythe«,
fügte er noch hinzu, womit er dem Zar und Blythe zu verstehen
geben wollte, dass Anya immer noch große Schmerzen hatte.

Alena erhob sich und sammelte die Tabletts ein. Den Becher
mit Kaffee ließ sie stehen. Sie lächelte, als Anya ihr überaus
höflich für alles dankte, doch ihr Lächeln war angestrengt.
Anya wirkte immer noch sehr unnachgiebig, und Reaper hatte
verstanden, dass Alena mit dem Frühstück versucht hatte, das
Eis zu brechen.

Er wunderte sich, als Savage ihm seine Jacke reichte. Sauber.
Sogar gut riechend. Savage sah ihn nicht an, er ging einfach
weiter. Er hätte nie ein Wort darüber verloren, dass er die Jacke
seines Bruders gesäubert hatte, doch er hatte es getan, und
Reaper war ihm dankbar. Alle Clubmitglieder strengten sich
an, das gestrige Schlamassel wiedergutzumachen.

Blythe schloss die Tür, trat ans Bett und fragte Anya
lächelnd: »Wie geht es dir wirklich?«

Anya beobachtete sie wachsam. Das Ganze kam ihr wie eine
Falle vor. »Die Schmerzen lassen nach. Ich hatte den Eindruck,

dass du nicht ...« Sie verstummte, weil sie nicht wusste, was sie sagen sollte. Hatte Reaper nicht gesagt, dass der Zar Blythe so etwas nie erzählen würde? Wie viel wusste sie?

»Letzte Nacht ist Viktor sehr aufgebracht heimgekommen. Wir haben eine Regel: Er sagt mir die ungeschönte Wahrheit, wenn ich ihn danach frage. Meistens will ich von den Geschäften des Clubs nicht viel wissen, aber wenn ich ihn frage, dann muss ich mir sicher sein, dass ich die Wahrheit verkraften kann. Ich liebe meinen Mann über alles, und deshalb überlege ich mir sehr gut, wonach ich ihn frage. Das dient auch meinem Schutz. Denn ich kann nicht gegen ihn aussagen, falls es je dazu kommen sollte, wenn ich nichts weiß. Dann kann mich auch niemand zu einer Aussage zwingen, zum Beispiel, indem er droht, mir die Kinder wegzunehmen.«

»Wie kommst du denn mit den Geschäften des Clubs klar?«

»Er hat mir versprochen, die Finger von Drogen zu lassen. Das war mir sehr wichtig. Ich weiß, dass sie sich nie auf Menschenhandel einlassen würden, weil sie die Leute jagen, die so etwas tun. Manchmal müssen sie etwas unternehmen, um an nötige Informationen zu kommen. Das kann ich verstehen. Aber wenn ich ihn frage, dann sagt er mir alles. Und letzte Nacht habe ich ihn gefragt.« Seufzend sank Blythe auf die Bettkante. »Er hat mir gesagt, dass das, was er getan hat, zwischen dir und Reaper einen Bruch verursacht hat. Und es hat auch zu einem Konflikt zwischen Reaper und ihm geführt.«

Anya hatte dumpf mitbekommen, was zwischen dem Zar und Reaper abgelaufen war. Daher wusste sie, dass die Beziehung der beiden belastet war.

»Du musst verstehen, dass sie normalerweise nie streiten. Sie sind sich in allem einig. Sie vertrauen einander und sind sich der gegenseitigen Unterstützung sicher. Viktor macht sich schon lange Sorgen um Reaper. Der ganze Club macht sich Sorgen um ihn. Viktor wusste sofort, dass Reaper sich zu dir hingezogen fühlt. Du weißt nicht, was das bedeutet. Normalerweise hält sich Reaper von allen fern.«

Er hatte sich auch von Anya ferngehalten – bis er angefangen hatte, in die Bar zu kommen, und sie ständig an ihn denken musste.

»Als er Viktor bat, dich rauszuwerfen – was für einen Mann wie Reaper völlig untypisch ist –, wusste Viktor, dass du ihm etwas bedeutest. Er kam ganz aufgeregt nach Hause und hat mich wiederholt gebeten, darauf zu achten, dass Reaper es nicht vermasselt und dich verliert.

Gestern Nacht hatte mein Mann schreckliche Angst um mich, und deshalb hat er darauf beharrt, dass Absinth dich verhört. Reaper hat protestiert. War sauer auf ihn. Er hat mir gesagt, dass es einigen anderen auch so ging. Ice, Storm, Preacher, Savage, und natürlich Lana und Alena. Aber er wusste, dass sie sich nicht gegen ihn stellen würden, weil sie das nie tun.«

Offenbar hatte Lana es zumindest versucht. Es sah zunehmend so aus, als hätte Reaper immerhin protestiert. Das war etwas, woran Anya sich klammerte. Die Pillen machten sie schläfrig, doch sie wollte unbedingt hören, was Blythe noch zu sagen hatte; denn in ihr keimte wieder ein winziger Hoffnungsschimmer. Sie wusste nur noch nicht, ob sie allen verzeihen konnte, und sie wollte bei Reaper nicht an zweiter Stelle nach dem Club rangieren.

»Was sie mit dir angestellt haben, war nicht in Ordnung. Sie sind ohne Eltern aufgewachsen. Niemand hat ihnen beigebracht, was richtig und was falsch ist. Sie hatten nur Viktor. Er war zehn, als er anfing, Pläne zu ihrer Rettung zu schmieden. Ein kleiner Junge mit jüngeren Kindern, die misshandelt wurden und verrohten, genau wie er. Sie stellten ihre eigenen Regeln auf und haben sich seitdem daran gehalten.«

Anya wusste das alles, aber dieses Wissen half ihr nicht weiter.

»Reaper hat keinen Hehl daraus gemacht, dass du ihm wichtig bist. Alle im Club haben dich akzeptiert. Ich möchte dir noch ein paar Dinge über mich erzählen. Als Viktor zu mir zurückkam – nach fünf Jahren, in denen ich kein Wort von ihm gehört hatte –, wollte ich nichts mehr mit ihm zu tun haben. Als er wegging, war ich schwanger. Das wusste er nicht, aber dann …« Blythe stolperte über die Worte, und ihre Augen wurden feucht. »Im achten Schwangerschaftsmonat hat mich jemand mit einem Baseballschläger verprügelt. Meine Tochter lebte zwei Tage. Danach konnte ich keine Kinder mehr bekommen, und Viktor war nicht da.«

»Ach, Blythe.« Anya richtete sich auf. Wie gern hätte sie Blythe getröstet!

»Ich dachte nicht, dass ich ihm je verzeihen könnte. Schließlich überredete er mich, es wenigstens zu versuchen, und ich bin unendlich froh, dass ich es getan habe. Ich bin glücklich. Sehr, sehr glücklich. Anya, wenn du es schaffst, Reaper und den anderen zu verzeihen, wirst du feststellen, dass du eine große Familie hast – Männer und Frauen, die dich lieben und auf dich aufpassen. Ich behaupte nicht, dass es leicht sein wird. Reaper ist ein ziemlich kaputter Mann. Sie sind alle angeschlagen. Aber er ist es wert.«

»Ich will nicht an zweiter Stelle hinter dem Club stehen, und das, was gestern Nacht geschehen ist, hat mir in aller Deutlichkeit gezeigt, dass es so sein würde.«

»Was dir passiert ist, war grässlich. Viktor war am Boden zerstört. Schon daran habe ich erkannt, wie schrecklich es für dich gewesen sein muss. Es tut mir wahnsinnig leid. Ich weiß, dass sie manchmal wie grässliche, Angst erregende Menschen ohne echte Gefühle wirken, aber das sind sie nicht.«

Anya schüttelte den Kopf. In ihren Augen schimmerten Tränen.

»Ich wünschte, ich könnte etwas tun, damit du dich besser

fühlst, aber ich kann nur versuchen, dir zu versichern, dass sie trotz allem gute Menschen sind, die einen ganz eigenen Verhaltenskodex haben. Wenn du auf ihrer Seite stehst, stehst du auch unter ihrem Schutz.« Blythe schüttelte den Kopf. »Auch ich dachte, dass ich wohl immer nur an zweiter Stelle käme, aber das stimmt nicht. Sie haben mich in ihre Familie aufgenommen. Ich bin eine von ihnen. Auch die Kinder sind für sie wie Familienmitglieder. Bei dir würde das genauso sein.«

»Und wenn du den Zar verlassen würdest? Dich von ihm trennen würdest? Wären sie dann immer noch wie Familienmitglieder?«

»Ich glaube schon. Ich glaube, dass sie immer auf mich und die Kinder aufpassen würden. Auf alle Fälle würden sie das tun, wenn Viktor etwas zustieße.«

Anya dachte kurz darüber nach, dann schüttelte sie abermals den Kopf. »Reaper und ich haben keine gemeinsame Vergangenheit. Wir haben keine richtige Beziehung. Ich weiß ziemlich oft nicht, was er von mir will, und ich weiß auch nicht, ob er mir die Dinge geben kann, die ich brauche. Ich kann nicht an zweiter Stelle stehen.«

»Für Viktor stehe ich an erster Stelle. Er liebt den Club, aber ich weiß, dass ich ihm wichtiger bin. Reaper muss erst noch lernen, wie es ist, in einer Beziehung zu leben. Er begeht Fehler und lernt daraus. Ich glaube nicht, dass du bei ihm je wieder an zweiter Stelle stehen wirst. Jedenfalls nicht, wenn du ihm eine Chance gibst.«

Anya strich sich die Haare aus dem Gesicht. »Ich weiß nicht, ob ich die Kraft dafür habe.«

»Du bist stark. Gib ihm ein bisschen Zeit, damit er es dir beweisen kann. Ich verspreche dir, dass du es nie bereuen wirst. Ich werde da sein und dir helfen, und Alena und Lana auch. Die Männer werden dir ebenfalls helfen. Du musst nur sagen, wenn du etwas brauchst.«

Anya schlüpfte tiefer unter die Decke. »Es tut mir leid, aber ich kann mich nicht mehr aufrecht halten. Sie haben mir ein paar ziemlich starke Schmerzmittel gegeben.«

»Dann schlaf eine Runde, Schätzchen«, sagte Blythe. »Wir reden später weiter. Aber denk mal über das nach, was ich dir gesagt habe.«

Als sie die Augen schloss, konnte Anya nur eines tun – an Reaper denken.

# 11. Kapitel

Zwei dieser Männer sind Auftragskiller«, erklärte Code und deutete auf die Fotos der drei Männer, die am Vorabend in der Bar gewesen waren. »Der hier, Tom Randal, den Alena umgarnt hat, ist ein Schnüffler und wird vom Ghost-Club bezahlt. Steve und Mike Burrows sind Killer, sie arbeiten ebenfalls für den Club unter dem Deckmantel einer Beratertätigkeit. Es sind Edel-Killer, deren Nobel-Büros direkt auf die Golden Gate blicken. Randals Büro liegt in demselben Gebäude.«

Für Reaper war diese Eröffnung ein Schlag in die Magengrube. Er hatte zwar damit gerechnet, aber trotzdem auf ein Wunder gehofft. Es waren einfach zu viele Gefahrenmomente für Anya. Natürlich waren sie beide noch nicht überm Berg, denn sie versuchte immer noch, sich ihm zu entziehen. Er musste sie eine Weile vom Club fortschaffen und sie irgendwie an ihn binden, bevor er sie wirklich in ihre Welt einführte.

»Sind sie wegen Anya oder wegen dem Zar hier?« Steele stellte die Frage, die allen auf den Nägeln brannte.

Code warf einen Blick auf Reaper, als ob er damit rechnete, dass dieser gleich völlig ausrastete. Doch Reaper saß reglos da, er kannte die Antwort bereits. »Der Zar ist nicht auf ihrem Radar. Es geht um Anya. Randal sollte sie ausfindig machen, und danach sollte er Informationen über den Clubpräsidenten sammeln, auf die sie eventuell in Zukunft zurückgreifen könnten. Sie gehen nicht davon aus, dass unser Club im Moment groß genug ist, um gemolken zu werden.«

Transporter schnaubte abfällig. »Offenbar ist es ihnen nicht gelungen, deine Bilanzen zu hacken, Code. Denn sonst hätten sie gesehen, dass wir den Swords Millionen abgeknöpft haben und dass unsere Guthaben bereits recht solide waren, bevor wir uns hier niedergelassen haben.«

»Keiner wird meine echten Bilanzen je finden«, sagte Code. »Aber ich habe genügend Firewalls und andere Schutzvorkehrungen installiert, um es so aussehen zu lassen, als würde ich denken, dass ich etwas zu sichern habe, nur für den Fall, dass jemand sich dafür interessiert. Allerdings habe ich dabei hauptsächlich an die Bundesbehörde gedacht, die eines Tages auf uns aufmerksam werden könnte.«

»Unsere Bilanzen sind makellos und werden jeder Überprüfung standhalten«, sagte Steele. »Wie hat Randal Anya gefunden?«

»Eine schöne Frau wie Anya vergisst man nicht. Sie fällt auf«, bemerkte Code. »Er hat ihr Foto rumgezeigt und ist dabei auf den Kerl gestoßen, der ihr diese Schrottkarre verhökert hat. Dann mussten nur noch ein paar Tankstellen abgeklappert werden, bei denen man sie gesehen hat. Randal kam vor ein paar Tagen hierher, sah sie persönlich und bestätigte den Ghosts, dass er sie gefunden hatte. Die schickten dann gleich die Gebrüder Burrows los.«

»Wo sind sie jetzt?«, fragte Reaper.

»Sie übernachten alle drei in einem Motel in Fort Bragg«, erwiderte Code.

Der Zar klopfte mit den Fingern auf den Tisch – ein Zeichen, dass er bereits alle Einzelheiten des Problems zu einem Puzzle zusammensetzte und es bearbeitete. »Wahrscheinlich warten sie bis heute Abend. Sie werden in der Bar nachsehen, ob sie da ist, und versuchen, sie abzupassen, wenn sie alleine rausgeht.«

Code räusperte sich und warf Reaper einen besorgten Blick zu. »Ich habe alle ihre Mails gelesen. Sie waren zwar chiffriert, aber der Code war lächerlich einfach zu knacken. Die Ghosts wollen sie nicht einfach nur töten, sie wollen ein Exempel statuieren. Sie haben den Burrows eingeschärft, sich viel Zeit zu nehmen und sie so lange wie möglich am Leben zu lassen.«

Reaper sprang auf. Er wollte sofort los, die beiden Arschlöcher umbringen und ihre Leichen in aller Öffentlichkeit herumliegen lassen, damit die Ghosts erfuhren, dass er ihnen den Krieg erklärt hatte.

Der Zar bedeutete ihm, dass er sich wieder hinsetzen sollte. »Hier geht es um deine Frau, da wollen wir nichts falsch machen. Wir wollen, dass sie geschützt ist, auch, nachdem wir die Killer umgelegt haben. Sonst werden die Ghosts sie nie in Ruhe lassen.« Er wartete, bis Reaper langsam auf seinen Stuhl zurückgesunken war.

»Wer bewacht Anya und Blythe im Moment?«, fragte Steele. Er wusste es zwar, aber er wollte, dass Reaper daran erinnert wurde, dass beide Frauen bewacht wurden.

»Gavril und Casimir sind im Haus, Fatei und Glitch bewachen es«, erwiderte Reaper. Erstere waren vor Kurzem im Club aufgenommen worden, die anderen beiden waren Prospects. Alle hatten wenigstens eine der vier Schulen in Russland besucht. Er nahm die Wasserflasche, die vor ihm stand, und leerte sie zur Hälfte. Alle vier Männer waren tüchtig, aber er wollte selbst für Anyas Sicherheit sorgen.

Der Zar nickte. »Die Burrows werden sich erst an Anya heranmachen, wenn sie wissen, dass sie allein ist und sie sich Zeit mit ihr nehmen können.«

Reaper ballte die Fäuste. »Dazu werden sie keine Gelegenheit bekommen. Wenn du daran denkst, dass wir sie als Köder benutzen könnten …«

Der Zar hob den Kopf, und ihre Blicke trafen sich. Durchdringend, zornig, zwei Stiere, bereit, sich aufeinander zu stürzen. Totenstille senkte sich auf den Raum.

»Krieg dich endlich wieder ein, Reaper«, knurrte der Zar. »Glaubst du wirklich, dass ich nicht weiß, wie sehr ich es vermasselt habe? Glaubst du, ich weiß nicht, dass ich die Verantwortung für das Leid einer Frau trage? Und zwar nicht irgendeiner Frau, sondern deiner. Der Frau meines Bruders. Ich weiß, dass du darum kämpfst, dass sie bei dir bleibt, und auch daran bin ich schuld. Sie konnte mir nicht mal ins Gesicht schauen, und das kann ich ihr auch nicht verübeln. Ich übernehme die Verantwortung für das, was wir getan haben. Mich anzugreifen wird jetzt aber keinem nutzen.«

»Da bin ich mir nicht so sicher«, fauchte Reaper und erhob sich. »Du bist zu deiner Frau nach Hause gefahren. Sie lag in deinem Bett, geborgen und in Sicherheit. Du hast eine Frau, zu der du heimkehren kannst. Ich nicht. Meine Frau steht kurz davor abzuhauen, und es gibt nichts, was ich tun oder sagen kann, um sie umzustimmen.«

Auch der Zar stand auf. »Du wirst es nicht schaffen, dass ich mich noch schlechter fühle, als ich es bereits tue. Wir können uns prügeln, wenn du das willst, aber in Wahrheit willst du einfach irgendjemanden, auf den du einschlagen kannst und der auf dich einschlägt. Wenn du wütend bist, fügst du anderen gern Schmerzen zu und steckst auch gern selber welche ein. Wenn wir uns jetzt prügeln, wäre das verdammt egoistisch. Besser wäre es, wir würden uns überlegen, wie wir deine Frau schützen und die Ghosts loswerden können, und zwar endgültig.«

Reaper wusste, dass der Zar recht hatte. Es schmeckte ihm nicht, von ihm an seine Misere erinnert zu werden, aber er musste wirklich das tun, was für Anya am besten war. Er sank wieder auf seinen Stuhl und stürzte den Rest des Wassers hinunter, um seinem Adrenalinspiegel Zeit zu geben, sich zu senken.

»Wir müssen auch Hammers Frau aus den Fängen dieser Verbrecher befreien. Deshalb sollten wir unseren Angriff rasch starten, gleich, nachdem wir die Killer beseitigt haben, die es auf Anya abgesehen haben. Ich will Randal nach Möglichkeit lebendig. Wir brauchen jede Information, die wir aus ihm herausbekommen können. Alena, da kommst du ins Spiel. Sobald du ihn zu uns gebracht hast, schnappen sich Storm und Ice ihn und verfrachten ihn in die Kammer. Dort kann er schreien, so viel er will. Niemand wird ihn hören. Das wird uns die nötige Zeit geben, um nach San Francisco zu fahren und Hammers Frau zu befreien, und dann kümmern wir uns weiter um ihn.«

»Wir wissen immer noch nicht, womit wir es dort zu tun haben«, warf Transporter ein. »Sollen wir die Bikes nehmen oder die Lieferwagen? Ich muss wissen, wie ich die Fahrzeuge präparieren soll. Waffen, Werkzeug, Papier, um alles abzudecken, falls wir gestoppt werden. Ich brauche Informationen, damit ich weiß, wo ich anfangen soll.«

Mechaniker nickte. »Wenn ich nicht die richtigen Werkzeuge dabeihabe, töten sie die Frau mit Sicherheit.«

Stille kehrte ein. Sie brauchten Informationen, aber wie dran kommen?

Absinth rieb über einen Fleck auf dem Tisch, warf einen wachsamen Blick auf Reaper und seufzte. Er senkte den Blick und sprach sehr leise. »Anya könnte uns vielleicht sagen, wie wir durch diese Tunnel kommen. Sie hat gesagt, dass sie sich die Pläne der Tunnel unter dem Gebäude angeschaut hat.«

»Absinth«, sagte der Zar, um dessen sichtlich schlechtes Gewissen zu beschwichtigen, »du hast auf meinen Befehl hin gehandelt.«

»Das macht es nicht besser.«

»Wenn sie sich nicht gegen dich gewehrt hätte – und ich hatte nicht damit gerechnet, dass sie das tun würde«, gab der

Zar zu, »wäre ihr nichts passiert. Ich dachte, sie würde die Fragen beantworten, und wir würden den Raum ohne weitere Zwischenfälle verlassen. Ich habe die Situation falsch eingeschätzt, weil ich vor Sorge um Blythe blind war. Was passiert ist, fällt nicht auf dich zurück. Es war meine Entscheidung.«

»Nein«, widersprach Steele. »Wir haben das alle gemeinsam entschieden. Wir hätten auf einer Abstimmung beharren und es bleiben lassen können. Wir hätten uns auf Reapers Seite stellen können. Wir hatten die Wahl. Reaper hätte uns alle zum Teufel wünschen und sie aus dem Raum schaffen können. Niemand kann ihn aufhalten, wenn er nicht aufgehalten werden will.«

Reaper atmete tief durch. Die Realität war schwer zu verkraften. Und es machte die Sache noch schwerer, dass Anya Bescheid wusste. Er hatte sich für den Club und gegen sie entschieden. Der Schutz seines Präsidenten war ihm wichtiger gewesen als ihrer.

»Er hat recht, Zar«, gab Reaper zerknirscht zu. »Aber es wird nicht noch einmal vorkommen. Wenn sie mich wieder aufnimmt, werde ich für sie kämpfen. Das solltet ihr lieber von vornherein wissen.«

»Ich glaube, das hast du uns deutlich zu verstehen gegeben«, sagte der Zar. »Absinth, ich muss gestehen, dass ich eher auf Anyas geistige Verfassung geachtet habe als auf das, was sie gesagt hat.«

»Wie du so gut wie sonst keiner weißt, kann ich alles speichern und wörtlich wiederholen«, erwiderte Absinth. »Es war ja damals überaus wichtig, was ein Erwachsener sagte, was sie vorhatten, die Zeiten, die Routen, alles. Du hast mich dazu angehalten, diese Fähigkeit zu trainieren.«

Preacher nickte. »Sie hat gesagt, dass sie sich Pläne angeschaut hat. Es tut mir so leid für sie und auch für dich, Reaper. Für uns alle. Wir haben den schnellsten Weg genommen, um an die nötigen Informationen zu kommen, doch sie war völlig unschuldig.«

»Das haben wir aber nicht von vornherein gewusst«, wandte Steele ein. »Wir können uns jetzt deswegen geißeln oder aber dafür sorgen, dass ihr nichts passiert und dass diese andere Frau heil davonkommt. Was bringt es, wenn du sie dazu bringst, bei dir zu bleiben, wenn sie am Ende stirbt?«

Steele war wie immer die Stimme der Vernunft. Deshalb war er auch der Stellvertreter des Zaren. Wenn die anderen nicht am selben Strang zogen, brachte er sie dazu, es wieder zu tun.

»Wir müssen herausfinden, an welche Details dieser Gänge sich Anya noch erinnert. Wird sie uns helfen, Reaper?«, fragte der Zar und brachte die Sache damit auf den Punkt. Wenn Anya es nicht tun würde, würde er einen anderen Weg finden müssen, um Hammers Frau zu retten und gleichzeitig dafür zu sorgen, dass seinen Leuten nichts passierte.

»Ich kann euch nur sagen, dass sie zutiefst verletzt und stocksauer ist. Im Moment will sie von keinem von uns etwas wissen, mich eingeschlossen«, erwiderte Reaper. »Aber sie hat sich mehrmals nach dieser Frau erkundigt. Ich kann mir nicht vorstellen, dass sie nicht alles in ihrer Macht Stehende unternehmen würde, um die Frau aus den Händen dieser Ghosts zu befreien, vor allem, nachdem sie gesehen hat, wie die Mistkerle eine Frau zugerichtet haben. Sie hat mir erzählt, dass die Burschen immer kleine goldene Manschettenknöpfe in der Form von Geistern tragen, wenn sie im Anzug herumlaufen.«

»Alena und ich könnten nach San Francisco fahren und versuchen, uns in diesem Club ein bisschen umzuhören«, bot Lana an. »Vielleicht sind wir dann auch in der Lage, euch zu unterstützen. Wenn wir dort als zwei Touristinnen aufkreuzen, die sich den Club anschauen wollen, werden wir euch sicher von größerem Nutzen sein.«

»Ich könnte ihnen folgen«, fügte Mechaniker hinzu, »und den Ort so schnell wie möglich verdrahten. Vielleicht haben wir Glück und finden etwas, was uns hilft. Auf jeden Fall wäre ich da, falls die Mädels in Schwierigkeiten geraten.«

Alena schnaubte. »Das ist höchst unwahrscheinlich.«

Lana lächelte leise. »Schrei einfach, wenn wir dir deinen Arsch retten sollen. Dann sind wir sofort da.«

Mechaniker zeigte ihr den Stinkefinger.

Der Zar ignorierte das kleine Geplänkel. »Alena, du musst erst noch Randal für uns umgarnen, bevor ihr zwei losziehen könnt. Nehmt den BMW. Transporter und Mechaniker schwören, dass das Ding wie eine Rakete abzieht. Außerdem hat er im Innenraum genug Fächer für Waffen. Ihr zwei schaut wie geboren für ein Cabrio aus. Es wird zwar ein bisschen teuer werden, euch das nötige Outfit zu verschaffen, damit ihr dort in den Club reinkommt, aber übertreibt es nicht, damit ihr keinen Verdacht erregt. Wenn ihr genügend Kohle mitnehmt, könnt ihr euch vielleicht sogar das Spielcasino anschauen. Aber versteift euch nicht darauf, es ist nicht unbedingt nötig.

Reaper, wir müssen so schnell wie möglich handeln. Ich glaube nicht, dass Hammers Frau noch viel Zeit hat, unabhängig davon, dass die Kerle ihm eine Woche gegeben haben, damit er das Geld auftreibt. Sie wollen den Diamondbacks eine Erklärung abgeben. Sie wissen lassen, dass es ihnen ernst ist. Wenn sie es schaffen, dass die Diamondbacks sich um ihre Frauen sorgen müssen, haben sie eine Pipeline durchs ganze Land. Vergiss nicht, die Ghosts glauben, dass sie genau das sind, was ihr Name bedeutet – Geister. Sie haben keinen Schimmer, dass wir ihnen auf der Spur sind.«

Reaper wusste, dass die Clubmitglieder ihn ansahen. Von ihm erwarteten, dass er seine Frau in die Sache mit hineinzog. Sie hatten keine Ahnung, wie sehr sie Anya verraten hatten. Sie war nicht wie sie, und auch nicht wie Blythe, die keinen guten

Start gehabt hatte, jedoch eine Familie mit fünf anderen Frauen gefunden hatte. Schwestern, die sie liebten. Anya hatte niemanden.

»Ich glaube, dass sie uns über die Tunnel sagen wird, was sie weiß.«

»Aber sie wird nicht bei uns bleiben, oder?«, fragte Lana bedrückt.

Reaper schüttelte den Kopf. »Vermutlich nicht.«

»Vielleicht konnte Blythe sie dazu überreden, uns noch eine Chance zu geben«, sagte der Zar.

»Vielleicht.« Reaper wagte kaum, es zu hoffen.

»Wenn sie mit uns reden will, Reaper, dann bring sie doch in den Gemeinschaftsraum«, sagte der Zar. »Dort wirken wir vielleicht weniger bedrohlich.«

»Ich werde ihr gleich ihre Klamotten bringen«, sagte Alena. »Wahrscheinlich fühlt sie sich ohne Kleidung noch verletzlicher.«

»Wenn sie nichts zum Anziehen hat, kann sie nicht abhauen«, bemerkte Ice.

Alena starrte ihn böse an. »Wir können sie nicht gefangen halten!«

»Warum nicht?«, fragte Ice. »Reaper braucht bestimmt nur ein paar Wochen, um sie zum Bleiben zu überreden. Wenn gar nichts hilft, dann schwängert er sie eben. Wir sind doch dazu ausgebildet worden, den besten Sex aller Zeiten zu bieten. Was nützt uns das, wenn wir es nicht einsetzen können, um unsere Frauen zu behalten?«

»Da hat er recht«, pflichtete Storm ihm bei. »Ich könnte sie für dich überreden, Reaper, wenn du glaubst, dass du der Aufgabe nicht gewachsen bist.«

»Fick dich, Storm. Oder willst du, dass ich dich mit einem Messer an die Wand nagle?«

Storm zuckte die Schultern. »Wollte ja nur einem Bruder aushelfen.«

Reaper fühlte sich ein bisschen besser. Seine Brüder waren da und unterstützten ihn. Sie versuchten, sich etwas für ihn einfallen zu lassen, damit Anya bei ihm blieb. Sie standen geschlossen hinter ihm. Doch er wusste, dass Anya es ihm nicht so leicht machen würde. Trotzdem nickte er, stand auf und machte sich auf den Weg zu ihr.

Blythe saß im Dunkeln. Als er eintrat, hob sie den Kopf. »Sie schläft schon eine ganze Weile.« Sie atmete tief durch. »Sie reißt sich zusammen, aber sie schafft es nur mit Mühe. Geh sanft mit ihr um, Reaper.«

Er nickte und sah ihr nach, als sie den Raum verließ. Er wusste nicht, wie man mit jemandem sanft umging. Das hatte er nie gelernt. Er wusste nicht einmal, was dieser Begriff genau bedeutete.

Alena steckte den Kopf herein und hielt ihm ein paar gefaltete Kleidungsstücke hin. Er nahm sie ihr ab und schloss die Tür, damit ihn jetzt keiner mehr störte. Er musste noch einmal mit Anya reden. Vorfühlen, ob sie ihnen helfen würde, und ihr sagen, dass sie bleiben musste. Ihm zuliebe. Er brauchte sie.

Er beugte sich über sie und blickte in ihr Gesicht. Sie fand, dass er wie ein gefallener Engel aussah. Er wiederum fand, dass sie aussah, als wäre sie in die Hölle abgestürzt.

»Du starrst mich an. Ich spüre das.« Ihre Stimme war ein schläfriges Murmeln, das ihm direkt bis in die Kronjuwelen fuhr. Nein, schlimmer noch: Irgendwie hatte sie es geschafft, sich einen Zugang zu seinem Herzen zu bahnen.

»Dann bist du also wach.«

»Mein Radar meldet sich, wenn du in der Nähe bist.«

Er wusste nicht, ob das gut oder schlecht war, und er fragte sie auch nicht danach. Sollte er den von Ice vorgeschlagenen Plan ausführen?

Sie öffnete die Augen und richtete sich sehr langsam auf, ohne den Blick von ihm zu wenden. »Was denkst du gerade?

Ich spüre nämlich, dass du glaubst, das, was du vorhast, wird mir nicht gefallen, du es aber trotzdem machen wirst.«

Was zum Henker? Er war doch der Mann, den niemand enträtseln konnte. Sie sah viel zu viel von dem, was in ihm vorging. Das war nicht gut. Er war der Vollstrecker des Clubs. Alle anderen hatten andere, legale Jobs, er hatte nur den einen: auf jede erdenkliche Weise für die Sicherheit des Clubs zu sorgen. Die anderen ließen ihr altes Leben allmählich hinter sich, doch er würde das nie tun. Außerdem wusste er, dass es für ihn ohnehin zu spät war.

»Alena hat dir ein paar Kleidungsstücke vorbeigebracht. Bist du fit genug, um dich anzuziehen? Wir können ja auch mal ein bisschen Licht ausprobieren, um zu sehen, ob dein Kopf das verträgt.«

»Ach, die Schmerzen haben deutlich nachgelassen.« Sie schlug die Decke auf und holte sich die Kleidungsstücke. Beinahe hätte sie sie an sich gepresst.

Das gefiel ihm nicht. Seine Frau führte etwas im Schilde. Vermutlich dachte sie ans Wegrennen. Ices Idee kam ihm plötzlich gar nicht mehr so schlecht vor. Womöglich war das der einzige Weg. Er machte das Licht an, dimmte es jedoch gleich auf die niedrigste Stufe und beobachtete ihr Gesicht, um festzustellen, ob sie zusammenzuckte. Ihre Lider flatterten, doch ihr Gesichtsausdruck veränderte sich nicht. Das war ein gutes Zeichen.

»Ich ziehe mich im Bad an, und dann kannst du mir berichten, worum es bei diesem Treffen ging.«

»Zieh dich hier an.« Er stellte sich vor die geschlossene Tür. Was zum Teufel war bloß mit ihm los? Bildete er sich ein, dass er sie aufhalten konnte, wenn sie weglaufen wollte? Nein, das konnte er nicht. Trotzdem blieb er vor der Tür stehen.

Sie musterte ihn, zuckte mit den Schultern und schlüpfte in den spitzenbesetzten Slip und ihre Jeans. »Sie haben dir auf dem Treffen gesagt, dass die drei Männer hinter mir her sind, stimmt's?« Sie sah sich suchend um. »Es gibt keinen BH.«

»Den hat Alena in der Eile wohl vergessen.« Er verschränkte die Arme über der Brust und lehnte sich an die Tür. Diese Frau hätte er wirklich den ganzen Tag lang anstarren können. Er sah ihr dabei zu, wie sie sein Flanellhemd aufknöpfte. Sein Blick konnte sich nicht von ihrer nackten Haut loslösen.

Seufzend zog sie sich das Tank-Top über den Kopf. Der Stoff schmiegte sich sanft um ihre Kurven. Sie warf einen Blick auf den Ausschnitt, in dem ihr Dekolleté zu sehen war, dann sah sie sich suchend um, ob es noch etwas anderes gab, das sie tragen konnte.

»Du schaust wunderschön aus.«

»Das würdest du auch sagen, wenn ich einen Jutesack tragen würde.«

»Das würde ich auch denken.«

Ihr Blick streifte ihn. In ihren Augen lag die schwache Andeutung eines Lächelns. Das gefiel ihm. Er brauchte das. Etwas, irgendetwas, was ihm zeigte, dass sie vielleicht doch bei ihm bleiben würde.

Anya zog wieder sein Flanellhemd an. »Ich glaube, dieses Hemd verwächst bald mit meiner Haut. Wo sind meine Schuhe?«

»Ich weiß es nicht. Ist das im Moment wichtig? Ich muss etwas mit dir besprechen.«

Sie hob den Kopf und sah ihm in die Augen. »Dann mal los.«

»Die anderen warten im Gemeinschaftsraum. Sie haben Informationen ...«

Sie schüttelte den Kopf. »Vergiss es. Ich brauche ihre Informationen nicht. Du sagst mir jetzt, was ich wissen muss. Alles andere interessiert mich nicht.«

Er zuckte die Schultern, obwohl sein Magen sich verkrampfte.

Sie würde nicht bleiben, das sagte ihm schon allein die Heftigkeit in ihrer Stimme. Er musste sich etwas einfallen lassen, damit sie in seiner Nähe blieb. Er brauchte Zeit mit ihr, wie Ice gesagt hatte. »Einer der drei Männer, die gestern in der Bar waren, ist ein Privatdetektiv, der auf der Gehaltsliste des Ghost-Clubs steht. Er hat dein Foto herumgezeigt und den Mann aufgetrieben, der dir dein Auto verkauft hat. Dann ist er dir bis hierher gefolgt. Du bist so schön, dass die Leute dich nicht vergessen.«

Sie schüttelte den Kopf und fing an, ihre Haare zu flechten. Er hätte stundenlang dasitzen und ihr dabei zuschauen können. Beim Flechten hoben sich ihre Brüste unter dem geöffneten Flanellhemd. Ihre Hände arbeiteten flink und sicher. Vermutlich hatte sie diese Handgriffe unendlich oft ausgeführt.

»Hör auf, mich so anzustarren. Es lenkt mich ab.«

Zum ersten Mal fühlte er sich ermutigt. »Ich kann nicht anders, Baby. Ich kann nicht gegen das ankämpfen, was du mit mir machst.«

»Bleib beim Thema. Der Kerl hat mich bis hierher verfolgt und die anderen beiden mitgebracht.«

»Es sind Killer, die ebenfalls für den Club arbeiten. Code konnte ihren Mail-Verkehr hacken. Die Mails waren zwar verschlüsselt, aber Code ist genial bei solchen Dingen. Das hat ihm zu seinem Namen verholfen.«

Sie schluckte, trat um das Bett herum und holte sich einen Haargummi, den sie um das Ende ihres Zopfes wand. Sie sah verängstigt aus. Unwillkürlich trat er zu ihr und legte die Hand um ihren Nacken. Besitzergreifend. Sie einfordernd. Denn Anya gehörte ihm, egal, ob ihr das klar war oder nicht. Und er würde ihr schon noch beibringen, was das bedeutete. Er hatte sich sein Leben lang genommen, was er zum Überleben brauchte. Sein Blick wanderte über ihr Gesicht. Ihre Augen, ihren Mund, der ihm gehörte. Er wollte nicht mehr darüber nachdenken, dass sie weglaufen könnte; denn das würde nicht passieren. Langsam eroberte er ihren Mund.

Feuer explodierte in ihm. Ihre Lippen waren weich, ihr Mund süß, süchtig machend. Sie öffnete sich ihm bereitwillig und gab ihm, was er brauchte. Er schlang den Arm um sie und küsste sie eine schiere Ewigkeit. Bis er wusste, dass sie ihm alles geben würde, wonach er fragte, und seine Welt wieder in Ordnung war.

Nachdem er endlich von ihr abgelassen hatte, fuhr er mit dem Daumen über ihr Gesicht und ihre Lippen. »Du brauchst dir wegen dieser zwei Kerle keine Sorgen zu machen. Wir arbeiten an einem Plan. Kannst du dich eigentlich noch an die Pläne erinnern, die du betrachtet hast und wegen denen du in Schwierigkeiten geraten bist?«

»Die Pläne?«, fragte sie nach. »Ich dachte, sie würden mich verfolgen, weil ich mitbekommen hatte, wie sie sich über jemanden unterhielten, den sie an den Eiern hatten.«

»Vermutlich war es beides. Wir gehen davon aus, dass sie die Frau, die sie entführt haben, irgendwo dort unten gefangen halten. Wir müssen sie dort rausholen, Baby, sonst stirbt sie.«

Ihre Schultern strafften sich, und sie nickte. »Selbstverständlich. Ich sage dir alles, woran ich mich erinnere. Ich habe ein gutes Gedächtnis.«

»Es wäre gut, wenn die anderen dabei wären. Wir arbeiten zusammen, und jeder von uns muss unterschiedliche Dinge wissen.«

Sie starrte ihn an. Er las ihrem Gesichtsausdruck erneut ab, dass er sie verlieren würde, und das ärgerte ihn maßlos. Er wollte keine Angst mehr haben müssen. Er musste die Lage so kontrollieren, wie er es sonst immer tat. Er wollte nicht zulassen, dass sie versuchte, sich ihm zu entziehen und eine Distanz zwischen ihnen aufzubauen.

»Frau, ich weiß verdammt gut, dass du noch meinen Geschmack im Mund hast. Trotzdem führst du dich auf, als wäre das nicht so. Ich habe dir mein Wort gegeben, mein verfluchtes Ehrenwort, dass du bei den anderen sicher bist. Ich weiß, dass du mich gehört hast, als ich dir versprochen habe, dass ich dich vor allem und jedem beschützen werde, selbst vor meinem Club. Was soll das – erst küsst du mich wie gerade eben, und dann tust du so, als wäre ich nicht dein Mann?«

Sie blinzelte nervös, ihre Wimpern sahen aus, als hingen Tränen darin. Schließlich atmete sie tief durch, dann versuchte sie noch einmal, ihn wegzustoßen. Er hielt sie jedoch einfach fest, denn sie war nicht annähernd so stark wie er. »Das ist nicht leicht für mich, Reaper. Ich vertraue ihnen nicht. Du bist einer gegen wie viele?«

Er legte den ausdruckslosen, eiskalten Blick in seine Augen und weckte den gefährlichen Dämon in seinem Inneren, der dafür sorgte, dass der Zar und die anderen lebten und es weiter tun würden. Er glaubte, dass sie das brauchte – dass sie sehen musste, dass er dasselbe auch für sie tun würde. »Sie wissen es besser.«

Sie erbebte und schluckte. Musterte sein Gesicht sehr lange. Er wandte den Blick nicht ab, denn er wollte sie wissen lassen, worauf sie sich mit ihm einließ. Er beobachtete sie so eindringlich wie sie ihn. Deshalb sah er genau, wann sie akzeptierte, wer er war. Was er war. Hoffentlich dachte sie, dass er, falls nötig, über Leichen gehen würde, um sie zu retten.

»Gut. Ich werde zu ihnen gehen. Aber wenn sie irgendwas mit ihren Fragen versuchen, hol ich mir eine Waffe und erschieße dich. Das schwöre ich dir.«

»Ich finde, in unserer Familie sollte es nur einen blutrünstigen Menschen geben, Babe. Außerdem bist du nicht annähernd böse genug dafür.«

»An deiner Stelle würde ich diese Annahme nicht überprüfen.«

Sie versuchte, ihn richtig böse anzustarren. Er fand, dass sie süß aussah, beschloss jedoch, dass es vermutlich besser war, wenn er ihr das nicht sagte. Seine Frau wurde allmählich wieder sie selbst, und das verdammte Kopfweh schien verschwunden. Er eroberte noch einmal ihren Mund. Das war wohl die beste Möglichkeit, sie zu besänftigen. Wie zuvor fing sie sofort Feuer. Ihr Körper schmolz an seinem und wurde weich an seiner Härte.

Er fuhr mit der Hand über ihren Rücken, hinunter zu ihrem süßen Hintern, an den er viel zu oft dachte, wenn er sich eigentlich mit ernsteren Dingen befassen sollte. Er küsste sich über ihr Kinn, entlang ihres Kiefers hin zu ihrem Ohr. Sachte knabberte er an ihrem Ohrläppchen. »Denkst du immer noch daran, vor mir wegzulaufen?«, flüsterte er. Sein Atem war warm an ihrem Ohr, seine Lippen streiften die kleine Ohrmuschel, die ihn manchmal ganz verrückt machte.

»Ja«, erwiderte sie, ohne zu zögern, auch wenn ihr Atem abgehackt ging und ihre Brüste sich dabei hoben und senkten und die hochaufragenden Nippel sich gegen das T-Shirt drängten.

Er gab ihr einen Klaps auf den Hintern, und zwar so heftig, dass sie aufschrie. »Hör auf damit! Wir brauchen Lösungen, Babe. Damit sollte sich dein abgefucktes Hirn jetzt beschäftigen – und nicht mit Fluchtgedanken.« Er hatte sie bislang mit Samthandschuhen angefasst – zumindest soweit es ihm möglich war –, hatte also getan, was Blythe ihm geraten hatte. Offenbar war er damit aber nicht weitergekommen. Sie hatte sich in Reaper verliebt, und nun war er eben wieder ganz der Alte. Und dieser Mann fand sich nicht damit ab, seine Frau zu verlieren. Er musste sich irgendeinen anderen Weg einfallen lassen, und wenn ihm das nicht gelang, musste sein Club ihm helfen.

Sie starrte ihn wütend an. »Mein Hirn ist nicht abgefuckt,

dein Club ist abgefuckt. Und hör auf, dieses Wort zu benutzen. Es ist nervig.«

Er zuckte mit den Schultern. »Ist doch bloß ein Wort.«

»Aber kein schönes Wort.«

»Bloß ein Wort«, wiederholte er und zog an ihrer Hand. »Ich bin barfuß.«

»Du versuchst, Zeit zu schinden. Der Boden ist sauber. Die Clubgirls putzen ihn regelmäßig.«

»Die Clubgirls? Was für einen Mist soll ich denn noch akzeptieren? Und was habe ich davon?«

Er baute sich vor ihr auf, umfasste ihr Kinn mit Daumen und Zeigefinger und hob es an, sodass sie ihm in die Augen schauen musste. »Du wirst glücklich sein, das schwöre ich dir bei meinem Leben und dem Leben meiner Brüder. Und du wirst in Sicherheit sein.« Er wusste nicht, was er noch sagen sollte. Er würde sie sein Leben lang glücklich machen wollen, doch er wusste, dass man lieber nicht auf ihn setzen sollte, wenn man in der Kategorie von ›ein Leben lang‹ dachte. Er hatte keinen blassen Schimmer von Beziehungen, und egal, wie sehr er sich bemühte, er würde bestimmt eine Menge falsch machen. Sie würde jede Menge Geduld und Toleranz aufbringen müssen, und vor allem den Willen zu bleiben.

»Okay, ich versuch's mal«, sagte sie leise.

Eine bessere Antwort würde er im Moment wohl nicht bekommen. Er öffnete die Tür und führte sie in den Flur hinaus. Sie verspannte sich sofort.

»Keine Sorge, Anya, sie tun dir nichts.«

»Mach dir lieber Sorgen um sie, nicht um mich«, murrte sie halblaut.

»Sei einfach nett.« Er wusste, dass sie das ärgern würde. Sie war wieder ganz auf der Höhe.

Seine Frau hatte Mut. Und sie war eine Kämpferin. Sie hätte sich niemals aus eigener Kraft aus der Gosse ziehen können, wenn sie nicht diszipliniert, entschlossen und mutig gewesen wäre. Auch er hatte diese Eigenschaften, genau wie seine Brüder und Schwestern. Auf diese Weise hatten sie überlebt – und natürlich auch, weil sie zusammengehalten hatten. Anya hatte es ganz alleine geschafft, und dafür zollte er ihr den größten Respekt.

»Nett sein«, fauchte sie. »Sei du mal nett! Wenn sie auch nur eines tun oder sagen, was mir nicht gefällt, dann kann ich für nichts garantieren.«

»Ich muss dich wieder mal heftig ficken, Frau. Das scheint das Einzige zu sein, bei dem du locker wirst.«

»Vielleicht solltest du das, aber die Chance hast du verspielt, als du dich auf die Seite deiner bescheuerten Clubbrüder und -schwestern gestellt hast.«

Er musste unwillkürlich lächeln. Es war nicht das tollste Lächeln der Welt, weil er nicht viel Übung darin hatte. Eigentlich verzogen sich nur seine Mundwinkel, doch er spürte Freude in sich aufkeimen, so, wie es fast vom ersten Moment an, als er sie gesehen hatte, gewesen war. Auf alle Fälle war es so gewesen, als er gesehen hatte, wie sie einem Obdachlosen ihre Decke gegeben hatte.

Vor der Tür zum Gemeinschaftsraum blieb Anya abrupt stehen. Die Clubmitglieder hatten sie offenbar kommen hören, weil die Gespräche im Raum verstummten. Sie berührte seine Lippen mit den Fingerspitzen und riss die Augen auf. »Ich habe dich noch nie lächeln sehen.«

Vermutlich war das so. Er hatte nicht viel zu lächeln gehabt, bis sie dahergekommen war. Er war tatsächlich nackt in einem Bett gesessen und hatte sie festgehalten, ohne einen einzigen miesen Gedanken zu haben. Vielleicht hatte die Angst, sie zu verlieren, die Impulse aus seiner Vergangenheit unterdrückt.

»Das mach ich nicht sehr oft, Baby, aber in deiner Anwesenheit kann ich nicht anders.« Er nahm ihren rechten Zeigefinger in den Mund und knabberte behutsam daran. Sie sah ihn immer noch mit weit aufgerissenen Augen an. In ihrem Blick lag das, worauf er gewartet hatte und was sofort ein Feuer in seinem Leib entzündete.

Er blickte auf die anderen, seine Familie, die auf ihn wartete und die noch schockierter war als Anya, dass er gelächelt hatte oder zumindest etwas gezeigt hatte, was als Lächeln durchgehen konnte. Lana war da, sie lächelte ebenfalls und reckte lobend den Daumen hoch. Sie und Alena hatten die Jacke für Anya aufgetrieben, um die er sie gebeten hatte, und die nötigen Patches angebracht. Er hatte diesbezüglich Pläne geschmiedet, noch bevor er mit Anya die ersten Worte an der Bar gewechselt hatte. Doch dann hatte er ewig mit sich gekämpft, auch wenn er schon damals tief in seinem Inneren gewusst hatte, dass er sie nicht gehen lassen würde.

Er musste sie einfach dazu bringen, ihm diese letzte Gewissheit zu geben. Heute Nacht musste sie sich endgültig an ihn binden, bevor er loszog, um Hammers Lady zu retten. Er musste gehen. Es blieb ihm keine Wahl, und er brauchte ihr Versprechen, bevor er mit den anderen nach San Francisco düste.

Er nahm wieder ihre Hand, drückte sie an seine Brust und ging in den Gemeinschaftsraum. Nur die Leute, die vollständig in den Club aufgenommen worden waren und die entsprechenden Patches und Colors trugen, waren anwesend. Gavril und Casimir standen an der Tür, und draußen achteten die Prospects darauf, dass niemand ihre Gespräche belauschen konnte. Normalerweise hätten sie so ein wichtiges Treffen nur in der Chapel – ihrem ganz privaten Treffpunkt – abgehalten, doch dort hätte sich Anya bestimmt sehr unwohl gefühlt. Der Gemeinschaftsraum verlieh ihr hoffentlich ein Gefühl der Sicherheit.

Anya erstarrte, sobald sie alle vor sich sah. Sie hatten sich verteilt und an den kleineren Tischen niedergelassen; manche saßen auch auf den Sofas oder auf bequemen Stühlen, um ihr das Gefühl zu vermitteln, dass das Treffen familiär war und dass sie ein Teil davon war.

Reaper legte den Arm um ihre Taille. »Bevor wir anfangen, möchte ich allen hier Versammelten mitteilen, dass ich Anya zu meiner Old Lady machen möchte. Lana hat ihre Jacke.«

Für einen Außenstehenden hätte das kaum etwas bedeutet, für die Clubmitglieder jedoch war es von immenser Wichtigkeit. In ihrer Welt war Anya damit seine Frau, die Frau, die er auf den Sozius seines Bikes setzen wollte. Reaper hatte vor Anya noch nie eine Frau mitgenommen. Er erklärte weiter, dass er die Verantwortung für sie übernehmen würde und dass jedes Clubmitglied die Verantwortung hatte, sie genauso zu beschützen wie seine Brüder und Schwestern.

Anya blickte stirnrunzelnd zu ihm hoch. Sie wusste nicht so recht, was das bedeutete. Nur der Zar hatte eine Lady. Blythe war selten im Clubhaus. Meistens fuhren alle zu ihnen zum Grillen. Blythe kam zwar auf die Partys im Clubhaus, ging aber meist recht früh zusammen mit ihrem Mann. Manchmal fuhr sie auf seinem Bike mit, doch das war meist nur der Fall, wenn die beiden eine kleine Spritztour machen wollten. Anya konnte nicht wissen, was Reapers Worte bedeuteten, doch sie würde es bald herausfinden.

Der Zar erhob sich langsam und trat zu ihnen. Er wirkte wie üblich sehr gesammelt und konzentriert. Je näher er kam, desto mehr erstarrte Anya. Dennoch reckte sie das Kinn kämpferisch vor, und ihre grünen Augen funkelten wie Edelsteine. Sie war nach wie vor stinksauer auf den Zar und den gesamten Club. Reaper wusste nicht, warum sie sich ihm gegenüber nachgiebiger zeigte, doch er hatte fest vor, das auszunutzen, sobald er konnte.

»Bist du dir sicher, dass du das willst, Anya? Weißt du überhaupt, was es bedeutet, wenn Reaper den Clubmitgliedern erklärt, dass du seine Old Lady bist? Es ist eine enorme Verpflichtung.«

Anya drückte sich Schutz suchend an Reaper und fuhr mit einer Hand in seine Gesäßtasche. Er spürte, dass sie die Faust ballte. »Es geht dich nichts an, wenn Reaper mich zu seiner Lady macht. Du hast mir nichts zu sagen.«

Es wurde totenstill im Raum, und Reapers Mut sank. Der Zar war der Präsident von Torpedo Ink. Er hatte in den Leben aller Mitglieder etwas zu sagen. Auf seinem Gesicht spiegelte sich dasselbe Wissen wie auf dem aller anderen Clubmitglieder wider.

»Schätzchen …«, – die Stimme des Zaren klang sehr sanft und sehr geduldig –, »wenn du das sagst, zeigst du damit nur, dass du nicht verstehst, worauf du dich einlässt. Wenn du Reaper akzeptierst, akzeptierst du uns alle und auch mich als den Anführer des Clubs. Du tust Reaper gut. Du tust uns allen gut, aber wir müssen fair sein. Dir muss klar sein, was es bedeutet, zu uns zu gehören.«

»Nur, damit ich mit Reaper zusammen sein kann, werde ich nicht die Leute akzeptieren, die mich in ihren Verhörraum geschleppt haben und Höllenqualen durchleben ließen«, erklärte Anya mit fester Stimme.

»Reaper …« Der Zar schüttelte bedauernd den Kopf.

Reapers Magen schnürte sich zusammen. Er spürte, dass Anya zu ihm hochschaute. Alle wirkten wie erstarrt und äußerst betroffen. Vermutlich sah er genauso aus. Die Zeit schien stillzustehen. Seine Brüder und Schwestern. Seine Colors. Seine Lebensweise. Gut dreißig Jahre. All der Schmerz, das Leid, die Morde. Bilder von schreienden Kindern, hässlichen, niederträchtigen Männern und Frauen stürmten auf ihn ein. Der Zar, der ihn tröstete. Flüsterte, dass es Hoffnung gab. Dass sie einen Weg finden würden. Darauf war alles hinausgelaufen.

Der Zar hatte sie hierhergeführt, um wieder Menschen aus ihnen zu machen. Er wollte, dass sie sich besserten. Jetzt hatten sie Wahlmöglichkeiten. Reaper blickte auf die Frau, die sich an ihm festhielt. Sie hatte ihm mehr beschert als nur sexuelle Erfüllung. Sie hatte ihm etwas gegeben, das schon fast an Glück grenzte.

»Du hast mir einmal gesagt, Zar, dass du, wenn du dich entscheiden müsstest und wenn wir Blythe nicht als Gleichgestellte in unserer Familie akzeptieren könnten, bei ihr bleiben würdest und wir ohne dich weitermachen müssten. Wenn du Anya nicht so akzeptierst, wie sie ist, dann bleibt mir keine andere Wahl. Ich gehe mit ihr.«

Anya sah Reaper an und wusste, dass es ihm ernst war. Ihr Herz klopfte heftig, und sie spürte, dass sie gewonnen hatte. Der Zar war ein Arsch, ein elender Mistkerl, dass er sie dieser grässlichen Inquisition unterzogen hatte. Reaper hatte sich für sie entschieden. Sein Arm zerquetschte sie fast. Doch als sie noch einmal zu ihm hochsah, erstarb jede Freude in ihr; denn sie erkannte, dass er sich zwar für sie entschieden hatte, ihn diese Entscheidung jedoch schier zerriss.

»Das ist nicht dasselbe, Reaper. Wir akzeptieren sie ja, doch sie will uns nicht akzeptieren. Sie will uns nicht kennenlernen. Wir sind deine verdammte Familie, und sie schließt uns aus, weil wir einen Fehler gemacht haben. Denk mal drüber nach, Bruder, denn auch du wirst Fehler machen, und zwar nicht zu knapp. Anya ...« – nun klang die Stimme des Zaren fast flehentlich –, »wir sind seine Familie. Wir wollen auch deine sein.«

Er blickte Anya direkt in die Augen. Sie spürte die Wirkung bis in die Haarwurzeln. Er war nicht verärgert, sondern erschüttert. Am Boden zerstört. Leidend. Sie musterte die anderen. Savage war aufgestanden und gesellte sich zu seinem Bruder. Auch Ice und Storm näherten sich Reaper. Lana umklammerte die Jacke in ihren Händen, zerknüllte den Stoff. In ihrem

Gesicht spiegelte sich derselbe Schmerz wie beim Zar, und bei den anderen war es genauso.

Anyas Blick ging zurück zu Reaper. Sein Gesicht zeigte es überdeutlich: Ihr wunderschöner, vernarbter, kaputter Mann litt genauso wie alle anderen. Sie teilten das Leid. Anya spürte, dass es sie schier zerriss und eine tiefe, klaffende Wunde bleiben würde, die bestimmt nie mehr ganz heilen würde.

Er würde mit ihr gehen. Sie hatte die Macht über ihn. Aber wenn er das tat, würde er nicht mehr der Reaper sein, den sie kannte. Sie hatte Einblicke in seine Vergangenheit erhalten, die er mit all diesen Männer und Frauen teilte. Eine hässliche, brutale Vergangenheit. Aber es war etwas Wunderschönes daraus entstanden. Der Zar hatte sie miteinander verbunden, damit sie leben konnten. Er hatte sie zu einem wahren Kunstwerk verwoben. Das spürte sie ganz deutlich.

Die meisten wandten schuldbewusst den Blick ab, als Anya sie anschaute. Absinth schüttelte den Kopf, doch sie sah, dass ihm Tränen in die Augen gestiegen waren. Ohne Reaper waren sie kein Ganzes mehr. Ohne sie würde auch Reaper nie mehr ganz sein, nie mehr der Mann sein, in den sie sich verliebt hatte.

Dann schauten alle auf den Zar, auch Anya. Sie wusste keine Lösung. Sie wusste nur, dass diese gebrochenen, beschädigten Menschen nicht mehr ganz so gebrochen und beschädigt waren, wenn sie zusammen waren.

»Siehst du?«, fragte der Zar sie leise. »Du bist jetzt ein Teil von ihm, und das macht dich zu einem Teil von uns. Du spürst es, oder? Du weißt, dass wir einander brauchen. Jetzt brauchen wir auch dich.«

»Ich will nicht an zweiter Stelle stehen.«

»Kommt dir das so vor? Wirklich? Schau dich mal um!« Er deutete auf den Raum. »Niemand hier steht an zweiter Stelle. Hast du das Gefühl, dass Lana oder Alena das tun?«

»Sie waren bei dir, in dieser Schule. Ich war das nicht.«

»Wir brauchen Licht, damit wir uns vor der Dunkelheit retten können. Blythe bringt uns dieses Licht, und du tust es auch.«

Es freute sie, dass er sie auf die gleiche Stufe stellte wie seine geliebte Frau. Ihr wurde klar, dass sie einen Weg finden musste, damit die Sache funktionierte. Reaper zuliebe. Denn letztendlich war ihr Wunsch, mit ihm zusammen zu sein, stärker als der, an ihrem Zorn festzuhalten, so berechtigt der auch war. Außerdem sehnte sie sich nach einer Familie, egal, wie gestört diese Leute waren. In dem Moment beschloss sie, dass sie bei ihnen bleiben würde. Dennoch ärgerte es sie, dass sie ihre Liebe zu diesem Mann so stark hatte werden lassen.

»Er ist herrschsüchtig, und du bist das auch. Mein Gott.«

Sie tat so, als ärgerte sie sich über den Zar und über Reaper, aber in Wahrheit ärgerte sie sich hauptsächlich über sich selbst, weil sie wusste, dass sie diesen Leuten Reaper nicht wegnehmen konnte. Er war zwar bereit, mit ihr wegzugehen, doch er würde nur noch ein Schatten seiner selbst sein. Sie warf die Arme hoch, schob Reaper beiseite und marschierte, die Hand nach der Jacke ausstreckend, quer durch den Raum zu Lana.

Lana musterte sie eingehend, dann überreichte sie Anya die Jacke mit einem breiten Lächeln. Anya schüttelte sie aus. Auf dem Rücken befand sich ein Patch, auf dem ›Eigentum von Torpedo Ink. Reaper‹ eingestickt war. Dieser Patch hatte extra angefertigt werden müssen, und das hatte bestimmt Zeit in Anspruch genommen. Sie wirbelte herum und starrte Reaper aufgebracht an. Er musste das idiotische Teil bestellt haben.

»Eigentum?«, kreischte sie. »Soll das ein Witz sein?«

»Jemand muss aufpassen, dass dein hübscher kleiner Arsch nicht aus der Reihe tanzt«, erwiderte Reaper. »Du hast ein sehr stürmisches Temperament, Frau. Tust so, als wärst du einverstanden, und gleichzeitig spukt aller möglicher Unsinn durch dein hübsches Köpfchen. Ich kapier's einfach nicht.«

»Eigentum heißt, dass du vom Club beschützt wirst«, wisperte Lana ihr zu. »Es bedeutet nicht, dass er dich herumkommandieren kann – es sei denn, wir erledigen einen Auftrag. Dann sollte man ihn in aller Öffentlichkeit lieber nicht brüskieren. Er kann nämlich ziemlich böse werden.«

»Ja, das wäre vermutlich keine gute Idee«, sagte Anya laut. Insgeheim fragte sie sich, wann Reaper den Patch eigentlich bestellt hatte.

»Zu spät, Babe. Du hast bereits Ja gesagt.«

Die anderen versammelten sich um Reaper und klopften ihm auf den Rücken. Sie hörte den Zar irgendwas von wegen ›Teufelsbraten‹ murmeln, und Ice bemerkte, dass er froh war, dass sie sie nicht hatten entführen müssen. Sie wollte ihn schon fragen, was er damit meinte, doch dann fiel ihr Blick auf Absinth. Er hatte sich nicht von der Stelle gerührt. Sie atmete tief durch. Wenn sie sich auf die Sache einließ, dann musste sie es aus ganzem Herzen tun und reinen Tisch machen. Sie trat zu Absinth. Sofort wurde es still im Raum. Sie drehte sich nicht um, weil sie befürchtete, dass ihr Mut sie verlassen würde.

»Absinth?« Sie hielt ihm die Hand hin. »Spendier mir später einen Drink, und jetzt vertragen wir uns wieder, okay? Aber wenn du mein Bruder bist, dann müssen wir uns auf ein paar Grundregeln einigen.«

Es dauerte ein Weilchen, bis er lächelte. Doch das Lächeln erreichte seine Augen nicht. Sie konnte sich nicht in ihn hineinversetzen. Eigentlich in keinen von ihnen. Sie hatten alle bestimmte Gaben, die sie bis zur Perfektion trainiert hatten, um zu überleben. Absinth hasste das, was er tat – was er für die anderen tun musste –, aber er tat es.

»Keine Sorge. Es ist strikt verboten, dass wir unsere Gaben gegeneinander verwenden. Und das bezieht sich jetzt auch auf dich.« Er schüttelte ihre Hand.

»Aber jetzt müssen wir wieder zur Sache kommen«, sagte

der Zar. »Wir haben nicht viel Zeit. Anya, kannst du die Pläne, die du damals gesehen hast, skizzieren?«

»Ja. Ich zeichne gern. Ich habe ein gutes Auge für Details, und ich fand diese Pläne echt cool. Sie waren sehr alt. Ich habe ein paar Details in meinem Skizzenblock festgehalten, weil ich dachte, vielleicht würde ich später mal ein Bild davon machen oder die Wände eines Raums damit bemalen.«

»Dein Skizzenblock?«

Sie zuckte die Schultern. »Was glaubst du denn, was ich all diese Nächte in meinem Wagen gemacht habe? Ich zeichne. Das entspannt mich. Der Block liegt in meinem Wagen auf dem Rücksitz bei meinen Klamotten.« Sie hatte nicht viel Kleidung, doch zwei Skizzenblöcke.

Der Zar warf einen Blick auf Transporter, der sofort den Raum verließ. »Was hast du dort unten im Weinkeller noch gehört? Du hast doch sicher nicht nur gehört, dass sie jemanden an den Eiern hatten, oder? Wegen so etwas wird man nicht umgebracht. Und auch nicht wegen dieser Pläne.«

»Sie haben über die Diamondbacks gesprochen, diesen Motorradclub. Und über die Frau des Präsidenten. Sie hatten herausgefunden, wo sie arbeitet und wo sie joggt. Am Mendocino-See, auf dem Damm.«

»Ich brauche jedes einzelne Wort, an das du dich erinnerst«, sagte der Zar ernst.

Anya nickte. Sie hatte ein ausgezeichnetes Gedächtnis.

# 12. Kapitel

Alena!« Tom Randal winkte und eilte zu ihr.
Alena drehte sich um und schenkte ihm ihr strahlendstes Lächeln. Sie trug hautenge Jeans, geraffte Lederstiefel mit Stöckelabsätzen und ein rotes Top, das ihre Kurven umschmeichelte. Ihr platinblondes Haar umrahmte in Wellen ihr hübsches Gesicht. Das Rot ihrer Lippen und des Lacks ihrer langen Nägel passte exakt zu ihrem Oberteil. »Tom! Wie schön, dich zu sehen.«

Der Privatdetektiv freute sich offenkundig sehr, ihr zu begegnen. Alena fuhr ihm mit einem Finger über die Schulter den Bizeps entlang bis hin zum Ellbogen. Er streckte die Hände aus, um ihr ihre Tüten abzunehmen.

»Ich war beim Einkaufen. Ich koche liebend gern«, erklärte sie. »Ich weiß nicht, ob du das Gebäude auf der Hauptstraße gleich neben der Bar bemerkt hast. Es wird ein kleines, intimes Restaurant werden, und zwar meines.«

»Das wundert mich«, sagte Tom. »Eine schöne Frau wie du kocht gern?«

Alenas Lächeln ließ nicht nach, auch wenn seine Bemerkung ihr vorkam wie eine Beleidigung, so, als hätte sie nicht genügend Verstand, um zu kochen, nur, weil sie schön war. Oder, schlimmer noch, dass Frauen, die gern kochten, nicht schön sein konnten.

»Ich bin eine begeisterte Köchin. Ich koche für meine Brüder und manchmal auch für alle anderen. Große Gruppen sind für mich kein Problem, deshalb glaube ich, dass ich auch gut darin sein werde, für Fremde zu kochen. Hast du Spaß in unserem kleinen Nest?«

Tom nickte und verlangsamte seinen Schritt. »Es hat mich überrascht, wie idyllisch es hier ist. Das Meer ist ganz besonders – stürmisch in einer Minute, spiegelglatt in der nächsten.«

»Ich dachte, ihr übernachtet in Fort Bragg, aber hier bist du in unserem schönen Sea Haven.« Alena winkte Inez zu, die auf der anderen Straßenseite an ihr vorbeilief. »Das hier ist mein Auto.«

»Hast du Zeit für eine Tasse Kaffee?«

Alena zögerte, tat so, als ob sie eigentlich keine Zeit hätte, aber wirklich gern noch ein wenig länger mit ihm zusammenbleiben würde. »Ich muss die Lebensmittel heimbringen. Aber ich würde gern noch ein bisschen mit dir plaudern. Hast du denn Zeit, mir nach Caspar zu folgen? Es ist ja nicht weit.«

Nun zögerte er. Sie wusste, dass er nicht nur mit ihr reden wollte, weil sie eine verführerische Frau war, sondern auch, weil er mehr über den Club erfahren wollte, vor allem über den Zar und Blythe. Als Schnüffler konnte er den Leuten wohl alle möglichen Informationen entlocken, vor allem den Frauen; denn er sah gut aus, und das wusste er auch.

Alena legte die Hand auf seinen Arm und senkte die Stimme. »Heute wären wir dort ganz allein.«

Tom nickte. Offenbar hatte er sich entschieden. »Ich folge dir. Mein Wagen steht gleich dort drüben.«

Er schlenderte über die Straße, und Alena warf einen Blick aufs Dach, auf dem Storm lag und sie beobachtete, das Auge auf das Zielfernrohr eines leistungsstarken Gewehrs gepresst. Sie grinste ihm zu und reckte den Daumen hoch. Thomas Randal würde den angenehmen Nachmittag, auf den er hoffte, nicht bekommen.

Sie setzte sich ans Lenkrad ihres schnittigen kleinen BMWs und fuhr direkt zurück zum Anwesen der Torpedo Inks. Randal folgte ihr. Sie lotste ihn über den Parkplatz hinter das Clubhaus. In diesem Bereich wuchsen viele Bäume, die breite Schatten warfen. Sie hatten dafür gesorgt, dass keine Kameras liefen, damit Randals Wagen nicht aufgenommen werden konnte, während er nach Caspar fuhr. Es gab zwei Parkplätze, die beide leer waren. Tom stieg aus seinem Wagen, trat zu ihr und nahm ihr die zwei Einkaufstüten ab.

»Netter Eingang.«

»Viel privater. Ich kann hier rein, ohne jemanden zu stören. Ich habe ein Zimmer und ein Bad gleich neben der Küche.« Sie sperrte die Tür auf und schaltete die Alarmanlage aus, wobei sie die Tastatur ostentativ abschirmte.

»Ich hätte nicht gedacht, dass ein solches System von großem Nutzen ist. Hier kommen und gehen doch ständig irgendwelche Clubmitglieder«, stellte Tom fest.

Sie warf ihm einen Blick über die Schulter zu. »Dieser Teil des Anwesens ist vom Clubhaus getrennt. Alle gehen hier ein und aus, und ich habe keine Ahnung, wer da ist und wer nicht. Es weiß auch keiner, ob ich zuhause bin.«

»Dein Bruder scheint dich aber ziemlich streng zu bewachen«, bemerkte er. Er stellte die Lebensmittel auf der Theke ab und sah sich um.

Die Küche war sehr geräumig, alle elektrischen Geräte waren aus Edelstahl.

Rasch verstaute sie die Lebensmittel einschließlich der Packung Vanilleeis, die ihr als Vorwand gedient hatte, dass sie schnell heimfahren musste.

»Meine Brüder bilden sich gern ein, dass sie mein Leben regeln, aber das tun sie nicht. Sie meinen es allerdings nur gut und wollen, dass ich glücklich bin. Möchtest du einen Kaffee oder einen Espresso? Ich kann zwar auch ein paar Drinks mischen, aber ich bin keine Barista. Allerdings könnte ich dir noch ein paar superleckere Kekse zum Kaffee anbieten.«

»Kaffee passt.« Er lehnte sich an die Theke und beobachtete sie, wobei er den Blick kaum von ihrem knackigen Hintern abwenden konnte, der ihre enge Jeans äußerst verlockend ausfüllte.

»Wie sind deine Brüder zum Club gekommen? Niemand weiß viel über die Torpedo Inks.«

Sie zuckte die Schultern und schickte ihm ein weiteres süßes Lächeln. »Wir haben beschlossen, uns hier niederzulassen, aber das Anwesen liegt im Diamondback-Gebiet. Der Zar hat den Präsidenten des Chapters in Mendocino um Erlaubnis gebeten, hier seine Zelte aufzuschlagen. Nachdem wir die übliche Provision gezahlt hatten, konnten wir gleich loslegen.«

»Hast du den Präsidenten der Diamondbacks etwa kennengelernt?« Tom klang fast ein bisschen ehrfürchtig. »Wenn der Name fällt, denken alle sofort an Kriminelle. Sind die denn so schlimm, wie die Presse sie hinstellt?«

Sie zuckte die Schultern. »Das weiß ich nicht. Ich halte mich aus den Clubgeschäften raus. Manchmal erledigen wir ein paar Aufträge gemeinsam, aber im Allgemeinen haben wir nicht viel mit ihnen zu tun.«

»Gefällt dir dieses Leben?« Jetzt klang er richtig interessiert.

Sein Gesichtsausdruck und sein Tonfall trugen wohl viel dazu bei, dass er ein guter Privatdetektiv war. Er plauderte zwanglos und ließ es so klingen, als wäre ihm jede Antwort immens wichtig.

»Ich bin in den Club hineingeboren worden. Ich kenne gar kein anderes Leben.« Sie stellte ihm einen Becher Kaffee hin und griff zu dem Teller mit den Keksen und ihrem Kaffee. »Komm mit, ich zeig dir einen Wahnsinns-Ausblick. Wir nehmen eine Abkürzung. In diesem Gebäude gibt es eine Menge cooler Dinge, zum Beispiel eine Treppe, die direkt zu den Klippen über einer Höhle führt. Früher benutzten die Besitzer des Gebäudes diesen Weg, wenn sie die Schmuggler treffen wollten, die mit ihren Schiffen vor der Küste anlegten. An den Klippen gibt es weitere Stufen, die in eine Höhle führen. Heute benutzt diese Stufen natürlich niemand mehr, obwohl sie überraschend gut erhalten sind.«

Sie plapperte munter weiter und verriet Randal alles Mögliche, was er an ein Killerkommando oder an seine Chefs im Ghost-Club weiterleiten konnte. Er folgte ihr und genoss ein weiteres Mal den Anblick ihrer wiegenden Hüften, als sie ihm voraus durch eine Tür zu einer schmalen Treppe ging. Die Treppe sah sehr alt aus, genau wie sie gesagt hatte.

»Bist du noch nie zur Höhle runtergegangen?«, fragte er.

»Meine Brüder würden mich umbringen. Der Weg sei viel zu gefährlich, haben sie gemeint.«

»Aber sie waren schon mal dort unten?«

Sie nickte. »Ja, schon ein paarmal. Deshalb weiß ich auch, dass man immer noch in die Höhle gelangen kann. Man kann sich das fast nicht vorstellen, weil die erste Stufe so aussieht, als ob man direkt runterfliegen würde. Ziemlich verrückt und ein bisschen beängstigend. Ich habe den Weg noch nie ausprobiert, weil er wirklich so gefährlich aussieht, wie Storm behauptet hat.«

»Warum heißt er Storm?«

»Meistens erhält man einen solchen Spitznamen bei irgendeinem Vorfall, einem komischen oder zumindest ungewöhnlichen.« Am Ende der Treppe blieb sie stehen und wartete auf ihn. »Ich habe ganz vergessen, dir das zu sagen«, fügte sie hinzu und nahm einen Schluck Kaffee. »Wir haben so unsere Probleme mit Leuten, die sich zu sehr für unsere Clubangelegenheiten interessieren. Man muss da ziemlich vorsichtig sein.«

Er verzog das Gesicht. »Sieht es so aus, als ob ich herumschnüffele, weil ich mich nach seinem Namen erkundige?«

Sie drehte sich um und lief den schmalen Gang weiter. »Der hier führt nach draußen. Cool, oder? Ich weiß nicht, wie lange es ihn schon gibt, aber er ist echt alt.« Sie plauderte noch ein bisschen weiter, dann blieb sie abrupt stehen und drehte sich zu ihm um. »Möchtest du einen Keks? Die Dinger schmecken echt gut. Ich halte derweilen deinen Kaffee.«

»Nein, danke.«

»Ach, nimm doch einen, Tom. Du könntest es sonst vielleicht bereuen.«

Er nahm einen Keks und biss hinein. »Hm, wirklich gut. Die besten, die ich je gegessen habe.«

Sie reichte ihm den Teller und nahm ihm den Kaffeebecher ab. »Lass sie dir schmecken.« Sie blickte auf den Mann, der hinter ihn getreten war. »Hey, Storm. Perfektes Timing.«

Toms Lächeln verblasste, als er sich umdrehte und den riesigen Biker bemerkte, der ihm den Weg versperrte. Als er sich wieder Alena zuwandte, wirkte sie todernst.

»Tom, du bist sehr leichtgläubig. Das ist bei vielen Männern so, vor allem bei solchen wie dir. Ich mag es nicht, wenn jemand Spielchen mit mir treibt. Ich gebe keine Clubgeheimnisse preis. Storm und Ice werden dir alle Fragen beantworten.«

Tom stürzte sich auf sie, weil er wusste, dass er nicht an dem Hünen vorbeikam, der hinter ihm stand. Alena versetzte ihm einen Tritt in die Magengrube. Er krümmte sich. Sie legte eine Hand auf seinen Hinterkopf. »Schätzchen, ich bin mit sechzehn Brüdern und einer supertollen Schwester aufgewachsen. Gegen mich hast du keine Chance.« Sie drehte sich um und lief den Flur hinab, ohne sich noch einmal nach ihm umzuschauen. Nicht einmal, als Tom laut aufschrie.

Anya lächelte Bannister an und servierte ihm ein Bier. »Du siehst heute Abend müde aus, Harry«, sagte sie mitfühlend. Sie hatte schon an ihrem zweiten Arbeitstag seinen richtigen

Namen herausbekommen, auch wenn er für alle anderen stets nur Bannister war. »Wann hast du denn das letzte Mal etwas gegessen?«

Er erwiderte ihr Lächeln und tätschelte ihre Hand. »Mach dir wegen einem alten Kauz wie mir keine Sorgen. Ich lande immer wieder auf den Füßen. Mein Sohn hingegen kriegt nichts auf die Reihe. Ich habe fast alles verkauft, was ich habe, um ihm unter die Arme zu greifen, aber es reicht nie. Jetzt will er, dass ich mein Bike verhökere.«

Anya keuchte erschrocken auf und schüttelte den Kopf. In den sechs Wochen, seit sie hier arbeitete, war Bannister jeden Abend gekommen und hatte ein paar Bier getrunken. Lebhaft wurde er nur, wenn er über seine Harley sprach. Einmal hatte er ihr erklärt, dass es nie zu einer Scheidung kommen würde, wenn die Männer ihre Frauen so gut behandeln würden wie er sein Bike. Sie hatte gelacht, auch wenn ihr klar gewesen war, dass es sein voller Ernst war.

»Du darfst dein Bike nicht verkaufen, Bannister«, erwiderte sie streng. »Dein Sohn kennt dich nicht sehr gut, wenn er dich auffordert, das zu tun.«

»Er muss Spielschulden begleichen. Hat mir zwar hoch und heilig versprochen, nicht mehr zu zocken, aber die eigentlichen Schulden hat er nie abbezahlt, er begleicht immer nur die Zinsen.« Er rieb sich den Bart. »Als er mir beim letzten Mal alles abgeschwatzt hat, inklusive meines Hauses, habe ich geschworen, dass ich ihm nicht mehr helfen werde. Aber er ist mein einziger Sohn. Ich will ihn nicht verlieren.«

Anya tätschelte ihm die Hand, bediente zwei Gäste und erledigte Heidis Bestellung für drei Tische, dann kehrte sie zu Bannister zurück. Sie ließ den Eingang nicht aus den Augen, obwohl Reaper ihr gesagt hatte, dass sie sich ganz normal verhalten solle. Er war nicht glücklich mit ihr als Köder, doch wenn Alena und Lana zum Ghost-Club aufbrechen und versuchen sollten, sich dort umzuschauen, fand sie, dass sie wenigstens ihrer ganz normalen Arbeit nachgehen konnte.

Reaper saß in der dunkelsten Ecke des Raums. Er schien sich in Luft aufzulösen, bis er nur noch ein verschwommener Schatten war, den man kaum bemerkte, solange man nicht nach ihm suchte. Heidi hatte die Anweisung erhalten, sich von seinem Tisch fernzuhalten.

Ein paar Tische waren um die Tanzfläche herum aufgestellt. Da an diesem Abend nicht getanzt wurde, war die Fläche nicht beleuchtet. Savage saß dort am Rand auf einem Stuhl wie ein träger Tiger. Er ähnelte seinem Bruder hinsichtlich der Statur, doch damit war die Ähnlichkeit auch schon erschöpft. Anya wusste, dass die beiden nur zwei Jahre auseinander waren, aber Savage wirkte deutlich jünger. Sein Gesicht war nicht so vernarbt wie Reapers, doch Anya wusste, dass auch er Narben hatte. Sie lagen nur tiefer. Heidi hielt sich von seinem Tisch ebenfalls fern.

»Hast du je daran gedacht, dass dein Sohn nie zu zocken aufhört, solange du ihm immer wieder aus der Patsche hilfst?«, fragte Anya. »Das Spielen ist bei manchen Menschen eine richtige Sucht, so, wie es bei anderen die Drogen sind. Die Leute können einfach nicht die Finger davon lassen.«

»Und was ist, wenn sie ihn umlegen, weil er seine Schulden nicht bezahlen kann?« Bannister fuhr sich mit der Hand übers Gesicht, als wollte er nicht vorhandene Tränen wegwischen. »Ich bin ein alter, verbrauchter Mann«, stellte er fest. »Ich habe nicht viel zu verlieren. Aber er ist noch jung. Vor ihm liegt noch ein langes Leben.«

Jeder hat eine Geschichte, ging es Anya durch den Kopf. Sie mochte Bannister und auch die meisten anderen Gäste der Bar, in der Mehrzahl Biker. An den Werktagen kamen allerdings auch etliche Einheimische vorbei, die wohl einfach mal sehen wollten, was hier abging.

»Auch dein Leben ist noch lange nicht vorbei, Bannister«, widersprach sie ihm. »Du bist noch nicht so alt, dass du nicht eine Lady finden könntest, die ganz verrückt nach dir ist und gerne mit dir Motorrad fahren und ins Bett steigen würde. Verzweifle nicht am Leben.«

Aus den Augenwinkeln sah sie die Burrows-Brüder hereinkommen. Ohne einen Blick in ihre Richtung zu werfen, begaben sie sich direkt zu einem Tisch auf der gegenüberliegenden Raumseite. Von dort konnten sie jede ihrer Bewegungen beobachten. Sie wischte wohl zum tausendsten Mal über die Theke, machte drei Drinks und öffnete vier Bierflaschen, dann ging sie wieder zu Bannister und beugte sich zu ihm vor.

»Für einen Dienstagabend ist ganz schön viel los«, bemerkte sie. »Wer hätte gedacht, dass die Bar so erfolgreich sein würde? Preacher hat schon gemurrt, dass er so viel zu tun hat.«

»Ich habe gehört, dass sie Poolbillard-Tische aufstellen wollen.«

Sie nickte. »Mit der Baubehörde hier an der Küste klarzukommen ist nicht ganz einfach, vor allem, wenn ein Gebäude als historisch wertvoll gilt. Dann darf man kaum etwas verändern. Der Zar ist da auf eine Lösung gekommen: Er plant einen kleinen Anbau, in den ein paar Poolbillard-Tische passen. Der soll genauso wie das Hauptgebäude aussehen, und das Ganze soll durch einen großen Bogen verbunden werden, sodass es wie eine Einheit wirkt, auch wenn es zwei Gebäude sind. Ich weiß nicht, wie sie das hinkriegen werden, aber er und Absinth haben der Behörde die Pläne unterbreitet und die Baugenehmigung dafür bekommen.«

Heidi nahm die Bestellung der Gebrüder Burrows auf. Anya war nicht überrascht, dass sie nur Bier bestellten. Sie versuchte, nicht in ihre Richtung zu blicken. Es half, dass ihr Lieblingsgast in Nöten war. Sie dachte fieberhaft über eine Lösung nach, damit er seine geliebte Harley nicht verkaufen musste, die er so penibel pflegte. Auch wenn die Maschine älter war als die meisten anderen Bikes, die hier herumstanden, lief sie immer noch fantastisch.

Die Tür ging abermals auf, und zwei Männer traten ein. Anya verspannte sich unwillkürlich. Einer trug eine Sheriff-Uniform, der andere war nicht uniformiert, doch sie wusste sofort, dass auch er ein Cop war. Sie trat zu ihnen, als sie ihr zuwinkten.

Der größere schenkte ihr ein Lächeln. Ein richtiges Hai-fischlächeln. »Was kann ich für Sie tun?«, fragte sie.

»Ich heiße Jonas Harrington«, stellte der Mann sich vor und hielt ihr seine Dienstmarke unter die Nase. »Ist der Zar da?«

»Es tut mir leid, aber im Moment ist er nicht hier. Wenn Sie ihn sprechen wollen, kann ich versuchen, ihn anzurufen«, bot sie an und hoffte, dass Bartender so etwas in der Richtung sagten, wenn ein Cop den Besitzer befragen wollte.

»Nicht nötig. Ich erwische ihn dann später«, sagte Jonas.

Was meinte er damit? Sie wusste es nicht. Sie sprach nie mit Polizisten. Leute, die auf der Straße lebten, sprachen nicht mit Polizisten. Heidi kam an die Bar und winkte sie zu sich.

»Entschuldigen Sie mich. Ich muss ein paar Drinks machen.« Am liebsten hätte sie Heidi einen dicken Kuss gegeben dafür, dass sie ihr einen Grund lieferte, sich von den beiden Cops zu entfernen. Sie mixte die Drinks, die Heidi bestellt hatte, und fasste sich wieder, bevor sie sich wieder den Cops zuwandte.

»Kann ich Ihnen sonst irgendwie behilflich sein?«

Der uniformierte Mann schob ihr drei Fotos zu. »Ich heiße Deveau. Jackson Deveau.«

»Angenehm.«

»Haben Sie diese drei Männer schon mal gesehen?«

Sie warf einen Blick auf die Fotos. Oh ja, die hatte sie sehr wohl gesehen. Es waren die drei Mistkerle, die sie an der Bar angebaggert und dann draußen auf sie gewartet hatten. Sie hob die Fotos hoch und tat so, als würde sie sie eingehend mustern. »Ich habe ein ziemlich gutes Gedächtnis«, sagte sie, um Zeit zu schinden. »Sie waren mal hier und haben Ärger verursacht, vor allem der hier.«

Sie tippte auf Dekes Foto und ließ den Finger darauf liegen. »Wann war das bloß? Nach einer Weile verfließen die Tage ineinander.« Sie hatte das Gefühl, dass es besser war, so nah wie möglich bei der Wahrheit zu bleiben. Die beiden Männer waren ihr unheimlich, was ihr einigermaßen seltsam vorkam. Eigentlich hatte sie sich gedacht, dass sie nach Reaper keiner mehr so schnell aus der Fassung bringen könnte.

»Was für einen Ärger haben sie denn gemacht?«

Plötzlich war Reaper da und deutete auf ein Bier. Fehlte nur noch, dass er mit den Fingern geschnippt hätte. Zu jeder anderen Zeit hätte sie ihm die Bierflasche vielleicht an den Kopf geworfen, doch jetzt war sie ihm sehr dankbar und beeilte sich, ihm sein Bier zu holen.

»Jackson Deveau. Dich habe ich seit Monaten nicht mehr gesehen. Und Jonas. Ich glaube, das ist euer erster Besuch in der Bar. Mischt ihr euch mal unters gemeine Volk?«, fragte Reaper gedehnt und lenkte damit die Aufmerksamkeit der Gesetzeshüter auf sich.

»Wir suchen nach diesen drei Burschen.« Jonas klopfte auf die Fotos.

Reaper warf einen Blick darauf. »Was haben sie denn angestellt?«

»Sie haben in Fort Bragg ein paar Leute verprügelt und ihnen die Brieftaschen abgenommen«, erwiderte Jonas. »Augenzeugen meinten, sie wären auf Motorrädern davongedüst. Deshalb hab ich mir gedacht, dass sie vielleicht hier aufgekreuzt sind.«

»Ja, sind sie«, sagte Reaper und schob ihm die Fotos angewidert zu. »Haben versucht, ihre Muskeln spielen zu lassen, haben Gäste angepöbelt, sind den Kellnerinnen und unserer

Bartenderin auf die Pelle gerückt, und sind dann rausgeflogen. Ich hab nur noch mitgekriegt, dass sie sich auf ihre Bikes gesetzt haben und weggefahren sind. Hier lassen die sich bestimmt nicht mehr blicken.«

Anya reichte Reaper ein Bier und gesellte sich wieder zu Bannister. Irgendwie fand sie die Gesellschaft des alten Mannes tröstlich. Bullen. Killer. Biker. Auf welchen Mist hatte sie sich da eingelassen, nur, weil sie einem Mann nicht widerstehen konnte. Der saß auf einem Hocker und log den Cops die Hucke voll, wobei er Wahrheit und Lügen so geschickt vermischte, dass es nicht nur plausibel, sondern sogar sehr glaubhaft klang.

»Red mit mir, Schätzchen«, sagte Bannister. »Achte nicht auf sie.«

War es so offenkundig? Offenbar hatte sie nicht das Zeug zu einem Biker-Babe. Lana und Alena zogen alles Mögliche durch und sahen dabei toll aus, aber sie ertrug nicht einmal ein paar Cops in der Bar.

»Ich habe einen Großteil meines Lebens auf der Straße verbracht«, gestand sie ihm. »Da kennt man den Kodex, der dort herrscht.«

Er tätschelte ihre Hand. »Hat Alena ihre Chicken-Wings gemacht?«

»Du hast sie gerochen, stimmt's?«

Er nickte. »Schon auf dem Highway ist mir ihr Duft in die Nase gestiegen. Ich konnte einfach nicht widerstehen.«

Sie hatten eine professionell ausgestattete Küche und die Lizenz, bestimmte Produkte zu verkaufen, unter anderem Chicken-Wings. Die meisten Einheimischen kamen dienstags und donnerstags vorbei, denn Alenas Chicken-Wings waren legendär. Rasch eilte Anya in die Küche, um welche für Bannister zu holen. Auf dem Weg durch den Flur zu der kleinen Küche konnte sie zumindest einmal richtig durchatmen.

Player und Keys saßen auf Hockern und ließen sich Chicken-Wings und ein Bier schmecken. Sie grinsten ihr schuldbewusst zu.

»Solltet ihr nicht die Überwachungsmonitore beaufsichtigen?«, fragte sie. »Alena bringt euch um, wenn ihr die ganzen Wings wegfuttert. Im Clubhaus gibt es Hühnerschenkel.«

»Wir waren hungrig«, erklärte Player. »Überwachung macht hungrig.«

»Ach, ihr Ärmsten«, erwiderte sie wenig mitfühlend. »Habt ihr gesehen, wie die Cops reingekommen sind?«

Keys wischte sich mit einer Serviette über den Mund. »Das sind nur Cops, Schätzchen«, beruhigte er sie. »Über die muss man sich nicht den Kopf zerbrechen. Reaper kümmert sich schon um sie. Es war schlau von dir, dass du zugegeben hast, dass die Mistkerle hier vorbeigekommen sind.«

»Es ist einfacher, bei der Wahrheit zu bleiben.«

Beide nickten. »Achte nicht auf die Gebrüder Burrows. Bleib bei Bannister. Er passt auf dich auf. Schlag ihm vor, dass er mit dem Zar über sein Problem reden soll«, fügte Keys hinzu.

Sie wandte sich ungern an den Zar, doch sie mochte Blythe, und Blythe schien ihn für den Größten zu halten. Na ja, eigentlich taten das alle. Insgeheim befürchtete sie, dass sie sich als Reapers Frau nicht gerade super machen würde. Sie war hier definitiv nicht in ihrem Element, auch wenn sie sehr froh war, dass sie sich nicht allein mit zwei Killern herumschlagen musste, deren Hobby es war, Frauen zu zerstückeln.

Sie legte ein paar Chicken-Wings in einen Korb. »Diese Männer sind nicht diejenigen, die meine Mitbewohnerin ermordet haben. Hat der Ghost-Club mehr als nur ein Killerkommando?«

»Keine Sorge, Schätzchen, wir haben alles unter Kontrolle. Dir wird nichts passieren.«

Sie ging zur Tür, drehte sich jedoch noch einmal um. »Kennt Lana die Antwort auf diese Frage?«

Die beiden tauschten beunruhigte Blicke aus. »Ist das eine Fangfrage?«, wollte Keys wissen.

Sie marschierte wütend davon, wobei sie darüber nachdachte, ob sie die Antwort wirklich wissen wollte. Nachdem sie den Korb vor Bannister abgestellt hatte, legte sie zwei Servietten daneben und öffnete eine weitere Flasche seines Lieblingsbiers. »Männer sind Schweine, Bannister. Mein momentaner Gesprächspartner ausgenommen.«

Die zwei Cops verließen die Bar, und das flaue Gefühl in ihrem Magen ebbte ab. Sie stellte fest, dass sie wohl ziemlich durchgeknallt sein musste, wenn sie mehr Angst vor Gesetzeshütern hatte als vor den zwei Killern, die in aller Ruhe darauf warteten, dass ihre Schicht endete, damit sie sie in kleine Stücke schneiden konnten.

»Ganz deiner Meinung«, sagte Bannister. »Männer sind wirklich Schweine. Ich natürlich nicht. Du willst nicht zufällig auf den Rücksitz meines Bikes springen und mit mir in den Sonnenuntergang reiten?«

Reaper trat zu ihnen, ohne den Burrows-Brüdern ganz den Rücken zuzukehren. »Ich würde dich ungern töten, Bannister, aber wenn du mit meiner Frau davondüst, würde ich dich bis ans Ende der Welt verfolgen. Und es würde nicht schön sein, wenn ich dich einhole.«

Anya erbebte. Eisige Finger der Angst krochen ihr über den Rücken. Natürlich scherzte er nur mit dem alten Biker. Er wusste ganz genau, dass sie nie mit Bannister wegfahren würde. Doch seine Miene blieb völlig unbewegt. In der Öffentlichkeit lag nie auch nur ein Anflug von Lächeln auf seinem Gesicht. Ihr war schon öfter aufgefallen, dass die Clubmitglieder miteinander scherzten, doch ein echtes Lächeln war selten und in der Öffentlichkeit nie zu sehen.

»Hab schon kapiert, Mann«, sagte Bannister, ohne im Geringsten beleidigt zu sein. »Ich täte dasselbe, wenn sie meine

Frau wäre.« Er nagte einen Chicken-Wing ab. »Für dieses Essen würde ich vielleicht auch töten«, fügte er hinzu und schleckte sich genüsslich die Finger ab.

»Das Lob gebührt einzig und allein Alena«, versicherte ihm Anya und warf einen Blick auf die Uhr. »Preacher hat sich verspätet. Ich brauche eine Pause.« Sie ließ die zwei Männer allein und erledigte Heidis Bestellungen. Dank Bannister wollten inzwischen etliche Leute Chicken-Wings haben. Sie eilte mehrmals in die Küche, um Körbe zusammenzustellen, mixte Drinks, öffnete Bierflaschen. Als Preacher endlich eintrudelte, hatte sie eine Pause wirklich dringend nötig.

»Ich gehe kurz raus, um mich ein bisschen abzukühlen«, erklärte sie Preacher. »Hier drinnen ist es echt heiß. Wir müssen unbedingt ein paar Deckenventilatoren anbringen.«

»Stimmt«, erwiderte Preacher und schaute auf die Decke. »Einen direkt über der Bar, und einen über der Tanzfläche.«

»Macht es bald, bevor ich hier zu brutzeln beginne«, sagte Anya. »Und wir bräuchten auch einen dritten Bartender. An meinem freien Tag arbeitest du allein, und an deinem tue ich das. Die Tage, an denen nicht so viel los ist, scheinen gezählt.«

Preacher nickte. »Ich sage dem Zar Bescheid, dass er eine Anzeige aufgibt. Ich bin ein bisschen spät dran und habe mir schon Sorgen gemacht, dass du hier in Arbeit erstickst. Auch eine zusätzliche Bedienung könnte nicht schaden.«

»Heidi und Betina sind echt flink, aber auch sie könnten Unterstützung gebrauchen«, pflichtete Anya ihm bei. »Es ist zwar gut, wenn der Laden brummt, aber auch anstrengend für uns.«

Sie nahm ihre Schürze ab, faltete sie und legte sie hinter die Bar. »Ich bin dann mal kurz weg.«

»Fünfzehn Minuten, Anya«, rief Preacher ihr nach, als sie durch die Hintertür in den Flur verschwand.

»Weil du dich verspätet hast, bekomme ich dreißig.«

»Na gut, dann zwanzig«, feilschte Preacher.

Sie verschwand um die Ecke. Sofort zog Lana sie in einen kleinen Raum und drückte sie auf einen gemütlichen Stuhl. »Leg die Füße hoch. Egal, was passiert, in genau zwanzig Minuten gehst du wieder an die Front und beginnst zu arbeiten. Es spielt keine Rolle, ob Reaper wieder auftaucht. Du arbeitest einfach, kapiert?«

Anya entledigte sich ihrer Schuhe, winkelte die Beine an und stellte die Füße auf die Stuhlkante. »Kapiert.«

»Und stelle keine Fragen, vor allem nicht zu etwas, was du nicht wissen willst.«

Anya nickte.

Lana drückte ihr eine Flasche Wasser in die Hand. »Trink das und entspann dich.« Ihr Handy vibrierte in ihrer Hosentasche. Sie zog es heraus und blickte auf den Bildschirm. »Savage sagt, dass sie loslegen. Jetzt komme ich ins Spiel. Bleib, wo du bist, und halte dich an den Plan, sonst wird Reaper dich nie mehr mitmachen lassen.«

Anya nickte. Viel hatte sie nicht tun müssen. Sie war einen Flur entlanggelaufen und war jetzt in Sicherheit, während Lana für sie weitermachte. Lana war größer als Anya, doch sie trugen dieselbe Kleidung, und Lana würde sich im dunkelsten Teil des Hinterhofs hinsetzen, sodass die Größe keine Rolle spielte. Die zwei Killer rechneten damit, Anya zu sehen, würden also auch direkt zu ihr gehen, bevor sie merkten, dass es nicht Anya war, die da saß.

Reaper wartete, bis die beiden Burrows nach draußen gegangen waren, dann stand er auf und durchquerte den Raum. Gleichzeitig stand Savage auf, doch er ging zum Ausgang, folgte also den Brüdern. Reaper öffnete die Scharniertür in der Bar und ging in den dahinterliegenden Flur. Doch statt die Ecke zu umrunden, wie es Anya getan hatte, begab er sich direkt in ihren Versammlungsraum. An dessen Außenseite gab es eine Tür ins Freie.

Er trat hinaus in die Dunkelheit und atmete die salzige Luft ein. Vom Meer krochen Nebelfinger herauf, griffen nach dem Gebäude, schlangen sich um Bäume, streiften die Autos auf dem Parkplatz. Er bewegte sich im Dunkeln völlig sicher. Die anderen waren in der Nähe, auch wenn er sie nicht sah, doch er spürte es. Keys und Player waren im Haus und bewachten Anya für den Fall, dass die Burrows' Zweifel bekamen. Savage verfolgte die beiden Männer. Er war in der Lage, sie zu töten, falls sie plötzlich merkten, dass sie in eine Falle geraten waren, und versuchten zu entkommen.

Sie hatten das schon als junge Heranwachsende in der Schule so gehandhabt. Der Plan ging auf den Zar zurück, der nicht riskieren wollte, einen von ihnen zu verlieren. Er hielt auch nichts von einem fairen Kampf, wenn es um Leben oder Tod ging. Er spielte auf Sieg. Ihr Leben war auf dem Spiel gestanden, und er hatte jedem Einzelnen von ihnen eingeschärft, dass er sterben konnte, wenn er sich nicht an den Plan hielt. Damit hatte er vollkommen recht gehabt, denn manchmal war jemand davon abgewichen und getötet worden, oder ein anderes Kind war getötet worden. So hatten sie alle gelernt, seinen Plänen zu vertrauen.

Lana saß auf einer kleinen Steinmauer, die sich um einen schmalen Fleck wand, der als Blumenbeet gedacht war. Sie wippte mit dem Fuß und blickte in den Himmel. Der Nebel wurde dichter und fing an, einen Schleier vor die Sterne zu ziehen.

»Hallo, Anya«, begrüßte Mike Burrows sie aus ein paar Metern Entfernung. »Darf man hier draußen rauchen?«

Lana deutete vage auf die freie Natur und nickte. Mike trat direkt zu ihr, sein Bruder machte eine kleine Schleife, die ihn gefährlich nah an Reaper heranführte, der still wie ein Standbild zwischen zwei großen Büschen stand. Lana behielt ihre lässige Pose bei, wandte sich jedoch Mike zu.

Sie sah zart, ja sogar zerbrechlich aus in dem verschwommenen Licht, das der Nebel verursachte. Reaper hatte diese Seiten noch nie bei Lana bemerkt, doch als er sie beobachtete, merkte er, dass sie diesen Anschein ganz bewusst ausstrahlte. Mike fiel offenkundig darauf herein. Reaper trat hinter Steve Burrows. Im gleichen Moment klappte Mike sein Butterfly-Messer auf.

»Du kommst mit uns mit«, zischte er und fuchtelte mit dem Messer in der Luft herum.

»Ach bitte«, sagte Lana. »So viel Drama. Muss das denn sein?«

Reaper nahm Stevens Kopf in den Schwitzkasten, warf ihn sich über die Schulter und brach ihm mit einem scharfen Ruck das Genick. In der Nachtluft knackte es deutlich vernehmbar. Er behielt den Mann auf der Schulter, bis er sich sicher war, dass er tot war. Mike schaute zu ihm herüber, doch in der Dunkelheit und dem ständig dichter werdenden Nebel war kaum etwas auszumachen.

Mit seinem Messer fuchtelte er wieder vor Lana herum. »Du hättest deine Nase nicht in fremde Angelegenheiten stecken sollen, du Schlampe. Kleine Mädchen sollten nicht Gespräche von Männern belauschen.«

»Ich bin eine Bartenderin«, log Lana. »Zuhören gehört zu meiner Jobbeschreibung.« Sie machte keine Anstalten zu fliehen, blieb einfach sitzen, wippte mit dem Fuß, beobachtete ihn, wie er ihr näher kam.

Plötzlich verzog Mike das Gesicht. Offenbar dämmerte ihm jetzt, dass Lana nicht wie Anya aussah. »Wer zum Teufel bist du?«

»Nicht die Frau, die du in kleine Stücke schneiden willst.« Sie musterte ihre Fingernägel. »Ich habe mir gerade die Nägel machen lassen und muss später noch einen kleinen Job erledigen. Sonst würdest du dieses alberne Messer nämlich schon längst als Fliege tragen.«

»Fick dich, du Miststück.« Mike sah sich nach seinem Bruder um.

»Warum müssen Männer immer solche Sachen sagen? Hat dir denn deine Mama gar keine Manieren beigebracht? Musst du wie ein Baby flennen, wenn du nicht deinen Willen bekommst? Oder den großen Maulhelden spielen, damit du dir stark vorkommst? Was ist bloß los mit euch Männern? Frauen auf der ganzen Welt würden gern die Antwort auf diese Frage wissen.«

Er baute sich drohend vor ihr auf. »Ich werde dir deine verdammten Augäpfel rausschneiden.«

Ihr langes Bein schnellte vor und hoch. Heftig. Ausgesprochen heftig. Lana konnte eine erstaunliche Kraft in ihre Tritte legen. Sie jagte die scharf zulaufende Stiefelspitze in Mikes Schritt, direkt in seine Eier. Während er umkippte, erhob sie sich geschmeidig und trat noch einmal zu.

Savage stand hinter ihm. Er musste sich nach unten beugen, um Mikes Kopf in den Schwitzkasten zu nehmen. Er drückte den Nacken des Mannes nach vorn und nach unten, dann zerrte er plötzlich daran, bis es abermals laut knackte. »Meine Güte, Frau! Du hast ihm den Schwanz bis zum Rückgrat gestoßen.«

»Er hat kein Rückgrat«, entgegnete Lana verächtlich. »Frauen aus Spaß zerstückeln? Was für ein grässlicher Mensch.« Sie wischte sich die Hände an der Hose ab, als müsste sie irgendeinen Schmutz beseitigen.

Der Kleinlaster fuhr heran, und Mechaniker und Transporter luden die beiden Leichen auf. Savage reichte Mechaniker das Messer. Er trug Handschuhe. »Vergiss nicht, das Teil ins Meer zu werfen, irgendwo, wo es tief genug ist.«

»Das ist schon so gut wie verschwunden«, erwiderte Mechaniker. »Nette Show, Lana.«

»Danke. Lob hört man immer wieder gerne.« Sie warf ihm eine Kusshand zu.

»Savage fährt zum Clubhaus, um die Waffen durchzugehen«, erklärte Reaper. »Der Zar will ihn dort treffen. Lana, wenn du und Alena noch Sonderwünsche habt, solltet ihr sie gleich anmelden. Fahrt bei Savage mit. Ich bleibe bei Anya und Preacher, bis die Bar schließt, und breche morgen auf. Anya hat die Pläne nachgezeichnet und sie Ink gegeben. Er macht uns Kopien. Wir sollten sie in einer Stunde haben.«

Lana nickte. »Geh zu deiner Frau, Reaper, und sag ihr, dass es vorbei ist. Sie hält sich recht wacker. Besser, als ich gedacht habe, aber sie ist nicht wie wir. Vielleicht ist das ja sogar gut. Wir brauchen keine Leute mehr, die wie wir sind, sondern eher welche wie sie. Geh pfleglich mit ihr um.«

Reaper wusste nicht, ob er Lanas Rat befolgen konnte, doch er wusste, dass sie recht hatte, und er wollte gern so sein, wie sie vorgeschlagen hatte. Anya hatte sich zu ihm bekannt, doch jetzt musste er dafür sorgen, dass sie auch bei ihm blieb. Er musste einen Weg finden, dass sie bei ihm sicher war, egal, was sie gemeinsam machten. Außerdem musste er einen Weg finden, sie glücklich zu machen, auch wenn er beinhart war und keine Ahnung hatte, wie man mit Frauen sprach, vor allem mit solchen, die einem wichtig waren. Doch er war fest entschlossen, sie nicht durch seine eigene Blödheit zu verlieren.

»Wird erledigt«, sagte er und kehrte durch die Hintertür in das Gebäude zurück.

Anya saß in dem kleinen Raum, den Blick auf die Tür geheftet. Ihre Augen leuchteten auf, als sie ihn erblickte. Sie sprang hoch und stürmte zu ihm. »Ist Lana okay?«

Er drückte sie fest an sich. »Na klar. Warum sollte sie das nicht sein?«

»Vielleicht, weil sie sich mit zwei messerschwingenden Wahnsinnigen auseinandersetzen musste?«

Er zuckte die Schultern, hob ihr Gesicht an und rieb seine Nase an der ihren. »Lana hätte die zwei auch im Schlaf erledigen können. Sie sieht zwar ganz entzückend aus, aber sie hat auch noch eine andere Seite.« Es gefiel ihm, dass ihre erste Sorge Lana gegolten hatte. Das bedeutete doch bestimmt, dass sie sich allmählich als Teil ihrer Familie fühlte, ob sie es nun wusste oder nicht.

Er nahm ihren Mund in Beschlag. Verdammt, wie sehr er diesen sinnlichen Mund liebte! Er war verrückt danach, wie sie sich ihm öffnete, wenn er sie küsste, und ihm alles darbot. Sie entbrannte, bis die Feuersbrunst so heiß war, dass er sich nicht sicher war, ob er es überleben würde. Er glitt mit der Hand unter ihr Shirt, über ihren Rücken, zu ihrem BH und löste mit geschickten Fingern den Verschluss. »Wie lang ist deine Pause?«

»Du hast etwa vier Minuten gebraucht, um zu erledigen, was immer du erledigt hast, also habe ich noch rund sechzehn Minuten.« Sie streifte sich das Shirt ab und ließ den BH auf den Boden fallen.

Er liebte es, wie atemlos sie klang und dass sie keine Sekunde zögerte. Er packte ihre beiden Brüste, massierte sie, drückte sie, saugte an einem Nippel, dann an dem anderen. Er überschüttete die weichen Hügel mit Aufmerksamkeit, schnellte mit der Zunge darüber, knabberte daran, saugte so stark, dass er sie mit Knutschflecken übersäte. Er liebte ihre Brüste ebenso sehr wie ihren Mund. Zu gern würde er wenigstens ein Mal versuchen, ihr seinen Schwanz in den Mund zu stecken, das brennende Gefühl dieser heißen Höhle zu spüren, zu sehen, wie ihre Lippen ihn umfassten. Doch er wusste, dass das gefährlich für sie werden könnte.

»Deine Jeans«, schaffte er zu zischen, während er auf ihren Nippel biss.

Sie schrie leise auf, öffnete aber sofort den Reißverschluss. Sie trat sich die Stiefel von den Füßen und versuchte, die Hose abzustreifen. Sein Mund bearbeitete sie immer noch heftig. Sanft zu sein versuchte er nicht einmal, es war einfach zu schwer und er war schon viel zu erregt. Sie gehörte ihm, und die Bedrohung war vorbei. Er hatte den Kerl mit bloßen Händen getötet. Hände, die nun über ihren Körper glitten und jeden Zentimeter als den seinen beanspruchten.

Er zerrte ihr die Hose an die Knöchel, sodass sie aus ihr heraussteigen konnte. Dann packte er sie an den Schultern, wirbelte sie herum und drückte sie an die Stuhllehne. Er trat ihre Beine auseinander und drückte sie am Nacken nach unten. Es gefiel ihm, dass sie ein bisschen kämpfen musste, diese Position zu halten, während er mit einer Hand seine Jeans öffnete.

Er war bereit. Bei ihr war er immer bereit. Seine Hand fuhr zwischen ihre Beine, er fühlte nach, ob sie schon bereit für ihn war, und dann drang er mit voller Wucht in sie ein. Feuer erfasste seinen Schwanz. Ihre engen Muskeln gaben nur zögernd nach und packten ihn, während er immer tiefer in sie glitt. Es war, als würden tausend winzige Finger ihn umfassen, eine seidene Faust ihn so fest drücken, dass es fast schmerzhaft war. Sie war sengend heiß, Paradies und Hölle zugleich, ein Ort, den er nie wieder verlassen wollte.

Während er sich immer wieder in ihr versenkte, spielten seine Finger mit ihrer Klitoris. Sie stand kurz davor zu kommen. Er wollte nicht aufhören, aber wenn sie kam, würde sie ihn zweifellos mitreißen.

»Verflucht noch mal, Reaper, ich brauche sie dort draußen.« Ihre Jeans flog über ihre Köpfe. »Mach Schluss und gib mir meine Barkeeperin zurück!«, fauchte Preacher hinter ihnen.

Anya erstarrte. Reaper kam jedoch nicht aus dem Takt und bearbeitete wieder intensiv ihre Klitoris, um sie von Preacher abzulenken. Seine Stöße wurden heftiger, wobei er plötzlich merkte, dass er schon wieder keinen Gummi übergestreift hatte. Aber er konnte sich einfach nicht vorstellen, mit irgendeiner Barriere zwischen ihnen, egal, wie zart sie war, in ihr zu sein.

»Jetzt, Baby. Gib's mir«, wisperte er, packte sie an den Haaren und riss ihren Kopf nach hinten, während er sich abermals in sie hineinschraubte. Er fühlte ihren Orgasmus wie einen Blitz in seinen Rücken fahren. Dann ergoss er sich in ihr. Heftig. Tief.

Sie umfing ihn, molk ihn, gierte nach jedem Tropfen, leerte ihn zur Gänze. Ihr Körper zuckte, die Nachbeben umfassten sie beide. Er brach auf ihr zusammen, drückte sie fest an sich und küsste sich einen Weg über ihren Rücken.

»Es gibt nichts Schöneres auf dieser Welt, als in dir zu sein, Babe«, flüsterte er.

Sie war noch völlig atemlos. Langsam drehte sie den Kopf um. »Glaubst du, dass wir das je von vorn machen werden?«

Er verspannte sich, zog sich zurück, schloss den Reißverschluss seiner Jeans. »Soll das eine Beschwerde sein?«

»Natürlich nicht.« Sie rang noch immer nach Luft, was seinen Blick auf ihre Brüste und die von ihm stammenden Flecken lenkte. »Ich denke mir nur manchmal, dass wir vielleicht versuchen sollten, es bei verschlossener Tür zu machen und so, dass ich dein Gesicht sehen kann.«

»Ich arbeite daran.« Reaper warf ihr den BH zu, reichte ihr die Jeans und steckte ihren Slip ein.

»Gib mir den Slip. Ich kenne deine Spielchen«, sagte sie und schnippte mit den Fingern.

»Das ist leider der Preis, den du bezahlen musst, Babe.« Er schlenderte hinaus. Allerdings war er keineswegs so cool, wie er klang. In ihm tobte ein wahrer Sturm. Er musste einen Weg finden, seine Probleme zu überwinden, einen Weg, bei dem ihr nichts passieren konnte, einen Weg, damit sie bei ihm blieb.

## 13. Kapitel

Das Haus, das Reaper gekauft hatte, war größer, als er in Erinnerung gehabt hatte. Er sperrte die Tür auf und wunderte sich, dass es angenehm warm war. Offenbar hatten Lana und Alena eingeheizt. Er trat zur Seite und ließ seiner Frau den Vortritt. Sein Herz hämmerte wie wild. Für Reaper war alles Neuland, und das machte ihn höllisch nervös.

Er wollte, dass ihr das Haus gefiel, auch wenn er selbst bisher nur dreimal hier gewesen war. Das erste Mal, als der Zar darauf beharrt hatte, dass er ein Haus kaufte. Er hatte sich dafür entschieden, allerdings weniger wegen der landschaftlich schönen Lage, sondern hauptsächlich wegen der Fluchtwege. Außerdem ließ es sich leicht verteidigen. Auf das Haus an sich hatte er kaum geachtet. Nun wünschte er, dass er das getan hätte. Was war, wenn es ihr nicht gefiel? Er wollte ihr unbedingt etwas bieten; denn was ihn als Mensch betraf, hatte sie nicht sehr viel zu erwarten.

»Das ist dein Haus? Es gehört dir?«

»Ja.« Es gehörte ihm, gekauft vom Geld des Clubs. Geld, das Code einem schwerreichen griechischen Reeder abgeluchst hatte, dem Präsidenten des Swords-Clubs und Chef des größten Menschenhändlerrings der Welt. Dank der Beharrlichkeit des Zaren war der Kerl nun tot. Um diesen Mistkerl zur Strecke zu bringen, hatte der Zar fünf lange Jahre sein Leben und seine Ehe aufs Spiel gesetzt, und schließlich hatte er es geschafft. Sie hatten es gemeinsam geschafft, mithilfe einiger Frauen aus Sea Haven und Jackson Deveau.

»Reaper, so ein Haus ist Millionen wert. Der Blick ist fantastisch. Ich bin noch nie in einem solchen Haus gewesen«, stellte Anya ehrfürchtig fest.

Langsam ging sie von Zimmer zu Zimmer, und er folgte ihr und sah nur auf sie, nicht auf das Haus. Das Haus ging ihm am Arsch vorbei, die Frau nicht. Ihre Augen strahlten, ihr ganzes Gesicht leuchtete. Andächtig fuhr sie mit der Hand über die Granittheke, den Edelstahlkühlschrank und den Herd. Die Küchenschränke waren aus Eiche und die Bodenfliesen zart in drei Farben gesprenkelt.

Anya trat an die breite Fensterfront, die einen Blick direkt aufs Meer bot. »So etwas Schönes habe ich noch nie gesehen.«

»Die Schlafzimmer sind oben«, bemerkte er schroff.

Sie bewunderte das Haus. Er dagegen stellte sich vor, dass er sie auf die Küchentheke setzen und über sie herfallen wollte, bis sie um Gnade flehte.

Sie warf ihm einen Blick über die Schulter zu. »Honey, warum übernachtest du im Clubhaus, wenn du so ein Haus hast?«

Er hatte nie gesehen, was das Haus zu bieten hatte, bis sie mit ihm hier war. Es war leer gewesen und hatte bei jedem Schritt gehallt, als er den Möbellieferanten mit einem Bett, das die Frauen für ihn ausgesucht hatten, hereingelassen hatte. Einen Stuhl und die Küchenausstattung hatte er dann kurz darauf hinzugefügt. Er hatte die Leere des Hauses gehasst und immer das Gefühl gehabt, dass jedes Echo nur seine eigene Leere widerspiegelte. Doch jetzt war Anya da und erhellte jeden Raum.

Sie ging in den großen, offenen Wohnbereich. Er war riesig und mit hohen Decken, schimmernden Holzverkleidungen und glänzenden Holzdielen versehen. Eine Seite des Raums bestand nur aus Fenstern, die ein atemberaubendes Panorama auf Meer und Sonne boten. Anya stand davor und starrte wortlos auf all die Pracht.

Er wollte sie am liebsten auf der Stelle ausziehen, sie an das Glas drücken und nach seinem Schwanz schreien lassen. Das würde diesem Raum seine wahre Größe verleihen. Doch er berührte sie nicht; er beobachtete sie nur wie eine exotische Gestalt, von der er komplett besessen war.

»Du hast gar keine Möbel.« Sie drehte sich zu ihm um. Ihre Haare tanzten um ihr Gesicht. Die seidige Masse war viel zu wild, um sich durch ein Gummiband, mit dem sie sie in einem Pferdeschwanz zu bändigen versuchte, zähmen zu lassen.

Er wollte seine Finger in dieser Haarpracht vergraben, doch er bewegte sich immer noch nicht, auch wenn er nicht wusste, worauf er wartete. Sein Herz hämmerte nach wie vor, er hörte das Blut wie einen Donner in seinen Ohren dröhnen. Er begehrte sie mit jedem Atemzug. Wollte sie von vorn, auf der Stelle, hier und jetzt vögeln. Wollte, dass sie vor ihm kniete und ihn in den Mund nahm. Wollte, dass sie ihn berührte. Ihm brach der Schweiß aus, und sein Herz schlug immer noch bedrohlich schnell.

»Es gibt ein Bett. Oben.«

»Du hast nicht mal Stühle, Reaper. Warum nicht?«

»In der Küche steht einer«, verteidigte er sich.

»Warum wolltest du nicht hier leben?«, fragte sie.

Weil sie nicht da gewesen war. Doch das wollte er ihr nicht eingestehen. Sie hatte ihn längst um den kleinen Finger gewickelt, und das ärgerte ihn; denn er wusste nicht, wie er damit umgehen sollte.

»Alena und Lana haben die Küche ausgestattet. Mit Töpfen, Pfannen, vermutlich auch Geschirr und Besteck. Im Kühlschrank gibt's ein paar Lebensmittel. Die hab ich selber gekauft.« Er konnte den Blick nicht von ihr abwenden, denn er hatte Angst, dass sie verschwinden würde, wenn er blinzelte, und er dann wieder der Leere des Hauses ausgeliefert wäre.

Die Clubmitglieder hatten schon als Kleinkinder zusammengelebt. Allein zu sein war daher schwierig für sie. Und mit sich selbst allein zu sein war Reaper unerträglich.

»Werden wir hier leben?« Anya stemmte die Hände in die Hüften.

Das lenkte seinen Blick auf ihre Kurven. Sie hatte wahrlich welche, und er liebte sie, auch wenn sie manchmal ganz schön frech sein konnte, seine Frau. »Ja, wir werden hier leben.« Es sei denn, sie wollte das nicht. Dann würden sie eben an einen Ort ziehen, an dem sie sein wollte, ganz egal, wo.

»Es gibt keine Möbel«, wiederholte sie.

»Es gibt ein Bett«, wiederholte er. »Was brauchen wir sonst noch?«

Sie fing an zu lachen. Er liebte ihr Lachen. Es strömte auf ihn ein wie Musik, deren Melodie in seinem Kopf tanzte und ihn beruhigte. Letzteres hatte bisher nur der Kampf Mann gegen Mann vermocht.

»Ich kann es kaum glauben, dass dir dieses Haus gehört. Es ist ein Traum. Vielleicht kann ich dir bei der Tilgung der Hypothek helfen. Wenn wir zusammenleben, können wir uns die Kosten teilen.«

Er bedachte sie mit einem scheelen Blick. »Vergiss es. Erstens gibt es keine Hypothek. Dieses Haus gehört mir! Zweitens komme ich für meine Frau auf, nicht umgekehrt. Komm mir jetzt nicht mit irgendwelchem Blödsinn, du wirst ohnehin nicht gewinnen.«

Sie starrte ihn aufgebracht an. »Du kannst gerne vor deinen Brüdern im Club den Macker markieren, wenn es unbedingt sein muss, aber wenn wir alleine sind …«

»So bin ich eben. Ich markiere nichts. Ich bin so, wie ich bin.« Würde sie mit ihm leben können? So, wie er war? Er wusste, dass sie in dieser Hinsicht keinen besonders tollen Fang mit ihm gemacht hatte. Er strengte sich zwar an, aber er hatte einfach keine Ahnung, wie er mit ihr reden sollte. Wie er jemand sein sollte, den Frauen offenbar haben wollten.

Eine schiere Ewigkeit stand sie einfach nur da. Das Herz sprang ihm fast aus der Brust, und sein Bauch krampfte sich schmerzhaft zusammen. Endlich erhellte ein Lächeln ihr Gesicht, was ihn wahnsinnig erleichterte.

»Dann schauen wir uns mal das Schlafzimmer an.«

Er schüttelte den Kopf. »Ich glaube nicht, dass wir es bis zum Schlafzimmer schaffen.«

»Warum nicht?«

Er schüttelte noch einmal den Kopf. »Nein, nicht jetzt.«

»Was hast du denn vor?«

»Du wirst für mich strippen.«

»Ach ja?«

»Ja. Es sei denn, du willst, dass ich dir die Kleider vom Leib reiße.« Er machte einen Schritt auf sie zu. »Ich zieh sie dir gern aus, aber ich werde nicht gerade sanft sein.« Er fühlte sich alles andere als sanft. Der Druck in seiner Brust brachte ihn schier um. Er konnte ihr nicht sagen, was sie ihm bedeutete. Solche Worte brachte er einfach nicht über die Lippen. Aber er konnte es ihr zeigen. Er musste sich vergewissern, dass sie ihm gehörte. Dass sie ihm alles gab, was er brauchte und wann er es brauchte. Und er wollte, dass sie ihm gegenüber das Gleiche empfand und sich nahm, was immer sie brauchte.

Sie lachte leise. Das Geräusch glitt ihm über den Rücken und legte sich wie Finger um sein Glied. Er zog seine Jacke aus, faltete sie sorgsam und legte sie auf den dicken Teppich. Das T-Shirt streifte er sich hastig über den Kopf und warf es quer durch den Raum. Während er die Stiefel auszog, musterte er Anya.

»Nun mach schon, Frau.«

»Ich schaue dich gern an. Es ist besser als jedes Panorama, und das will was heißen, denn dieser Blick hier ist verdammt spektakulär.«

Er schälte sich aus der Jeans und näherte sich ihr. Sie lachte, drehte sich um und wollte weglaufen. Doch er erwischte sie schon beim zweiten Schritt, packte sie am T-Shirt und riss es vom Ausschnitt bis zum Saum auf. Achtlos warf er es zur Seite und machte sich dann an ihren BH. »Ich hasse dieses verdammte Ding. Hör auf, so etwas zu tragen.« Er umfasste ihre Brüste und presste seinen Körper an ihren Rücken.

»Mein Busen ist zu groß, ich muss einen BH tragen.«

»Du bist perfekt. Ich liebe deine seidenweiche Haut.« Er machte sich über ihre Nippel her. Bislang war er so behutsam wie nur möglich gewesen, doch nun kam das Tier in ihm zum Vorschein, das sie begehrte und vor Sorge durchdrehte, dass sie ihn womöglich nicht akzeptieren konnte. Er knetete ihre Brüste. Sie stöhnte lustvoll auf, und er bearbeitete ihre Nippel mit Zähnen und Zunge und saugte heftig an ihnen.

Sie hatte den Reißverschluss ihrer Jeans schon geöffnet, er musste sie also nur noch abstreifen. Ihr Slip steckte in seiner Jackentasche, sodass bald nichts mehr zwischen ihm und ihrer nackten Haut war. Er drehte sie zu sich herum, vergrub eine Hand in ihren Haaren, zerrte ihren Kopf nach hinten, eroberte ihren Mund. Feuer durchströmte ihn. Sengende Hitze.

Er drückte sie auf den Boden. Ihre Hände wanderten über seine Brust, seinen Rücken, hoch zu seinem Nacken. Die Berührung erregte ihn über alle Maßen. Er übersäte sie mit Küssen und schob ein Knie zwischen ihre Beine. Ihre Hände legten sich um seinen Hintern. Diese besitzergreifende Berührung gefiel ihm außerordentlich.

Er küsste sich einen Weg über ihren Hals, dann biss er zu. Er wollte sie markieren. Wollte, dass sie wusste, dass es ihm ernst war. Sie schrie leise auf, bäumte sich ihm jedoch entgegen.

Seine Hände wanderten prüfend zwischen ihre Beine. Rieben sie, streichelten sie.

Ihre Hände bewegten sich zu seinem Schwanz. Sein Herz begann zu stolpern. Die Zeit schien stehen zu bleiben. Er packte ihre Handgelenke und zog ihr die Arme über den Kopf. So lag sie nun da wie auf einer Streckbank. »Ink soll dir meine Fingerabdrücke auf die Handgelenke tätowieren, wie ein Armband. Das soll der ganzen Welt zeigen, wem du gehörst.«

Sie küsste seine Brust und spielte mit der Zunge an seinen Nippeln. »Kann er das?«

»Na klar, Baby. Ich frag ihn gleich morgen.« Er küsste abermals ihren Hals und fuhr mit der Zunge über ihren Busen.

»Na schön.«

»Lass deine Arme ausgestreckt liegen.« Er fuhr mit der Zunge um ihren Nippel herum, dann nahm er ihn in den Mund, presste ihn flach an den Gaumen, zog mit den Zähnen daran.

Sie bäumte sich auf, drehte und wand sich unter ihm. Ein leiser Klagelaut entfuhr ihr. Er ließ nicht von ihr ab, nahm sich alle Zeit der Welt. Sein Mund wanderte über ihre weiche Haut und markierte sie. Er knabberte an ihr, bis es brannte, dann linderte er den Schmerz mit seiner Zunge. Mit einer Hand zwischen ihren Beinen überprüfte er ihre Reaktion auf sein raues Spiel. Er wollte, dass sie ihn spürte und dass sie wusste, dass sie ihm gehörte. Noch nie hatte er das Liebesspiel so genossen wie mit Anya. Mit Händen und Mund forderte er jeden Zentimeter ihres Körpers ein. Er wollte herausfinden, was sie besonders erregte und was nicht. Wovor sie ein bisschen Angst hatte. Und er nahm sie von vorne. Sie konnte ihn ansehen, er sie. In seinem Kopf regten sich keinerlei Mordgelüste. Er verspürte nur Lust. Reine Lust.

Wieder machte er sich über ihre Brüste her. Er wollte genau wissen, wie empfindlich sie war und wie gut es ihr gefiel, wenn er ihre Nippel zwickte, an ihnen zog, an ihnen saugte. Als er sich zu ihrem Bauch aufmachte, war sie über und über mit Spuren seiner Küsse bedeckt. Ein paar Minuten neckte er ihren süßen kleinen Nabel, während sie sich unter ihm wand und aufbäumte.

Wiederholt fuhr sie mit den Händen über seinen Rücken zu seinem Hintern. Er liebte das Gefühl ihrer Handflächen, die ihn einzufordern schienen. Er liebte es, wie sie seinen Hintern knetete und sich ihre Finger in seine Muskeln vergruben, wenn sie sich bei einem Biss oder Kuss aufbäumte. Schließlich fuhren ihre Hände über seine Hüften und suchten nach seinem Schwanz. Jedes Mal packte er sie an den Handgelenken und streckte ihre Arme wieder aus.

»Bleib so«, knurrte er beim zweiten Mal und bestrafte sie mit einem Biss auf der oberen Wölbung ihrer Brust. »Ich bin am Verhungern, Frau. Lass mich dich auf meine Weise erobern.«

»Deine Weise könnte mich umbringen«, zischte sie. »Reaper, ich muss dich in mir spüren.«

»Wir haben noch nicht mal richtig angefangen. Du wolltest, dass wir es von vorn machen. Du hast deinen Willen bekommen. Jetzt hör auf rumzumeckern, und lass mich meinen Spaß haben. Ich sehe schon noch zu, dass du auf deine Kosten kommst.«

»Na gut, dann liege ich eben einfach nur herum wie ein nasser Lappen«, murrte sie.

Er hob den Kopf und sah sie an. Ihre Augen waren so grün, dass sie beinahe glühten. Ihr Mund war geschwollen von seinen Küssen, ihr Gesicht hochrot. Sie sah so schön aus, dass sein Herz einen Schlag aussetzte. Unwillkürlich schenkte er ihr ein eingerostetes Lächeln. Sehr langsam, aber deutlich genug. Er spürte es zuerst in seinem Bauch, dort erblühte es und verbreitete Wärme in seinem ganzen Körper. Strahlte nach oben, bis es seinen Mund erreichte und die Unterlippe verzog. War er glücklich? Er kannte dieses Gefühl nicht. Er wusste nur, dass sie Gefühle in ihm weckte, und dieses Gefühl war ausgesprochen gut.

»Nur zu, Baby. Lieg ruhig rum wie ein nasser Lappen«, forderte er sie heraus und senkte den Kopf wieder auf ihren Nabel. Dann glitt er tiefer, küsste sich vor zu ihrem Hügel. Er liebte die seidigen, dunklen Locken, die verbargen, was ihm nie verborgen bleiben würde.

Er schob die Schultern zwischen ihre Schenkel, spreizte ihre Beine weit. Dann küsste er sich von ihrem Knie auf der Innenseite ihres Schenkels nach oben bis zu ihrer Pforte. Dasselbe tat er auf ihrem linken Bein. »Ich dachte, du wolltest ganz ruhig liegen bleiben«, wisperte er an ihre schlüpfrige, einladende Möse. Dass ihn etwas belustigte, war völlig neu für ihn. Normalerweise war er nicht zum Scherzen aufgelegt. Er spielte nicht, er neckte nicht. Er hatte nicht gewusst, dass man beim Sex solche Gefühle haben konnte.

»Ich liege doch ganz ruhig da«, schwindelte sie.

Ihre Hüften bäumten sich ihm so heftig entgegen, dass er sie nur mit Mühe unten halten konnte. Leise lachend biss er sie nahe ihrer Pforte in den Oberschenkel. Er wartete einen Herzschlag, zwei. Sie war inzwischen so feucht, dass sie vor Erregung zu tropfen begann. Vielleicht musste er einen neuen Teppich kaufen, wenn sie so weitermachten? Abermals lächelnd presste er den Mund auf ihre kleine Pussy, auf diesen unendlich süßen Teil ihres Körpers, der wie geschaffen für ihn schien.

Sie schrie laut auf und stemmte sich an den Fersen hoch, sodass ihr Körper an seinen Mund gepresst wurde. Er saugte an ihrem Kitzler, bearbeitete ihn erbarmungslos mit der Zunge, verschlang flüssiges Gold, einen Liebestrank, der ihm ganz allein gehörte. Er nahm sich viel Zeit, um ihren Geschmack zu genießen – und die Tatsache, dass er seine Frau von vorn erobern konnte. Dass er seinen Mund auf jeden Teil ihres Körpers pressen konnte, den er wollte. Er wollte alles.

Der erste Orgasmus erschütterte sie. Sie schrie laut seinen Namen. Der zweite war noch heftiger, sie schluchzte seinen Namen. Beim dritten Mal öffnete sie nur den Mund, und ihr Kopf flog wild hin und her. Er wischte sich das Gesicht an ihren Schenkeln ab und kniete sich zwischen ihre Beine.

»Mach die Augen auf!«, befahl er und nahm seinen Schwanz in die Hand. Seine Eier waren bis zum Bersten gefüllt. Ein Vulkan tief in ihm stand kurz vor dem Ausbruch.

Sie gehorchte ihm. Ihre langen Wimpern hoben sich, und er starrte in die grünen Tiefen. Er liebte es, wie sie in diesem Moment aussah. Er wollte dieses Bild bis in alle Ewigkeit in seine Erinnerung einbrennen. »Schau mich an, Baby«, sagte er. Sein Ständer war riesig, und sie war eng. Er wollte ihr Gesicht, ihre Augen sehen, er wollte sehen, wie sie ihn aufnahm. Lange würde er sich nicht mehr zurückhalten können.

»Ich schau dich an«, murmelte sie.

Er zwängte sich in ihren engen, schlüpfrigen Eingang. Am liebsten hätte er den Kopf zurückgeworfen und laut gebrüllt. Ohne ihr Gesicht aus den Augen zu lassen, drängte er weiter in sie hinein. Er stieß nicht zu, er übte nur steten Druck aus und zwang ihre enge Vulva, seiner Invasion nachzugeben. Nichts hätte ihn draußen halten können. Nichts war so heiß. So perfekt. Lust und Schmerz paarten sich in einer köstlichen Mischung.

Sie packte ihn inwendig, drückte ihn, molk ihn in ihrer zuckenden Scheide. Schweißperlen traten ihm auf die Stirn, als ihre sengende Hitze ihn wie eine feste Faust umgab. Er zog sich zurück und beobachtete ihre Augen, die sich weiteten. Er vergrub sich wieder tief in ihr. Hob ihre Hüften an und wiederholte die Bewegung. Ihre Augen verdunkelten sich vor Lust und Verlangen. Sie keuchte, und ihre Brüste schnellten hoch und lenkten seine Aufmerksamkeit auf die Flecken, die seinen Besitzanspruch markierten. Vielleicht sollte er Ink bitten, seine Fingerabdrücke auf ihren ganzen Körper zu tätowieren?

Er ließ sich immer noch Zeit und beherrschte sich, solange es ging. Diesmal eroberte er sie so intensiv wie noch nie. Er brauchte das Gefühl, tief in ihr vergraben zu sein. Gierte danach, dass die Flammen über seinen ganzen Körper züngelten, seinen Rücken, seinen Hintern, seine Schenkel. Wieder klemmte ihre Möse seinen Schwanz ein, und sie hatte einen weiteren Orgasmus, doch er gab nicht nach, und sie begann gleich darauf, sich abermals aufzubäumen und zu winden. Der Schweißfilm auf ihrem Körper brachte sie zum Leuchten.

Vielleicht hätte er versucht aufzuhören, wenn sie ihre Arme bewegt hätte, doch das tat sie nicht. Ihre Blicke hielten einander immer noch fest, und ihre Arme lagen weiterhin ausgestreckt über ihrem Kopf. Er stieß schneller zu, spürte, wie das Feuer durch seine Adern schoss und drohte, sie beide zu verschlingen. Ihre Augen verdunkelten sich, ihr Mund öffnete sich. Dann umklammerte ihr Körper den seinen ein weiteres Mal wie ein Schraubstock. Der Vulkan in seinem Körper explodierte, heißes Sperma wurde hinausgeschleudert, ergoss sich, vermischte sich mit all der Hitze und verwandelte sich in eine wahre Feuersbrunst.

Dann brach er auf ihr zusammen und vergrub das Gesicht an ihrem Hals. Sein Schwanz zuckte immer noch wie wild. Er breitete die Arme über den ihren aus, verschränkte seine Finger mit ihren. Sein Herz hämmerte heftig, während er versuchte, sich von einem Rausch zu erholen, wie er ihn noch nie erlebt hatte. Er hatte es getan. Er hatte sie von vorne gevögelt. Ihr war nichts passiert. Zum Teufel, vielleicht konnte er sogar in einem Bett mit ihr schlafen? Doch sobald ihm dieser Gedanke durch den Kopf schoss, drängte er ihn weg. Der Boden war vermutlich besser. Ein offener Raum. Er stemmte sich langsam hoch und küsste ihre Augenlider und dann auch ihren Mund, sodass sie ihren Geschmack auf seiner Zunge und in seinem Atem kosten konnte.

Sie drehte das Gesicht nicht weg und erwiderte seinen Kuss. Er legte die Hände um ihr Gesicht und sah ihr tief in die Augen. »Du bist wahnsinnig sexy. Du magst die Sachen, die ich mit dir mache, oder?« All die Hitze. Der Sturm. Das Hämmern.

Sie nickte. »Ja.«

»Du bist wie für mich geschaffen.«

Sie lächelte ihn an. Ein Engelslächeln. Er verstand zwar nicht, wie sie das schaffte, nachdem er sie gerade so heftig hergenommen hatte, doch sie schaffte es. »Ich dachte, es wäre umgekehrt, Reaper. Ich dachte, du bist wie für mich geschaffen.«

Ihre Finger glitten über seine Brust. Er spürte, wie sie tiefer rutschten. Sein Schwanz zuckte. Wollte von ihr berührt werden. Verlangte es. Doch bevor ihre Finger weiter wandern konnten, zog er sich abrupt aus ihr zurück, rutschte von ihr ab und hockte sich auf die Fersen.

»Wir sind ziemlich versifft«, bemerkte sie und sah sich um. »Wenn du mir mein Shirt gibst, kann ich mich abwischen, damit nichts auf den Teppich kommt.«

»Vergiss den Teppich. Wir können zehn davon kaufen. Ich will nicht, dass du dich abwischst. Es gefällt mir zu wissen, dass ich in dir bin.«

Sie lachte. Dieser Laut. Ihr Zauber, der das Haus erfüllte und die Leere vertrieb.

»Du bist verrückt. Und vielleicht auch ein bisschen pervers.«

Er packte sie am Oberschenkel. »Das findest du pervers? Glaub mir, das ist erst der Anfang, Babe. Ich werde dir Sachen beibringen, die dich echt umhauen werden.«

»Es ist ziemlich spät. Hat das noch ein bisschen Zeit? Wenn ich jetzt nicht bald etwas Schlaf bekomme, werde ich bloß noch wirres Zeug faseln. Wo ist das Bad?«

Er hoffte inständig, dass es dort Handtücher und Klopapier gab. An diese Dinge dachte er sonst nie. Lana und Alena kümmerten sich um alles und bestellten, was der Club brauchte. Er hatte nie daran gedacht, ihnen dafür zu danken, und nahm sich fest vor, das bald einmal zu tun. Langsam stand er auf und reichte ihr die Hand.

Sie ignorierte seine Hand und griff stattdessen nach seinem Schwanz. Wie immer in ihrer Anwesenheit war er halb steif. Doch sobald ihre Finger ihn streiften, explodierte der Dämon in seinem Inneren. Er schlug ihre Hand weg, drehte sich um und marschierte auf und ab. Verfluchte sich. Verfluchte sie. Verfluchte alles, was ihm einfiel. Stürmte aus der Tür, die zu einer großen, geschwungenen Veranda führte, die den Wohnbereich umfasste. Draußen konnte er den Druck in seiner Brust wegatmen. Das Bedürfnis nach Gewalt. Das schreckliche Verlangen zu töten.

Er legte den Kopf zurück und brüllte sich den Schmerz aus dem Leib. Denn es war Schmerz. Seine Frau konnte ihn nicht berühren, ohne in ihm einen tödlichen Impuls auszulösen. Jahre der Abrichtung. Jahre des Tötens. Jahre, in denen das Monster in ihm geherrscht hatte. Es war immer noch da. Wartete. Lauerte. Aber er würde es nicht gewinnen lassen. Nicht bei ihr.

»Du bekommst sie nicht«, flüsterte er in die Nacht und dachte dabei an Sorbacov. »Du bekommst Anya nicht.« Sie gehörte ihm. Er würde nicht zulassen, dass ihr ein Leid geschah. »Du bekommst sie nicht«, wiederholte er. Es war ein Schwur.

Als er zurückkehrte, war der Wohnbereich leer. Er hatte keine Ahnung, wie lange er draußen gewesen war, aber es war so lange gewesen, dass sich die Hitze in seinem Körper gelegt hatte. Er ließ seine Kleidung auf dem Boden liegen und ging ins Obergeschoss. Abrupt ließ das Geräusch von fließendem

Wasser nach. Sie hatte offenbar geduscht. Er ging ins Gäste-
bad, weil er ihr nicht entgegentreten und keine Fragen beantworten wollte. Das heiße Wasser half, die Anspannung in seinen Muskeln zu lindern, doch es richtete nichts aus gegen die
Angst, die in ihm wuchs. Er konnte Anya nicht aufgeben. Er
musste einen Weg finden, mit seinem Problem zurechtzukommen.

Er wollte von ihr berührt werden, ja, er verzehrte sich nach
dieser Berührung. Er wollte, dass sie ihn in den Mund nahm.
Er wollte alles von ihr – ihren Körper und jeden Weg, ihn zu
bekommen. Er wollte, dass sie ihn berührte, wenn sie das
wollte, ihn küsste, wo und wann sie das wollte. Das Wasser
trübte seine Sicht, brannte in seinen Augen. Blieb ihm im Hals
stecken, bis er nicht mehr schlucken konnte. Der Druck in seiner Brust war so immens, dass er befürchtete, darunter zusam-
menzubrechen.

Er schlug mit der Faust gegen die Wand und spürte, wie der
Schmerz in seinem Arm explodierte. Das war gut. Das hatte er
gebraucht. Losschlagen, den Schmerz spüren. Das süße Versprechen der Vergeltung, der Vertreibung des Dämons, zumindest zeitweise. Er schlug noch einmal zu, und noch ein weiteres
Mal, und wünschte sich, es wäre ein lebendiger Gegner, auf
den er einschlug und der dann zurückschlagen würde. Denn er
brauchte das Gefühl von Fäusten, die auf ihn einschlugen.

»Hör auf!«

Ihre Stimme drang durch den Schleier vor seinen Augen. Er
schaute auf seine Hände. Überall war Blut. Es rann über die
geborstenen Fliesen.

»Das ist mein Ernst, Reaper. Hör sofort damit auf, sonst
verschwinde ich jetzt. Das garantiere ich dir.«

Die nackte Wut durchfuhr ihn. Er wirbelte herum, packte
sie an den Oberarmen und schüttelte sie. »Verfickt noch mal!
Droh mir nie damit. Niemals. Wenn dir nicht gefällt, was ich

tue, dann kannst du mich anschreien oder mir eine Bratpfanne auf den Kopf hauen. Aber droh mir nie, dass du mich verlässt. Hast du das kapiert?« Wenn er bleiben und sich durch diesen Mist arbeiten konnte, dann konnte sie das auch.

Ihr Blick wanderte über sein Gesicht. Sie atmete tief ein. »Ich glaube, das hast du mir sehr klar zu verstehen gegeben. Lass mich los.«

Er musste seine Finger zwingen, von ihrer warmen Haut abzulassen. Gleichzeitig hatte er Angst, dass er ihr womöglich wehgetan hatte. »Verflucht, Anya, es tut mir leid. Ich wollte dich nicht so grob anlangen.«

»Schon gut.« Sie rieb das Blut weg, das über ihren Arm tröpfelte. Sein Blut. »Es gefällt mir nicht, wenn du dir wehtust.«

Er verzog das Gesicht. »Ich tue mir nicht weh.«

Sie nahm seine Hand und hielt sie ihm unter die Nase, wobei sie seine Regel, ihn nicht zu berühren, vollkommen außer Acht ließ. »Was zum Teufel ist das dann? Sieht mir wie Blut aus. Und die Fliese sieht auch so aus, als wäre sie zertrümmert. Was ist das, wenn es nichts damit zu tun hat, dass du dir wehtust?«

»Frau, du kannst ganz schön frech sein, wenn du wütend bist.«

»Das scheint die einzige Sprache zu sein, die du verstehst.«

Sie ließ seinen Arm los und wandte sich ab. Sie trug sein Hemd. Das verdammte Flanellhemd, das ihnen überallhin zu folgen schien. Das mussten wieder Lana und Alena gewesen sein. Sie hatten offenbar ein paar Kleidungsstücke hergebracht. Klar, dass Anya sie gefunden hatte. Er sah ihr nach, wie sie wütend davonstürmte. Es wäre eine beeindruckende Vorstellung gewesen, wenn sie nicht gelegentlich mit den Armen gerudert hätte und dabei ihr Hintern unter seinem Hemd hervorgeblitzt wäre.

Er nahm ein Handtuch, vergrub das Gesicht darin und

trocknete sich kurz ab. Dann folgte er ihr, hypnotisiert vom Schwung ihrer Hüften und diesem unglaublichen Hintern. Vermutlich würden seine Fingerabdrücke sich auch auf diesem Körperteil ganz hervorragend machen.

»Verfolgst du mich?«, fauchte sie und wirbelte an der Tür zum Schlafzimmer herum.

»Frau, hast du dir meine Knöchel angeschaut? Ich könnte ein wenig Fürsorge gebrauchen. Welche Frau lässt ihren Mann blutend und verletzt zurück?«

»Eine Frau, die jetzt gleich in die Küche geht und sich dort die größte und schwerste Bratpfanne aussucht. So eine Frau.« Sie wich zwei Schritte zurück. »Geh weg.«

Sie wedelte mit der Hand, um ihn zu verscheuchen. Er lief weiter auf sie zu.

»Reaper, du hast mich so weit, dass ich mir das erstbeste Teil schnappen und nach dir werfen will. Du solltest mir jetzt lieber nicht zu nahe treten. Das ist mein voller Ernst – geh weg!«

»Willst du mich schlagen?« Er baute sich direkt vor ihr auf. Sie roch himmlisch. Ihre Haare waren zu einem unordentlichen Knoten gewunden, der förmlich danach schrie, dass man ihn auflöste. Er packte ihre Hand, schloss die Finger zu einer Faust und drückte sie an sein Herz. »Schlag mich, Baby. Genau da. Wenn du unbedingt willst, dann nur zu.«

Sie starrte ihn lange an. Dann streckten sich ihre Finger ganz langsam, bis ihre Handfläche flach auf seiner Brust lag und sie sein Herz darunter schlagen spürte. Zu seiner Überraschung schmiegte sie sich eng an ihn. »Sag mir, was ich falsch gemacht habe. Sag mir, warum du immer wieder abhaust, nachdem du mich so intensiv berührt hast.«

Er schlang die Arme um ihren Kopf und hielt sie fest, sodass sie ihn nicht anschauen konnte. Normalerweise konnte er sein Gesicht in eine Maske verwandeln, doch die Gefühle in ihm tobten so heftig, dass ihm das nicht gelang. »Du hast nichts falsch gemacht«, versicherte er ihr mit rauer Stimme. »Aber ich bin einfach nicht gut in solchen Sachen. Es ist alles völlig neu für mich. Ich muss das erst mal verarbeiten.«

Ihr Körper war weich, nachgiebig. Überhaupt nicht angespannt. Vielleicht war sie gar nicht deshalb zornig, weil er sie nach dem Sex allein gelassen hatte, sondern weil seine Knöchel bluteten. Wenn das der Fall war, dann würde sie sich noch häufig ärgern müssen.

»Baby, gib mir ein bisschen Zeit. Lass mich die Sache verstehen. Du wolltest von vorn vögeln, und das haben wir jetzt getan.«

Sie nickte. »Ja. Und es war echt toll. Es ist aber auch toll, wenn ich auf allen Vieren kauere oder über eine Stuhllehne gebeugt bin. Ich finde es toll, mit dir zu vögeln, egal in welcher Stellung. Ich nehme alles, was ich kriege, Reaper. Aber du musst mir sagen, wenn ich etwas falsch mache.«

Er holte tief Luft. Es musste gesagt werden, ihrer Sicherheit zuliebe. »Berühre meinen Schwanz nicht, es sei denn, ich gestatte es dir ausdrücklich«, sagte er gepresst. »Frag mich nicht, warum, lass es einfach bleiben. Es ist mein voller Ernst, sonst würde ich es nicht sagen.«

Sie trat zurück und sah ihn an. »Du willst nicht in meinem Mund sein? Du willst nicht, dass meine Lippen dich umfassen? Meine Faust dich umschlingt?« In ihr steckte eine freche kleine Verführerin. Bei einer anderen Gelegenheit hätte er das durchaus zu würdigen gewusst.

Ihre Worte beschworen Bilder in ihm herauf. Ihr Mund war wie geschaffen, seinen Schwanz aufzunehmen. Er wollte sehen, wie sich ihre Lippen um ihn schlossen. Er war beileibe nicht klein, und er würde sie an ihre Grenzen bringen. Es würde ihr schwerfallen, ihn ganz aufzunehmen, doch sie würde es schaffen. Sofort war er wieder steinhart. Ihr Blick richtete sich auf seinen Ständer, doch sie machte nicht den Fehler, die Hand auszustrecken und ihn zu berühren. Sie legte beide Hände auf den Rücken und sah ihn unschuldig an.

»Tu nicht so unschuldig«, knurrte er, drehte sie um und drängte sie an die Wand.

Er schob ihre Füße auseinander, hob das Flanellhemd hoch und stieß in sie. Blitze schlängelten sich über seinen Rücken, Feuer raste durch seine Adern. Er stieß mit aller Macht in sie. Wieder und immer wieder. Er bestrafte sie. Er liebte sie. Was zum Teufel ging in ihm vor? Er konnte nicht aufhören, er wollte diesen Gedanken nicht näher betrachten und auch nicht wissen, woher er kam. Immer wieder stieß er in sie hinein, beide fingen an zu keuchen, sie schluchzte seinen Namen, und er hörte das Blut in seinen Ohren rauschen. Sie war ein Inferno, sie brannte ihren Namen in seinen Schwanz ein, markierte ihn mit den engen Muskeln ihrer sengend heißen Höhle, die ihn wie eine Faust umschloss.

»Reaper«, flüsterte sie.

Er liebte es, wie sie seinen Namen flüsterte. Leise. Bedeutungsvoll. Der rasant wachsende Druck steigerte sich sofort ums Zehnfache. Es gab kein Zurück mehr. Er zerrte ihren Kopf an dem unordentlichen Haarknoten nach hinten, drückte ihre Brüste an die Wand, zog ihre Hüften zu sich und ließ sich von der Feuersbrunst überrollen. Sein Kopf explodierte. Ihr Körper umklammerte ihn so fest, dass er befürchtete, gleich würde sich seine Schädeldecke heben und sein Schwanz abfallen.

Er verschränkte die Arme um ihre Taille und hielt sie fest, da ihre Beine nachzugeben drohten. Er vergrub das Gesicht an ihrem Nacken und atmete tief ihren Duft ein. »Ich liebe es, dich zu vögeln.«

Sie sagte nichts und lehnte die Stirn an die Wand.

»Baby? Hab ich dir wehgetan?« Sie war für seinen Geschmack zu schweigsam.

Sie schüttelte den Kopf. »Ich muss mich noch mal waschen.«

Er trat zurück, schlang den Arm um ihre Taille und führte sie ins Schlafzimmer. Er hatte ganz vergessen, wie groß es war. Geräumig. Hohe Decken. Eine lange Fensterfront, wie in der Küche und im Wohnbereich. Flügeltüren führten auf einen Balkon mit Blick aufs Meer. Das Bett war gemacht. Zwei Kissen, Decken, Laken. Er ließ sie los und trat einen Schritt zurück.

»Wir schlafen unten. Im Wohnbereich. Auf dem Boden.« Das war ein Befehl. Er riss die Decken vom Bett und marschierte hinaus.

Jetzt spürte er den Schmerz in seinen Knöcheln. Er sollte sie in kaltem Wasser baden. Morgen früh musste er nach San Francisco, um Hammers Frau zu retten; da würde er seine Hände brauchen. Er versuchte, in Gedanken bei seinem Schmerz zu verweilen und nicht zu überlegen, ob Anya ihm nach unten folgte oder nicht. Er warf die Decken vor dem offenen Kamin auf den Boden und ging in die Küche, um seine Hände unter kaltes Wasser zu halten.

Er blieb ziemlich lange in der Küche und wünschte sich, er könnte anders sein, auch wenn er wusste, dass er das wahrscheinlich nie werden würde. Als seine Knöchel so taub waren, dass er nichts mehr spürte, riss er den Kühlschrank auf und zog zwei Flaschen Wasser heraus. Lieber wäre ihm jetzt ein Whiskey gewesen. Am besten gleich eine ganze Flasche. Er kehrte ins Wohnzimmer zurück und rechnete damit, dass es leer war.

Doch vor dem Kamin waren die Decken ordentlich ausgebreitet. Flammen tanzten über die künstlichen Scheite. Die Fernbedienung lag neben ihr. Sie saß auf den Decken und bürstete sich die Haare. Er setzte sich hinter sie und nahm ihr die Bürste aus der Hand.

»Ich habe im Bad einen Erste-Hilfe-Kasten gefunden, mit Pflastern und Desinfektionssalbe. Deine Schwestern scheinen dich gut zu kennen.«

»Jawohl.« Er fuhr mit der Bürste durch ihre lange, dichte Mähne. Ihre Haare faszinierten ihn nach wie vor. Er wollte seinen Schwanz nicht nur in ihrem Mund versenken, sondern auch in ihren Haaren vergraben.

Er bürstete weiter, versuchte, die Gedanken und Bilder zu ignorieren, die auf ihn einstürmten und ihm sagten, dass er sich aufführte wie der größte Perverse aller Zeiten, wenn er mit ihr zusammen war. Es gelang ihm nicht. Schlimmer noch, sie gefielen ihm sogar. Sie nahm ihm die Bürste ab und begann, ihre Haare zu flechten. »Ich fasse es nicht, dass dieses Haus wirklich dir gehört. Es ist nicht weit bis zum Clubhaus und auch nicht in die Arbeit.«

»Du willst weiter arbeiten? Das musst du nicht.«

»Natürlich werde ich weiter arbeiten. Ich liebe meinen Job.« Sie drehte den Kopf. »Preacher oder einer der anderen wird immer da sein. Du weißt ja, dass jemand die Überwachungsmonitore im Blick hat. Außerdem habe ich einen Alarmknopf. Du musst auch nicht jeden Abend in der Bar hocken, nur weil ich dort bin.«

»Wenn du dort bist, bin ich auch dort, wenn ich es mir einrichten kann.«

Sie seufzte. »Wie du meinst. Ich wollte dir nur sagen, dass es nicht nötig ist.« Sie wickelte ein Gummiband um ihren Zopf, rutschte ein wenig zurück und drehte sich zu ihm um. Der Erste-Hilfe-Kasten lag in greifbarer Nähe. Sie öffnete ihn, nahm eine Hand von ihm und untersuchte die Knöchel. Dank des kalten Wassers hielt sich die Schwellung in Grenzen. Er hatte sein Leben lang gekämpft, und das zeigte sich auch auf seinen Knöcheln. Sie waren etliche Male gebrochen gewesen.

Sie senkte den Kopf. Sein Herz drohte stillzustehen, als er spürte, wie ihre Lippen sanft über seine geschundenen Knöchel glitten. Doch nicht, weil sie das Monster geweckt hatte. Es war, weil noch nie jemand so etwas getan hatte. Noch nie hatte jemand einen Kuss auf eine seiner Verletzungen gedrückt. Er wusste nicht, was er davon halten sollte oder welche Gefühle das in ihm auslöste. Er wollte sich ihr entziehen und sich vor den überwältigenden Gefühlen schützen, die er nicht verstand und auch nicht haben wollte. Aber er hielt still. Er hatte ihr so wenig zu bieten, dass er ihr zumindest das geben wollte, selbst wenn es ihn umbrachte.

Sie verstrich die Salbe auf der aufgeplatzen Haut und verband ihm dann behutsam die Hand. Als Nächstes kam seine Linke an die Reihe. Abermals wanderten ihre Lippen sachte über die Wunden. Ihre Wimpern hoben sich, sie sah ihn an. Er konnte den Blick nicht abwenden, selbst dann nicht, als sie den Blick senkte, Salbe auftrug und die Hand verband. Er musste sie einfach anschauen.

Sie hatte ihm keine Fragen gestellt und auch keine Einwände dagegen erhoben, unten zu schlafen. Wie sollte er ihr erklären, dass er zwar in einem Haus, umgeben von seinen Brüdern und Schwestern, schlafen konnte, aber nicht nur zu zweit in einem Schlafzimmer? Dass ihm das zu riskant erschien? Sie hatte sich nicht geärgert, als er ihre Hand weggeschlagen hatte, die seinen Körper so berühren wollte, wie er ihren berührte. Auch die Gründe dafür konnte er ihr nicht erklären. Aber irgendetwas wollte er ihr jetzt geben.

»Anya, ich wäre nicht in diesem Haus, wenn du nicht hier wärst. Es ist unser Haus. Ich möchte, dass du daraus ein Zuhause für uns beide machst.«

Sie lächelte. »Das ist wunderbar. Ich habe nämlich schon alle möglichen Ideen. Ich habe dir nichts vorgeschwindelt, als ich dir gesagt habe, dass ich ziemlich gut in solchen Sachen bin. Und ich freue mich auch schon darauf, Alena mit ihrem Restaurant zu helfen. Sie hat mir gesagt, dass sie mir das Motorradfahren beibringen will. Ich wusste gar nicht, dass Lana und Alena schon so lange Motorrad fahren wie ihr Jungs.«

Sein Magen krampfte sich zusammen. »Du willst Motorrad fahren?«

Sie nickte. »Ich sitze wahnsinnig gern auf einem Motorrad. Ich hatte ja zuvor gar keine Ahnung, wie sich das anfühlt.«

»Lern erst mal das Laufen, bevor du versuchst zu rennen, Baby. Bleib noch ein Weilchen mit auf meinem Bike.« Verflucht. Wenn er Glück hatte, würde er sie bald schwängern, wie Ice vorgeschlagen hatte. Dann würde sie ihn nicht verlassen, und sie würde auch nicht mehr daran denken, selbst Motorrad fahren zu wollen. Er hätte Alena erwürgen können. Sie hatte diesen Vorschlag bestimmt nur gemacht, damit sie über ihn lachen konnte, wenn er ausflippte. Doch er wollte nicht in Alenas Falle tappen und ihr Vorhaltungen machen.

Er schlang die Arme um Anyas Schultern und zog sie zu sich. »Kannst du das für mich tun? Zumindest ein Weilchen?«

Sie schenkte ihm ihr schönstes Lächeln, das ausschließlich ihm vorbehalten war. »Natürlich. Wirst du jetzt versuchen, eine Runde zu schlafen? Wenn du willst, gehe ich nach oben, mein Schatz.«

Wieder verkrampfte sich sein Magen. Er wusste, dass sie gern bei ihm schlafen würde. Tausend Gründe, warum sie das besser nicht tun sollte, schossen ihm durch den Kopf. Doch er war nackt und hatte keine Waffen in der Nähe. Wenn er den Impuls verspürte, sie mit bloßen Händen anzugreifen, würde er sich stoppen können. »Bleib hier. Das passt schon. Ich möchte neben dir schlafen.« Das wünschte er sich tatsächlich mehr als alles andere.

Ihr Lächeln war all die Sorgen wert, die er tief in sich spürte. Sie legte sich hin und drehte sich zur Seite, wobei sie ihm den Rücken zukehrte. Er wusste, dass sie das mit Absicht tat. Er zog sie zu sich und legte den Arm um ihre Taille. Sein Schwanz schmiegte sich an ihren Hintern. Er inhalierte ihren Duft. Wie sehr er ihn liebte! Er hatte keine Ahnung gehabt, dass es sich so anfühlen würde, neben seiner Frau zu liegen, sie in den Armen zu halten, ihre Haare im Gesicht zu spüren. Mit sich im Reinen zu sein, Frieden zu finden. So hatte er sich noch nie gefühlt.

Ein paar Stunden später wachte Reaper mit einem Ruck auf. Sein Herz hämmerte, seine Faust wickelte sich in seidiges Haar, und er zog daran, bevor er sich stoppen konnte. Im Schlaf hatte er sich auf den Rücken gedreht, und sie lag quer über ihm. Ihre Haare waren über seinen Schwanz und seine Oberschenkel geglitten, der dicke Zopf sah aus wie eine erotische Schlange, die darauf erpicht war, ihn zu zerstören.

Sie keuchte erschrocken auf, und er begann sofort, sie zu küssen, weil er sie unbedingt daran hindern wollte, den Dämon zu sehen und zu erkennen, wie sie in aller Unschuld kurz davorgestanden hatte, ihn zu wecken. Er küsste sie, bis sie beide nicht mehr denken konnten. Dann bedeutete er ihr, sich auf alle Viere vor ihn zu kauern, und nahm sie im Sturm. In dieser Stellung waren ihre Hände damit beschäftigt, ihren Körper zu stützen. Ihr Atem ging stoßweise, sie stöhnte leise.

Danach hielt er sie fest. Sein Herz klopfte immer noch viel zu schnell, und sein Verstand war aufgewühlt. Der süße Frieden hatte nicht annähernd so lange angehalten, wie er es gebraucht hätte.

# 14. Kapitel

Lana parkte den BMW direkt vor dem Ghost-Club. Sie musterte den attraktiven Türsteher kühl von Kopf bis Fuß, dann wanderte ihr Blick noch einmal lasziv zu seinem Schritt. Schließlich hob sie lächelnd die Wimpern. Er beeilte sich, ihr die Wagentür zu öffnen. Sie drehte sich seitwärts und stellte die Beine auf den Boden. Ihre Seidenstrümpfe wurden von spitzengesäumten Strumpfbänden gehalten. Ihr Rock rutschte hoch, als sie in ihren sehr hohen, sehr teuren Stöckelschuhen ausstieg.

Er bot ihr die Hand. Sie nahm sie, als stünde sie ihr rechtmäßig zu, und richtete sich anmutig auf.

Ihr hautenges goldenes Kleid schmiegte sich an jede Kurve ihres Körpers. Das rabenschwarze Haar, das ihr Gesicht umrahmte, betonte die perfekten hohen Wangenknochen, den sinnlichen roten Mund und die langen schwarzen Wimpern. Diamanten an goldenen Kettchen baumelten an ihren Ohren. Sie drückte dem jungen Mann den Wagenschlüssel in die Hand und sah ihm amüsiert dabei zu, wie er um den Wagen eilte, um die Tür für Alena zu öffnen.

Alena ergänzte sie perfekt mit ihrer schimmernden, natürlich blonden Haarmähne, die kaum zu bändigen war. Ihre eisblauen Augen wirkten durch die langen, dunklen Wimpern noch auffälliger. Sie war in Scharlachrot gekleidet. Der dehnbare Spitzenstoff schien wie auf die Haut gemalt. Es hätte übertrieben wirken können, war jedoch nur erotisch. Auch sie lächelte den eifrigen jungen Mann an. Als sie die Haare schwungvoll nach hinten warf, funkelten Rubine an ihren Ohren.

Lana schlenderte zum Eingang, Alena an ihrer Seite. Der Türsteher konnte den Blick nicht abwenden, bis die Tür hinter den beiden zuging. Er stand da wie in Trance, dann schnellte sein Kopf hoch, als wäre er aus einem Traum erwacht. Er hastete um den Wagen herum und setzte sich ans Steuer.

Preacher lauerte auf dem Dach eines Gebäudes auf der anderen Straßenseite und beobachtete das Geschehen durch sein Zielfernrohr. *Mädels sind drinnen*, berichtete er den anderen telepathisch. Dann wandte er seine Aufmerksamkeit dem Türsteher zu. *Er ist definitiv ein Späher. Er plaudert in sein kleines Funkgerät, das niemand bemerken soll. Lana hat mir ein Zeichen gegeben, dass er verkabelt ist. Du weißt, was das bedeutet, Lana? Er hat euch beide zur Kenntnis genommen.*

*Ich habe mein Bestes gegeben, damit er das tut*, erwiderte Lana ebenfalls telepathisch und wirkte belustigt. *Ein bisschen Bein und viel Haltung ködern die Kerle zuverlässig. Er hat angebissen.*

*Übertreibt es nicht. Lasst sie auf euch zukommen*, riet der Zar.

*Keine Sorge. Alena hat einen Tisch für uns gefunden, und an den werden wir uns setzen, etwas trinken, reden. Ich werfe mit Geld um mich. Hab dem Türsteher ein ordentliches Trinkgeld gegeben.*

Preacher musterte die Straße und die Gasse. Von seinem Aussichtspunkt aus konnte er genug sehen, um Mechaniker den Rücken freizuhalten, der gerade hochmoderne Abhörvorrichtungen platzierte. Er torkelte wie ein Betrunkener herum und brachte dabei die winzigen Wanzen am Rand des Gebäudes und an der Treppe, die in das Untergeschoss führte, an.

*Audio vor Ort*, berichtete Mechaniker. *Ich zieh mich im Van um und geh rein.*

Keys lief an der Ecke der Gasse auf und ab, blickte auf seine

Uhr, dann wieder auf die Straße, als ob er auf ein Taxi wartete. *Ich seh nur einen leeren Raum im Untergeschoss*, berichtete er. *Zieh mich jetzt um und folge Mechaniker.*

*Van steht bereit*, berichtete Transporter. Er hatte einen Kanaldeckel geöffnet und Schilder aufgestellt, die vor Hochspannung warnten. Seine Warnweste vervollständigte das Bild. *Ich sag euch Bescheid, wenn die Luft rein ist.*

Preacher musterte die Umgebung des Gebäudes durch ein Fernglas. Es war dunkel genug, dass seine Brüder und Schwestern sich gut verstecken konnten. In der Nacht waren sie echte Phantome. Zu den Mitgliedern des Ghost-Clubs gehörten einflussreiche Anwälte und Bosse großer Unternehmen; Männer, von denen niemand vermutet hätte, dass sie hinter dem Ghost-Club standen oder dass sie in voller Kluft mit ihren Motorrädern in das Territorium der Diamondbacks fahren und einen Anteil an deren Geschäften einfordern würden.

Diese Männer gingen nicht das Risiko ein, mit Drogen oder Waffen zu handeln, Falschgeld herzustellen oder sich mit Prostitution und Menschenhandel abzugeben. Sie verlangten einfach nur eine große Summe Geld unter der Androhung, die Frauen, die den diversen Clubs lieb waren, zu töten. Code hatte akribisch Identitäten aufgedeckt, war ihrem Mailverkehr und der Kommunikation zwischen verschiedenen Firmen gefolgt. Alles war in einer Chiffrierung gehalten, von der sie glaubten, dass niemand sie entschlüsseln könne.

Code jedoch war ein hervorragender Hacker. Und seine Freundin Cat, die er nie persönlich getroffen hatte, war genauso gut wie er. Sie arbeiteten oft zusammen, wenn eine besonders schwierige Firewall überwunden werden musste, und Cat half ihm, wenn es schnell gehen musste. Beide hatten die ganze Nacht und den nächsten Tag daran gearbeitet, diverse Mitglieder des Ghost-Clubs aufzuspüren.

Die Leute dieses Clubs hielten sich für unsichtbar und

unauffindbar, wenn ein anderer Motorradclub sie aufspüren wollte. Sie hatten Leute von außerhalb, die die Schmutzarbeit für sie erledigten, Harleys fuhren und die anderen Clubs angriffen. Andere ihrer Handlanger verleiteten Mitglieder eines Clubs dazu zu zocken. Ihre Fangarme erreichten nicht nur Biker-Clubs, sondern auch viele Firmen. Die Kerle saßen in ihren Chefbüros, wähnten sich sicher, dass ihnen nichts passieren konnte, und wurden von Tag zu Tag reicher und mächtiger.

*Die Luft ist rein*, sagte Preacher. *Zieht los.*

Mechaniker und Keys traten aus dem Van. In ihren mehrere Tausend Dollar teuren dunklen Anzügen sahen sie aus wie schwerreiche Russen, die sich ein paar Tage in der Stadt amüsieren wollten. Beide waren groß und gut aussehend, und die Narben in ihren Gesichtern ließen sie umso interessanter wirken.

Sie unterhielten sich auf Russisch und blieben nur kurz vor dem Club stehen, um eine russische Zigarette zu zertreten, wobei sie dem Türsteher gestatteten, sie zur Kenntnis zu nehmen. Sie schenkten dem Jungen in seiner Uniform nicht die geringste Beachtung, öffneten die Tür selbst und schlenderten hinein, als gehörte dieses Etablissement ihnen.

*Er hat angebissen*, berichtete Preacher. *Plappert in sein Funkgerät.*

*Wir erhalten Audio-Feedback. Im Casino herrscht Hochbetrieb*, berichtete Code. *Ich höre ein paar Angestellte über Lana und Alena reden. Mädels, die sind wegen euch ganz aus dem Häuschen.*

*Schande über uns*, säuselte Alena, ganz in ihrer Rolle aufgehend. *Uns sind schon etliche Drinks spendiert worden. Das macht es uns schwer, mit Geld um uns zu werfen. Aber wir geben der Bedienung immer ein gutes Trinkgeld und lassen sie dabei die Geldscheinbündel sehen. Keine Sorge, Zar, wir machen es ganz beiläufig, damit keiner Verdacht schöpft.*

Im Club war viel los, das Licht war gedimmt, die Musik laut, die Tanzfläche voll. Alena beobachtete den Barkeeper dabei, wie er einem Mann in einem teuren Anzug eine dünne Karte in die Hand drückte, die wie eine Schlüsselkarte für ein Hotelzimmer aussah. Das tat er, während er ihm einen Drink überreichte.

»Freu dich, Alena«, sagte Lana, beugte sich über den Tisch, um die Hand ihrer Freundin zu berühren, und lachte dabei leise, sodass man dachte, sie würde ihr etwas Lustiges erzählen. »Sieht aus, als hätten wir einen Fisch am Haken. Vielleicht sogar einen Wal. Schau dir mal seine Manschettenknöpfe an.« Ihre Brüder konnten alles hören, was sie sagte.

Ein Mann baute sich vor ihnen auf. »Ladys.« Er sah ausnehmend gut aus und wusste das auch. Sein Lächeln hätte so manches Frauenherz höher schlagen lassen. »Willkommen im Ghost-Club. Ich bin Raul, der Manager. Wenn ich irgendetwas für Sie tun kann, lassen Sie es mich bitte wissen.«

Lana schenkte ihm ihr wunderschönstes Lächeln. »Wir sind zum ersten Mal hier. Alena ist zu Besuch bei mir, und ich wollte ihr meine Stadt von ihrer besten Seite zeigen. Das ist ein sehr schöner Club. Ich dachte, vielleicht tanzen wir ein bisschen, trinken was und machen ein paar nette Bekanntschaften. Vielleicht gehen wir später auch noch ins Lucky Lady Casino. Dort war ich schon mehrmals, und ich bin mir sicher, dass es auch Alena gefallen wird.« In dem von ihr erwähnten Casino verkehrten viele Einheimische und Touristen.

Lanas Stimme war freundlich und offen, aber auch kehlig und rauchig, sündig. Sie fuhr mit dem Finger über den Tisch, wie um ihn zu streicheln. Einmal verschränkte sie die Beine und bot dabei durch den Schlitz ihres engen Kleides einen kurzen Blick auf ihren Oberschenkel und ihr verführerisches Strumpfband. Der Blick des Managers wanderte mehrmals zu ihren Beinen.

»Ich glaube, dass Sie in unserem Club alles finden, was Ihr Herz begehrt«, erwiderte Raul.

Lana sah sich um. »Schaut ganz danach aus. Ich glaube, wir haben eine neue Stammkneipe gefunden.«

»Was machen Sie denn beruflich?«, wollte Raul wissen.

Lana zuckte die Schultern. »Wir haben eine kleine Firma gegründet, die Apps für Unternehmen wie dieses herstellt. So etwas ist ultrapraktisch und kommt zurzeit echt gut an.« Sie trommelte auf die Tischfläche. »Alena ist die Chefin unserer Firma in San Diego, ich arbeite hier in San Francisco.«

»Ach ja?«, fragte Raul interessiert. »Wie heißt Ihre Firma denn?«

Code hatte gestern Nacht noch eine Firma für sie gegründet. Er hatte eine Webseite angefertigt, sie mit allen möglichen fiktiven Fakten gefüllt und sie auf die Forbes' Liste der erfolgreichsten Unternehmer unter Dreißig gesetzt.

*Hundertdreißig Millionen*, vermittelte Preacher den anderen. *Das sollte Raul reizen. Zwei gelangweilte Frauen mit einem Haufen Kohle, von der sie gar nicht wissen, wie sie sie ausgeben sollen. Sie haben bereits ein Casino erwähnt. Er wird bestimmt anbeißen.*

»Vielleicht wäre das auch etwas für meinen Club.«

»Wir sind gleich wieder weg«, erwiderte Lana und klang gelangweilt. Sie wollte klar herausstellen, dass sie nicht hier war, um zu arbeiten, sondern um zu spielen. »Wir können Ihnen aber gern einen Vertreter vorbeischicken, wenn Sie interessiert sind.«

Raul warf einen Blick auf die Bar. Sofort klingelte sein Handy. Er bedachte die zwei Frauen mit einem bedauernden Lächeln. »Bin gleich wieder da. Darf ich Dirk sagen, dass er Ihnen zwei Drinks aufs Haus machen soll?«

»Wir haben bereits mehr, als wir brauchen«, lehnte Alena ab und deutete auf die vielen Gläser vor ihnen. Sie konnten nicht das Risiko eingehen, neue Drinks von der Bar zu erhalten, die dann womöglich mit Drogen versetzt waren.

»Schön, Sie kennengelernt zu haben, meine Damen. Viel Spaß noch heute Abend!« Raul wandte sich ab und starrte auf sein Handy.

*Er überprüft ihre Firma. Jawohl, er ist darauf reingefallen. Mechaniker und Keys bekommen dieselbe Behandlung von einer weiblichen leitenden Mitarbeiterin. Interessant,* bemerkte der Zar.

*Hört ihr was aus den unterirdischen Gängen?*

*Ein paar Geräusche, aber insgesamt ist es sehr still dort unten. Es befindet sich aber definitiv eine Frau dort. Sie weint, wenn auch sehr leise. Ich habe zwei Männer reden hören, ebenfalls sehr leise,* sagte Transporter. *Ich versuch mal, das Audio zu bereinigen und Störgeräusche zu entfernen. Die Wände sind sehr dick.*

Die Clubmitglieder hatten von klein auf gelernt, geduldig zu sein und auf die kleinsten Details zu achten. Lana und Alena ignorierten Raul. Sie tanzten mehrmals mit verschiedenen Männern. Keys forderte Lana zum Tanzen auf, Mechaniker Alena. Sie plauderten, behielten aber ihre Rollen bei, denn sie wussten, dass sie beobachtet wurden. Keys wollte sich zu Lana und Alena setzen, doch sie schüttelten ablehnend den Kopf. Die beiden Männer zuckten die Schultern und machten sich auf die Suche nach anderen Frauen. Es fiel ihnen nicht schwer, welche aufzugabeln.

Raul drehte ein paar Runden, dann kehrte er zu ihrem Tisch zurück. »Gefällt es Ihnen bei uns?«

Lana nickte. »Es war sehr schön.« Sie nestelte am Verschluss ihres Handtäschchens. »Wir kommen definitiv bald mal wieder. Netter Club.« Es war klar, dass sie aufbrechen wollten.

Raul hielt eine dünne Karte in der Hand. An einem Ende befand sich ein Barcode. »Für VIPs haben wir hier ein noch viel netteres Plätzchen, vor allem, wenn Sie gern spielen.«

»Was wird dort geboten?« Lana hob den Kopf, Alena

stützte das Kinn auf die Hand und blickte interessiert auf den Manager.

»Karten, Würfel, Roulette. Alles, was Ihr Herz begehrt«, erwiderte er leise.

»Ich weiß nicht. Bei Karten habe ich immer verdammt viel Glück«, sagte Lana. »Ich verliere nie. Ich kann mir Zahlen sehr gut merken. In kleineren Casinos regen sich die Geschäftsführer schnell auf. Mir gefällt dieser Club. Ich würde gern mal wiederkommen. Deshalb glaube ich, ich passe.«

»Sind Sie echt so gut?«, fragte Raul ein wenig verächtlich.

»Das ist sie«, versicherte ihm Alena. »Ich bin beim Würfeln besser, aber ich habe noch nie so viel gewonnen wie sie beim Kartenspielen. Ich gewinne nur gelegentlich ziemlich viel.«

Raul konzentrierte sich weiter auf Lana. »Wir kommen hier auch mit Gewinnern zurecht. Wollen Sie es nicht mal versuchen? Das Casino ist ein sehr exklusiver Betrieb.«

Die zwei Frauen sahen sich an, dann lächelten sie und Lana drückte ihr Täschchen an sich. »Okay, wir sind dabei.«

»Wenn die Damen mir bitte folgen würden.«

Lana und Alena erhoben sich und ließen ihre Blicke unauffällig über den Raum schweifen. Sie sahen, dass mehrere Gäste ausgewählt worden waren, darunter auch Keys und Mechaniker.

*Jetzt starten wir unser kleines Ablenkungsmanöver. Gebt uns eine halbe Stunde, um Chaos zu stiften. Ich werde ihre alberne Bank ruinieren. Diese Arschlöcher mache ich fertig.*

*Nicht übermütig werden, Lana,* warnte der Zar. *Halt dich an den Plan. Ihr seid die Ablenkung. Wenn ihr vier sie bei unterschiedlichen Spielen abzockt, löst ihr einen Aufstand aus. Sie werden die Sicherheitskräfte aus dem Keller ins Casino abkommandieren. Macht bloß nichts, was sie dazu bringen könnte, euch eine Waffe an den Kopf zu drücken.*

*Wenn sie das tun,* mischte Alena sich ein, *dann lass ich ihnen diesen Club um die Ohren fliegen.*

*Unter ihnen befinden sich auch viele unschuldige Menschen,* erinnerte der Zar sie.

*Du bist ein Spielverderber, Zar,* antwortete Lana. *Du lässt die Tiger los, um mit den Lämmern zu spielen, und jetzt sagst du, tut ihnen bloß nicht weh.*

*Verdammt, unser Ziel ist es, Hammers Frau rauszuholen, und nicht, euch ein bisschen Spaß zu gönnen, Lana.*

Lana schnalzte abfällig mit der Zunge und schwang die Hüften noch auffälliger. Das Casino war viel größer, als sie vermutet hatte. Sie sah sich gründlich um, damit die winzige Kamera im Anhänger ihrer Halskette alles aufnehmen und an Transporter und die anderen im Bus weiterleiten konnte. Alena, Keys und Mechaniker taten dasselbe. Sie hatten sich getrennt und nahmen auf diese Weise sämtliche Bereiche des Raums auf. Außerdem hatten sie verabredet, sich in vier unterschiedlichen Abteilungen aufzuhalten, damit bei einer Überprüfung der Videoaufnahmen nicht erkenntlich wurde, dass sie zusammenarbeiteten.

Lana gewann sofort bei den ersten drei Runden. Dann stieg sie mehrmals aus und verlor ein paar Runden, dabei jedoch jeweils nur ein paar Hundert Dollar. Danach aber gewann sie jedes Spiel, Runde für Runde. Wenn sie nicht ausstieg, bluffte sie oder sie hatte das Gewinnerblatt in der Hand. Es dauerte nicht lange, bis sie eine Menge Zuschauer hatte.

Alena spielte ein paar Runden Blackjack, dann schlenderte sie zu einem Spielautomaten und schließlich an den Würfeltisch. Wie Lana gewann und verlor sie ein paar Runden. Sie hatte schon fast keine Chips mehr übrig, als sie plötzlich eine Glückssträhne zu haben schien. Bei ihren Siegen jubelte sie laut, und bald versammelten sich auch um ihren Würfeltisch etliche Leute und wetteten auf das, was sie tat. Sehr bald war sie die Einzige, die richtig viel Geld gewann.

Mechaniker stellte sich an die Spielautomaten mit den

größten Gewinnauszahlungen. Jedes Gerät reagierte auf seine Berührung. Bald wurden die größten Gewinne ausgespuckt, und unter lautem Getöse wurde er zum Gewinner des Höchstpreises ausgerufen: Fünfhunderttausend Dollar. Der Manager eilte zu ihm, um sich zu vergewissern, dass er tatsächlich gewonnen hatte. Andere scharten sich aufgeregt um ihn. Er ließ sich das Geld aushändigen. Da der Spielbetrieb illegal war, wurden auch keine Steuern angerechnet, weil niemand dieses Einkommen bei der Steuerbehörde meldete.

Er schlenderte zur Bar, bestellte einen Drink und beobachtete den Barkeeper sorgfältig bei der Herstellung. Flaschen wirbelten durch die Luft, doch Mechaniker ertappte den Mann dabei, wie seine Finger in eine Tasche glitten. Alkohol wurde in ein Glas gefüllt, und mit einer raschen Handbewegung kippte der Bartender eine klare Flüssigkeit in den Drink, während die Flaschen einen Dreifachsalto machten und alle Augen darauf hafteten. Mechaniker gab dem Mann ein stattliches Trinkgeld, nahm seinen Drink und wanderte wieder zu den Spielautomaten.

*Der Manager hat gerade einer Kellnerin zugenickt. Passt auf euch und eure Taschen auf,* warnte Transporter. *Lana, Alena und Keys, passt auf, was ihr trinkt,* fügte er hinzu.

Lana strich einen weiteren stattlichen Gewinn ein. Mehrere Zuschauer applaudierten. Alena sprang immer wieder auf, und die Menge der Zuschauer wuchs mit dem Stapel Chips, die vor ihr lagen. Keys setzte sich an einen Blackjack-Tisch mit hohen Einsätzen. Er gewann so oft, dass Kartengeber und Kartensatz ausgetauscht wurden. Mechaniker verbuchte einen weiteren Riesengewinn, diesmal waren es fünfzigtausend Dollar. Eine Bedienung, die schamlos mit ihm flirtete, beobachtete ihn sorgfältig. Die Hälfte der Zeit wirkte er, als ob er gar nicht auf sein Tun achtete, während er Fünfer und Zehner in das Gerät fütterte und den Hebel mehrmals nach unten zog, bevor er plötzlich wieder einen Jackpot knackte. Innerhalb von zehn Minuten hatte auch er eine Zuschauerschar. Die vier stellten das Casino auf den Kopf und verarschten es nach Strich und Faden.

Bald beobachteten drei Manager und mehrere Sicherheitsleute sie intensiv. Die Zuschauerschar wuchs, während die Glückssträhne der vier gar nicht mehr abzureißen schien.

*Jetzt oder nie. Zwei Männer hasten durch den Tunnel, um im Casino mitzuhelfen. Fünf sind noch unten. Vermutlich in den kleinen Räumen links von dem, wo sie ihre Gefangene festhalten,* berichtete Transporter. *Aber die genaue Zahl kann ich euch nicht nennen. Ich habe fünf unterschiedliche Stimmen gezählt, die unseren Wanzen am nächsten waren. Möglicherweise habe ich aber nicht alle aufschnappen können.*

Die Vantüren gingen auf, und nacheinander stiegen Reaper, der Zar, Savage, Steele und Player aus. Die fünf bewegten sich rasch, die Hände in den Taschen, Kapuzen tief in die Stirn gezogen. Die Überwachungskameras auf der Straße, der umgebenden Gebäude und des Ghost-Clubs waren ausgeschaltet worden. Aber das hieß nicht, dass irgendeine Kamera nicht doch einen Blick auf sie erhaschte oder jemand mit einem Handy die fünf fotografierte, als sie die Stufen zum Keller hinabstiegen.

Steele hatte kein Problem, die Stangen vor dem Eingang mit bloßen Händen zu erhitzen und zu entfernen. Als Nächstes übte er seinen Zauber auf das Schloss aus. Metall stellte für ihn kein Hindernis dar. Er trat zur Seite und ließ Reaper den Vortritt.

Die Pläne, die Anya für sie gezeichnet hatte, zeigten einen langen Gang, der um die Wände des Casinos herum führte. Der Gang fiel nach unten ab und war von kleinen Räumen gesäumt. Einige waren winzig und stammten aus alten Zeiten, in denen Schmuggel und Schwarzbrennerei Hochkonjunktur gehabt hatten. Dort war bestimmt Alkohol gelagert gewesen.

Reaper ging ihrer kleinen Gruppe voran, und Savage bildete die Nachhut. Er wusste, dass Reaper alles vor ihnen aufmerksam beobachtete. Seine Sinne waren geschärft, und er benützte jeden Einzelnen davon. Es kam selten vor, dass der Zar und Steele gemeinsam unterwegs waren; denn falls einem der beiden etwas zustieß, war immer noch der andere da, um den Club zu führen.

Sobald sie zu Hammers Frau gelangten, würden sie wohl wieder auf Steeles Können zurückgreifen müssen. Reaper hatte ein ungutes Gefühl, und der schwache Geruch nach Blut sagte ihm, dass sie auch seine Heilkünste brauchen würden.

Die Frau hieß Maria. Reaper hatte in Hammers Gesichtsausdruck eine tiefe Erschütterung gesehen, auch wenn er entschlossen gewesen war, sie zu verbergen: Für Hammer drehte sich die ganze Welt um diese Frau, so wie es Reaper bei Anya ging. Er wollte dem Präsidenten der Demons keine Leiche bringen. Sie musste eine gute Frau sein, wenn ein Mann so aussah, wie Hammer es getan hatte, als er von ihrem Verschwinden gesprochen hatte.

Reaper blieb stehen und reckte eine Faust in die Luft. An der oberen Wandkante war ein schmaler Lichtschlauch gespannt, der ein dämmriges Licht verströmte. Seine Leute bewegten sich völlig geräuschlos. Darin hatten sie viel Übung. Er hatte gelernt, barfuß über Glasscherben zu laufen, ohne einen Laut von sich zu geben und ohne dass eine Glasscherbe unter seinem Gewicht zerbrach. Wiederholt war er geschlagen worden, weil er nicht verhindert hatte, dass Äste oder Zweige unter seinen Füßen zerbrachen oder ein Stein verrutschte, den er nicht gespürt hatte, weil er Schuhe getragen hatte, an die er nicht gewöhnt gewesen war.

Er gab Player ein Zeichen, die anderen Räume zu erkunden, während er weiterlief. Vor sich am Ende des Ganges konnte er einen großen Käfig erkennen. Der Blutgeruch wurde stärker, und jetzt konnte er die Frau auch leise stöhnen hören. Er wäre zum Berserker geworden, wenn Anya auf diesem kalten Steinboden in ihrem Blut gelegen hätte. Diese Kerle mussten der Frau übel mitgespielt haben.

All seine Killerinstinkte waren geweckt, als er zu der Nische gleich neben dem Verlies schlich. Er hatte seine ganze Kindheit in einem Verlies verbracht. Ihre Notdurft hatten sie in einer Ecke verrichten müssen. Ab und zu waren ihnen Eimer mit Wasser gebracht worden, damit sie putzen konnten. Sie hatten keine Kleider gehabt und kaum etwas zu essen. Sie waren endlos und bis aufs Blut verprügelt worden. Blut zog Insekten und Ratten an. Sie waren mit Ketten an die Wand gefesselt worden, während die Jüngeren von ihnen misshandelt wurden. Ja, er kannte sich aus mit Verliesen und der Art von Ungeheuern, die Frauen und Kinder, wehrlose Menschen, in Folterkerker steckten, um sie zu misshandeln.

Er hatte sich nicht wehren können, als er vier war. Mit fünf hatte er damit angefangen, und mit zehn war er zu einer tödlichen Gefahr herangewachsen. Das hatte er natürlich verbergen müssen. Um zu überleben, hatten sie alle das verbergen müssen, was aus ihnen geworden war.

Reaper versuchte, seine Erinnerungen zu verdrängen. Als sie ihn gefoltert, vergewaltigt, gebrandmarkt, ihn mit ihren Messern aufgeschlitzt hatten, damit er ihnen ihren Anführer verriet. Dann hatten sie sich Savage geschnappt und ihm vor Reapers Augen dasselbe angetan. Er hatte geschwiegen, genau wie Savage. Danach hatten sie sich lange nicht in die Augen sehen können, aus Scham und weil jeder sich schuldig gefühlt hatte.

Der Blutgeruch wuchs zu einem stechenden Gestank an. Reaper blieb vor der Tür des Raums stehen, in dem die Wächter Karten spielten. Er hörte sie lachen und murmeln. Alle fünf.

*Billardtisch, rechts, vier Türen weiter. Zwei Männer. Player hat sie erledigt,* informierte Transporter sie.

Reaper hatte nur Augen für die Frau. Ihr Gesicht war blutverschmiert und geschwollen. Sie trug die Reste eines Tops, sonst nichts. Sie blutete an den Armen, den Oberschenkeln, zwischen den Beinen.

Verfickte Scheiße. Diese Wächter würden langsam und qualvoll sterben. Den Tod vor Augen, kein Entrinnen. Reaper legte den Finger an die Lippen und gab der Frau lautlos zu verstehen: »Hammer hat uns geschickt.«

Sie nickte und stöhnte leise weiter. Gelegentlich schluchzte sie auf. Sie war schnell von Begriff. Die meisten Leute, die so gefoltert worden waren, hätten einfach nur reagiert, ohne nachzudenken. Das tat sie nicht, und sie versuchte, die Illusion, dass sie alleine war, aufrechtzuerhalten.

Er trat in den Türrahmen. Die fünf Männer sahen hoch. Einer hatte noch die Zeit, seine Karten auf den Tisch zu werfen, doch dann war Reaper schon bei ihnen. Der mit den Karten hätte lieber seine Waffe zücken sollen. Reapers Messer glitt durch die Oberschenkelarterie des Mannes, der ihm am nächsten war. Das Messer wurde in einer Aufwärtsbewegung weiter geführt und schlitzte die Unterarmarterie des zweiten Mannes auf. Den dritten erwischte es in der Hauptschlagader am Hals. Den vierten quer durch die Kehle, ein ordentlicher Schnitt von rechts nach links. Der fünfte erhielt einen Stich in den Bauch. Seine Gedärme quollen heraus.

*Hol sie hier raus, Zar. Lass sie den Mist nicht sehen.*

Reaper war auf den Tisch gesprungen, um dem vielen Blut, das sich inzwischen auf dem Boden ausbreitete, zu entkommen. Er trat eine Waffe zur Seite, die der Mann mit dem Oberschenkelschnitt gezogen hatte.

»Du wirst sterben.« Der Mann, aus dessen Unterarmwunde das Blut spritzte, hustete. Blut blubberte aus seinem Mund.

Reaper zuckte die Schultern und blieb stumm. Was hätte er schon sagen sollen?

»Hier sind überall Geister«, fügte der mit der Oberschenkelwunde hinzu.

Die Männer, die an Hals und Kehle verletzt worden waren, verloren bereits das Bewusstsein. Sie würden in kürzester Zeit tot sein. Der mit der Beinverletzung brauchte vielleicht ein bisschen länger, doch das Blut spritzte wie verrückt aus der verletzten Arterie. Der mit der Wunde in der Achselhöhle würde wohl am schnellsten sterben. Er hatte kurz getorkelt, als er versucht hatte aufzustehen, und war dann bewusstlos zusammengebrochen. Als Nächstes verendete der Kerl mit dem Stich im Oberschenkel. Der Mann, der seine Gedärme festhielt, brauchte am längsten. Er starrte Reaper an, zu blöd, um zu begreifen, dass er so gut wie tot war.

*Wir müssen die Frau sofort wegschaffen*, befahl der Zar. *Jag den Kerlen eine Kugel durch den Kopf, wenn's nicht anders geht. Es darf keiner überleben. Ihr Zustand ist übel, Reaper. Ziemlich übel.*

Steele hatte sich darauf vorbereitet und seinen Arztkoffer mitgenommen. Er würde sich um die Frau kümmern, sobald sie sie in den Van geschafft hatten. Reaper hatte das Gefühl, dass der Zar es deshalb so eilig hatte, weil er Angst hatte, die Frau zu verlieren, und nicht, weil er befürchtete, es könne jemand herunterkommen und merken, dass ihr Verlies angegriffen worden war. Er sah, dass der fünfte Mann von seinem Stuhl kippte und mit dem Gesicht voran in einer Lache aus Blut und Gedärmen landete. Er überprüfte bei keinem den Puls, denn er wusste auch so, wann jemand tot war.

Er ging hinaus und schloss die Tür, dann überholte er die anderen und führte den Zar und Steele hinaus. Savage bildete die Nachhut, Player war vor ihm. Der Zar trug die Frau. Sie hatte die Augen geschlossen und hielt sich ganz steif. Savage hatte sie mit seiner Jacke zugedeckt.

Als sie sich dem Ende des Ganges näherten, blieb Reaper abrupt stehen. Dort verzweigte sich der Gang, ein Weg führte nach oben Richtung Casino, der andere zu den Kellertreppen, über die man in die Gasse gelangte. Zwei Männer kamen um die Ecke. Reaper stürzte sich auf den ersten und brach ihm das Genick, dann drängte er den zweiten Mann mit der Schulter an die Wand. Player war sofort zur Stelle, packte den Kopf des Mannes, presste ihn an sich und warf sich den Kerl über die Schulter. Nach einem hörbaren Knacksen war auch der erledigt.

Rasch eilten sie die Stufen hoch und durch die Gasse. Transporter stand mit dem Van bereit, die Türen weit geöffnet. Die Frau wurde vorsichtig nach innen gereicht und auf eine Matte gelegt, die sie mitgebracht hatten. Steele kniete sich mit seinem Arztkoffer neben sie, der Zar war auf ihrer anderen Seite, um Steele zu assistieren. Player setzte sich mit Transporter auf den Vordersitz. Reaper und Savage blieben hinten, um dort ihren Präsidenten und dessen Stellvertreter besser bewachen zu können.

*Wir zischen ab*, verkündete Transporter. *Mechaniker, Keys, klaubt Preacher auf und macht euch aus dem Staub. Lana und Alena verschwinden ebenfalls. Passt auf euch auf, falls sie versuchen, euch mit einem Tracker zu versehen. An der verabredeten Stelle tauschen wir die Wagen.*

*Sie haben uns bereits eine VIP-Card ausgehändigt, mit der wir hierher und in ihre anderen Clubs kommen können. Sie wollen sich ihr Geld zurückholen*, verkündete Lana. *Heute Abend haben sehr viele Leute gewonnen, nicht nur wir. Deshalb wissen sie nicht, ob wir beschissen haben, obwohl sie sich bestimmt noch die Aufnahmen anschauen. Doch darauf werden sie nichts finden, das sie zu der Annahme verleiten könnte, dass wir nicht einfach nur Glück gehabt haben.*

Anya schlenderte auf dem Gelände des Clubhauses herum. Sie musste erst in ein paar Stunden arbeiten, und sie langweilte sich. Sie betrachtete die ziemlich mickrigen Blumenbeete, als sie plötzlich gegen etwas geriet, was sich so hart wie eine Eiche anfühlte.

Hände legten sich um sie, um sie zu stützen. »Pass auf, Frau.«

Sie hob den Blick und erkannte Ink. Er war von Kopf bis Fuß tätowiert. Die Bilder verschwanden in seinem Shirtausschnitt in Bereiche, die man nicht sehen konnte, doch Anya hätte gern mal einen Blick darauf geworfen, denn seine Tattoos waren wirklich phänomenal.

»Was machst du hier?«

Sie deutete auf die Blumenbeete. »Die bräuchten ein bisschen Pflege. Ich habe gerade in Gedanken eine Liste von Dingen gemacht, die ich besorgen müsste.« »Aber bleib auf dem Gelände«, warnte er sie und schickte sich an zu gehen.

»Äh – Ink.« Ihr Herz begann zu hämmern. Sie musste verrückt sein, ihn das zu fragen, aber fragen kostete ja nichts. Als er sich zu ihr umdrehte, hielt sie die Hände hoch. »Wäre es möglich, Reapers Fingerabdrücke auf meine Handgelenke zu tätowieren? Als eine Art Armband?«

Sofort trat er interessiert näher, nahm ihre Hände und inspizierte die Innenseite ihrer Handgelenke, auf denen noch schwache Spuren von Reapers Fingerabdrücken zu sehen waren. »Ich habe seine Abdrücke.«

»Ach ja? Warum?«

Er zuckte die Schultern. »Wenn wir einen Auftrag erledigen, sehen wir zu, dass unsere richtigen Fingerabdrücke nirgends auftauchen. Ich erfinde welche und stelle sie dann für die Brüder her.« Er drehte ihre Hände um. »Wie wär's mit einer dünnen Goldkette auf der Oberseite, und seinen Fingerabdrücken auf der Unterseite? Ich sehe die Abdrücke auf deiner Haut, wir wissen also, wo sie liegen sollten. Willst du das echt machen?«

Anya nickte. »Ich möchte ihn wissen lassen, dass ich nicht weggehe. Als er ...« Sie biss sich auf die Unterlippe. Sie wollte keine private Information über Reaper weitergeben, nicht einmal an seine Brüder, obwohl sie vermutlich alles über ihn wussten. Vielleicht wussten sie ja auch, mit welchen Problemen er kämpfte, wussten also mehr als sie. Aber das war egal. Es lag nun an ihr, Reaper zu beschützen, und das würde sie auch tun. Sie hatte keine Ahnung, was die Stellung einer Frau eines Clubmitglieds mit sich brachte, doch sie würde ihren Weg finden und die beste Frau werden, die ein Mann haben konnte. »Es soll eine Mahnung für mich sein, wenn ich mal wütend werde.«

»Dann machen wir das doch gleich.«

»Gleich? Ich muss in ein paar Stunden arbeiten. Preacher ist nicht da, Maestro springt für ihn ein. Er macht den Job allerdings nicht besonders gern und ist auch nicht gerade flink.«

Ink schüttelte den Kopf. »Mistkerl. Wenn er wollte, könnte er durchaus schnell sein, aber er trödelt absichtlich rum, damit niemand ihn bittet, für ihn einzuspringen.« Er machte kehrt und begann, zum Ausgang des Geländes zu laufen und dann weiter die Straße hinunter.

Anya folgte ihm mit pochendem Herzen. Welcher normale Mensch ließ sich schon Fingerabdrücke aufs Handgelenk tätowieren? Sie musste verrückt sein. Zum Glück war es nicht weit bis zu Inks Laden, und es fühlte sich gut an, die Beine ein bisschen zu bewegen und mal aus dem Clubgelände rauszukommen. Mit dem hohen Maschendrahtzaun sah das Ganze wie eine Festung aus, ein Ort, an dem Biker ihr letztes Gefecht ausfochten.

Sie rieb sich die Handgelenke. »Was ist, wenn er Ärger bekommt, sie seine Fingerabdrücke haben wollen und er nicht da ist, sie dann aber seine echten Abdrücke auf mir finden?«

»Anya, Torpedo Ink erledigt keinen Job, bei dem die richtigen Fingerabdrücke auftauchen. Wir haben eine ganze Bibliothek von Fingerabdrücken. Sobald wir einen Auftrag erledigt haben, schälen wir uns die Dinger von den Fingern und werfen sie weg. Sie sind sehr klein und dünn, und wenn sie nicht mehr von Fingern gewärmt und ins Wasser geworfen werden, lösen sie sich sofort auf. Über diese falschen Abdrücke werden außerdem dünne Handschuhe angezogen, und natürlich tragen wir auch unsere Colors nicht. Und unsere Gesichter zeigen wir bei einem Job so gut wie nie.«

Sie waren mittlerweile in Inks Studio angelangt, einem ziemlich großen Raum mit zwei Abteilen, einem langen, gepolsterten Tisch und mehreren niedrigen Stühlen mit verstellbaren Lehnen.

Ink deutete auf einen dick gepolsterten Stuhl. »Setz dich.«

Würde sie es wirklich tun? Was war, wenn ihre Beziehung in die Brüche ging? Reaper hatte ziemlich massive Probleme, und sie kannte ihn kaum. Er war gewalttätig. Er zertrümmerte Fliesen mit der Faust. Was war, wenn sich seine Wut jemals gegen sie richtete? Beklommen beobachtete sie Ink, der sich die Hände wusch, sie desinfizierte und seine Ausrüstung vorbereitete. Es gab viele Nadeln.

»Hast du dich schon mal tätowieren lassen?«

Sie schüttelte den Kopf. »Nein, aber ich wollte es immer mal tun. Auf meinem ursprünglichen Lebensplan stand ein Tattoo an vierter Stelle, nachdem ich es beruflich geschafft und ein gutes Polster auf der Bank gehabt hätte. Ich war schon recht weit.«

»Das Geld ist doch noch da, oder?«

Sie schüttelte den Kopf. »Nein. Irgendwie haben sie es geschafft, mein Konto zu plündern. Selbst mein Erspartes ist weg.«

Er zuckte die Schultern. »Keine Sorge, Code wird dir das zurückholen, samt Zinsen.« Er legte ihren Arm auf ein Tischchen und säuberte ihn gründlich mit Alkohol. »Ich habe mitgekriegt, dass du gern zeichnest. Hast du denn schon mal ein Tattoo entworfen?«

Sie schüttelte den Kopf und sah ihm dabei zu, wie er rasch eine dünne Kette auf ihrem Handgelenk skizzierte. Sie wirkte zart und zerbrechlich. Wieder schüttelte sie den Kopf. »Nein, nicht so. Ich will was Starkes, Unzerbrechliches. Eine Erinnerung für uns beide.«

Inks Blick wanderte über ihr Gesicht. Etwas wie Achtung lag darin. Er nickte kurz, und sie merkte, dass er sich über sie freute. Er zeichnete eine andere Kette. Eine mit dicken Gliedern. Nicht aus Gold. Titan war silbern, und so zeichnete er auch die Armbandglieder. Es gab kleine gezackte Erhebungen an den Außenseiten. Anya war begeistert.

»Das machen wir mit einem Kohle-Silber-Effekt.« Er drehte ihre Hand um und griff zu dem sorgfältig vorbereiteten Papier mit Kopien von Reapers Fingerabdrücken. Er presste sie auf die Flecken auf ihrem Handgelenk, dann nahm er das Papier wieder weg. Nun waren die Abdrücke deutlich zu sehen. Zuerst tätowierte er sie in Schwarz und folgte jedem verwobenem Wirbel. Schließlich hatte sie vier Fingerabdrücke auf jedem Handgelenk. Auf der Oberseite tätowierte er Reapers Daumenabdruck genau auf der Stelle, auf der Reapers Daumen gelegen hatte. Dann kam die Kette.

Ink war ein wahrer Meister seines Fachs, und das zeigte sich in jeder seiner Bewegungen, in jeder klaren Linie, die er auf ihr Handgelenk tätowierte. Die Kette wurde fantastisch. Ink verlieh ihr nicht nur Stärke, sondern auch Schönheit.

Er sprach nicht viel bei der Arbeit, aber das war Anya ganz recht. Sie war viel zu beschäftigt, über die Reichweite ihrer Entscheidung nachzudenken. Sie wusste ja nicht einmal, ob es Reaper ernst gemeint hatte, dass er seine Fingerabdrücke auf ihr haben wollte. Aber je mehr sie darüber nachdachte, desto besser gefiel ihr die Idee. Als Ink fertig war, war sie hellauf begeistert von den zwei Armbändern um ihr Handgelenk. An manchen Stellen funkelten sie wie echtes Silber.

Ink gab ihr noch ein paar Pflegehinweise, dann trug er Salbe auf und verband ihre Handgelenke mit Folie und einer dünnen Binde. Er sagte ihr, dass sie den Verband ein bis vier Stunden tragen sollte. Sie fragte ihn, ob sie ihn während ihrer ganzen Schicht anbehalten könne. Er meinte, dass er kurz vorbeikommen und sich erkundigen würde, wie es ihr ging.

Als sie mit verbundenen Handgelenken in der Arbeit auftauchte, sah es fast so aus, als hätte sie versucht, sich die Pulsadern aufzuschlitzen. Viele Leute fragten sie, was denn passiert sei, und sie erklärte ihnen, dass sie sich hatte tätowieren lassen. Alle wollten ihre Tattoos sehen, doch sie schüttelte nur den Kopf. Sie wollte, dass Reaper sie als Erster sah.

Sie hatte etwa die Hälfte ihrer Schicht hinter sich, als Jonas Harrington, der lokale Sheriff, und Jackson Deveau, sein Stellvertreter, hereinkamen. Wie üblich wurde sie sehr unruhig. Die beiden Männer waren freundlich und höflich, aber sie befürchtete stets, dass sie etwas Falsches sagen oder tun könnte.

»Anya war der Name, stimmt's?«, fragte Jonas und lächelte sein übliches Lächeln. Sein Blick schweifte sofort zu ihren Handgelenken. Jacksons Gesicht zeigte keine Regung.

»Das ist nicht das, wonach es aussieht«, versicherte sie ihm eilig, ohne auf die unausweichliche Frage zu warten. »Ich habe mich vor ein paar Stunden tätowieren lassen. Ich könnte den Verband jetzt eigentlich abnehmen, aber ich dachte, es wäre hygienischer, wenn ich das erst nach der Arbeit mache. Was kann ich Ihnen bringen?«

Maestro trat neben sie und lächelte die Cops freundlich an. »Was gibt's, Mann? Hab dich seit Ewigkeiten nicht mehr gesehen, über ein Jahr nicht mehr.« Er deutete mit dem Kopf auf Betina. »Sie braucht Drinks für drei Gäste.« Er wandte sich wieder an Jonas. »Ich stehe nicht gern hinter der Bar, und ich kenne mich mit Drinks nicht aus. Sie schon, und obendrein weiß sie, was jeder trinken will. Was kann ich für euch tun?«

»Sieht so aus, als wären weitere Leute verschwunden. Von den dreien, nach denen wir gestern gefragt haben, wissen wir nach wie vor nichts. Jetzt haben wir drei weitere. Es sind zwar noch keine vierundzwanzig Stunden verstrichen, aber sie sind letzte Nacht nicht in ihre Motelzimmer zurückgekehrt, und ihre Familien machen sich Sorgen. Uns wurde gesagt, dass alle drei neulich hier in der Bar waren.«

»Da fragst du den Falschen, Mann«, erwiderte Maestro. »Ich habe keine Ahnung, wovon du redest. Ich bin so gut wie nie hier. Ich wünschte mir, ich wäre es auch heute nicht.« Er hob die Stimme. »Anya, du wirst hier gebraucht. Bist du mit den Getränken fertig?« Er legte eine gewisse Hoffnung in seinen letzten Satz.

Sie lachte über ihn. »Du bist echt der schlechteste Barkeeper aller Zeiten. Preacher muss sich um jemand anderen kümmern, der seine freien Tage übernimmt.« Sie lehnte sich an die Bar und versuchte, völlig gelassen zu wirken und nicht so, als stünde sie kurz davor, in Ohnmacht zu fallen. »Was kann ich für Sie tun?«

»Die drei, nach denen wir uns gestern Abend erkundigt haben – haben die sich noch einmal hier blicken lassen?«

Sie rümpfte die Nase. »Nein, zum Glück nicht. Einer war besonders schlimm. Das hier ist eine Biker-Bar, ich wurde von Anfang an gewarnt, dass manche Gäste lästig sein können, aber der war echt extrem lästig. Schließlich sind sie abgezogen, und ich habe nicht weiter auf sie geachtet. Reaper war da, und ich achte auf nichts und niemanden sonst, wenn er da ist.« Sie errötete, denn das war die reine Wahrheit.

»Reaper?« Jonas zog die Brauen hoch. »Sie waren mit Reaper zusammen?«

Sie nickte. »Wir leben zusammen.« Genauso gut hätte sie eine Bombe fallen lassen können. In ihrer Stimme schwang Zufriedenheit mit, weil sie ihnen die Wahrheit gesagt hatte. Sie war mit Reaper zusammen gewesen, und das bedeutete, dass er ein Alibi hatte, falls diesen drei Männern etwas zugestoßen war.

»Und was ist mit diesen Dreien? Waren die in der Bar?« Jonas breitete drei Fotos vor ihr aus.

Anya sah sich kurz in der Bar um, wie um sich zu vergewissern, dass niemand einen Drink haben wollte. Maestro wich ihr nicht von der Seite, wohl, um sie zu beschützen. Sie tippte auf Thomas Randalls Foto. »Die waren vorgestern hier, als Sie reingeschaut haben. Sie saßen an einem Tisch und waren sehr ruhig. Ich glaube, der hier hat mit Alena gesprochen, aber nur ganz kurz. Ganz sicher bin ich mir nicht, denn es war ziemlich viel los. Sie wirkten aber ziemlich nett. Definitiv keine Biker, und sie taten auch gar nicht so, als wären sie welche, wie es manche Gäste gern machen, wenn sie hier reinkommen. Ich würde sagen, es waren Geschäftsleute.«

»Wann haben Sie sie zum letzten Mal gesehen?«

»Den hier habe ich nur einmal gesehen, und die anderen beiden sind am darauffolgenden Abend noch mal da gewesen, haben einen Drink bestellt und sind wieder gegangen. Sie haben mit niemandem gesprochen.«

Jonas sah Jackson an, der leicht nickte. Offenbar war Jackson der Lügendetektor, vielleicht aber auch Jonas. Beide Männer waren clever und sehr selbstbewusst.

»Es tut mir leid, dass ich Ihnen nicht weiterhelfen kann.«

»Komisch, dass sechs Männer in die Bar gekommen sind und danach nicht mehr gesehen wurden.« Jonas ließ das wie eine Feststellung klingen und sah sie unverwandt an.

Sie starrte wieder auf die Fotos, um seinem durchdringenden Blick auszuweichen. »Was wollen Sie damit sagen? Glauben

Sie, ihnen ist etwas zugestoßen, nachdem sie die Bar verlassen haben? Was sollte das sein? Die ersten drei waren höchstwahrscheinlich ziemlich dicht. Vielleicht haben sie was Blödes gemacht. Ich wollte ihnen nicht ihre Schlüssel abnehmen, weil Preacher schon weg war. Und ich habe ihnen erst kurz vor Schluss nichts mehr zu trinken gegeben, als ich mitbekommen habe, wie sie sich aufführten. Aber die anderen drei haben kaum etwas getrunken – ein oder zwei Drinks, mehr nicht.«

Sie beschloss, so nah wie möglich bei der Wahrheit zu bleiben. Es wäre zwar ungewöhnlich, wenn drei Biker an einer Steilküste abstürzten, aber es konnte schon passieren, wenn sie sehr betrunken waren. Das würde jedoch nicht das Verschwinden der anderen drei erklären.

Jonas sammelte die Fotos ein. »Ich wende mich höchst ungern an Ehefrauen, um ihnen zu sagen, dass es keine Spuren ihres Ehemanns oder des Vaters ihrer Kinder gibt.«

Sie schüttelte den Kopf. »Das muss wirklich schrecklich für Sie sein. Hoffen wir, dass es nicht so weit kommen wird.«

Maestro stupste sie an. »Jetzt muss sie aber echt wieder an die Arbeit. Morgen ist Preacher da. Vielleicht kann er euch weiterhelfen. Ich brauch sie jetzt.«

Die Gäste standen schon Schlange. Anya lächelte die Cops bedauernd an, dann machte sie sich hastig an die Zubereitung der Drinks. Sie hoffte, dass dieser Abend bald zu Ende war, denn sie sorgte sich unendlich um Reaper. Wie mochte es ihm ergangen sein?

## 15. Kapitel

Erst um vier Uhr früh kam Reaper an seinem Haus auf den Felsen an. Er blieb auf seiner Harley sitzen und starrte das große zweistöckige Gebäude mit seinen Glasfronten an. Zum Glück befanden sich die Fenster hauptsächlich auf der dem Meer zugewandten Seite. Es war also ziemlich schwer, ihn durch diese Fenster anzugreifen. Trotzdem musste er etwas tun, um dieses Haus sicherer zu machen, so schön der Blick aufs Meer auch war.

Er drehte den Kopf um, als er hörte, wie ein Motorrad angelassen wurde, und hob die Hand zum Gruß. »Danke, Fatei«, sagte er, und er war dem jungen Mann tatsächlich sehr dankbar. Fatei stand kurz davor, als Vollmitglied in ihren Club aufgenommen zu werden. Er drückte sich vor keiner Aufgabe, ja, er tat meist mehr, als von ihm verlangt wurde. Ein zweites Bike wurde angelassen, und Maestro kam angerollt.

»Ich hab deine Frau heimbegleitet«, berichtete er. »Wie ist es heute Abend gelaufen?«

»Die Schweine haben die Frau übel zugerichtet. Hammer hat einen langen Weg vor sich«, erwiderte Reaper. »Lana, Alena, Keys und Mechaniker haben dem Club einen Haufen Geld eingebracht. Es gab sieben Tote.«

»Bei uns haben heute Abend die Cops vorbeigeschaut und deine Frau über den miesen Deke und seine Freunde ausgefragt. Sie haben sich auch nach den Gebrüdern Burrows und nach Randal erkundigt. Sie ist spielend mit ihnen fertiggeworden und wird sich als deine Lady bestimmt sehr gut machen.«

Dessen war sich Reaper sicher. Sobald sein Blick auf sie gefallen war, hatte er gewusst, dass sie die Richtige war. Er hatte sich darauf vorbereitet und die Patches für ihre Jacke in Auftrag gegeben. ›Reapers Eigentum‹. Wenn sie mit den Diamondbacks oder einem anderen Club unterwegs waren, sollten alle wissen, dass sie vergeben war. »Danke, dass du auf sie aufgepasst hast.«

»Kein Problem. Leg dich schlafen.«

Reaper wartete, bis das Bike auf den Serpentinen, die zum Clubhaus führten, unterwegs war, dann stieg er ab und lief zum Eingang. Sein Körper schmerzte, jeder Muskel, jedes Gelenk und auch seine Fingerknöchel taten weh. Obendrein war er todmüde. Doch das war alles egal. Er wusste, dass sie im Haus war. Anya. Seine Anya. Wenn es nicht so gewesen wäre, hätten Maestro oder Fatei es ihm gesagt. Doch das Wissen allein reichte ihm nicht, er musste sich persönlich davon überzeugen.

Er trat in den Eingangsbereich mit den deckenhohen Spiegeln und dem glänzenden weißen Marmorfußboden. Nach zwei Schritten in den Wohnbereich blieb er wie angewurzelt stehen. Das Feuer im Kamin war auf die kleinste Stufe gestellt, davor waren Decken ausgebreitet, und darauf lag sie auf dem Bauch und schlief. Nackt, die langen Beine ausgestreckt. Ihre Haare hatte sie wieder zu einem Zopf geflochten, wie sie es offenbar gerne zum Schlafen tat.

Sie war unglaublich schön. Ein wunderschöner, atemberaubender Engel. Und sie hatte sich nicht im Schlafzimmer hingelegt, einem Raum, von dem er sich sicher war, dass er darin nie würde schlafen können. Sie hatte sich vor der Feuerstelle ein Lager hergerichtet und war eingeschlafen, während sie auf ihn gewartet hatte.

Er zog sich die Stiefel aus, ohne den Blick von ihr zu wenden, und überlegte, wie er es wohl durch den Rest der Nacht schaffen konnte, ohne einen Fehler zu machen, der ihr wehtun würde.

Oben gönnte er sich erst einmal eine lange, dringend nötige Dusche, nachdem er seine schmutzigen Kleider in eine Ecke geworfen hatte. Das Wasser fühlte sich gut an, es befreite ihn auch vom Anblick von Maria, Hammers Frau, deren Körper von Schnittwunden, Beulen und Schwellungen übersät gewesen war. An Hammers Stelle wäre er sofort losgezogen und hätte ein Blutbad angerichtet.

Er presste die Stirn an die kühlen Fliesen und ließ das heiße Wasser über seinen Rücken rinnen. Er hatte immer gehofft, dass sie, nachdem sie aus ihrem Gefängnis und dem, was er für den Abschaum der menschlichen Gattung hielt, entkommen waren, auf Menschen wie Maria und Anya treffen würden. Aber sie gerieten auch immer wieder an üble Widerlinge, die es auf die Schwächsten abgesehen hatten. Er hatte das alles gründlich satt. Er wollte nicht mehr töten, wollte nicht mehr all diese abscheulichen Dinge sehen, wollte nicht mehr Reaper sein. Er wollte ein ganz normaler Mann sein, der es verdient hatte, mit Anya zusammen zu sein. So, wie er jetzt war, würde sie es mit ihm niemals leicht haben.

Abrupt drehte er das Wasser ab. Die Alternative war, sie gehen zu lassen. Doch er hatte von Anfang an gewusst, dass er das nie schaffen würde. Selbst bei den halbherzigen Versuchen, sie aus seinem Umfeld zu vertreiben, hatte er immer gewusst, dass er sie verfolgen würde, wenn sie tatsächlich wegging.

Er ging nackt nach unten. Kleidung fühlte sich auf seinem Körper immer noch wie eine Last an. Ob dieses Gefühl je verschwinden würde? Behutsam streckte er sich neben ihr aus und atmete ihren Duft ein. Seine Anya, nackt, wie er sie am liebsten sah. Er fuhr mit der Hand über ihren Rücken, angefangen von ihrem Nacken hin zu den Grübchen über ihrem wundervollen Hintern. Besitzergreifend fuhr er über die Hügel.

Dann beugte er sich vor und biss in ihr Hinterteil. Ihr Atem stockte. Sie erbebte. Er legte sich auf sie und fesselte ihre Beine mit seinen. Er hatte sich viel Zeit genommen, um sie von vorne zu erkunden und jeden Zentimeter zu erobern, nun wollte er dasselbe auch mit ihrem Rücken tun. Er küsste sich einen Weg entlang ihrer Wirbelsäule zu ihrem Nacken.

»Geht es dir gut?«, flüsterte sie.

»Fühle ich mich gut an?« Er glitt mit den Händen über ihren Körper, prägte sich ihre Kurven ein, verehrte sie auf die einzige Weise, die ihm bekannt war.

In ihrer Stimme lag ein leises Lächeln. »Mehr als das. Ich habe von dir geträumt.«

Das gefiel ihm verdammt gut. »Erzähl mir deinen Traum.« Er liebte ihren schläfrigen Tonfall. Sexy, sündig glitt ihre Stimme über seine Haut.

»Ich habe geträumt, dass du in die Bar gekommen bist und mich geküsst hast, wie du es immer tust.«

»Wie ich das immer tue?«, fragte er nach. »Wie küsse ich dich denn?«

»Wie Feuer. Wie ein Blitz. Ein Sturm aus Feuer und Blitzen.«

Auch das gefiel ihm verdammt gut. Seine Hände glitten unablässig über ihre Kurven. Sein Mund folgte ihnen. Küsste ihre weiche Haut. Schmeckte sie. Er genoss die langsam in ihm ansteigende Hitze. Normalerweise war es wie eine Feuersbrunst, wenn er mit ihr zusammen war. Aber das hier war auch schön. Sanft. Entspannt. Ob er wohl je ohne diese Frau würde leben können?

»Mehr hast du nicht geträumt? Nur, dass ich dich geküsst habe?«

Sein Schwanz begann zu zucken. Er nahm ihn in die Hand.

Sie drehte den Kopf und beobachtete ihn über ihre Schulter hinweg. Er fuhr langsam, träge über seinen Schwanz und betrachtete ihr Gesicht. Er wollte sie auf unendlich viele Weisen erobern, doch er liebte auch die langsam anschwellende Hitze zwischen ihnen.

»Du hast mich geküsst, bis mir Hören und Sehen vergangen ist. Dann hast du mich auf die Bar gesetzt, meine Muschi vorgezogen und mich geschleckt. Es war wahnsinnig geil. Ich weiß nicht, wie du mich ausgezogen hast, aber ich war nackt.«

»Waren wir allein?«

Ihre Zähne gruben sich in ihre Unterlippe. Er hielt den Atem an, während er auf ihre Antwort wartete, doch seine Faust schloss sich immer fester um seinen Schwanz und begann, ihn heftig zu rubbeln. Mit seiner anderen Hand fuhr er ihr zwischen die Beine. Sie war schlüpfrig, heiß. Er vergrub einen Finger in dieser Hitze.

»Anya? Waren wir allein?«

»Nein. Es waren noch andere Leute da, aber ich konnte nicht sehen, wie viele und wer. Dein Mund hat mich wild gemacht. Ich habe den Kopf zurückgeworfen und laut geschrien, als ich gekommen bin.«

»Ich mag es, wenn du die Kontrolle verlierst.« Er stieß einen zweiten Finger in ihren engen Kanal. Ihre Muskeln schlossen sich um ihn. Sein Schwanz pochte verlangend. »Und was ist dann passiert?«

»Du hast mich auf die Bar gedrückt. Dein Gesicht glänzte und war ganz feucht. Dann hast du dich über mich gekniet und mir gesagt, ich soll dich sauber schlecken. Das habe ich gern getan. Du hast wahnsinnig sexy ausgesehen. Dann hast du mich wieder geküsst, und ich habe mich geschmeckt.«

»Ich liebe deinen Geschmack.« Er hätte sie ein Leben lang verschlingen können.

Er zog ihre Hüften nach oben, bis sie vor ihm kniete und ihr

Hintern in die Höhe ragte. Dann steckte er den Kopf zwischen ihre Beine und schleckte den süßen Nektar. Sie gab ihm alles, was er haben wollte. Sein Finger fuhr ihre Gesäßspalte entlang, seine Zunge folgte. Sie bäumte sich ihm entgegen.

»Du hast meine Beine um deine Taille geschlungen und mich so hart gevögelt wie noch nie. Von vorn. Und dabei hast du mir fest in die Augen geblickt. Als du dich in mir vergraben und meinen Körper auf den harten Tresen gepresst hast, habe ich dich besonders gut gespürt. Es war wunderschön. Perfekt. Ich mag alles, was du mit mir machst.«

Das hoffte er, denn er wollte noch sehr viel mit ihr machen. Er rieb sein Gesicht an einer Pobacke, dann drang er in sie ein. Sie war höllisch heiß und umgab ihn mit einer brennend heißen, seidenen Faust, packte ihn und drückte ihn, bis das Feuer über seinen Rücken jagte und sich wie ein Flächenbrand ausbreitete.

»Ich kann dir gar nicht sagen, wie oft ich in der Bar gesessen bin und mir genau das vorgestellt habe: dich ausziehen, auf den Tresen setzen, schlecken, auf unterschiedlichste Weise vögeln. In den Mund, deine Pussy, deinen Arsch. Alles auf diesem Tresen.«

»Waren in deiner Vorstellung Leute in der Bar?« Ihr Atem ging abgehackt. Sie stöhnte zwischen jedem Wort.

»Keine Ahnung. Sobald mein Schwanz in dir steckte, konnte ich nichts mehr sehen. Ich hab nur noch gefühlt, Baby, nicht mehr gedacht.«

Auch jetzt konnte er nicht mehr denken. Seine Stöße wurden schneller, er suchte nach dem Blitz, spürte, wie er in seinen Körper einschlug. Ihm Stromstöße versetzte. Flammen tanzten auf ihm. Tausend sengend heiße Zungen schleckten an seinem Schwanz. Er hielt durch, so lange es ging, und brachte sie dreimal zum Höhepunkt, bevor er in ihr explodierte und sein heißes Sperma in diese anbetungswürdige Grotte geschleudert wurde.

Ächzend brach sie unter ihm zusammen. Sein ganzes Gewicht lastete auf ihr, doch sie beschwerte sich nicht. Sie tastete nach seiner Hand. »Ich gehe nicht gern ohne dich ins Bett.«

»Du gehst nicht gern ohne meinen Schwanz ins Bett«, korrigierte er sie.

»Auch das«, gab sie zu. »Ich muss dir etwas zeigen, aber ich bin so müde, dass ich mich kaum noch rühren kann.«

»Dann beschreib es mir einfach.« Er wollte nicht, dass sie sich rührte. Es gefiel ihm, dass sie unter ihm lag und nirgendwohin gehen konnte.

»Ich habe Ink gebeten, deine Fingerabdrücke auf meine Handgelenke zu tätowieren.«

Ihre Stimme klang so gedämpft, dass er sie anfangs nicht recht verstand. Erst allmählich drang diese Information in ihn ein, und dann zersprang etwas in seiner Brust, sodass er sich weder bewegen noch reden konnte.

Anya wand sich unter ihm. »Reaper? Bist du sauer auf mich?«

Er wälzte sich von ihr, ließ jedoch ein Bein auf ihrem Oberschenkel liegen. Als sie sich auf den Rücken drehte, hielt er sie damit immer noch fest. Das Atmen fiel ihm schwer. In seiner Kehle steckte ein Kloß. »Was hast du getan?«, flüsterte er.

Sie reckte die Arme hoch. Sein Herz donnerte in seiner Brust. Er packte sie an den Unterarmen und zog sie zu sich, um ihre Handgelenke zu begutachten. Silberne, dunkle Kettenglieder formten ein Band auf der Oberseite, darunter waren schwach seine Daumenabdrücke zu sehen. Er drehte ihre Hände um. Jawohl, da waren seine Fingerabdrücke, die sie als die Seine markierten. Der Welt erklärten, dass sie ihm gehörte. Sie hatte es getan. Für ihn. In seinem ganzen Leben hatte ihm noch nie jemand etwas geschenkt. Kein einziges Mal.

Doch das war nicht nur ein Geschenk, es war … Ihm fehlten die Worte. Er konnte sich nicht rühren, konnte nicht mehr denken. Diese Frau war einfach unglaublich. Sie führte ihn in völlig fremde Gefilde. Er wusste nicht, was er mit den Gefühlen machen sollte, die ihn durchströmten. Ein Mann wie er hatte keine Gefühle. Sie hatte eine Schleuse geöffnet, und jetzt würde sie nie mehr frei sein. Egal, was passierte, sie würde die Folgen ihres Tuns tragen müssen. Die Folgen davon, dass sie sich ihm geschenkt hatte. Denn er nahm sie und würde sie nie mehr hergeben.

Er starrte auf die Fingerabdrücke. Räusperte sich, versuchte, den Kloß loszuwerden. »Ich werde mir deine Fingerabdrücke ebenfalls auf die Haut tätowieren lassen.« War das überhaupt seine Stimme? Mist, er war wie von Sinnen.

Anya streichelte ihm mit sanften Fingern übers Gesicht. Sein Herz schlug wie wild. »Ich freue mich, dass es dir gefällt. Ich liebe diese Kette. Ich wollte was Unzerbrechliches.«

Auch er liebte diese Kette. Und diese Frau? Ja, vielleicht liebte er sie tatsächlich. Er wusste nicht, was Liebe bedeutete, aber vielleicht war es genau das, was ihn innerlich fast umbrachte.

»Wenn er das nächste Mal meine Fingerabdrücke auf deine Haut tätowiert, will ich dabei sein.«

Sie verzog das Gesicht, was er ganz entzückend fand. Oh Gott, es hatte ihn wirklich schlimm erwischt.

»Noch mehr Fingerabdrücke?«

Er nickte. »Auf deinen Arsch. Ich habe daran gedacht, einen Handabdruck darauf tätowieren zu lassen, aber die Finger sollten reichen.«

»Ich werde mir nicht von Ink den Hintern tätowieren lassen.«

Er fuhr mit der Hand über ihren Bauch und ließ sie direkt über ihrem Hügel liegen. »Dein Körper gehört mir, Anya. Wenn ich meine Abdrücke dort haben will, dann wirst du welche bekommen.«

»Und wenn ich meine Abdrücke auf deinem ganzen Körper haben will, lässt du sie dir dann tätowieren?«

»Das ist eine blöde Frage. Gehöre ich dir denn?«

Ihre Wimpern senkten sich, hoben sich wieder. Ärger kämpfte mit Freude. »Jawohl«, erwiderte sie schließlich fest. »Du gehörst mir. Auch wenn ich oft sehr große Lust habe, dir einen Tritt zu versetzen.«

»Ich finde es toll, dass du dir meine Abdrücke hast tätowieren lassen, Baby«, sagte er leise. Der seltsame Kloß in seiner Kehle und das Brennen in seinen Augen waren endlich verschwunden, und er konnte wieder reden, ohne zu fürchten, dass er nur wirres Zeug faselte. »Mir hat noch nie jemand was geschenkt, und das hier ist das größte …« Er konnte nicht mehr weitersprechen, denn der Kloß und das Brennen waren wieder da, und der Druck auf seiner Brust wuchs.

»Ich freue mich, dass es dir gefällt«, flüsterte sie.

Ihre Stimme umfing ihn. Reaper beugte sich über sie und fuhr mit den Fingern die obere Wölbung ihrer Brüste nach. »Ich kann mich nicht entscheiden, ob meine Fingerabdrücke auch da hin sollen, damit sie jeder sehen kann, wenn du ein Tank-Top trägst.« Er streichelte die weiche Haut unter den sanften Hügeln. »Oder hier, wo nur ich sie sehen würde.«

»Habe ich ein Mitspracherecht?« Belustigung lag in ihrer Stimme, blitzte in ihren Augen auf.

All das Grün leuchtete im frühen Licht des Morgens. Löschte die Bilder aus der vergangenen Nacht. Brachte ihn an einen guten Ort. »Nein. Das gehört alles mir.« Er nahm sein Bein von ihren Schenkeln, packte sie an den Armen und drehte sie auf den Bauch. Dann legte er wieder ein Bein über ihre Schenkel, sodass sie feststeckte. Sie kicherte. Sehr leise, doch er hörte es und musste lächeln. Aha, so ging es also, wenn man scherzte. Wenn man seine Frau neckte. Wenn sie einen zurückneckte.

Er klatschte ihr auf den Hintern, weil er es liebte, wie sein

Handabdruck auf ihrer blassen Haut erglühte. Sie drehte den Kopf zu ihm um und funkelte ihn böse an. »Autsch. Lass das.«

»Es gefällt dir.«

»Nein.«

Er fuhr mit der Hand zwischen ihre Beine. »Nass. Heiß. Schlüpfrig. Doch, Baby, gib's zu: Du magst es.« Er verrieb den roten Abdruck, dann versetzte er ihr abermals einen Schlag und ließ ihren Hintern nochmals glühen. Spielen machte Spaß. So etwas war ihm nie beigebracht worden. Er hatte nie erfahren, dass ein Mann und eine Frau einfach Spaß miteinander haben konnten, ohne dass es in Tod und Verderben endete.

Sie wackelte mit dem Po. »Vielleicht. Aber nur, weil alles, was du tust, sexy ist.«

Er breitete die Hände auf ihrem Hintern aus, presste die Finger in die festen Muskeln. »Meine Abdrücke würden sich hier auch ganz gut machen.« Er drückte so fest, dass seine Hände einen Abdruck hinterließen, der jedoch rasch verschwand. Dann beugte er sich über sie, ließ seine Zunge auf den festen Backen kreisen und biss hinein. Sie kreischte leise und starrte ihn wieder böse an. »War nur ein Test. Ich dachte, vielleicht wäre ein tätowierter Biss auch ganz hübsch, aber es passt doch nicht so gut.«

»Ich glaube, du bist von meinem Hintern besessen.«

Ja. Sie hatte recht. Er schlug sie ein weiteres Mal und studierte erneut seinen Handabdruck. »Mir gefällt meine Hand an dieser Stelle. Es ist bestimmt lustig, wenn ich dabei zusehe, wie Ink deinen Arsch tätowiert. Ich könnte dich ein paarmal hauen, dich aufgeilen, dich ficken, und dann Ink das Tätowieren überlassen.«

»Mich ficken? In seinem Studio?«

»Jawohl. Du beugst dich über diesen Stuhl, sodass ich mir deine hübsche Kehrseite anschauen kann, und dann ficke ich dich. Ich hab schon alle möglichen guten Ideen.« Er fuhr mit einem Finger ihre Pospalte entlang. »Zum Beispiel die Idee, dich zwischen deinen Titten zu vögeln. Ich will jeden Teil deines Körpers erobern. Dich in den Arsch ficken. Und man kann auch noch etwas anderes ausprobieren.«

Er versenkte die Finger in ihrer feuchten Spalte, dann verteilte er die Feuchtigkeit zwischen ihren Pobacken, schob seinen Schwanz in die warme Furche und presste ihre Backen fest darum herum. Langsam ließ er seinen Schwanz durch die warme Spalte gleiten.

Sie drehte den Kopf zur Seite, damit sie ihn beobachten konnte. Ihre grünen Augen musterten ihn völlig entspannt und gelassen. Sie ließ es zu, dass er ihren Körper benutzte, und es gefiel ihr. In ihren Mund konnte er seinen Schwanz nicht stecken. Noch nicht. Aber er war entschlossen, einen Weg zu finden.

»Ich will, dass du mich schluckst, Babe. Ich will, dass du in meinem Sperma badest. Deinen ganzen Körper mit mir bedeckst. Ich will sehen, wie die langen Fäden an dir herunterrinnen.«

»Wie du meinst«, erwiderte sie belustigt.

Er liebte die Vorstellung von cremig weißen Fäden, die an ihr herabtropften. »Ich werde auf dir kommen, warten, bis es anfängt, von dir herabzutropfen, und ein paar Fotos machen. Das beste werde ich vergrößern, vielleicht auch alle. Sie einrahmen und aufhängen. Und wenn du nicht da bist, kann ich sie anschauen und mir dabei einen runterholen.«

Sie lachte. »Du bist verrückt. Kommst du jetzt gleich?«

Er rieb seinen Schwanz zwischen ihren Pobacken auf und ab, drückte sie fester und fester zusammen. Es erregte ihn, über seine Ideen zu reden. Die Vorstellung, ihren Körper mit seinem Samen zu überziehen, turnte ihn unglaublich an. »Ja, Baby, ich komme gleich. Dreh dich um.« Er zog sich zurück, und sein Herz hämmerte wie wild.

Sie drehte sich um und schaute ihn an. Er verzehrte sich wahnsinnig nach ihrem Mund. »Streck die Hände über dem Kopf aus.« Keiner durfte jetzt einen Fehler machen. Er musste gut aufpassen, doch es erregte ihn auch ungemein, dass er sich nun auf gefährlichem Terrain befand.

Sie fuhr sich mit der Zunge über die Unterlippe. Er stöhnte. Sein Schwanz zuckte heftig, aus seiner Spitze traten weitere Tröpfchen. Er tauchte die Hand in ihre schlüpfrige Spalte und verteilte die Flüssigkeit auf seinem Schaft. Dann setzte er sich rittlings auf ihren Bauch und presste ihre Brüste um seinen Schwanz.

Ihr Brustkorb hob und senkte sich. Ihre Augen blieben auf seinem Gesicht haften, während er anfing, ihre Brüste zu vögeln. Seine Erregung wuchs, während er zuschaute, wie sein Schwanz sich zwischen ihren Hügeln bewegte. Wie die breite Eichel sich zusehends ihrem Mund näherte. Seine Eier zogen sich zusammen. Er stand kurz vor dem Explodieren. »Halt den Kopf still und mach den Mund auf.«

Ihre langen Wimpern flatterten. Ihre Lippen teilten sich langsam. Sie sperrte den Mund weit auf. Dieser Anblick gab ihm den Rest. Feuer raste seine Wirbelsäule entlang, ballte sich in seinem Bauch, strömte durch seine Lenden. Die erste Ladung klatschte auf ihr Kinn, doch dann zog er sich aus ihren Brüsten heraus, pumpte seinen Schwanz weiter und zielte auf ihren Mund. Sein Sperma landete auf ihrer Zunge. Es war ein großer Sieg für ihn: Er war in ihrem Mund. Er hatte nicht versucht, sie zu erwürgen oder ihr die Kehle aufzuschlitzen. Der Anblick seines Samens in ihrer Mundhöhle war so erotisch, dass er gar nicht mehr aufhörte zu kommen. Lange, weiße Fäden entluden sich mehrmals, und er fütterte sie damit.

»Schluck mich.« Er wollte in ihr sein, tief in ihr. An Stellen, von denen sie ihn niemals würde vertreiben können.

Der letzte Ausbruch entlud sich auf ihren Brüsten. Er liebte den Anblick seines Spermas auf ihrem Körper, doch er konnte den Blick nicht von ihrem Mund und ihrer Kehle abwenden. Sie tat wie befohlen und schluckte ihn langsam, wobei ihr Kehlkopf auf und ab hüpfte.

»Mach den Mund auf.« Sein Herz schlug wie verrückt.

Sie tat es. Sehr langsam. Zuerst glitt ihre Zunge über ihre Lippen, als wollte sie jeden Tropfen von ihm aufschlecken, dann öffnete sie den Mund. Sein Sperma war verschwunden. Sie hatte getan, wozu er sie aufgefordert hatte. In dem Moment wurde ihm klar, was Liebe bedeutete. Er wusste, dass er sie so sehr liebte, dass es nie mehr eine andere Frau geben würde. Entweder Anya oder keine.

»Lass die Arme ausgestreckt liegen, Baby.« Seine Stimme klang belegt. »Du bist wunderschön.«

»Und du bist ein bisschen verrückt, Reaper«, sagte sie lächelnd.

»Ich weiß. Kannst du damit leben?« Er fuhr mit den Fingern über die cremig weißen Fäden auf ihren Brüsten. Verrieb die Flüssigkeit um ihre Nippel. Zwickte sie ein wenig. Schrieb seinen Namen, sammelte ein wenig Sperma mit den Fingern und drückte die Finger an ihre Lippen. Als sie den Mund öffnete, steckte er die Finger in ihre Mundhöhle. Sie saugte daran, schleckte seine Finger sauber.

»Weißt du was, Baby?« Er beugte sich zu ihr herab und küsste sie, und es war ihm egal, dass sie beide klebrig waren und sie nach ihm schmeckte.

»Was denn? Ich kann's kaum erwarten.«

»Ich werde dich auf diesem Tresen ficken. Ich habe mir das so oft vorgestellt, und jetzt hast du davon geträumt. Also muss ich es tun.«

Sie lachte und klang glücklich. »Davor sorgst du aber bitte dafür, dass die Gäste weg sind.«

»Mal sehen. Es wird bestimmt nicht so lustig, wenn du

nicht verlegen kreischst. Ich werde dich auch in Inks Studio ficken. Ich werde dich hauen, und dann soll er meinen Handabdruck auf deinen Hintern tätowieren.«

»Da muss ich vielleicht doch eine Grenze ziehen.«

»Nur zu, Baby. Jetzt bin ich erst mal erledigt. Ich muss ein bisschen schlafen.«

»Ich muss duschen.«

»Lass mich heute Nacht auf deiner Haut. Wasch mich erst morgen früh ab.«

Sie musterte ihn, als überlegte sie, ob sie protestieren sollte, doch schließlich nickte sie nur. Er rutschte von ihr herunter, drehte sie so, dass sie ihm den Rücken zukehrte, schmiegte sich an sie, schob den Arm unter ihre Brüste und vergrub das Gesicht in ihren Haaren.

»Habt ihr diese Frau gut nach Hause gebracht?«

»Sie ist zuhause, und sie lebt. Mehr will ich jetzt nicht sagen. Ich habe dich gerade gevögelt und fühle mich gut. An diese Schweinerei will ich mich jetzt nicht erinnern.«

»Schon gut, Reaper. Schlaf gut. Ich bin froh, dass du wieder daheim bist. Ich hatte ein bisschen Angst um dich.«

Beim Einschlafen dachte er noch ein wenig darüber nach. Anya hatte Angst um ihn, wenn er in der Arbeit war. Hatte jemals irgendjemand Angst um ihn gehabt? Der Zar vielleicht, doch wenn, dann hatte er es nie erwähnt. Anya gab ihm alles Mögliche, womit er nicht umzugehen wusste, aber es war gut. Alles an Anya war gut.


Reaper war in eine heftige erotische Fantasie verstrickt. Anya kniete vor ihm, ihr Blick war mit dem seinen verschränkt, sein dicker, steinharter Schwanz steckte tief in ihrer Kehle. Das reine Paradies. Er genoss das Gefühl, die Macht, die Unterwerfung in ihrem Blick, während sie ihm alles gab, was er von ihr verlangte. Er tat das nicht für sie. Überhaupt nicht. Er tat es nur für sich selbst. Das wusste sie aber nicht. Nur er wusste es. Sie würde ihm dienen, alles tun, was er wollte. Seinen Schwanz in ihrer Kehle behalten, bis sie nicht mehr atmen konnte, bis ihre Augen vor Angst weit aufgerissen waren und sich mit Tränen füllten. Bis sie die Klinge sah, die sich ihrem Hals näherte, aber nichts dagegen tun konnte.

Fäuste hämmerten auf seine Oberschenkel. Er hörte Geräusche, gedämpfte Schreie. Dieses Gesicht. Die hässliche Fratze, die ihn benutzte. Ihn zwang zu tun, was sie wollte. Ihr Partner peitschte ihn aus, drosch mit den Fäusten auf ihn ein. Ihr hämisches Lachen hallte in seinen Ohren, während ihr Partner in ihn eindrang und der Schmerz seinen Unterleib explodieren ließ. Er schlug unablässig auf dieses Gesicht ein. Wollte das Weib töten. Musste sie töten. Er würde beide töten.

Seine Augen gingen auf, und er griff unwillkürlich nach dem Messer, das er immer bei sich hatte. Erst jetzt merkte er, dass er seine Faust in dicken Haaren vergraben hatte und Anyas Kopf nach hinten zerrte. Sein Schwanz steckte in ihrer Kehle, und er drosch auf ihre Wange ein, stieß ihren Kopf weg, weg von ihm. Sie kroch wie ein verwundetes Tier davon und rang um Atem.

Er starrte ihr entsetzt nach, bemerkte das Blut auf dem Teppich, sah sich hektisch um. Zum ersten Mal in seinem Leben schickte er ein Stoßgebet an welche Mächte auch immer, und dankte dafür, dass er kein Messer in Reichweite gehabt hatte. Er konnte sich nicht rühren, stand da wie angewurzelt, hilflos. Stumme Schreie rissen seine Kehle entzwei.

Anya schaffte es zur Wand und richtete sich mühsam auf. Ihre Lunge brannte, ihr Hals war wund und schmerzte. Die linke Seite ihres Gesichts fühlte sich geschwollen an, brannte ebenso höllisch wie ihre Lunge. Sie starrte Reaper entsetzt an. Er heulte auf wie ein angeschossener Wolf. Dann fing er an, brüllend auf die Wand einzuschlagen, wieder und immer wieder.

Ihn so leiden und hilflos wüten zu sehen war das Schlimmste, was sie in ihrem Leben je gesehen hatte. Sie dachte kaum noch an sich selbst und hatte schreckliche Angst um ihn, nicht um sich. Sie wusste, dass soeben das passiert war, wovor Reaper die größte Angst gehabt hatte. Er hatte Angst gehabt, sie umzubringen. Sie wusste nicht, was der Auslöser gewesen war, doch ihr war klar, dass es einen gegeben hatte. Er hatte bisher alles getan, um dies zu vermeiden. Jetzt wusste er, dass er ihr wehgetan, sie beinahe getötet hatte. Und sie hatte Angst vor dem, was er nun sich selbst antun würde.

Seine Stiefel standen in ihrer Nähe, und daneben lagen seine ordentlich gefaltete Jacke und sein Handy. Sie konnte Reaper nicht daran hindern, sich etwas anzutun, denn seine Probleme lagen weit außerhalb ihres Einflussbereichs. Aber sie wusste, dass es jemanden gab, der das tun konnte. Ohne den Blick von ihm abzuwenden, streckte sie den Arm aus. Blut rann über ihre Wange. Ihr linkes Auge war fast zugeschwollen. Alles Mögliche tat ihr weh, vor allem ihr Hals. Aber die körperlichen Schmerzen waren nicht so schlimm. Weit schlimmer war ihre Angst. Wie konnte sie ihn aus diesem Zustand herausholen? Und wie sollte sie es schaffen, selbst wieder ruhiger zu werden?

Sie tastete nach dem Handy und zog es zu sich. Ihre Kehle war so geschwollen, dass sie vermutlich kaum reden konnte. Sie wusste ohnehin nicht, was sie hätte sagen sollen. Sein Handy war durch einen Zugangscode gesichert, doch sie hatte mehrmals gesehen, wie er die Zahlen eingegeben hatte. Nun gab sie die entsprechenden Zahlen ein, suchte in seinem Adressbuch nach der Nummer des Zaren und schrieb hastig eine Nachricht: »Dringend! Reaper braucht Hilfe. Es ist schlimm.« Der Zar würde bestimmt wissen, was zu tun war.

Sie zog die Knie an die Brust. Tränen strömten über ihr Gesicht. Er musste damit aufhören. Bei seinem Versuch, sich zu bestrafen, zerstörte er seine Hände. Sie wollte, dass er damit aufhörte, wusste jedoch, dass er dann gehen würde. Plötzlich ließ er die Hände sinken und drehte sich zu ihr um. Sie hatte noch nie ein so verstörtes Gesicht gesehen.

»Anya ...« Er hielt inne und schüttelte den Kopf. »Baby, ich würde dir nie wehtun. Du musst wissen, dass ich nie etwas tun würde ...« Er konnte nicht mehr weiterreden.

Ihr Herz zerbrach in eine Million Scherben. Reaper. Ihr Reaper. Stark. Unbezwingbar. Er war am Boden zerstört. Sogar Tränen rannen über sein Gesicht, doch er kam nicht zu ihr. Er blieb einfach stehen, wo er war. Blut tropfte von seinen Knöcheln auf den Boden.

»Ich gehe weg, Anya. Ich will dir nur noch sagen, dass ich dich auf meine kaputte Art liebe. Das habe ich noch keinem anderen Menschen gesagt. Ich liebe dich. Es tut mir wahnsinnig leid.« Er deutete auf ihr Lager, fuhr sich über den Körper. »Ich wusste, dass ich gestört bin. Ich hätte nie dein Leben aufs Spiel setzen dürfen.« Er sah sich um, merkte, dass er nackt war, und wandte sich von ihr ab.

Sie musste ihn unbedingt aufhalten. »Reaper.«

Er blieb stehen, drehte sich jedoch nicht zu ihr um, sondern schüttelte nur den Kopf. »Nein, Baby. Darüber kommen wir nicht hinweg. Ich werde dein Leben nicht noch einmal aufs Spiel setzen, und ich glaube nicht, dass ich ohne dich leben kann.« Er ging nach oben.

Sie wusste, was er vorhatte. Er würde sein Bike über die Klippen lenken. In dem Moment, als sie aufgewacht war, weil er sie an den Haaren hochzerrte, sie zwang, sich hinzuknien, und seinen Schwanz in ihren Mund stieß, war ihr klar gewesen, dass das passieren würde. Reaper war zwar grob, aber bisher hatte er ihr nie wehgetan. Niemals. Seine Berührung vorhin war anders gewesen. Er war nicht der Mann gewesen, den sie kannte. Sie hatte gewusst, dass sie in Gefahr schwebte.

Aber sie hatte auch gewusst, dass sie sich erholen und darüber hinwegkommen würde, er jedoch nicht.

Sie hielt das Handy immer noch umklammert. Hastig schrieb sie eine weitere Nachricht. »Ich kann ihn nicht aufhalten. Wenn du nicht herkommst, wird er es nicht überleben.« Sie wollte nicht den Eindruck erwecken, dass sie Angst hatte, dass Reaper sie verlassen wollte. Der Zar musste wissen, dass Reaper sich umbringen wollte.

In dem Moment, als sie das letzte Wort geschrieben und auf ›senden‹ gedrückt hatte, hörte sie Motorräder heranfahren. Nicht eines, mehrere. Sie holte tief Luft und betete, dass Reapers Familie es schaffte, trotz versperrter Türen hereinzukommen.

Reaper war schon fast wieder unten, als Savage, Ice und Storm durch die Haustür hereinmarschierten. Absinth, Steele und Preacher kamen durch die Küchentür in den Wohnbereich. Alle überflogen den Raum, bemerkten Anyas zusammengekrümmte Gestalt und ihr geschundenes Gesicht, Reapers verwüstete Züge und seine zerschmetterten Hände. Savage war der Erste, der sich bewegte. Er holte eine Decke von ihrem Lager, ging damit zu Anya, kniete sich neben sie und umhüllte sie behutsam.

»Brauchst du einen Arzt?«

Seine Stimme klang so sanft, dass ihr erneut Tränen die Sicht raubten. Sie schüttelte den Kopf. »Lasst ihn nicht weg. Er wird etwas Verrücktes anstellen. Bitte lasst ihn nicht weg.« Ihre Stimme war kaum hörbar, und jedes Wort schmerzte fürchterlich.

»Kümmert euch um sie«, sagte Reaper und nahm die restlichen Stufen.

Savage musterte seinen Bruder, der sich hinkauerte, um sich die Stiefel anzuziehen. »Der Zar ist unterwegs. Warte auf ihn.«

Reaper deutete auf Anya. »Das habe ich getan. Wusste nicht, was zum Teufel ich da tat, und hab sie fast umgebracht. Glaubst du wirklich, dass irgendetwas, was der Zar, du oder irgendein anderer von euch oder auch sie mir sagt, mich dazu bewegen kann, dieses Risiko noch einmal einzugehen? Vergiss es.«

»Reaper, bitte!«, sagte Anya. Sie wusste sofort, dass das ein Fehler gewesen war. Ihre Stimme war ein leises, heiseres Krächzen. Mehr brachte sie nicht heraus, selbst wenn sie sich bemühte.

»Baby, ich setze dein Leben nicht mehr aufs Spiel, und ohne dich kann ich nicht leben.«

Der Zar kam herein. Mit seiner Präsenz dominierte er sofort den ganzen Raum. Anya war unglaublich erleichtert. Vielleicht konnte er ja ein Wunder bewirken. Er überflog die Szene und erfasste alles auf den ersten Blick. Niemand musste ihm erklären, was passiert war und was Reaper vorhatte.

»Jetzt atmen alle erst mal tief durch. Reaper, hör auf, ihr Angst zu machen. Du hast sie nicht verloren. Sie droht dir nicht zu gehen. Du tust das. Es gibt immer eine Lösung. Was du vorhast, ist absolute Scheiße, und das wirst du nicht tun. Einer von uns kann dich vielleicht nicht aufhalten, aber wir sind hier zu siebt, und ich kann Verstärkung anfordern. Setz dich irgendwo hin und lass mich nachdenken.«

Anya zog die Decke fester um sich. Sie schlotterte am ganzen Leib. Nachdem nun Hilfe da war, machte sich der Schock bemerkbar. Sie konnte die brennenden Tränen nicht mehr zurückhalten, egal, wie sehr sie es versuchte. Ebenso wenig schaffte sie es, den Blick von Reaper abzuwenden und ihn stumm anzuflehen, auf den Zar zu hören. Sie hoffte, dass sein aus ihrer Kindheit stammendes Grundvertrauen zu ihm sich jetzt bewähren würde.

Reaper zögerte, sah seine Brüder an und trat dann zu Anya. Sie musterte ihn und war entsetzt über die tiefen Furchen in seinem Gesicht und die Tränen, die ungehindert über seine Wangen strömten. Er machte keinen Versuch, sie wegzuwischen. Er hockte sich neben sie, lehnte sich an die Wand, gab sich geschlagen. Seine Schulter berührte die ihre, sein Oberschenkel den ihren. Sie fror erbärmlich und freute sich über die Wärme, die sein Körper ausstrahlte.

Erst saß er stocksteif da, dann legte er den Arm um ihre Schulter und zog sie näher zu sich. »Baby, hör auf zu zittern. Wenn du so weitermachst, brichst du dir noch was.« Seine geschundenen Knöchel fuhren sachte über ihr Gesicht und die riesige Beule.

»Ice, schau mal, ob du im Kühlschrank Wasser für Anya findest. Und Steele schaut sich mal Anyas Auge und ihre Wange an«, befahl der Zar.

Sie schüttelte den Kopf. Sie wollte nicht, dass irgendwer zu genau hinschaute, weil sie befürchtete, dass sie Reaper dann verurteilen würden.

»Doch«, sagte der Zar. »Und Reaper, versuch mal, deiner Frau zu sagen, was Sache ist.«

Sie wollte den Mund aufmachen und protestieren, doch dann wurde ihr klar, dass der Zar Reaper eine Verantwortung übertragen wollte, damit er auf andere Gedanken kam.

»Er hat recht, Baby. Steele muss dich mal anschauen und feststellen, ob du einen bleibenden Schaden davongetragen hast. Ich erinnere mich nicht mehr daran, dich geschlagen zu haben, aber ich erinnere mich an meinen Traum und daran, dass ich um mein Leben gekämpft habe.« Wieder fuhren seine Knöchel über ihre Wange.

Anya schnürte es das Herz zusammen. Sie lehnte den Kopf an Reapers Schulter. »Verlass mich nicht«, flüsterte sie. »Wir stehen das gemeinsam durch. Ich weiß, dass wir das können.«

Steele kniete sich vor sie und untersuchte behutsam ihr Gesicht. Sie wandte den Blick nicht von Reaper ab, und er sah nicht weg. Kein einziges Mal. Bald setzte sich Steele in die Hocke. »Nichts gebrochen. Du hattest Glück. Packen wir mal ein bisschen Eis darauf.«

Storm ging in die Küche, als Ice heraustrat und Anya und Reaper eine Flasche Wasser reichte. Reaper stellte seine Flasche ab, nahm Anyas Flasche, schraubte sie auf und reichte sie ihr. Sie hatte Angst, etwas zu trinken. Ihre Kehle fühlte sich völlig zugeschwollen an. Sie hatte das Gefühl, dass sie nur mit knapper Not ein bisschen Luft schnappen konnte. Trotzdem nahm sie einen winzigen Schluck. Das eiskalte Wasser tat ihrer brennenden Kehle tatsächlich gut.

»Danke, dass ihr vorbeigekommen seid«, sagte Reaper. »Ich bin jetzt wieder normal.« Er wollte Steele seine Hände entziehen, doch als der Zar missbilligend mit der Zunge schnalzte, gab er nach und ließ sich von ihrem Vize die Knöchel untersuchen.

»Schickst du uns nach Hause?«, fragte Absinth.

»Könnte sein. Ich muss noch einiges mit meiner Frau besprechen«, sagte Reaper. »Der Zar hat recht. Es gibt für alles eine Lösung. Ich habe darüber nachgedacht, und ich glaube, mir ist da etwas eingefallen.«

»Willst du's uns verraten?«, fragte der Zar.

»Lieber nicht«, erwiderte Reaper.

Anya wusste, dass er seinen Brüdern nicht sagen wollte, dass er ihre Hände oder ihren Mund nicht auf seinem Schwanz ertragen konnte. Jedenfalls war sie sich ziemlich sicher, dass das das Problem war. Er hatte mit ihr nicht ausführlich darüber geredet, sondern ihr nur befohlen, ihn nicht ohne seine Einwilligung zu berühren, und sie hatte sich daran gehalten. Dann aber war er derjenige gewesen, der sie berührt hatte. Sie hoffte, dass er seine Lösung wenigstens ihr verraten würde, denn solange diese Situation nicht geklärt war, würde wohl keiner von ihnen viel Schlaf bekommen.

Sie drückte ein Eispack an ihre Wange, Reaper einen an seine Knöchel. Die Clubmitglieder sprachen noch ein paar Takte, hauptsächlich, um sich zu versichern, dass Reapers geistige Verfassung sich mittlerweile tatsächlich normalisiert hatte. Irgendwann legte Anya den Kopf auf Reapers Schulter und döste ein, umweht von Gesprächsfetzen.

Nachdem die Clubmitglieder gegangen waren, trug Reaper sie nach oben und legte sie in die Wanne, doch er sagte ihr nicht, auf welche Lösung er gekommen war.

# 16. Kapitel

Therapie. Dieser Begriff war aus dem Munde der Biker noch nie zu hören gewesen. Falls einer von ihnen je eine Therapie gemacht hatte, dann sprach man nicht darüber. Reaper hatte mehrere Wochen gebraucht, bis er mit Ice und Storm darüber reden konnte. Savage wollte er nicht in seinen Plan einweihen, weil ein jüngerer Bruder zu dem Älteren aufblicken musste. Er war der verdammte Vollstrecker des Clubs. Es war viel zu riskant, mit irgendwelchen Mitgliedern über eine Therapie zu reden. Damit hätten sie den Rest seines Lebens etwas gegen ihn in der Hand gehabt.

Doch er musste etwas tun. Zwei Wochen, in denen er mit seiner Frau nicht in einem Raum geschlafen hatte, reichten, um jeden Mann in den Wahnsinn zu treiben. Außerdem wurde auch sie zunehmend gereizter. Sie bemühte sich zwar nach Kräften, sich in die beste vorstellbare Bikerbraut zu verwandeln, doch die Ränder ihres süßen Wesens wurden rissig.

Er kaufte Möbel mit ihr, besorgte eine Waschmaschine und einen Trockner. Er ging mit ihr in den Supermarkt. Er bestand darauf, dass sie sich ein neues Auto kaufte. Er begleitete sie zum Autohändler, und schließlich kaufte er eines, das ihre finanziellen Möglichkeiten weit überschritt, und bezahlte es auf der Stelle. Sie protestierte zwar, doch irgendwann gab sie nach, weil sie wusste, dass es ihn immer noch plagte, was geschehen war. Jawohl, er hatte diese idiotische Weichei-Karte ausgespielt, weil er unbedingt wollte, dass sie ein sicheres Auto hatte.

Preacher wollte Anya erst wieder arbeiten lassen, wenn ihre Verletzungen verschwunden waren. Er meinte, es sei nicht gut, wenn Gäste ihr Gesicht in diesem Zustand zu sehen bekämen; denn sie würden bestimmt die falschen Schlüsse ziehen. Reaper war froh darüber. Er wollte nicht, dass Leute erfuhren, dass er die Frau, die ihm alles bedeutete, geschlagen hatte. Preachers Arbeitsverbot führte dazu, dass Anya anfing, Blumen im Garten zu pflanzen, was Reaper sofort auffiel, als er nach Hause kam. Er starrte ziemlich lange auf die Blumen, dann lächelte er Anya an. Ein richtiges Lächeln. Die Blumen bedeuteten, dass sie vorhatte zu bleiben, komme, was wolle. Sie schuf ein Zuhause für sie beide.

Sie buk Brot und Zimtschnecken. Sie probierte alle möglichen Rezepte aus, die sie für interessant hielt. Reaper aß, was sie ihm vorsetzte, egal, ob es ihm schmeckte oder nicht. Er half ihr beim Abwasch. Es fiel ihm auf, wenn sie die Wäsche wusch. Manchmal war er stundenlang unterwegs, doch er sagte ihr nie, was er tat, und sie stellte keine Fragen, vor allem, wenn er angespannt und grimmig wirkte.

Sie schliefen natürlich auch miteinander, hatten wilden Sex, doch sie stützte sich immer mit Händen und Knien auf dem Boden ab und war von ihm abgewandt. Er ließ sich in dieser Stellung einiges einfallen, doch nach einer Weile befriedigte ihn das nicht mehr, und er wusste, dass es ihr genauso ging. Er wollte ihr in die Augen schauen. Er wollte sie umarmen, sich beim Einschlafen an sie schmiegen.

Sie sagte nichts zu diesen Begegnungen, doch es gefiel ihr nicht, dass sie im Obergeschoss schlief und er unten. Es schmeckte ihm gar nicht, dass seine Frau nicht hundert Prozent zufrieden war. Also blieb ihm nichts anderes übrig, als das Problem anzugehen, so wenig ihm diese Vorstellung behagte.

Es musste etwas geschehen, ihr zuliebe. Ice und Storm pflichteten ihm bei. Ice las alle möglichen Artikel und Bücher zu diversen Therapien, und sie erörterten immer wieder, was er tun könnte. Die Zwillinge drängten ihn, ihren Plan durchzuziehen, aber er schob es immer wieder auf. Schon allein bei der Vorstellung bekam er eine Gänsehaut. Jede Nacht plagten ihn Albträume, und wenn er tagsüber daran dachte, brach er in Schweiß aus.

Nun kippte er seinen dritten Whiskey und hoffte, dass der seine Nervosität etwas lindern würde. Er konnte es nicht länger aufschieben. Jedes Mal, wenn er seine Frau sah, selbst wenn sie sich wie jetzt auf der gegenüberliegenden Seite des Raumes befand, wurde er steinhart. Er musste endlich normal werden, so wie andere Männer, und die Angst loswerden, dass er die Frau, die er liebte, töten könnte, nur weil sie ihn berührte. Preacher hatte ihr erlaubt, wieder zu arbeiten. Reaper war mit Anya nach Santa Rosa gefahren, um ein paar Klamotten für sie einzukaufen, und jetzt trug sie eines dieser scharfen Teile. Die Jeans war schmal geschnitten, damit sie die weichen Lederstiefel, die er ihr gekauft hatte, dazu tragen konnte.

Sie gefiel ihm vor allem in diesen Jeans, die sie gleich, nachdem sie sie gekauft hatten, angezogen hatte. Er hatte sie ihr nur mit Mühe ausziehen können, als sie wieder mal extrem scharf aufeinander gewesen waren. Sie waren auf dem Fußboden gelandet und hatten sich fast tot gelacht. Tatsache: Er, Reaper, hatte gelacht. Diese Frau konnte den Teufel zähmen, wenn sie in der richtigen Stimmung war. Er nippte abermals an seinem Whiskey, ohne Anya aus den Augen zu lassen. Er wusste, dass sie ihn beobachtete. Ice und Storm hatten sich zu ihm gesellt, was äußerst selten vorkam. Er trank Whiskey in der Bar, was Anya noch nie bei ihm erlebt hatte. Sie machte sich Sorgen, und er konnte es ihr nicht verübeln. Er lehnte sich zurück und musterte sie unter halb geschlossenen Lidern. Ihre Schönheit raubte ihm immer wieder den Atem. Ihre Haare, die sie in der Arbeit normalerweise in einem hohen Pferdeschwanz oder einem Zopf trug, hielt heute eine dicke Haarspange an ihrem Nacken zusammen. Die seidige Mähne wellte sich bis zu ihrem Hintern. Jeder Mann im Raum starrte darauf, wann immer sie der Bar den Rücken zukehrte, um eine Flasche zu holen.

»Du musst es hinter dich bringen«, sagte Ice. »Du wirkst wie ein gereizter Stier, Reaper. Was ist denn so schwer daran? Wir werden dabei sein und darauf achten, dass nichts Schlimmes passiert.«

Er wollte mit Ice und Storm nicht über seine Gefühle reden. Die beiden saßen da und kippten fast so viel Whiskey wie er, und dabei mussten sie keine Therapie über sich ergehen lassen. Schon bei dem Wort zuckte er zusammen. Wie gingen normale Bürger mit so etwas um? Jedenfalls wollte er sich nicht bei irgendeinem gelangweilten Idioten ausheulen, der ihm dann herablassend erklären würde, dass er so gestört war, dass er sich von seiner Frau keinen blasen lassen konnte. Denn das wusste er auch ohne Seelenklempner.

Er schloss die Augen, stöhnte und presste sich das Whiskeyglas an die Stirn. Er hätte schwören können, dass Storm kicherte. Sofort riss er die Augen wieder auf und funkelte ihn böse an. Er hatte den Zwillingen mit Tod und Verderben gedroht, doch der Blick, den sie nun tauschten, alarmierte ihn. Sie wussten, dass er fix und fertig war, doch sie wussten nicht, warum, und er sagte es ihnen auch nicht. Das sagte er keinem und schon gar nicht einem Therapeuten. Trotzdem musste er etwas tun, bevor seine Frau die Geduld mit ihm verlor.

»Was bist du bloß für ein Weichei«, sagte Storm. »Was könnte den schlimmstenfalls passieren?«

»Dass ich jemanden töte?«, knurrte er. Aber das war nicht das Schlimmste. Nicht für ihn. Das Schlimmste war der Gedanke, dass eine andere Person sich ihm näherte. Eine andere

Frau als Anya. Er rieb das Glas wieder an seiner Stirn. Nein, es blieb ihm nichts anderes übrig, er musste es tun. Für Anya würde er alles tun, selbst das.

»Das werden wir nicht zulassen«, sagte Ice.

Reaper musterte sein Gesicht. Auf seinen harten Zügen lag nicht die geringste Spur von Belustigung, ja, nicht einmal in seinen Augen. Er meinte es ernst, und er wollte, dass Reaper das wusste. Die Zwillinge zogen ihn zwar manchmal auf, aber bei dieser Sache standen sie fest zu ihm.

»Die Idee gefällt mir nicht, aber ich weiß, dass ich es tun muss«, sagte er und kippte den Rest seines Whiskeys hinunter.

»Du solltest dich darauf freuen«, sagte Storm. »Einen geblasen zu kriegen ist doch himmlisch.«

Ice runzelte die Stirn. »Bist du verrückt? Du hast wohl in letzter Zeit zu viele Pornos geschaut.«

»Vielleicht sollten wir Reaper dabei filmen«, plapperte Storm ungerührt weiter. »Sozusagen als heilsame Erinnerung.«

Wut durchfuhr Reaper, und ihm brach der kalte Schweiß aus. »Halt endlich das Maul, Storm«, fauchte er. »Sonst ramme ich dich ungespitzt in den Boden.«

»Und ich helfe dir dabei«, bot Ice an.

Es war schlimmer, als Reaper gedacht hatte. Als er den Blick hob, bemerkte er, dass Anya ihn fragend musterte. Ja, jetzt hatte er ein echtes Problem, denn seine Frau war schlau. Sie durchschaute rasch alles Mögliche. Sie mussten losziehen und es hinter sich bringen. Er stand abrupt auf. Jetzt oder nie.

Ohne auf Ice und Storm zu warten, marschierte er zur Bar und winkte Anya herbei. Sie ließ alles stehen und liegen und eilte zu ihm. Er packte sie an den Achseln und zog sie auf den Tresen. Sie schwang die Beine darüber, und er packte sie um die Taille, setzte sie auf der anderen Seite der Bar ab und begann, sie zu küssen.

Sobald ihre Lippen sich für ihn teilten, durchfuhr ihn das

vertraute Feuer. Sie verstand sich wahrhaftig darauf, diese Stange Dynamit zu entzünden. Sein Herz schnürte sich zusammen, als sie sich ihm so hingab. An Ort und Stelle, vor allen Anwesenden. Sie scherte sich nicht darum, dass alle Welt sie beobachtete. Nein, sie ließ jeden wissen, dass sie ihm gehörte.

»Honey, willst du mich hier vor allen anderen schlecken?«, flüsterte sie. »Mich auf den Tresen setzen und loslegen?«

»Würdest du mich das tun lassen, Baby?«

Sie lächelte. »Ich würde dich mehr oder weniger alles tun lassen.«

Seine Brust explodierte. Für sie würde er das Bevorstehende tun können. Er musste es tun, ihr zuliebe. Er umarmte sie, drückte sie an sich, vergrub das Gesicht an ihrem Hals und atmete tief ihren Duft ein. Diesen Trost brauchte er. Er musste wissen, warum er so eine blödsinnige, höchst riskante Sache machte. Er tat es für sie, für seine Frau. Für sie konnte er alles tun.

»Honey.«

Anyas Hand fuhr über seinen Rücken, massierte ihn sanft, fuhr weiter zu seinem Nacken, massierte ihn auch dort. Sie wusste, was sie tun musste, damit er sich gut fühlte. Sich als etwas ganz Besonderes fühlte. Sie war eine fantastische Bikerbraut. Die beste, die ein Mann haben konnte. Er war wild entschlossen, sein Problem zu bewältigen, egal, was er dafür tun musste und wie lange es dauerte.

Er erschauderte bei dem Gedanken. Das hatte sie wohl gefühlt, denn sie versuchte, sich ihm zu entziehen, um ihn anzuschauen. Doch er ließ sie nicht los. Sie sah zu viel. Das tat sie immer. Er wollte ihr sagen, dass er sie liebte, doch das Gefühl war zu überwältigend. Es blieb ihm im Hals stecken.

»Ich fahre zum Clubhaus. Wenn ich nicht rechtzeitig da bin, um dich zu deinem Wagen zu begleiten oder dich auf dem Bike heimzufahren, lass dich von Fatei oder Preacher heimbringen.« Seine Stimme klang fremd. Schroff. Unpersönlich. Er hatte diese Anweisung mit gesenktem Kopf gemurmelt, weil er ihr immer noch nicht in die Augen schauen konnte.

Abrupt schob er sie weg, drehte sich um und ging. Ice und Storm hätten beinahe ihre Stühle umgeworfen, weil sie es so eilig hatten, ihm zu folgen. Er marschierte zu seiner Harley und zwang sich, den Weg zum Clubhaus einzuschlagen; denn am liebsten wäre er heimgefahren, hätte Anya gerochen, ihren Duft tief eingeatmet. Oder mit ihr einen langen Ausritt unternommen. Irgendwohin, wo es sicher für sie beide war. Aber solange er sein Trauma nicht bewältigt hatte, war sie nirgends sicher.

Er hasste dieses Wort. Blythe beschrieb damit gern das, was ihre Kinder durchlitten hatten. *Trauma.* Was zum Teufel bedeutete das überhaupt? Dass er nicht schlafen konnte? Wie sollte dieses Wort beschreiben, was ihm passiert war? Ihnen allen? Oder was in der Folge aus ihnen geworden war? Sie waren alle gestört. Trauma war nur ein Wort, das die Leute verwendeten, um das Entsetzliche, was geschehen war, etwas zu mildern. Er war beschädigt. Kaputt. Das konnte keiner heilen. Wie sollte eine Therapie ihn heilen? Nichts konnte ihn heilen. Er war völlig im Arsch.

Am Clubhaus angekommen parkte er sein Bike und starrte auf das Gebäude. Ice parkte neben ihm. Er atmete tief durch und schüttelte den Kopf.

»Es fühlt sich falsch an, Ice. Es wird nicht funktionieren. Es könnte vollkommen in die Hose gehen. Was ist der Unterschied zwischen einer sogenannten Stellvertreterin und dem abgefuckten Miststück, das sich daran aufgeilte, Kinder zu foltern?«

»Die Stellvertreterin versucht, dir zu helfen, über dieses abgefuckte Miststück wegzukommen. Du hast den Artikel doch gelesen. Sie springt für Anya ein und bringt dir bei, Trigger zu vermeiden, die traumatische Ereignisse wachrufen.« Ice hatte den Artikel offenbar auswendig gelernt. »Außerdem riskierst du nicht noch einmal, Anya zu schaden. Es kann funktionieren, wenn du es zulässt.«

Reaper drehte sich der Magen um. In dem Moment, als er richtig wach gewesen war und gemerkt hatte, dass er Anya geschlagen, schlimmer noch, geschändet hatte, war ihm speiübel geworden, und dieses Gefühl hatte ihn die vergangenen zwei Wochen begleitet. In seinem Wortschatz gab es kein anderes Wort für das, was er getan hatte. Er wusste, dass sie nicht eingewilligt hatte, seinen Schwanz in den Mund zu nehmen. Er hatte sich genau so verhalten, wie es ihm beigebracht worden war. Wie oft war er gezwungen worden, die Worte der Perverslinge zu wiederholen, diese Lügen, dass es sein Recht war, sich gewaltsam alles zu nehmen, was er wollte, sei es von einer Frau, einem Mann oder einem Kind. Sie hatten ihn unbedingt zu einem der ihren machen wollen. Er war dazu geworden, so sehr er es verachtete, und noch dazu bei der Frau, die er liebte.

Es durfte nicht noch einmal geschehen. Nie mehr. Er würde alles über sich ergehen lassen, solange er wusste, dass Anya vor ihm sicher war. Er würde barfuß und nackt durch die Hölle laufen. Aber würde er es auch zulassen können, dass eine andere Frau ihn berührte? Wieder erbebte er vor Ekel, wieder drehte sich ihm der Magen um.

»Vielleicht sollte ich mit Anya darüber reden und mich vergewissern, dass sie nichts dagegen hat.« Aber er wusste, was sie sagen würde. Was sie bereits gesagt hatte, und zwar mehrmals. Dass es egal sei, dass sie damit leben könne, wenn sie ihn nie in den Mund nehmen konnte. Dass sie aufpassen und ganz genau seinen Anweisungen folgen würde. Dass sie ihn nie berühren würde, wenn er das nicht wollte.

Er war sich nicht sicher, ob sie ihn in jener fatalen Nacht nicht doch als Erste berührt hatte. Warum war er nur so verkorkst? Warum konnte seine Frau mit ihm nicht tun und lassen, was immer sie wollte? Warum schaffte er es nicht, diese verdammten Stimmen auszublenden? Warum konnte er die Dinge, die sie ihm angetan hatten, nicht vergessen? Die Dinge, die er anderen angetan hatte, weil sie ihn dazu gezwungen hatten?

Anya. Ihr Lachen machte ihn zu einem besseren Menschen. Er hatte keine Ahnung, warum das so war. Er wusste nur, dass die Dämonen wichen, wenn er mit ihr zusammen war. Sie wurden so weit zurückgedrängt, dass er beinahe die Tür in seinem Kopf schließen konnte, um sie wegzusperren. Er hatte Angst, Anya zu verlieren, wenn er es nicht schaffte, diese Tür für immer zu verriegeln. Angst, sie wieder zu verletzen. Das würde er sich nie verzeihen. Niemals. Und dabei war das ja noch nicht mal das Schlimmste, was passieren konnte. Er konnte sie töten.

Er berührte mit zitternden Fingern seine Brust. Er hatte genau das getan, was er ihr gesagt hatte. Ink hatte Anyas Fingerabdrücke genommen und sie ihm auf die Haut über dem Herzen tätowiert. Darüber hatte er die unzerreißbare Kette, in deren Glieder ihr Name einfloss, tätowieren lassen. Auch auf seinem linken Handgelenk formte die Kette nun ein Armband wie bei ihr, und ihre Fingerabdrücke befanden sich auf der Unterseite. Er betrachtete das Tattoo, um Mut zu fassen. Sich daran zu erinnern, warum er sich in diese Lage brachte.

»Steh deinen Mann, Reaper«, ermunterte Storm ihn. »Du tust es für deine Frau.«

Reaper fluchte und wischte sich den Schweiß von der Stirn. Mit zusammengebissenen Zähnen betrat er das Clubhaus. Er wusste, dass es keine gute Idee war, aber er wusste nicht, was er sonst tun sollte. Sein Kopf schmerzte so stark, dass jeder Schritt wie ein Pressluftbohrer wirkte, der sich gnadenlos durch sein Gehirn bohrte.

»Seid ihr euch sicher, dass ihr mich aufhalten könnt, falls ich versuchen sollte, sie zu töten?«, fragte er. »Das kann sehr wohl passieren.« Schon jetzt stiegen Mordgelüste in ihm auf. Sein Mund war so trocken, dass er kaum ein Wort herausbrachte.

»Wir sind zu zweit, und du trägst keine Waffen bei dir, oder? Auch kein Messer?«, fragte Storm, der plötzlich ein wenig besorgt wirkte.

Reaper blieb mitten im Gemeinschaftsraum stehen. »Verflucht noch mal, Storm, tu nicht so, als hätten wir die Sache nicht tausendmal durchgesprochen. Könnt ihr mich aufhalten?« Sein Herz raste so heftig, dass er sich einem Herzinfarkt nahe fühlte.

»Wir können dich aufhalten«, versicherte Ice ihm. »Wir müssen dich ja nur von ihr wegzerren. Sobald Storm oder ich dich berühren, wirst du dich auf uns stürzen. Ein paar Schläge, und dann weißt du wieder, wer du bist und wer wir sind.«

Ice klang so zuversichtlich, dass Reaper ruhiger wurde. Er atmete noch einmal tief durch. »Was habt ihr ihr eigentlich gesagt?« Oh mein Gott. Er konnte es einfach nicht tun. Er konnte es nicht zulassen, dass eine andere Frau ihn berührte. Niemand berührte ihn. Niemand außer Anya.

»Dass ich einen Bruder vorbeibringe, dem ich ein Geburtstagsgeschenk machen will. Ich habe ihr gesagt, dass sie deinen Schwanz kräftig rubbeln und dir den besten Blow Job deines Lebens machen soll. Sie hat den besten Mund von all den Clubweibern.«

Reaper wollte das gar nicht wissen. Er wollte auch nicht, dass sie ihn mit den Händen berührte geschweige denn mit dem Mund. Er fluchte, und sein Magen war so verkrampft, dass er befürchtete, sich auf dieser Frau zu übergeben.

»Stell dir doch einfach vor, dass sie dir hilft, deine Probleme zu überwinden«, ermunterte ihn Ice und schob ihn in den Flur, der zu den Zimmern führte.

Allein schon bei dem Gedanken daran, dass diese Frau in seinem Zimmer war, verspannte sich Reaper von oben bis unten und wurde wütend. Nein, das war der falsche Weg. Vor seinem Zimmer blieb er stehen. Er würde diesen Raum nie mehr betreten, nachdem diese Frau in seinen Bereich eingedrungen war. Er würde den Zar bitten, ihm ein anderes Zimmer zu geben.

»Moment mal. Ich denke, ich sollte mit Anya darüber reden.«

»Sie wird Nein sagen, und dann stehst du wieder am Anfang«, stellte Storm fest.

»Anya könnte das doch tun. Wenn ihr zwei dabei seid, kann ihr nichts passieren.« Reaper wich ein paar Schritte zurück. »Ich glaube, ich rede erst mal mit ihr darüber.«

Er bekam kaum noch Luft, erbebte immer wieder und stand kurz vor einem Wutanfall. So kurz, dass er die Wut schon schmecken konnte. Sie schmeckte wie Metall, wie Kupfer. Wie Blut. Blut in seinem Mund, weil er sich auf die Zunge gebissen hatte und versuchte, nichts zu spüren. An einen Ort in seinem Kopf zu gelangen, an dem er Schmerz und Erniedrigung aussperren konnte.

Die Tür zu seinem Zimmer ging auf, und eines der Clubgirls stand vor ihm. Er erinnerte sich nicht an ihren Namen, doch er wusste, dass sie auf Gruppensex stand. Er weigerte sich, sie anzuschauen, sah sie also nur ganz verschwommen. So verschwommen wie damals Helena. Es traf ihn wie ein Schlag, als er sich an den Namen des Miststücks erinnerte. Die Frau vor ihm wurde noch verschwommener.

Irgendwo hinter ihm zischte Ice, er solle seine Disziplin einsetzen. Ihm war klar, dass er seinen Körper zwingen sollte zu kooperieren. Doch zum ersten Mal in seinem Leben seit seiner Zeit im Internat klappte das nicht. Sein Schwanz weigerte sich, steif zu werden. Er wollte nicht, dass diese Frau ihn berührte.

Sie war nicht Anya. Sein Körper wollte nur eine Frau. Er konnte nicht tun, was ihm beigebracht worden war. Kopfschüttelnd wich er einen Schritt zurück.

»Reaper«, gurrte sie und kniete sich vor ihn. »Ich habe nicht gedacht, dass ich bei dir je eine Chance hätte. Ich mach es ganz besonders toll für dich, Schätzchen. Du wirst begeistert sein.«

Je weiter er zurückwich, desto hartnäckiger wurde sie. Sie rutschte ihm auf Knien nach und fing an, an seinem Gürtel zu nesteln. Er spürte ihre Finger, doch sie kamen ihm nicht real vor. Er trat noch einen Schritt zurück, stieß gegen die Wand, drehte sich halb um, um sich dem Angriff zu stellen, den er von hinten zu kommen wähnte.

Die Frau rutschte ihm auf den Knien nach, öffnete seinen Reißverschluss. Er konnte ihn nicht mehr ausweichen. Hilflos schüttelte er den Kopf. »Nein!«, sagte er mit fester Stimme. In seinem Kopf hatte er dieses Wort wieder und immer wieder geschrien. Nein! Er wollte nicht, dass ihn jemand berührte. Damals nicht. Jetzt nicht. Es war sein Körper. Sein Recht, Nein zu sagen. Er sagte es, und er meinte es auch so.

Die Hände glitten gierig über seinen Unterleib. Er konnte die Gier spüren. Wieder erbebte er, und sein Ekel war so stark, dass er wusste, dass diese Frau sterben musste. Er wusste, dass ihn von hinten jemand angreifen würde, dass die Schläge ihn in die Knie zwingen würden, dass ihn jemand schubsen und ihn mit Gewalt in ihren hässlichen Mund stopfen würde. Die Peitsche, die erbarmungslos auf seinen Rücken knallte. Schmerz, der durch seinen ganzen Körper fuhr, die Drohungen, das Brennen. Das Schlimmste.

Wie aus weiter Ferne hörte er Ice etwas sagen. »Tawny, hör auf. Er hat Nein gesagt. Etwas stimmt nicht.«

»Sieh zu, dass du von ihm wegkommst.« Das war Storm.

»Ich mach es ganz besonders schön für ihn«, beharrte das Weib.

Er musste sie aufhalten. Sie durfte ihn nicht berühren. Er tastete nach seinem Messer. Es war nicht da. Das Brüllen in seinem Kopf wurde immer lauter. Finger berührten seine Haut, und der Abgrund der Wut tief in ihm tat sich auf und ließ das Monster frei, das Monster, das ihn verteidigen würde. Er würde ihr das Genick brechen. Er packte sie an den Haaren.

»Du verlogener, betrügerischer Mistkerl!«

Die Stimme brach durch den Schleier. Ihre Stimme. Anya. Ihre Worte hatte er nicht verstanden, doch ihre Stimme hatte er vernommen. Sie wirkte wie eine frische Brise, die sich einen Weg durch die Vergangenheit bahnte und sie zurückdrängte, damit er die Tür zuschlagen konnte. Damit er wieder Luft bekam. Er drehte den Kopf um und erblickte sie.

Auf ihrem Gesicht spiegelte sich das blanke Entsetzen. Das Wissen, dass er sie betrogen hatte. Schmerz. Alle konnten es sehen. Er merkte, dass er immer noch den Kopf der Frau umklammerte. Ihre Finger hatten seinen Schwanz gestreift. Sein Magen schnürte sich zusammen, er taumelte zur Seite, weg von der Frau, ließ seine zitternden Hände fallen. Sämtliche Muskeln in seinem Körper schmerzten wie nach einer großen Anstrengung. Sie schmerzten beinahe so schlimm wie der schreckliche Blick auf Anyas Gesicht.

»Es ist nicht das, was du denkst«, sagte Ice.

»Anya, hör mir zu.« Storm streckte flehend die Hand aus und machte einen Schritt auf sie zu.

»Anya …« Reaper schaffte es nicht, die Worte zu formen. Alles an ihm war starr vor Schock. Sein Körper fühlte sich an, als würde er ihm nicht gehören.

»Fick dich, Reaper. Sie kann dich haben. Keine Sorge, ich werde nicht weinen oder herumjammern. Ich bin weg.« Anya wirbelte herum und rannte hinaus.

Ice stieß einen hohen Warnpfiff aus, Storm schrieb auf seinem Handy eine Nachricht an alle. Reaper wollte Anya nacheilen, doch seine Hose hatte sich um seine Knie geballt, er stolperte und fiel hin.

»Haltet sie auf, verdammt noch mal!«, schrie er die Zwillinge an. »Lasst sie nicht gehen!«

Ice rannte los, während Reaper mit seiner Jeans kämpfte. Er war immer noch völlig desorientiert, doch er wusste, dass er soeben den schlimmsten Fehler seines Lebens begangen hatte.

Anya hatte ihre Wagenschlüssel noch in der Hand, was gut war, weil sie vor lauter Tränen, die sie nicht weinen wollte, kaum etwas sah. Der Schmerz brachte sie schier um. Ihr war, als hätte ihr jemand eine Faust in die Magengrube geschlagen.

Tawny. Anya hielt sich nur selten im Clubhaus auf, doch in den Wochen, seit sie da war, war Tawny oft in die Bar gekommen und hatte sich den Männern an den Hals geworfen. Sie wollte alle haben und war sogar dem Zar ein paarmal auf die Pelle gerückt, obwohl der sie eiskalt hatte abblitzen lassen. Es ging das Gerücht, dass sie jedes einzelne Mitglied von Torpedo Ink erobern wollte und dass sie bereit war, es mit mehreren oder auch mit allen gleichzeitig aufzunehmen. Ausgerechnet mit diesem Luder hatte er sie betrogen.

Anya hatte gelogen, als sie Reaper erklärt hatte, dass sie nicht weinen würde. Sie weinte so laut, dass es sie nicht gewundert hätte, wenn sie damit alle Tiere im Umkreis von hundert Meilen aufgeschreckt hätte. Ihr Blick war so verschwommen, dass sie auf dem Weg zu ihrem Wagen stolperte.

Als sie die Wagentür aufriss, nahm ihr jemand die Schlüssel aus der Hand. Kampfbereit wirbelte sie herum. Sie befürchtete, dass es Reaper war, der ihr mit irgendeiner lahmen Entschuldigung kommen wollte, und sie zu schwach wäre, ihn abblitzen zu lassen. Aber es war Lana.

»Honey, egal, was passiert ist, in diesem Zustand kannst du nicht fahren.«

»Ich muss hier weg«, erwiderte Anya schluchzend. Erzürnt wischte sie sich die Tränen aus dem Gesicht. »Auf der Stelle. Ich muss weg.«

»Dann fahren wir zusammen. Setz dich auf den Beifahrersitz. Ich fahre.«

Anya gehorchte, weil sie den Gedanken nicht ertragen konnte, dass sie sich Reaper würde stellen müssen, der vermutlich in jedem Moment auftauchte. Oder vielleicht auch nicht? Was wäre wohl schlimmer? Sie hasste ihn abgrundtief. »Was ist los mit mir, Lana?« Sie legte die Hände vors Gesicht.

Hinter ihnen gingen die Türen auf, und zwei Männer schlüpften auf die Rückbank. Ink und Absinth ignorierten sie, als sie sich umdrehte und sie wütend anstarrte. Es war ziemlich schwer, jemanden böse anzustarren, wenn man nicht aufhören konnte, zu heulen wie ein Kleinkind.

»Verschwindet. Männer sind hier nicht erwünscht.«

»Lana, fahr los«, sagte Ink ungerührt. »Wir sind eine Familie, Anya. Ob du willst oder nicht, du hast dich bereit erklärt, dich uns anzuschließen, und wir haben dich aufgenommen. Das bedeutet, dass wir uns um dich kümmern.«

Lana wartete nicht auf eine weitere Aufforderung. Sie startete den Motor und fuhr los. »Wohin willst du?«

»Zum Haus. Ich muss meine Sachen holen. Mein Geld.«

Lana warf einen Blick in den Rückspiegel. Drei Motoren heulten auf, und Maestro, Keys und Player folgten ihnen.

»Schätzchen«, sagte Ink sanft. »Sag uns, was passiert ist.«

»Hast du das nicht gesehen? Hast du nicht gesehen, dass Reapers Hose heruntergerutscht war und vor ihm diese Clubschlampe kniete, seinen Schwanz befummelte und den Mund weit aufsperrte? Diesen Anblick werde ich nie vergessen.«

Eine Weile war nur Anyas wildes Schluchzen zu hören. Sie versuchte verzweifelt, sich wieder zu fassen. Sie hätte wissen sollen, dass es nur ins Verderben führen konnte, wenn sie sich einbildete, sie hätte ein Heim und eine Familie gefunden. Der Absturz war enorm. Sie hatte ihr Herz auf gemacht, alles eingesetzt, was sie hatte. Sie hatte sich kein Hintertürchen offengelassen. Sie hatte es nicht kommen sehen. Sie war davon ausgegangen, dass es unmöglich war, Reapers Erinnerung an die schrecklichen Dinge, die er erlebt hatte, nicht zu triggern. Darauf hatte sie sich eingestellt. Sie hätte um ihn gekämpft, an seiner Seite gekämpft, alles Nötige getan, um bei ihm zu bleiben und einen Weg zu finden, seine Probleme zu lösen.

Eine andere Frau. Eine Clubfrau. Tawny. Die einen nach dem anderen vögelte. Reaper hatte sie für Gelegenheitssex zur Seite geschoben. Keine Liebschaft, keine Frau, in die er sich verliebt hatte, sondern eine, die ihm einen blasen wollte und vermutlich dasselbe gleich darauf auch mit Ice und Storm vorgehabt hatte. Ihm lag nichts an dieser Frau. Er wollte keine Beziehung.

Ihre wilden Gedanken beruhigten sich allmählich. Er wollte keine Beziehung. Das hatte er ihr die ganze Zeit zu verstehen geben wollen, doch sie hatte die Hinweise überhört. Sie starrte aus dem Fenster und zwang sich, tiefe Atemzüge in ihre brennende Lunge zu pumpen, um sich wieder zu fassen. Eine unerwiderte Liebe – so etwas passierte Frauen ständig auf der ganzen Welt. Die Frauen überlebten es. Sie würde es auch überleben.

Sie presste die Finger an ihre zitternden Lippen. Ihr war klar, dass Lana, Ink und Absinth schockiert waren über das, was sie soeben gesagt hatte. Das Schweigen war bedrückend, doch sie würde es nicht brechen.

»Fahren wir erst mal ein bisschen rum«, schlug Lana vor. »So lange, bis du etwas ruhiger geworden bist. Wir könnten in einen der Parks fahren. Das Meer beruhigt mich immer, wenn ich durcheinander bin.«

Anya versuchte vergeblich, sich ein Lächeln abzuringen. Sie

fühlte sich zerschlagen. Zersplittert. Schrecklich allein. Sie presste die Hände auf den Bauch. Ganz fest. Sie musste sich an etwas klammern.

»Ich will einfach nur zum Haus, Lana. Ich will nicht, dass er aufkreuzt und mir irgendeine lahme Erklärung auftischt. Wenn ich den Mut hätte, würde ich den Schweinehund erschießen.«

Lana warf einen Blick auf Ink im Rückspiegel. Er schüttelte leise den Kopf und formte Blythes Namen mit den Lippen. Dann versuchte er erneut, über sein Handy eine vernünftige Erklärung für Reapers Verhalten zu bekommen. Anya drehte sich zu ihm um.

»Ich will nicht, dass du mit Reaper redest«, herrschte sie ihn an. Ihr Herz begann wieder zu rasen. »Ink, entweder du legst dein Handy weg oder du steigst aus.«

Ink legte sein Handy sofort weg. »Ein Mann wie Reaper lässt sich nicht deinen Namen und deine Fingerabdrücke tätowieren, wenn er dich gleich darauf abservieren will«, erklärte er geduldig. »Ich weiß, was du über das, was du gesehen hast, denkst. Aber es muss eine Erklärung dafür geben.«

»Die will ich gar nicht hören«, sagte Anya. »Ich habe ihm gesagt, dass es zwischen uns aus ist, wenn er mit einer anderen Frau rummacht. Wir haben uns beide darauf geeinigt, und wir wussten beide, was diese Regel bedeutet. Er hat sich für diese Frau entschieden. Er hat entschieden, zu ihr zu gehen, statt zu mir zu kommen.«

Wieder fing sie an, haltlos zu weinen. Wie töricht war sie bloß gewesen, sich einzubilden, dass Reaper sich in sie verlieben würde. Männer wie Reaper verliebten sich nicht. Sie benutzten ihre Frauen, und anschließend warfen sie sie weg. Er hatte sie ja sogar gewarnt. Wenn er beschließen würde, dass sie miteinander fertig wären, dann waren sie miteinander fertig, hatte er gesagt. Kein Jammern, kein Wehklagen. Na ja, das würde er jedenfalls von ihr nicht bekommen. Sie konnte zwar nicht aufhören zu weinen, doch sie würde das nicht vor ihm tun. Niemals.

Jetzt musste sie eben ihre Sachen packen und abhauen. Zum Teufel mit ihm, das Auto würde sie mitnehmen. Er hatte es zwar bezahlt, aber es war auf sie zugelassen. Sie wollte so weit weg fahren, dass sie nie mehr zurückkommen konnte, weil sie gar nicht genug Geld dafür hatte. Alaska war doch nicht schlecht. Ein Kreuzfahrtschiff. Sie konnte auf so einem Schiff arbeiten, dort waren Bartender immer gesucht.

»Jetzt fängst du aber echt an zu spinnen«, sagte Lana. »Ein Kreuzfahrtschiff?«

Offenbar hatte sie das laut gesagt. Was würde sie noch sagen? Anya presste die Hand auf den Mund. Sie musste weg.

»Ich habe Ice getextet, Anya. Er war dabei. Ich habe versucht zu erfahren, was wirklich passiert ist, damit wir darüber reden können. Du kannst jetzt nicht einfach deine Sachen holen und abhauen.«

Die Fahrt dauerte viel zu lange. Sie hätten schon längst da sein müssen. Anya bemerkte durch ihren Tränenschleier, dass sie auf dem Highway waren. Sofort wurde ihr klar, wohin sie unterwegs waren. Zum Zar und zu Blythe. Dem Paar, an das man sich immer wenden konnte, wenn man Probleme hatte.

»Das können sie auch nicht lösen«, murmelte sie.

Lana brauchte keine Erklärung. »Sie müssen nichts lösen, Anya. Du leidest, du bist nicht in der Verfassung zu fahren, und das bedeutet, dass wir uns um dich kümmern. Blythe kann das so gut wie sonst keiner.«

»Ich brauche meine Sachen.«

»Die können wir später holen. Jetzt kümmern wir uns erst mal um dich.« Lana bog vom Highway ab und fuhr durch das Tor zu der Farm, die Blythe mit ihren fünf ›Schwestern‹ gehörte. Frauen, die sie als ihre Familie gewählt hatte.

So war das also, wenn man eine Familie hatte. Dann hatte man Leute, die sich um einen versammelten, wenn es einem schlecht ging. Wie nervig! Sie wollte einfach nur weg. So schnell wie möglich. Sie konnte nicht mehr irgendwo sein, wo sie und Reaper gemeinsam gewesen waren.

»Ihr müsst dem Zar sagen, dass ich kündige. Es tut mir leid, dass ich keine Frist eingehalten habe.« Wieder brach sie in Tränen aus. Der Zar wusste bestimmt schon Bescheid. Alle wussten Bescheid, dass Reaper sie betrogen hatte. Sie schrieben sich ständig irgendwelche Nachrichten. Es fühlte sich grauenhaft an zu wissen, dass Blythe auf ihrer Veranda stand und darauf wartete, sie zu trösten, weil sie bereits alles wusste, bevor Anya die Gelegenheit hatte, ihr zu erzählen, was für ein mieser Schweinehund Reaper war.

Lana parkte vor dem Haus. Anya blieb einfach sitzen, auch als die Harleys hinter ihnen auf die Zufahrt einbogen. Anfangs waren es nur wenige, doch plötzlich schien der ganze Hof sich mit Maschinen zu füllen. Sie vergrub das Gesicht in den Händen. Sie musste jetzt endlich zu heulen aufhören! Hatte sie Reaper nicht gesagt, sie sei ein großes Mädchen? Dass sie, wenn es zwischen ihnen aus war, einfach weggehen und sich nie mehr bei ihm rühren würde? Dass sie nicht herumjammern und ihn anflehen würde, sie wieder aufzunehmen?

Am liebsten hätte sie gebrüllt: »Scheiß auf ihn!« Hätte er nicht wenigstens Manns genug sein und ihr sagen können, dass es vorbei war? Das wäre doch das Mindeste gewesen!

»Anya.« Ink öffnete ihre Tür und streckte die Hand nach ihr aus. Das tat er so behutsam, als wäre sie extrem zerbrechlich.

Sie führte sich genauso auf, wie sie sich selbst – und Reaper – versprochen hatte, es nicht zu tun. »Es geht mir gut, Ink. Es war einfach nur ein ziemlich großer Schock. Ich hatte mir Sorgen um ihn gemacht. Er hat ziemlich viel getrunken, was er normalerweise nicht tut. Ich habe Preacher gebeten, mich früher gehen zu lassen, weil ich dachte, ich sollte ihn heimfahren. Wie blöd ich doch war, mir um ihn Sorgen zu machen!«

Wie oft hatte er sich davongeschlichen, um sich von einer anderen Frau einen blasen zu lassen? Eine abgrundtiefe Wut stieg in ihr auf. Ink zog sanft, aber bestimmt, an ihrem Arm. Sie wollte nicht aussteigen und all diesen Leuten entgegentreten. Deshalb blieb sie stur sitzen und starrte auf die Fingerabdrücke auf ihrem Handgelenk.

Schließlich hob sie den Blick und blinzelte die Tränen weg, bis Ink in ihr Blickfeld geriet. »Kannst du die Leute wegschicken? Ich glaube nicht, dass ich sie jemals wieder sehen will.«

»Na klar, Honey. Steig einfach aus.«

Er war so bereitwillig auf ihre Bitte eingegangen, dass sie ihm kein Wort glaubte, doch sie stieg aus, weil sie wusste, dass sie sich endlich wieder fassen musste und das nie schaffen würde, wenn sie weiterhin im Auto sitzen blieb. Sie straffte die Schultern und sah sich um. Die Clubmitglieder standen still da wie Wachposten. Es war so dunkel, dass sie ihre Gesichter nicht erkennen konnte, doch sie kannte sie alle. Sie stieg die Stufen zur Veranda hoch, und Blythe legte den Arm um ihre Schultern und nahm sie Ink ab.

Ink blieb draußen, worüber Anya froh war. Sie wollte nicht, dass er etwas von dem Gespräch zwischen ihr und Blythe mitbekam. Der Zar war nirgends zu sehen, und auch darüber war Anya froh. Eigentlich wollte sie mit keinem von ihnen reden, nicht einmal mit Blythe.

»Das Wasser kocht schon«, verkündete Blythe. »Ich habe keine Ahnung, warum, aber in einer Krise scheint Tee die Lage immer zu verbessern. Trinkst du gern Tee?«

Anya nickte. »In einem der Heime, in denen ich als Kind war, tauchte manchmal ein älterer Herr auf. Jeder wusste, dass er eigentlich nicht dorthin gehörte. Er war sehr vornehm.«

Blythe führte sie durchs Haus in die Küche. Anya kauerte

sich auf einen kleinen, bequemen Stuhl, während Blythe sich um den Tee kümmerte. Sie war froh, dass Blythe sie noch nicht nach Reaper gefragt hatte; denn sie brauchte noch ein bisschen Zeit, um sich zu fangen. Blythe schien das instinktiv zu verstehen.

»Der Herr hieß Chandler Barret. Er erzählte uns, dass seine Mutter Tee stets so zubereitete, wie es sich gehörte. Mit diesem Ritual beruhigte sie die Leute, wenn es ihnen schlecht ging oder sie wütend waren.« Sie hob den Blick und sah Blythe an. »Ich glaube, das trifft momentan beides auf mich zu.«

»Absolut«, meinte Blythe und wandte sich von dem Tablett ab, das sie gerade herrichtete. »Hier gibt es genügend Papiertaschentücher, und wenn du schreien willst, kannst du das ruhig tun. Ich möchte dich nur bitten, mein Geschirr nicht zu zertrümmern. Das ist nämlich eines, das ich nur benutze, wenn die Kinder nicht da sind.«

Anya stellte fest, dass sie ein kleines Lächeln zustande brachte. Das verblüffte sie sehr. Vielleicht konnte Blythe wirklich Wunder bewirken? »Warum glauben eigentlich alle, dass du alles richten kannst? Selbst bevor ich mit Reaper zusammengekommen bin, habe ich die anderen über dich reden hören wie über eine Heilige.«

Blythe lächelte sanft und überbrühte den Tee mit kochendem Wasser. »Viktor hält mich für eine Heilige und glaubt, dass ich alles richten kann, und davon hat er auch die anderen überzeugt. Er hat mir drei Mädchen gebracht: Darby, Zoe und Emily. Die Clubmitglieder haben mir Kenny gebracht, und ich gehe davon aus, dass noch weitere Kinder kommen werden.«

»Ist dir das recht?«

»Das mit den Kindern? Sehr sogar. Ich liebe sie. Ich habe auch nichts gegen weitere, wenn sie ein Zuhause und eine Familie brauchen. Wir können ihnen beides geben. Ich kann keine eigenen Kinder bekommen, doch mittlerweile bin ich darüber gar nicht mehr so unglücklich. Obwohl ich liebend gern ein kleines Abbild von Viktor gehabt hätte.« Sie lachte ein wenig. »Vielleicht entwickelt sich ja Kenny dazu. Er läuft herum wie er und redet auch wie er. Er ahmt ihn nach Kräften nach. Er betet den Mann an.«

»Das tun sie doch alle.«

»Er hat sie gerettet. Das heißt, er hat ihnen beigebracht, wie sie sich selbst retten können, wenn sie zusammenhalten. Jeder hatte eine bestimmte Rolle und verhielt sich entsprechend. Er hat ihnen das Leben gerettet, und ich soll nun ihre Seelen retten.« Sie hob das Tablett hoch. »Gehen wir ins Wohnzimmer, dort sind die Stühle bequemer.«

Anya folgte Blythe in den geräumigen Wohnbereich und wartete, bis diese das Tablett abgestellt hatte. Sie schienen ganz allein zu sein. »Wo sind denn die anderen?«

»Die Kinder schlafen. Anya, es ist zwei Uhr früh.«

Anya war es gewöhnt, nachts zu arbeiten. Sie spähte aus dem Fenster in die Dunkelheit. Bislang hatte sie noch kein Motorrad wegfahren hören. Im Gegenteil, es schienen weitere gekommen zu sein. »Ja, natürlich. Ich verliere mein Zeitgefühl, weil ich nachts arbeite. Warum fahren die Leute nicht heim?« Sie deutete auf den Hof.

Blythe begriff sofort, was sie meinte. »Du gehörst zu unserer Familie, und dir geht es schlecht. Das bedeutet, dass auch sie leiden, genau wie ich. Keiner von uns steckt das so einfach weg, Anya.«

Anya nahm mit zitternden Händen eine Teetasse entgegen. Sie schlang beide Hände darum, weil ihr kalt war. »Reaper hat mich mit einer Frau, die oft im Club rumhängt, betrogen.« Sie zog den Kopf ein und zwang sich dazu, tief zu atmen. »Ich war bereit, alles für ihn zu tun. Er hat einen Haufen Probleme, und es ist nicht leicht, mit ihm zusammen zu sein. Aber ich habe immer gedacht, er sei es wert.«

Blythe rührte Honig in ihren Tee. »Er hat Probleme«, pflichtete sie Anya bei. »Das haben sie alle. Trotzdem glaube ich genau wie du, dass sie es wert sind. Die Frau, die so mutig ist, dass sie sich mit einem von ihnen zusammentut, wird jemanden haben, der sie bis ans Ende ihrer Tage lieben und sich um sie kümmern wird. Ich glaube, das ist auch bei Reaper so. Ich weiß nicht, wie es zu dieser Situation gekommen ist, aber ich finde, du hast das Recht, es zu wissen. Du hast das Recht, ihm in die Augen zu schauen und eine Erklärung zu fordern.«

»Das dachte ich eigentlich auch«, gab Anya zu und nahm einen kleinen Schluck von dem heißen Tee. Er tat ihr sehr gut. Sie zitterte vor Kälte, oder weil sie immer noch unter Schock stand. Der heiße Tee erwärmte sie langsam, und sie entspannte sich ein wenig. »Aber dann wurde mir klar, dass eine Erklärung keine Rolle spielt. Ich habe es ja mit eigenen Augen gesehen.«

»Was hast du gesehen?«, fragte Blythe. »Erzähl es mir möglichst genau.«

»Ich habe mir Sorgen gemacht. Deshalb bin ich früher aus der Arbeit und ins Clubhaus gegangen«, berichtete Anya hastig, weil sie es möglichst schnell hinter sich bringen wollte. »Er war nicht im Gemeinschaftsraum. Ich bin durch den Gang nach hinten gegangen und habe ihn vor seinem Zimmer stehen sehen. Die Tür war auf, und diese Frau – Tawny – kniete vor ihm und befummelte seinen Schwanz. Sie streckte ihm ihr Gesicht und ihren weit aufgesperrten Mund entgegen.« Ihr Magen schnürte sich zu. »Wenn ich jetzt weiter darüber rede, muss ich kotzen.«

Doch Blythe ließ nicht locker. »Was hat er getan? Wie hat er auf dich gewirkt?«

Anya schüttelte den Kopf und fing wieder an zu weinen. »Ich habe mich nicht auf ihn konzentriert. Ich konnte nur dieses Weib sehen, diese Schlampe mit dem Mann, der doch angeblich zu mir gehört.«

Blythe deutete auf ihren Tee. »Lass ihn nicht kalt werden.« Sie wartete, bis Anya einen weiteren Schluck getrunken hatte, dann fuhr sie fort. »Du kannst von keinem von ihnen erwarten, dass sie in bestimmten Situationen das Richtige tun. Dieses Team ist unschlagbar, wenn es darum geht, einen Auftrag zu erledigen, aber von irgendwelchen alltäglichen Dingen haben sie keine Ahnung. Das gilt auch für tiefsitzende sexuelle Probleme – nada. Ich könnte mir vorstellen, dass jemand so töricht ist, auf seine Brüder zu hören, die einen Artikel in irgendeiner Zeitschrift gelesen haben, wonach man sexuelle Dinge mit einem Stellvertreter üben kann. Vielleicht will dieser Jemand seine Frau ja so verzweifelt behalten, dass er sich von seinen Brüdern überreden lässt, mit einer Stellvertreterin zu versuchen, das jeweilige Problem zu lösen.«

Anya stellte ihre Teetasse ab. »Es ist egal, aus welchem Grund das passiert ist, Blythe. Würdest du mit ihm zusammenleben wollen, nachdem er eine andere Frau das mit ihm hat tun lassen?«

»Sie hat es ja nicht getan«, stellte Blythe klar. »Du weißt nicht, was passiert wäre, wenn du nicht dazugestoßen wärst. Vielleicht hätte er sie aufgehalten. Den zweitausend Nachrichten, die ich erhalten habe, entnehme ich, dass mehr an der Sache ist, als auf den ersten Blick erscheint.«

»Ich weiß nur, dass ich sie vor ihm habe knien sehen. Er hat eine andere Frau tun lassen, was er mich nie hat tun lassen.« Sie stemmte sich aus ihrem Sessel hoch. »Danke für den Tee, Blythe, aber ich kann leider nicht bleiben. Ich weiß, was du zu tun versuchst, und ich bin dir sehr dankbar. Ehrlich. Um mich hat sich noch nie jemand so gekümmert wie du eben. Aber ich bin einfach nicht so stark, dass ich immer wieder einen Tiefschlag einstecken kann. Und so fühlt es sich tatsächlich an. Wie kann man damit umgehen?«

Auch Blythe stand auf. »Ich weiß nicht, Anya. Ich weiß nur,

dass es die Sache wert wäre, wenn du es tun könntest. Hör dir doch wenigstens an, was er zu sagen hat.«

Anya schüttelte den Kopf. Es spielte keine Rolle, was er sagte. Ihr ausgeprägter Selbsterhaltungstrieb machte sich bemerkbar, und der sagte ihr, dass sie wegrennen sollte, und zwar möglichst schnell und möglichst weit weg.

# 17. Kapitel

Blythe erhob sich ebenfalls und umarmte sie. »Ich hoffe, du findest deinen Frieden, Anya.«

Das führte zu einem neuen Strom von Tränen. Blythe schenkte ihr Frieden. Vermutlich schenkte sie den auch ihrem Mann und all den anderen in ihrem Umfeld. »Ich werde dich vermissen«, sagte Anya leise. »Ich wünschte, ich hätte mehr Zeit, dich richtig kennenzulernen.«

»Ich wünschte, ich könnte dich zum Bleiben überreden.«

Das wünschte sich Anya auch. Sie drückte sie noch einmal ganz fest, dann riss sie sich von ihr los. Tief in ihr schrillten die Alarmglocken, die ihr sagten, dass sie sofort aufbrechen musste. Ihre Kleidung und ihr Geld waren in Reapers Haus. Sie musste die Sachen holen und sich auf den Weg machen.

Blythe begleitete sie zur Veranda. Der Hof war vollgestellt mit Motorrädern. Einige standen auch hinter ihrem Auto. »Macht Platz«, bat sie die beiden Männer, die darauf saßen.

»Wo willst du hin?«, fragte Maestro.

»Zu Reapers Haus. Würdet ihr bitte da wegfahren?«

Die beiden nickten. »Wir hatten nicht vor, falsch zu parken. Ich glaube, der Zar wird ein paar Streifen auf seinen Hof pinseln müssen, um Parkplätze auszuweisen.«

»Ja«, pflichtete Player ihm bei. »Das sollten wir ihm wahrscheinlich vorschlagen.« Er beugte sich nach unten und fummelte an seinem Bike herum.

Anya seufzte laut und lief um die Motorräder herum zu ihrem Wagen. Die Männer setzten sich erst in Bewegung, als sie den Motor anließ. Lana war nirgends zu sehen, doch als Anya losfuhr, entdeckte sie sie auf der Veranda, flankiert von Ink und Absinth. Im Rückspiegel sah sie, dass sich Lana hinter Ink auf sein Motorrad schwang. Absinth schlenderte in aller Ruhe zu Maestro und redete kurz mit ihm, dann setzte er sich auf dessen Sozius. Die Motorräder parkten rückwärts aus, dann wendeten sie und fuhren vor Anya los.

Am liebsten hätte sie diese Typen angeschrien, sich vom Acker zu machen. Als sie auf den Highway einbogen und die Richtung einschlugen, in die auch sie fahren musste, seufzte sie und beschloss, ihre Wut zu vergessen und die Fahrt lieber zu nutzen, um ein paar Pläne zu schmieden. Solange sie keinen festen Plan hatte, herrschte in ihrem Gehirn ohnehin nur Chaos.

Die Motorräder bogen nicht zum Clubhaus ein, sondern eskortierten sie direkt bis zu Reapers Haus. Zum Glück konnte sie sein Bike nirgends entdecken. Sie parkte, verscheuchte die Biker, die ihr im Weg standen, und rannte ins Haus. Zwei Stufen auf einmal nehmend hastete sie ins Obergeschoss, zerrte ihre alte Reisetasche aus dem Schrank und warf sie aufs Bett. Ihre Ersparnisse befanden sich bereits in der Tasche. Sie stopfte zwei Jeans, mehrere T-Shirts, Pullover, Socken und Unterwäsche hinein. Dann zögerte sie. Sie hatte kein Foto von Reaper, doch ihr Skizzenblock war angefüllt mit Zeichnungen von ihm. Eigentlich wollte sie diesen Block nicht mitnehmen, doch sie brauchte ihn. Die Zeichnungen von Reaper konnte sie ja immer noch wegwerfen. Also landete auch der Block in der Tasche, und dann raste sie damit nach unten.

Beinahe wäre sie mit Reaper zusammengestoßen. Er hielt sie an den Schultern fest. »Fass mich nicht an!«, zischte sie und entzog sich ihm so heftig, dass sie ins Stolpern geriet.

»Anya, du musst mir zuhören.«

»Nein, Reaper, das muss ich nicht. Geh mir aus dem Weg.«

Er schüttelte den Kopf. »Nein. Erst hörst du dir an, was ich dir zu sagen habe.«

Sie lief zur Haustür. Er hastete an ihr vorbei und stellte sich vor die Tür. Das tat er so mühelos, als hätte er keinen einzigen Tropfen Whiskey im Leib.

»Geh mir aus dem Weg.«

»Ich habe Nein gesagt. Erst hörst du dir an, was ich zu sagen habe, und wenn du danach immer noch gehen willst, dann ...«

Er hatte nicht gesagt, dass er sie gehen lassen würde. Verzweiflung wallte in ihr auf. Reaper konnte sie zu allem überreden. Sie hatte nur einen ganz kurzen Blick auf sein Gesicht gewagt, und schon war ihr Herz ins Stolpern geraten. Er sah so verwüstet aus, wie sie sich fühlte. Sofort hatte sich diese törichte Stimme in ihr zu Wort gemeldet, die ihr sagte, dass sie ihn aufrichten müsse, weil sie es doch kaum ertragen konnte, wie fertig er war. Aber nein, nicht mit ihr. Das kam jetzt nicht mehr infrage.

Sie schleuderte die Tasche auf ihn. Mit aller Kraft. Er duckte sich weg, und als sie versuchte, an ihm vorbeizukommen, blockierte er abermals ihren Weg.

»Reg dich einfach mal ab und lass mich mit dir reden. Ich kann alles erklären.«

»Das glaube ich dir gern. Du hast immer für alles eine Erklärung. Aber die hier will ich jetzt gar nicht hören. Mir reicht's. Ich war geduldig, ich habe dir genügend Zeit gegeben, mit mir zu reden, aber du hast beschlossen, das nicht zu tun. Du hast dich für Tawny entschieden. Du hast ihr deinen Schwanz überlassen. Das hast du bei mir nie getan.«

Er zuckte zusammen, und sie hasste sich dafür, dass sie so gemein war.

»Baby.«

Sie stellte ihre Tasche ab und versuchte, ihn wegzuschubsen. Ohne auch nur einen Millimeter zu weichen, packte er ihre Hände und zog sie zu sich heran. Damit hatte sie gerechnet. Sie kannte ihn und wusste, dass er die Situation ausnutzen würde. Sie rammte ihm ein Knie zwischen die Beine. Er jaulte auf und ließ sie los. Sie wirbelte herum, griff nach ihrer Tasche und rannte aus dem Haus zu ihrem Wagen.

Doch der war nicht da. Sie sah sich irritiert um. Musste ihr Auto ausgerechnet jetzt geklaut werden? Sie kramte in ihrer Tasche nach dem Bündel Geldscheine, stopfte es sich in die Gesäßtasche und begann, Richtung Straße zu rennen.

Aus den Schatten trat Ice in ihren Weg. »Ich kann dich leider nicht gehen lassen, Honey«, sagte er. »Geh ins Haus zurück.«

Plötzlich war sie umringt von Clubmitgliedern, die aus den Schatten heraustraten. Sie entdeckte Maestro und Player. Die beiden hatten sie absichtlich aufgehalten, damit Reaper genug Zeit hatte, nach Hause zu fahren. Warum hatte er so lange gebraucht? Hatte er Tawny trösten müssen und sie ihren Job beenden lassen? Eigentlich wollte sie nicht mehr daran denken, doch ihre Gedanken kehrten unwillkürlich immer wieder dorthin zurück.

»Seid ihr alle hier?« Sie drehte sich im Kreis. »Lana? Du auch?«

»Das tun wir nur für dich, Anya«, sagte Lana. »Lass ihn einfach mal reden. Wenn du danach immer noch weg willst, helfe ich dir dabei.«

»Du wirst das tun, was für sie und Reaper das Beste ist«, warf Ink ein. »So wie wir alle.«

»Du triffst hier für mich keine Entscheidungen«, fauchte Anya. »Ich habe Rechte wie jeder Mensch.«

»Auch das Recht, Mist zu bauen?«, fragte Ink.

»Jawohl, auch das«, knurrte sie.

»Schade, Honey. Wir wollen nicht, dass du Mist baust«, sagte Storm. »Ich glaube, Ice und ich haben schon den größten gebaut. Jemand muss ein bisschen vernünftig sein. Und dieser Jemand bist du. Geh rein und hör dir an, was er zu sagen hat. Vermutlich wird es ziemlich verrückt klingen, aber jedes Wort ist wahr.«

Der Zar trat aus der Dunkelheit. »Anya, ich bin dageblieben, als Lana dich zu Blythe gefahren hat, weil ich mit Reaper reden wollte. Das habe ich getan, und Ice und Storm waren auch dabei. Wenn ich ihre idiotische Erklärung nicht geglaubt hätte, wäre ich nicht damit einverstanden gewesen, dass wir dich hier festhalten, damit du hören kannst, was Reaper dir zu sagen hat. Er hat mir geschworen, dass er dir alles erzählen wird. Nicht nur, was sie zu tun versucht haben, sondern auch, warum er glaubte, dass es notwendig sei. Wenn du anschließend immer noch weg willst, werde ich dich persönlich ein Stück begleiten.«

Sie ließen ihr keinen Fluchtweg. Sie sah sich um. Im Dunkeln war es schwer, Gesichtsausdrücke klar zu sehen, doch die Gesichter, die sie erkennen konnte, drückten Bedauern und Besorgnis aus. Niemandem schien zu gefallen, was sie taten, doch sie wirkten entschlossen durchzuhalten.

Sie ließen ihr keine Wahl. Also marschierte sie zurück zum Haus, ohne die anderen eines Blickes zu würdigen oder dem Zar eine Erwiderung zu geben. Reaper stand auf der Schwelle und trat zurück, als sie kam. Sie marschierte an ihm vorbei und ließ sich auf einen Sessel fallen. Sie verschränkte die Arme vor der Brust und starrte ihn an. Ihretwegen konnte er ihr alles Mögliche erzählen. Das hieß noch lange nicht, dass sie zuhörte.

Reaper schloss die Haustür langsam, drehte sich zu ihr um und lehnte sich an die Tür. »Zuerst mal muss ich mich bei dir entschuldigen, Anya.«

»Lass es bleiben. Ich weiß, dass der Zar dir das aufgetragen hat. Ich brauche keine Entschuldigung«, fauchte sie zornig, auch wenn ihr schon wieder Tränen in die Augen stiegen. Offenbar war es nicht ihre Stärke, einfach nur still dazusitzen. Er hatte gerade mal einen Satz herausgebracht, und schon knurrte sie ihn an. Eigentlich hatte sie doch den Mund halten wollen.

»Wie kommst du darauf, dass der Zar mir gesagt hat, ich soll mich entschuldigen?« Er klang aufrichtig verwirrt. »Der Zar hat damit nichts zu tun. Ich habe einen schrecklichen Fehler gemacht, und du hast es mitbekommen. Es war extrem demütigend – für dich und für mich. Es hat dich verletzt, und das wollte ich auf gar keinen Fall. Das tut mir am meisten leid.«

»Okay, du hast dich entschuldigt.« Sie wedelte abschätzig mit der Hand. »Ich nehme deine Entschuldigung an, Reaper.« Ihre Stimme brach, und sie war sauer auf sich selbst. Schon allein ihr rotes, aufgedunsenes Gesicht musste ihm verraten, dass sie geweint hatte. Trotzdem wollte sie jetzt nicht vor ihm weinen. Vermutlich gab es eine endlose Reihe von Verflossenen, die wegen ihm heulten und ihn anflehten, sie zurückzunehmen. Zu dieser Herde dummer Kühe wollte sie auf gar keinen Fall gehören. »Damit sind wir fertig, und zwischen uns ist es aus und vorbei.«

Er schüttelte den Kopf. »Ist es nicht. Wir hatten eine Abmachung. Es ist vorbei, wenn ich das sage. Niemals habe ich gesagt oder auch nur gedacht, dass es vorbei ist. Nicht einen Moment lang.«

»Es war vorbei in dem Moment, als du die Hände auf eine andere Frau gelegt hast.«

»Ich habe sie nicht berührt.«

Sie wünschte sich eine Bratpfanne, und zwar so sehr, dass sie beinahe aufgestanden wäre, um sich eine als Waffe zu holen und ihm damit ein bisschen Verstand einzubläuen; denn seine

Worte ergaben einfach keinen Sinn. »Tut mir echt leid, dass ich das falsche Körperteil von dir genannt habe«, entgegnete sie sarkastisch. »Bitte lass es mich noch mal anders formulieren: Es war vorbei in dem Moment, als du deinen Schwanz in ihren Mund gesteckt hast.«

»Verflucht noch mal, Anya. Ich hätte ihr das Genick gebrochen, wenn du nicht hereinmarschiert und geschrien hättest. Ich habe nur noch daran gedacht, dieses Weib zu töten. Ice und Storm waren da, um das zu verhindern. Ich hatte meine Waffen in ihren Zimmern abgelegt, doch die beiden hätten mich nicht daran hindern können. Ich hätte die Frau getötet, und zwar einzig und allein deshalb, weil sie es war und nicht du!«, brüllte er. »Ich habe laut und deutlich Nein gesagt. Ich habe ihr gesagt, dass sie aufhören soll. Das habe ich auch in meinem Kopf ständig wiederholt. Ich habe versucht, ihr zu entkommen, doch ich war wie erstarrt.«

Er sah so zerstört aus, wie sie sich fühlte. Sie konnte nicht leugnen, dass seine Worte aufrichtig klangen. »Du wolltest sie töten? Was redest du da, Reaper? Ich glaube nicht, dass du so gestört bist. Das glaube ich einfach nicht.«

Er lief aufgewühlt hin und her, und Anya beobachtete ihn. Zum ersten Mal ließ sie die Erinnerungen an diesen grässlichen Vorfall in ihrer Gänze vor sich ablaufen, nicht nur die Teile, die sie Blythe erzählt hatte. Dabei versuchte sie, sich auf Reaper zu konzentrieren und nicht auf Tawny. Er hatte geschwitzt. Sie hatte die Schweißperlen auf seiner Stirn gesehen. Er hatte nicht wie in Ekstase gewirkt, sondern völlig verstört. So wie jetzt auch.

Sie konnte sich weder auf sein beunruhigendes Geständnis noch auf sein Aussehen, als sie zu der Szene dazugestoßen war, oder sein momentanes Verhalten einen Reim machen. Auch das Verhalten seiner Brüder und Schwestern war ihr ein Rätsel. Sie atmete tief durch, um sich etwas zu beruhigen. Sie musste ruhig sein, weil Reaper das ganz und gar nicht war. Er war höchst erregt.

»Also gut, ich hör dir zu. Erzähl mir jetzt aber wirklich alles, was passiert ist.« Oh Gott, was war da eigentlich tatsächlich passiert? Selbst jetzt sah er völlig verwüstet aus. Richtig krank. Als ob er Fieber hätte. Er rieb sich immer wieder die Stelle über seinem Herzen. Dort befand sich sein neues Tattoo. Er sollte nicht so heftig darauf drücken. Doch vermutlich war er sich gar nicht bewusst, was er da tat.

»Ich werde dir alles erzählen. Das habe ich nicht einmal dem Zar erzählt, und auch Ice und Storm nicht. Sie kennen einen Teil der Geschichte, aber nicht alles. Ich habe zwar das Gefühl, dass ich dich verloren habe. Deshalb ist es ein großes Risiko, wenn ich dir die Wahrheit sage. Aber du gehst ja, weil ich so verdammt blöd war und gehofft hatte, dass es einen leichten Weg geben würde.«

Sie runzelte die Stirn. Nichts von dem, was er sagte, ergab einen Sinn. Sie hatte das Gefühl, dass sie mitten in eine Geschichte geplatzt war, von deren Anfang sie nichts wusste.

»Diese Frau – egal, wie sie heißt, Tawny, glaube ich – sollte der leichte Weg sein. Aber ihre Nähe war mir unerträglich. Es lief mir eiskalt über den Rücken, und jeder Albtraum, den ich je durchlebt habe, stellte sich in meinem Kopf ein. Dir das jetzt zu erzählen ist das Allerschwerste, was ich je gemacht habe. Wenn du mich anschaust, Anya, dann tust du das so wie noch nie jemand zuvor. So, als wäre ich etwas ganz Besonderes. So, als würdest du in mich hineinschauen können und einen Teil von mir entdecken, den jeder, auch ich, längst aufgegeben hat.«

Genau vor solchen Worten hatte sie sich gefürchtet. Er drang immer wieder bis in ihr Herz vor.

»Du siehst mich nicht so, wie ich mich meistens fühle. Schmutzig, besudelt, kaputt. Du siehst etwas anderes. Etwas,

was nicht einmal meine Brüder und Schwestern sehen. In deinen Augen leuchtet die Sonne, wenn du mich anschaust.«

Damit hatte er vollkommen recht. Er bedeutete ihr so viel wie sonst nichts auf dieser Welt, obwohl sie sich nicht erklären konnte, wie er ihr so nah hatte kommen können.

»Kein Mann möchte, dass seine Frau weiß, dass ein anderer Mann ihn sexuell missbraucht hat. Genau das ist mir passiert, und zwar ständig. Es war hässlich und brutal. Aber auch Frauen waren dabei. Frauen, denen es gefiel, Kinder zu quälen. Eine dieser Frauen, Helena, war dafür zuständig, uns Disziplin und Körperbeherrschung beizubringen.« Seine Stimme wurde brüchig.

Er kehrte ihr den Rücken zu, marschierte quer durch den Raum, kam zu ihr zurück. »Sie war die Schlimmste, eine ausgemachte Teufelin. Sie brachte zu diesen Sitzungen immer einen männlichen Partner mit. Dann machte sie sich über mich her, und zwar mit ihrem Mund, und ihr Partner peitschte mich aus oder verletzte mich mit einem Messer. Manchmal hat er mich gebrannt, und jedes Mal hat er mich vergewaltigt. Als sie damit anfingen, war ich zehn, und sie trieben dieses grausame Spiel weiter, bis ich vierzehn war.«

Anyas Mund wurde trocken. Etwas in seiner Stimme warnte sie. Wenn er über den Mann sprach, der ihn gefoltert hatte, klang er ziemlich sachlich. Doch das, was darüber hinaus passiert war, war offenbar noch schlimmer. Sie wollte nichts Schlimmeres erfahren, doch immerhin verstand sie nun seine Abneigung dagegen, dass jemand seinen Schwanz in den Mund nahm.

»Eines Tages ließ sich Helena etwas Neues einfallen. Offenbar war das Ganze ihr noch nicht pervers genug. Sie brachte ein junges Mädchen mit, eine von denen, die noch nicht lange in ihrer Gewalt waren. Sie hatte so viel Angst, dass sie alles tat, was sie ihr sagten. Wir konnten mit den Neuen nicht arbeiten, solange sie dieses Stadium nicht hinter sich hatten. Es wäre zu gefährlich für uns gewesen. Wir mussten uns erst vergewissern, dass es keine Spione für Sorbacov waren, der unbedingt wissen wollte, wie wir unsere Zuchtmeister umbrachten oder ob es überhaupt wir waren, die das taten. Zu der Zeit verdächtigte er uns, und alle Lehrer taten das auch, aber sie kamen nicht dahinter, wie wir es anstellten.«

»Mit vierzehn haben sie dich also immer noch gefangen gehalten?«

Er nickte. »Zu der Zeit wurden wir aber auch schon losgeschickt, um bestimmte Aufträge zu erledigen. Wenn ich losziehen musste, ließ Sorbacov Savage zusammen mit den schlimmsten Peinigern einsperren. Je schneller ich zurückkehrte, desto rascher wurde er freigelassen. Und umgekehrt lief es genauso. Sorbacov wusste bei jedem von uns, wen er quälen musste, wenn wir weg waren. Der Zar war am schlimmsten dran, weil Sorbacov sich sicher war, dass er derjenige war, der uns alle zusammenhielt und die Morde ausheckte. Deshalb wollte er ihn unbedingt brechen.«

Reaper marschierte zu der kleinen Bar an der entgegengesetzten Seite des Raums, schenkte sich einen Whiskey ein und leerte das Glas in einem Zug. Sie hätte gern auch etwas getrunken, doch sie dachte sich, dass wenigstens sie konzentriert, nüchtern und ruhig bleiben musste.

Am liebsten hätte sie sich die Ohren zugehalten. Er war ein Kind gewesen und redete nun scheinbar ganz sachlich von allen möglichen Morden und davon, dass er wiederholt sexuell missbraucht worden war.

»Helena brachte also das Mädchen mit und befahl ihr, mich erregt zu halten, während ihr Partner mich folterte. Natürlich hatte das Mädchen keine Ahnung, was sie da tat, und ich sollte versuchen, ihr zu widerstehen. Ich glaubte, dass sie das als Vorwand nehmen wollten, um die Kleine zu quälen, aber ...« Er räusperte sich und wischte sich mit den Händen über die Augen. Sein Adamsapfel hüpfte, während er gegen den Kloß in seiner Kehle ankämpfte.

Anya wappnete sich.

»Sie hat dem Mädchen die Kehle aufgeschlitzt. Das Kind kniete vor mir und hatte mich noch im Mund. Überall war Blut, und dieses Miststück lachte und verschmierte es überall, und dann schob sie die Leiche weg und übernahm den Platz des Mädchens. In dem Moment drehte ich durch, Anya. Ich entriss ihr das Messer und brachte sie genauso um, wie sie das Mädchen umgebracht hatte. Sie hatte meinen Schwanz noch in ihrem Mund. Nachdem ich ihr die Kehle aufgeschlitzt hatte, drehte ich mich um und stach auf den Mann ein. Ich weiß nicht mehr, wie oft. Ich erinnere mich eigentlich nur noch an Bruchstücke, aber ich habe ständig Albträume.«

Er raufte sich mit beiden Händen die Haare und sah sie gequält an. »Das ist neulich auch wieder passiert. Ich habe von dir geträumt und wie du mich geliebt hast, und dann hat sich das plötzlich in einen Albtraum verwandelt, in dem Helena mich folterte. Oh Gott, Baby. Es tut mir wahnsinnig leid. Ich bin völlig abgefuckt. Das ist nun mal Tatsache.«

»Reaper.« Sie wusste nicht, was sie sagen sollte. Was konnte sie schon sagen? Tränen strömten ihr über die Wangen, und diesmal weinte sie um sie beide. Um Reaper, weil er recht hatte: So ein schwerer Schaden, ein solches Trauma, war vermutlich nicht zu beheben. Und um sich selbst, weil sie ihn mit allen Fasern ihres Seins liebte und nicht wusste, wie sie so etwas zusammen mit ihm durchstehen sollte.

»Das war noch nicht alles. Ich werde dir alles erzählen.«

Was denn noch? Sie wusste nicht, ob sie noch mehr aushalten konnte. Sie fühlte sich jetzt schon wie gelähmt. Ein unendlicher Druck lastete auf ihrer Brust.

»Rede weiter, Honey«, flüsterte sie trotzdem tonlos.

»Als Sorbacov davon erfuhr, rechnete ich damit, dass er Savage töten würde, oder zumindest mich. Ich hätte es besser wissen müssen. Dieser hundsgemeine, abartige Kerl quälte die Menschen genauso gern psychisch wie körperlich. Mit Savage als Geisel wusste er, dass ich alles machen würde, was er wollte. Dass ich jeden Preis bezahlen würde. Das bedeutete, dass er mich zum Töten losschickte. Eigentlich hatte er uns alle zu Tötungsmaschinen abgerichtet, aber mich benutzte er am liebsten. Er wollte, dass ich diesen Mord wiederholte. Ich musste die Zielperson erst verführen und dann auf die gleiche Weise töten, wie ich Helena getötet hatte. Ich weigerte mich, unschuldige Menschen zu töten. Niemals hätte ich das Leben von Savage für eine Frau getauscht, die sich nichts hatte zuschulden kommen lassen. Ich weiß nicht, ob die Kerle Beweise für die Schuld von Leuten manipulierten, doch im Lauf der Jahre schickte Sorbacov immer mich los, wenn es um eine weibliche Zielperson ging.«

»Und du …«, sagte sie leise, auch wenn ihr speiübel war.

»Ich habe den Mord permanent wiederholt. Ich musste die Tat für Sorbacov aufnehmen und ihm das Video als Beweis vorlegen. Wenn ich mich geweigert hätte, hätten sie Savage nicht freigelassen. Ich wusste immer, dass ich mich in einem Wettlauf gegen die Zeit befand. Denn wenn Savage endlich freikam, war er jedes Mal in einem erbärmlichen Zustand. Oft sprachen wir darüber, ob wir uns nicht umbringen sollten, wie es etliche andere Schüler getan hatten.«

Es zerriss ihr schier das Herz, wenn sie sich vorzustellen versuchte, durch welche Höllen die Clubmitglieder gegangen waren. Was Savage angetan worden war, während Reaper auf einer seiner Missionen war. All diese Menschen hatten unsägliches Leid erlitten.

»Ich liebe dich so sehr, Anya, dass ich dein Leben nicht aufs Spiel setzen wollte. Nach dem, was neulich passiert ist, musste ich eine Lösung finden. Ich habe mit Ice und Storm gesprochen und ihnen gesagt, dass ich in dem Bereich Probleme habe und dass ich dir nichts antun will. Sie wussten von dieser sogenannten Lehrerin, die uns alle abrichtete, aber sie wussten nicht, dass ich sie getötet hatte oder warum. Der Zar wusste Bescheid, aber ich habe weder ihm noch den anderen, nicht einmal Savage, gesagt, was ich danach tun musste, damit Savage am Leben blieb.« Beschämt wandte er den Blick ab.

Anya wusste, dass er damit rechnete, von ihr verurteilt zu werden. Sie räusperte sich und schluckte gegen den schrecklichen Kloß in ihrer Kehle an. »Und auf welche Lösung seid ihr gekommen?«

»Ice hat irgendwo etwas über sexuelle Stellvertreter gelesen. Ich kann ja wohl schlecht mit einem Therapeuten darüber reden, dass ich zahllose Menschen getötet habe. Ich kann auch nicht über die Dinge reden, die der Club jetzt tut. Ich kann nicht erklären, warum ich es nicht zulassen kann, dass die Liebe meines Lebens meinen Schwanz in den Mund nimmt, obwohl ich es mir sehnlichst wünsche. Ich habe Ice gesagt, dass ich mich aus all diesen Gründen nicht an einen regulären Sexualtherapeuten wenden kann. Er meinte, ich bräuchte doch keinen Therapeuten, sondern nur eine sexuelle Partnerin, die weiß, was sie tut.«

Anya stöhnte und schlug mehrmals mit dem Hinterkopf gegen die Stuhllehne.

»Honey, Stellvertreter sind dafür ausgebildet.«

»Na ja, das ist Tawny ja auch irgendwie. Jedenfalls hat Storm das behauptet, und ich musste ihm Recht geben.«

Am liebsten hätte sie die Zwillinge mit bloßer Hand erwürgt. Über das, was Reaper ihr aus seiner Vergangenheit enthüllt hatte, wollte sie im Moment gar nicht nachdenken. Es würde wahrscheinlich ziemlich lange dauern, bis sie das verarbeitet hatte. Im Moment musste sie sich beherrschen, dass sie nicht aus Wut auf diese Verbrecher, die seine Jugend auf dem Gewissen hatten, und aus Mitleid mit ihm laut aufschrie.

»Wie ging es dann weiter?«, ermunterte sie ihn.

»Sie haben mich überzeugt. Ich wusste, dass ich das niemals nüchtern schaffen würde, doch ich konnte gar nicht genug trinken, um diese Sache durchzustehen. Schon allein der Gedanke daran, dass mich jemand anders als du berührt ...« Er legte eine Pause ein und schüttelte den Kopf. »Ich habe Ice und Storm ständig gesagt, dass ich zuerst mit dir darüber sprechen müsste. Dich fragen müsste, was du davon hältst. Aber sie haben nur gemeint, du würdest bestimmt etwas dagegen haben.«

»Damit hatten sie ausnahmsweise mal recht, diese Blödmänner«, knurrte sie.

»Ich konnte mein Zimmer nicht betreten. Ich wollte nicht, dass sie sich darin aufhält. Und dann kam sie raus und legte sofort los. Ich konnte mich nicht rühren. Es war, als würde die ganze Geschichte noch einmal passieren. Dieses Weib – ich konnte es nicht ertragen, von ihr angefasst zu werden. Und ich konnte auch nicht in die Gegenwart zurückkehren. Ich kann mich gar nicht recht erinnern, was eigentlich passiert ist.«

Wieder raufte er sich die Haare und lief erregt auf und ab. Sie sah, dass seine Hände zitterten.

»Ich habe Nein gesagt. Das weiß ich noch ganz genau. Und danach hatte ich nur noch diesen Gedanken. Nein! So wie damals, als ich ein Kind war. Ich schrie in Gedanken immer nur: ›Nein!‹ Aber sie ließ nicht von mir ab, und als sie mich berührte, bin ich ausgerastet. Ich habe nur noch Helena vor mir gesehen. Ich langte nach meinem Messer, aber ich hatte es bewusst nicht dabei. Deshalb habe ich ihren Kopf gepackt, und ... Anya, wenn du nicht dazugekommen wärst und ich deine Stimme nicht gehört hätte, wäre diese Frau jetzt tot. Und ich kann es auf gar keinen Fall riskieren, dir noch einmal wehzutun.«

Sie biss auf ihre Faust, um sich am Weinen zu hindern. Wie

behob man so einen Schaden? Sie konnte keinen klaren Ge- danken fassen, weil sie ständig an den Horror denken musste, den er ihr erzählt hatte. Er hatte Flashbacks. Er war als Kind schwer traumatisiert worden. Es spielte keine Rolle, dass er ein großer böser Biker war, ein ausgebildeter Killer. Er konnte sei- ner Vergangenheit genauso wenig entkommen wie jedes andere Vergewaltigungsopfer. Und er war tatsächlich vergewaltigt wor- den. Mehrmals. Er hatte eine schwere posttraumatische Belas- tungsstörung. Sie wusste nicht sehr viel darüber, doch sie hatte etliche Veteranen in den Obdachlosenheimen getroffen, die darunter litten.

»Ich weiß, dass ich dich gehen lassen muss, aber ich konnte dich nicht in dem Glauben gehen lassen, ich hätte dich be- trogen. Das habe ich nicht getan. Glaub mir, ich hätte es nicht durchgezogen. Aber ich wollte unbedingt, dass du die Wahr- heit erfährst.«

Er stand gesenkten Hauptes da und wartete auf ihre Reak- tion. Anya presste die Finger auf die Augen. Sie wusste nicht, was sie sagen sollte. Die Vorstellung, ihn zu verlassen, war ihr nun unerträglich. Wenn es auch nur einen Menschen auf der Welt gab, der sie brauchte – der ihr Verständnis und ihre Liebe brauchte –, dann war das Reaper.

Doch die Vorstellung, zu bleiben, war beinahe genauso er- schreckend. Seine Probleme würden ihn wohl sein Leben lang begleiten. Sie würden nicht einfach verschwinden, weil sie ihn liebte. Egal, wie lange sie zusammen waren, und selbst wenn sie Kinder hätten, würde seine Vergangenheit ihn nicht aus ihren Fängen lassen. Gesetzt den Fall, sie standen die momen- tane Krise durch.

»Sag was!«, knurrte er und marschierte wieder zur Bar.

»Hör auf zu trinken. Dass du noch mehr Alkohol in dich reinschüttest, können wir jetzt wahrhaftig nicht brauchen.«

»Den werde ich brauchen, wenn ich dir zuschaue, wie du

aus dieser Tür gehst, Anya. Und solange ich nicht tot bin, kann ich dir nicht garantieren, dass ich nicht versuchen werde, dich zurückzuholen.«

Das war ihr klar. Es war ihr in dem Moment klar geworden, als er ihr seine Liebe gestanden hatte. Er würde sie nicht kampflos ziehen lassen. Im Moment vielleicht schon, denn jetzt war er zu fertig, fühlte sich schuldig und erniedrigt. Aber irgendwann würde er eines Morgens bestimmt aufwachen, sich auf seine Harley schwingen und sie verfolgen. Das war so sicher wie das Amen in der Kirche. Dennoch tat sie so, als würde sie das nicht wissen.

»Du magst ja bereit sein, uns aufzugeben, aber ich bin noch nicht ganz so weit. Ich muss gründlich darüber nachdenken. Meine Mutter war zwar drogenabhängig, doch sie hat auch eine Menge schlaue Sachen gesagt. So meinte sie zum Beispiel oft, wenn man nicht weiterweiß, sollte man erst mal stehen bleiben.«

Reaper drehte sich zu ihr um. »Was meinst du damit – du bist noch nicht ganz so weit? Hast du mir eigentlich zugehört, als ich dir erzählt habe, was ich getan habe?«

»Reaper, ich will jetzt nicht weiterreden. Schick deine Familie heim. Wir müssen das zwischen uns beiden ausmachen. Falls wir zusammenbleiben, werden wir uns gemeinsam überlegen müssen, wie wir das schaffen. Die anderen brauchen wir dabei nicht. Wenn ich weggehe, werde ich mich von ihnen verabschieden. Ach, und übrigens, wenn du schon draußen bist, kannst du ja meine Reisetasche reinholen.« Sie versuchte, möglichst sachlich zu klingen, doch ihr Herz hämmerte wie wild, und ihre Lunge fühlte sich an, als würde sie nicht genug Luft bekommen.

Reaper starrte sie an, als wäre ihr soeben ein zweiter Kopf gewachsen. Sie hielt seinem Blick stand, auch wenn es sie die größte Mühe kostete. Sie war auf der Straße aufgewachsen, und sie war stark. Sie hatte sich eigenhändig aus der Gosse befreit und sich ein anderes Leben erarbeitet. Ihr ganzer Kampfgeist, ihr eiserner Wille, ihre Fähigkeit zu planen – all diese Eigenschaften hatte sie sich aus einem guten Grund angeeignet. Vielleicht stand dieser Grund jetzt direkt vor ihr. Nein, sie wollte nicht aufgeben, solange sie nicht sämtliche Möglichkeiten ausgeschöpft hatte.

Reaper drehte sich um und ging hinaus. Immerhin hatte er den Kopf erhoben. Sie selbst ließ den Kopf nun zwischen die Knie sinken und holte tief Luft. War sie wirklich stark genug zu bleiben? Und falls sie bliebe, würden sie je ein Leben haben, wie es der Zar und Blythe hatten? Ein Leben mit Kindern? Sie wünschte sich das so sehr. Wollte Reaper das auch? Und falls ja, würde er bereit sein, an sich zu arbeiten? Denn ohne einen wahnsinnigen Kraftaufwand würde das nicht gelingen. Außerdem würde er es zulassen müssen, dass sie mit jemandem sprach, falls sie seine Probleme nicht alleine bewältigen konnten.

Was war das für ein schräger Film in ihrem Kopf? Wollte sie sich etwa wirklich auf ein Leben mit ihm einlassen, nach allem, was er ihr gerade erzählt hatte? War sie komplett verrückt? Sie sollte die Beine in die Hand nehmen und wegrennen. Hätte sie auch nur einen Funken Verstand besessen, wäre sie schon längst weg gewesen. Stattdessen blieb sie sitzen und dachte über alles nach, was er gesagt hatte. Zu Beginn hatte er gesagt: »Ich hätte sie getötet, und das nur, weil sie nicht du war.«

Er hatte nicht gesagt, dass er Tawny hatte töten wollen, weil sie ihn angefasst hatte. Oder ihn in den Mund hatte nehmen wollen. Nein, er hatte sie töten wollen, weil sie nicht Anya war. Später hatte er dann noch einmal etwas Ähnliches gesagt. Konnten sie es schaffen, seine Probleme gemeinsam zu bewältigen? Wie gefährlich würde es für sie sein? Sie nahm sich vor, sich bald einmal intensiv mit posttraumatischen Belastungsstörungen zu beschäftigen und zu versuchen herauszufinden, was bei Reaper die Auslöser für seine Attacken waren. Außerdem mussten sie herausfinden, wie andere Menschen mit Albträumen umgingen und wie sie es schafften, ihre jeweiligen Partner nicht zu gefährden. Vielleicht gab es ja tatsächlich noch andere Paare in einer solch fatalen Lage.

Sie richtete sich langsam auf, doch sie nahm ihre Umgebung kaum wahr, weil sie immer wieder daran denken musste, wie fertig er ausgesehen hatte. Er war bereits traumatisiert worden, als Sorbacov seine Eltern hatte umbringen und ihn in diese sogenannte Schule hatte stecken lassen. Er war zerstört worden, als Sorbacovs kriminelle Freunde seine Schwestern ermordet hatten. Er war wieder und immer wieder getreten, zerrüttet, erniedrigt worden. Trotzdem war er nicht daran zerbrochen. Er hatte ein Leben für sich und seine Brüder und Schwestern aufgebaut.

Anya verstand nun, warum die Clubmitglieder so aneinander hingen. Sie hatte gewusst, dass sie Schlimmes durchgemacht hatten, doch sie hatte keine Ahnung gehabt, welchem Grauen sie tatsächlich ausgesetzt gewesen waren. Sie hatten Blythe in ihrem Kreis aufgenommen, und nun zählte ihre Stimme genauso viel wie die der anderen. Sie hatten diese Einladung auch an Anya gerichtet. Natürlich hatten weder Blythe noch sie ein Mitspracherecht bei Dingen, die den Club direkt betrafen, und sie würden wohl auch nie ganz genau erfahren, was gerade ablief, doch sie spielten eine entscheidende Rolle für Torpedo Ink.

Reaper kehrte mit ihrer Reisetasche zurück und stellte sie neben sich ab. »Nur, damit du Bescheid weißt: Vermutlich haben sie einen Tracker an deinem Auto angebracht. Ich habe es selbst bereits getan, als wir den Wagen gekauft haben, für den Fall, dass ich dich aufspüren müsste, wenn dir etwas passiert wäre.«

»Warum erzählst du mir das?«

Er lehnte sich an die Tür und musterte sie. Suchte ihr Gesicht nach etwas ab. Sie wusste nicht, wonach. Nach einer Art Einverständnis oder Beschwichtigung? So etwas konnte sie ihm nicht geben. Noch nicht.

»Das habe ich dir gesagt, falls du wegfahren und versuchen solltest, dich vor mir zu verstecken. Die Tracker wirst du nicht finden, weder den von mir noch den von den anderen. Also solltest du den Wagen möglichst bald loswerden. Trotzdem werde ich dich höchstwahrscheinlich irgendwann aufspüren.« Seine Stimme klang brüchig. »Ich möchte dir aber eine einigermaßen faire Chance geben, uns zu entkommen.«

»Du ziehst alle Register, um mich loszuwerden. Wie wär's, wenn du jetzt erst mal den Zar anrufen und ihm sagen würdest, dass ich will, dass Tawny verschwindet? Ich will diese Person nicht mehr sehen. Weder in der Bar noch auf dem Anwesen noch sonst irgendwo, wo sie mir vielleicht zufällig über den Weg läuft. Sie hat bestimmt gemerkt, dass du versucht hast, dich ihr zu entziehen. Trotzdem hat sie einfach weitergemacht. Allein schon, dass du Nein gesagt hast, hätte reichen müssen. Außerdem hat sie ganz genau gewusst, dass wir beide zusammen sind. Sie kann hier nicht bleiben. Falls der Zar sich gegen meinen Wunsch entscheidet ...«

»Tut er nicht. Er hat bereits angeordnet, dass sie verschwinden soll, während er sich bemüht hat, mich aus meinem Wahn rauszuholen, Baby. Außerdem hat er die Zwillinge zur Sau gemacht und auch mich gründlich zusammengeschissen.«

»Nenn mich nicht Baby. Dafür bin ich noch nicht bereit. Das war das Dümmste, was du machen konntest, Reaper. Ich hoffe, das weißt du. Vergiss Ice und Storm, du gehörst mir, nicht den beiden. Du hättest mit dieser ganzen Geschichte zu mir kommen müssen. Du hättest mir sagen müssen, warum du nicht berührt werden willst und warum du Angst hast, mit mir in einem Bett zu schlafen.«

Er nickte betreten. »Das ist mir nur allzu klar geworden, Anya.«

»Die Bratpfanne kommt mir immer verlockender vor«, murmelte sie. »Ich finde, wir sollten sowohl hier als auch im Clubhaus in jedem Zimmer eine aufhängen.«

Er rutschte die massive Eingangstür entlang auf den Boden, als würden seine Knie nachgeben, winkelte die Beine an und umklammerte seine Unterschenkel. »Du solltest nicht bleiben, Anya.«

»Glaubst du denn, das weiß ich nicht? Glaubst du, ich weiß nicht, dass es der reine Wahnsinn ist, bei dir zu bleiben? Ich will ein Zuhause, eine Familie, einen Mann, der mich liebt. All dies will ich nicht nur, das habe ich auch verdient.«

»Absolut.«

Seine fesselnden blauen Augen blieben an ihrem Gesicht haften. Sie konnte den Blick nicht von ihm abwenden. »Die Sache ist die, Reaper: Du hast all das auch verdient. Und ich liebe dich. Ich bin nicht nur verknallt in dich, sondern ich liebe dich total. Dass ich das zugebe, soll dich aber nicht auf den Gedanken bringen, dass du aus dem Schneider bist. Das bist du nämlich noch lange nicht. Ich möchte eine Familie, Kinder, mit meinem Mann schlafen. Wir müssen einen Weg finden, das hinzukriegen.«

Er schüttelte den Kopf und ließ ihn mutlos sinken. »Das wird nicht klappen, Anya. Ich kann dein Leben nicht aufs Spiel setzen.«

»In jeder Beziehung gibt es zwei Personen, Reaper. Vergiss das nicht«, ermahnte sie ihn, so sanft sie konnte. Am liebsten hätte sie ihn heftig geschüttelt. Er war bereit gewesen, irgendeinen idiotischen Plan auszuprobieren, den seine dämlichen Brüder ausgeheckt hatten, doch mit ihr wollte er kein Wagnis eingehen. »Solche Entscheidungen fällst du nicht allein.«

»Anya.«

»Reaper.« Sie starrte ihn an, und es war ihr egal, dass seine blauen Augen sie attackierten. Allmählich wurde sie echt wütend. »Wenn es umgekehrt wäre und ich diejenige wäre, die traumatisiert wurde …«

»Benutze dieses Wort nicht mehr. Ich hasse es.«

Anya blieb so ruhig wie möglich. Irgendetwas verstand sie immer noch nicht so ganz. »Was hast du gegen dieses Wort? Damit wird doch nur eine schreckliche Erfahrung, wie zum Beispiel Folter oder Vergewaltigung in der Kindheit, beschrieben.«

»Nein, damit werfen die Leute um sich, auch wenn sie nicht die geringste Ahnung haben, wovon sie reden.« Gereizt raufte er sich die Haare. »Ich bin ein erwachsener Mann. Ich bemühe mich, nicht auszurasten und die Frau zu verletzen, die ich mehr liebe als mein Leben.«

Sie setzte zweimal zu einer Erwiderung an, schloss den Mund aber jedes Mal wieder, weil ihr klar war, dass sie ihre Worte sehr bedacht wählen musste. »Jeder ist ein Produkt seiner Vergangenheit«, sagte sie schließlich. »Auch ich. Wir alle haben Momente oder Situationen, die bei uns etwas auslösen. Wir greifen auf diverse Instrumente zurück, um mit den Prüfungen zurechtzukommen, die wir als Kinder durchstehen mussten. Das ist ganz normal, Reaper. Der Begriff ›traumatisiert‹ beschreibt einzig und allein, dass es so ist. Er ist keine Wertung oder Verurteilung.«

Sie hätte ihn so gern umarmt und getröstet, doch das konnte sie erst, wenn sie wusste, dass er das, was sie ihm sagte, akzeptierte.

»Ich weiß, dass du deine Brüder liebst und respektierst. Auch das ist völlig normal. Die Verbindung, die ihr in eurer Kindheit und Jugend entwickelt habt, ist vermutlich stärker, als es bei den meisten anderen Menschen der Fall ist. Jedenfalls habt ihr eine viel stärkere Verbindung, als ich sie je mit einem

Menschen hatte. Aber dir muss klar sein, dass eure Kindheit und Jugend nicht als normal bezeichnet werden kann. Ihr seid in bestimmten Bereichen ausgebildet worden und in anderen gar nicht. Dass du dich an Ice und Storm gewandt hast wegen eines Problems, das du und ich haben, war definitiv daneben.«

Er hörte nicht auf, sich die Haare zu raufen. Zweimal presste er sich die Finger auf die Augen, als ob sie schmerzten. Er bewegte sich nicht von der Tür weg. Anya hatte den Eindruck, dass er sie unbewusst blockierte, während er ihr gleichzeitig sagte, dass sie weggehen sollte.

»Das weiß ich, und das habe ich eigentlich von Anfang an gewusst, Anya. Doch das ändert nichts daran, dass wir nicht in einem Bett schlafen können und du meinen Schwanz nicht berühren oder in den Mund nehmen kannst.«

»Das weißt du nicht, weil wir es nie ausprobiert haben. Das mit dem Bett kriegen wir bestimmt irgendwie hin. Die andere Sache kriegen wir vielleicht nie hin, aber wir könnten Spaß beim Üben haben. Außerdem gibt es immer noch die Möglichkeit, sich professionelle Hilfe zu holen, anstatt sich an irgendeine dahergelaufene Schlampe zu wenden, die ganz genau wusste, dass du mir gehörst, Reaper.«

Er erbebte am ganzen Körper. »Sie hat mich berührt. Ich habe sie beinahe umgebracht, Anya.« Er presste die Hände aufs Gesicht. »Ich stand extrem knapp davor. Ice und Storm hätten mich niemals daran hindern können, wenn du nicht genau im richtigen Moment dazugekommen wärst.«

»Als ob mir das etwas ausgemacht hätte«, murmelte Anya, doch das stimmte nicht. Tawny hatte es verdient, rausgeworfen zu werden, aber den Tod hatte sie nicht verdient. Am liebsten hätte sie die Frau kräftig geohrfeigt dafür, dass sie Reaper berührt hatte, nachdem der laut und deutlich Nein gesagt hatte. Und wenn Tawny das nicht verstanden hatte, hätte sie es wenigstens seiner Körpersprache entnehmen können.

»Was ich damit sagen wollte: Wir können uns auch professionelle Hilfe holen.«

Er hob den Kopf und schaute sie an. »Baby, du weißt doch ganz genau, dass wir unsere Probleme keinem verdammten Therapeuten auftischen können. Denn der ist verpflichtet, der entsprechenden Behörde zu melden, dass ich gestanden habe, Helena die Kehle aufgeschlitzt zu haben.«

»Warum hast du nicht mit dem Zar geredet?«

Er starrte sie stumm an, doch sie gab nicht nach, hielt seinem Blick stand, wartete. Schließlich – es kam ihr vor wie eine Ewigkeit – wandte er den Blick ab. »Er hätte sich nicht damit zufriedengegeben, wenn ich ihm gesagt hätte, dass ich Helena getötet habe. Das wusste er bereits. Ihm wäre klar gewesen, dass das nicht alles war, und ich habe mich geschämt. Ich wollte nicht, dass er den Rest erfährt.«

Der Zar war für alle Vater, Bruder, Freund und Schutzengel in einer Person. Aber war das wirklich der Grund, warum Reaper nicht mit ihm gesprochen hatte? Anya ließ nicht locker, sah ihn immer noch fragend an.

»Er sagt Blythe alles, was sie wissen will. Ich wollte nicht, dass sie mich mit anderen Augen sieht. Sie ist dir sehr ähnlich. Zwar schenkt sie mir nicht so viel Licht wie du, aber sie sieht mich immer so an, als ob ich ein wertvoller Mensch wäre – als ob wir das alle wären.«

»Sieht sie ihre Kinder denn aufgrund dessen, was ihnen widerfahren ist, in einem anderen Licht?« Sie beugte sich zu ihm herab, sodass sich ihre Blicke wieder trafen. »Reaper, du kannst nichts dafür, was dir passiert ist.«

»Das gilt nicht für die Ermordung dieser anderen Frauen und dafür, dass ich Sorbacovs Befehle genauestens befolgt habe. Der Zar befürchtet, dass es von uns als Kindern Videoaufnahmen gibt. Ich weiß, dass uns niemand erkennen würde. Sorbacov war auf die Snuff-Videos scharf. Ich habe mich stets bemüht, nicht in das Objektiv der Kamera zu schauen, aber damals war ich noch sehr jung, und ich hatte schreckliche Angst. Vielleicht habe ich Fehler gemacht. Was ist, wenn die Frau darauf …«

»Wenn eine Frau dich als Kind oder als Teenager berührt hat, dann war sie pädophil und definitiv kein guter Mensch. Zu diesen Aufnahmen kann ich nichts sagen, aber ich weiß, dass du dem Zar hättest vertrauen sollen. Du hast ihm doch immer vertraut. Warum hättest du dich vor ihm schämen sollen? Du hast mir doch gesagt, dass sie Savage als Geisel genommen hatten …«

»Eines habe ich dir noch nicht gesagt«, gestand er ihr unvermittelt. »Wenn eine Frau mich auf diese Weise berührt, dann ist das erste Gefühl, das sich bei mir einstellt, nicht Lust.«

»Na gut, aber du hättest trotzdem mit mir darüber reden sollen. Du hättest mir die Chance geben sollen, dieses Problem zusammen mit dir zu bewältigen.«

Er raufte sich wohl zum tausendsten Mal die Haare. »Wirst du bleiben, Anya? Wenn du bleibst, macht es mir allerdings genauso viel Angst, wie wenn du gehst.«

»Schluss mit den Geheimnissen.« Sie atmete tief durch und tat den Schritt in den Abgrund. »Wir sprechen in Zukunft über unsere Probleme, und wir wenden uns gemeinsam an den Zar und an Blythe, wenn es uns nötig erscheint. Wenn du dich darauf einlassen kannst, dann bleibe ich. Wenn nicht, gibt es für mich keinen Grund zu bleiben, weil unsere Beziehung dann einfach nicht funktionieren wird.«

Er starrte sie so lange an, dass sie schon dachte, er würde nie mehr den Mund aufmachen. Sie glaubte, Tränen in seinen Augen schimmern zu sehen, doch er presste sofort seine Finger darauf. »Was immer du verlangst, Anya.«

»Und wenn du eine andere Frau anlangst oder dich von ihr anfassen lässt, dann bin ich weg.«

»Einverstanden.«

## 18. Kapitel

Ich habe darüber nachgedacht, wie du dich von mir berühren lassen kannst, wann immer du möchtest«, erklärte Anya. Sie stand auf und streckte sich. Das Mondlicht fiel auf ihren wunderschönen Körper. »Ich denke schon eine ganze Weile darüber nach, und zwar, seitdem mir klar wurde, dass du keinen Sex haben wolltest, bei dem wir uns anschauen, und dass du dich nicht von meinen Händen berühren lassen wolltest.« Sie holte tief Luft und kehrte ihm weiter den Rücken zu, sodass sie nur sein Spiegelbild im Fenster sehen konnte. »Oder von meinem Mund.«

»Ich habe mir immer gewünscht, dass deine Hände oder dein Mund mich berühren«, gab Reaper leise zu. »Ich denke ständig daran. Deshalb laufe ich auch so oft mit einem Steifen rum.« Er rieb über die Schwellung in seiner Jeans. »Ich kann dich nicht anschauen oder an dich denken, ohne dass ich sofort einen Ständer bekomme, Baby. Du bist so verdammt schön, innerlich und äußerlich. Ich sehne mich nach deinen Händen auf mir, aber die Angst, dich zu verletzen, ist einfach zu groß. Ich weiß nicht, wie das gehen könnte.«

»Als du mir erzählt hast, wie es war, als Tawny dich berührte, hast du mehrmals gesagt, dass es dich furchtbar aufgeregt hat, weil sie es war und nicht ich. Du hast nicht gesagt, dass du sie töten wolltest, weil niemand deinen Körper berühren darf.«

Anya wollte ihn zu gern berühren. Im Moment sehnte sie sich so sehr danach wie noch nie. Sie wollte ihm zeigen, dass sie ihn liebte, sie wollte ihn nach all dem bodenlosen Horror, den er durchlitten hatte, stützen. Sie wollte ihm und auch sich selbst versichern, dass sie einen Weg finden würden. Dass es sich lohnte, darum zu kämpfen. Reaper fiel es leichter, ihre Beziehung körperlich, hart und schnell zu festigen. Sie dachte daran, es langsam zu tun. Sich viel Zeit dafür zu nehmen.

»Ach ja? Das macht doch keinen Unterschied.« Er rieb seine Augen.

Sie wusste, dass er litt wie ein Hund. Sie hatte sich vorgenommen, das, was sie ihm zu sagen hatte, sehr vorsichtig zu formulieren. Sie wollte keinesfalls, dass es wie ein Angriff oder eine Anklage rüberkam, aber ihr waren mehrere Möglichkeiten eingefallen, wie sie ihn berühren konnte und sie beide sich dabei wohlfühlten. Wenn sie das so ganz direkt gesagt hätte, hätte er vermutlich gedacht, dass sie ihm immer noch vorhalten wollte, dass er nicht als Erstes zu ihr gekommen war. Aber dazu hatte sie ihm bereits ihre Meinung gesagt. Und der Schock, als er zuerst ihr Leben in Gefahr gebracht und sie dann beinahe verloren hatte, reichte als Bestrafung.

»Oh doch.« Sie streifte sich die Schuhe ab und durchquerte den Raum zu der Ecke, in der sie die Decken, auf denen er in der vergangenen Nacht geschlafen hatte, zusammengefaltet hatte. Davon hatte sie nun die Nase voll. Sie hatte das Gefühl, einen Marathonlauf absolviert zu haben. Und wie er sich fühlte, konnte sie sich wohl kaum vorstellen. »Ich glaube, da gibt es einen großen Unterschied, und das werden wir gleich feststellen. Doch im Moment möchte ich nur, dass du dich richtig gut entspannst, damit du besser schlafen kannst. Möchtest du duschen?«

Er starrte sie lange fragend an, dann nickte er. Sie stieß einen erleichterten Seufzer aus und zwang sich zu einem

Lächeln. »Gut. Ich bereite hier ein paar Dinge vor, und dann geh auch ich unter die Dusche.«

»Was hast du vor, Anya?«

Er klang wachsam. Das konnte sie ihm nicht verübeln, doch sie wollte nicht, dass er sich über ihr Vorhaben Sorgen machte und sich deshalb nicht entspannen konnte. »Gar nichts, Honey. Geh duschen. Es ist schon spät, und wir müssen beide erst einmal ganz ruhig werden. Ich dusche hier unten, du kannst also im großen Bad duschen.«

»Babe, das große Bad betrachte ich als deines.«

»Ich betrachte es als unseres, und ich möchte, dass du es heute Abend benutzt. Lass dir Zeit.« Sie brauchte die Zeit, um sich geistig vorzubereiten. Der Gedanke war ihr schon gekommen, bevor Ice, Storm und ihr Mann auf ihren idiotischen Plan verfallen waren, Reaper zu ›heilen‹. Eine Heilung gab es nicht. Sie hatte damals zwar nicht gewusst, wie schlimm seine Probleme waren, doch schon, als sie gemerkt hatte, dass er ein Problem hatte, wenn sie seinen Schwanz mit ihren Händen oder ihrem Mund berühren wollte, hatte sie angefangen, darüber nachzudenken, was sie dagegen machen könnte.

Leslee, die Frau, die sie auf dem Gelände der Egg Taking Station kennengelernt hatte, war eine erfahrene Masseurin. Sie war sehr gut darin und ziemlich stolz auf ihr Können. Schon bei ihrer ersten Begegnung hatte sie über ihre Arbeit gesprochen, und auch beim zweiten Mal, als sie Anya auf dem Highway mitgenommen und später zum Freizeitgelände zurückgefahren hatte, hatte sie von ihren Erfolgen berichtet. Lana hatte einmal beiläufig erwähnt, dass Blythe vor Kurzem ein Fitnessstudio gekauft hatte, jedoch hauptsächlich therapeutische Massagen gab. Da Blythe wie auch Leslee Massagen für eine gute Therapie zu halten schienen, war Anya auf den Gedanken gekommen, dass so etwas ja vielleicht auch Reaper helfen könnte, sich an ihre Hände auf seinem Körper zu gewöhnen.

Sie hatte sich in das Thema eingelesen und Leslee wie auch Blythe ausgefragt. Den beiden hatte sie nur erzählt, dass sie Reaper mit einer echt guten Massage überraschen wollte. Leslee hatte ihr angeboten, ihr ein paar Kniffe beizubringen, und auch Blythe hatte sich sofort dazu bereit erklärt. Anya hatte noch keine Zeit gehabt, diese Angebote zu nutzen, doch sie hatte auf YouTube verschiedene Techniken studiert.

Nun entspannte sie sich erst einmal unter der heißen Dusche. Ihr war gar nicht bewusst gewesen, wie verspannt sie war. Jeder Muskel schien verkrampft, ihr ganzer Körper schien ein einziger Knoten zu sein. Sie wollte sich gar nicht erst vorstellen, wie Reaper sich fühlte nach all dem, was er hatte durchstehen müssen. Sie hätte ihm sagen sollen, dass sie an einer Idee arbeitete. Im Grunde hätte Reaper ihr den gleichen Vorwurf machen können wie sie ihm, nämlich, dass sie nicht genug miteinander redeten.

Natürlich wusste sie, dass ihre Probleme nicht mit ein paar Massagen zu lösen waren, doch sie hoffte, dass sie damit zumindest eine gewisse Ausgangsbasis schaffen konnte.

Außerdem erhoffte sie sich vom Zar und von Blythe noch ein paar gute Vorschläge. Klar war, dass die Mitglieder von Torpedo Ink nie im Leben zu einem Therapeuten gehen würden, doch sie vertrauten Blythe, und Blythe hatte Zugang zu allen möglichen Therapeuten, selbst wenn sie sie nur über ein paar Ecken kannte. Blythe rang um sie alle. Bestimmt kam es ihr sehr oft so vor, als kämpfte sie allein auf weiter Flur. Aber Anya hatte sich fest vorgenommen, sie darin zu unterstützen.

Sie trocknete sich ab, dann bändigte sie ihre Haare, indem sie sie föhnte und zu einem Zopf flocht, und schließlich zog sie ihr Lieblingshemd an – Reapers Flanellhemd. Sie knöpfte es nicht zu und verzichtete auch auf einen Slip. Ihre Massage sollte intim sein, sinnlich. Das wollte sie für ihn.

Anfangs war sie noch stinksauer auf Ice und Storm gewesen,

doch dann war ihr klar geworden, dass die beiden dasselbe oder Ähnliches durchgemacht hatten wie Reaper. Sie hatten weder eine normale Schulbildung erhalten noch die Erfahrungen gemacht, die ein normaler Heranwachsender machte. Deshalb mussten sie ihre Probleme mit der begrenzten Erfahrung lösen, die sie hatten. Das wollte sie nie vergessen und ihnen auch einige Zugeständnisse machen. Sie würde sich wohl an Blythe orientieren und versuchen müssen, sie sanft in die richtige Richtung zu lenken.

Es waren Männer, intelligente Männer – doch sie waren alle traumatisiert. Sie waren sehr gut in dem, was sie taten. Dazu gehörte auch, Feinde zu töten. Sie kämpften, hatten Sex, kämpften weiter, übernahmen Jobs, bei denen sie ihr Leben riskierten. Bei all dem blieben sie eine geschlossene Gemeinschaft. Sie konnte ein Teil dieser Gemeinschaft werden, und vielleicht würden die anderen dann auch auf sie hören. Wenn das nicht klappte, musste sie gehen.

Sie liebte Reaper, doch mittlerweile waren ihr auch die anderen ans Herz gewachsen. Sie begann damit, Kerzen anzuzünden. Kerzen, von denen einige nach Zitrusfrüchten und ein paar andere nach Vanille dufteten. Als sie Leslee danach gefragt hatte, hatte diese ihr erklärt, dass die meisten Männer starke blumige Düfte nicht mochten, Zitrusfrüchte jedoch schon. Es sollte für Reaper so angenehm wie nur möglich werden.

Als er die Treppe herunterkam, war der Raum für ihn bereit. Wie üblich war er nackt. Manchmal hatte Anya das Gefühl, dass er sich ohne Kleidung wohler fühlte. Er schien selbstbewusster zu sein, seine Bewegungen waren geschmeidig und fließend. Sie konnte den Blick nicht von ihm abwenden, als er hereinkam, sich umschaute und dann schließlich auf sie starrte.

»Warum bist du nicht nackt?«

Das war natürlich seine erste Frage. Die Kerzen oder die Art und Weise, wie sie das Bett hergerichtet hatte, schienen ihn nicht so zu interessieren.

Sie deutete auf die Decken und trat einen Schritt zurück, als er schnurstracks auf sie zukam. »Ich werde dich massieren.«

Er blieb abrupt stehen und raufte sich die Haare. »Baby.«

»Ja.« Sie deutete auf die Decken und versuchte, möglichst selbstbewusst zu wirken, doch innerlich zitterte sie. »Es geht jetzt erst mal nicht um Sex. Wir werden nicht miteinander schlafen. Du kennst meinen Körper, Reaper, aber du kennst meine Hände noch nicht. Ich möchte dir ein paar Massagen geben. Wenn das nicht funktioniert, hören wir damit auf. Aber vielleicht gefallen sie dir ja sogar.«

»Baby.«

»Kein Einspruch«, erwiderte sie und legte den Kopf schief. »Du hast gesagt, dass du bereit bist, alles zu tun und alles auszuprobieren. Also probier das mal aus.«

»Ich könnte dich verletzen.«

»Du bist nackt, Honey. Du trägst keine Waffen.«

Er trat näher, so nah, dass sie ihren Kopf noch weiter neigen musste. »Anya, ich bin eine Waffe.«

»Dann leg dich auf den Bauch und stütz den Kopf auf die Hände auf. Wenn du anfängst, dich unwohl zu fühlen, dann sagst du es mir einfach und ich hör sofort auf.«

Er starrte sie lange an. So lange, dass die Schmetterlinge in ihrem Bauch Gelegenheit hatten, hochzuflattern und mit ihren Flügeln wie wild gegen ihren Magen zu schlagen. Eine Hand legte sich an die Seite ihres Gesichts, und er fuhr mit dem Daumen über ihre Lippen. »Du bist echt nicht von dieser Welt, Anya. Ich weiß nicht, wie ich es verdient habe, dass du in mein Leben getreten bist.«

Er atmete tief durch, dann legte er sich wie befohlen auf die Decken. Sein Kopf ruhte auf seinen Armen, das Gesicht war seitwärts gewandt, damit er sie beobachten konnte.

Sie kniete sich über ihn und senkte sich langsam auf seinen Rücken, damit er sich an ihr Gewicht gewöhnen konnte. Blythe hatte ihr ein ganz besonderes Öl von einer Frau namens Hannah Drake Harrington besorgt. Hannah war mit dem Sheriff verheiratet, doch sie stellte alle möglichen Naturkosmetika – Seifen, Öle, Badesalze – und auch Heilmittel selber her. Dieses Öl war nicht nur gut für die Haut, sondern zudem auch ein Speiseöl. Blythe hatte gemeint, so etwas könnte bei einer guten Massage ganz nützlich sein. »Ich hatte nicht die Zeit, viele Techniken zu lernen«, gestand sie nervös und tröpfelte ein wenig Öl auf ihre Hände. Die Flasche war in heißem Wasser gestanden, um das Öl vorzuwärmen. »Aber ich glaube, es wird dir gefallen, und du wirst spüren, wie sich meine Hände auf deiner Haut anfühlen. Wenn du meine Berührung kennst, dann wirst du im Lauf der Jahre hoffentlich auch im Schlaf erkennen, dass ich dich berühre und keine andere.«

»Glaubst du wirklich?«

Sie legte die Hände behutsam auf seinen Nacken und begann, ihre Finger in die verspannten Muskeln zu vergraben. »Das hoffe ich. Vielleicht kommt es nie so weit, aber denk doch mal an all die tollen Massagen, die du jede Nacht bekommen wirst.«

Während sie mit ihren Händen seine verspannte Nackenmuskulatur bearbeitete, merkte sie, wie er zunehmend lockerer wurde.

»Ich muss zugeben, das fühlt sich verdammt gut an, Baby.«

Anya musste lächeln. Sie war erleichtert, dass er sie nicht gleich verscheucht hatte. Seine Lebensgeschichte hatte sie ziemlich mitgenommen, und sie hatte viel Mut aufbringen müssen, um den Plan durchzuziehen, den sie in den letzten zwei Wochen ausgeheckt hatte.

»Du hast tolle Hände, Anya«, murmelte er ein paar Minuten später, als sie sich mit seinen Rückenmuskeln beschäftigte.

»Es freut mich, dass es dir gefällt, Reaper. Schließ einfach die Augen, Honey, lausch der Musik und entspann dich. Ich möchte, dass du meine Hände immer mit etwas Gutem verbindest. Mit etwas Positivem.«

»Mit etwas Wunderschönem«, fügte er hinzu. »Du bist einfach umwerfend schön, Anya.«

Seine Stimme brachte ihr Herz zum Schmelzen. Sie wusste, dass er nicht nur ihr Aussehen gemeint hatte. Das gefiel ihm natürlich auch, doch in diesem Kompliment hatte viel mehr mitgeschwungen. Solche Komplimente hatte ihr noch kein Mann außer Reaper gemacht.

Langsam arbeitete sie sich seinen Rücken hinab, erforschte die Muskeln zwischen den Rippen, versuchte, das zu tun, was die Massagetherapeutin in dem Video getan hatte. Als sie sich seinem Hintern näherte, wurde sie nervös. Sie rutschte tiefer und setzte sich auf seine Oberschenkel. Ihr Herz hämmerte.

»Geht es dir gut, Reaper?«

Als er nicht sofort antwortete, verließ sie der Mut. »Wenn du willst, können wir jederzeit aufhören«, flüsterte sie. »Ich bin echt stolz auf dich, dass du mich so weit hast kommen lassen. Es hat mir große Freude gemacht, dass ich deinen Rücken erforschen durfte.«

Sie hatte sich viel Zeit genommen, jeden Muskel verehrt, sich jede Narbe eingeprägt. Sie hatte die Narben geküsst, war ihnen nicht nur mit den Fingern, sondern auch mit der Zunge nachgefahren, hatte seinen Rücken in Besitz genommen. Sie war geduldig. Sie konnte warten, bis er sie den Rest seines Körpers in Besitz nehmen ließ.

»Es geht mir fantastisch, Anya. Mein Schwanz ist so steif, dass er wehtut. Wenn du jetzt mit meinem Hintern so weitermachst, wie du es mit meinem Rücken getan hast, wird er vermutlich ein Loch in den Boden bohren.«

Lächelnd machte sie weiter. »Ich werde jetzt meine Hände

auf dich legen, und ich möchte, dass du dir dieses Gefühl ein-prägst. Damit du weißt, dass ich es bin, und dass ich einfach nur will, dass es dir gut geht.« Sie massierte sein Kreuz, fuhr die Wurzeln des Baumes nach, der auf seinen Rücken tätowiert war. Zwischen den Wurzeln lagen Totenschädel. Sehr viele. Manche Wurzeln waren durch sie hindurchgewachsen. »Erzähl mir doch was von diesem Tattoo.« Sie wollte ihn ein bisschen ablenken, während sie weiter seine Muskeln knetete. Ihre Hände glitten tiefer und sie bemühte sich, seinem Hintern eine Tiefengewebs-massage angedeihen zu lassen. Seine Backen waren fest und wie gemeißelt. Als hätte ein Künstler sie liebevoll entworfen.

»Der Stamm ist der Zar, der uns zusammenhält. Siebzehn Äste sind die siebzehn Überlebenden. Die Krähen stehen für diejenigen, die es nicht geschafft haben – die wir nicht retten konnten. Wir konnten gar nicht so viele Vögel auf uns tätowie-ren lassen. Die Totenschädel sind die Mistkerle, die wir töte-ten, um zu überleben oder um unsere Toten zu rächen. Außer-dem diejenigen, die wir für unser Land umbringen mussten, oder um andere zu retten. Ink muss mir demnächst ein paar weitere auf meinen Rücken tätowieren.«

Seine Stimme klang grimmig. Sie betrachtete das Tattoo nun mit anderen Augen. Das Abzeichen auf seiner Jacke glich dieser Tätowierung aufs Haar.

»Und warum nennt ihr euch ›Torpedo Ink‹?«, fragte sie. Mittlerweile wagte sie es, ihn richtig fest zu massieren. Ihre Fin-ger gruben sich tief in sein muskulöses Hinterteil. Er kämpfte nicht dagegen an und hatte bislang keinen einzigen Versuch gemacht, sich ihr zu entziehen. So viele Narben auf seinem Hintern und auf der Rückseite seiner Oberschenkel. Sie konnte nicht widerstehen und küsste jede Einzelne.

»Wir waren Teenager, als wir uns das ausgedacht haben. Der Name wuchs mit uns, wie der Baum. Ink hat uns tätowiert. Du weißt ja, wie gut er ist. Torpedo steht für Killer. Wir sind alle zu Killern ausgebildet worden. Wenn wir auf jemanden angesetzt werden, verfolgen wir ihn wie ein Torpedo und bleiben an ihm kleben, bis der Job erledigt ist. INK fanden wir witziger als INC. Wie gesagt, wir waren damals Teenager.«

Er stöhnte, als ihre Hände zu seinen Oberschenkeln glitten, knapp unterhalb seines Hinterns. »Du bringst mich um, Baby. Echt wahr. Ich komm jetzt gleich auf der Decke. Ich muss mich umdrehen.«

Sie entfernte sich sofort von ihm. Seine Stimme klang extrem sexy und rau. Sie liebte diesen Klang, denn er sagte ihr, dass er jetzt die Kontrolle übernehmen wollte. Aber das wollte sie nicht. Noch nicht. Sie musste noch etwas ausprobieren.

Mit einem weiteren Stöhnen drehte Reaper sich um. Sein Schwanz war stocksteif und riesig. Perlweiße Tropfen traten aus der samtenen Eichel aus. Sie konnte den Blick nur mit Mühe von dieser Köstlichkeit abwenden und begann, an seinen Beinen zu arbeiten und die Finger in die verspannten Muskeln zu vergraben. Sein Blick ruhte auf ihr, während er seinen Schwanz mit beiden Händen umfasste.

»Die Massage gefällt dir«, sagte sie leise und arbeitete weiter.

»Ja, Baby, das kann man wohl sagen.«

»Meine Hände auf dir gefallen dir.«

»Jawohl, ich muss zugeben, sie gefallen mir.«

Sie arbeitete sich nach oben zu seinen Oberschenkeln vor. »Das ist gut, Reaper. Wenn ich dir nachts vor dem Einschlafen eine Massage geben kann, dann hoffe ich, dass du dich schließlich daran gewöhnst, von mir berührt zu werden, ja, dich sogar danach sehnst, selbst wenn du dich von niemand anderem berühren lassen würdest.« Sie musterte ihn verstohlen unter gesenkten Wimpern und lächelte. »Wie ich sehe, genießt du es in vollen Zügen.«

»Komm hoch. Setz dich auf mich.«

Das hätte sie gern getan, aber es gab noch etwas anderes, was sie noch lieber tun wollte. »Ich habe eine andere Idee, Reaper. Es wäre schön, wenn ich sie ausprobieren könnte.«

»Woran denkst du denn?« Seine Stimme war leise, sexy, sündig.

Er wollte sie haben und würde sie bekommen. Das wusste sie, denn auch sie wollte ihn haben. Vielleicht war ihr Verlangen sogar noch stärker als das seine. Sie hatte ihn nun von oben bis unten berührt, all die Narben auf seinem Rücken, die Spuren von Verbrennungen und Peitschenschlägen auf seinem Hinterteil. Auch auf der Innenseite seiner Oberschenkel waren Brandnarben zu sehen. Er war von vorn und von hinten verprügelt worden. Nun wollte sie ihn in sich spüren, damit sie wirklich alle Teile seines Körpers berühren konnte. Er gehörte ihr. Die Berührung eines anderen Menschen musste er gar nicht ertragen können, nur die ihre.

Sie rutschte auf seinen Beinen hoch und setzte sich rittlings auf seine Oberschenkel. Dann goss sie sich noch etwas Öl in die Hände. »Ich werde dein Glied fest umfassen, und du legst die Hände um meine Hände, damit du alles kontrollieren kannst. Aber ich berühre dich dabei, und du wirst zum ersten Mal meine Hände auf deinem Schwanz spüren. Wenn es dir nicht gefällt, schiebst du meine Hände einfach weg. Wenn es dir gefällt, kontrollierst du die Bewegung. Wenn du meinen Mund auf dir spüren willst, kannst du auch das kontrollieren. Ich überlasse dir die Führung.«

Er musterte sie lange. Zu lange. Ihr Herz begann zu pochen. Er war so wunderschön, wie er da unter ihr lag und seinen Schwanz rieb. So perfekt. So vernarbt. So beschädigt. Sie hatte gedacht, dass er völlig verkorkst sei. Doch das war er nicht. Er war beschädigt, aber nicht zerbrochen.

»Na gut, Baby, wenn du den Mut hast, dich einem Monster zu stellen, dann muss ich den wohl auch aufbringen. Verdammt noch mal, du machst mir Angst, Frau.«

Anya lächelte und versuchte, Zuversicht auszustrahlen, obwohl ihr Herz so heftig pochte, dass sie befürchtete, er könnte es hören. Ohne zu zögern, streckte sie die Hände aus, und er umfasste sie.

»Schau mich an, Baby. Ich brauch das.«

Sie hätte gar nicht wegschauen können. Sein Blick bohrte sich in ihre Augen wie der Torpedo, den er beschrieben hatte. Seine Hände lenkten die ihren zu seinem Schwanz. Samt auf Stahl. Er fühlte sich wundervoll an. Heiß. Hart. Sein Körper erbebte, doch sein Blick schwankte nicht, seine Hände festigten sich um ihre und zwangen sie dazu, Fäuste zu formen und seinen Schwanz zu umfassen. Er führte sie auf und ab. Erst langsam. Das warme Öl erleichterte die Bewegung. Sie wollte sich jeden Körperteil von ihm einprägen. Vor allem diesen.

»Anya«, keuchte er. »Du bist ein wahres Wunder.«

»Ich dachte gerade dasselbe von dir«, gab sie zu.

Er warf den Kopf zurück, doch seine Augen blieben an ihr haften. »Baby, schau mal auf uns.« Sehr langsam, beinahe zögernd glitt sein Blick von ihr weg und senkte sich.

Sie tat es ihm gleich. Ihr stockte der Atem. Ihre Hände umfassten seinen Schwanz. Er führte sie. Bei jeder Bewegung des glatten, heißen Samtes zog sich ihr Geschlecht zusammen. Ihre inneren Muskeln verkrampften sich, sehnten sich nach ihm.

»Du berührst mich, und ich will es, Anya. Ich will deine Hände auf mir spüren. Ich wusste nicht, dass es sich so gut anfühlen würde.«

»Danke, dass du es riskiert hast«, hauchte sie. »Selbst wenn ich diese Gelegenheit nie wieder bekomme, werde ich mich immer daran erinnern.« Daran, wie sie rittlings auf seinen Oberschenkeln saß, ihn anschaute, ihre Brüste sich mit jedem keuchenden Atemzug hoben, ihre Hände seinen Schwanz fest umfassten, den dicken, harten Schaft, der durch ihre geölten Handflächen glitt. Wie seine Hände sie leiteten, fest umschlossen. Es fühlte sich extrem intim an. Intimer, als wenn sie ihn allein mit der Hand befriedigt hätte.

Er umfasste mit einer Hand ihre Haare am Nacken. Sehr fest. Es schmerzte ein wenig, doch sie bemerkte den Schmerz kaum, denn sie war vollkommen gebannt von der Schönheit seiner breiten Eichel, die durch ihre Fäuste glitt. Es war fantastisch. Erregend.

Reaper begann, ihren Kopf in die Richtung seines Schwanzes zu drücken. Ihr Herz hämmerte, als sie begriff, was er vorhatte. Sie entspannte sich und lieferte sich ihm aus. Sie überließ ihm wie versprochen die volle Kontrolle.

»Sag mir, was du willst«, flüsterte sie.

»Nichts. Noch nicht. Nur deinen Atem.«

Anyas Hände rieben ihn weiter. Er steigerte das Tempo. Sie umfasste ihn fester, weil seine Hand ihre Fäuste fast zerquetschte. Er lenkte ihren Mund so weit, dass sie den Moschusduft seines Geschlechts tief einatmen und beim Ausatmen Verlangen und Begierde aus ihrer Lunge auf die breite, samtene Spitze mit den verführerischen Tröpfchen strömen lassen konnte.

»Berühr mich mit deiner Zunge, Anya. Nur ganz sachte. Versuche nicht, weiter zu gehen.«

Sie hielt sich strikt an seine Angaben. Es war ein bisschen beängstigend, doch gleichzeitig extrem erregend, wie er ihren Kopf über seinen Schwanz drückte und seine Hände ihre Hände zwangen, ihn immer schneller zu reiben. Er sorgte dafür, dass sich ihr Kopf knapp oberhalb seines Schwanzes befand, sodass sie tatsächlich nur behutsam mit der Zunge über die Spitze fahren und ein paar der köstlichen Tropfen aufschlecken konnte.

Sein Körper erbebte, und er zerrte ihren Kopf zurück. Der Schmerz in ihrer Kopfhaut war nichts im Vergleich zu dem Stich, der durch ihr Herz schoss. Doch er hatte ihren Kopf nur eine Handbreit weg von seinem Schwanz gezogen. Jetzt atmete er tief durch.

»Verfluchte Hölle, Frau. Das war wie Feuer.«

Ihr Herz beruhigte sich wieder etwas. »Du schmeckst köstlich.«

»Ja? Willst du mehr?«

»Ja«, flüsterte sie. »Wenn du es mir geben kannst.«

»Renn nie mehr weg, Anya.«

»Lass nie mehr eine andere Frau berühren, was mir gehört«, erwiderte sie. Sie war nicht bereit, die Schuld an dem Mist, den er verursacht hatte, weil er nicht mit ihr geredet hatte, auf sich zu nehmen.

»Ich habe ihr nicht erlaubt, mich zu berühren.«

Das stimmte natürlich. Er hatte nicht eingewilligt. »Wenn ich sie noch mal sehe, hau ich ihr eine runter«, sagte sie grimmig. »Aber im Moment hätte ich am liebsten noch mal einen kleinen Geschmack von dir.«

»Ja? So einfach bekommst du es nicht, Baby.«

Neckte er sie? Hörte sie Freude in seiner Stimme?

»Was soll ich denn tun?«

»Bitte mich darum. Ich gebe dir etwas ganz Besonderes, Baby. Etwas, das keine andere je bekommen wird.«

Das stimmte. Hoffentlich. Sie hoffte, dass es wirklich nur ihre Hände und ihr Mund sein würden, die er würde ertragen können. »Ich würde dich sehr gern noch einmal schmecken, Reaper. Bitte!« Sie versuchte, nicht zu lachen, obwohl sie unendlich glücklich war. Die Sache konnte jederzeit schiefgehen, das war ihr überaus klar. Doch im Moment teilten sie einen wundervollen Augenblick, an den sie sich immer liebevoll erinnern würde. Vielleicht würde es das einzige Mal sein, mit dem sie sich dann beide zufriedengeben müssten. Umso mehr wollte sie jede Sekunde davon auskosten in der Hoffnung, dass sich noch weitere solcher Gelegenheiten ergeben würden.

Er drückte ihren Kopf wieder tiefer. »Nur deine Zunge!«

Sie kam ihm ein bisschen näher und schleckte gierig die Tropfen auf, die immer weiter aus ihm herausquollen. Behutsam fuhr sie mit der Zunge darüber, dann wurde sie mutiger und ließ die Zunge auf ihm tanzen. Schließlich fuhr sie die lange, hervorstehende Ader damit nach. Er zog ihren Kopf wieder eine Handbreit zurück, doch sie war so hochgestimmt, dass sie den Schmerz an ihrer Kopfhaut kaum spürte.

Reapers Atem ging schneller, und seine Hüften bewegten sich und bauten einen Rhythmus auf. »Jetzt saug daran. Fest. Ich will es spüren. Halt mich noch fester.«

Sie festigte ihren Griff, wartete jedoch, bis er ihren Kopf wieder nach unten drückte. Dann schloss sie den Mund um ihn und begann heftig zu saugen. Sein Atem schien zu explodieren. Er fluchte, drückte ihren Kopf tiefer, zog ihre Hände weg. Nun lenkten seine Hände seinen Schwanz in ihren Mund, führten ihn immer tiefer in ihre Mundhöhle.

»Umfass meine Eier, Anya. Behutsam. Ganz vorsichtig.«

Sie wusste, dass andere nicht so behutsam gewesen waren. Deshalb gab sie sich die größte Mühe, seine Anweisungen genauestens zu befolgen. Sie wollte, dass er diese Erfahrung in vollen Zügen genoss und sie gerne wiederholen würde. Sich nach ihren Händen und ihrem Mund sehnte, nachdem er das Gefühl kennengelernt hatte.

Wieder zerrte er ihren Kopf weg. Sie ließ ihn gewähren, denn sie wollte ihm versichern, dass er die totale Kontrolle hatte. Er stieß sie nicht weg, atmete jedoch heftig und rubbelte seinen Schwanz.

»Bearbeite sie, Baby. Auch mit deinem Mund.« Er drückte ihren Kopf nach unten, und sie schleckte an seinem schweren Sack, saugte daran, spielte mit den dicken Eiern. Schließlich zog er ihren Kopf wieder hoch und drückte ihn auf seinen Schwanz.

»Fick mich mit dem Mund.«

Sie gehorchte und saugte so stark es ging an ihm, ließ ihn ihren Kopf nach oben ziehen und nach unten drücken. Schließlich übernahm er das Geschehen komplett, was sie all ihren Mut und all ihr Vertrauen kostete. Er hielt ihren Kopf nach unten gedrückt, sodass sein Schwanz tief in ihren Rachen rutschte und sie durch die Nase atmen musste, während sie weiter an ihm saugte.

Keuchend bäumte er sich auf. Dabei berührte er ihre Kehle. Sie rang um Atem. Sofort zog er sie weg und umfasste ihre Taille. »Führ mich in dich ein. Ich muss in dir sein, Baby. Von vorn, so wie du jetzt auf mir sitzt.«

Erleichtert sank sie auf sein Glied und ließ sich von ihm ausfüllen. Ihn endlich in sich zu spüren war ein irres Gefühl. Sie fürchtete, dass ihr Körper dieser Invasion nicht nachgeben würde, doch plötzlich war er ein Teil von ihr, und es war köstlich. Perfekt.

»Glühend heiß, Anya. Du fühlst dich immer wie ein verdammter Brennofen an, wenn du mich mit deinem Feuer umgibst.« Er begann, sich zu bewegen, und zog sie tief zu sich herab.

Anya passte sich seinem Rhythmus an und ritt ihn heftig. Spürte, wie das Feuer ihren Rücken entlangraste. Sie riss sich das Hemd vom Leib, streichelte seine Brust und betrachtete sein Gesicht. Die sinnlichen Linien, die die Lust vertieft hatte. Seine Augen, die sich vor Begehren verdunkelt hatten. Sie ritt ihn, so lange sie konnte, während die Flammen an ihren Schenkeln entlangrasten, über ihre Brüste in ihren Bauch tanzten und der Knoten in ihr sich immer fester schnürte.

»Honey, ich kann nicht mehr.«

»Nein«, widersprach er. »Noch nicht. Ich will nicht, dass du jetzt kommst und mich mit dir reißt.«

Sie biss sich auf die Lippen und ließ sich wieder fallen, bäumte sich ihm entgegen. Doch die Reibung wurde dadurch nur noch stärker. Er zog und zwirbelte ihre Nippel, bis ihr Körper sich anfühlte, als würde er implodieren, wenn sie jetzt nicht losließ.

»Ich kann mich nicht mehr zurückhalten.«

»Nein. Noch nicht. Halt noch ein bisschen länger durch, Anya.« Es war Bitte und Befehl zugleich. »Tu es mir zuliebe. Ich verspreche dir, es wird sich lohnen.«

Sie versuchte, sich zurückzuziehen, doch er ließ sie nicht los. Immer wieder vergrub er sich tief in ihr und schickte die Feuersbrunst durch ihren ganzen Körper. Plötzlich verließen seine Finger ihre Brüste und machten sich an ihrer Spalte zu schaffen.

»Das ist das reine Paradies, Baby. Ich liebe deinen Mund. Ich liebe deine köstliche Pussy. Ich liebe es, dass du mir gehörst.« Seine Finger fingen an, um ihre Klitoris zu kreisen.

Sie keuchte und packte sein Handgelenk. »Wenn du das tust, kann ich mich nicht mehr zurückhalten.«

»Ich will deine Hände auf deinen Titten sehen, Anya. Ich liebe es, wie du im Moment aussiehst. So geil. So verzweifelt. Du willst, was ich dir geben kann, stimmt's?«

»Ja!« Fast schluchzte sie und versuchte, nicht an seine Finger zu denken, die sie folterten und ihr zugleich die höchste Lust schenkten.

»Du bist so verdammt schön, Baby. Ich könnte dich den ganzen Tag anschauen, wenn du so aussiehst. Jetzt, Baby, gib es mir jetzt.«

Er bearbeitete ihre Klitoris hart, und sie schrie laut auf. Ein Schluchzer entrang sich ihrer Kehle, als ihr Körper in Millionen Stücke zersprang. Farben sammelten sich hinter ihren Augen, sie funkelten und blinkten, ihr Körper zog an seinem, packte ihn, molk ihn. Seine Finger vergruben sich in ihrer Hüfte, ihr wilder Orgasmus entrang ihm seinen Samen. Jeder heiße Spritzer löste eine weitere lustvolle Kontraktion aus, Schockwellen durchrieselten ihren Körper, sodass ihre Scheide ihn wieder und immer wieder umklammerte.

Schließlich brach sie zusammen und vergrub das Gesicht an seiner Schulter. Er umklammerte sie, während sie um Atem rang. Sie fürchtete schon, dass sie nie mehr atmen und er ihr jede Rippe brechen würde, doch sie bewegte sich nicht.

»Ich habe dich mit den Händen berühren können, Reaper. Es war wunderbar. Einfach perfekt«, ächzte sie. Tränen traten ihr in die Augen, sie wischte sie an seiner Schulter ab. »Vielen Dank, dass du es zusammen mit mir versucht hast.«

»Du weißt, dass ich jede Sekunde geliebt habe. Und du hast mich in den Mund genommen. Du hast mir die totale Kontrolle überlassen, ohne auch nur eine Sekunde zu zögern. Du bist nicht nur die schönste Frau der Welt, sondern auch die klügste und die tapferste.«

Sie lachte. Ihre Erleichterung war grenzenlos. Sie wusste, dass sie immer noch Probleme haben würden, doch diesmal hatten sie einen Weg gefunden. Sie hoffte, dass das der Anfang für viele weitere Male war. »Es hat mir große Freude gemacht, dich zu massieren, Reaper. Ich würde das gern öfter machen und hoffe, dass du dich dann an meine Hände gewöhnst. Und jedes Mal, wenn du gern meine Hände oder meinen Mund auf dir spüren möchtest, übernimmst du die Kontrolle.«

Er streichelte ihre Haare. »Ist das okay für dich, Anya? Mir die Kontrolle zu überlassen? Ich hätte meinen Schwanz in deinen Hals stoßen können. Es fühlte sich so verdammt gut an.«

»Das kann ich mir denken, aber du weißt, dass ich dafür noch nicht bereit bin. Du kannst mir Anweisungen geben. Es erregt mich sehr. Ich vertraue dir, dass du mich nicht verletzen wirst.«

»Das kannst du, Anya. Ich werde immer gut auf dich aufpassen. Jetzt bist du sicher sehr erschöpft. Geh hoch und schlaf ein bisschen.«

»Ich gehe nicht hoch. Ich schlafe hier bei dir«, erklärte sie stur.

»Anya«, sagte er warnend. »Das geht nicht. Ich habe dich geschlagen.«

»Du hast mich nicht geschlagen, du hast mich weggestoßen.« Sie versuchte, es scherzhaft klingen zu lassen. »Meine Haare haben dich angegriffen.«

»Nein, das kommt nicht infrage.«

»Du sollst mich festhalten, bis ich eingeschlafen bin, und dann kannst du eine Schranke zwischen uns errichten, damit ich mich nicht im Schlaf über dich hermache.«

Er beugte sich nach unten und biss in ihre Schulter. Sie jaulte auf und funkelte ihn böse an.

»Das war gemein.«

»Ich bin gemein. Das hast du gewusst, als du dich auf mich eingelassen hast. Du wirst ein bisschen herrschsüchtig, Frau.« Der neckende Tonfall wich aus seiner Stimme. »Nein, ich werde dein Leben nicht aufs Spiel setzen. Ich könnte es mir nie verzeihen, wenn dir etwas zustieße.«

»Das wird nicht passieren. Vielleicht schaffen wir es nie, ein Schlafzimmer zu teilen, doch das macht mir nichts aus. Vielleicht kommen wir nie so weit, dass ich dich berühren kann, wenn ich Lust darauf habe, doch auch das macht mir nichts aus, weil es echt scharf ist, wie wir es heute Nacht gemacht haben. Aber es macht mir etwas aus, ohne dich zu schlafen. Ich weiß, dass du nicht vor mir einschlafen wirst, also kannst du die Aufgabe übernehmen, ein paar Decken zusammenzurollen und ein paar Kissen aufzutürmen, jedenfalls eine breite Barriere zwischen uns zu errichten. So breit, wie du sie für nötig hältst.«

Sein Blick schweifte über ihr Gesicht. Beschattete Augen. Sexy. Sie hielt den Atem an. Er rührte sich nicht.

»Ich brauche das, Reaper«, flüsterte sie.

»Ich sollte dich nachts einsperren, weil du brandgefährlich

bist. Du verwandelst mich in einen verdammten Pantoffelhelden. Red nie vor meinen Brüdern so mit mir.«

Erleichtert lächelte sie ihn an. Sie konnte nicht anders. Dann schlang sie die Arme um seinen Nacken und küsste ihn. »Danke, Honey.«

Er erwiderte ihren Kuss. Ließ nicht mehr von ihr ab, bis er sie schließlich ein weiteres Mal vögelte, diesmal hart und schnell. Sie hatte nichts gegen die Stellung – sie wieder auf Ellbogen und Knien. Feuer war Feuer, und sie hatte ihn ja vorhin schon von vorn gehabt. Sollte er ruhig dominant sein, wenn er das wollte. Er hatte ihr in dieser Nacht bereits alles gegeben und noch viel mehr, und nun schenkte er ihr einen weiteren köstlichen Orgasmus.

Der Boden des Wohnbereichs war mit Decken übersät. Reaper hielt Anya fest, bis sie eingeschlafen war. Er konnte es kaum fassen, dass sie seinen Schwanz berührt hatte, mit den Händen und sogar mit dem Mund. Dabei hatte er kein einziges Mal den Impuls verspürt, gewalttätig zu werden. Sie hatte jegliche Kontrolle aufgegeben und ihm voll vertraut, und dann hatten sie es getan. Er konnte kaum erwarten, es noch einmal zu versuchen. Jede Nacht.

Sachte streichelte er ihren Zopf. Ihre herrliche Haarpracht, die er zu gern auf seinem Kissen aufgefächert gesehen hätte. Was er nicht alles von ihr wollte! Er wusste, dass er ziemlich gierig war, doch er glaubte fest an sie. An sie beide. Seine Probleme waren zwar noch lange nicht gelöst, und er war sich sicher, dass sie nie ganz gelöst werden würden. Doch Anya hatte einen Weg gefunden, an ihnen zu arbeiten.

Dass sie wollte, dass er ihre Hände wiedererkannte, fand er richtig gut. Nun hob er eine ihrer Hände und starrte im Mondlicht darauf. Sein Daumen glitt über ihren Handteller. Einmal, zweimal. Ihre Hände waren klein im Vergleich zu seinen, doch sie übten eine immense Macht über ihn aus. Er wusste, dass sein Körper ihre Berührung jederzeit erkennen würde, doch das wollte er ihr nicht sagen. Eine abendliche Massage, ein Blowjob, sein Schwanz, tief in ihr vergraben, all dies war sehr verlockend. Zum ersten Mal hatte er Hoffnung. Er übersäte ihre Hand mit sanften Küssen. Hoffnung war etwas sehr Zerbrechliches. Er war entschlossen, sie für sie beide am Leben zu halten.

Behutsam rutschte er von ihr weg, rollte ein paar Decken zusammen und legte sie an ihren Rücken. Er grinste, als sie leise murmelnd protestierte. Da er wusste, dass er jetzt noch nicht schlafen konnte, begann er, leise herumzulaufen. In dem Moment hätte er gern eine Zigarette geraucht. Doch diese Gewohnheit hatte er sich nie zugelegt, weil er ein Jäger war. Oft hatte der Rauch einer Zigarette ihm seine Beute verraten und die Verfolgung erleichtert. Noch leichter war es, wenn die Zielperson Haschisch rauchte.

Es machte ihm immer noch schwer zu schaffen, dass er beinahe eine Frau umgebracht hätte. Diese Erfahrung war noch viel zu frisch, um jetzt das Risiko einzugehen, neben der Frau einzuschlafen, die er über alles liebte. Jederzeit konnte ihn wieder ein Albtraum heimsuchen, und sie wäre gefährdet. Als er nachdenklich aus dem Fenster starrte, fiel ihm ein, dass sie wohl dichte Vorhänge brauchten, wenn sie weiter in diesem Raum schliefen. Sie war als Bartender die halbe Nacht wach und musste am nächsten Tag ausschlafen.

Anya glaubte daran, dass sie ihre Probleme bewältigen konnten. Nach der Erfahrung der heutigen Nacht begann auch er Hoffnung zu schöpfen. Er lief eine Weile auf und ab. Schließlich trat er an die Fensterfront, die direkt aufs Meer hinaus führte. Es tobte in diesen frühen Morgenstunden, der Wind schlug weiße Schaumkronen auf, das Wasser war schwarz und aufgewühlt. Es spiegelte seine Stimmung.

Er drehte sich um und betrachtete die Frau, die auf dem Fußboden schlief. Nicht in dem bequemen Bett im Obergeschoss, sondern auf dem verdammten Fußboden, und das nur, weil ihr Mann es nicht ertragen konnte, in einem relativ kleinen Raum mit wenigen Fenstern zu schlafen. Sie hatte bloß gelacht und ihm erklärt, dass es ihr egal sei, wo sie schlief, solange sie bei ihm war. Er hatte gewusst, dass sie die Wahrheit sagte. Sie würde ihm überallhin folgen. Wenn er ihr sagen würde, dass er eine Tour unternehmen wollte, ohne festes Ziel, würde sie sofort hinter ihm aufs Bike steigen.

Sie war wunderschön. Sie hatte den besten Mann der Welt verdient. Und was bekam sie? Ihn. Doch sie hatte sich für ihn entschieden, obwohl sie seine Probleme kannte. Konnte er tatsächlich ein Ehemann und Vater werden wie der Zar? Früher hatte er sich darüber lustig gemacht, weil er gewusst hatte, dass es unmöglich war, doch jetzt ... Er schüttelte den Kopf und sank auf den Stuhl neben ihrem Lager.

Einmal hatte er den Zar gefragt, ob er denn glaube, dass er den Kindern, die sie aufgenommen hatten, ein guter Vater sei. Seine Antwort hatte ihm eingeleuchtet. Er könne für sie sorgen, hatte er gemeint, und sie beschützen. Er könne Blythe in Erziehungsfragen zur Seite stehen, mit den Kindern reden, und sie lieben. In Situationen, in denen er nicht wusste, was zu tun war, müsse er sich auf Blythes Wissen verlassen. Doch er gehe davon aus, dass er schnell lernen würde, und wenn sich so eine Situation dann erneut ergab, könne er Blythe schon ein bisschen mehr unterstützen.

Im Grunde ging es darum, sich vorbehaltlos auf den anderen einzulassen. Reaper beugte sich nach unten und nahm Anyas langen Zopf in die Hand. Er musste sich entscheiden, ob er sie wegschicken oder sie behalten wollte. Wenn er sie wegschickte, durfte er sie später nicht verfolgen. Doch er wusste genau, dass er das tun würde. Ohne sie zu leben – dafür war er nicht stark genug. Er brauchte ihre Heiterkeit, er musste sich so sehen, wie sie ihn sah. Er konnte der Mann sein, den sie in ihm sah.

Also völlige Hingabe. Die konnte er aufbringen. Er hatte das Gefühl, dass er es bereits tat. Wenn sie bereit war, einen Weg für sie beide zu finden, die Nacht gemeinsam zu verbringen – wenn sie bereit war, das Risiko einzugehen –, dann musste er sich darauf einlassen. Selbst wenn das bedeutete, dass er dem Zar alles gestehen musste. Wenn sie Kinder haben wollte, dann würde er für sie sorgen und ihrem Beispiel folgen, wie man mit Kindern umging. Der Club würde sie sicher auch unterstützen, obgleich die anderen kaum mehr wussten als er.

»Reaper?«

Ihre langen Wimpern flatterten, und er sah ihr in die Augen. Ihm stockte der Atem. Sie war schläfrig. In diesem Zustand konnte sie ihre wahren Gefühle nicht verbergen. Er kannte die Liebe seiner Brüder und Schwestern. Er wusste, dass sie einander treu ergeben waren. Anyas Liebe war anders. Sie war sanft. Beschützend. Sexuell. Tröstlich. Sie umfasste alles Mögliche, und der Ausdruck, der im Moment auf ihrem Gesicht lag, umfasste das Wesentliche. Er sagte ihm, dass er ihr Mann war und sie keinen anderen wollte.

»Schlaf weiter, Baby. Du musst heute Abend arbeiten, und wir müssen später noch einiges erledigen.« Was, wusste er zwar nicht, doch er wollte, dass sie schlief, damit er nicht auf krumme Gedanken kam. Sein Schwanz führte sich schon wieder auf – so, wie er es immer tat, wenn Anya in der Nähe war. Und dabei hatte er sie doch schon zweimal gehabt.

Sie lächelte, und ihre Wimpern senkten sich wieder. Sie schlief lächelnd ein. Er beobachtete sie. Sie schlief voller Zuversicht ein. Dass sie ihren Weg finden würden. Also musste auch er zuversichtlich sein. Er streckte sich neben ihr aus, auf der anderen Seite der zusammengerollten Decken. Seine Waffen befanden sich auf der gegenüberliegenden Raumseite. Er konnte sie rasch holen, wenn das nötig wurde, doch er konnte keine versehentlichen Fehler begehen. Die Decken würden dafür sorgen, dass sie sich nicht berührten, selbst wenn sich einer von ihnen im Schlaf umdrehte. Auf diese Weise war dafür gesorgt, dass seine Frau sich nicht in seine Albträume schleichen konnte.

Dennoch streckte Reaper nun den Arm aus und schlang ihn um sie. Er wusste, dass er das nicht tun sollte, solange er seine Albträume nicht hundert Prozent im Griff hatte. Doch es beruhigte ihn, wenn er sie berührte. Er glitt mit der Hand unter ihre Brüste und breitete die Finger aus, um sein Territorium zu markieren. Er lauschte ihrem leisen Atem.

»Für dich tue ich alles, Baby«, flüsterte er. »Wirklich alles.« Das war sein voller Ernst.

## 19. Kapitel

Sie kamen kurz nach Mitternacht – sieben Mitglieder der Diamondbacks. Sie machten nicht viel Lärm, im Gegenteil, sie waren ausgesprochen still, sahen sich um, gingen zu den Tischen im hinteren Teil des Raumes direkt gegenüber der Bar, verscheuchten mit grimmigen Blicken die Leute, die dort saßen, und ließen sich nieder.

Dienstags war meist nicht viel los. Da reichten eine Kellnerin und ein Bartender. Preacher war zu irgendeinem großen Treffen gegangen, das der Zar im Clubhaus einberufen hatte. Auch Reaper war dort. Fatei war heute der Aufpasser, doch falls die Diamondbacks Ärger machten, würde er es nicht mit ihnen aufnehmen können. Anya hatte Absinth vergessen, der im Flur saß und den Monitor überwachte. Dem Club war die Sicherheit der Frauen ein ernstes Anliegen. Nun trat Absinth zu ihr, griff um sie herum und drückte lässig den Knopf, der mit dem Clubhaus verbunden war.

»Das hättest du selbst tun sollen, Schätzchen«, sagte er leise, trat um sie herum und klappte die Scharniertür im Tresen hoch, um in den Gastraum zu gelangen.

Anya bemerkte, dass drei weitere Einheimische ihre Drinks stehen ließen und gingen. Sie hörte weitere Harleys herandüsen. Große Maschinen. Sie senkte den Blick und versuchte, ruhiger zu werden. Sie war eine verdammt gute Barfrau. Schnell, tüchtig. Sie konnte es mit jedem aufnehmen. Betina nickte ihr zu und folgte Absinth zu den Tischen, an denen die Diamondbacks saßen.

»Schön, dass ihr mal bei uns vorbeischaut«, begrüßte Absinth die Gäste. Auch wenn er nicht lächelte, schaffte er es doch, einladend zu klingen. »Die erste Runde geht aufs Haus. Sagt Betina, was wir für euch tun können.«

»Du kannst mir die Barfrau vorstellen«, sagte einer.

Absinth verzog keine Miene. »Anya? Sie ist fantastisch, und außerdem ist sie Reapers Lady.«

Betina schenkte den Burschen ihr strahlendstes Lächeln. »Was darf ich euch bringen?«

In dem Moment kamen sieben weitere Diamondbacks herein. Anya schwante nichts Gutes. Sie alle schauten bestimmt nicht nur zum Vergnügen vorbei, zumal niemand die Torpedo Inks vorgewarnt hatte. Sie wusste nicht viel über das Clubleben, doch wenn die Diamondbacks unterwegs waren, war das normalerweise allen bekannt. Und dieser Ausflug war definitiv nicht angekündigt worden.

Absinth und Betina traten zur Seite, als die Diamondbacks Tische zusammenrückten, um Platz für die Neuankömmlinge zu schaffen. Die beiden halfen ihnen mit den Stühlen.

»Ist der Zar im Lande?«, fragte einer von ihnen. Sein Patch besagte, dass er der Präsident des Mendocino-Chapters war.

Absinth nickte. »Er kommt gleich.«

Betina brachte ihnen ihre Getränke, und Anya konzentrierte sich auf die rasche Zubereitung der Drinks. Sie stellte sie auf Tabletts, und Betina brachte sie zu den Tischen. Nachdem sie die Männer bedient hatte, kehrte sie zurück, beugte sich über die Bar und sah aus, als wollte sie zeigen, was sie unter ihrem kurzen Rock trug. Doch sie wollte Anya etwas zuflüstern.

»Wenn sie Ärger machen, sieh zu, dass du hier rasch verschwindest. Versuche nicht, einzugreifen. Diese Kerle verstehen keinen Spaß. Und wenn wir schon dabei sind: Ich wollte dich noch warnen und dir sagen, dass Tawny stinksauer ist. Lana und Alena haben sie besucht. Offenbar gefiel es den beiden nicht, dass Tawny nicht von Reaper ablassen wollte, nachdem er Nein gesagt hatte. Sie sah nicht sehr gut aus, als sie sich verzogen hat, und sie ist ziemlich nachtragend. Also pass auf dich auf, wenn du hier rausgehst.«

Anya wusste nicht, ob Betina das Thema gewechselt hatte, weil sie sie hatte warnen wollen, oder ob sie es getan hatte, weil zwei Diamondbacks sich nicht zu den anderen gesetzt hatten und durch die Bar schlenderten, und Betina nicht dabei ertappt werden wollte, wie sie über sie redete. Anya nickte, um ihr zu zeigen, dass sie zuhörte, doch nun rollten weitere Motorräder an, und sie kannte die Bikes mittlerweile recht gut. Auch Reapers Bike war darunter.

Reaper und Savage kamen durch die Eingangstür herein und blieben erst mal wie üblich stehen, um den Raum zu scannen. Reaper bemerkte, dass einer der zwei Diamondbacks, die sich nicht hingesetzt hatten, der Bar und somit auch Anya ziemlich nahe war. Er ließ seinen Blick zur Mitte des Tresens schweifen und gab Anya damit zu verstehen, dass sie sich dorthin stellen sollte. Dahinter lag die Tür zum Gang. Anya tätschelte Betinas Hand, lächelte ihr kurz zu und trat an die Stelle, an der Reaper sie haben wollte.

Maestro tauchte hinter ihr auf. »Tut mir leid, dass ich mich verspätet habe, Anya. Ich musste erst noch eine Packung Eiscreme niederkämpfen.«

»Du altes Schleckermaul«, tadelte sie ihn scherzhaft, auch wenn sie wusste, dass er Unsinn verzapft hatte.

Die Tür ging auf, und Lana und Alena traten ein. Beide sahen wie immer umwerfend aus und zogen alle Blicke auf sich. Lanas dunkle Haare wellten sich an ihrem Kinn und lenkten die Aufmerksamkeit auf dieses elegante Detail. Ihr üppiger Mund und ihre dunklen, von langen schwarzen Wimpern gerahmten Augen ließen sie exotisch und geheimnisvoll wirken. Ihre enge Jeans und ihr noch engeres Tank Top betonten die üppigen Kurven. Auch wenn sie ihrer Kleidung nach ein typisches Biker-Babe war, wirkte sie durch und durch elegant.

Alenas dichtes platinblondes Haar reichte ihr bis zur Taille und rahmte ihr Gesicht in wilden Wellen. Ihre eisblauen Augen wirkten magnetisierend. Wie Lana trug sie Jeans, die sich aufreizend an ihr Hinterteil schmiegten, und ihre Brüste drohten, aus dem roten BH zu quellen, der ein Teil ihres schwarzen Tank Tops zu sein schien.

Anya hatte keine Ahnung, wie sie es anstellten, doch die zwei Frauen beherrschten sofort den ganzen Raum. Die Luft schien zu knistern, und alle gafften sie an. Ohne sich umzuschauen, traten sie direkt zur Bar und lächelten sie an.

»Hey, Mädel, ich hab dich vermisst«, sagte Alena. »Geht's dir gut?« Gelenkig wie eine Katze glitt sie auf einen Barhocker und stemmte die Ellbogen auf den Tresen.

Anyas Nervosität legte sich sofort. Alena und Lana strahlten stets ein immenses Vertrauen aus – in sich selbst und in den Club. Egal, was passierte, sie würden mithelfen, die Dinge zu regeln. Anya wollte gern dazulernen und sich bei den beiden eine Scheibe abschneiden, um in brenzligen Situationen einen ähnlichen Beitrag leisten zu können.

»Sehr gut, Alena. Echt gut. Alles bestens«, sagte sie nun. »Willst du was trinken?«

Alena nickte. »Mach mir was Gutes. Ich brauch heute Abend echt was zum Aufmuntern.«

Lana glitt auf den Hocker neben sie. Alena gab eine kleine Vorstellung, indem sie auf dem Hocker hin und her rutschte, bis sie eine bequeme Stellung gefunden hatte. Damit hypnotisierte sie die Männer im Raum, die ihren Hintern nicht aus den Augen ließen. »Das stimmt. Mix ihr was Erfrischendes.«

»Und Starkes«, fügte Alena hinzu und fuhr mit einem knallroten Fingernagel über die Bar, als wäre es Haut, die sie streichelte.

Anya blickte hoch und versuchte, Reaper zu entdecken. Sie blinzelte. Er war nicht zu sehen, und auch Savage war verschwunden. Die beiden schienen mit dem Hintergrund der Bar verschmolzen zu sein. Das hatte aber keiner bislang bemerkt, vor allem nicht die vierzehn Diamondbacks, die nur Augen für die Frauen an der Bar hatten.

»Ich mach dir einen Mojito. Einen starken. Die Minze wird dich erfrischen, Alena. Wer oder was hat dich denn geärgert?« Sie griff nach der Flasche.

»Zeig uns mal ein paar deiner Tricks«, forderte Lana sie auf. »Das hast du uns doch versprochen.«

Anya wusste, dass Lana ein Ablenkungsmanöver startete. Die beiden Frauen hatten dafür gesorgt, dass Reaper und Savage unbemerkt ihre Positionen einnehmen konnten. Preacher lag bestimmt draußen auf dem Dach, bereit, die Torpedo Inks zu decken, wenn sie den Rückzug antreten mussten. Allmählich durchschaute sie, wie das hier lief.

Sie grinste kurz, dann griff sie zu einer Serviette. Ihr Daumen lag an der von ihr abgewandten Falte. Sie ließ sie kreisen wie ein Frisbee, legte sie sich auf den Handrücken, drehte die Hand um und ließ sie mit einer ausladenden Geste vor Alena fallen.

Alena lachte. »Hübsch.«

»Leicht«, erwiderte Anya und holte die Wodkaflasche. Den nächsten Trick hatte sie unzählige Male geübt, weil er ihr besonders gut gefiel. Die Flasche stand auf ihrem Handrücken, dann neigte sie die Hand ein wenig, erwischte die Flasche im Flug und neigte sie, um Alena ein Glas einzuschenken.

»Fantastisch«, sagte Lana.

»Es geht mir schon viel besser«, meinte Alena.

Ice und Storm kamen aus dem Flur in die Bar und bauten

sich hinter Anya auf. Der Zar folgte ihnen. Dahinter kamen Master und Player. Sie traten durch die Klappe im Tresen in den Gästeraum und bewegten sich dabei so geräuschlos, dass es keiner der Gäste zu bemerken schien.

Der Zar trat lächelnd zu den Diamondbacks. »Schön, dich wieder mal zu sehen, Plank«, wandte er sich an den Mann mit dem Präsidenten-Patch. »Absinth hat mich wissen lassen, dass du mich sprechen willst.«

Absinth hatte weder die Bar verlassen noch mit jemandem geredet. Anya blickte auf die Kamera über der Bar. Es gab ein gutes Dutzend Kameras im Raum, die meisten versteckt, sodass jeder Winkel der Bar auf dem Monitor zu sehen war. Bestimmt gab es auch Abhöranlagen. Sie nahm sich vor, in Zukunft daran zu denken, wenn sie mit Gästen plauderte. Viele erzählten ihr alle möglichen persönlichen Dinge.

»Ich hab was mit dir zu bereden«, sagte Plank. Er nickte den Diamondbacks zu, die an dem zweiten Tisch saßen. Sie erhoben sich sofort. »Lasst uns allein.«

»Betina, du kannst gehen«, sagte Ice. »Bannister, lass es gut sein für heute Abend.«

Der Alte warf einen Blick auf Anya. »Gehst du auch heim? Ich kann dich begleiten.«

»Sie bleibt«, erklärte Plank schroff.

In dem Moment, als der Präsident der Diamondbacks befahl, dass eine der Frauen von Torpedo Ink bleiben sollte, stieg die Spannung im Raum deutlich an. Bannister wirkte jedoch ungerührt. Er erhob sich, ohne die Diamondbacks eines Blickes zu würdigen. »Ich bin draußen, wenn ihr mich braucht«, verkündete er, ohne sich an eine bestimmte Person zu wenden, und verließ den Raum.

Ice folgte ihm, sperrte die Tür hinter ihm zu und lehnte sich dagegen. Storm stellte sich auf die gegenüberliegende Raumseite. Der Zar setzte sich auf einen der Stühle, die die Diamondbacks verlassen hatten. Master und Key nahmen links und rechts von ihm Platz.

Lana beugte sich zu Anya vor. »Wenn die Sache ausufert, leg dich auf den Boden«, sagte sie leise. »Heb den Kopf nicht hoch.«

Anya gefiel es gar nicht, dass Plank darauf bestanden hatte, dass sie blieb. Keinem der Torpedo-Ink-Mitglieder gefiel das. Vor wenigen Minuten hatte sie weitere Motorräder heranfahren hören. Sie wusste, dass die Torpedo-Ink-Leute in der Bar nicht die einzigen anwesenden Clubmitglieder waren. Die anderen warteten draußen. Sie rechneten also mit Ärger.

»Du hast uns Bescheid gegeben, dass eine Gruppe von Leuten eine Art Club gegründet hat, der sich ›Ghosts‹ nennt«, sagte Plank. »Was weißt du über sie?«

Der Zar nickte bedächtig. »Code, unser Hacker, ist über sie gestolpert. Sie haben einen anderen Club mit Geldforderungen erpresst, und der hat uns um Hilfe gebeten. Code fand heraus, dass sich unter den Ghosts mehrere reiche Geschäftsleute befinden, die Verbindungen zu Spielhöllen in Vegas wie auch in Reno unterhalten. Die Kerle fackeln nicht lang rum, sie haben keine Probleme damit, Frauen und Kinder aufzuschlitzen, wenn ihre Forderungen nicht erfüllt werden. Wir haben das selbst gesehen.«

»Mafia?«

»Verbindungen dazu ganz bestimmt. Ich denke, einige Söhne von Spielcasinobetreibern kamen auf die Idee, MCs ins Visier zu nehmen, weil wir uns nicht um Hilfe an Behörden wenden können. Sie fangen klein an. Mit Internetrecherchen spüren sie Motorradclubmitglieder mit einem Hang zum Spielen auf. Die machen sie dann richtig süchtig, bis sie sich in große Schulden gestürzt haben, und dann erpressen sie sie.«

Plank sah seine Leute an. »Willst du damit sagen, dass jemand in meinem Club ihnen Informationen über uns zugesteckt hat?«

Der Zar nickte. »Den Ghosts sind die Spielschulden ziemlich egal. Sie wollen Informationen über die Aktivitäten eines Clubs. Wenn man zum Beispiel Drogen über eine Pipeline vertreibt, dann wollen sie auch etwas davon haben. Sie wollen die Pipeline nutzen, um Geld zu verschieben. Dazu müssen sie wissen, was und vor allem wie man es tut. Wie viel Kohle für sie dabei herausspringt, und so weiter. Sobald sie diese Informationen haben, schnappen sie sich die Ehefrau des Clubpräsidenten. Deshalb haben wir euch gewarnt. Deine Frau stand auch auf der Liste. Wir haben euch die Beweise geschickt – die Fotos von ihr im Yoga-Unterricht, beim Joggen und wie sie die Kinder von der Schule abholt. Sie ist definitiv eine Zielperson.«

»Weißt du, wer ihr Informant ist?«

Der Zar schüttelte den Kopf. »Nein. Vielleicht könnte Code das für dich herauskriegen. Er ist ein Meister in seinem Fach.«

»Ich habe sie Tag und Nacht bewachen lassen und sie nachts eingesperrt. Sie war stinksauer. Die Kinder haben wir sicherheitshalber zu ihrer Mutter geschickt, und dort haben meine Leute sie bewacht. Trotzdem haben die Kerle meine Frau erwischt. Sie wussten genau, wo sie sich aufhielt. Zwei meiner Leute haben sie bereits umgelegt.« Plank warf einen Blick auf Anya. »Sie haben sie direkt vor meiner Nase entführt. Meine Frau!«

Der Zar trommelte unruhig auf den Tisch. »Das tut mir leid, Mann. Diese Scheißer lassen nicht mit sich reden, Plank. Entweder du befreist sie, oder du zahlst, was sie verlangen.«

Lana stand auf. Sofort erhoben sich die sieben Diamondbacks und stellten sich ihr in den Weg. Sie grinste sie an. »Ich muss mal. Kommt ruhig mit, wenn ihr wollt.« Sie verschwand hinter der Tür, die zur Damentoilette führte.

Alena beugte sich über die Bar zu Anya. »Sie schaut nach, wie es Blythe geht«, flüsterte sie.

Anya nickte kaum wahrnehmbar. Ihr war klar, dass Plank sie vage bedroht hatte, indem er darauf beharrt hatte, dass sie blieb. Sie wusste, dass die Mitglieder von Torpedo Ink in höchster Alarmbereitschaft waren, doch ihr war nicht klar gewesen, dass sie der Grund dafür war, und dass sie sie tatsächlich bedrohten. Sie war als Reapers Frau vorgestellt worden. Nervös begann sie, die Bar aufzuräumen.

Planks Vollstrecker, Jiff, war durch die Patches auf seiner Jacke leicht zu identifizieren. Er war ziemlich groß. Furcht einflößend groß. Reaper beobachtete ihn, wie er im Raum auf und ab lief, um den Torpedo Inks zu zeigen, dass er sie beobachtete. Reaper wie auch Savage bemerkte er jedoch nicht. Er hatte nicht einmal bemerkt, dass sie abgetaucht waren.

Die größte Bedrohung ging jedoch von einem schlanken Mann aus, der kaum auffiel. Er lehnte mit verschränkten Armen an der Wand und verhielt sich beinahe so unauffällig wie Reaper. Dieser Mann hatte offenbar bemerkt, dass zwei Torpedo-Ink-Leute verschwunden waren, und suchte den Raum unablässig nach ihnen ab. Seinem Patch zufolge war er der Road Captain und hieß Pierce. Reaper wusste, dass das Quatsch war. Falls es trotzdem zutraf, so war er dennoch Planks größter Beschützer. Er stand hinter Plank an der Wand. Von dort aus konnte er ihm Deckung geben und ihn im Notfall auf den Boden drücken.

Es gab vierzehn Diamondbacks auf ihrem Gelände. Drei Prospects standen draußen, zwei vollwertige Mitglieder patrouillierten auf dem Parkplatz. Wenn es zur Sache ging, würde Preacher diese beiden und die drei Prospects beseitigen. Drei würde er töten, bevor überhaupt jemand merkte, was los war. Der Vierte würde wohl in dem Versuch, das Feuer zu erwidern, zu Boden gehen. Der Fünfte könnte ein Problem werden.

Er hatte den Road Captain, den Vollstrecker und den Diamondback, der rechts neben dem Präsidenten saß, im Auge. Savage würde drei weitere der am Tisch Versammelten töten, der Zar würde den Präsidenten töten, bevor er sich auf den Boden warf. Ice und Storm würden jeweils zwei erledigen, Lana und Alena hatten auf ihre Zielpersonen hingewiesen, Master und Keys würden den Rest übernehmen. Sobald Plank auf nicht allzu subtile Weise Anya bedroht hatte, war er für Reaper ein toter Mann. Selbst wenn er ihn nicht in dieser Nacht töten würde, wäre er nie mehr vor ihm sicher.

»Dein Mann, dieser Code – kann er herausfinden, wo sie sie festhalten?«, wollte Plank wissen.

»Vielleicht. Bei der Befreiung der Frau des Demon-Präsidenten haben wir ihren innersten Zirkel unschädlich gemacht. Ich hätte nicht gedacht, dass sie sich so schnell regenerieren.« Der Zar wies nicht mehr darauf hin, dass sie angeboten hatten, Planks Frau zu beschützen und die Bedrohung ausfindig zu machen. Plank hatte ja bereits ziemlich unhöflich bemerkt, dass sie mit ihren Problemen alleine fertigwerden würden.

»Hier ist sie nicht, oder?«, fragte Plank nun sehr direkt.

Der Zar lehnte sich zurück. »Soll das ein Witz sein? Wenn ja, dann ist es ein verdammt schlechter. Wir sagen euch Bescheid, dass ihr ins Visier von irgendwelchen Arschlöchern geraten seid, und bieten euch unsere Hilfe an, ohne irgendeine Gegenleistung zu fordern, und dann unterstellt ihr uns, dass wir sie entführt haben?«

»Nein, das war keine Unterstellung, sondern eine Frage. Sie ist seit acht Stunden verschwunden. Ich habe versucht, den Mistkerl zu finden, der ihnen geholfen hat, bin dabei jedoch nicht weitergekommen.«

Der Zar hob die Hand, und Absinth, der wieder Stellung hinter der Bar bezogen hatte, um Maestro zu helfen, Anya zu beschützen, zog los, um Code zu holen. Reaper hatte keine Ahnung, ob Code herausfinden konnte, wohin sie die Frau verschleppt hatten, aber ihm war klar, dass sein Club Ärger am Hals hatte. Die Diamondbacks hatten Chapter in der ganzen Welt. Es war ein riesengroßer Club, der keine Probleme damit hatte, sich gewaltsam zu nehmen, was er wollte. Torpedo Ink hatte dem Club seine Achtung erwiesen, damit sie mit den Leuten keinen Ärger bekamen.

»Kennst du Reaper?«, fragte der Zar.

Plank schüttelte den Kopf. »Nein.« Er klang gereizt.

»Ich finde, du solltest ihn kennenlernen.«

Plank zuckte mit den Schultern. »Na, dann los.«

Reaper trat aus den Schatten. Es war, als wäre ein Teil der dunklen Wand zum Leben erwacht. Sein vernarbtes Gesicht war ausdruckslos, seine Augen tot. Nicht nur kalt, sondern leer und eiskalt. Diese Augen richtete er nun auf Plank. Er gab ihm mit seinem Blick zu verstehen, dass seine Tage gezählt waren und er ihm sein verdammtes Herz aus dem Leib reißen würde, weil er seine Frau bedroht hatte.

»Reaper, das hier ist Plank, der Präsident des Mendocino-Chapters«, sagte der Zar. »Reaper ist unser Vollstrecker. Einer von zweien. Sein Bruder treibt sich auch hier irgendwo rum.«

Der große Bursche, der im Raum herumgelaufen war, trat zu ihnen und baute sich direkt vor Reaper auf. Offenbar war er zu töricht, um zu erkennen, dass Reaper ihn in Sekundenschnelle töten würde. Der Kerl machte es ihm leicht, ja, er schien direkt darum zu bitten.

»Reaper!«, sagte der Zar leise.

Reaper rührte sich nicht von der Stelle und wandte den Blick nicht ab. Diese Männer hatten Anya bedroht. Savage würde jetzt den anderen übernehmen, Pierce, der nicht mehr so lässig an der Wand lehnte. Lana kam aus der Toilette und trat in den Kreis der Männer, die auf sie gewartet hatten.

Plank musterte Reapers grimmige Züge, dann lehnte er sich zurück und wandte sich wieder an den Zar. »Mistkerl.« In seiner Stimme lag jedoch eine gewisse Achtung. »Ihr habt sie wirklich nicht.«

»Nein. Wir haben euch Informationen geliefert und unsere Hilfe angeboten«, wiederholte der Zar.

Reaper war klar, dass der Präsident der Diamondbacks seinen Posten nicht grundlos innehatte. Er war intelligent, genau wie der Zar. Er konnte Männer und Situationen durchschauen. Plank schickte seinen Vollstrecker weg. »Lass es gut sein, Jiff.«

Jiff hörte nicht auf, Reaper anzustarren. Plank seufzte und sagte: »Spinnst du? Reaper, wir wollen deiner Lady nichts tun. Ich führe keinen Krieg gegen Frauen. Jiff, ich hab dir gesagt, dass du abtreten sollst.« Nun lag Stahl in seiner Stimme.

Reaper nickte kaum merklich. Er trat an Jiff vorbei, als wäre der Mann es nicht wert, von ihm bemerkt zu werden. Auf diese Weise machte er sich einen Feind, und dabei hatten sie sich schwer ins Zeug gelegt, um nicht auf dem Radar der Diamondbacks aufzutauchen. Im Gegenteil, sie hatten versucht, etwas Gutes zu tun, indem sie sie warnten. Und jetzt kamen die Burschen mit diesem Mist an. Zum Teufel mit ihnen. Er würde einen nach dem anderen niedermachen. Auf eine günstige Gelegenheit warten und zuschlagen, wenn niemand sie verdächtigte.

Abermals musterte er den Präsidenten. Der Kerl war zu schlau. Er würde Verdacht schöpfen. Wenn es hart auf hart käme, würden sie alle sterben.

Code trat mit seinem Computer aus dem hinteren Bereich. »Ich hab hier was gefunden, Zar. Keine Ahnung, ob das der Ort ist, an dem sie sie festhalten, aber es gibt einen weiteren Club in Marin. Er ist kleiner als ihr Club in San Francisco, und soweit ich das beurteilen kann, gibt es dort keine unterirdischen Gänge.«

Er lief direkt an Anya vorbei, scheinbar so fixiert auf seinen Computer und die Information, auf die er gestoßen war, dass er die brenzlige Lage im Raum nicht bemerkte. Doch Reaper wusste es besser. Code war brandgefährlich. Er hatte die Bildschirme studiert und kannte die Position eines jeden Diamondbacks im Raum. Auch er hatte bereits einen Plan, wen er töten würde, genau wie Reaper. Genau wie sie alle. Allerdings hatte Reaper auch keinen Zweifel daran, dass Code tatsächlich Informationen hatte, die helfen würden, Planks Frau zu finden.

Code rempelte Anya an, als hätte er sie nicht gesehen. »Entschuldige«, murmelte er.

Reaper bemerkte, dass Anya kurz die Augen aufriss, und wusste, dass Code ihr eine Waffe in die Hand gedrückt hatte. Er war stolz auf seine Frau. Sie war zwar blass, doch sie blieb ruhig. Rasch versteckte sie die Waffe in greifbarer Nähe in einem Fach unter dem Tresen.

»Kein Problem. Ich hoffe, du kannst ihnen helfen, Code.« Diese Hoffnung war nicht geheuchelt. Sie hatte ja mit eigenen Augen gesehen, wozu die Ghost-Killer fähig waren.

Code trat an den Tisch und stellte seinen Laptop zwischen die zwei Präsidenten. Dann beugte er sich darüber und schützte mit seinem Körper den Zar vor Plank. Keinem von ihnen hatte es gefallen, dass der Zar sich einer solchen Gefahr aussetzte. Solange er in Planks unmittelbarer Nähe war, war er extrem verletzlich.

»Also, sie haben einen kleinen Club in Marin. Es gibt dort keinen Keller und, wie es aussieht, auch nicht viele Plätze, wo man jemanden verstecken könnte. Aber wenn sie die Frau so schnell entführt haben, dann können sie sie nicht weit weg gebracht haben«, meinte Code. »Mein Mädchen fischt gerade nach ihnen. Sie kann jeden und alles hacken. Wenn ihr jemand auf den Leim geht, dann wird sie deine Lady finden.«

»Dein Mädchen?« Plank hob eine Braue. »Wenn sie mitbekommen, dass wir sie befreien wollen, dann bringen sie sie um. Ich hatte ohnehin den Eindruck, dass sie sie töten wollen, um uns zu zeigen, dass sie uns jederzeit erwischen können.«

»Ich weiß nicht, wie sie heißt oder wo sie sich aufhält«, gab Code zu. »Sie gehört zur Hacker-Elite. Wir haben uns vor ein paar Jahren online getroffen und eine Art Freundschaft geschlossen. Gelegentlich helfen wir einander aus. Sie wird sich nicht erwischen lassen. Ich habe auch schon versucht, sie aufzuspüren, doch es gelang selbst mir nicht.«

Der Zar hatte den Grundriss der Örtlichkeit studiert. Nun nickte er. Code hatte recht, es schien dort nichts zu geben, wo man einen Gefangenen verstecken konnte. »Anya, hast du schon mal im Ghost-Club in Marin gearbeitet?«

Anya stützte sich mit den Ellbogen auf dem Tresen ab. Reaper vermutete, dass ihre Beine zitterten und sie keine Aufmerksamkeit darauf lenken wollte. »Ich habe dort ein paar Wochen ausgeholfen, als ein Bartender krank wurde.«

»Fällt dir zu dem Club etwas ein? Nimm dir Zeit und denk gründlich darüber nach.«

Anya biss sich auf die Lippen und runzelte die Stirn. »In dem Club verkehren überwiegend stinkreiche Leute. Eigentlich in all ihren Clubs.«

»Wie viele Clubs haben sie denn?«, fragte der Zar.

»In der Bay Area? Nur die zwei. Und die sind äußerst beliebt. In San Francisco liegt das Casino im Untergeschoss, in Marin befindet es sich in einem großen Gebäudekomplex etwa sieben Meilen vom Club entfernt. Dem Club gehört dieser Komplex, und das Casino nimmt den gesamten ersten Stock ein. Die Wachmannschaft ist besonders aufmerksam, weil sie Zeit brauchen, ihre Ausrüstung vor den Cops zu verstecken, wenn ein verärgerter Verlierer blöd genug ist, sie anzuzeigen. Bislang ist das allerdings noch nicht vorgekommen, weil jeder Blinde sieht, dass einem ein solcher Verrat schlecht bekommen würde.«

»Dort muss sie sein«, murmelte Code. »Ich habe bereits nach Immobilien gesucht, die dem Club gehören. Auf dieses Gebäude wäre ich bestimmt bald gestoßen, aber Anya hat uns schneller dorthin geführt.«

Plank erhob sich. Anya keuchte erschrocken auf. »Nein. Stopp!« Sie hob die Hand. »Ihr könnt sie nicht befreien, wenn sie dort ist. Nicht aus dem Stand.« In ihrer Stimme schwang aufrichtige Angst mit, und zum ersten Mal fühlte sich Reaper hin und her gerissen zwischen seiner Pflicht, den Zar zu beschützen, und dem Bedürfnis, zu seiner Frau zu treten, die eindeutig verängstigt war.

Zu Reapers Überraschung setzte sich Plank wieder hin und musterte Anya interessiert. »Komm her und setz dich zu uns. Warum können wir sie nicht befreien, wenn wir wissen, wo sie ist?«

Anya zögerte. Der Vollstrecker der Diamondbacks machte einen Schritt auf sie zu, und Reaper trat aus den Schatten. Die Torpedo Inks sprangen auf, Lana stellte sich zwischen den Vollstrecker und Anya, Alena baute sich direkt vor dem Road Captain auf. Auf ihrem Gesicht lag ein leises Lächeln.

»Habe ich dich aufgefordert, Reapers Frau zu mir zu bringen?«, fragte Plank seinen Vollstrecker barsch. »Geh raus und schnapp ein bisschen frische Luft. Ich weiß, dass Sylvia deine Schwester ist, aber sie ist auch meine Frau. Ich hole sie dort raus.«

Damit wurde die Sache für alle klarer. Jiff war unruhig hin und her gelaufen, weil er versucht hatte, etwas in Gang zu bringen. Irgendetwas, um seine Schwester wohlbehalten nach Hause zu bringen.

Der Vollstrecker stapfte zur Tür, blieb jedoch auf der Schwelle stehen, drehte sich zum Tisch um und verschränkte stur die Arme vor der Brust.

Reaper streckte die Hand aus und deutete auf den Tisch.

Sofort trat Anya aus dem sicheren Bereich hinter der Bar. Alena rückte von Pierce ab und schenkte ihm ihr süßes Lächeln. Er grinste kopfschüttelnd. Lana folgte Anya. Sie hielt sich knapp hinter ihr, um ihr ein Gefühl von Sicherheit zu vermitteln, jedoch so weit entfernt, dass sie nötigenfalls kämpfen konnte.

Keys räumte seinen Platz, damit Anya neben dem Zar sitzen konnte. Zögernd ließ sie sich nieder. Plank beugte sich zu ihr vor. »Warum sollen wir sie nicht dort rausholen?«

Anya atmete tief durch und befeuchtete sich nervös die Lippen. Sie blickte erst zum Zar, dann zu Reaper. Der Zar nickte. »Sag es ihm ruhig, Anya«, meinte er aufmunternd.

»Sie werden sie töten, bevor ihr dort ankommt, und danach werden sie sich in Luft auflösen. Deshalb bezeichnen sie sich ja als Geister. Die Hauptakteure erkennt man an ihren kleinen goldenen Manschettenknöpfen in der Form eines Geistes. Normalerweise sind es Anzugträger, und wenn sie Motorrad fahren, tun sie das nur, um irgendwie in die Szene zu passen. Das Gebäude ist extrem abgesichert. Kameras, Abhörvorrichtungen, Wachposten an jedem Eingang, in jedem Aufzug, auf jedem Stockwerk. Als ich dort ausgeholfen habe, haben sie mich hingefahren, mich hineinbegleitet und auch wieder abgeholt. Wenn sie denken, dass ihr wisst, wo sie ist, zerstückeln sie sie, wie sie es mit meiner Mitbewohnerin getan haben.«

Plank saß da und starrte Anya ungläubig an. Reaper konnte ihm das nicht vorwerfen. Die Diamondbacks galten als einer der mächtigsten und gefährlichsten MCs der USA. Nur wenige wagten es, sich mit ihnen anzulegen. Keinem Präsidenten eines ihrer Chapter wäre je in den Sinn gekommen, dass jemand den Nerv haben würde, seine Lady zu entführen. So etwas kam einfach nicht vor. Damit würde man sich den gesamten Club auf den Hals hetzen. Keiner würde Ruhe geben, bis die Schuldigen kaltgemacht waren. Wenn die Diamondbacks Planks Frau befreien wollten, würden sie in voller Stärke dort aufschlagen, und sie wäre tot, bevor sie zu ihr durchdringen würden. Das lag auf der Hand, auch für den Präsidenten.

»Wir haben Hammers Lady befreit«, sagte der Zar. »Weil wir Pläne von den unterirdischen Gängen hatten, konnten wir jeden Schritt sorgfältig planen. Du weißt ja, dass wir aus Russland kommen. Leute und Dinge zurückzuholen gehörte dort drüben zu unseren Kernaufgaben.«

»Warum seid ihr von dort weg?«, fragte Plank.

»Es wurde ein bisschen heiß für uns. Keine Sorge, wir halten uns hier völlig legal auf.« Der Zar warf einen Blick auf Code, der kurz grinste. Allerdings reichte das Grinsen nicht bis zu seinen Augen. »Was ich damit sagen will: Darin sind wir sehr erfahren – falls ihr Wert darauf legt, dass wir euch bei der Planung helfen.«

Für einen Präsidenten der Diamondbacks war das ein harter Brocken. Andererseits war Plank ein schlauer Bursche. Bislang hatten die Torpedo Inks seinem Club die nötige Achtung erwiesen, selbst als sie keinen Hehl daraus gemacht hatten, dass sie entschlossen wären zu kämpfen, falls die Diamondbacks versuchten, ihnen Anya wegzunehmen. Plank war klug genug zu wissen, dass er sämtliche verfügbaren Kräfte nutzen sollte.

»Macht euer eigenes Ding. Ich muss ein paar Leute anrufen.«

»Plank, es liegt ganz bei dir«, erwiderte der Zar gleichgültig. »Aber ich warne dich: Je mehr Leute wissen, dass du sie dort rausholen willst, desto schlechter stehen ihre Chancen. Suchen wir doch erst mal denjenigen, der euch verraten hat. Dann überlegen wir uns, wie wir deine Frau dort rausholen können, und anschließend kannst du immer noch deine Anrufe erledigen.«

Plank legte sein Handy weg. »Wie sollen wir diesen Verräter finden? Ich lege für jedes meiner Mitglieder die Hand ins Feuer. Es sind meine Brüder.«

Codes Finger flogen über die Tastatur seines Laptops. Daten huschten über den Bildschirm, so schnell, dass das menschliche Auge sie kaum erfassen konnte. Plank reckte den Hals, um zu sehen, was Code da auftat, aber von seinem Platz aus war das nahezu unmöglich. Code machte ein paar Minuten weiter. In der Stille hätte man eine Nadel fallen hören können. Plötzlich atmete er scharf ein und drehte den Bildschirm zum Zar. Gleichzeitig klopfte er mit den Fingern auf den Tisch. Das Geräusch war kaum hörbar.

Reaper entschlüsselte ihren Code. Nur wenige Dinge konnten ihn erschüttern. Er bewegte sich extrem langsam, blieb im Schatten, versuchte, keine Aufmerksamkeit zu erregen, pirschte sich aus den dunklen Winkeln des Raums an seine Beute heran. Ice, der mit dem Rücken an der Tür lehnte, bewegte sich ebenfalls kaum wahrnehmbar.

Der Zar drehte den Bildschirm so, dass Plank es sehen konnte. Es waren Zahlen – schwarz auf weiß. Gewinne und Verluste. Die Verluste steigerten sich in schwindelerregende Höhen. Plank stand auf und schob seinen Stuhl langsam zurück.

»Anya«, sagte er höflich, »es wäre mir sehr recht, wenn du dich kurz zurückziehen würdest. Ich muss mit dem Zar sprechen.«

Anya warf einen Blick auf den Zar, der nickte. Reaper rechnete es Plank hoch an, dass er kapiert hatte, dass Anya ein Neuling im Leben der Biker war. Sie stand wortlos auf und ging um den Tresen herum zu der Tür, die in den hinteren Bereich führte. Dabei kam sie dem Vollstrecker der Diamondbacks gefährlich nahe. Jiff packte sie, zerrte sie zu sich und presste ihr ein Messer an die Kehle.

»Anya, Baby.« Reaper klang ganz ruhig. Nicht alarmiert, sondern völlig ausdruckslos. »Beweg dich nicht, solange ich dir nicht etwas anderes sage. Schau mich an.« Er trat vor den Vollstrecker, direkt unter eine Lampe, deren Schein ihn nun beleuchtete und die Linien und Narben, die sich tief in sein Gesicht gegraben hatten, mit ihrem gelben Schimmer akzentuierte.

Anyas Blick richtete sich auf ihn, ihre Augen waren vor Entsetzen weit aufgerissen. Plötzlich ging seine Ruhe auf sie über. Die Diamondbacks versammelten sich um Reaper, doch er wich nicht von der Stelle und beachtete sie nicht. Er schaute nur auf Anya und sorgte dafür, dass sie weiter mit ihm verbunden war.

»Was soll das, Hogan?«, fragte Plank, seinen Vollstrecker mit seinem rechtmäßigen Namen ansprechend.

Plank durchquerte die Runde seiner Männer und stellte sich neben Reaper. So etwas hätte Reaper dem Zar niemals erlaubt, und er hoffte inständig, dass Ice und Storm oder ein anderer den Zar davon abhalten würden, diesen Fehler je zu machen. Aus den Augenwinkeln bemerkte er, dass Alena ebenfalls durch die Diamondbacks hindurch von links zu ihnen trat, und Lana kam von rechts. Jiff würdigte sie keines Blickes. Keiner konnte sich vorstellen, dass einem diese zwei Frauen gefährlich werden könnten. Dabei waren sie genauso gefährlich wie jedes männliche Mitglied der Torpedo Inks. Auch sie waren dazu ausgebildet worden, Menschen zu töten.

Jiff schüttelte den Kopf. Er schwitzte. »Tretet zurück. Ihr alle. Wenn auch nur einer von euch näher kommt, schneid ich ihr die Gurgel durch.«

Anya stöhnte leise auf. Das Geräusch traf Reaper mitten ins Herz. Sie war so bleich, dass ihre Haut fast durchsichtig wirkte. Er atmete tief ein. Er würde rasch handeln müssen. Das Messer drückte sich in ihren Hals, eine dünne rote Linie tauchte auf.

»Hogan, steck das Messer weg. Was zum Teufel ist in dich gefahren? Du hast sie bereits verletzt. Wir brauchen ihre Hilfe, damit wir deine Schwester befreien können. Willst du die

Leute hier jetzt so verärgern, dass wir mit ihnen Krieg führen müssen? Dann werden wir keine Zeit haben, Sylvia heimzuholen.«

»Du weißt Bescheid. Ich weiß, dass du es weißt«, knurrte Jiff. In seinem Blick lag Wahnsinn. Er würde Anya töten. Reaper sah es ihm an, dass er wusste, dass es für ihn keinen Ausweg mehr gab. Er hatte seinen Club verraten. Er hatte das Leben seiner Schwester für sein eigenes eingetauscht. Er hatte ihren Kodex verletzt. Das würde Plank ihm nie verzeihen. Sie würden ihn töten, und wenn sie es schnell tun würden, dann wäre das ein Wunder.

»Was weiß ich?«, fragte Plank leise. Er wollte es von Jiff persönlich hören.

Der Bursche warf den Kopf zurück. »Ich schulde ihnen mehrere Hunderttausend Dollar«, brüllte er. »Wenn du es zugelassen hättest, dass sie ihr verdammtes Schwarzgeld durch unsere Pipeline leiten, hätten sie mich in Ruhe gelassen, aber du hast Nein gesagt. Ich musste ihnen Sylvia überlassen. Ich hatte keine Wahl. Sie wollten mich abstechen.«

»Wer?«, fragte Plank nach. »Wer hat dich bedroht? Wenn du dich an den Club gewandt hättest, hätten wir dich beschützt. Wir hätten uns um alles gekümmert. Dafür sind wir da.«

Hogan hatte nicht nur seine Schwester verraten. Bei ihrer Entführung waren auch zwei Diamondbacks getötet worden. Er wusste, dass er dem Tod geweiht war, egal, was Plank sagte. In seine Augen trat blankes Entsetzen. Reaper konnte seine Angst riechen. Er kannte diesen Geruch nur allzu gut. Nun schüttelte Hogan den Kopf, und mit jeder Bewegung seines Kopfes rutschte das Messer auf Anyas Kehle hin und her. Blut tropfte auf ihre Brust. Reapers Blick folgte den Tropfen.

»Zar, ist es eine Kriegserklärung, wenn ich diesen Feigling töte?« Diese Frage war an alle gerichtet.

»Nein«, antwortete Plank.

Reaper handelte sofort. Gleichzeitig stürzten sich Alena von der einen und Lana von der anderen Seite auf Jiff. Lana schlitzte ihm den Arm auf, mit dem er das Messer hielt. Sie führte den Schnitt von seinem Handgelenk nach oben bis in seine Achselhöhle. Dort rammte sie ihr Messer tief in ihn hinein.

Alena zerrte Anya von Jiff weg, als er den Arm sinken ließ. Sie zog Anya mit einer Hand zur Seite und mit der anderen rammte sie ihr Messer in seine andere Achselhöhle.

Reaper stürzte sich von vorne auf den Mann. Schon nach drei Sekunden trat er zurück. Jiff stand reglos da, auf seiner Miene spiegelten sich Schock und Entsetzen. Reapers Messer hatte seinen Bauch aufgeschlitzt und war bis zu seinem Herzen vorgedrungen. Nun wartete Reaper nicht darauf, dass der Verstand des Vollstreckers seinen unausweichlichen Tod registrierte. Er schnappte sich Anya und schob sie mit einem Arm hinter sich.

»Alles in Ordnung, Baby?«, fragte er, ohne sie anzuschauen. Er verspürte eine mörderische Wut. Am liebsten hätte er jetzt noch ein paar weitere Diamondbacks getötet. Sie waren hier aufgetaucht und hatten sich mordsmäßig aufgespielt, hatten Anya bedroht und dann versucht, so zu tun, als würden sie um Hilfe für die Frau des Präsidenten bitten.

»Reaper!« Die Stimme des Zaren warnte ihn. »Plank hat dir grünes Licht gegeben. Anya geht es gut. Bring sie in einen anderen Raum und reinige ihre Schnittwunde. Solche Wunden können sich leicht infizieren.«

Plank versetzte der Leiche einen Tritt. Auf dem Boden bildete sich bereits eine riesige Blutlache. Diesen Mist aufzuwischen würde noch eine Menge Arbeit bedeuten. Reaper befolgte den Befehl seines Präsidenten nicht. Alena zog Anya zu sich, legte einen Arm um ihre Schulter und wollte mit ihr den Raum verlassen. Da trat der Road Captain der Diamondbacks ihr in den Weg.

»Saubere Arbeit«, sagte er leise. Bewundernd. »Sagst du mir, wie du heißt?«

Alena reckte das Kinn vor. »Alena. Manchmal nennen mich meine Brüder auch Torch.«

»Ich heiße Pierce.«

»Sie blutet, Pierce«, sagte Alena.

»Bist du schon vergeben?«

Sie zögerte kurz, dann schüttelte sie den Kopf.

Er nahm sich viel Zeit, bis er den Weg frei machte. »Ich schau bald mal wieder vorbei.« Er drehte sich um, bemerkte, wie Reaper ihn ansah, zuckte mit den Schultern und blieb, wo er war.

»Auf uns wartet eine Menge Arbeit«, sagte Plank. »Das Mädchen muss uns irgendwie in das Gebäude reinbringen.«

»Ich habe mein Mädchen schon darauf angesetzt«, sagte Code. Er wollte auf keinen Fall den Namen, den sie im Internet verwendete, preisgeben. Jedenfalls nicht den Diamondbacks. »Sie hackt sich in das Sicherheitsnetz ein, während ich daran arbeite, den Grundriss des Gebäudes und der Tiefgaragen rauszukriegen.«

»Ich will dieses Stück Scheiße nicht mehr sehen. Vergrabt ihn irgendwo tief, meinetwegen könnt ihr ihn auch an die Haie verfüttern. Egal, was ihr mit ihm macht, schafft ihn von hier weg«, knurrte Plank. »Er ist tot, und für Sylvia waren es die Mistkerle, die sie entführt haben, die ihn getötet haben. Okay?« Er sah einen seiner Brüder nach dem anderen scharf an. »Sie soll nie erfahren, dass ihr eigener Bruder sie verraten hat.«

## 20. Kapitel

Der Ghost-Club in Marin befand sich in einem kleinen Gebäude, das zwischen zwei weiteren direkt am Ufer eingezwängt war. Eine lange Terrasse ermöglichte es den Gästen, sich draußen niederzulassen, wenn es drinnen zu heiß wurde. Der Club war bei den Reichen, darunter vielen Promis, sehr beliebt. Wie in San Francisco wurden die Autos der Besucher samt Kleidung und Schmuck eingeschätzt, und der Türsteher übermittelte den Clubmanagern potenzielle Casinogäste.

Lana und Alena hatten in San Francisco bereits VIP-Karten überreicht bekommen und wurden sofort erkannt. Schon nach viereinhalb Minuten kam der Manager des Clubs auf sie zu, und nach weiteren sieben Minuten bot er ihnen die Karte an, mit der sie ins Casino gelangen konnten. Der Manager machte keinen Hehl daraus, dass er sich über ihren Besuch freute. Sie blieben etwa ein halbe Stunde und flirteten mit ihm. Alena tanzte sogar zweimal mit ihm.

Keys und Pierce traten ein, beide in Anzügen, die gut zweitausend Dollar gekostet hatten. Pierce warf einen Blick auf Alena, während sie zu einem Tisch begleitet wurden. »Lasst ihr die Drecksarbeit immer von euren Frauen erledigen?«, fragte er Keys.

Keys zuckte mit den Schultern, gab seine Bestellung auf und musterte den Vollstrecker der Diamondbacks. Den Road-Captain-Patch hatte ihm ohnehin keiner abgenommen. »Alena ist ein vollwertiges Mitglied unseres Clubs. Sie wie auch Lana sind gemeinsam mit uns aufgewachsen. Sie haben ein volles Stimmrecht bei allem, was wir machen, so auch bei diesem kleinen Auftrag.«

»Bist du immer noch sauer, dass Plank darauf bestanden hat, dass ich mitkomme?«

»Meine Brüder und ich können uns hundertprozentig aufeinander verlassen. Dich kennen wir nicht, und das könnte einen von uns das Leben kosten.«

»Ich leiste meinen Beitrag. Du hast ja keine Ahnung, wie schwer es Plank gefallen ist, euch mit diesem Job zu beauftragen.«

Keys blieb lange stumm, beobachtete jedoch ganz genau, wie Pierce Alena anstarrte, die gerade mit dem Manager scherzte. »Du hast mich schon verstanden, als ich dir gesagt habe, dass sie ein Vollmitglied von Torpedo Ink ist, oder?«

Pierce zuckte die Schultern. »Na klar. Und du hast verstanden, dass ich ein Vollmitglied der Diamondbacks bin, oder?« Damit ließ er Keys offen seinen Rang spüren.

»Richtig«, sagte Keys, unbeeindruckt von dieser Ansage. Er hielt den Kopf schief und schenkte einer Managerin, die gerade zu ihnen trat, ein strahlendes Lächeln. Er war froh, dass Pierce seinem Beispiel folgte.

Der Frau war anzumerken, dass Keys sie schwer beeindruckte. Er fragte sie, ob sie Zeit habe, mit ihm zu tanzen. Pierce wartete auf den nächsten Song, dann schlenderte er zu Lanas und Alenas Tisch und beugte sich tief zu den beiden herab, um den hämmernden Beat zu übertönen.

»Tanz mit mir.« Das war keine Bitte. Er wusste, dass er ein zweites Mal seinen Rang ausspielte. Die Torpedo Inks hielten sich im Hoheitsbereich seines Clubs auf.

Alena neigte den Kopf und musterte ihn. Schließlich stand sie mit einem kleinen, ziemlich arroganten Nicken auf, bei dem er am liebsten gelächelt hätte. Ohne zu zögern, nahm er sie in die Arme. Sie fühlte sich genauso gut an, wie sie aussah. Ihre Kurven gefielen ihm ausnehmend gut. Ihre vollen Brüste pressten sich an seinen Oberkörper, als er mit ihr in einen dunkleren Bereich wirbelte. Seine Hände glitten über ihren Rücken und folgten der Rundung ihres süßen, knackigen Hinterns, an den er gedacht hatte, seit er sie zum ersten Mal zu Gesicht bekommen hatte.

»Du hättest nicht mitkommen sollen.«

Diese Bemerkung wollte er nicht gern hören, aber er schluckte sie. Ihre eisblauen Augen hefteten sich auf sein Gesicht. »Wo zum Teufel kommst du eigentlich her?«, fragte er.

»Aus Russland.« Sie wusste, was er meinte, doch sie verstand ihn vorsätzlich falsch.

Wieder wollte er lächeln. Er hatte lange nicht mehr gelächelt. Seine Hände umfassten ihre Pobacken, zogen sie näher zu sich. Ihre Körper passten hervorragend zusammen.

»Ein schwerer Verlust für Russland«, murmelte er an ihr Ohr. Seine Zähne schlossen sich um ihr süßes kleines Ohrläppchen und bissen zu.

Sie wich nicht von ihm, und ihre Hüften wiegten sich im Takt der Musik. »Jetzt mal im Ernst, Pierce: Wir machen solche Sachen ständig. Wir sind darin ziemlich gut. Wegen dir könnte einer von uns umkommen.«

Es gefiel ihm nicht, dass sie so etwas dachte. »Ich habe bei den Navy Seals gedient, Baby. Ich glaube, ich kann dafür sorgen, dass alle überleben. Ich mache keine Fehler.«

»Warum tanzt du dann mit mir?«

Damit hatte sie natürlich recht. Er hätte es nicht riskieren sollen, nicht bei diesem hohen Einsatz. Auch Keys hatte recht gehabt. Es ging nicht an, dass er sich für ein Vollmitglied eines anderen Clubs interessierte. »In deinem Club werden Frauen aufgenommen?«

»Wie man sieht.«

Arroganz tropfte aus ihrer Stimme, und eben dies ließ ihn abermals lächeln. Sie war perfekt. Sie war genau die Frau, die er sich wünschte, abgesehen davon, dass sie den Patch eines anderen Clubs trug. »Hast du je daran gedacht, den Club zu wechseln?«

»Niemals«, kam es wie aus der Pistole geschossen und sehr bestimmt.

Er wusste, dass er seine Zeit vergeudete. Sie war es gewöhnt, dass sie ein Stimmrecht hatte und aktiv an allem mitwirkte, was der Club tat. Sie war keine Frau, die in einer Beziehung mit einem Mann, der ihr so etwas nicht bieten konnte, glücklich sein würde.

»Wir würden gut zusammenpassen«, beharrte er, obwohl er wusste, dass er keine Chance hatte.

»Ich weiß. Die Chemie ist manchmal ziemlich gemein.« Sie lächelte.

Der Song ging zu Ende. Pierce musste sie loslassen. Er wollte diese perfekten Lippen küssen, doch er hatte sein Glück wahrhaftig schon viel zu sehr strapaziert. Außerdem war es wahrhaftig nicht besonders klug, das Paradies zu kosten und dann wegzugehen. Deshalb begleitete er sie zu ihrem Tisch zurück. Dabei fiel ihm auf, dass sie leicht hinkte. Auf dem Weg zu Keys überlegte er sich, warum ihn das anturnte und gleichzeitig seine Beschützerinstinkte weckte.

»Die Managerin hat mir etwas über das Casino erzählt. Es befindet sich nicht hier, genau wie wir vermutet haben, sondern in einem Gebäudekomplex, der der Firma, die die Clubs betreibt, gehört. Der Komplex liegt etwa sieben Meilen von hier entfernt, wie Anya schon sagte. Genehmigen wir uns noch einen Drink, und dann brechen wir auf. Ich will warten, bis Lana und Alena diesen Ort hier wohlbehalten verlassen haben.«

Pierce war froh, dass Keys kein Wort darüber verloren hatte, dass er mit Alena getanzt hatte. Sein Auftrag war, Sylvias Rettung zu überwachen – oder die Torpedo Inks zu töten. Wenn etwas schiefging, sollte er allen eine Kugel in den Kopf jagen. Er glaubte allerdings nicht, dass das so leicht werden würde, wie es aus Planks Mund geklungen hatte. Ihnen am Vorabend dabei zuzusehen, wie sie zusammenarbeiteten, hatte ihm die Augen geöffnet. Die Torpedo Inks waren kein durchschnittlicher Club. Sie waren zwar nicht besonders viele, jedoch brandgefährlich. Bei Reaper hatte Plank das bestimmt erkannt, aber Pierce war sich nicht sicher, ob er das auch bei den anderen getan hatte.

»Die Mädchen brechen auf«, berichtete Keys.

Pierce konnte den Blick nicht von Alena wenden, die neben Lana stand. Als zwei Männer sich ihnen näherten und sie zum Tanzen aufforderten, schüttelten sie die Köpfe. Die zwei Frauen überquerten die Tanzfläche zur Tür, scheinbar völlig unbekümmert und entschlossen, im Casino ihren Spaß zu haben.

Es gefiel ihm nicht, dass Alena bei dieser Sache mitmischte, doch nun musste er sich auf ihren Auftrag konzentrieren. Mehrere Leben standen auf dem Spiel.

Reaper starrte auf das Gebäude. Es war ein merkwürdiger, dreistöckiger Turm. Die übrigen Gebäude umfassten jeweils zwei Etagen plus Tiefgarage. Lana und Alena in ihren aufreizenden Fummeln, mit Diamanten und Rubinen behängt, stöckelten in ihren High Heels schnurstracks und sehr großspurig auf den Eingang zu. Beide lächelten den Türsteher an und winkten mit ihren Karten. Alena warf kokett ihr platinblondes Haar über die Schulter.

*Sie sind drinnen*, berichtete er.

*Wir amüsieren uns königlich*, sagte Lana.

Reaper beobachtete sie, wie sie zum Aufzug trippelten. Dort

inspizierte ein Wächter ihre Karten zum zweiten Mal. Alena war über den Teppich gestolpert und beugte sich nun hinunter, um ihren Absatz zu überprüfen, wobei sie mit den Händen lasziv über ihr wohlgeformtes Bein fuhr. Der Türsteher hatte nur noch Augen für sie und achtete nicht auf den Eingang. Lana flirtete ausgiebig mit dem Gorilla am Aufzug und lenkte ihn ab, während Mechaniker hinein schlenderte und sämtliche Kameras mit der Energie, die sein Körper ausstrahlte, zum Erliegen brachte. Er trug einen eleganten Anzug und lief einfach weiter, ohne Alena zu beachten, die sich langsam aufrichtete.

Mechaniker mied den Aufzug. Er marschierte zur Tür links davon, öffnete sie und verschwand dahinter. *Stellung bezogen.*

Lana und Alena fuhren mit dem Lift in den ersten Stock. Dort wurden ihre Karten ein drittes Mal überprüft, dann wurde ihnen Einlass gewährt. Dieses Casino war viel größer als das in San Francisco. Es herrschte viel Betrieb. Die Ghosts scheffelten hier jede Menge Kohle. Die beiden schlenderten herum und taten so, als würden sie nach dem passenden Spiel Ausschau halten.

*Wir sind drinnen. Überall Kameras. Kannst du sie unschädlich machen, Mechaniker?*

*Ich könnte das gesamte Gebäude lahmlegen,* erklärte Mechaniker nüchtern. *Aber wir dürfen sie nicht vorwarnen. Spielt ein bisschen. Vergnügt euch.*

Reaper beobachtete Keys und Pierce, die dem Türsteher ihre Karten zeigten. Keys war jetzt ihr wichtigster Mann, der unbedingt in das Gebäude gelangen musste. Seine Gaben waren der Schlüssel für ihren Erfolg, daher auch sein Clubname. Reaper tat sich nach wie vor schwer damit, dass Pierce neben ihm stand. Keys brauchte Unterstützung, auf die er sich verlassen konnte. Am Vorabend hatten sie bis weit in die Nacht hinein und auch noch an diesem Tag darüber gestritten, doch

Plank hatte darauf beharrt, dass Pierce sie in den Club und dann auch in das Gebäude begleitete, in dem sie Sylvia, Planks Frau, vermuteten.

»Interessantes Gebäude«, bemerkte Keys gegenüber dem Türsteher. Er sah dem Mann direkt in die Augen. »Ich habe selbst schon einige Häuser gebaut, aber dieser Entwurf ist wirklich fantastisch. Könnte ich mich wohl ein bisschen umschauen, bevor ich hochfahre?«

Der Türsteher zögerte, konnte aber seinen Blick nicht von Keys abwenden. Schließlich zuckte er mit den Schultern. »Wenn's unbedingt sein muss. Hier unten sind nur Büros, und die Angestellten sind längst heimgegangen.« Er winkte einem Security Mann am Ende des Flures. Der Bursche trabte zu ihm. »Führ die beiden ein bisschen herum.«

Der junge Mann nickte. Ihm war ziemlich langweilig gewesen. Zwei reiche Fremde in dunklen Anzügen herumzuführen war definitiv besser, als zu versuchen, nicht einzuschlafen.

Keys ließ sich viel Zeit und blieb alle paar Meter stehen, wobei er den Blick vom Boden bis zur Decke schweifen ließ, während Pierce mit dem Wachmann plauderte. Sie besichtigten das gesamte Erdgeschoss, bevor sie sich zum Aufzug begleiten ließen.

Keys betrat den Aufzug. *Sie ist weder in der Tiefgarage noch im Erdgeschoss. In der Etage mit dem Casino wird sie vermutlich auch nicht sein, aber ich dreh auch dort eine Runde, um mich zu vergewissern. Anschließend muss ich irgendwie in den zweiten Stock gelangen.*

Zusammen mit Pierce lief er am Außenrand der Spieltische entlang. Sie entdeckten Lana am Kartentisch und Alena an den Automaten. Beide schienen kleinere Mengen zu gewinnen, jedoch noch keinen größeren Gewinn einzustreichen. Sie durften keine unerwünschte Aufmerksamkeit erregen, bis sie die Ablenkung brauchten.

*Sie ist nicht im ersten Stock. Als Nächstes nehm ich mir den zweiten vor.*

Reaper und Absinth näherten sich dem Gebäude. Absinth lächelte den Türsteher an und zeigte ihm eine Karte, als hätte er sich verlaufen. Die zwei redeten ein Weilchen, dann nickte der Türsteher mehrmals, nahm die Karte und ging damit zu seinem Wagen. Absinth konnte Ideen wie auch Informationen in die Köpfe anderer Menschen verpflanzen.

*Jetzt, Mechaniker! Fang an, die Elektrik zu stören!*, befahl der Zar von seinem Beobachtungspunkt auf der anderen Straßenseite. Wie üblich leitete er den Einsatz. Preacher lag mit seinem Gewehr im Anschlag flach ausgestreckt auf dem Dach, bereit, sein Team aus der Ferne zu decken.

Die Lichter im Gebäude begannen zu flackern. Beruhigten sich wieder, flackerten ein weiteres Mal und leuchteten dann nur noch gedämpft. *Kameras sind aus*, berichtete Mechaniker. *Wenn du im zweiten Stock bist, Keys, stelle ich die Aufzüge ab.*

*Gebongt*, sagte Keys und setzte sich an den Spielautomaten neben den Aufzügen.

»Was zum Teufel treibt ihr da eigentlich?«, wollte Pierce wissen, der neben Keys an dem Automaten saß. »Ich dachte, wir suchen Sylvia und vertreiben uns nicht die Zeit mit Spielen.«

Das gedämpfte Licht behinderte den Spielbetrieb nicht. Alena schlenderte zum Würfeltisch, Lana saß bei einem Kartenspiel, bei dem der Einsatz ziemlich hoch war.

»Immer mit der Ruhe«, erwiderte Keys. »Eine solche Operation erfordert Zeit. Wir nehmen unsere Positionen ein, dann schwärmen wir aus, um sie zu suchen. Wenn du damit Probleme hast, kannst du gern draußen warten.«

»Ich kann nicht erkennen, dass ihr sehr viel mehr tut, als hier herumzulaufen«, erwiderte Pierce genervt. »Wie wär's, wenn du mich mal ins Bild setzt?«

Keys seufzte. »Ich weiß, dass sie nicht im Erdgeschoss ist,

und auch nicht in der Tiefgarage oder in diesem Stockwerk. Mechaniker stört die Elektrik und stellt nach und nach die Kameras aus, damit die hier den Eindruck bekommen, dass die Stromzufuhr schwächelt. Absinth und Reaper werden mit uns im Aufzug in den zweiten Stock fahren. Wir warten hier auf sie.«

»Im Erdgeschoss waren alle Türen geschlossen. Woher willst du wissen, dass sie nicht dort ist?«

Keys zuckte die Schultern. »Ich weiß nicht, wie ich dir das erklären soll, aber wir – wir spüren Dinge.«

»Habt ihr das in Russland auch so gemacht?«

»Wir sind in Russland ausgebildet worden, von klein auf.«

Pierce musterte ihn lange. Schließlich akzeptierte er die Erklärung. »Und dann?«

»Sie sind jetzt auf dem Weg.« Keys erhob sich lässig, klaubte sein Geld ein und schlenderte zum Aufzug. Pierce hielt mit ihm Schritt.

Die Türen gingen auf, und Keys und Pierce betraten den Aufzug. Im Casino wurde es plötzlich sehr laut. Alenas Lachen war ansteckend. Viele Leuten stürmten zu den Tischen, an denen sie gewann, Mal um Mal. Der Wachmann drehte den Kopf in die Richtung des Tumults. Die Aufzugtüren schlossen sich, und die vier fuhren nach oben, nicht nach unten. Der Pfeil vor den Türen, der die Fahrtrichtung angab, leuchtete nicht auf, und auch die Stockwerke wurden nicht angezeigt.

Reaper musterte die zwei Neuankömmlinge. »Mechaniker hält den Druck aufrecht. Lampen, Kameras und so weiter. Wir müssen uns beeilen. Bestimmt schöpft bald jemand Verdacht, und wir können nicht riskieren, dass die Leute, die die Frau festhalten, nervös werden.«

»Ich kann den zweiten Stock rasch absuchen. Ihr müsst mir nur den Rücken freihalten«, meinte Absinth.

»Geht klar«, versicherte Reaper ihm. Er sah Pierce nicht an.

Er wusste genau, warum der Mann da war. Pierce war da, um sie alle zu töten, wenn etwas schiefging. Normalerweise beschützte Savage den Zar, wenn Reaper nicht da war, doch jetzt standen Ice und Storm draußen, hielten die Fluchtwege offen und beschützten ihren Präsidenten, und Savage verfolgte Pierce und konzentrierte sich ausschließlich darauf, ihn unschädlich zu machen, falls der Mann sich gegen ein Mitglied der Torpedo Inks wandte. Pierce hatte ihn nicht entdeckt, weil Reaper ständig in seiner Nähe war.

Die Türen gingen auf. Als Pierce den Aufzug verlassen wollte, hielt Keys ihn zurück und schüttelte den Kopf. Absinth stieg aus, während Reaper die Türen offenhielt. Ein Security Mann drehte sich überrascht zu ihnen um, und Absinth sprach leise mit ihm. Der Mann überreichte ihm seine Pistole und deutete auf eine Tür. Absinth begleitete ihn zu der Tür, schickte ihn in den Raum und sperrte die Tür hinter ihm zu.

Keys trat aus dem Aufzug und lief den Gang ab. Dabei tat er das, was er auch im Erdgeschoss getan hatte – er betrachtete jede Tür eingehend. Sein Blick schweifte vom Boden bis zur Decke. Es dauerte eine Weile, bis er fertig war, doch schließlich schüttelte er den Kopf und kehrte in den Aufzug zurück.

*Kein Glück im zweiten Stock. Wir sind im Aufzug. Lana, jetzt musst du für Ablenkung sorgen, Mechaniker, wir fahren in die letzte Etage*, berichtete Keys.

*Verstanden. Kameras sind aus, die Lampen sind so schwach, dass sie euch kaum sehen werden, wenn ihr aus dem Lift kommt*, versicherte Mechaniker.

*Zar, Alena hat einen Haufen Geld verdient. Können wir es behalten?*

*Wofür wollt ihr es?*, fragte der Zar argwöhnisch.

Lanas Lachen war ein heller Fleck in ihrer düsteren Welt. *Wir besorgen dir und Blythe ein weiteres Kind zu deinem Geburtstag, Zar. Du brauchst einen weiteren kleinen Jungen, der herumtollt und dich in Beschlag nimmt. Ich kann es kaum erwarten, Blythes Gesicht zu sehen.*

*Kinder kann man nicht kaufen,* sagte der Zar, und seine Erleichterung war deutlich hörbar.

Stille kehrte ein. Keiner der Torpedo-Ink-Leute ging weiter auf Lanas Vorschlag ein. Reaper presste die Lippen zusammen. Typisch Lana, dass sie das ausgerechnet dann zur Sprache brachte, wenn sie einen Auftrag erledigen mussten.

*Lana?* In die Stimme des Zaren hatte sich wieder Misstrauen eingeschlichen. *Ihr anderen wisst offenbar Bescheid. Was zum Teufel geht hier ab?*

Ein paar Sekunden lang sagte keiner etwas, bis Reaper sich zu Wort meldete. *Im Internet wird ein Junge zum Verkauf angeboten. Code ist zufällig darauf gestoßen. Wir haben ein Gebot abgegeben, können ihn aber nicht aufspüren. Code und seine Freundin bleiben dran, aber bislang zeigt sich das Signal in ganz Europa und den USA. Wir wollen das höchste Gebot abgeben, den Jungen befreien und die Bande unschädlich machen.*

Der Zar knurrte. Er klang, als wollte er alle töten, sobald sie wieder zuhause waren.

Die Aufzugtüren öffneten sich. Diesmal hielt sich Pierce im Hintergrund und ließ Absinth aussteigen. Reaper hielt seine Waffe im Anschlag, Keys ebenso. Der Moment, in dem ein Wachposten Absinth bemerkte, war der gefährlichste. Absinth marschierte zielstrebig direkt auf ihn zu. Der Mann ließ sich jedoch nicht so leicht beeinflussen, und schließlich schlitzte Absinth ihm die Kehle auf und senkte ihn langsam auf den Boden.

Keys eilte aus dem Aufzug. *Sie ist hier, in diesem Stockwerk. Hier herrscht viel Spannung. Ich spüre es ganz deutlich.* Ohne auf die anderen zu warten, eilte er den Flur entlang und ließ seinen Blick wieder vom Boden bis zur Decke schweifen. Plötzlich blieb er stehen und deutete auf einen abzweigenden Flur. *Sie ist dort. Links, im drittletzten Raum.*

Reaper trat zu Keys und gab Pierce ein Zeichen, dass er sich auf die andere Seite stellen sollte. Mit gezückten Waffen machten sie sich auf den Weg. Reaper wünschte, sie hätten Steele mitgenommen. Er war ein guter Arzt. Wenn die Frau verletzt war, hätte er sie rasch so weit stabilisieren können, dass sie sich schleunigst aus dem Staub hätten machen können.

*In den beiden Räumen links und rechts von ihr sind Aufpasser, und einer ist auch in dem gegenüberliegenden Raum,* berichtete Keys.

*Wie viele?*

Keys blieb links neben dem ersten Raum stehen, hielt vier Finger hoch und deutete auf die Tür. Er blickte auf die gegenüberliegende Tür und hielt fünf Finger hoch. In dem Raum rechts daneben befanden sich drei Männer. Zuletzt nahm er sich den Raum mit der Frau vor. Er starrte lange darauf, dann hielt er zwei Finger hoch.

*Sie vergewaltigen sie gerade. Sie blutet. Ist von Schnittwunden übersät. Aber sie leistet Widerstand.*

Reaper stand vor dem Raum mit den fünf Männern. Er würde rasch handeln müssen, und jede Bewegung musste sitzen. Sie wollten den Männern, die die Frau als Geisel hielten, nicht den kleinsten Hinweis liefern. Absinth übernahm den Raum mit den drei Männern, Keys den ersten mit vier Männern. Pierce trat neben Reaper. Reaper gab ihm durch ein Zeichen zu verstehen, dass er sich die linke Seite vornehmen wollte und Pierce sich um die rechte kümmern sollte. Pierce nickte.

*Drei, zwei, eins*, zählte Reaper für die anderen ab, dann stürmten sie alle gleichzeitig in die Räume. Sie benutzten Schalldämpfer. Reaper erschoss drei der fünf, Pierce die anderen beiden. Auch aus den anderen Räumen war das Geräusch von zu Boden gehenden Körpern zu hören. Dann trat Stille ein.

»Eins muss man dir lassen – du arbeitest echt effektiv«, meinte Pierce anerkennend.

*Aufpasser beseitigt. Jetzt holen wir uns die Frau,* berichtete Reaper.

*Beeilt euch, Mechaniker kann die Leute hier nicht ewig fern-halten. Lana, Alena, macht euch bereit,* mahnte der Zar.

Reaper stürmte durch die Tür und eröffnete das Feuer, noch bevor er die genaue Position der zwei Männer ausgemacht hatte. Instinktiv jagte er dem Mann vor Sylvia eine Kugel durch den Hinterkopf und dem Kerl hinter ihr eine in sein linkes Auge. Dann schoss er ein drittes und viertes Mal, dies-mal in den Nacken des ersten und die Kehle des zweiten Kerls. Alle vier Schüsse waren so rasch abgefeuert worden, dass die Männer gar nicht realisierten, dass es um sie geschehen war.

»Sorg dafür, dass sie nicht schreit!«, befahl er Pierce.

Die Frau war von Stichwunden übersät, aus denen das Blut quoll. *Gleiche Verfahrensweise wie bei den Typen, die die Frau des Mayhem-Präsidenten aufschlitzen wollten. Haben wir irgendwo eine Schule übersehen? Wie stehen die Chancen, dass all diese Arschlöcher zufällig nach der gleichen Methode vorgehen?*

Man musste es ihr echt hoch anrechnen – Sylvia schrie nicht, sie blieb mucksmäuschenstill. Ihr Blick schweifte von den Männern zu Pierce. Er legte ihr seine Jacke um die Schul-tern und hob sie auf. Obwohl ihr Körper vor Blut ganz glit-schig war, hielt er sie gut fest. Sie stöhnte leise und zitterte wie Espenlaub.

»Tut mir leid, Sylvia«, flüsterte Pierce. »Aber wir müssen jetzt weg, und zwar schnell. Ich weiß, dass es dir wehtun wird, aber uns bleibt nichts anderes übrig. Wir bringen dich heim, Schätzchen.«

Sie nickte, vergrub das Gesicht an seiner Schulter und ver-suchte, sich möglichst klein zu machen.

»Wird sie's schaffen?«, fragte Reaper. »Wir müssen los.«

»Sie wird es schaffen. Sie ist Planks Lady«, erwiderte Pierce mit fester Stimme.

*Wir haben sie und machen uns auf den Weg.*

Sie umringten Pierce und Sylvia und eilten zum Aufzug. Mechaniker ließ die Tür aufgehen, und sie drängten sich gemeinsam in die Kabine.

*Wir stehen im Aufzug. Lana, Alena, macht euch bereit.* Reaper schubste Pierce an die Rückwand des Aufzugs, sodass sie einen Schutzwall vor dem Paar bildeten.

*Stellung bezogen*, sagte Lana.

*Stellung bezogen*, berichtete Reaper.

Die Aufzugtüren öffneten sich, die zwei Frauen traten ein, drehten sich um und warfen hastig noch ein paar kleine Gegenstände auf den Flur. Weitere dieser kleinen Dinger hatten sie auf ihrem Rückzug überall verteilt.

Die Aufzugtüren gingen zu, und sie fuhren ins Erdgeschoss. Als sie aus dem Lift traten, erschütterte die erste Explosion das Gebäude, und die Leute über ihnen begannen zu schreien.

»Das ist hauptsächlich Rauch«, erklärte Keys Pierce. »Wir verlassen gemeinsam den Aufzug. Halte dich mit ihr in unserer Mitte. Im Van sitzt Steele. Er ist Arzt und wird sich um sie kümmern.«

Lana und Alena trennten sich von den anderen und eilten zu ihrem Wagen, der in der Tiefgarage stand. Keys scherte rechts aus, um in sein Auto zu steigen. Er würde Preacher, der als Letzter die Szene verlassen würde, unterwegs aufklauben. Ice, Storm und der Zar saßen im Truck. Der Wagen stand am Eingang zur Tiefgarage. Dort konnte ihnen Rückendeckung gegeben werden, wenn etwas schieflief. Steele erwartete sie mit geöffneten Türen. Sie sprangen in den Van, und Steele und Pierce kümmerten sich gleich um Sylvia.

Transporter saß am Steuer und ließ den Motor noch bei offenen Türen an. Der Truck schloss hinter ihnen auf. Der BMW, in dem Lana und Alena saßen, reihte sich hinter dem Truck ein, und Keys bildete mit Preacher die Nachhut.

»Gut gemacht«, sagte Pierce zu Reaper, sobald er Sylvia überredet hatte, die Pillen zu nehmen, die Steele ihm in die Hand gedrückt hatte. Er behielt den russischen Arzt im Auge, doch der Mann schien zu wissen, was er tat, und ging mit Sylvia sehr behutsam um.

»Das war nicht unsere erste Operation«, erwiderte Reaper.

»Das habe ich schon gemerkt. Wo habt ihr all das gelernt? Ich hatte meine Anweisungen, aber du bist da ja praktisch blind reingestürmt und hast trotzdem getroffen, was du treffen wolltest.«

»Du hast die zwei getötet, für die du zuständig warst.«

»Ich war aber nicht so schnell wie du«, gab Pierce zu. »Wo bist du ausgebildet worden?«

Reaper zuckte mit den Schultern. »In Russland. Wir sind alle auf dieselbe Schule gegangen.«

»Das muss eine Wahnsinnsschule gewesen sein. Militär?«

Reaper blieb ihm eine Antwort schuldig. Pierce wandte den Blick nicht von ihm ab.

»Könnte man so sagen«, erwiderte Reaper schließlich ausweichend. Das besagte nichts und sprach dennoch Bände.

Pierce schien zu verstehen. Er nickte bedächtig. »Hast du dir all deine Narben in der Schule oder anschließend zugezogen?«

»Beides.« Das Gespräch führte in eine Richtung, die Reaper nicht vertiefen wollte. Pierce war ein Diamondback. Ihr Club dominierte alle anderen, und all die kleineren Clubs in ihrem riesigen Territorium ordneten sich den Diamondbacks unter. Torpedo Ink hatte peinlichst darauf geachtet, den Diamondbacks nicht aufzufallen. Männer wie Plank und Pierce waren schlau. Ihnen entging so leicht nichts, und sie schätzten jeden Unbekannten, dem sie begegneten, danach ein, ob er eine Gefahr für ihren Club werden könnte. Pierce war bestimmt aufgefallen, dass jedes Mitglied von Torpedo Ink brandgefährlich war, und er wusste nun, dass sie ausgebildete Killer waren. Das gefiel ihm vermutlich nicht besonders. Sein Präsident hatte die Bar der Torpedo Inks völlig arglos in dem Glauben betreten, dass die Diamondbacks auf alle Fälle die Oberhand hatten. Doch in Wahrheit waren sie von Männern umgeben gewesen, die vermutlich bereits geplant hatten, wie sie sie töten könnten.

»Haben Lana und Alena diese Ausbildung ebenfalls durchlaufen?«

Reaper sah den Mann scharf an und gab ihm zu verstehen, womit er rechnen musste, falls er es auf eine der beiden Frauen abgesehen hatte. »Ja«, war alles, was er schroff erwiderte, und seine Stimme war eisig. Er war nicht der Einzige, der innerlich gefror. Die anderen Männer im Van drehten sich zu Pierce um. Diamondback hin oder her, die Bedrohung war sehr real.

Pierce war keiner, der eine Bedrohung nicht erkannte, doch er reagierte nicht wie erwartet, sondern nickte nur gelassen. »Sie waren ... außergewöhnlich. In der Bar und im Nachtclub. Ich hätte sie gern im Casino in Aktion gesehen. Niemand würde sie je verdächtigen.«

Reaper war unwillkürlich beeindruckt, was nur sehr wenige Männer außerhalb seines Kreises bei ihm bewirkten. Die Brüder vom Zar – sie hatten in Russland andere Schulen der Gewalt durchlaufen und dabei ebenfalls unter sadistischen Lehrern gelitten – und seltsamerweise auch Jonas Harrington, der Sheriff, und sein Stellvertreter, Jackson Deveau: Das waren die Männer, denen er Achtung zollte. Nun trat Pierce in diesen elitären Zirkel ein. Da er anfing, den Mann zu mögen, äußerte er eine Warnung.

»Alena ist sehr schön, aber sie ist auch ein Vollmitglied von Torpedo Ink. Die zwei Frauen in unserem Club sind nicht ohne Grund vollwertige Mitglieder, Pierce. Blythe und Anya stehen unter unserem Schutz, also auch unter Alenas und Lanas Schutz. Alena wird nie zu einem anderen Club wechseln. Niemals. Sie trägt unsere Colors auf dem Rücken. Sie hat geschworen, jedes Mitglied zu beschützen, und diesen Schwur wird sie nie brechen. Also lass die Finger von ihr.«

Pierce grinste, doch Reaper bemerkte, dass das Grinsen nicht bis zu seinen tödlichen Augen reichte. Er schüttelte den Kopf. Er hatte den Mann gewarnt. Wenn Pierce diese Warnung nicht ernst nahm, war er selber schuld. Alena gehörte zu Torpedo Ink, Pierce zu Diamondback. Selbst wenn sie beschloss, ein bisschen mit ihm herumzumachen, würde sie stolz ihre Farben tragen, und früher oder später würde ihr ein anderer Diamondback in die Quere kommen. Sie würde ihn töten, und ein Krieg zwischen den beiden Clubs wäre die Folge.

Die weitere Fahrt verlief größtenteils still. Sylvia schlief, und Steele versorgte ihre Wunden. Ein paar klammerte er, ein paar weniger tiefe versah er mit Pflastern. Er war unglaublich sanft. Reaper beobachtete ihn anerkennend. Steeles Hände bewegten sich auf professionelle Art sachlich und ruhig, doch auf seinem Gesicht zeigten sich alle möglichen Regungen, vor allem Wut, als er sich um ihren Unterleib kümmerte.

»Wurde sie …« Pierce wollte die Wahrheit wissen, aber da Sylvia eine Freundin war, konnte er die Frage nicht aussprechen.

»Ja, sie wurde vergewaltigt. Sie hat Risse und andere Verletzungen im Scheidenbereich.« Steele fluchte leise. »Sie braucht ein Antibiotikum. Ich kann ihr eines verschreiben, und außerdem die Pille danach. Sie ist eine Kämpferin. Ihre Hände sind zerschrammt, ihre Knöchel geschwollen. Sie hat auf dem ganzen Körper Blutergüsse und Prellungen. Die Kerle haben sie hart hergenommen. Gibt es in deinem Club gute Ärzte?«

Pierce starrte aus dem Fenster. »Ein paar. Nicht in der Nähe, aber wir können jemand holen. Vielleicht bittet dich Plank zu bleiben, bis jemand aus einem anderen Chapter da ist.«

Steele nickte. »Kein Problem. Ich habe viel Erfahrung mit solchen …« Er verstummte und schüttelte den Kopf.

Reaper fühlte mit ihm. Steele hatte sich um all die Mädchen

gekümmert, die blutend und an Körper und Seele verletzt zu ihnen zurückgekehrt waren. Es waren sehr viele, und es war in ihrer ›Schule‹ an der Tagesordnung gewesen. An diese albtraumhaften Zeiten fühlte Steele sich jetzt bestimmt erinnert.

Pierce warf einen kurzen Blick in Steeles Richtung, dann schaute er wieder auf Reaper. Der zeigte ihm nur eine versteinerte Miene. Das, was sie durchgemacht hatten, ging keinen etwas an. Auch Alena und Lana hatten eine Vergangenheit, die nur ihnen gehörte und sonst keinem. Wenn eine von ihnen beschloss, jemandem davon zu erzählen, wie er es bei Anya getan hatte, war das ihr gutes Recht. Er würde Pierces Vermutungen jedenfalls weder bestätigen noch abstreiten.

Ihm schoss der Gedanke durch den Kopf, dass er diesen Mann womöglich eines Tages würde töten müssen. Deshalb wehrte er sich dagegen, Pierce zu mögen, obwohl er es gern getan hätte. Der Mann war zuverlässig, ein Mann, wie ihn Reaper sich für Alena und Lana gewünscht hätte. Aber er war ein Diamondback. Keine der zwei Frauen würde je in einen Club passen, in dem die Frauen kein Mitspracherecht hatten und sich den Männern unterordnen mussten. Alena würde sich dagegen wehren, und ihre Brüder, auch Reaper, würden sie darin bestärken. Sie hatten schwer darum gekämpft, Alena und Lana am Leben zu halten und ihnen die Freiheit zu ermöglichen. Zwei Frauen von so vielen.

Sein Blick traf den von Steele, der immer noch über Sylvia gebeugt war. Sie hatten so etwas Hunderte Male gesehen und es am eigenen Leib erlebt. Den Schmerz, die Erniedrigung, die Schuldgefühle, das Entsetzen. Das Leben ging weiter, doch das Opfer war nicht mehr derselbe Mensch. Sie wussten nicht, ob Sylvias Mann ein guter Mann war, der ihr die Zeit lassen würde, dieses schreckliche Geschehen zu verarbeiten. Sie wussten nicht, ob er ihr zugestehen würde, allmählich wieder neuen Mut zu fassen, zu trauern und wütend zu sein. Das ganze Spektrum von Gefühlen zu durchlaufen, nicht nur einmal, sondern wieder und immer wieder.

»Gibt es jemanden, mit dem sie reden kann?«, fragte Steele. »Sie wird so eine Person brauchen.«

Pierces Miene versteinerte sich. »Wir wenden uns nicht an Menschen außerhalb unseres Clubs.«

Das beantwortete zwar Steeles Frage nicht, sagte aber dennoch eine Menge aus. Die Männer sahen sich an, dann schauten sie aus dem Fenster. Die Erinnerungen waren viel zu nah.

Plank wartete vor einem Haus am Rand von Ukiah auf sie. Der Ort lag etwa eineinhalb Stunden von der Küste entfernt. Der Präsident der Diamondbacks hatte eine ganze Armee mitgebracht. Der Van musste zwei Checkpoints passieren, bevor sie endlich vor dem Haus parken konnten. Doch man musste Plank zugute halten, dass er die Männer, die ihn bewachten, ignorierte und zu dem Wagen stürmte, noch während der Motor lief. Er riss die Doppeltüre auf. Als er seine Frau erblickte, wandte er sich ab und stöhnte laut auf, bevor er anfing, heftig zu fluchen.

Pierce sprang als Erster aus dem Van. »Wir haben sie befreit. Die Kerle, die ihr das angetan haben, sind tot. Aber das Ganze ist ein Riesenbetrieb.«

Plank wandte sich seiner Frau zu. Er hörte nichts und sah nichts bis auf ihr demoliertes Gesicht. Steele richtete sie behutsam auf und legte sie in die Arme ihres Mannes. Pierce bedeckte sie wieder mit seiner Anzugjacke.

»Ich will einen Bericht«, knurrte Plank. »Wer hat sich um sie gekümmert?«

Steele sprang aus dem Wagen und streckte sich. »Das war ich. Ich bin Arzt.«

»Komm mit rein, und der Zar soll auch mitkommen.«

Reaper stieg aus. »Wenn der Zar mitkommt, komme ich auch mit«, erklärte er Pierce. Ihm kam der Gedanke, dass der

Präsident der Diamondbacks vielleicht nicht wollte, dass andere von der Vergewaltigung seiner Frau erfuhren. Dazu wäre es nötig gewesen, den Torpedo-Ink-Club zu vernichten. Im Moment waren sie umringt von Diamondbacks. Ihre Fahrzeuge waren mit allen möglichen Waffen ausgerüstet, doch davon wussten die Diamondbacks nichts.

Pierce warf ihm einen Blick zu, nickte kurz und folgte seinem Präsidenten zum Haus. Reaper bemerkte, dass Lana und Alena in Stellung gingen. Sie trugen nach wie vor ihre aufreizenden, eng anliegenden, tief ausgeschnittenen Kleider und zogen eine kleine Show ab, indem sie um ihren Wagen trippelten und sich immer wieder vorbeugten, um in den Spiegel zu schauen und ihr Make-up zu überprüfen. Die Diamondbacks verschlangen sie mit Blicken.

Pierce blickte zu ihnen zurück, als der Zar und Reaper sich dem Haus näherten, und auch sein Blick ruhte auf den zwei Frauen. Er schüttelte den Kopf. »Die beiden wissen genau, was sie tun.«

Reaper reagierte nicht. Pierce schien befohlen worden zu sein herauszufinden, was das Team des Zaren machte, während Planks übrige Männer die Show von Lana und Alena verfolgten. Als er kurz darauf neben den Zar trat, tauchte Savage wie aus dem Nichts neben ihm auf. Pierces scharfer Blick streifte kurz sein Gesicht, dann wieder das von Reaper. Keiner der beiden bedachte ihn mit einer Reaktion. Von ihnen hatte er keine Erklärung zu erwarten, woher Savage gekommen war und auch nicht, in welchem der drei Fahrzeuge er auf der Fahrt nach Marin und zurück gesessen hatte.

Wieder schüttelte Pierce den Kopf. Mittlerweile wusste er genau, aus welchem Holz die Männer und Frauen des Torpedo-Ink-Clubs geschnitzt waren. Sie hatten es geheim halten wollen, vor allem vor anderen Clubs, aber das hatten sie vermasselt, als sie beschlossen hatten, Plank zu helfen. Nun lag es an ihm zu beschließen, ob er diese Information weitergeben wollte und damit vielleicht einen Krieg auslöste, oder ob er sie erst einmal für sich behielt, um sie, falls nötig, in Zukunft zu verwenden. Wie auch immer er sich entschied, Reaper gefiel es ganz und gar nicht, dass er über sie Bescheid wusste.

Plank trug seine Frau ins Schlafzimmer. »Hier hinein«, sagte er unnötigerweise mit einem Blick über die Schulter. »Warum wacht sie nicht auf?«, fragte er Steele.

»Ich habe ihr ein mildes Beruhigungsmittel verabreicht. Sie lag nackt in einem Van, umringt von Männern, die sie nicht kannte, und ich musste sie versorgen. Ich wollte nicht, dass sie sich noch unwohler fühlte, als sie es ohnehin schon tat. Sie wird bald aufwachen. Rede mit ihr, das wird ihr helfen. In nächster Zeit wird sie noch einige Schmerztabletten brauchen. Und sie sollte sich so wohlfühlen wie nur irgend möglich.«

»Bevor sie aufwacht, will ich, dass du mir genauestens erklärst, was ihr passiert ist«, sagte Plank und starrte auf das geschwollene, mit Blutergüssen übersäte Gesicht seiner Frau. »Lass kein Detail aus.«

Steele schilderte ihm alles, was er in Erfahrung gebracht hatte. »Offenbar hatten sie vor, sie zu töten, denn ihnen muss klar gewesen sein, dass ihr euch rächen würdet, wenn ihr sie in diesem Zustand zurückerhalten würdet.«

»Ich hätte mich so oder so gerächt«, knurrte Plank. »Wir treffen bereits Vorkehrungen, ihren Nachtclub und das Casino zu zerstören.«

Steele zuckte mit den Schultern. »Mir ist egal, was ihr tut. Wichtig ist mir hingegen, dass deine Frau sich wieder erholt. Und dazu braucht sie ihren Mann.«

»Verstehe.« Plank führte ihn aus dem Schlafzimmer und stieß die Tür zum Nebenraum auf. »Du kannst dieses Zimmer haben.«

Das war eindeutig ein Befehl. Steele blieb kurz stehen und

blickte an ihm vorbei auf den Zar, der mit einem bedächtigen Nicken sein Einverständnis gab. Steele zuckte mit den Schultern. »Ich brauche meine Ausrüstung.« Er ging um Plank herum zum Ausgang. Zwei Diamondbacks versperrten ihm den Weg.

Pierce schüttelte den Kopf, trat zu seinem Präsidenten und senkte die Stimme, sodass kein anderer mitbekam, was er sagte. Reaper, der neben dem Zar stand, rückte unbemerkt ein bisschen näher, um zu hören, was der Vollstrecker seinem Präsidenten zu sagen hatte.

»Plank, dieser Club hat sein Leben für Sylvia und dich aufs Spiel gesetzt. Sie haben die Rettungsaktion wie am Schnürchen durchgezogen. Präzise. Es war echt beeindruckend. Sie haben sich uns gegenüber kein einziges Mal respektlos verhalten. Trotzdem werden sie auf Schritt und Tritt mit Argwohn und Feindseligkeit konfrontiert. Sag unseren Jungs, dass sie das lassen sollen.«

Plank schüttelte den Kopf. »Es geht um Sylvia.«

»Ich war dabei, als Reaper die Mistkerle erschossen hat. Sie sind zu Boden gegangen, ohne dass sie gecheckt haben, was abging. Sylvia war durch sie keiner Gefahr ausgesetzt, und sobald sie draußen und in Sicherheit war, hat Steele angefangen, sie zu versorgen. Sie wurde die ganze Zeit mit Respekt behandelt. Ich musste nicht dafür sorgen oder die anderen daran erinnern, wer Sylvia ist. Sie haben es einfach getan.«

Plank winkte seine Gorillas weg. »Ich wollte diese Scheißkerle selbst töten, Pierce. Ich bin mir wie ein Schlappschwanz vorgekommen, als ich hier herumgesessen und auf eine Nachricht von meiner Frau gewartet habe, während ein anderer Club sie gerettet hat. Ich hätte die Jungs nehmen und diesen Ort stürmen müssen.«

»Dann hätten sie sie getötet, bevor du auch nur einen Fuß in das Gebäude hättest setzen können. Es war eine richtige Festung. Bestens gesichert. Nur ein kleiner Trupp konnte dort unbemerkt eindringen. Das war die einzige Möglichkeit, und du hast richtig entschieden. Torpedo Ink ist uns angegliedert. Sie haben uns gefragt, ob sie sich in unserem Gebiet niederlassen können. Wir haben es ihnen erlaubt. Sie sind zwar kein großer Club, aber sie können sehr nützlich sein. Im Ernst, Plank, ich habe ihnen bei der Arbeit zugeschaut. Sie haben funktioniert wie eine Maschine. Ich würde dir raten, engere Verbindungen zu ihnen zu knüpfen. Wie gesagt, sie sind definitiv sehr nützlich.«

Plank dachte eine Weile über Pierces Worte nach. Schließlich nickte er. »Dann legen wir die Sache unseren Mitgliedern vor und binden sie enger an uns.«

Pierce nickte. Reaper hatte abermals den Eindruck, dass der Vollstrecker ein gerissener, schlauer Bursche war, den er Tag und Nacht beobachten musste. Denn dieser Mann führte etwas im Schilde. Er hoffte immer noch, dass er Pierce nicht eines Tages würde umlegen müssen, doch in seinem Bauch regte sich eine ungute Vorahnung, die ihm sagte, dass diese Möglichkeit immer wahrscheinlicher wurde. Er schaute auf seinen Bruder. Savage schaute auf Pierce und dachte dasselbe wie Reaper, wie er dessen eisigem Blick entnehmen konnte.

## 21. Kapitel

Die Demons rollten spätabends an. Der Zar hatte sie zu einem Treffen mit anschließender Party eingeladen. Reaper wusste, dass sie Verbündete brauchten. Die Diamondbacks hatten ihnen nach Steeles Rückkehr diverse vage Angebote gemacht, doch der Zar wahrte lieber einen gewissen Abstand; schließlich war der Club dafür bekannt, dass er die kleineren einfach schluckte. Keiner der Torpedo Inks wollte die Freiheit aufgeben, die sie nach jahrelanger Abhängigkeit errungen hatten.

Hammer kam mit einem kleinen Trupp von zwanzig Mitgliedern, dazu drei Prospects. Torpedo Ink hatte genügend Platz, die Biker und ihre Frauen unterzubringen. Hammers Frau war nicht dabei. Der Präsident behauptete, sie sei noch nicht vollständig genesen, doch Reaper glaubte eher, dass sie die Männer, die sie gerettet hatten, noch nicht sehen wollte. Er konnte es ihr nicht verdenken.

Reaper und Savage hielten sich die ganze Zeit in der Nähe ihres Präsidenten auf. Das Treffen verlief sehr produktiv. Die beiden Präsidenten, Vizepräsidenten und ihre Top-Leute einigten sich auf gemeinsame Unternehmungen und den Anteil, den jede Seite bekommen würde. Der Zar bestand darauf, dass alles, was durch ihr Gebiet transportiert wurde, den Diamondbacks gemeldet werden und davor eine Einigung mit ihnen erzielt werden müsse. Hammer war damit einverstanden, dass der Zar die Verhandlungen führte, wollte aber anwesend sein.

Als das Treffen endete, war die Party bereits im Gang. Großzügig wurden Drinks gemixt und ausgeschenkt, auf dem Grill lagen alle möglichen Köstlichkeiten, darunter ein Viertel Rind und genügend Hühnchen, um ein ganzes Heer satt zu bekommen. Ein paar Stunden später wurden Lagerfeuer entfacht, und die Musik wurde voll aufgedreht.

Die Demons, die ihre Frauen nicht mitgebracht hatten, vergnügten sich mit den Bräuten, die zur Party eingeladen worden waren. Die ersten Oberteile fielen, und Frauen tanzten auf den Tischen, als Reaper endlich wegkonnte, um Anya zu holen. Es wäre ihm lieber gewesen, wenn sie schon zum Essen da gewesen wäre, doch er hätte sie während des Treffens nicht im Auge behalten können, und er traute den Demons nicht über den Weg – zumindest nicht, wenn es um seine Frau ging.

Als er mit Anya zurückkehrte, war die Party im vollen Schwung. Er schnappte sich eine Decke, eine Flasche Whiskey und zwei Gläser, dann trat er mit Anya an die Lagerfeuer. Sie plauderten mit einigen seiner Brüder, doch die meisten waren bereits mit den Bräuten beschäftigt, die zu der Party gekommen waren in der Hoffnung, sich eines der Clubmitglieder zu schnappen, und sei es auch nur für eine einzige Nacht mit wildem Sex.

Reaper breitete die Decke außerhalb des Feuerscheins aus und stellte den Whiskey und die Gläser ab, um mit seiner Frau zu tanzen. Anya genoss das Tanzen mit ihm. Sie trug ein tief ausgeschnittenes Mieder ohne BH, wie Reaper sich das gewünscht hatte, und ihre Brüste drängten sich gegen den mit Spitze besetzten Stretchstoff. Als seine Hände über die Kurven ihres Hinterns fuhren, die von der engen Jeans ins beste Licht gerückt wurden, drückte sie sich noch näher an ihn und seinen Ständer.

Reaper führte sie in die dunkelste Ecke des großen, eingezäunten Bereichs. Etwas weiter entfernt brannte eines der drei großen Lagerfeuer. Sie setzten sich auf die Decke, er lehnte sich an den Zaun und zog sie zwischen seine Beine. Der Whiskey brannte angenehm in seiner Kehle, die Musik dröhnte rings um sie herum und verstärkte seinen heftigen Herzschlag. Frauen tanzten, zogen sich aus, Alkohol floss in Strömen. Einige Bräute krabbelten auf den Schoß der Männer und machten sich an die Arbeit.

Reaper umfasste Anyas Kinn und drehte ihr Gesicht zu sich. Dann senkte er die Lippen auf ihren Mund, denn er verzehrte sich nach ihren Küssen. Anyas Küsse waren wie der Whiskey, sie brannten in seinem Bauch und in seinen Adern. In seinem Unterleib. Er genoss dieses langsame Brennen, das immer intensiver wurde, bis sein Schwanz so steif war, dass er das Gefühl hatte, gleich würde er den Stoff seiner Jeans sprengen. Er zog den Reißverschluss auf und ließ seinen Riesenständer herausspringen.

»Dein Glas«, flüsterte er Anya ins Ohr und streifte ihr ein paar Haarsträhnen aus dem Gesicht. Sie hob ihr Glas. Er wusste, dass sie die Frauen beäugte, die sich gerade an einem seiner Brüder zu schaffen machten, ihn abwechselnd küssten und betatschten. Er musste daran denken, wie schwer es ihm noch vor Kurzem gefallen war, sich von seiner Frau berühren zu lassen, weil er befürchtet hatte, seine gewalttätigen Impulse nicht kontrollieren zu können. Mittlerweile experimentierten sie jede Nacht. Sie freuten sich beide auf die Massagen, und er freute sich am meisten auf ihre Hände, und manchmal, wenn er sich sicher war, dass das für sie ungefährlich war, auch auf ihren Mund.

Er schenkte ihr ein Glas ein und stellte die Flasche weg. Während seine Finger sich an der Verschnürung ihres Mieders zu schaffen machten, lehnte sie sich an seinen Oberkörper und nahm einen Schluck Whiskey. Er löste die Spitzenbänder und befreite ihre Brüste. Er liebte ihren Busen, dessen Üppigkeit, die Nippel, wie sie sich forsch nach vorne reckten.

»Es könnte uns jemand sehen«, sagte sie und bedeckte ihre Blöße mit den Händen.

Er schob ihre Hände weg. »Wir sitzen hier im Dunkeln, weit genug weg vom Feuer. Außerdem – wen kümmert das? Keiner wird uns stören, sie sind alle viel zu sehr mit sich selbst beschäftigt.« Er zog an ihren Nippeln, zwickte sie ein bisschen, zwirbelte sie, biss sanft hinein, gerade so fest, wie es ihr gefiel. Sie entspannte sich und bäumte sich ihm ein wenig entgegen. Er liebte es, mit ihren Brüsten zu spielen, und drückte, knetete, streichelte sie ausgiebig. Gleichzeitig küsste er ihren Hals, lutschte daran, fuhr mit den Zähnen darüber, biss hinein. Dasselbe tat er mit ihrem Ohrläppchen und dem köstlichen Übergang zwischen Nacken und Schultern. Sie wand sich ein wenig.

»Bist du schon feucht für mich?«, flüsterte er ihr ins Ohr.

»Na klar. Ich bin immer feucht für dich.«

Sie klang atemlos, und er erkannte ihr Verlangen. Sie war kurz vor dem Punkt, an dem er sie haben wollte. Wo es nur noch ihn für sie gab – seinen Körper, seinen Mund, seine Hände, die Lust, die er ihr bereitete.

»Hast du meine Bitte befolgt? Keinen Slip?«

»Ja.«

»Mach deine Jeans auf«, flüsterte er ihr ins Ohr. Seine Hände bearbeiteten ihre Brüste, sein Mund ihren Nacken.

Mit zitternden Händen öffnete sie langsam den Reißverschluss. Er drehte ihr Gesicht zu sich um und küsste sie. Wieder und immer wieder. Tiefer. Härter. Belohnte sie, forderte sie ein, selig, dass sie seinen Körper ebenso liebte wie er ihren.

Schließlich hob er den Kopf und sah ihr in die Augen. »Zieh sie aus, Baby.«

Sie warf einen Blick auf das Lagerfeuer. Körper wiegten sich im Dunkeln, tanzten, küssten sich, vögelten. Einige Frauen knieten vor ihren Männern, andere tranken und lachten.

»Der Feuerschein ist so stark, dass uns hier niemand sehen kann. Schenk mir deinen süßen Körper.« Seine Finger glitten über ihren Bauch, tiefer, bohrten sich in sie hinein, brachten sie zum Keuchen. Sie stemmte sich hoch und streifte die Jeans bis zu den Knien, während seine Finger immer noch in ihr steckten. Schließlich zog er sie heraus und schleckte sie genüsslich ab, einen nach dem anderen. Sie schmeckte himmlisch. Nach diesem Liebestrank hatte er sich verzehrt.

»Zieh deine Hose ganz aus. Ich will, dass du mich anschaust, die Beine spreizt und anwinkelst.« Sie zögerte ein wenig, Begehren kämpfte mit alten Regeln. Ihr Begehren siegte. Er siegte. Er hob das Whiskeyglas, ohne den Blick von ihr abzuwenden, während sie sich umdrehte, die Jeans auszog, zu ihm rutschte, sich auf die Ellbogen stützte, die Beine anwinkelte und weit spreizte.

Ihm stockte der Atem. Sie war wahnsinnig sexy. Er trank einen Schluck Whiskey, und dann noch mal einen, ganz langsam, um in ihrem Anblick zu schwelgen. In dem Wissen zu schwelgen, dass sie ihm gehörte. Dass sie sich ihm schenkte. Ihm ihren Körper schenkte, ganz wie und wann es ihm gefiel.

»Rutsch noch ein bisschen näher, Baby. Setz dich auf meinen Schoß und stell die Füße links und rechts neben mir ab.«

Sie fuhr sich mit der Zunge über die Lippen, zögerte ein wenig, doch dann fügte sie sich abermals, wenn auch langsamer. Sie machte ein Schauspiel daraus. Ihre Brüste schimmerten im Feuerschein, das flüssige Gold zwischen ihren Beinen glitzerte einladend. Er stellte sein Glas erst weg, als sie rittlings auf ihm saß, sich zurücklehnte und ihren Körper für ihn öffnete, den Blick auf sein Gesicht geheftet.

Der Rhythmus der Musik hämmerte durch seinen Körper,

ließ sein Herz stolpern. Er umfasste ihren Hintern und hob ihren Unterleib zu sich hoch, als wäre sie ein Glas des köstlichsten Whiskeys. Seine Zunge fuhr über all das Gold. Sie erbebte. Er sah sie an und lächelte. Sein Lächeln umfasste seinen ganzen Körper. Es fühlte sich wunderbar an. Schließlich senkte er den Mund auf sie und begann, an ihr zu saugen und mit der Zunge ihre Klitoris zu bearbeiten.

Sie bäumte sich ihm entgegen. Er hielt sie fest und labte sich an ihr. Erbarmungslos. Alles gehörte ihm. Ihr Geschmack erregte ihn über alle Maßen. Sie warf den Kopf hin und her, ihr Körper zuckte. Als der erste Höhepunkt sie erfasste, floss mehr von ihrem Liebestrank in seinen Mund, auf seine Zunge. Er hörte nicht auf, sie zu streicheln und zu liebkosen. Er verteilte die Flüssigkeit auf ihr, schleckte sie auf, biss in ihre Oberschenkel, schleckte zärtlich darüber, um den Schmerz zu vertreiben, verschlang sie.

Sie schrie leise auf. Die Musik fing wieder an, ein weiterer wilder, hämmernder Rhythmus. Sein Blick verharrte auf seiner Frau, auf ihrem Gesicht. Auf ihrer ganzen Pracht. Nicht in seinen kühnsten Träumen hätte er sich je vorgestellt, dass er all dies in einer einzigen Frau finden würde. In Anya.

Der nächste Orgasmus erschütterte sie, durchzuckte sie in Wellen. Er konnte die Wellen sehen, die über ihren Bauch zuckten, über ihre Brüste und sich als Schrei in ihre Kehle drängten. Sie versuchte, den Schrei zu unterdrücken, doch dann verlor sie alle Hemmungen, dachte nicht mehr daran, wo sie sich befanden, war nur noch mit ihm. Wie sehr er das liebte! Sein Engel, Anya. Es kam ihm wie ein Geschenk vor, wenn sie sich von ihm so verderben ließ, dass sie alles um sich herum vergaß.

Beim dritten Orgasmus versuchte sie, ihn von ihrer empfindlichen Klitoris wegzustoßen, während ein weiterer Schwall des köstlich goldenen Liebestrunks in seinen Mund rann. Er hob den Kopf. Sein Blick brannte sich in sie. »Rutsch ein bisschen, Baby. Ich muss meine Jeans loswerden.«

Hinter ihr loderte das Feuer, doch an dieser Stelle war es dunkel. Die anderen tanzten und spielten, und sie zögerte keinen Moment, sich über ihn zu knien. Er schob die Jeans an die Knöchel, dann packte er ihre Hand und führte sie zu seinem prallen Schwanz. Sie setzte sich wieder rittlings auf ihn. Er liebte das Gefühl ihrer Finger auf seinem Schwanz. Es war das Paradies. Andere Männer hielten es vermutlich für eine Selbstverständlichkeit, von ihren Frauen umfasst zu werden, in den Mund genommen zu werden. Für ihn würde das nie so sein.

Er packte ihre Haare und zerrte ihren Kopf über sich.

»Bist du dir sicher?« Anya klang zögernd. »Ich bin zwar ganz wild auf deinen Geschmack, Reaper. Das weißt du ja. Aber wir haben es bislang noch nicht so oft geschafft, das zu tun, und wir sind hier nicht allein.«

Er konnte ihr nicht sagen, dass er es aus eben diesem Grund gerade in dieser Umgebung tun wollte; denn er wusste, dass er hier nicht ausrasten würde. »Ich brauch das, Baby. Hier und jetzt. Ich brauch deinen Mund.«

Sie überließ ihm wie immer die Kontrolle und ließ es zu, dass er ihren Kopf auf seinen Schwanz drückte. »Mach den Mund auf, schleck mich.« Er erbebte, als sie ihm gehorchte. Diese Hitze, dieses Feuer. »Jetzt saug daran, Baby. Saug fest.«

Wieder gehorchte sie ihm und lutschte an seinem Schwanz. Ihre Zunge streichelte ihn. Tanzte um ihn herum, über ihm. Sie spielte, schluckte, sodass sie ihn mit dem Mund zu massieren schien. Er ließ sie Atem schöpfen, auch wenn es schwer war in dem Moment, in dem sie ihn geradewegs ins Paradies entführte.

Er vergrub die Fäuste in ihren Haaren und drückte ihren Kopf nach unten, während jede Liebkosung ihrer Zunge seinen Schaft in Flammen setzte. Anya war die erste Frau, bei der er es genoss, auf diese Weise erregt zu werden. Jedes Mal schafften sie es, ein bisschen weiter zu kommen und kleine Fortschritte zu machen. Allmählich war er nach ihrem Mund ebenso süchtig wie nach ihrem Geschmack und ihrer Möse.

Seine Hüften bewegten sich von selbst wie im Tanz und stießen behutsam in die glühend heiße Tiefe ihres Mundes. Er liebte es, wie ihre Lippen sich ausdehnten, um sich seinem prallen Zepter anzupassen. Bald fiel es ihm schwer, noch irgendeinen klaren Gedanken zu fassen. Es war das erste Mal, dass sich seine Eier zusammenzogen und hart wurden, während sie ihn im Mund hatte. Er spürte, wie sein Sperma hochkochte und unbedingt verspritzt werden wollte.

Plötzlich nahm er aus dem Augenwinkel eine Bewegung wahr und hob den Kopf. Anya wollte ihn loslassen, als Player sich näherte, doch Reaper wollte nicht, dass sie aufhörte. »Gib's mir, Baby, nimm mich in dir auf. Schluck mich«, beschwor er sie flüsternd. Eigentlich war es ein Befehl, da er ihren Kopf nur zum Luftschnappen etwas höher kommen ließ.

Sie sah ihn an, ihr Mund bearbeitete ihn, jeder Takt der Musik fuhr auf ihn herab, bis er wusste, dass er da war, direkt an ihrer Kehle. Er legte die Hand um diese Stelle. Sein Schwanz schwoll an, und ein unglaubliches Glücksgefühl durchfuhr ihn. Player grinste ihn an, dann nahm er die Frau, die mit ihm gekommen war, an der Hand und führte sie weiter. Reaper war wieder allein mit Anya.

Er starrte auf sie hinab und genoss den köstlichen Anblick. Ihre Augen, die ihn anstarrten, ihr Mund, heißer als die Hölle, ihre Lippen, weit gedehnt, um ihn aufzunehmen. Er ließ sie Luft holen, dann drückte er sie nach unten, diesmal sehr tief. Er spürte ihre Kehle, spürte, wie sie schluckte, wie sich Muskeln um ihn anspannten. Seine Eier fühlten sich an, als hätten sie Feuer gefangen. Ein glühend heißes Inferno, passend zu ihrem Mund. Und dann strömte es aus ihm heraus wie Magma und schoss in ihre Kehle.

Ein Blitz durchfuhr ihn. Er fuhr im Zickzack durch seinen ganzen Körper, entlang seiner Wirbelsäule, seinem Bauch, dröhnte durch seine Lenden. Er umklammerte ihre Kehle, spürte, wie sie schluckte und wie sein Schwanz zuckte. So etwas hatte er noch nie gespürt. Er warf den Kopf zurück und brüllte laut auf. Sie hatten es getan. Ihr Mund hatte es getan. Er lockerte seinen Griff, ließ ihren Kopf jedoch noch nicht ganz los.

»Hör noch nicht auf, mach noch ein bisschen weiter. Sanft, Babe.« Er wollte, dass es nie aufhörte.

Sie gehorchte ihm, schleckte seinen Schaft, um die breite Eichel herum, darüber, tiefer bis zur Wurzel, erwischte jeden einzelnen Tropfen. Schließlich musste er sie loslassen. Ihre Augen glühten und zeigten, dass sie ebenso hochgestimmt war wie er. Trotzdem war sie noch feucht für ihn. Er reichte ihr ein Glas Whiskey.

»Abgefahren. Unglaublich, Anya«, sagte er, wischte mit dem Daumen den letzten Rest Sperma von ihren Lippen, presste ihn an ihren Mund und wartete, bis sie ihn sauber geschleckt hatte. »Stell das Glas weg. Wir sind noch nicht fertig.«

Sie warf einen Blick auf seinen Schwanz. »Du bist fertig.«

Er schüttelte den Kopf. »Du hast kein Vertrauen in mich, Baby.« Er war wahrhaftig noch lange nicht fertig, nach diesem ersten Orgasmus und dem Sieg über seine Dämonen, den sie mit seinem Schwanz in ihrem Mund errungen hatten. Und tatsächlich regte sich sein Schwanz schon allein bei dem Gedanken an das, was er nun vorhatte. »Setz dich wieder so auf mich wie vorhin und lehn dich zurück, Beine gespreizt, Füße auf der Decke.«

Anya gehorchte, ohne zu zögern. Er fuhr ihr mit der Hand zwischen die Beine. »Ich liebe deine süße kleine Pussy, Baby. Höllisch heiß und so verfickt eng, dass ich manchmal denke, du bringst mich um.«

Ihre Hüften folgten seinen Fingern, und sie stöhnte leise vor Enttäuschung, als er die Hand wegzog. »Ich will dich, Reaper.«

»Das sehe ich. Aber ich will dich beobachten, wenn du dir einen runterholst.«

»Das kann ich nicht vor dir«, ächzte sie, und er bemerkte, dass ein frischer Schwall von Flüssigkeit aus ihrer Spalte drang.

»Oh doch, das kannst du.«

»Nicht hier, Reaper.« Aber ihre Hand glitt gehorsam über ihren Bauch.

»Zwick erst deine Nippel für mich.« Er liebte ihre Titten und konnte sich an ihrem Anblick nicht sattsehen.

Sie lehnte den Kopf an seine Beine und fuhr mit den Händen zu ihren Brüsten. Er beobachtete ihre Finger auf ihren Nippeln. Ab und zu langte er nach unten und rieb sie zwischen den Beinen und an ihrem Kitzler. Einmal schob er einen Finger tief in sie hinein, winkelte ihn an, um ihren sensibelsten Punkt zu streifen, zog ihn aber wieder aus ihr heraus, als sie sich ihm entgegenbäumte, um zum Höhepunkt zu gelangen.

Er schenkte sich ein bisschen Whiskey nach. »Mach es mit der Hand, so wie ich eben. Und lass mich dabei zuschauen.«

Er schlürfte den Whiskey, während ihre Hand zwischen ihren Beinen verschwand. Sie begann, sich mit den Fingern zu befriedigen. Der Anblick war köstlich, und sein Schwanz reagierte entsprechend, genau, wie er erwartet hatte. Er bearbeitete ihren Kitzler, beobachtete ihr erhitztes Gesicht, ihre Brüste, die sich hoben und senkten, während ihr Atem schwerer wurde.

»Hör auf, Baby.«

»Reaper!«, jammerte sie.

»Setz dich auf mich. Langsam, Baby.«

Von wegen langsam – ihr Atem entlud sich in einem zischenden Protestlaut. Dennoch senkte sie sich gehorsam auf ihn und ließ sich von ihm erfüllen und ausdehnen. Ein brennendes Inferno umgab ihn. Er spürte, wie ihre Muskeln langsam nachgaben, um ihn wie eine sengend heiße, seidige Faust zu umfassen. Er warf den Kopf in den Nacken und genoss den süßen Tod, den sie ihm stets schenkte. Das alles umfassende Feuer, das durch seinen Körper jagte wie ein Vulkanausbruch, bei dem sich heiße Lava über ihn ergoss, bis er kaum noch atmen konnte.

»Zieh dein Top aus.« Das war das einzige Kleidungsstück, das sie noch trug. Der Stoff hatte ihre Brüste gerahmt, aber jetzt wollte er ihn nicht mehr sehen.

Diesmal gab es kein Zögern mehr. Anya zog ihr Mieder aus und ließ es achtlos fallen. Sie versuchte, sich zu bewegen, ihn zu reiten. Er hinderte sie daran, indem er sie an den Hüften festhielt. Ihr Blick fiel auf sein Gesicht.

»Ich will, dass du deine Titten drückst und knetest.«

»Ich will, dass du dich bewegst.«

»Wir bewegen uns, wenn ich das sage. Folge mir, Baby. Hände auf die Titten.«

Er sah zu, wie ihre Hände zu ihren Brüsten wanderten. Sein Körper erbebte vor Vorfreude. Ihre Finger bearbeiteten das weiche Fleisch. Ihm lief das Wasser im Mund zusammen. Verflucht, er liebte diesen Anblick. Er beugte den Kopf zu ihr. »Steck mir eine in den Mund.«

Sie steckte ihm ihre rechte Brust in den Mund. Er zog diesen köstlichen Hügel in sich hinein, seine Zunge schnellte gegen den Nippel. Als Nächstes kamen seine Zähne. Er biss fester zu als sonst. Sie schrie leise auf, doch er gab sie nicht frei. Er nahm den Kopf zurück und zog ihren Nippel lang, ohne den Blick von ihrem Gesicht zu lassen. Von der Begierde, die sich darauf abzeichnete, von der Erregung. Wie hatte er ohne diesen Anblick leben können? Wie sollte er es überleben, falls sie ihn jemals verließ?

Er ließ ihren Nippel los und hob ihre Hüften ein wenig an, dann senkte er sie langsam wieder auf sich herab. Er musste die

Zähne zusammenbeißen, weil sich das so gut anfühlte. So perfekt. »Spiel wieder mit deinen Titten, Baby. Tu es für mich.« Er verharrte reglos, während sie erneut begann, ihre Brüste zu kneten und zu massieren und schließlich auch ihre Nippel zu zwicken und zu zwirbeln, bis er zufrieden war.

Er zwang sie dazu, ihn ganz langsam zu reiten. Ließ das Feuer wachsen, bis es sich wie ein Flächenbrand anfühlte, der drohte, sie beide zu verschlingen.

»Bitte!«, schluchzte Anya und drehte und wand sich um ihn. Das war der letzte Brandbeschleuniger.

Er verlagerte sein Gewicht, hielt sie mit einer Hand auf dem Rücken, umfasste ihr Bein mit der anderen und schlang es um sich. »Beide Beine«, krächzte er. »Verschränk sie an den Knöcheln. Warte auf mich. Warte, verdammt noch mal!«

Dann kniete er sich hin, senkte sie auf die Decke und rammte sich tief in sie hinein. Feuer, nichts als Feuer umfing ihn. Doch es war mehr als das, merkte er, als sich ihre Blicke trafen und er immer tiefer in sie stieß. Da war Liebe, die ebenso tief in ihnen brannte wie die Begierde. Das spürte er ganz deutlich mit jedem Stoß.

Er vergrub sich tief in ihrer Grotte, tiefer und immer tiefer. Ihr Atem ging abgehackt, keuchend. Ihre Augen hatten sich verdunkelt. Er folgte dem Takt der Musik, dem Rhythmus, der durch seinen ganzen Körper hämmerte. Dann warf er den Kopf in den Nacken, betrachtete den Nachthimmel und genoss die Flammen, die von seinem Schwanz in seinen Bauch krochen.

Ihre Möse umklammerte ihn, drückte die breite Eichel, bis er dachte, er würde gleich explodieren oder wahnsinnig werden. Mit einem Blick auf das Feuer erkannte er, dass mehrere andere näher lagerten, als er gedacht hatte, und dass Anya protestiert hätte, wenn sie es denn bemerkt hätte. Aber nun war sie in ihm verloren. Dass er nicht bemerkt hatte, dass Leute so nah bei ihnen waren, gab ihm zu denken. Sie waren zwar auf der anderen Seite der Feuerstelle, doch er war ebenso mit Anya abgedriftet wie sie mit ihm. Bislang hatte er sein Umfeld noch nie aus dem Blick verloren, egal, was um ihn herum geschah.

»Honey!«, flehte sie leise.

»Nein! Wenn du kommst, reißt du mich mit, und ich will noch nicht, dass es vorbei ist.« Er hielt sie an den Hüften fest und schraubte sich noch tiefer in sie hinein.

Sie kam jedem seiner Stöße so weit entgegen, wie es sein fester Griff erlaubte. Ihre Brüste tanzten auf und ab. Er musterte ihr erregtes Gesicht. Wie sehr er ihren Anblick liebte! Wie sehr er es liebte, von ihrem Feuer umgeben zu sein!

»Reaper!«, flehte sie abermals.

»Nein, verflucht noch mal!«

Er zog sich aus ihr zurück, und sie stieß einen leisen Klagelaut aus. Er drehte sie um, packte ihre Hüften und zerrte sie auf die Knie. Dann kniete er sich hinter sie und stieß abermals in das heiße, schlüpfrige Inferno. Ihr Schrei klang süßer in seinen Ohren als all die Musik um sie herum.

Er packte sie an den Haaren und zog ihren Kopf zurück. Ihr Rücken bildete eine wundervolle Linie. Ihr göttlicher Arsch hob sich ein wenig höher, sodass er noch tiefer in sie eindringen konnte. Er wollte alles von ihr erobern, ihren Bauch, ihre Kehle. Sie fügte sich in alles, was er von ihr wollte, und erwiderte seine Stöße mit derselben Heftigkeit. Ihre Brüste schaukelten, aus ihrer Kehle drangen köstliche kleine Geräusche, die ihn antrieben.

»Reaper, Honey, ich muss jetzt loslassen!«

Er gab ihr einen Klaps auf den Hintern. Der Klaps fiel härter aus, als er beabsichtigt hatte. Flüssiges Gold, heiße Lava umfasste ihn. Fühlte sich himmlisch an. Er schlug weiter auf ihr Hinterteil ein, im Takt der Musik, suhlte sich in ihrem glühend heißen Gold. Wünschte sich, er könne sie ficken und gleichzeitig schlecken. Sein Schwanz war geschwollen bis an den Punkt, an dem es kein Zurück mehr gab. Seine Eier hatten sich zusammengezogen und warteten darauf zu explodieren. Er zwang sich, auf ihr nächstes Flehen zu warten. Sie hatte auf ihn gewartet, nun musste er auf sie warten.

»Gib mir mehr!«, flüsterte sie. »Ich komme gleich, und ich will mehr.«

Er wusste, was sie meinte. Ihre Nervenenden brannten, und wenn er ihr einen Klaps gab, verbreitete sich diese Hitze wie ein Flächenbrand. Er schlug sie, bis sie ihn anflehte, kommen zu dürfen.

»Jetzt, Baby. Gib's mir.« Er konnte keine einzige Sekunde länger in diesem Inferno ertragen.

Ihr Körper klemmte den seinen so fest ein, dass es wehtat. Schmerz durchzuckte ihn und steigerte das Versprechen aufs Paradies. Sie molk ihn, und sein Samen explodierte aus ihm heraus, schoss in Salven in sie hinein, löste Beben aus, die sie beide erschütterten.

Er brach auf ihr zusammen und drückte sie auf den Boden. Er kämpfte um Atem, kämpfte darum, wieder klar denken und sich bewegen zu können. Die Lust war zu stark. Er hatte unzählige Male Sex gehabt, auf unzählige Weisen, aber nichts hatte ihn darauf vorbereitet, wie sich das mit Anya anfühlen würde. Er liebte sie unendlich. Er hatte nicht gewusst, dass man einen Menschen so lieben konnte. Als es ihm endlich gelang, wieder ein bisschen Luft in seine Lunge zu pumpen, schob er ihre Haare zur Seite und küsste sie auf den Nacken. Auf den empfindlichen Haaransatz, der ihn manchmal ganz wild machte.

»Alles in Ordnung, Anya?«

»Ich weiß nicht. Und du?«

»Mir geht es genauso. Ich bin mir nicht sicher, ob ich das überlebt habe. Verflucht, Frau, du hast mich fast umgebracht.«

»Das geht allein auf dein Konto.«

»Ich liebe dich, Anya.« Er hatte nie geglaubt, dass er je so etwas sagen würde, wenn es vielleicht ein anderer mitbekam, doch in diesem Moment war ihm alles egal. Er wollte, dass es alle wussten. Er wollte, dass alle wussten, dass sie zu ihm gehörte und dass er sie über alle Maßen liebte.

»Ich liebe dich auch, Reaper«, erwiderte sie leise und drehte den Kopf zur Seite. »Wenn du jetzt aufstehst, bin ich splitterfasernackt.«

»Ich liebe es, wenn du splitterfasernackt bist.«

»Das weiß ich, aber ich bin es nicht gern vor Leuten eines anderen Clubs. Es fällt mir schwer genug vor deinem Club, aber ich verstehe eure Vorliebe fürs Nacktsein, und da schert sich auch keiner groß drum. Aber die Demons sind nicht dein Club.«

Er hatte nicht daran gedacht, weil es ihm völlig egal war, wenn ihn jemand nackt sah, doch nun hatte er sie in diese missliche Lage gebracht. Deshalb kniete er sich hin, zog mit einer Hand seine Hose hoch und drückte sie mit der anderen Hand auf den Boden. Sie schien zu verstehen, was er ihr damit sagen wollte, und er stand auf und sammelte ihre Kleidung ein. Dann stellte er sich schützend vor sie und reichte ihr ihr Mieder. Als sie es zugeschnürt hatte, kam ihre Jeans an die Reihe. Sie schlüpfte im Liegen bis zu den Oberschenkeln hinein.

»Ich mag mich jetzt nicht den anderen zeigen«, flüsterte sie, als könnte sie jemand trotz der lauten Musik hören.

»Du bist wunderschön.«

»Ich meine, mit dir in mir.«

»Das ist das Schönste. Ich liebe es, in dir zu sein, Baby.«

Sie seufzte, verdrehte die Augen, zog sich die Jeans über den Hintern und kniete sich hin, um den Reißverschluss zuzuziehen. Auch das liebte er sehr an ihr – kein Protest, kein Streit, sie behielt ihn einfach in sich und lächelte ihn an, bis er dachte, die Sonne könnte tatsächlich die sie umgebende Dunkelheit durchdringen.

Er zog sie zu sich und küsste ihren süßen Mund, auch wenn er wusste, dass sie ihn um ihren kleinen Finger gewickelt und ihm sein Herz geraubt hatte.

»Ich glaube, ich brauch jetzt noch einen Whiskey«, sagte sie, als er endlich von ihr abließ.

»Willst du dich betrinken? Mein kleiner Engel Anya ist heute Nacht aber sehr böse.«

»Jawohl. Wenn wir daheim sind, bekommst du betrunkenen Sex.«

»Vielleicht schaffen wir es ja gar nicht bis nach Hause.« Er zog sie wieder an sich. »Ich habe schon eine Stelle ausgesucht, wo ich dich noch mal vögeln will.«

»Wo?« Sie hielt ihr Glas hoch.

Er schenkte ihr ein. »Ich werde dich dort drüben über den Picknicktisch legen. Daran habe ich schon gedacht, bevor wir es hier gemacht haben.«

»Es sitzen Leute auf dem Tisch«, bemerkte sie. »Kein guter Plan, Honey.«

Sie trank einen Schluck. Er trank nichts mehr. Er wollte gern betrunkenen Sex mit ihr haben, aber er wollte auch dafür sorgen, dass ihr dabei nichts passierte. Er musterte die drei Männer, die eine Flasche Tequila kreisen ließen. »Mit denen nehm ich es locker auf. Die halten sich für harte Kerle, und dabei sind es die reinsten Weicheier.«

»Ich bin mir sicher, dass du mit ihnen keine Probleme hättest. Aber dann liegen drei tote Kerle um den Tisch rum. Das verdirbt uns womöglich die Stimmung.«

»Vielleicht würdest du mich ja auch für den großen Eroberer halten und umso schärfer auf mich sein.«

Sie griff hinter sich, schlang den Arm um seinen Nacken und zog seinen Kopf zu sich herab. Dann drehte sie sich um und küsste ihn. Ihre Lippen waren weich und süß und schmeckten nach dem sündhaft teuren Whiskey. Nur das Beste für seine Frau. Nein, er würde nicht warten können, bis sie zuhause waren.

»Wo sonst?«

»Was soll das heißen, wo sonst?« Er küsste sie abermals.

»Wenn es nicht der Picknicktisch ist und du nicht warten willst, wo sonst?«

»Fällt dir was ein?«

Sie trank einen weiteren großen Schluck, ließ den Whiskey durch ihre Kehle gleiten, genoss die Wärme, die er in ihrem Bauch verbreitete. »Ich habe schon länger darüber nachgedacht. Dir gefallen offene Räume viel besser als geschlossene, was mich auf eine weitere Idee gebracht hat.«

»Gleich zwei Ideen?« Seine Frau näherte sich dem Betrunkensein in schnellen Schritten.

Sie musterte ihn tadelnd. »Ja, weil du gern draußen schläfst ...«

»Und auch gern draußen vögelst«, vervollständigte er ihren Satz.

»Das auch. Wir könnten doch ein Bett auf die Veranda stellen. Sie ist groß genug, und wir hätten ein Dach über dem Kopf, wenn es neblig ist oder regnet. Was hältst du davon?«

»Eine verdammt gute Idee. Du bist echt brillant.«

»Findest du wirklich?«

Reaper nickte. »Unbedingt. Und was für einen Vorschlag hättest du für betrunkenen Sex jetzt gleich?« Er schenkte ihr Glas einen Fingerbreit voll.

»Im Stehen? Gebückt? Auf den Knien? Von hinten?«

»Ich möchte, dass du dich bückst. Erst werde ich ein paar versaute Dinge mit dir anstellen. Nur, damit du weißt, was auf dich zukommt.«

»Betrunkener schmutziger Sex?« Anya wand sich. »Finde ich super. Okay, dann müssen wir die perfekte Stelle dafür finden.« Sie ließ den Blick über die Wiese schweifen. In einer Hand hielt sie ihr Glas, mit der anderen nestelte sie an den Verschnürungen ihres Mieders.

Er übernahm die Verschnürungen, damit er ihre Brüste berühren konnte. Die Nippel, an denen er so gern saugte und zog.

»Dort drüben, Reaper!«, rief sie aufgeregt. »Sieh nur, Honey, der perfekte Ort!« Sie deutete auf eine kleine Bank, die jemand mitten auf die Wiese gestellt hatte. Vielleicht Alena oder Lana. Die Frauen hatten Blumen und Bäume pflanzen wollen, um das Anwesen zu verschönern, auch wenn sie noch nicht bis zu den Beeten direkt am Haus gekommen waren.

Die Bank befand sich ein gutes Stück von der Feuerstelle entfernt. Dahinter rauschte das Meer. Das Mondlicht fiel auf die Wasseroberfläche und reflektierte auf die Wiese mit ihren Blumen. Dort würde er dann auch ihren wunderschönen Körper gut sehen können.

»Dann also die Bank«, beschloss er und genoss das glückliche Lächeln auf ihrem Gesicht. Es gefiel ihm ausnehmend gut, doch noch besser gefiel ihm der betrunkene Sex, der dann folgte.


Blythe und der Zar hatten wieder mal zum Grillen eingeladen. Reaper lehnte an einer Verandasäule und beobachtete seine Frau, die mit Emily Fangen spielte. Ihr Lachen erfüllte den Himmel mit Wärme. Er hätte den Rest seines Lebens damit zubringen können, ihr beim Lachen zuzuhören. Jedes Mal, wenn er sie hörte, musste er sie anschauen. Und jedes Mal raubte ihr Anblick ihm den Atem.

Darby, die Älteste des Zaren, gesellte sich dazu. Eine Luftschlange aus pinken, grünen und blauen Papierbändern flog hinter ihr her. Emilys Luftschlange bestand aus diversen Rot- und Pinktönen. Das kleine Mädchen liebte die Farbe Rot. Anyas Schlange bestand aus gelben, goldenen und weißen Bändern: Farben der Sonne, die sie hinter sich herzog. Reaper liebte diese hellen, hoffnungsvollen Farben.

Plötzlich tauchte Storm auf, schnappte sich Darby und warf sie sich über die Schulter. Dann rannte er zum hinteren Rand des Gartens, hin zum Zaun, und Darby kreischte vor Vergnügen. Kurz, bevor er zum Zaun gelangte, stellte sich ihm Ice in den Weg, und er musste kehrtmachen. Dabei stieß er mit Maestro zusammen, der ihm in einer einzigen fließenden Bewegung Darby raubte und über die eigene Schulter warf. Er drehte sich um und wollte wegrennen, doch Anya und Emily stürzten sich auf ihn und sie gingen in einem Knäuel von Körpern zu Boden. Gelächter schallte durch den ganzen Garten.

Reaper schlenderte zu ihnen. Er wollte zwar bei diesem kindischen Spiel nicht mitmachen, doch er schaute gerne zu. Mit einer Hand zog er seine Frau hoch, mit der anderen wollte er Maestro eine neue Flasche Bier reichen.

Darby und Emily schubsten Maestro zurück auf den Boden, sodass er nicht an das Bier kam. »Er hat Punkte verloren«, verkündete Darby. »Er hat kein Bier verdient.«

»Nein, hat er nicht«, widersprach Emily.

»Zoe!«, rief Maestro. »Hilf mir. Die sind gemein zu mir. Ich habe mich strikt an die Regeln gehalten.«

Zoe stand am Rand neben Blythe und beobachtete das muntere Treiben. Gelegentlich flackerte ein Lächeln über ihr schmales Gesicht. Blythe hatte darauf beharrt, dass Zoe sich in eine psychotherapeutische Behandlung begab. Das Trauma, das sie erlitten hatte, bevor sie zu Blythe und dem Zaren gekommen war, hatte sie noch nicht überwunden.

Blythe beugte sich zu ihr hinunter und legte einen Arm um ihre Schultern. »Willst du ihm helfen? Auf welcher Seite stehst du denn?«

»Auf Maestros«, erwiderte Zoe wie aus der Pistole geschossen und überraschte damit alle; denn sie machte nur äußerst selten den Mund auf. »Er hat mir gesagt, dass er sich an die Regeln halten und mir später ein Eis kaufen wird, wenn er es geschafft hat, sich an alle Regeln zu erinnern. Und er hat sich daran erinnert.«

Regeln waren Zoe sehr wichtig. Maestro hielt sich nur selten an Regeln, und offensichtlich hatte er mit Zoe, der Hüterin der Regeln, eine Abmachung getroffen.

Blythe seufzte übertrieben laut auf. »Also gut, du bist die Schiedsrichterin.« Es war Anyas Idee gewesen, Zoe dazu zu bringen, an ihrem lustigen Treiben Anteil zu nehmen, ohne dass sie direkt daran teilnehmen musste. »Wie wär's, wenn du zu ihm gehen und ihm helfen würdest?«

Zoe zögerte ein bisschen, dann reckte sie das Kinn vor und marschierte zu dem Menschenknäuel auf dem Boden. Reaper hielt den Atem an. Sein Arm um Anya verspannte sich. Zoe stieß ihre große Schwester von Maestro weg. Darby ließ sie gewähren, in ihren Augen glitzerten Freudentränen. Emily wehrte sich anfangs, doch schließlich schaffte es Zoe, sie so weit abzulenken, dass Maestro sich von ihr lösen und von Zoe auf die Füße helfen lassen konnte.

»Super gemacht, Kleines«, rief er laut. »Und jetzt komm, wir machen ein bisschen Musik.« Er hob Zoe hoch und trug sie über den Hof zu dem kleinen Podest, auf dem die Musiker ihre Instrumente deponiert hatten.

»Diese Grillfeste sind einfach toll«, erklärte Anya. »Beinahe so toll wie betrunkener Sex.«

Reaper lachte. »Ich hab dich schon ganz schön verdorben, stimmt's?«

»Verlass dich nur nicht darauf. Themawechsel: Eigentlich will ich gar nicht so genau Bescheid wissen, aber ist zwischen den Torpedo Inks und den Demons alles gut?«

»Jawohl, Baby. Alles ist bestens.«

»Ich bin froh, dass der Boden in der Bar vor der Neueröffnung renoviert wurde. Jonas und Jackson waren neulich wieder mal da. Sie suchen immer noch nach den verschwundenen Männern.«

»Das klingt ja echt ziemlich lästig. Wie oft waren sie denn schon da?«

Sie zuckte mit den Schultern. »Ich halte mich immer raus, und Preacher kümmert sich darum. Meistens stellen sie zuerst mir ein paar Fragen, und dann wenden sie sich an ihn.«

»Sag es mir, wenn es dir zu nervig wird.«

»Gerne. Aber es sitzt ja immer einer von euch vor dem Monitor, und meistens warst du auch da. Als sie gestern Abend vorbeikamen, warst du aber auf einem Treffen.«

Bei dieser Zusammenkunft hatten sie darüber abgestimmt, ob sie versuchen sollten, den Jungen aufzutreiben, der im Internet von irgendeinem miesen Schwein zum Verkauf angeboten wurde. Sie übernahmen zwar diverse Aufträge, doch hauptsächlich jagten sie Pädophile. Selbstverständlich einigten sie sich darauf, den Jungen zu lokalisieren, und das würde ihnen bestimmt bald gelingen. Code versuchte bereits, sämtliche Informationen über diesen Jungen aufzuspüren. Darüber wollte Reaper jedoch nicht mit Anya reden. Noch nicht. Sie brauchte noch ein bisschen Zeit, bis sie merkte, dass die Torpedo Inks niemals zu jagen aufhörten. Sie waren Raubtiere. Sie brauchten die Jagd, und – wichtiger noch – diese Kinder brauchten sie. Jemand musste sie finden und ihnen helfen.

»Glaubst du, die Ghosts suchen nach uns?«, fragte Anya.

Reaper musterte sie eingehend. Sie klang verängstigt. Er wollte nicht, dass sie Angst hatte, solange er das verhindern konnte, doch er hatte sich fest vorgenommen, ihr möglichst immer die Wahrheit zu sagen. »Wir haben ihre Kameras ausgeschaltet. Vielleicht haben sie mit Alena und Lana eine Spur, die sie zu uns führt. Aber sie haben keine Fingerabdrücke und keine Gesichter von uns. Auch haben wir nichts mit den Diamondbacks zu tun. Die Diamondbacks haben ihren Nachtclub wie auch ihr Casino in Schutt und Asche gelegt. Damit haben sie ihre Visitenkarte hinterlassen.«

»Aber dann haben doch auch die Cops einen Hinweis auf die Täter.«

»Jeder könnte eine Visitenkarte hinterlassen. Letzten Endes hat aber keiner etwas gesehen. Ich glaube, die Ghosts können wir getrost vergessen.« Doch er wusste, dass sie keine Ruhe geben würden. Sie nahmen sich Motorradclubs vor, und sie wussten, dass ihre Killer und Schnüffler, die nach Anya gesucht hatten, verschwunden waren, nachdem sie in der Bar der Torpedo Inks gewesen waren. Vermutlich hatten sie momentan bloß anderes zu tun. Sie mussten sich neu orientieren und beschließen, wie sie mit ihren Verlusten und der Tatsache, dass ihnen jemand auf die Schliche gekommen war und sie überrumpelt hatte, umgehen sollten. Doch irgendwann würden sie wieder aufkreuzen. Auch vor den Swords, dem Biker-Club, dessen Anführer der Zar zu Fall gebracht hatte, waren sie nicht sicher. Nicht zu vergessen die Mayhems, die es bestimmt nicht sang- und klanglos hinnahmen, dass Reaper ihren Präsidenten grün und blau geschlagen hatte – falls sie je herausfanden, wer er war. Torpedo Ink hatte die Demons auf ihrer Seite, möglicherweise auch die Diamondbacks, doch sie mussten aufpassen, dass sie nicht zu viel Aufmerksamkeit auf sich lenkten.

»Hey, ihr zwei«, rief der Zar. »Hört auf, euch tief in die Augen zu schauen, und kommt rüber zum Grill. Ich brauche jemanden, der die Burger wendet.«

Reaper schlenderte mit Anya an seiner Seite zu der Gruppe, die sich um den Grill versammelt hatte. Seine Brüder machten Platz für ihn und seine Lady. Er hätte nie gedacht, dass er jemals so ein Leben führen würde, doch sie hatte es ihm geschenkt. Seine Anya. Sein Ein und Alles.

## Mitglieder des Torpedo-Ink-Motoradclubs

Viktor Prakenskij *alias* Zar – Präsident
Lyov Russak *alias* Steele – Vizepräsident
Savva Pajari *alias* Reaper – Sergeant at Arms/Vollstrecker
Savin Pajari *alias* Savage – Sergeant at Arms/Vollstrecker
Isaak Koval *alias* Ice – Sekretär/Schriftführer
Dimitri Koval *alias* Storm
Alena Koval *alias* Torch
Luca Litvin *alias* Code – Schatzmeister
Maximos Korsak *alias* Ink
Kashmir Popov *alias* Preacher
Lana Popov *alias* Widow
Nikolaos Bolotan *alias* Mechaniker
Pytor Bolotan *alias* Transporter
Andrei Federoff *alias* Maestro
Gedeon Lazaroff *alias* Player
Kir Vasiliev *alias* Master
Lazar Alexejev *alias* Keys
Aleksei Solokov *alias* Absinth

**Neue Vollmitglieder**
Gavril Prakenskij
Casimir Prakenskij

**Prospects**
Fatei
Glitch
Hyde

# Biker-Begriffe

**Biker:** in einem Club organisierte Motorradfahrer

**Chapter:** Ortsgruppe eines überregionalen Motorradclubs

**Chapel:** Kapelle – Versammlungsraum im Clubhaus

**Church:** ›Gottesdienst‹ – meist einmal wöchentlich stattfindendes Clubtreffen in der Chapel

**Clubgirl / Clubhure / Groupie / Mama / Braut:** leicht verfügbare Frau, die sich in der Biker-Szene aufhält

**Colors:** Club-Logo/Abzeichen, das auf die Zugehörigkeit und oft auch auf den Status in der Clubhierarchie hinweist. In der Regel dreiteiliger Aufnäher auf der Rückseite der Kutte.

**Full color member:** Vollmitglied

**Hangaround:** unterste Stufe der Anwärterschaft auf die Vollmitgliedschaft in einem Club – jemand, der im Club herumhängt, weil er ihm beitreten möchte, und mit einfachen Aufgaben betraut wird.

**Hobel / Bock:** liebevolle Bezeichnung für schweres Motorrad

**Kutte:** vermutlich vom englischen Begriff ›cut‹, also ›abgeschnitten‹, abgeleitet. Ärmellose Weste aus Jeansstoff oder Leder, versehen mit den Colors des Clubs; wird fast ständig getragen, selbst über Lederjacken.

**MC:** Motorradclub mit straffer Gliederung und eigenem Ehrenkodex

**Old Lady:** feste Freundin oder Ehefrau eines Clubmitglieds. Darf eine Weste mit dem Backpatch ›Property of XY‹, also ›Eigentum von XY‹ tragen.

**Patch:** Aufnäher auf Brust- oder Rückenseite der Kutte

**Präsident / Vize:** Chef des MCs und sein Stellvertreter

**Prospect:** nächste Stufe in der Probezeit nach dem Hangaround. Ein Prospect muss sich seinen Status mit der Erledigung komplizierterer Aufgaben verdienen, bis er dann als vollwertiges Mitglied in den Club aufgenommen wird und die Colors des Clubs tragen darf, also ein ›full color member‹ wird.

**Road Captain:** Routenplaner

**Sergeant of / at Arms:** Vollstrecker – überwacht die Sicherheit und die Durchsetzung der Regeln innerhalb des Clubs.

**Treasurer:** Schatzmeister/Kassenwart

**Zivilist / Bürger:** an der Bikerszene unbeteiligte Person

## Danksagungen

Wie bei jedem Buch bin ich einer ganzen Reihe von Menschen unendlich dankbar. Erst einmal Nancy Rich, die mich ausführlich ins Bikerleben eingewiesen hat. Ed, der immer eine Antwort auf meine Fragen hat. Patrick J. Mears von Spread Eagle Tattoo, der mir bei meiner Vision und dem Konzept der Torpedo-Ink-Grafiken behilflich war. Brian und Sheila, die sich mit mir einen Wettbewerb um die meisten Wörter lieferten, als ich hier rasch weiterkommen wollte. Und nicht zuletzt Domini, die bereitwillig lektoriert, egal, wie oft ich sie bitte, das Buch noch ein weiteres Mal durchzuackern, bevor wir es aus der Hand geben. Tausend Dank euch allen!

## An meine Leser

Gehen Sie bitte unbedingt auf christinefeehan.com/members/, melden Sie sich für meine private Buchankündigungsliste an und downloaden Sie sich *Dark Desserts* kostenlos als E-Book. Wenn Sie Mitglied meiner Community werden, erhalten Sie Neuigkeiten aus erster Hand, nehmen an Buchbesprechungen teil, können Fragen stellen und mit mir chatten! Oder nehmen Sie unter Christine@christinefeehan.com per E-Mail Kontakt mit mir auf. Ich freue mich sehr, von Ihnen zu hören!

# Werkverzeichnis der im Heyne Verlag von Christine Feehan erschienenen Titel

HEYNE ‹

# Die Autorin

Christine Feehan ist Vollblutautorin. Sie kann sich ein Leben ohne Schreiben nicht vorstellen. Sie lebt in Kalifornien und ist mit einem romantischen Mann verheiratet, der sie immer wieder inspiriert. Sie haben insgesamt elf Kinder: ihre, seine und einige gemeinsame. Neben dem Schreiben, Lesen und dem Recherchieren für neue Bücher liebt sie Wandern, Camping, Rafting und Kampfsportarten (Karate, Selbstverteidigung).

Da Christine Feehan selbst in einer großen Familie mit zehn Schwestern und drei Brüdern aufgewachsen ist, wollte sie unbedingt über die Magie von Schwestern schreiben; das höchst lesenswerte Ergebnis ist die *Drake-Schwestern*-Serie mit sechs Romanen über die faszinierenden Drake-Schwestern und ihre übernatürlichen Gaben. Inzwischen gibt es auch die Fortsetzung dazu: die *Sea-Haven-Saga* um die sechs »Schwestern des Herzens« und die *Highway-Serie*.

Christine Feehan hat aber auch eine Reihe von Dark Romances und Mystery-Romanen geschrieben; ihre neuesten Serien sind den *Schattengängern* und den *Leopardenmenschen* gewidmet.

In ihrer Jugend hat sie ihre Schwestern gezwungen, jedes ihrer Worte zu lesen, nun helfen ihr ihre Töchter, ihre Romane zu lesen und herauszugeben.

Christine Feehan ist seit Jahren auf allen großen amerikanischen Bestsellerlisten vertreten. Ihre Bücher wurden in viele Sprachen übersetzt, und sie bekam in den USA unzählige Preise und Auszeichnungen als Autorin.

Mehr über die Autorin und ihr Werk erfahren Sie unter: www.christinefeehan.com

Alle Romane aus diesem Werkverzeichnis sind auch als E-Book erhältlich.

# Werkverzeichnis

## 1. Die Drake-Schwestern

Die sieben Schwestern stammen aus der uralten und magischen Drake-Familie. Sarah, Kate, Abigail, Libby, Hannah, Joley und Elle stehen sich sehr nahe und helfen sich mit ihren übersinnlichen Kräften aus jeder Gefahr. Nach einer alten Prophezeiung muss jedoch erst die älteste Schwester den Mann ihres Lebens finden, bevor auch die anderen sich verlieben können.

### Dämmerung des Herzens

*(Magic in the Wind/The Twilight before Christmas)*

Als Sarah den menschenscheuen Damon trifft, fühlt sie sich auf seltsame Weise zu ihm hingezogen. Doch er wird von schwer bewaffneten Männern verfolgt. Sarah kann zwar die Zukunft voraussehen, sie ist aber auf die magische Hilfe von Kate und ihren anderen Schwestern angewiesen, um die schattenhaften Wesen abzuwehren, die sie und ihre Familie bedrohen. Als Kate und ihr Jugendfreund Matt die alte Mühle von Sea Haven betreten, öffnet sich eine gefährliche Kluft im Erdboden.

### Zauber der Wellen

*(Oceans of Fire)*

Abbey ist die dritte der sieben zauberkräftigen Drake-Schwestern. Sie kann die Menschen dazu bringen, die Wahrheit zu sagen. Abbey hatte Aleksandr, ihre große Liebe, vor Jahren verlassen, da sie sich von ihm verraten fühlte. Jetzt bittet er sie erneut um ihre Hilfe. Widerstrebend arbeitet sie mit ihm zusammen und gerät dabei in höchste Gefahr. Aleksandr kämpft um ihr Leben und um ihre Liebe.

## Gezeiten der Sehnsucht
*(Dangerous Tides)*

Libby, die Heilerin unter den magischen Drake-Schwestern, schenkt dem reichen und unnahbaren Tyson nach einem Unglück das Leben wieder. Als er sich in seine Retterin verliebt, geraten die beiden immer wieder in lebensbedrohliche Situationen. Libby kann zwar einen schweren Unfall mithilfe ihrer Schwestern verhindern, aber dann kommt es zu einem offenen Mordanschlag. Wer steckt hinter diesen Angriffen auf Libby und Tyson?

## Magie des Windes
*(Safe Harbour)*

Endlich scheint auch für Hannah, das schöne und erfolgreiche Model, das private Glück zum Greifen nah zu sein. Doch jetzt muss sie um ihr Leben fürchten: Bei einer Modenschau wird sie von einem Unbekannten mit einem Messer attackiert und schwer verletzt. Wenig später kommt es zu einem zweiten Mordversuch. Können die Schwestern Hannahs Leben retten?

## Gesang des Meeres

*(Turbulent Sea)*

Die betörende Joley besitzt die magische Gabe, Menschen durch Gesang in ihren Bann zu ziehen. So wurde sie über Nacht zu einer der begehrtesten Rocksängerinnen des Showbusiness. Doch der Erfolg schafft ihr auch viele Feinde: Plötzlich muss sie um ihr Leben bangen, und nur der geheimnisvolle Bodyguard Ilja Prakenskij kann sie retten. Joley verfällt dem bedrohlich attraktiven Mann – doch ist sie in seinen Armen wirklich sicher?

## Sturm der Gefühle

*(Hidden Currents)*

Elle, die jüngste und geheimnisvollste der Drake-Schwestern, vereint in sich die magischen Gaben aller sieben Frauen, um sie wiederum an ihre sieben Töchter weiterzugeben. Allerdings verlässt ihr Traummann Jackson sie, da er sich dieser Aufgabe nicht gewachsen fühlt. Doch dann wird Elle von dem attraktiven, intelligenten und telepathisch begabten Milliardär Stavros gekidnappt. Stavros hat sich immer genommen, was er haben wollte. Wird er Elle wieder freigeben?

## 2. Die Sea-Haven-Saga

### Gebieterin des Wassers

*(Water Bound)*

Lev Prakenskij hat die Erinnerung an sein bisheriges Leben verloren, als er von der Taucherin Rikki aus dem stürmischen Ozean gerettet wird. Die Herkunft seiner unzähligen Narben gibt Rätsel auf. Aber auch Rikki hat ein Geheimnis - und sie muss sich bald eine wachsende Zuneigung zu dem Unbekannten eingestehen. Doch die Liebenden werden sehr schnell von ihrer Vergangenheit eingeholt.

### Hüterin der Seele

*(Spirit Bound)*

Seit Jahren wartet Judith, die Künstlerin unter den »Schwestern im Herzen«, auf den Mann, dem sie sich durch geheimnisvolle Bande verbunden weiß. Als Stefan Prakenskij nach Sea Haven kommt, fühlt sie ein Feuer in sich wie nie zuvor. Stefan ist gefährlich und leidenschaftlich, aber da taucht ein weiterer Mann auf, den Judith nicht abweisen kann. Nur einer der beiden wird den Kampf um ihre Liebe überleben.

## Herrin des Windes
*(Air Bound)*

Airiana wurde als Kind in ein geheimes Trai-
ningscamp gesteckt, weil die US-Regierung
ihre übersinnlichen Fähigkeiten für eigene
Zwecke einsetzen wollte. Jahre später kann
sie fliehen, gerät jedoch kurz darauf in die
Fänge einer Verbrecherclique und wird auf
ein Schiff auf hoher See verschleppt. Ihre
einzige Chance zu entkommen ist Maxim
Prakenskij, der seine Gründe hat, Airiana zu
helfen. Er ist jedoch nicht bereit, sich ihr zu
öffnen, auch nicht, als die Leidenschaft zwischen ihnen immer heftiger wird.

## Wächterin der Erde
*(Earth Bound)*

Gavril Prakenskij ist Auftragskiller. Er tötet
schnell, effizient und erbarmungslos. Schwäche oder Gefühle kennt er nicht. Verführung
gehört für ihn zum Geschäft. Doch alles
ändert sich, als er die scheue Lexi erblickt.
Er kann fühlen, dass sie für ihn bestimmt
ist. In ihrem Inneren ebenso verletzt wie er,
teilt sie den Wunsch nach einem Neuanfang.
Doch dann wird Lexi von den Schatten
ihrer Vergangenheit eingeholt.

## Geliebte des Feuers
*(Fire Bound)*

Lissas flammenfarbenes Haar ist nicht das einzig Feurige an ihr. Die begabte Glaskünstlerin und »Schwester im Herzen« trägt eine brennende Kraft in ihrem Innern, die ebenso zerstörerisch wie schöpferisch sein kann. Ihre Kunstfertigkeit bringt sie bis nach Italien, während Lissas eigentliche Mission im Verborgenen bleibt: Rache. Zwischen ihr und dem russischen Geheimagenten Casimir Prakenskij entzündet sich eine leidenschaftliche Liebe, aber dunkle Geheimnisse aus der Vergangenheit bedrohen ihre gemeinsame Zukunft.

## Tänzerin des Lichts
*(Bound Together)*

Mit Viktor fühlt sich Blythe zum ersten Mal in ihrem Leben richtig lebendig. Solch eine Leidenschaft und Liebe hatte sie nicht für möglich gehalten. Doch Viktor verschwindet plötzlich, ohne ein einziges Wort, und für Blythe bricht eine Welt zusammen. Nach fünf Jahren kehrt er zurück - doch kann sie sich wieder auf ihn einlassen? Noch bevor sie eine Entscheidung trifft, sieht sie sich einer tödlichen Gefahr gegenüber.

## 3. Die Highway-Serie

## Highway to Love
*(Judgment Road)*

Anya ist ihr ganzes Leben lang auf sich allein gestellt und wünscht sich nichts sehnlicher als eine Familie und einen Mann, der bedingungslos hinter ihr steht und dem sie blind vertrauen kann. Das spricht im ersten Augenblick nicht gerade für Reaper, den sie in der Bar des Bikerclubs Torpedo Ink kennenlernt. Denn Reaper ist Biker durch und durch: groß, tätowiert und sehr einschüchternd. Und trotzdem fühlt sich Anya magisch zu ihm hingezogen.

## Highway to Passion
*(Vengeance Road)*

Erscheint im Oktober 2020

Aufgewachsen in einem Motorradclub hat Breezy nie erfahren, wie sich ein behütetes Leben anfühlt. Als sie ihre große Liebe Steele kennenlernt, fühlt sie sich zum ersten Mal geborgen. Doch Steele verlässt sie plötzlich, und für Breezy bricht eine Welt zusammen. Sie wird aus dem Motorradclub verbannt und bemerkt kurz danach, dass sie schwanger ist. Ganz auf sich allein gestellt schlägt sich Breezy durch, doch als ihr Sohn entführt wird, wendet sie sich in ihrer Verzweiflung erneut an Steele.

## 4. Die Schattengänger

### Jägerin der Dunkelheit
*(Shadow Game)*

Dr. Whitney soll aus den Schattengängern eine Truppe Elitesolda-
ten machen, doch das geheime Experiment geht schief, und etliche
der Männer kommen auf mysteriöse Weise ums Leben. Ihr Anführer, Captain Ryland Miller, ahnt, dass er das nächste Opfer sein
wird. Millers letzte Hoffnung ist Whitneys junge, geniale Tochter
Lily. Von der ersten Sekunde an sind sie wie voneinander gebannt –
was keiner weiß: Auch Lily trägt übersinnliche Fähigkeiten in sich.

### Spiel der Dämmerung
*(Mind Game)*

Fast ihr ganzes Leben hat die übersinnlich begabte Dahlia Le Blanc
in der Abgeschiedenheit der Sümpfe Louisianas verbracht, doch als
eines Tages bei einem ihrer Geheimeinsätze etwas schiefläuft, ist es
damit vorbei, denn jetzt ist ihr ein Killerkommando auf den Fersen. Retten kann sie nur noch der geheimnisvolle Schattengänger
Nicolas Trevane. Gemeinsam machen sie sich an die Verfolgung
ihrer Feinde und entdecken dabei eine feurige Leidenschaft.

### Tänzerin der Nacht
*(Night Game)*

Raoul »Gator« Fontenot, Mitglied der Schattengänger, kehrt zurück in seine Heimatstadt, um Iris »Flame« Johnson zu finden,

die einst von Dr. Whitney zu Versuchen auserwählt wurde. Als Teenager entkam sie dem wahnsinnigen Wissenschaftler und ist seitdem auf der Flucht. Als Gator Flame zufällig trifft, folgt er ihr und rettet sie aus einer gefährlichen Lage. Mit ihren vereinten übersinnlichen Fähigkeiten machen sie sich schließlich auf, das mysteriöse Verschwinden einer jungen Sängerin aufzuklären.

## Schattenschwestern
*(Conspiracy Game)*

Die junge Briony Jenkins ist nicht nur eine äußerst begabte Trapezkünstlerin, sie hat außerdem starke übersinnliche Fähigkeiten: Sie kann die Gefühle ihrer Mitmenschen spüren. Auf der Tournee ihrer Trapeztruppe in Afrika läuft sie dem Schattengänger Jack Norton in die Arme, der sie, selbst gerade erst einem Gefangenenlager entkommen, vor einer Rebellentruppe rettet. Die übersinnliche Anziehungskraft zwischen den beiden hat weitreichende Folgen und bringt nicht nur Briony in große Gefahr.

## Düstere Sehnsucht
*(Deadly Game)*

Von klein auf wurde die übersinnlich begabte Mari Smith in Dr. Whitneys Labor festgehalten und zur Elitesoldatin ausgebildet. Dabei hat sie die Methoden des wahnsinnigen Wissenschaftlers nie infrage gestellt. Als sie bei einem Einsatz dem charismatischen Schattengänger Ken Norton in die Hände fällt, wird sie von ihrer Leidenschaft überwältigt. Mari beginnt zu begreifen, dass es auch ein Leben außerhalb der Kaserne gibt. Doch zuvor muss sie ihre Leidensgenossinnen aus Dr. Whitneys Klauen befreien.

## Fesseln der Nacht
*(Predatory Game)*

Als der ehemalige Navy-Offizier Jess Calhoun, an Körper und Seele von seiner dunklen Vergangenheit als Schattengänger gezeichnet, die geheimnisvolle Saber Wynter bei sich aufnimmt, steht sein Leben plötzlich kopf: nicht nur, dass er sich der erotischen Ausstrahlung der jungen Frau nicht entziehen kann, sie schwebt auch noch in großer Gefahr. Während Saber den Kampf gegen die Dämonen ihrer Vergangenheit zu verlieren droht, muss Jess alles daransetzen, die Frau zu retten, die er liebt.


## Magisches Spiel
*(Murder Game)*

Der Schattengänger Kaden Montague wird mit einer heiklen Mission betraut: Zwei gegnerische Gruppen liefern sich ein makaberes Wettrennen quer durch das ganze Land und hinterlassen dabei eine Spur von Leichen. Die Täter: angeblich Schattengänger. Nur Kaden ist in der Lage, die Wahrheit herauszufinden und dem mörderischen Spiel ein Ende zu bereiten, doch dazu benötigt er die Hilfe des talentierten Mediums Tansy Meadows, deren erotischer Ausstrahlung Kaden vom ersten Augenblick an verfällt …


## Schicksalsbund
*(Street Game)*

Bei einem Routineeinsatz hat der kampferprobte Mack McKinley plötzlich ein schlechtes Gefühl. Sein Sonderkommando scheint in einen Hinterhalt geraten zu sein. Dann steht Mack unerwartet

Jamie gegenüber, der Frau, der einst seine ganze Leidenschaft galt. Schon ein Blick aus Jamies Augen kann die Welt eines Mannes in ihren Grundfesten erschüttern. Vor Jahren hatten sie und Mack eine Beziehung, die so flüchtig wie elektrisierend war. Von einem auf den anderen Tag verschwand sie spurlos.

## Im Bann des Jägers
*(Ruthless Game)*

Rose Patterson ist auf der Flucht vor einem Wahnsinnigen, der all ihre Gedanken und Albträume beherrscht. Und schlimmer noch: Er will nicht nur sie, sondern auch das ungeborene Kind, das sie unter ihrem Herzen trägt. In ihrer Verzweiflung weiß Rose kaum noch, wem sie trauen kann. Bis sie Kane Cannon wiedertrifft, ihren einstigen Schattengänger-Gefährten – und Vater ihres Kindes. Die Leidenschaft, die sie miteinander verband, entflammt rasch wieder. Kane würde für Rose alles opfern, sogar sein Leben.

## Spiel der Finsternis
*(Samurai Game)*

Als ein gefährlicher Diktator die Macht an sich reißen will, sehen sich die in alle Winde zerstreuten Schattengänger mit ihrer bislang schwierigsten Aufgabe konfrontiert: Sie müssen ihn ausschalten und erwählen zwei aus ihrer Mitte, die gleichermaßen von Leidenschaft und Rachegelüsten getrieben sind. Zwei, die nichts mehr zu verlieren haben – außer ihrem Leben und ihrer Liebe zueinander.

## Geliebte der Dunkelheit
*(Viper Game)*

Schattengänger Wyatt Fontenot ist ein Mann von geradezu tödlicher Schnelligkeit und Präzision. Ein Mann, den die verführerische Pepper gerade dringend an ihrer Seite braucht, denn die drei kleinen Mädchen, die sich in ihrer Obhut befinden, schweben in höchster Gefahr. Kann Wyatt Pepper und ihren Schützlingen helfen? Und können Wyatt und Pepper der ebenso magischen wie verbotenen Anziehungskraft, die sie aufeinander ausüben, widerstehen?

## Im Bann der Jägerin
*(Spider Game)*

Die betörend schöne Cayenne ist eine geradezu tödliche Falle für jeden Mann – im wahrsten Sinne des Wortes, denn ihr Kuss ist tödlich wie der einer Spinne. Auf der Flucht vor dem gefährlichen Wissenschaftler Dr. Whitney begegnet Cayenne dem attraktiven Schattengänger Trap Dawkins, der verspricht, sie vor ihren Feinden zu beschützen. Doch kann sich Trap auch selbst schützen vor Cayennes ebenso unwiderstehlicher wie fataler Anziehungskraft?

## Tänzerin im Schatten
*(Power Game)*

Als die schöne Spionin Bella von einem unglaublichen Verrat erfährt, bricht sie mit Dr. Whitney und flieht in die Bayous, um die dort lebenden Schattengänger zu warnen. Einer von ihnen ist der attraktive Arzt Ezekiel, und als sich die beiden das erste Mal begegnen, fliegen augenblicklich Funken. Endlich fühlt sich Bella nicht mehr nur wegen ihrer besonderen Kräfte begehrt. Doch dann schlagen die Feinde zu, und Bella droht Ezekiel für immer zu verlieren.

## Geliebte Feindin
*(Covert Game)*

Als die weltweit führende IT-Expertin und Spionin Zara Hightower einem chinesischen Verbrechersyndikat in die Hände fällt, bekommt der attraktive Schattengänger Gino Mazza den Auftrag, sie zu befreien Dass Zara bildschön ist und Gino sie vom ersten Augenblick an heiß begehrt, macht seine Mission nicht einfacher Zumal er nicht weiß, ob Zara wirklich nur ein hilfloses Opfer ist oder ihn geradewegs in eine tödliche Falle lockt...

## 5. Die Leopardenmenschen

## Wilde Magie
*(Fever)*

Die schöne Rachael Lospostros ist auf der Flucht vor ihrer eigenen Vergangenheit und hofft, in den grünen Tiefen des Dschungels Schutz zu finden. Dort stößt sie auf Rio Santana, einen wilden Eingeborenen, der sie jedoch für einen Feind hält. Im Kampf wird Rachael schwer verletzt, aber anstatt sie zu töten, pflegt Rio die sinnliche Fremde hingebungsvoll gesund.

## Magisches Feuer

*(Burning Wild)*

Der Milliardär Jake hat eine schwere Kindheit hinter sich: Nachdem er die Erwartungen seiner Eltern, seine magischen Fähigkeiten zu nutzen, nicht erfüllen kann, vereinsamt er zunehmend. Was seine Eltern jedoch nicht wissen: Jake verbirgt seine Gabe bewusst vor ihnen. Als es zu einem dramatischen Autounfall kommt und er der schönen Emma begegnet, verfällt er der jungen Witwe und öffnet zum ersten Mal einer anderen Person sein Herz …

## Wildes Begehren

*(Wild Fire)*

Der charismatische Leopardenmensch Conner Vega kehrt in den Regenwald Panamas zurück, um der skrupellosen Drogenbaronin Imelda Cortez das Handwerk zu legen. Doch die verführerische Verbrecherin ist nicht die einzige Herausforderung, die im Dickicht des Dschungels wartet, denn Conner trifft Isabeau Chandler wieder – die Frau, die er einst schmählich betrog.

## Feuer der Wildnis

*(Savage Nature)*

Ein düsteres Geheimnis liegt über Sarias Familie: Ihre Brüder durchstreifen nachts als »Geisterkatzen« die Sümpfe von Louisiana. Und auch Sarias eigene Verwandlung steht kurz bevor – doch davon will Saria nichts wissen. Erst als sie Drake begegnet, kann sie ihr Erbe nicht mehr länger leugnen. Denn er erkennt sofort die Gestaltwandlerin in ihr – und die ihm bestimmte Gefährtin.

## Dunkle Liebe
*(Leopard's Prey)*

Der Cop Remy Boudreaux liebt seinen Job, noch mehr liebt Remy allerdings die Bayous, die üppig wuchernde Sumpfland-schaft rund um New Orleans. Nur hier kann er dem Leoparden in sich ungehindert freien Lauf lassen. Während einer Ermittlung begegnet er eines Abends der geheimnisvollen Jazzsängerin Bijou, einer Frau von geradezu betörender Sinnlichkeit. Remy erkennt sofort die Gestaltwandlerin in ihr – und seine Seelenverwandte.

## Geliebte Jägerin
*(Cat's Lair)*

Als Kind wurde die junge Gestaltwandlerin Cat Benoit von dem gefährlichen Psychopathen Rafe Cordeau gefangen gehalten. Jah-re später gelingt ihr die Flucht, und sie kann sich in Texas ein neu-es Leben aufbauen. Dort begegnet sie auch dem unverschämt at-traktiven Ridley Cromer, und aus anfänglicher Freundschaft wird schnell feurige Leidenschaft. Doch wie lange kann sie ihre neue Liebe vor Rafe geheim halten?

## 6. Shadows

### Stefano
*(Shadow Rider)*

Stefano Ferraro ist verdammt attraktiv, verdammt reich und verdammt mächtig – und er hat ein magisches Geheimnis: Er kann mit den Schatten verschmelzen und Licht und Dunkelheit seinem Willen unterwerfen. Ziemlich praktisch, wenn man der Boss eines der einflussreichsten Familienclans Chicagos ist! Als Stefano eines Tages der ebenso schönen wie temperamentvollen Francesca Cappello begegnet, ist ihm sofort klar, dass er diese Frau zu der Seinen machen muss. Francesca jedoch hat ihren eigenen Kopf und ist nicht gewillt, Stefanos Verführungskünsten so einfach zu erliegen ...

### Ricco
*(Shadow Reaper)*

Der Milliardär und Playboy Ricco kennt kein anderes Leben als das eines Schattengleiters: Als Mitglied des mächtigen Ferraro-Clans kann er Licht und Dunkelheit seinem Willen unterwerfen. Als sein ungestümes Temperament und düstere Geheimnisse aus der Vergangenheit nicht nur ihn, sondern seine ganze Familie in Gefahr bringen, muss er handeln. Und die Frau finden, die ihn retten kann – seine einzig wahre Liebe ...

## Giovanni

*(Shadow Keeper)*

Frauen, Partys, Skandale – das ist die Welt von Schattengleiter Giovanni Ferraro. Doch tief in seinem Inneren fühlt er sich einsam und leer. Bis er eines Tages in einem Nachtclub die hübsche Sasha von einem lästigen Verehrer befreit. Sasha ist fasziniert von Giovannis düsterer Schönheit und seiner gefährlichen Ausstrahlung, und schon bald sind die beiden gefangen in einem betörenden Spiel aus Lust und Verführung ...

# Paullina Simons

»Diese Liebesgeschichte lässt einem den Atem stocken.«
*Daily Mail* über die *Tatiana und Alexander-Saga*

978-3-453-42233-9

Die Tatiana und Alexander-Saga
in 3 Bänden

**Die Liebenden von Leningrad**
978-3-453-42232-2

**Tatiana und Alexander**
978-3-453-42233-9

**Land der Lupinen**
978-3-453-42234-6

Außerdem bei Heyne erschienen:

**Land der Freiheit**
978-3-453-41378-8

Leseprobe unter **www.heyne.de**